ILÍADA

HOMERO

ILÍADA

VERSIÓN DIRECTA Y LITERAL DEL GRIEGO

POR

LUIS SEGALÁ Y ESTALELLA

DOCTOR EN FILOSOFÍA Y LETRAS

CATEDRÁTICO DE LENGUAS Y LITERATURA GRIEGA DE
LA UNIVERSIDAD DE BARCELONA

EDICIÓN, INTRODUCCIÓN, APÉNDICES,
NOTAS Y COMENTARIOS

POR

CARLOS ALBERTO MESSUTI

PROFESOR Y LICENCIADO EN LETRAS

QUINTA EDICIÓN

EN ARJÉ

BUENOS AIRES - 2022

ÍNDICE

INTRODUCCIÓN

La *Ilíada* es una de las obras más relevantes de la literatura universal. Su prestigio no reside solamente en ser la obra más antigua de la literatura griega que ha llegado hasta nosotros, sino por la inconmensurable influencia que ha tenido en la cultura occidental a lo largo de los siglos[1].

Los poemas homéricos constituyen la expresión poética de los ideales de la cultura griega. En ellos se encuentra en germen aquello que el espíritu helénico desarrollará luego, en el curso de la historia. Es por esta razón que acuden a Homero todos los pensadores y poetas griegos.

En el mundo griego antiguo, el poder de su poesía le permitió hermanar a las distintas etnias que lo habitaron, amalgamándolas en una gran nación, que buscaba identificarse con las virtudes de sus héroes.

De las composiciones de los aedos anteriores a Homero ya no quedan rastros, pero, a juzgar por la lectura de la *Ilíada* y la madurez de su arte y pensamiento, debemos concluir que no es este el primer exponente de la poesía griega, pero sí podemos suponer que la obra de Homero fue considerada de suma importancia por el celo constante y el renovado interés con que fue conservada y difundida.

Por lo remoto de su composición, la *Ilíada* —con sus monumentales 15690 versos, en su inmensa mayoría hexámetros dactílicos— propone desafíos inusitados. En todas las épocas, pero más particularmente a partir del renacimiento, estudiosos de las más diversas disciplinas se han abocado a resolver sus misterios, muchos de los cuales permanecen indescifrables, desvaneciéndose en el pasado distante.

Repasemos brevemente algunos de ellos.

---

[1] En este sentido Harold Bloom dirá que "la Ilíada, junto con la Biblia, representa el fundamento de la literatura, el pensamiento y la espiritualidad occidentales" (*Homer's, The Iliad*, Philadelphia, Chelsea House Publishers, 2005, p. 7); y, anteriormente, lo animaría a afirmar que "todos los que ahora leen y escriben en Occidente, sea cual sea su origen racial, sexo o campo ideológico, siguen siendo hijos de Homero" (*A Map of Misreading*, Oxford, Oxford University Press, 1975, p. 33); pero su influencia no se limita a lo arquetípico que pueden ser sus personajes, imágenes y motivos de sus obras, sino a que en su obra también se halla el remoto origen de posteriores géneros, categorías y formas de pensamiento, con una vitalidad que se verifica a través de los milenios.

Los misterios de la *"ILÍADA"*

1) el misterio del nombre:

A través de la historia este poema se ha conocido como *"Ilíada"*, pero no sabemos si ese fue el nombre que tuvo en origen; afirmación justificada por el hecho de que el poema tiene una larga transmisión oral previa a alcanzar su forma escrita. Su nombre proviene de Ilión[2], ciudad que también conocemos como Troya, y es notoriamente vago porque querría decir "lo de Troya" o "[poema o relato] de [la guerra de] Troya". Sin embargo, el poema no nos relatará todas las incidencias de la guerra durante los diez años que habría durado, ni tampoco su resultado final. El lapso temporal del relato se ciñe apenas a 51 días del largo asedio y los combates que los aqueos libraron contra los defensores troyanos en las llanuras adyacentes a la ciudad. Se inicia con la embajada del sacerdote Crises para suplicar por la devolución de su hija Criseida, la negativa de Agamenón y la peste desatada por Apolo en el campamento griego. Prosigue con la restitución de Criseida a su padre y la ira de Agamenón que se descarga en Aquiles, arrebatándole a Briseida. La consecuente cólera de Aquiles, que se abstendrá de combatir, desencadena un desbalance de las fuerzas en conflicto que pone al ejército griego al borde de la derrota. La muerte de Patroclo, amado compañero de Aquiles, hace que este renuncie finalmente a su cólera y vuelva al combate. Aquiles venga con la muerte de muchos troyanos, y en particular con la de Héctor, la muerte de Patroclo. El poema concluye cuando Príamo recupera el cuerpo de Héctor y se celebran las exequias del héroe troyano.

Acaso la obra podría haber merecido otro título más afín con la *"hybris"* de Aquiles o con la muerte de Héctor, que marcaron un quiebre en el curso de la guerra, pero este poema llega a nosotros con un título mucho más general y difuso.

A ejemplo de Homero las otras partes de la historia troyana fueron relatadas por diversos poemas de distintos autores. De ellos, salvo de la *Odisea*, también atribuida a Homero, no han quedado más que pequeños fragmentos dispersos, recogidos luego por gramáticos y filólogos de Bizancio y Alejandría. Su contenido lo conocemos por un resumen

---

[2] Empleamos el nombre *Ilión* porque, además de ser el aceptado por la RAE, es el que usa Segalá y Estalella en su traducción. Sin embargo, esta forma es la adaptación al español de la trascripción francesa del griego Ἴλιον; por lo cual sería mejor *Ilio,* que corresponde a Ἴλιος (Ruiz de Elvira, A. *Mitología clásica*, 2da. ed. corregida, Madrid, Gredos, 1975/85, p. 388; Fernández Galiano, M. *La transcripción castellana de los nombres propios griegos*. 2da. ed. Madrid, Sociedad Española de Estudios Clásicos, 1969. § 200).

ordenado, realizado por Proclo en el s. II d. C., que fue incluido parcialmente por el patriarca Focio en su *Biblioteca* y por dos conjuntos de manuscritos de la *Ilíada*³; conocimiento que se completa con el resumen que hace Virgilio en su *Eneida,* las *Posthoméricas* de Quinto (o Cointo) de Esmirna (s. IV d. C.), y por las obras del erudito bizantino Juan (Iohanes) Tzetzes (ca. 1180). El origen y los primeros años de la guerra fueron cantados en la *Cipríada* que suele atribuirse a Estasino de Chipre (de ahí, se dice, provendría su nombre), aunque otros la atribuyen a Hegesias de Salamina. De los hechos posteriores a la muerte de Héctor —esto es, después de finalizado el relato de la *Ilíada*—, la participación de los etíopes a favor de los troyanos, la muerte de la amazona Pentesilea a manos de Aquiles, y la muerte de Aquiles a manos de Paris, se ocupa la *Etiópida* de Arctino de Mileto. La *Pequeña Ilíada*, atribuida a Lesques, un pastor de Lesbos, contaría el ardid del caballo de madera y la destrucción de Troya. También Arctino, habría relatado lo del caballo de madera y la toma de la ciudad en su epopeya *Iliupersis*. Por último, a modo de colofón, los poetas se ocuparon de los regresos de los héroes a su patria. La *Odisea*, como sabemos, relata las diversas aventuras de Odiseo en su retorno al hogar, y los *Nostoi* o *Regresos* de Haggias de Cresena refieren los regresos de los demás héroes. Cerrando todo este ciclo de historias podría incluirse la *Telegonía* de Eugamón de Cirene, donde el hijo de Circe y Odiseo, Telégono, deseando conocer a su padre viaja a Ítaca y, llegado a la isla, mata a Odiseo, sin reconocerlo, en un altercado.

Sin embargo, de todas estas obras la única que sobreviviría y sería recordada como "Lo de Ilión", es decir: *Ilíada*, sería la de Homero.

2) Los misterios del autor:

Desde siempre la *Ilíada* fue atribuida a Homero, pero ni siquiera los filólogos de la antigüedad pudieron desentrañar si se trató de una persona real o el nombre con que se designó a una larga tradición de aedos que dio al poema la forma con la que lo conocemos[4].

---

[3] Cfr. Lesky, A. *Historia de la literatura griega.* Madrid, Gredos, 1969. p. 104 y ss.; Bernabé, A. "La épica posterior", en: AA.VV. *Historia de la literatura griega*, 3º ed., Madrid, Cátedra, 2000, pp. 87-100; Scafoglio, G. "Proclo e il ciclo epico", en: *Göttinger Forum für Altertumswissenschaft*, 7, 2004, p. 39. Para el texto establecido, véase: Allen, T. W. *Homeri opera V*, Oxonii, 1946, pp. 93 y ss.; Bernabe, A. *Poetae Epici Graeci*, I. Leipzig, Teubner, 1987; West, M. *Greek Epic Fragments*, Harvard University Press, 2003, pp. 64-171.

[4] A todo este debate acerca de la paternidad de la *Ilíada* y la *Odisea*, y de la existencia real de Homero, que se ha desarrollado por más de dos milenios pero que ha ido recrudeciendo y sentado sus bases a partir del siglo XVIII, se lo conoce como "la cuestión homérica".

Sin embargo, la antigüedad nos ha provisto de varias biografías de Homero, aunque todas ellas son, en mayor o menor medida, tan míticas como la propia *Ilíada*[5]. La más extensa y florida es sin duda la que se atribuye falsamente a Heródoto y comienza diciendo: "Heródoto de Halicarnaso escribió la historia que sigue sobre los antecedentes, la educación y la vida de Homero, y trató de hacer un relato completo y absolutamente confiable". Como podemos apreciar el autor de esta "vida de Homero" se esfuerza, contra toda desconfianza, en parecer digno de fe, tal como suelen hacer los falsarios. En ocasiones interviene en el relato, incluso en primera persona, diciéndonos que ha visitado varios de los lugares donde alguna vez estuvo Homero, para corroborar su historia con un testimonio personal. Al final de este libro ofrecemos una traducción de este pintoresco relato[6].

La etimología del nombre *Homero* nos refiere a dos vertientes distintas. Un significado es el de *rehén* o *prisionero de guerra,* y el otro, es el de *ciego.* Sobre ambos se ha especulado largamente, y se han dado razones para defender una u otra postura, pero no se ha llegado a ningún resultado concluyente.

El tema de la autoría del poema, incluso el de la existencia real de Homero y su lugar de nacimiento, ya comenzó a discutirse en la antigüedad. Muchas ciudades se arrogaron ser consideradas como la patria de Homero, y hasta se ha sugerido —y a veces, graciosamente, se ha afirmado— que era egipcio, babilonio, lidio, tesalio, chipriota, sirio o romano. En todo caso Proclo[7] zanja hábilmente la cuestión diciéndonos que Homero es "ciudadano del mundo".

Más cercano a nosotros, Wolf, en sus *Prolegomena* de 1795 sostuvo — siguiendo los prejuicios propios de su tiempo— que en la época de Homero no estaban en condiciones de componer e incluso entender una obra tan perfecta, y menos aún lograrlo en una transmisión oral; que la *Ilíada* era una compilación de cantos sueltos hasta que Pisístrato los ordenó y publicó. Estas opiniones causaron grandes controversias y algunos eruditos como Curtius, en su monografía *De nomine Homeri commentatio*

---

[5] Cfr. Allen, T. W. *Homeri opera V*, Oxonii, 1946, pp. 184-268.; West, M. *Homeric Hymns. Homeric Apocrypha. Lives of Homer*, Cambridge - London, Harvard University Press, 2003, pp. 295-457.

[6] Ver Apéndice 1.

[7] Este Proclo es el misterioso autor de la *Crestomatía* a la que ya nos hemos referido en el apartado anterior. La vida de Homero que él nos ofrece se encuentra junto con el resumen del ciclo troyano (Cfr. Severyns, A. "Recherches sur la Chrestomathie de Proclos. IV, La Vita Homeri et Les sommaires du cycle, text et traduction", en: *Bibliothèque de la Faculté de Philosophie et Lettres de l'Université de Liège*, CXXXII, Paris, Les Belles Lettres, 1963. pp. 66 y ss).

academica, (Kiliae, Libraria Schwersiana, 1855), llega a proponer sin mayor sustento —siguiendo a Holtzmann y a Welcker— la teoría de que el nombre *Homero* podría ser entendido o traducido como "compilador" o "el que recolectaba y unía breves cantos antiguos".

Si bien hoy en día una parte del mundo erudito prefiere dejarlo sin identificar y referir sus juicios al "autor de la *Ilíada*" —y, los partidarios de una postura menos extrema, dirían que es el epónimo mítico del clan de los *homéridas*—, la mayoría se ha vuelto a una postura más tradicional y considera que la obra tiene la unidad artística que requiere de un autor único[8], que pudo haber nacido en Esmirna o en alguna ciudad del territorio griego-eólico de la costa de Asia menor, que frecuentó también los territorios de los jonios, y compuso su obra entre el siglo IX y VIII a. C. Este autor que llamamos Homero compuso la *Ilíada* como una obra unitaria, y para su creación se sirvió de elementos tradicionales preexistentes que integraban el repertorio de los aedos, cuya actividad se remontaba a la época micénica y de los siglos llamados "oscuros". La compuso y transmitió por vía oral sirviéndose de todas las técnicas y recursos de su oficio, el cual ejecutó con una singular maestría. Pero las contradicciones presentes en la obra han hecho pensar que sufrió interpolaciones y modificaciones que, en general, no se consideran de gran importancia.

Pese a las numerosas diferencias entre ambos poemas se tiende a poner bajo su nombre también la autoría de la *Odisea*.

Durante la antigüedad multitud de obras —de hecho, casi toda la épica griega antigua— se le han atribuido a Homero, convirtiendo su nombre en algo así como una marca de fábrica o un estándar, modelo de calidad consagrada[9].

3) Los misterios de Troya y sus guerras

Entre 1200 y 1400 a. C., como resultado de la expansión griega en Asia menor, han debido de surgir múltiples conflictos que sirvieron de material a la poesía épica.

En la antigüedad no parecía haber dudas acerca de la existencia de Troya, ni de su guerra con los aqueos, pero su historia tenía un importante componente legendario.

---

[8] Cfr. Bowra, C. M. *La literatura griega.* 4ta ed. México, FCE, 1958. p. 15; Lesky, A. *Historia de la literatura griega.* Madrid, Gredos, 1969. p. 59 y ss.

[9] De las principales de estas atribuciones se nos habla en la *Vida Herodotana* por lo que nos excusamos aquí de repetirlas, remitiendo particularmente al acápite 24 del Apéndice 1.

Desde el punto de vista geográfico, a Troya se la supone estratégicamente ubicada en la costa noroccidental de la península de Anatolia, en las proximidades de la entrada del estrecho de Dardanelos y, por lo tanto, en la confluencia de las rutas migratorias y comerciales entre Europa y Asia. Esto ha dado sustento a las hipótesis acerca de que la guerra de Troya estaría encubriendo un conflicto político y económico.

Los antiguos historiadores creían en la historicidad de la guerra de Troya y la databan entre el 1180 a 1250 a. C.[10] La composición de la *Ilíada*, en cambio, suele datarse en torno al 750 a. C. (?), tiempo más que suficiente para que la leyenda redibujara los contornos históricos.

Durante la antigüedad sus ruinas se convirtieron en un lugar que podríamos llamar *turístico*, visitado incluso por algunos emperadores romanos, entre ellos Julio César, Caracalla y Constantino.

Hacia el 500 d. C. la zona sufrió un gran terremoto que derrumbó sus muros y varios de los edificios más importantes, y poco después la existencia misma de la ciudad cayó en el olvido.

Con el imperio otomano la colina en que se asentaba pasó a llamarse Hisarlik y, en el siglo XIX, las inscripciones que mostraban algunas monedas halladas en esa colina, a menos de cinco kilómetros de los Dardanelos —provincia turca de Çanakkale—, hicieron que Edward Clarke y John Cripps se convencieran de que habían encontrado el emplazamiento de la perdida ciudad de Troya. Las excavaciones de Brunton y Calvert, y las que de forma tan poco ortodoxa organizara y llevara a cabo el comerciante alemán Heinrich Schliemann, iniciaron una serie de exploraciones y descubrimientos arqueológicos que continúan hasta nuestros días. Como resultado de ellas se han encontrado diez niveles o fases de ocupación —esto es, diez ciudades— construidas una sobre otra, siendo el sexto nivel el que presentaría una ciudad semejante a la del rey Príamo, aunque parece que su destrucción se debió a un terremoto. Descartado aquel, el séptimo nivel —Troya VII— parece ser entonces el candidato más firme para ser identificado con la Ilión homérica, aunque todavía subsisten serias dudas para definir concluyentemente esta cuestión[11].

Por otra parte, las investigaciones realizadas en torno de la lengua y documentación del reino hitita han arrojado nuevas luces acerca de la historicidad de Troya, a la que los hititas llamaban *Wilusa* o *(W)ilio*, y que

---

[10] Heródoto data la caída de Troya en 1250 a. C.; la Crónica de Paros (*Marmor Parium*), la sitúa en 1209/8 a. C.; sin embargo, según los cálculos de Eratóstenes, habría ocurrido en 1184.

[11] Cfr. Gustav Gamer, "Troya a la luz de las últimas investigaciones", en: *Treballs d'Arqueologia*, 2, 1992. pp. 201-224.

los aqueos, conocidos por los hititas como *Ahhiyawa*, tuvieron asentamientos en el oeste de la península de Anatolia, y si bien podrían haber existido enfrentamientos armados entre los *Ahhiyawa* y *Wilusa* todavía no se ha hallado una constancia cierta de una supuesta guerra que, de momento al menos, pertenecería exclusivamente al terreno de la ficción[12].

4) *Misterios del texto homérico*

Nos resulta imposible dar cuenta de las teorías en torno a la historia del texto homérico en los límites de espacio que nos hemos propuesto para esta breve introducción, por lo que nos limitaremos a hacer una reseña de los puntos más relevantes. Se cree que hubo tres fases principales: la primera una fase oral, luego un período en que coexisten la tradición oral y la escrita y, por último, la transmisión solamente escrita.

La *Ilíada* como dijimos más arriba habría sido compuesta en torno al siglo VIII, antiguamente cantada y luego recitada por los rapsodas, que dentro de los límites muy estrictos de su oficio introdujeron ajustes y variaciones. Hay bases para suponer que hacia el siglo VI los poemas homéricos se recitaban en las Panatenaicas dispuestas por Hiparco. Se dice que en ese festival los rapsodas recitaban partes de la *Ilíada*, pero para dar sabor al certamen y poner de relieve la pericia en su oficio y sus dotes memorísticas, ellos iniciaban el canto en el punto donde lo había dejado el cantor anterior. Para que esto fuera posible debía contarse con un texto establecido con el cual todos tuvieran igual oportunidad. Surge entonces la leyenda de la primera edición de las epopeyas homéricas realizada por Pisístrato. La primera noticia que tenemos de ella nos la da Cicerón cuando muy al pasar en su diálogo sobre la oratoria dice que fue Pisístrato "quien reunió primero los libros dispersos de Homero y les dio el orden con que ahora los conocemos"[13]. Se dice también que, para lograrlo, confrontó las transcripciones realizadas de los rapsodas con otras que había recogido en Atenas, Esparta y Argos, de modo que a fines del siglo VI a. C. Atenas ya contaba con un texto oficial fijado.

Esta leyenda continuó considerándose como verdad histórica hasta mediados del siglo XX, cuando fue seriamente objetada por Rudolf Pfeiffer. En su opinión durante todo el siglo VI la composición y

---

[12] Cfr. Crespo Güemes, E. "La historicidad de la guerra de Troya: progresos recientes", en: *Desmontando mitos*, J. Piquero Rodríguez & J. Quílez Bielsa [eds.], Madrid, 2017 pp. 13-28; Latacz, J. *Troya y Homero. Hacia la resolución de un enigma*, Madrid, Destino, 2003, pp. 381 y ss.

[13] Cic. *De Orat.* III, 137: "qui primus Homeri libros confusos antea sic disposuisse dicitur, ut nunc habemus".

transmisión de la poesía continúa siendo oral y no hay testimonios de producción de libros en gran escala ni un público lector que sustente esa industria. El poder de la memoria continuaba indiscutible y en lo que hasta el momento se sabe de historia de la escritura en Grecia[14] no se encuentra sustento para avalar la historia de Pisístrato y Polícrates, como coleccionistas de libros y fundadores de bibliotecas públicas tal como pretende la leyenda.

Debemos esperar hasta la segunda mitad del siglo V para observar el cambio. Desde el año 460 a. C. en adelante la pintura y escultura empiezan a testimoniar el uso del libro; instrumento que, de forma progresiva, va ganando difusión y aceptación. Luego, en el siglo IV, el libro gana terreno y se convierte en un objeto de uso corriente, como puede advertirse en algunos diálogos platónicos o en la comedia antigua.

Con la creación de las bibliotecas y la acción de gramáticos y bibliotecarios, comienzan a darse las condiciones favorables para el surgimiento de una filología científica.

En el siglo II d.C., Aristarco de Samotracia —luego ciudadano de Alejandría—, disponiendo de muchas ediciones de las obras de Homero, las divide en dos grupos: por autor de la edición y por ciudad de procedencia. El primer grupo lo encabezaba la edición de Antímaco de Colofón, anterior incluso a la de Zenódoto[15], primer bibliotecario de la Biblioteca de Alejandría. La edición de Antímaco sería la primera prehelenística —no la legendaria de Pisístrato— y su existencia real se encuentra testimoniada por múltiples referencias de escoliastas[16].

Se publican las ediciones de Argos, Chipre, Creta, Quíos y Marsella. Son ediciones oficiales de cada ciudad. Aristarco obtiene un texto único donde aceptaba cuanto se podía leer en todos los manuscritos y, cuando existían discrepancias, optaba por lo que se leía en la mayor cantidad de documentos. Con el uso de signos especialmente creados al efecto, Zenódoto, Aristófanes de Bizancio y Aristarco indican marginalmente los versos que les parecen dudosos, repeticiones y alteraciones. Se fija también la puntuación, la acentuación y la división de *Ilíada* en 24 cantos[17],

---

[14] Pfeiffer, R. *Historia de la filología clásica*, I. Madrid, Gredos, 1981. p. 30 y ss.

[15] primera edición de las denominadas "críticas" (Pfeiffer, *ob. cit.*, pp. 176 y 204).

[16] Comentaristas críticos del texto (Cfr. Peiffer. *Ob cit.* p. 177 y s.)

[17] Zenódoto de Éfeso, primer director de la Biblioteca de Alejandría, fue quien, en la primera mitad del s. III a. C., dividió en 24 cantos tanto la *Ilíada* como la *Odisea*. Se basó principalmente en las unidades de recitación que naturalmente se observaban en cada uno de los poemas, lo cual coincidía aproximadamente con la extensión de los rollos de papiro.

numerados conforme a las letras del alfabeto jonio. De la *diortosis*[18] de Aristarco procede la vulgata actual[19].

Pero la Edad Media supo de la guerra de Troya casi exclusivamente a través de algunas obras tardías de marcado espíritu antihomérico[20].

Recién en 1488, cuando Demetrio Chalcondylas publica en Florencia la edición príncipe, es que occidente redescubre los poemas homéricos.

En los siglos posteriores se publican multitud de ediciones y traducciones.

A nuestros días la *Ilíada* ha llegado en más de 150 códices, que Allen clasificó en 17 familias, y se posee gran número de papiros con fragmentos de la obra. Este número crece constantemente merced a nuevos descubrimientos arqueológicos.

* * *

De este modo puede verse que es poco o casi nada, lo que sabemos con absoluta certeza acerca de la *Ilíada* que no provenga de conjeturas elaboradas sobre el texto que nos ha llegado. Por lo tanto lo que sigue es enfocarnos en su lectura, tratando de comprender su mundo y el mensaje que nos ha dejado a través de los siglos.

Consideraciones para la lectura de la Ilíada

Cuando se lee la *Ilíada* por primera vez, el comienzo del poema puede presentar algunas dificultades. La primera de ellas es que el relato empieza cuando ya han pasado nueve años desde el inicio de la guerra. El público de Homero estaba familiarizado con el tema, pues desde niños habían escuchado las leyendas de la lucha entre helenos y troyanos. El lector moderno, en cambio, es muy probable que no cuente con ese bagaje de

---

[18] Texto crítico.

[19] *Obras Completas de Homero*. Traducción, introducción y notas de Luis Segalá y Estalella. Barcelona, Montaner y Simón, 1927, p. XV.

[20] El mayor éxito lo tuvo una novelita que pasaba por ser el *Diario* o crónica que Dictis de Creta, uno de los compañeros de Idomeneo, había escrito durante la guerra de Troya. Allí había consignado en forma resumida los hechos que ocurrieron a lo largo del conflicto. Esta obra trascendió las fronteras y, hacia 1160, Benoit Saint-Maure lo habría utilizado como fuente principal para su *Roman de Troie*. A través de esa obra Boccaccio, Chaucer y Shakespeare llegarían a conocer la historia troyana.

XV

conocimientos, o tenga una idea vaga, o una visión distorsionada por las historietas, el cine y la televisión.

El público de Homero sabía que, veinte años antes de la guerra, el príncipe troyano Paris —también llamado Alejandro en el poema— le había robado la esposa al rey griego de Esparta, Menelao. La diosa Afrodita lo había ayudado, a cambio de darla por ganadora en una competencia de belleza contra las diosas Hera y Atenea. Para recuperar a su esposa Helena, el hermano de Menelao, Agamenón, el poderoso rey de Micenas, había reunido un gran ejército integrado por una coalición de los principales reyes y los guerreros más valerosos de Grecia. El más destacado de entre ellos, por su arrojo y habilidad en el combate, era Aquiles, personaje central de la *Ilíada*. La historia principal del poema se centra en la disputa que surge entre Agamenón y Aquiles, y la narración abarca —tan solo— cincuenta y un días, en el décimo año de la guerra.

Un estilo que suma

Otra dificultad, con que suelen tropezar los nuevos lectores, es el lenguaje arcaizante y reiterativo; pero, al poco tiempo de iniciada la lectura, uno va acostumbrándose al estilo de Homero, que se caracteriza por la repetición de frases, líneas, e incluso de pasajes enteros. Esto forma parte del estilo oral en que se compuso la obra. En el mundo de Homero no se emplea la escritura. La mentalidad de los individuos que viven en una cultura oral tiene una dinámica totalmente diferente de la nuestra, que formamos parte de una cultura escrita y libresca. Ellos, en cambio, solamente cuentan con la melodía y las palabras. Y ellas se pronuncian y pasan. No hay donde releer lo que a uno se le ha pasado por alto o no ha llegado a escuchar[21]. Las repeticiones buscan superar ese problema y fijar las imágenes en la memoria, a la vez que ayudan al poeta en su tarea de componer los versos. Es un estilo acumulativo. Las palabras se suman y acumulan para redondear y grabar una idea. De este modo para nombrar parece que no basta el nombre, también se usan los epítetos. Al nombre de Aquiles comúnmente se le adosa la frase "el de los pies ligeros"[22] y, así también, al nombrar a Apolo, muy a menudo se agrega "el que hiere de lejos"[23].

---

[21] En una cultura oral, el que escucha, lo hace con mayor atención, y el que habla, trata de hacerlo de manera más precisa.

[22] Este epíteto alude muy probablemente a su velocidad en el combate, la cual se evidencia en la enorme mortandad que ocasiona cuando retorna a la lucha a partir de la rapsodia 20.

[23] Epíteto que se le aplica por el uso del arco como principal arma ofensiva. Los mitógrafos tardíos, racionalizando esta idea, explicaban que los dardos de Apolo

Pero estos recursos no solo obedecen a la necesidad de remarcar ideas y aportar colorido, sino que a la vez ayudan a la composición del canto. El ritmo de la poesía griega no tiene que ver con el acento, sino con la cantidad de sílabas y la distribución de las vocales largas y breves, que posee el idioma griego. El verso que se emplea en la poesía homérica es el hexámetro dactílico.[24] Para componerlos, el poeta oral, contaba con un repertorio de frases de reserva, que denominamos "fórmulas". Se servía de ellas para rellenar las diversas porciones métricas de la línea. De este modo en la *Ilíada*, un personaje u objeto suele ir acompañado por diferentes epítetos que tienen diverso tamaño métrico. La razón es que a veces se necesita un epíteto más largo para adaptarse a la medida requerida por el verso, mientras que en otras ocasiones se precisa uno más corto. Por ejemplo, en los versos 58, 84, 364 y 489 de la primera rapsodia se necesita un epíteto métricamente más largo para describir a Aquiles; entonces se usa el epíteto "el de los pies ligeros". Pero en los versos 7 y 292 del mismo canto, como hace falta un epíteto métricamente más corto, se lo llama "divino".

Pero, más allá de las necesidades del cantor/compositor, lo importante es comprender que esta asociación acumulativa de personas y epítetos —o incluso, de objetos y epítetos— es parte de la dinámica mental de esa comunidad oral, que abarca tanto al aedo como al público. Así el uso de epítetos y otras fórmulas son formas *habituales* de pensamiento —y se diría que incluso *necesarias*—. En ese ámbito de comunicación, se prefiere "no el soldado, sino el *valiente soldado*; no a la princesa, sino a la *hermosa princesa*; no al roble, sino al *fuerte roble*".[25] Lo cual no quiere decir que

---

representan los rayos del sol, el cual se encuentra en el cielo, a gran distancia. Esto también se aplica a los arqueos que, en lugar de entablar un combate cuerpo a cuerpo con la lanza o con la espada, hieren a la distancia por medio de sus flechas.

[24] La unidad del hexámetro es el *dáctilo*, nombrado así por analogía con las tres falanges que forman un dedo. El *dáctilo* tiene una sílaba larga y dos breves ($\_\cup\cup$). Pero dado que las largas equivalen a dos breves, puede ser configurado por dos largas ($\_ \_$), y en ese caso se lo denomina *espondeo*. También es frecuente que el último *pie* esté formado por una larga y una sola breve ($\_\cup$); en ese caso recibe el nombre de *troqueo*. Como dijimos, a cada uno de estos dáctilos, también se les da el nombre de *pie*. De modo que la estructura del hexámetro estaría conformada por seis *pies* de los cuales, los primeros cuatro pueden ser *dáctilos* o *espondeos*, el quinto, en la inmensa mayoría de los casos, suele ser un *dáctilo*, y el último podría ser un *dáctilo* o un *troqueo*. Entre los pies tercero y cuarto, usualmente hay una *cesura*. De la combinatoria de los distintos tipos de pie se obtienen las variaciones del verso.

[25] Ong, W. J., Oralidad y escritura. Tecnologías de la palabra, (Trad. de Angélica Scherp de Orality and Literacy. The technologizing of the Word, 1982). Buenos Aires, F.C.E, 1993, p 45.

en otros contextos estos elementos no vayan a tener contrapartes como *"el soldado cobarde"*, *"la triste princesa"* o *"el viejo roble"*. Estas fórmulas, a quienes no tienen el auxilio de un escrito, lo ayudan a rememorar detalles y pasajes de la historia, porque enfatizándolos, van creando una impresión indeleble y vívida de los personajes, y del mundo en general. Y, cuando estas formas han cristalizado, se preservan a través del tiempo, generación tras generación.

Como más arriba anticipáramos, esta acumulación reiterativa a veces emplea elementos mayores, tales como versos enteros. Es el caso, por ejemplo, de la frase que se suele emplear al final de una comida:

"Cuando hubieron satisfecho el deseo de comer y de beber" [26]

En otras ocasiones los que se reiteran son pasajes enteros, casi empleando las mismas palabras, para referir acontecimientos semejantes. Esto es evidente en la descripción del sacrificio, y el banquete que se ofrece a continuación, en los versos 1.458-469 y 2.421-432.

De esta manera se genera una imagen del mundo donde hay escenas que se reiteran conforme a un modelo tradicional; y los personajes y los objetos ocupan una posición fija, pues se nombran por lo que son en sí. Por eso las naves son "veloces", aunque al decirlo ellas se encuentren varada en la costa; y Aquiles es "el de los pies ligeros", aunque se halle sentado en su tienda.[27]

Otro caso característico de la redundancia y la repetición puntual lo encontramos en la transmisión de los mensajes, donde A le comunica a B un mensaje que a su vez debe transmitir a C. En estos casos, el heraldo o el mensajero lo repite al destinatario empleando las mismas palabras del mensaje original, salvo por la adecuación de algún pronombre o de alguna forma verbal. Esto tiene dos propósitos aparentemente: el primero es recalcar la importancia de lo que se dice, y segundo, destacar que la retransmisión *debe reproducir con exactitud* el pensamiento de quien lo envía, implicando, al mismo tiempo, que se lo ha recibido escuchando con

---

[26] Este verso (αὐτὰρ ἐπεὶ πόσιος καὶ ἐδητύος ἐξ ἔρον ἔντο) se repite siete veces: 1.464, 2.432, 7.323, 9.92, 9.222, 23.57 y 24.628. Lo hacemos notar además porque la repetición del recurso formulario contribuye a demostrar la unidad artística del poema. Para las citas de los versos el primer número indica la rapsodia y, luego, separado por un punto va el número del verso. Por ejemplo: 2.59 indica que se trata del verso 59 de la segunda rapsodia; y 22.178 nos refiere al verso 178 de la rapsodia 22.

[27] Lesky, A., *Historia de la literatura griega*, trad. de la 2da. ed. Alemana, 1963. Madrid, Gredos, 1965/89, p. 85.

suma atención y que no se lo ha teñido de la propia subjetividad[28]. Y eso es, precisamente, lo que define a la *tradicionalidad*.

Como las intervenciones verbales de los personajes se hacen en estilo directo, se emplean fórmulas introductorias como: "le respondió diciendo...", "Entonces dijo"; en tanto que, al terminar, se usan frases de cierre como: "Así dijo".[29] Lo cual parecerá un detalle insignificante o de escasa importancia, pero no es así. Porque, en esta forma de composición, es importante que las ideas, las acciones o las escenas se completen, para poder, entonces, unirla a la siguiente y luego a otra, y a otra, y a otra y a otra... El poeta compone su obra de este modo, uniendo y acumulando las acciones, los parlamentos, las escenas; eso es lo que define la palabra rapsoda (*ραψῳδός*), que significa literalmente "el que cose o hilvana las canciones". Es decir que su composición se realiza como una suerte de *patchwork*, donde todo se relaciona.[30]

Las fórmulas cumplen un propósito artístico. Si su empleo se hubiera limitado a lo meramente práctico, la *Ilíada* no habría tenido éxito poético. Ellas fijarán en nuestra memoria a "Aquiles, el de los pies ligeros", a "Briseida, la de hermosas mejillas", a "Zeus, que amontona las nubes" o "el estruendoso mar". De Áyax no tenemos demasiados datos de su apariencia excepto su gran estatura y fortaleza, pero lo vemos claramente llevando su escudo "alto como una torre". Son imágenes que encierran la gran belleza de una poesía ignota y lejana. A ella le debemos las "aladas palabras", "la barrera de los dientes", "las tinieblas de la noche" (para referirse a la muerte), "las cóncavas naves", el "vinoso ponto", los "cruentos despojos" del combate. Y gracias a ella tenemos bien sabido que el día se inicia con "la hija de la mañana, la Aurora, de rosados dedos". Todo comporta una singular belleza.

Incluso un verso formulario que suele emplearse para describir la muerte de un héroe retiene una fuerza que sobrevive a sus muchas repeticiones:

---

[28] En la *Odisea*, en cambio, no son tan respetuosos con la literalidad en la transmisión del mensaje. Aída Míguez Barciela lo atribuye a que la *Ilíada* es marcadamente paratáctica, en tanto que la *Odisea* es mucho más hipotáctica (Cfr. *ob. cit.*, p. 34).

[29] Los discursos se realizan como un recorrido circular de ida y vuelta. Esta forma perduró en las técnicas de organización del discurso que enseñaba la retórica relacionadas con el *arte de la memoria*.

[30] Eso también permite que los cantores canten tan solo un trozo o episodio, como vemos que pasa en la *Odisea*, cuando no disponen ni del tiempo ni la oportunidad para cantar composiciones completas. De esa forma el público también puede solicitar al poeta que cante un episodio determinado.

[...] "Cayó con estrépito y sus armas resonaron"[31]

Comprender por lo semejante

En la dinámica del pensamiento de una cultura oral, la comprensión de ideas y situaciones se realiza en base a la comparación y al símil. Estos símiles se introducen en el poema por el nexo comparativo, que habitualmente se traduce "como" o "así como":

> [...] "*así como* el pastor lleva en una mano el vellón de un carnero, sin que el peso le fatigue; Héctor, alzando la piedra, la conducía hacia las tablas que fuertemente unidas formaban las dos hojas de la alta puerta" [...] (12.451 y ss.).

Si bien el panorama de la *Ilíada* está ampliamente cubierto por las situaciones de guerra, por medio de los símiles las escenas vitales del mundo cotidiano irrumpen fugazmente en el relato. Algunas son escenas de la vida ordinaria y de las labores corrientes, otras muestran el accionar de las fuerzas naturales, o de los hábitos instintivos y el comportamiento de los animales.

> [...] "Como el Euro y el Noto contienden en la espesura de un monte, agitando la poblada selva, y las largas ramas de los fresnos, encinas y cortezudos cornejos chocan entre sí con inmenso estrépito, y se oyen los crujidos de las que se rompen; de semejante modo teucros y aqueos se mataban, sin acordarse de la perniciosa fuga." (16.765)

Los símiles aportan dinamismo. Traen al público de lo épico a lo habitual, para devolverlo luego a la situación épica, pero con el pensamiento renovado por aquello que, para el oyente, es habitual.

Muchos de estos símiles forman parte del acervo popular, que el poeta reelabora y adapta a su canto. De este modo no es raro que algunos de ellos se encuentren también en composiciones de otros pueblos o culturas. Así podría estar ocurriendo en 18.318 y ss.

> [...] "*Como* el melenudo león a quien un cazador ha quitado los cachorros en la poblada selva, cuando vuelve a su madriguera se aflige y, poseído de vehemente cólera, recorre los valles en busca de aquel hombre" [...]

---

[31] El verso completo se repite seis veces (4.504, 5.42 y 540, 13.187, 17.50 y 311). Pero el poeta emplea el segundo hemistiquio tres veces más en los versos 5.58, 294 y 8.260. Con lo cual vemos como el material formulario se adapta para ser usado en su totalidad o por partes.

Este símil es paralelo al pasaje del *Gilgamesh*[32]:

"Irritado como un león, como leona a la que le han quitado sus
cachorros".

En los símiles también se revelan elementos arcaicos. Esto hace pensar
que los elementos que integran el poema proceden de épocas históricas
muy diversas tal es el caso del escudo de Áyax —"como una torre"— que
corresponde a tiempos anteriores, mucho más remotos que las rodelas y
escudos descriptos en otras partes.

Variedad de personajes

Puede ocurrir también que a los que lo leen por primera vez los intimide
la gran variedad de personajes y de acciones. La *Ilíada* es un gran
escenario que contiene multitud de personas y muchos acontecimientos
insignificantes, pero se enfoca en una acción central. Estos detalles no
parecen importantes por separado, pero crean una impresión de amplitud y
proporcionan un fondo imponente para el foco principal de la trama. Pero
no es razón para amedrentarse. La historia principal de la *Ilíada* es bastante
simple e implica a un número relativamente pequeño de personajes
principales.

A cambio uno tiene la oportunidad de percibir el alma de los antiguos, y
ver como los hombres de otro tiempo lidiaban con algunos de los mismos
problemas que hoy en día, todavía, nos acosan.

Números homéricos

Otra característica de la poesía oral del género épico es un continuo y
renovado interés por el número. Se nos da cuenta de los años de la guerra,
tanto de los que han pasado y como de aquel en que ha de terminar; la
cantidad de personajes que intervienen en una actividad determinada y de
las personas que les sirven de acompañamiento; la cuenta de los muertos
en un ataque; o la cantidad de intentos en que una acción fracasa, o tras
cuántos yerros se obtiene el éxito; el número de las borlas que tiene la
égida, o el de las puertas de una de las entradas al campamento aqueo, o
cuántos son los cerrojos que las traban, o las piedras que se usan para
derribarlas; la cantidad de batallones en que se divide el ejército, o la
cuenta de los animales ofrecidos en un determinado sacrificio; o cuántos
navíos condujo a Troya cada caudillo, y cuántos iban en las naves; o la

---

[32] Cfr. Pritchard, James. *Ancient Near Eastern Texts.* New Jersey, Princeton, 1969.
p. 88. Citado por Gil Fernández, "*La poesía de la Ilíada*" (en: *Tres lecciones sobre
Homero*. Taurus, 1965. p. 25).

cuenta de capas que formaban un escudo, o el de los filetes que tiene la armadura de Agamenón; o la cantidad de hijos de Príamo y cuántos de ellos eran de la misma madre; o la cuenta de los bienes que integraban un rescate, o de los días que transcurren en una tregua, o cuantos cautivos fueron ofrecidos por Aquiles en sacrificio, o el número de pasos que dio Poseidón desde Samotracia para llegar a su destino...

En general el autor se sirve de ellos para resaltar la importancia y realidad de aquellos objetos donde enfoca su atención. Pero en realidad les aplica simultáneamente muchos otros usos. Este fenómeno hasta el momento ha sido muy poco estudiado, y merecería ser seriamente investigado con atención y profundidad.[33] En nuestras notas al texto hemos

---

[33] Con frecuencia observamos que a los números en la *Ilíada* se los "etiqueta" como "números típicos" y se sigue adelante sin más explicaciones. Esa expresión, acuñada por Richard Meyer (*Die altgermanische poesie nach ihren formelhaften elementen beschreiben*, Berlin, W. Hertz, 1889) plantea que cierto pueblo o cultura tiene preferencia por determinados números. Es una idea muy romántica que hace abstracción de la intención artística del compositor de la obra, y que, aparte de señalar la habitualidad de su uso, no aclara las razones de su empleo o su funcionalidad. Las investigaciones demuestran que Homero se empeña en un "decir excelente porque solamente si dices excelentemente A aparece en verdad A" (Míguez Barciela, A. "Hacia una interpretación de la *Odisea*" en: *Laguna*, XXXII (2013), pp. 9-26; véase también: Martínez Marzoa, F. *El decir griego*, Antonio Machado Libros, Madrid, 2006, p. 17). La incomprensión generalizada del uso y función de los números no hace sino aportar mayor confusión. Y esa falta de un conocimiento cierto, despoja de apoyatura a trabajos como el de W. Singor sobre la organización de las líneas de combate ("Nine against Troy. On Epic ΦΑΛΑΓΓΕΣ, ΠΡΟΜΑΑΟΙ, and an Old Structure in the Story of the *Iliad*", en: *Mnemosyne*, 4ta., XLIV, 1, 1991, pp. 17-62). El estudio de los numerales con demasiada frecuencia se ha abordado desde una perspectiva errónea. No pueden aplicarse los mismos criterios para el estudio de los números en una obra de Virgilio, que siempre ha vivido dentro del ámbito de la letra escrita, y que para alguna de sus obras se ha demostrado cabalmente el uso de composición numérico-simbólica (Cfr. Maury, Paul, "Le secret de Virgile et l'architecture des Bucoliques", en: *Lettres d'Humanite*, III; Paris, Association Guillaume Budé, 1944. pp 71-143), que a la poesía de composición oral de Homero. En la poesía escrita, la estructura se basa en medios gráficos; vemos el comienzo y el fin de cada línea, los párrafos y los capítulos; se puede —por ejemplo— contar el número de versos al componerlos o al leerlos y releerlos; en esa literatura se manejan otros medios, y el poeta, por ejemplo, puede jugar con el lector creando acrósticos con la primera letra de sus versos. En la poesía oral, en cambio, la estructura es audible, está en el ritmo y en el juego de la memoria; y los ritmos son marcados por repeticiones, acumulaciones de detalles, ecos, simetrías, que actúan como hitos o señaladores de una estructura interna. Lo que decimos es que el número contribuye a "marcar" y relacionar esos momentos que se constituyen en hitos de esa estructura, y sirven de guía hacia las capas más profundas del sentido

comentado muchos de estos casos y tratado de exponer una explicación válida acerca de su empleo. Se ha preferido esta modalidad porque el uso y significado de los números está íntimamente relacionado con sus respectivos contextos[34]. Los numerales son palabras de la lengua, pero también pertenecen al ámbito de las matemáticas y, como tales, el poeta los usa para establecer otro tipo de relaciones no lingüísticas y diversos juegos aritméticos de variado significado.[35]

El código de los héroes

La conducta de los héroes homéricos se rige por un código de honor, cuyo objetivo primordial es alcanzar fama y respeto entre sus pares. Sin el honor la vida carecería de sentido para ellos. Desde esta perspectiva se comprende que el honor es más importante que la propia vida. Y se produce un gran conflicto interno cuando los dioses le aconsejan al héroe que evite alguna situación que lo pondría en grave peligro. El héroe, por no asumirse como cobarde, muy a menudo opta por ignorar esa advertencia.

Para obtener la gloria el guerrero se basa principalmente en su valor y sus habilidades físicas. Pero también la honra puede provenir de su estatus social y de sus posesiones, aunque en menor medida. El más alto honor sólo puede ganarse en el combate, donde la competencia es feroz y lo que

---

de la obra. El número es la piedra que la crítica ha desechado —probablemente por no saber que hacer con ella— pero bien podría convertirse en una piedra angular de una comprensión más plena.

[34] En la obra ellos expresan la cantidad determinada de "algo". Es decir, nunca se habla del número en abstracto. No se habla del nueve en sí, sino de nueve años, nueve días, nueve heraldos, nueve polluelos, nueve buques… Esto nos plantea, de base, que su estudio debe empezar desde su relación contextual.

[35] Los numerales constituyen un campo semántico que participa de las categorías gramaticales cumpliendo la función nominativa de las cantidades de los objetos; a la vez, en tanto que números, tienen propiedades matemáticas, con entidad extralingüística (Cfr. Millan Orozco, A. "El campo semántico de las cantidades", en: *Anuario de Letras* [Univ. De México], XII, 1974, p. 23). Esta peculiaridad le permite al poeta oral establecer relaciones inusitadas a nivel paradigmático (además de las que realice a nivel sintagmático); a esto se suman aquellos números que se impliquen por operaciones matemáticas (habitualmente operaciones simples de suma, resta o multiplicación), esto es lo que ocurre, por ejemplo, cuando al definir en unos pocos versos la constitución del rescate de Héctor, no solamente conocemos las cantidades de los distintos bienes sino que, calculando, encontramos que ellos suman un total de setenta y siete objetos, y que a su vez, tomados en lotes por sus categorías, dan una serie de: $60+10+6+1 = 77$ objetos. El conocimiento de las propiedades de los números no es extraño a la sabiduría tradicional de las culturas orales de la remota antigüedad. Este conocimiento, tiempo después, sería recogido por Pitágoras y sus discípulos.

está en juego es lo más importante. En tiempos de paz los héroes muestran su destreza y aptitud en la caza y los juegos atléticos, pero la gloria que en ellos se consigue no se compara con la de las batallas. Junto a la fuerza, el coraje y la destreza los helenos también valoraron las virtudes del consejo[36], el ingenio y la prudencia. Pero estas otorgarían una honra menor que las anteriores.

Una leyenda —que Homero rememora al pasar y brevemente— puede ayudarnos a ilustrar esta visión heroica de la vida; se refiere al vaticinio de la llegada a Troya y la primera muerte. Se dijo que aquel que primero pisara tierra troyana, sería el primer muerto de la guerra.

Ante esta profecía algún valiente debía sacrificarse. Mientras los otros vacilaban, Protesilao se dispuso de inmediato y, saltando de la nave, echó pie a tierra para enfrentar a los troyanos que venían a expulsarlos. Mató a muchos, pero también él perdió la vida, siendo el primero de los aqueos que caería en Troya. Sin embargo, otra versión de la leyenda dice que Odiseo, "fecundo en ardides", se le adelantó. Pero, usando su ingenio, arrojó su escudo a tierra y luego saltó sobre él, sin tocar el suelo troyano antes que lo hiciera Protesilao[37]. Este es un ejemplo de una pregunta que subyace en el contexto legendario de la *Ilíada*, ¿quién prevalece? ¿Es superior la virtud física o el poder intelectual? Y no olvidemos que, según las leyendas, y la versión del propio Homero en la *Odisea,* lo que permitió tomar la ciudad de Troya no fue la fuerza, sino un engaño bien concebido y ejecutado.

El heroísmo homérico puede resultar salvaje y hasta despiadado para algunos lectores de hoy. El héroe se encuentra de continuo entre "matar o morir". La victoria le significa la supervivencia y el aumento del honor; el fracaso, en cambio, casi siempre representa su muerte o, al menos, quedar apartado en la lucha por la honra.

Pero cada victoria contra un adversario es pasajera, efímera, y puede olvidarse fácilmente. Esta es una de las razones por las cuales el vencedor procuraba capturar, como trofeo, la armadura del vencido. Así, se desatan furiosas batallas en torno al cadáver cuando el vencedor intenta despojarlo de sus armas, y los compañeros del caído quieren impedirlo.

---

[36] Néstor, que es demasiado viejo para sobresalir en la lucha, mantiene su fama gracias a sus prudentes consejos. Odiseo, en cambio, parece ser el héroe más versátil, que a sus habilidades guerreras suma el ingenio. Es este sentido será entre muchos de los principales al que el valeroso Diomedes elegirá para que lo acompañe en su incursión nocturna en las avanzadas troyanas (10.242 y ss.)

[37] Cfr. Difabio, E. "La primera baja panaquea en la Guerra de Troya : Protesilao en fuentes literarias, históricas y geográficas grecolatinas", en: *Praesentia* 16, 2015, p. 4.

De las ciudades expugnadas se obtiene un botín de guerra que se distribuye entre los vencedores. La parte en el botín que se le asigna representa el mérito, la gloria y la honra del guerrero. Esto nos lleva justo antes del inicio de la *Ilíada*: Como parte del botín de una campaña contra unos pueblos vecinos, aliados de Troya, Agamenón recibió a Criseida, y Aquiles, a Briseida. La disputa de la primera rapsodia entre ambos jefes surge porque, al quitarle a uno la parte correspondiente el guerrero se siente desposeído del honor.[38]

Desde este punto de vista se observa un marcado individualismo. Primero importa el propio honor y el de su casa[39], luego va todo lo demás. Su linaje, en realidad, no es más que una extensión de sí mismo. De este modo, Aquiles privado de la debida honra, prefiere que todo el ejército sufra su ausencia y muchos mueran, a fin de que se revele y quede

---

[38] Una situación semejante se encuentra hacia el final de la obra, cuando Aquiles pretende privar a Antíloco del premio que le ha correspondido en los juegos realizados en honor de Patroclo (23.543 y ss)

[39] El hogar, u *oikos*, estaba formado no sólo por los parientes consanguíneos, sino también por aquellos que han pasado a formar parte del grupo familiar —diríamos que por adopción— como ocurre con Glauco y Sarpedón (12.322-328):

> ¡Oh amigo! Ojalá que huyendo de esta batalla, nos libráramos de la
> vejez y de la muerte, pues ni yo me batiría en primera fila, ni te
> llevaría a la lid, donde los varones adquieren gloria; pero como son
> muchas las muertes que penden sobre los mortales, sin que estos
> puedan huir de ellas ni evitarlas, vayamos y daremos gloria a alguien,
> o alguien nos la dará a nosotros.

La presión moral que asegura el cumplimiento de este código heroico se basa simplemente en la fama. Al héroe homérico le preocupa sobremanera la reacción de sus pares ante sus acciones, ya que en última instancia son ellos los únicos que pueden otorgar el honor. Cuando la esposa de Héctor le insta a no volver a la guerra, él responde (6.441-443):

> (...) mucho me sonrojaría ante los troyanos y las troyanas de
> rozagantes peplos si como un cobarde huyera del combate (…)

Héctor no es realmente libre como para alejarse de la lucha. Su temor a la opinión adversa de sus conciudadanos lo obliga a ignorar las súplicas de su esposa, o los gritos y ruegos de sus padres, tanto para retornar a la batalla (6.494 y ss.), como para quedarse a enfrentar a Aquiles frente a las Puertas Esceas (22.38 y ss.).
Hay que luchar con valor, cueste lo que cueste. Como dice Odiseo en 11.408-410:

> (...) Sé que los cobardes huyen del combate, y quien descuella en la
> batalla debe mantenerse firme, ya sea herido, ya a otro hiera.

manifiesto lo mucho que la victoria en los combates depende de su bravura y de su arrojo; para que, entonces, le demuestren, sin reserva alguna, el respeto y la gloria que merece. La lealtad a la comunidad o a la patria todavía no han cobrado la importancia que iban a tener en épocas futuras.

Tanto en el actuar como en el hablar, se demuestra la educación y la nobleza. Por eso el desarrollo de la rapidez de pensamiento y la facilidad de palabra era parte importante de su educación; la fama entre los pares, también se gana destacándose por la participación en las juntas y consejos (1.490 y 9.441). Así, los discursos y alegatos de los héroes suelen mostrar un uso ejemplar de la retórica[40].

El encadenamiento causal de las acciones

Pero el verdadero motivo de la obra no es la guerra ni la muerte, sino el rencor. No es una simple cólera, sino esa furia duradera que roe continuamente el alma del héroe al no ser reconocido en su valía. En el encadenamiento causal del desprecio y el resentimiento que origina se da toda una serie de hitos que hacen a la trama de la obra: la ofensa de Crises trae la peste a los aqueos, ella enfrentó a los jefes, y los insultos y amenazas cruzados entre Agamenón y Aquiles, conducen al arrebato de Briseida, la ira de Aquiles y su abandono de la lucha, eso pone al borde de la derrota a los aqueos y traerá consigo la muerte de Patroclo.

Pero si ese resentimiento prolongado es el motivo principal de la obra, la virtud guerrera más importante viene a ser el autocontrol. El exceso es ampliamente censurado y opuesto a los ideales de la educación griega; por ello el poema se agiganta en su valor pedagógico y catártico. Este es un motivo constante en toda la épica: el dominio del carácter fogoso del guerrero.

La muerte de Patroclo es otro eslabón que repite la estructura del desastre: Patroclo, en su bravura al emprender la defensa de las naves, de pronto logra hacer retroceder a los teucros hacia los muros de Troya; pero entonces, también él, se excede; e incumpliendo las órdenes de Aquiles, perseguirá su propia muerte.

---

[40] Ésta retórica discursiva con frecuencia presenta una composición anular o *ring composition*, como la señalada por Dieter Lohmann (*Die Komposition der Reden in der Ilias*. Berlin, De Gruyter, 1970. p. 12) para el discurso de Diomedes, que comentamos en nuestra nota a los versos 6.123 y ss. Este recurso a su vez enlaza con la múltiple geometría anular que presenta la estructura interna de la *Ilíada*, concebida como capas de una cebolla (Cfr. Whitman, C. H. *Homer and the Heroic Tradition*, Cambridge - Massachusetts, Harvard University Press, 1958, pp. 97 y ss.).

Héctor al matar a Patroclo también se extralimita, maltratando y mancillando el cadáver de su enemigo, y apoderándose de unas armas que no le corresponden y que no le valdrán al enfrentar su destino.

Aquiles mismo, al renunciar a su abandono del combate, solamente está cambiando un rencor por otro. De hecho su primer resentimiento y el pedido hecho a su madre, no solo han traído la desgracia a los aqueos, sino también han terminado ocasionando la muerte de su amigo. Así, el fin de la obra sobreviene cuando Aquiles cede —allí es donde verdaderamente renuncia a su cólera— y permite a Príamo y a los troyanos cumplir con las honras fúnebres de Héctor. Prueba de que, en ese punto, ha terminado el conflicto que justificó el poema es que Aquiles ya no vuelve a aparecer.

Homero trata de enseñarle a los suyos —y a la posteridad— un estilo de vida noble, donde reina la virtud y la mesura[41].

Dos perspectivas: humana y divina

La religión homérica está dominada por los dioses del Olimpo, dioses patriarcales y luminosos, que vencieron, dominaron y suplantaron a otros más primitivos y crueles de una religión matriarcal y agraria. Su politeísmo rinde culto a unos dioses que personifican diferentes dominios del mundo físico y diversos aspectos de la experiencia humana. Entre los primeros se encuentran tres hermanos: Zeus, que es rey del Olimpo y su dominio son los cielos, él amontona las nubes y está armado con el poder del rayo; el segundo es Poseidón, y su dominio, el mar; Hades, es el tercero, dios de los abismos inferiores que pueblan las sombras de los muertos. Otros dioses rigen y se abocan a los aspectos de la vida humana; tales como Afrodita, diosa de la pasión sexual, o Ares, el funesto dios de la guerra.

Los dioses homéricos no son seres espirituales, sino seres inmortales que tienen características y apariencia semejante a la humana. Manifiestan emociones, virtudes y vicios. Su antropomorfismo llega a presentarlos como una familia divina, organizada y regida por Zeus, como patriarca[42]. El hijo de Cronos, Zeus, tiene el poder para prevalecer sobre todos ellos —

---

[41] La mesura es un tema común a toda la épica. Recordemos la figura ejemplar del Cid "bien e tan mesurado" (*CMC*, 7).

[42] Una muestra del carácter patriarcal del mundo homérico es el uso de los patronímicos, esto es, el nombre heredado de un antepasado paterno. De este modo, a Aquiles se lo llama *Pelida* por ser hijo de Peleo, y también se lo conoce como *Eácida*, porque su abuelo era Eaco, además se le aplica el epíteto "divino" porque su bisabuelo es el propio Zeus.

incluso, contra todos en conjunto—, y de esa misma forma les exige obediencia, aunque no siempre la obtiene.[43]

Sin embargo, estos dioses de la *Ilíada* cumplen los propósitos poéticos de Homero, y no constituyen una representación literal de los dioses de la antigua religión griega. La intención de Homero, al menos en una visión superficial de la obra, no es inspirar la piedad religiosa en su audiencia. La realidad que representan los dioses en la *Ilíada* sirve para presentar un contraste con la vida de los seres humanos. Los problemas y sufrimientos experimentados por los hombres se contraponen a la alegría y la felicidad perdurable de la existencia divina.

El poeta, para enfatizar el contrapunto entre las desgracias humanas y la bienaventuranza divina, incluso hace que los dioses luzcan como personajes de comedia. Y este proceder fue muchas veces incomprendido y severamente criticado por algunos en la antigüedad.

En la *Ilíada*, los dioses intervienen en los asuntos humanos. Una de las razones es que muchos de ellos —que han mantenido una relación carnal con los mortales—, tienen hijos humanos entre aquellos que participan de

---

[43] La religión anterior a la olímpica era regida por una Diosa Madre. Con la nueva religión olímpica, esa antigua diosa dividió sus funciones entre varias de las diosas que integraron el panteón olímpico. Es Hera, la cual ha pasado a convertirse en esposa de Zeus y, a pesar de estarle sometida, se pasa disputando con él. Es, en ocasiones, una versión oscura, vengativa y sanguinaria de Atenea. Es también Afrodita como embrujo del amor. O Deméter, que perpetúa los primitivos ritos agrarios y de la fertilidad; y, asimismo, la encontramos en su hija Proserpina/Perséfone, reina de las regiones inferiores y la magia. Incluso se revela en las faces más cruentas de los ritos lunares de Artemisa. A esa misma religión, oscura y mistérica, se deben las furias del averno que acosan incansablemente a los que incumplen las normas ancestrales, en particular los crímenes de sangre, pero, sobre todo —y en ello se conoce su origen matriarcal— aquellos que guardan relación con la línea sanguínea de la madre. Las Moiras son parte de esa antigua religión. Y hasta el propio Zeus usa de su balanza para consultarlas en dos momentos de la obra. La gran pregunta es: ¿Quién determina el destino? En principio parece que fuera Zeus: ya el verso 1.5b nos asegura que todo esto ocurre en cumplimiento de su voluntad; pero en otros pasajes —16.433 y ss., por ejemplo— el propio Zeus aparece sujeto a la trama de las Moiras. Los dioses no van contra el destino, sino por el contrario, se aseguran de su cumplimiento. Los designios de las Moiras son inexorables. Si bien los dioses más antiguos resultaron confinados a las sombras inferiores, su primitiva religión encontró forma de sobrevivir a la llegada de los olímpicos, infundiéndose en ellos. Así, tanto las disputas que surgen entre los dioses, como los remezones y rebeliones de aquellos contra el gran poder de Zeus, son un testimonio mítico de los afloramientos de su subterráneo poder y pervivencia. (Cfr. Otto, W. *Los dioses de Grecia*. Buenos Aires, Eudeba, 1976. pp 9 y ss. y 219 y ss.).

la guerra. Y, como también tienen sus favoritos entre los guerreros, los dioses toman partido en la contienda por uno u otro bando, en función de su agrado o desagrado. Así, por ejemplo, Atenea y Hera, que resultaron perdedoras en la ya mencionada competencia de belleza, son acérrimas enemigas de los troyanos; mientras que la ganadora, Afrodita, causante divina del conflicto, los apoya.

El interés de los dioses en los asuntos humanos y su implicación en la lucha tienen un efecto de suma importancia en el desarrollo de la *Ilíada*. Esta guerra, que hubiera carecido de relevancia sin la presencia de los dioses, cobra otra dimensión de alcance y significado cuando intervienen los poderes de los cielos, los ríos y los mares. La acción del poema se universaliza, y las acciones de los hombres se exaltan en la misma medida. La trama épica de la obra pasa a contemplarse dentro de una perspectiva religiosa, en la cual, ambos planos, humano y divino, interaccionan. Cuando Aquiles, en la primera rapsodia, se dispone a matar a Agamenón, su decisión de no matarlo podría explicarse a un nivel puramente humano, donde su propia razón y la prudencia refrenasen su arranque de furia. Sin embargo, no se hace de esa forma; es la intervención de la diosa la que lo detiene y lo hace cambiar de parecer. Este hecho tiene múltiples implicaciones. Por un lado, la presencia divina está destacando la extrema importancia de toda la escena. Aquiles está a punto de matar a Agamenón y, con ello, cambiar todo el rumbo del destino. Atenea, desde esa perspectiva, hace su aparición, no solo para evitar que Aquiles cometa un crimen, dejándose llevar por su *hybris*, sino para preservar el curso de la trama. Desde otro ángulo podemos observar que su asistencia pone de manifiesto la omnipresencia de la divinidad, tal como la presiente el espíritu griego: el dios está detrás de cada acto. Si la peste asola el campamento es porque el sol Apolo lanza sus dardos para vengar la ofensa contra Crises. Si Pándaro se atreve a quebrantar el sagrado juramento, no actúa por sí mismo, sino por instigación del dios. Si los troyanos avanzan sin poder detenerlos, es que Apolo les abre camino entre las filas de los aqueos, por medio de la égida de Zeus. Si Áyax resbala en la carrera, es que Atenea entorpeció sus pies para que pierda, y si Odiseo gana es porque, respondiendo a su oración, la diosa le fortaleció las piernas… Cada banquete se inicia con una libación; los juramentos se hacen poniendo a los dioses por testigos; los avances y retiradas del ejército obedecen casi siempre a los presagios… Todo nos muestra que los seres humanos de la *Ilíada* viven de un modo religioso, donde no hay una división entre lo sagrado y lo profano. Todo parece imbuido de lo sacro; lo profano, en todo caso, pasa a ser una contravención de *lo que es debido* como sagrado.

Para esta sociedad iletrada donde nació el poema, conocer la voluntad del dios no es como en las culturas del libro. No hay un decálogo, ni un mandato escrito. El dios hace conocer su voluntad e impone su ley de varias formas: a veces envía a otro dios como emisario, que habla y ordena, muy a menudo bajo la apariencia de alguien que conocen y respetan los interlocutores; dando el cetro a los reyes para infundir su poder divino en sus decretos; en otras ocasiones se expresa por augures y adivinos, a quienes permite conocer algo de su voluntad y sus designios. Por último, pero no menos importante, habla a través de los poetas, cuyos cantos y cuentos enseñan a los hombres como conducirse y comportarse, mostrando los errores que todo ser humano debe evitar y todas las buenas costumbres que debe honrar y practicar.

En el margen de la guerra

El mundo de los mortales en la *Ilíada* es un mundo de guerreros. Un mundo de hombres. El rol de la mujer se ve reducido al amor que le prodiga a su marido o al amo, los quehaceres de la casa, la crianza de los hijos y al dolor o la alegría que traen aparejadas la muerte o la victoria. No combaten. Observan desde los muros cómo se desarrolla el drama. Se angustian pensando si algún día gozarán felices de la paz o si serán cautivas, temiendo también por el destino de su prole.

El rol femenino activo en el combate lo desarrollan las diosas. Ellas se mantienen en una actividad constante, ya sea enardeciendo a los guerreros, salvando a sus favoritos de una muerte segura, proveyéndoles de recursos, obstruyendo a otros dioses, fabricando engaños, seduciéndolos o, lisa y llanamente, ordenándoles qué hacer. A ellas la feminidad no les impide tomar las armas, pero también las excusa cuando, huyendo heridas, van a llorar a Zeus para que las sane. Y, como ya dijimos, sus actitudes frívolas y elaborados ardides, sin duda arrancaban más de una sonrisa a los oyentes.

A los ancianos, más débiles y cercanos a la muerte, también les corresponde una actitud paciente y expectante. Contemplan el transcurso de la guerra, observan cómo las decisiones de antaño afectan su vida presente, aconsejan o mandan, intervienen para mediar, para ordenar sacrificios o para rescatar a sus hijos, o a sus restos.

Las mujeres, los ancianos y los niños quedan excluidos del núcleo del poema. Solo los hombres, su virtud, su juicio, su valor, su nobleza, su honra y sus posesiones forman parte de él.

Si este mundo épico vibra con los choques de la guerra, también reserva unos pequeños recodos del poema para la paz: las escenas de la vida cotidiana, el trabajo fructífero del campesino que siembra sus campos o recoge la cosecha, el pastor que guía su rebaño, las fiestas populares y la dicha; la dulce melodía de las cítaras y el canto del aedo. Todo eso y más se encuentra en varios de sus símiles, pero a vez Homero lo ha grabado y condensado en el maravilloso escudo que Hefesto realiza para Aquiles, símbolo del modo de vida que defiende el escudo del guerrero.

A la distancia

Para nosotros, lectores del siglo XXI en lengua castellana, la distancia con el texto y su poesía es inconmensurable.

Los contemporáneos de Homero son hombres que han vivido desde siempre con una cercanía al sufrimiento y al dolor que nosotros, acostumbrados al uso habitual de la medicina y la anestesia, mitigamos o ignoramos casi por completo. Son personas que experimentan el mundo sin la interferencia de los artilugios de la ciencia moderna. Sin los beneficios de la alfabetización, la expansión de la memoria —hasta límites que hoy nos parecen impensables— tenía entonces un papel preponderante en la conservación y el desarrollo de la cultura. Una sabiduría tradicional ocupaba el sitio de la ciencia. El ingenio era increíblemente valorado porque podía resultar decisivo para la supervivencia, y la rapidez mental no estaba aletargada por la comodidad de los ordenadores. Todo viaje entrañaba algún peligro y la visión de la sangre y de la muerte, tanto en la vida sencilla del campesino como la del ciudadano de la urbe, aun en los tiempos de paz, eran una experiencia cotidiana. Imagino que si entre nosotros pudiéramos encontrar personas semejantes a aquellos remotos oyentes de Homero serían como algunos de nuestros peones de campo, algo ingenuos, pero también pícaros, analfabetos pero memoriosos, recelosos pero inteligentes, que observan todo en esta vida con un cierto respeto.

Recordemos que, al menos en principio, esta obra no ha sido creada para ser leída sino para ser escuchada. En el sonido de los versos hay ritmo, musicalidad y aliteraciones que nos hacen escuchar el ruido atronador de los carros de guerra entrando en tropel por el campo de batalla, sentir el choque de las armas, la voz de los heraldos y las vigorosas arengas de un caudillo, el llanto de las troyanas al despedir a sus maridos camino de la victoria o de la muerte y el suave encantamiento de la música del verso que descorre el velo de la aurora para iniciar un nuevo día de combates.

Esta edición de la Ilíada

No creemos que el verso español pueda brindarnos la experiencia musical del verso homérico, por esta razón hemos elegido la justamente aclamada traducción en prosa de don Luis Segalá y Estalella.

Menéndez y Pelayo, en una carta al autor, señala que esta libertad respecto del verso le permite mantener un ritmo y un tono mucho más cercano a la emoción poética, que transmitía antiguamente la poesía homérica.

XXXI

Segalá y Estalella publicó varias versiones de su traducción. En la primera de ellas empleó los nombres latinos de los dioses (Júpiter, en vez de Zeus, Venus en lugar de Afrodita, etc.) y de algunos de los héroes; así, por ejemplo, llamaba Ulises a Odiseo.

En otra, adoptó formas más cercanas al griego y nombraba a Agamenón como "Agamemnon" y empleaba "Aquileo" para llamar a Aquiles; en esa misma traducción también detectamos una cierta vacilación onomástica (por ejemplo: a veces escribe "Agamemnon" y otras, "Agamenón"). Para nuestra edición, y teniendo a la vista sus distintas versiones hemos tomado como base la publicada en 1908[44], pero hemos seguido casi todas las mejoras[45] introducidas en el texto de la edición de las *Obras completas de Homero* publicada por Montaner y Simón en 1927, por considerar que se adaptan mejor al lenguaje actual y dan un acabado más definitivo a alguna de las asperezas de las versiones anteriores.

De esta forma el texto se presenta con una unificación onomástica en la forma que los personajes de la *Ilíada* son más popularmente conocidos (Aquiles, Agamenón, etc.) y sin errores de vacilación. Los dioses quedan también con sus nombres griegos (Zeus, Afrodita, Atenea, etc.).

Para los patronímicos la unificación por lo general se realiza siguiendo la forma más popular o la establecida por Fernández Galiano[46]; así preferimos por ejemplo, "Crónida", en vez de "Cronida" o "Cronión" por sonar estos últimos demasiado raros hoy en día.

Se sigue un criterio semejante al que se ha aplicado para los pasajes que plantean una divergencia de expresión; en este sentido, por ejemplo, hemos preferido: "pues aquel día gran número de teucros y de aqueos yacían, unos junto a otros, caídos de cara al polvo" (versión de las *Obras completas de Homero*, 1927; final rapsodia V), a la anterior: "pues aquel día gran número de teucros y de aqueos dieron, unos junto a otros, de bruces en el polvo" (1908; *id.*).

Por último hemos actualizado toda la traducción de acuerdo con las normas vigentes para el empleo del acento ortográfico, sobre todo para el uso de pronombres enclíticos, por medio de los cuales el traductor ha buscado acentuar el sabor arcaico de la obra.

---

[44] Esa edición fue reeditada por la Universidad Nacional de México en 1921, pero con variantes que introdujeron esos editores.

[45] En esa edición Segalá y Estalella, siguiendo a Bérard, dispone el texto como si fuese representable, colocando el nombre del personaje al inicio del parlamento que se le atribuye. Práctica con la que estamos en total desacuerdo y que hemos omitido siguiendo a la edición del 1908.

[46] *La transcripción castellana de los nombres propios griegos*, 2da. ed., Madrid, Sociedad Española de Estudios Clásicos, 1969.

ILÍADA

RAPSODIA PRIMERA

PESTE - CÓLERA

Tras un breve proemio, el poeta comienza su relato con la llegada de Crises, sacerdote de Apolo, que acude al campamento aqueo para rescatar a su hija, que ha sido tomada cautiva y entregada como esclava a Agamenón. Agamenón humilla al sacerdote, se niega a entregarle a la hija y lo despide con amenazas. Apolo, atendiendo a las súplicas de Crises, propaga una terrible peste por el campamento aqueo. Aquiles, inspirado por Hera, reúne a los aqueos en consejo, y luego de ofrecerle garantías de seguridad al adivino Calcas le pide que hable sin miedo, aunque tenga que referirse a Agamenón. Sale a la luz entonces que el comportamiento de Agamenón con Crises ha sido la causa de la ira Apolo. Esta afirmación irrita al rey y pide que, si ha de devolver a Criseida, se le prepare otra recompensa. Aquiles responde que se le compensará cuando se tome la ciudad de Troya. Así va creciendo la disputa entre el jefe supremo del ejército y el héroe más valiente. El enfrentamiento llega a tal punto que Aquiles saca su espada con la clara intención de matar al Atrida, pero la diosa Atenea se lo impide. Aquiles insulta entonces a Agamenón. Agamenón se irrita y amenaza a Aquiles con quitarle a Briseida, la esclava que había sido su parte del botín. Néstor interviene para calmar los ánimos. Pero Aquiles abandona la asamblea con la intención de no volver al combate y la reunión se disuelve sin resolver el conflicto. Agamenón envía a Odiseo al mando de una tripulación elegida para que devuelva a Criseida a su padre y realice un sacrificio para aplacar la ira de Apolo. Y seguidamente comisiona a dos heraldos para que retiren a Briseida de la tienda de Aquiles. Aquiles lo permite, pero le ruega a su madre Tetis que suba al Olimpo y consiga que Zeus favorezca a los troyanos en la batalla, para que Agamenón comprenda el error que ha cometido al ofenderle. Tetis cumple el deseo de su hijo. Zeus accede. Esto provoca una disputa entre Zeus y Hera. Hefesto interviene y logra apaciguarlos. La concordia vuelve a reinar en el Olimpo. El día termina con un banquete donde los dioses festejan hasta que se retiran a descansar a sus palacios.

[vv. 1.1 y ss.] Canta, oh diosa[1], la cólera del Pelida Aquiles; cólera funesta que causó infinitos males a los aqueos y precipitó al Hades

---

[1] He aquí uno de los ejes principales de la poesía homérica: el autor cede el puesto de creador y poeta a la divinidad, dado que la musa es omnisciente y conoce todos los detalles. No es él quien compone los versos, sino la diosa que los inspira. La poesía viene a ser una teofanía, donde la divinidad se manifiesta. Su manifestación es un canto, del cual el poeta es el conducto. De este modo Homero nos pone en situación de compartir una experiencia divina y por lo tanto requiere de toda nuestra atención, respeto y reverencia. Es una experiencia reveladora que va mucho más allá de los hechos. Su propósito es el goce y el conocimiento. Su visión es tan abarcadora que no solo los hombres serán observados, sino también los dioses. En este contexto la poesía adquiere una autoridad suprahumana o, al menos, supraindividual. En otro contexto cultural diríamos que la actividad de Homero, puede considerarse como una labor sacerdotal o profética; así lo ha

1

muchas almas valerosas de héroes, a quienes hizo presa de perros y pasto de aves —se cumplía la voluntad de Zeus— desde que se separaron disputando el Atrida, rey de hombres, y el divino Aquiles. [vv. 1.8 y ss.] ¿Cuál de los dioses promovió entre ellos la contienda para que pelearan? El hijo de Zeus y de Leto[2]. Airado con el rey, suscitó en el ejército maligna peste y los hombres perecían por el ultraje que el Atrida infiriera al sacerdote Crises. Este, deseando redimir a su hija, habíase presentado en las veleras naves aqueas con un inmenso rescate y las ínfulas de Apolo, el que hiere de lejos, que pendían de áureo cetro, en la mano[3]; y a todos los aqueos, y particularmente a los dos Atridas, caudillos de pueblos, así les suplicaba:

[vv. 1.17 y ss.] —¡Atridas y demás aqueos de hermosas grebas[4]! Los dioses, que poseen olímpicos palacios, os permitan destruir la ciudad de Príamo y regresar felizmente a la patria. Poned en libertad a mi hija y recibid el rescate, venerando al hijo de Zeus, a Apolo, el que hiere de lejos.

[vv. 1.22 y ss.] Todos los aqueos aprobaron a voces que se respetase al sacerdote y se admitiera el espléndido rescate: mas el Atrida Agamenón, a quien no plugo el acuerdo, le mandó enhoramala con amenazador lenguaje.

[vv. 1.26 y ss.] —Que yo no te encuentre, anciano, cerca de las cóncavas naves, ya porque demores tu partida, ya porque vuelvas luego; pues quizás no te valgan el cetro y las ínfulas del dios. A aquella no la soltaré; antes le sobrevendrá la vejez en mi casa, en

---

interpretado Zeller (*Fundamentos de la filosofía griega*, Buenos Aires, Siglo Veinte, 1968, p. 104), y lo ha recogido Sciacca (*Historia de la filosofía*, 5 ed., Barcelona, Miracle, 1966, p. 39). No es raro que los griegos buscaran en Homero los ejemplos de *areté* (virtud) y *aristeia* (nobleza), pilares fundamentales de su educación o *paideia* (Cfr. Jaeger, W. *Paideia: los ideales de la cultura griega*. 2 ed. México, FCE, [1985]. pp. 23 y ss.). Estos primeros versos son buen ejemplo de la *paideia* homérica; en ellos el autor nos indica cómo los excesos en el comportamiento humano desencadenan el mal de muchos.

[2] Apolo, partidario declarado del bando de los teucros (7.21).

[3] Crises se presenta con atributos sacerdotales. Lo hace para dar mayor fuerza a su petición y concitar respeto.

[4] Pieza de la armadura hecha de metal flexible y comúnmente forrada en cuero, que iba desde la rodilla hasta los tobillos.

Argos, lejos de su patria, trabajando en el telar y compartiendo mi lecho. Pero vete; no me irrites, para que puedas irte sano y salvo [5].

[vv. 1.33 y ss.] Así dijo. El anciano sintió temor y obedeció el mandato[6]. Sin desplegar los labios, fuese por la orilla del estruendoso mar, y en tanto se alejaba, dirigía muchos ruegos al soberano Apolo, hijo de Leto, la de hermosa cabellera:

[vv. 1.37 y ss.] —¡Óyeme, tú que llevas arco de plata, proteges a Crisa y a la divina Cila, e imperas en Ténedos poderosamente[7]! ¡Oh Esmintio![8] Si alguna vez adorné tu gracioso templo o quemé en tu honor pingües muslos de toros o de cabras, cúmpleme este voto: ¡Paguen los dánaos[9] mis lágrimas con tus flechas!

[vv. 1.43 y ss.] Tal fue su plegaria. Oyola Febo Apolo, e irritado en su corazón, descendió de las cumbres del Olimpo con el arco y el cerrado carcaj en los hombros; las saetas resonaron sobre la espalda del enojado dios, cuando comenzó a moverse. Iba parecido a la noche.[10] Sentose lejos de las naves, tiró una flecha, y el arco de plata dio un terrible chasquido. Al principio el dios disparaba contra los mulos y los ágiles perros; mas luego dirigió sus mortíferas saetas a los hombres, y continuamente ardían muchas piras de cadáveres.

---

[5] Agamenón, al referirse a Crises como "anciano", en vez de aludir a su dignidad de "sacerdote", además de amenazante, se muestra irrespetuoso. La arrogancia de Agamenón, que se propaga a sus acciones contra Aquiles, es el origen de la peste que asolará a los aqueos. El que se aluda aquí a la seguridad y salud del sacerdote Crises, plantea una ironía acerca del mal —la peste— que sobrevendrá a continuación. Dicho de otro modo: la conducta de los Atridas viene a ser la calamidad del ejército heleno.

[6] Cabe notar la estructura anular de la *Ilíada*. La obra se abre con un rescate que se rechaza y se cierra con un rescate que se acepta. Ambas escenas presentan gran cantidad de elementos comunes.

[7] Ténedos es una pequeña isla situada frente a la costa de Troya; Crisa y Cila son ciudades de la Tróade.

[8] Epíteto de Apolo como destructor de la plaga de ratones que asolaba Crisa, en la región misia de la Tróade. En su honor, allí se levantaba el templo dedicado a "Apolo ratonero".

[9] Dánaos, otro de los nombres que, tal como "argivos", reciben colectivamente las fuerzas que se enfrentan a los troyanos, se debe a que el mito de Dánao está íntimamente relacionado con la fundación de la ciudad micénica de Argos. Más tarde los helenos atribuyeron a este rey legendario, hermano de Egipto y educado en el Nilo, la introducción del uso del riego, el arado y la escritura.

[10] Se trata de una imagen sumamente sintética, pero sumamente efectiva, que expresa el andar silencioso, funesto, invisible y temible del dios.

3

[vv. 1.53 y ss.] Durante nueve días[11] volaron por el ejército las flechas del dios. En el décimo, Aquiles convocó al pueblo a junta[12]: se lo puso en el corazón Hera, la diosa de los níveos brazos, que se interesaba por los dánaos, a quienes veía morir. Acudieron estos y, una vez reunidos, Aquiles, el de los pies ligeros, se levantó y dijo:

[vv. 1.59 y ss.] —¡Atrida! Creo que tendremos que volver atrás, yendo otra vez errantes[13], si escapamos de la muerte; pues si no, la guerra y la peste unidas acabarán con los aqueos. Mas, ea, consultemos a un adivino, sacerdote o intérprete de sueños —también el sueño procede de Zeus— para que nos diga por qué se irritó tanto Febo Apolo: si está quejoso con motivo de algún voto o hecatombe[14], y si

---

[11] Primera referencia temporal que nos permite calcular el lapso en que transcurre la acción del poema, tomando como primer día de nuestro cómputo, aquel en que se produce la embajada y rogativa de Crises. Cabe destacar también las características del uso de los números nueve y diez en el poema. Al número nueve siempre suele asociárselo con el período de espera o con aquello que está inacabado, inconcluso, falto, imperfecto, y hasta, defectuoso. En tanto que el número diez aparece vinculado a lo que está completo, terminado y perfecto. Ambos se asocian con mayor frecuencia a contextos temporales, ya sean días, como ocurre en este caso, o años, como los que duraría la campaña contra Troya según la predicción de Calcas en 2.328 y s. Pero también se encuentra asociado en forma negativa con determinados personajes como en 24.252 y ss. Este uso del número nueve no es un caso aislado y propio de la poesía griega arcaica, sino que se encuentra en diversas manifestaciones de la poesía épica de tradición oral (Cfr. *Poema de Mío Cid*, vv. 1209 y s.; y Messuti, Carlos A., [Reseña en:] *Incipit*, IX, 1989, p 159 y s.; Stoevesandt, M. *Homer's Iliad: The Basel Commentary, Book VI*, Berlin, De Gruyter, 2016, p. 44, 92n., y 77, 137-177n.).

[12] Notoriamente la iniciativa parte de Aquiles. Eso ya debe alertarnos acerca de la tensión preexistente en la trama del poder entre los jefes de la expedición. Esas tensiones se pondrán en evidencia con mayor claridad durante el debate en el consejo aqueo.

[13] Aquiles alude a un pasaje de la leyenda que, si bien era conocido por Homero y su público, no se halla relatado en la *Ilíada*. Se refiere a la ocasión en que la flota que se dirigía a Troya no encontraba el rumbo. Debido a ello desembarcaron en Misia, y, pensando que se trataba de Troya, saquearon Teutrania. Este episodio de la leyenda, sin embargo, lo habría recogido y relatado la *Cypria*, según sabemos por el resumen que nos llegara de Proclo (Cfr. Bernabé Pajares, *Fragmentos de épica griega arcaica*. Madrid, Gredos, 1979. p. 119).

[14] Si bien propiamente la palabra *hecatombe* indicaría *el sacrificio de cien bueyes*; generalmente en Homero se aplica a los sacrificios públicos de un número variable de víctimas diversas.

4

quemando en su obsequio grasa de corderos y de cabras escogidas, querrá apartar de nosotros la peste[15].

[vv. 1.68 y ss.] Cuando así hubo hablado, se sentó. Levantose Calcante Testórida, el mejor de los augures —conocía lo presente, lo futuro y lo pasado, y había guiado las naves aqueas hasta Ilión por medio del arte adivinatoria que le diera Febo Apolo— y benévolo les arengó diciendo:

[vv. 1.74 y ss.] —¡Oh Aquiles, caro a Zeus! Me mandas explicar la cólera de Apolo, del dios que hiere de lejos. Pues bien, hablaré; pero antes declara y jura que estás pronto a defenderme de palabra y de obra, pues temo irritar a un varón que goza de gran poder entre los argivos todos y es obedecido por los aqueos. Un rey es más poderoso que el inferior contra quien se enoja; y si en el mismo día refrena su ira, guarda luego rencor hasta que logra ejecutarlo en el pecho de aquel. Di tú si me salvarás.

[vv. 1.84 y ss.] Respondiole Aquiles, el de los pies ligeros: — Manifiesta, deponiendo todo temor, el vaticinio que sabes, pues, ¡por Apolo, caro a Zeus, a quien tú, oh Calcante, invocas siempre que revelas los oráculos a los dánaos!, ninguno de ellos pondrá en ti sus pesadas manos, junto a las cóncavas naves, mientras yo viva y vea la luz acá en la tierra, aunque hablares de Agamenón, que al presente blasona de ser el más poderoso de los aqueos todos[16].

[vv. 1.92 y ss.] Entonces cobró ánimo y dijo el eximio vate: —No está el dios quejoso con motivo de algún voto o hecatombe, sino a causa del ultraje que Agamenón ha inferido al sacerdote, a quien no devolvió la hija ni admitió el rescate. Por esto el que hiere de lejos nos causó males y todavía nos causará otros. Y no librará a los dánaos de la odiosa peste, hasta que sea restituida a su padre, sin premio ni rescate, la moza de ojos vivos, e inmolemos en Crisa una

---

[15] En principio este parlamento de Aquiles no es ofensivo, salvo por el hecho de que en él no se vale de ningún elogio al dirigirse a Agamenón.

[16] Subyace una actitud provocativa porque, por un lado, se dice que Agamenón se "precia" de ser el más poderoso de los aqueos, pero luego, al "asegurar" la inmunidad de Calcas frente al poder del Atrida, Aquiles deja implícito que su influencia en la junta es superior a la de los otros reyes; tal afirmación, hecha en el concilio, resulta un desafío contra el liderazgo de Agamenón. Esto no pasa desapercibido, ya que Calcas al declarar contra el jefe supremo lo hace confiando en el poder de Aquiles.

sacra hecatombe. Cuando así le hayamos aplacado, renacerá nuestra esperanza.

[vv. 1.101 y ss.] Dichas estas palabras, se sentó. Levantose al punto el poderoso héroe Agamenón Atrida, afligido, con las negras entrañas llenas de cólera y los ojos parecidos al relumbrante fuego; y encarando a Calcante la torva vista, exclamó:

[vv. 1.106 y ss.] —¡Adivino de males! Jamás me has anunciado nada grato[17]. Siempre te complaces en profetizar desgracias y nunca dijiste ni ejecutaste cosa buena. Y ahora, vaticinando ante los dánaos, afirmas que el que hiere de lejos les envía calamidades porque no quise admitir el espléndido rescate de la joven Criseida, a quien deseaba tener en mi casa. La prefiero, ciertamente, a Clitemnestra, mi legítima esposa[18], porque no le es inferior ni en el talle, ni en el natural, ni en inteligencia, ni en destreza. Pero, aun así y todo, consiento en devolverla, si esto es lo mejor; quiero que el pueblo se salve, no que perezca. Pero preparadme pronto otra recompensa, para que no sea yo el único argivo que se quede sin tenerla; lo cual no parecería decoroso. Ved todos que se me va de las manos la que me había correspondido[19].

[vv. 1.121 y ss.] Replicole el divino Aquiles el de los pies ligeros: —¡Atrida gloriosísimo, el más codicioso de todos![20] ¿Cómo pueden

---

[17] Calcas había anunciado que, debido a una ofensa cometida por Agamenón contra la diosa Artemisa, la flota no podría abandonar Áulide hasta tanto no ofrendaran a la diosa a su hija Ifigenia. Agamenón se negó; pero al cabo terminó accediendo, y la flota pudo navegar, y Agamenón fue nombrado comandante supremo. Calcas también había profetizado que recién al décimo año los aqueos tomarían la ciudad de Troya.

[18] La lujuria del Atrida viene a sumarse a sus otros vicios. Contextualmente a la *Ilíada* está el trasfondo mítico en que se desarrolla el fatídico destino de Agamenón. En el botín de Troya le corresponderá recibir a Casandra como esclava, con la cual compartirá el lecho. A su regreso a Micenas; Clitemnestra, que ya odiba a su marido por el sacrificio de Ifigenia, enterada de su pasión por Casandra, planea y ejecuta el asesinato de su esposo con la ayuda de Egisto, primo de su marido y amante suyo.

[19] La furia de Agamenón se enfoca en tres motivos: la acusación de Calcas, la pérdida de Criseida —que muestra brutalmente su resentimiento con Clitemnestra—, y la privación de su recompensa. Entendiendo que la parte en el botín se corresponde con la honra que le es debida, volvemos al tema del cuestionamiento de su poder real.

[20] Las palabras referidas a la honra y a la codicia chocan y contrastan en el mismo verso, dando mayor fuerza al reproche de Aquiles.

darte otra recompensa los magnánimos aqueos? No sé que existan en parte alguna cosas de la comunidad, pues las del saqueo de las ciudades están repartidas, y no es conveniente obligar a los hombres a que nuevamente las junten. Entrega ahora esa joven al dios y los aqueos te pagaremos el triple o el cuádruple, si Zeus nos permite tomar la bien murada ciudad de Troya.

[vv. 1.130 y ss.] Díjole en respuesta el rey Agamenón: —Aunque seas valiente, deiforme Aquiles, no ocultes tu pensamiento, pues ni podrás burlarme ni persuadirme[21]. ¿Acaso quieres, para conservar tu recompensa, que me quede sin la mía, y por esto me aconsejas que la devuelva? Pues, si los magnánimos aqueos me dan otra conforme a mi deseo para que sea equivalente... Y si no me la dieren, yo mismo me apoderaré de la tuya o de la de Áyax, o me llevaré la de Odiseo, y montará en cólera aquel a quien me llegue. Mas sobre esto deliberaremos otro día. Ahora, ea, botemos una negra nave al mar divino, reunamos los convenientes remeros, embarquemos víctimas para una hecatombe y a la misma Criseida, la de hermosas mejillas, y sea capitán cualquiera de los jefes: Áyax, Idomeneo, el divino Odiseo o tú, Pelida, el más portentoso de los hombres, para que aplaques al que hiere de lejos con sacrificios.

[vv. 1.148 y ss.] Mirándole con torva faz, exclamó Aquiles, el de los pies ligeros: —¡Ah impudente y codicioso! ¿Cómo puede estar dispuesto a obedecer tus órdenes[22] ni un aqueo siquiera, para emprender la marcha o para combatir valerosamente con otros hombres? No he venido a pelear obligado por los belicosos teucros, pues en nada se me hicieron culpables —no se llevaron nunca mis vacas ni mis caballos, ni destruyeron jamás la cosecha en la fértil Ptía, criadora de hombres, porque muchas umbrías montañas y el ruidoso mar nos separan,— sino que te seguimos a ti, grandísimo insolente, para darte el gusto de vengaros de los troyanos a Menelao y a ti, ojos de perro[23]. No fijas en esto la atención, ni por ello te

---

[21] Agamenón reclama por la honra debida a su posición, lo cual se representa por la parte del botín que le corresponde. No obstante, subrepticiamente, continúa el debate acerca del poder y del mando supremo.

[22] Aquiles deja expreso que el problema de fondo es el liderazgo.

[23] En tanto que los Atridas han invocado a las fuerzas aqueas respondiendo a un juramento en salvaguarda del matrimonio de Menelao con Helena, queda bien en claro que el objetivo de la expedición es principalmente —al menos para la mayoría— el interés pecuniario que acompaña la gesta y exhalta la gloria de los héroes. El vocativo κυνῶπα que aquí se traduce literalmente por la expresión "ojos

preocupas y aun me amenazas con quitarme la recompensa que por mis grandes fatigas me dieron los aqueos. Jamás el botín que obtengo iguala al tuyo cuando estos entran a saco una populosa ciudad: aunque la parte más pesada de la impetuosa guerra la sostienen mis manos, tu recompensa, al hacerse el reparto, es mucho mayor; y yo vuelvo a mis naves, teniéndola pequeña, aunque grata, después de haberme cansado en el combate. Ahora me iré a Ptía, pues lo mejor es regresar a la patria en las cóncavas naves: no pienso permanecer aquí sin honra para procurarte ganancia y riqueza.

[vv. 1.172 y ss.] Contestó el rey de hombres Agamenón: —Huye, pues, si tu ánimo a ello te incita; no te ruego que por mí te quedes; otros hay a mi lado que me honrarán, y especialmente el próvido Zeus. Me eres más odioso que ningún otro de los reyes, alumnos de Zeus, porque siempre te han gustado las riñas, luchas y peleas. Si es grande tu fuerza un dios te la dio. Vete a la patria llevándote las naves y los compañeros, y reina sobre los mirmidones; no me cuido de que estés irritado, ni por ello me preocupo, pero te haré una amenaza: Puesto que Febo Apolo me quita a Criseida, la mandaré en mi nave con mis amigos; y encaminándome yo mismo a tu tienda, me llevaré a Briseida, la de hermosas mejillas, tu recompensa, para que sepas cuanto más poderoso soy y otro tema decir que es mi igual y compararse conmigo.

[vv. 1.188 y ss.] Tal dijo. Acongójese el Pelida, y dentro del velludo pecho su corazón discurrió dos cosas: o, desnudando la aguda espada que llevaba junto al muslo, abrirse paso y matar al Atrida, o calmar su cólera y reprimir su furor. Mientras tales pensamientos revolvía en su mente y en su corazón y sacaba de la vaina la gran espada, vino Atenea del cielo: enviola Hera[24], la diosa de los níveos brazos, que amaba cordialmente a entrambos y por ellos se preocupaba. Púsose detrás del Pelida y le tiró de la blonda cabellera[25], apareciéndose a él tan solo; de los demás, ninguno la veía. Aquiles, sorprendido, volviose y al instante conoció a Palas Atenea, cuyos

---

de perro" indica, metafóricamente, una falla moral de la persona y equivale a nuestro concepto de *desvergonzado*. Así volvemos a encontrarla en 3.180.

[24] Los dioses avalan el liderazgo del Atrida.

[25] El origen de los aqueos, como provenientes del norte de los Balcanes, explicaría el que varios héroes homéricos fueran rubios.

ojos centelleaban de un modo terrible[26]. Y hablando con ella, pronunció estas aladas palabras:

[vv. 1.202 y ss.] —¿Por qué, hija de Zeus, que lleva la égida, has venido nuevamente? ¿Acaso para presenciar el ultraje que me infiere Agamenón hijo de Atreo? Pues te diré lo que me figuro que va a ocurrir: Por su insolencia perderá pronto la vida.

[vv. 1.206 y ss.] Díjole Atenea, la diosa de los brillantes ojos: —Vengo del cielo para apaciguar tu cólera, si obedecieres; y me envía Hera, la diosa de los níveos brazos, que os ama cordialmente a entrambos y por vosotros se preocupa. Ea, cesa de disputar, no desenvaines la espada e injúriale de palabra como te parezca. Lo que voy a decir se cumplirá: Por este ultraje se te ofrecerán un día triples y espléndidos presentes[27]. Domínate y obedécenos.

[vv. 1.215 y ss.] Contestó Aquiles, el de los pies ligeros: —Preciso es, oh diosa hacer lo que mandáis aunque el corazón esté muy irritado. Obrar así es lo mejor. Quien a los dioses obedece, es por ellos muy atendido[28].

[vv. 1.219 y ss.] Dijo; y, puesta la robusta mano en el argénteo puño, envainó la enorme espada y no desobedeció la orden de Atenea. La diosa regresó al Olimpo, al palacio en que mora Zeus, que lleva la égida, entre las demás deidades.

[vv. 1.223 y ss.] El hijo de Peleo, no amainando en su ira, denostó nuevamente al Atrida con injuriosas voces: —¡Borracho, que tienes cara de perro y corazón de ciervo![29] Jamás te atreviste a tomar las armas con la gente del pueblo para combatir, ni a ponerte en emboscada con los más valientes aqueos; ambas cosas te parecen la muerte. Es, sin duda, mucho mejor arrebatar los dones, en el vasto campamento de los aqueos, a quien te contradiga. Rey devorador de

---

[26] Toda la escena parece acontecer en un *lapsus* espacio-temporal que tan solo involucra a Aquiles y Atenea.

[27] Una de las características del estilo homérico es su gusto por las anticipaciones. Aquí comienza a sonar el tema de las compensaciones que se multiplican en función de superar el conflicto.

[28] Es poco común que Aquiles logre dominar su carácter naturalmente violento. Acaso sea este otro signo de la estructura anular interna de la obra; porque la otra ocasión en que vemos a Aquiles dominando su carácter es en obediencia a un pedido de los dioses, cuando —en la última rapsodia— Príamo va al campamento aqueo para rescatar el cadáver de Héctor.

[29] En el ideal homérico la apostura y el valor van de la mano.

tu pueblo, porque mandas a hombres abyectos...; en otro caso, Atrida, este fuera tu último ultraje. Otra cosa voy a decirte y sobre ella prestaré un gran juramento: Sí, por este cetro[30], que ya no producirá hojas ni ramos, pues dejó el tronco en la montaña; ni reverdecerá, porque el bronce lo despojó de las hojas y de la corteza, y ahora lo empuñan los aqueos que administran justicia y guardan las leyes de Zeus (grande será para ti este juramento). Algún día los aqueos todos echarán de menos a Aquiles, y tú, aunque te aflijas, no podrás socorrerles cuando sucumban y perezcan a manos de Héctor, matador de hombres. Entonces desgarrarás tu corazón, pesaroso por no haber honrado al mejor de los aqueos[31].

[vv. 1.245 y ss.] Así se expresó el Pelida; y tirando a tierra el cetro tachonado con clavos de oro, tomó asiento. El Atrida, en el opuesto lado, iba enfureciéndose. Pero levantose Néstor, suave en el hablar, elocuente orador de los pilios, de cuya boca las palabras fluían más dulces que la miel —había visto perecer dos generaciones de hombres de voz articulada[32] que nacieron y se criaron con él en la divina Pilos y reinaba sobre la tercera— y benévolo les arengó diciendo:

[vv. 1.254 y ss.] —¡Oh dioses! ¡Qué motivo de pesar tan grande para la tierra aquea! Alegraríanse Príamo y sus hijos, y se regocijarían los demás troyanos en su corazón, si oyeran las palabras con que disputáis vosotros, los primeros de los dánaos lo mismo en el consejo que en el combate. Pero dejaos convencer, ya que ambos sois más jóvenes que yo.

[vv. 1.260 y ss.] En otro tiempo traté con hombres aun más esforzados que vosotros, y jamás me desdeñaron. No he visto todavía ni veré hombre como Pirítoo, Driante, pastor de pueblos; Ceneo, Exadio, Polifemo, igual a un dios, y Teseo Egida, [33] que parecía un inmortal.

---

[30] Quien se dirige a la asamblea de los caudillos griegos debe tener el cetro en sus manos. Aquiles jura por ese cetro, símbolo del poder supremo de Zeus.

[31] Nueva anticipación. El público homérico conoce la trama de la leyenda y el poeta, al anticipar situaciones, induce al goce de la expectativa.

[32] Epíteto referido a los hombres, por comunicarse a través del lenguaje hablado.

[33] Según Higino (*Fábulas,* 24) Pirítoo, Ceneo, Polifemo, Teseo y Peleo, padre de Aquiles, fueron compañeros de Néstor en la expedición de los Argonautas. Aquí, sin embargo, se hace una muy pasajera alusión al episodio mitológico que tuvo lugar durante la celebración de las bodas de Pirítoo e Hipodamia de la cual todos estos héroes participaron. A dicha boda acudieron los lápitas, pobladores de Tesalia, y los centauros, ya que ambos pueblos estaban emparentados. Los

Criáronse estos los más fuertes de los hombres; muy fuertes eran y con otros muy fuertes combatieron con los montaraces Centauros, a quienes exterminaron de un modo estupendo. Y yo estuve en su compañía —habiendo acudido desde Pilos, desde lejos, desde esa apartada tierra, porque ellos mismos me llamaron— y combatí según mis fuerzas. Con tales hombres no pelearía ninguno de los mortales que hoy pueblan la tierra; no obstante lo cual, seguían mis consejos y escuchaban mis palabras. Prestadme también vosotros obediencia, que es lo mejor que podéis hacer. Ni tú, aunque seas valiente, le quites la moza[34], sino déjasela, puesto que se la dieron en recompensa los magnánimos aqueos, ni tú, Pelida, quieras altercar de igual a igual con el rey, pues jamás obtuvo honra como la suya ningún otro soberano que usara cetro y a quien Zeus diera gloria. Si tú eres más esforzado, es porque una diosa te dio a luz;[35] pero este es más poderoso, porque reina sobre mayor número de hombres[36]. Atrida, apacigua tu cólera; yo te suplico que depongas la ira contra Aquiles, que es para todos los aqueos un fuerte antemural en el pernicioso combate.

[vv. 1.285 y ss.] Respondiole el rey Agamenón: —Sí, anciano, oportuno es cuanto acabas de decir. Pero este hombre quiere sobreponerse a todos los demás; a todos quiere dominar, a todos gobernar, a todos dar órdenes, que alguien, creo, se negará a obedecer. Si los sempiternos dioses le hicieron belicoso, ¿le permiten por esto proferir injurias?

[vv. 1.292 y ss.] Interrumpiéndole, exclamó el divino Aquiles: —Cobarde y vil podría llamárseme si cediera en todo lo que dices; manda a otros, no me des órdenes, pues yo no pienso obedecerte. Otra cosa te diré que fijarás en la memoria: No he de combatir con

---

centauros, en estado de ebriedad, intentaron violar a la novia y a otras mujeres, y así comenzó un combate en que perecieron casi todos los centauros. Los que lograron escapar se dirigieron al Peloponeso (Cfr. Ruiz de Elvira, A. *Mitología clásica*, 2da. ed. corregida, Madrid, Gredos, 1975/85. p. 313). La estrategia del discurso de Néstor, al traer a colación este episodio, trata, subrepticiamente, de advertir a Agamenón que no querrá verse reflejado en la violencia de los centauros, tratando de humillar a Aquiles, al arrebatarle a Briseida.

[34] Briseida.

[35] Tetis, hija de Nereo.

[36] Aparte de que a Agamenón se le ha conferido el mando supremo por juramento —lo que lo pone bajo la protección de Zeus—, el Atrida es quien ha llevado el mayor número de naves y tropas (Cfr. 2.576 y ss).

estas manos por la moza[37], ni contigo, ni con otro alguno, pues al fin me quitáis lo que me disteis; pero de lo demás que tengo cabe a la veloz nave negra, nada podrías llevarte tomándolo contra mi voluntad. Y si no, ea, inténtalo, para que estos se enteren también; presto tu negruzca sangre correría en torno de mi lanza.

[vv. 1.304 y ss.] Después de altercar así con encontradas razones, se levantaron y disolvieron la junta que cerca de las naves aqueas se celebraba. El hijo de Peleo fuese hacia sus tiendas y sus bien proporcionados bajeles con Patroclo y otros amigos. El Atrida botó al mar una velera nave, escogió veinte remeros[38], cargó las víctimas de la hecatombe, para el dios, y conduciendo a Criseida, la de hermosas mejillas, la embarcó también; fue capitán el ingenioso Odiseo.

[vv. 1.312 y ss.] Así que se hubieron embarcado, empezaron a navegar por la líquida llanura. El Atrida mandó que los hombres se purificaran, y ellos hicieron lustraciones, echando al mar las impurezas, y sacrificaron en la playa hecatombes perfectas[39] de toros y de cabras en honor de Apolo. El vapor de la grasa llegaba al cielo, enroscándose alrededor del humo[40].

[vv. 1.318 y ss.] En tales cosas se ocupaba el ejército. Agamenón no olvidó la amenaza que en la contienda hiciera a Aquiles, y dijo a Taltibio y Euríbates, sus heraldos y diligentes servidores:[41] —Id a la

---

[37] Las palabras de Aquiles si bien se refieren a Briseida, podrían tener una intencionalidad doble y más amplia. Así, veladamente, podría estar refiriéndose también a Helena, esposa de Menelao. O sea, que va a abstenerse de pelear "con" y "por" los Atridas.

[38] El número veinte (εἴκοσι) aparece cuatro veces en los primeros cantos de la *Odisea* referido al número de remeros de un velero (Cfr. *Od.*,1.280; 2.212; 4.669 y 778) por lo que podemos conjeturar que se trata de su tripulación habitual.

[39] Esto es: de animales sin defectos.

[40] Los inmortales disfrutan de los olores, pero ese no es su alimento. Ellos se alimentan de néctar y la ambrosía (ambos son los alimentos de la inmortalidad). Este pasaje es el único que muestra en detalle cómo se elevan los olores de la ofrenda y llegan a las moradas eternas.

[41] Los heraldos se ocupan de llamar a la batalla (2.437, 442 y s.), pregonar noticias (8.517, 11.685, 17.323 y s.), convocar asambleas (2.50-51, 9.10) y cuidar el orden en ellas (2.96 y s., 280, 18.503, 23.567 y ss.), e intervienen en sorteos y duelos (7.183, 276 y s.), pero también prestan los más variados servicios: son mensajeros (1.320 y ss., 4.193, 7.381 y ss., 12.342), acompañan (2.183 y s., 9.170, 689, 24.149 y ss.) y cumplen encargos de su señor (23.39 y s., 897); en ocasiones aprestan la mesa (9.174, 18.558 y s.) y sirven la comida; a veces mezclan también el vino

12

tienda del Pelida Aquiles, y asiendo de la mano a Briseida, la de hermosas mejillas traedla acá; y si no os la diere, iré yo con otros a quitársela y todavía le será más duro.

[vv. 1.326 y ss.] Hablándoles de tal suerte y con altaneras voces, los despidió. Contra su voluntad fuéronse los heraldos por la orilla del estéril mar, llegaron a las tiendas y naves de los mirmidones, y hallaron al rey cerca de su tienda y de su negra nave. Aquiles, al verlos, no se alegró. Ellos se turbaron, y haciendo una reverencia, paráronse sin decir ni preguntar nada. Pero el héroe lo comprendió todo y dijo:

[vv. 1.334 y ss.] —¡Salud, heraldos, mensajeros de Zeus y de los hombres! Acercaos; pues para mí no sois vosotros los culpables, sino Agamenón, que os envía por la joven Briseida. ¡Ea, Patroclo, del linaje de Zeus! Saca la moza y entrégala para que se la lleven. Sed ambos testigos ante los bienaventurados dioses, ante los mortales hombres y ante ese rey cruel, si alguna vez tienen los demás necesidad de mí para librarse de funestas calamidades; porque él tiene el corazón poseído de furor y no sabe pensar a la vez en lo futuro y en lo pasado, a fin de que los aqueos se salven combatiendo junto a las naves.

[vv. 1.345 y ss.] De tal modo habló. Patroclo, obedeciendo a su amigo, sacó de la tienda a Briseida, la de hermosas mejillas, y la entregó para que se la llevaran. Partieron los heraldos hacia las naves aqueas, y la mujer iba con ellos de mala gana. Aquiles rompió en llanto[42], alejose de los compañeros, y sentándose a orillas del espumoso mar con los ojos clavados en el ponto inmenso y las manos extendidas, dirigió a su madre muchos ruegos: —¡Madre! Ya que me pariste de corta vida, el olímpico Zeus altitonante debía honrarme y no lo hace en modo alguno. El poderoso Agamenón Atrida me ha ultrajado, pues tiene mi recompensa, que él mismo me arrebató.

[vv. 1.357 y ss.] Así dijo llorando. Oyole la veneranda madre desde el fondo del mar, donde se hallaba a la vera del padre anciano, e

---

(3.269 y s.) y lo escancian; en otras oportunidades preparan los sacrificios (3.116 y ss., 245 y ss., 19.196 y s.) y, a veces, se ocupan hasta de su ejecución (3.274, 19.267 y s.).

[42] Tanto la insatisfacción de Briseida como las lágrimas de Aquiles hacen pensar que, a pesar de tratarse del captor y su cautiva, había crecido entre ambos una relación de verdadero afecto. Ella, a su vez, mostrará un gran dolor frente al cadáver de Patroclo (cfr. 19.287 y ss.)

inmediatamente emergió, como niebla, de las espumosas ondas, sentose al lado de aquel, que lloraba, acariciole con la mano y le habló de esta manera:

[vv. 1.362 y 363] —¡Hijo! ¿Por qué lloras? ¿Qué pesar te ha llegado al alma? Habla; no me ocultes lo que piensas, para que ambos lo sepamos.

[vv. 1.364 y ss.] Dando profundos suspiros, contestó Aquiles, el de los pies ligeros: —Lo sabes. ¿A qué referirte lo que ya conoces? Fuimos a Tebas, la sagrada ciudad de Eetión[43]; la saqueamos, y el botín que trajimos se lo distribuyeron equitativamente los aqueos, separando para el Atrida a Criseida, la de hermosas mejillas. Luego, Crises, sacerdote de Apolo, el que hiere de lejos, queriendo redimir a su hija, se presentó en las veleras naves aqueas con inmenso rescate y las ínfulas de Apolo, el que hiere de lejos, que pendían del áureo cetro, en la mano; y suplicó a todos los aqueos, y particularmente a los dos Atridas, caudillos de pueblos. Todos los aqueos aprobaron a voces que se respetase al sacerdote y se admitiera el espléndido rescate; mas el Atrida Agamenón, a quien no plugo el acuerdo, le mandó enhoramala con amenazador lenguaje. El anciano se fue irritado; y Apolo, accediendo a sus ruegos, pues le era muy querido, tiró a los argivos funesta saeta: morían los hombres unos en pos de otros, y las flechas del dios volaban por todas partes en el vasto campamento de los aqueos. Un sabio adivino nos explicó el vaticinio del que hiere de lejos, y yo fui el primero en aconsejar que se aplacara al dios. El Atrida encendiose en ira, y levantándose, me dirigió una amenaza que ya se ha cumplido. A aquella, los aqueos de ojos vivos la conducen a Crisa en velera nave con presentes para el dios, y a la hija de Briseo que los aqueos me dieron, unos heraldos se la han llevado ahora mismo de mi tienda[44]. Tú, si puedes, socorre a

---

[43] Eetión, rey de la Tebas de Anatolia, era padre de Andrómaca, la esposa de Héctor. Él y siete de sus hijos fueron muertos por Aquiles (6.415 y s.). De su propiedad era la bola de hierro dada como premio de uno de los juegos en honor de Patroclo (23.826 y ss.). También de allí provienen el fórminx —instrumento musical parecido a la cítara— con que Aquiles se distrae en su tienda (9.186) y el caballo Pédaso (16.152).

[44] Esta primera parte del discurso de Aquiles, antes de la rogativa, es una retrospectiva de los sucesos previos al comienzo del poema. Este recurso se emplea como interrupción o variante en la linealidad general de la obra y sirve a los efectos de noticiar a aquellos en el público que no conocieran tan en detalle el sustrato legendario de la obra, y entroncarlos con los hechos posteriores.

tu buen hijo; ve al Olimpo y ruega a Zeus, si alguna vez llevaste consuelo a su corazón con palabras o con obras. Muchas veces hallándonos en el palacio de mi padre, oí que te gloriabas de haber evitado, tú sola entre los inmortales, una afrentosa desgracia al Crónida, el de las sombrías nubes, cuando quisieron atarle otros dioses olímpicos, Hera, Poseidón y Palas Atenea. Tú, oh diosa, acudiste y le libraste de las ataduras, llamando al espacioso Olimpo al centímano a quien los dioses nombran Briareo y todos los hombres Egeón,[45] el cual es superior en fuerza a su mismo padre, y se sentó entonces al lado de Zeus, ufano de su gloria; temiéronle los bienaventurados dioses y desistieron de su propósito. Recuérdaselo, siéntate junto a él y abraza sus rodillas: quizá decida favorecer a los teucros y acorralar a los aqueos, que serán muertos entre las popas, cerca del mar, para que todos disfruten de su rey y comprenda el poderoso Agamenón Atrida la falta que ha cometido no honrando al mejor de los aqueos.

[vv. 1.413 y ss.] Tetis, derramando lágrimas, le respondió: —¡Ay hijo mío! ¿Por qué te he criado, si en hora aciaga te di a luz? ¡Ojalá estuvieras en las naves sin llanto ni pena, ya que tu vida ha de ser corta, de no larga duración! Ahora eres juntamente de breve vida y el más infortunado de todos. Con hado funesto te parí en el palacio. Yo misma iré al nevado Olimpo y hablaré a Zeus, que se complace en lanzar rayos, por si se deja convencer. Tú quédate en las naves de ligero andar, conserva la cólera contra los aqueos y abstente por completo de combatir. Ayer fuese Zeus al Océano, al país de los probos etíopes, para asistir a un banquete, y todos los dioses le siguieron. De aquí a doce días[46] volverá al Olimpo. Entonces acudiré

---

[45] Se encuentran varios casos en que se emplea una doble denominación: en la lengua de los hombres y en la lengua de los dioses. Además de este, hay tres casos en la *Ilíada* (2.813 y s., 14.290 y s. y 20.74) y otros dos en la *Odisea* (10.305 y 12.61), pero hasta el momento no se ha llegado a una conclusión válida que permita explicar el origen lingüístico de todos estos casos satisfactoriamente (Cfr. Kirk, G. *The Iliad: A Commentary*, I, Cambridge University Press, 1985, p. 94).

[46] Segunda referencia temporal. Según esta alusión la rogativa de Tetis tendrá lugar veintidós días después del rechazo del rescate de Crises por parte de Agamenón. Queda implícito el número once, correspondiente al plazo en que los dioses se ausentarán; el día décimo segundo es aquel en que se dará cumplimiento al pedido de Aquiles. Un caso semejante se encuentra en el final del poema en 24.664-67, con los once días que insumen las exequias de Héctor y, en el décimo segundo —ese día queda fuera del marco de la *Ilíada*— se retomarían las hostilidades.

15

a la morada de Zeus, sustentada en bronce; le abrazaré las rodillas, y espero que lograré persuadirle.

[vv. 1.428 y ss.] Dichas estas palabras partió, dejando a Aquiles con el corazón irritado a causa de la mujer de bella cintura que violentamente y contra su voluntad le habían arrebatado.

[vv. 1.431 y ss.] En tanto, Odiseo llegaba a Crisa con las víctimas para la sacra hecatombe. Cuando arribaron al profundo puerto, amainaron las velas, guardándolas en la negra nave; abatieron por medio de cuerdas el mástil hasta la crujía; y llevaron el buque, a fuerza de remos, al fondeadero. Echaron anclas y ataron las amarras, saltaron a la playa, desembarcaron las víctimas de la hecatombe para Apolo, el que hiere de lejos, y Criseida salió de la nave que atraviesa el ponto. El ingenioso Odiseo llevó la moza al altar y, poniéndola en manos de su padre, dijo:

[vv. 1.442 y ss.] —¡Oh Crises! Envíame el rey de hombres Agamenón a traerte la hija y ofrecer en favor de los dánaos una sagrada hecatombe a Apolo, para que aplaquemos a este dios que tan deplorables males ha causado a los aqueos.

[vv. 1.446 y ss.] Dijo, y puso en sus manos la hija amada, que aquel recibió con alegría. Acto continuo, ordenaron la sacra hecatombe en torno del bien construido altar, laváronse las manos y tomaron harina[47] con sal. Y Crises oró en alta voz y con las manos levantadas.

[vv. 1.451 y ss.] —¡Óyeme, tú que llevas arco de plata, proteges a Crisa y a la divina Cila e imperas en Ténedos poderosamente! Me escuchaste cuando te supliqué, y para honrarme, oprimiste duramente al ejército aqueo; pues ahora cúmpleme este voto: ¡Aleja ya de los dánaos la abominable peste!

[vv. 1.457 y ss.] Tal fue su plegaria, y Febo Apolo le oyó. Hecha la rogativa y esparcida la harina con sal, cogieron las víctimas por la cabeza, que tiraron hacia atrás, y las degollaron y desollaron; en seguida cortaron los muslos, y después de cubrirlos con doble capa de grasa y de carne cruda en pedacitos, el anciano los puso sobre leña encendida y los roció de negro vino. Cerca de él, unos jóvenes

---

[47] La harina de cebada molida gruesa que se derrama sobre la víctima estaría significando ceremonialmente una unión de la ofrenda de los frutos de la tierra con el sacrificio de la sangre (Cfr. *The Iliad of Homer*. With English notes by F.A. Paley. 1866-1871. I, p. 31, n.)

tenían en las manos asadores de cinco puntas. Quemados los muslos, probaron las entrañas; y descuartizando lo demás, atravesáronlo con pinchos, lo asaron cuidadosamente y lo retiraron del fuego. Terminada la faena y dispuesto el banquete, comieron, y nadie careció de su respectiva porción[48]. Cuando hubieron satisfecho el deseo de comer y de beber, los mancebos llenaron las crateras[49] y distribuyeron el vino a todos los presentes después de haber ofrecido en copas las primicias.[50] Y durante el día los aqueos aplacaron al dios con el canto, entonando un hermoso peán a Apolo, el que hiere de lejos, que les oía con el corazón complacido.

[vv. 1.475 y ss.] Cuando el sol se puso y sobrevino la noche, durmieron cabe a las amarras del buque. Mas, así que apareció la hija de la mañana[51], la Aurora, de rosados dedos, hiciéronse a la mar para volver al espacioso campamento aqueo, y Apolo, el que hiere de lejos, les envió próspero viento. Izaron el mástil, descogieron las velas, que hinchó el viento, y las purpúreas ondas resonaban en torno de la quilla mientras la nave corría siguiendo su rumbo. Una vez llegados al vasto campamento de los aqueos, sacaron la negra nave a tierra firme y la pusieron en alto sobre la arena, sosteniéndola con grandes maderos. Y luego se dispersaron por las tiendas y los bajeles.

[vv. 1.488 y ss.] El hijo de Peleo y descendiente de Zeus, Aquiles, el de los pies ligeros, seguía irritado en las veleras naves, y ni frecuentaba las juntas donde los varones cobran fama, ni cooperaba a la guerra; sino que consumía su corazón, permaneciendo en los bajeles, y echaba de menos la gritería y el combate.

[vv. 1.493 y ss.] Cuando, después de aquel día, apareció la duodécima aurora[52], los sempiternos dioses volvieron al Olimpo con Zeus a la

---

[48] A esta secuencia, que se repite con pocas variantes en 2.421 y ss., nos hemos referido en la introducción. Sin embargo, conviene destacar en esta ocasión la precisión de los detalles de ese "decir" perfecto que caracteriza a la poesía homérica, y que revela una ejecución ritual sin errores ni defectos.

[49] Se acostumbra beber el vino con agua. La mezcla se hace en grande vasijas o *crateras* de barro cocido. A los comensales se les escancia el vino de una jarra que se va llenando de la cratera (Cfr. Gil, L. "La vida cotidiana", en: AAVV. *Introducción a Homero*, Madrid, Guadarrama, 1963. p. 454).

[50] Libación (*ibid.*).

[51] Referencia temporal, ya incluida en el cómputo.

[52] Esta cuarta referencia temporal señala que se ha cumplido el plazo anticipado por Tetis a su hijo. El número doce —y no el diez, en esta oportunidad— es el que

cabeza. Tetis no olvidó entonces el encargo de su hijo: saliendo de entre las olas del mar, subió muy de mañana al gran cielo y al Olimpo, y halló al longividente Crónida sentado aparte de los demás dioses en la más alta de las muchas cumbres del monte. Acomodose junto a él, abrazó sus rodillas con la mano izquierda, tocole la barba con la diestra[53] y dirigió esta súplica al soberano Zeus Crónida:

[vv. 1.503 y ss.] —¡Padre Zeus! Si alguna vez te fui útil entre los inmortales con palabras u obras, cúmpleme este voto: Honra a mi hijo, el héroe de más breve vida, pues el rey de hombres Agamenón le ha ultrajado, arrebatándole la recompensa que todavía retiene. Véngale tú, próvido Zeus Olímpico, concediendo la victoria a los teucros hasta que los aqueos den satisfacción a mi hijo y le colmen de honores.

[vv. 1.511 y ss.] Así dijo. Zeus, que amontona las nubes, nada contestó, guardando silencio un buen rato. Pero Tetis, que seguía como cuando abrazó sus rodillas, le suplicó de nuevo:

[vv. 1.514 y ss.] —Prométemelo claramente, asintiendo, o niégamelo —pues en ti no cabe el temor— para que sepa cuán despreciada soy entre todas las deidades.

[vv. 1.517 y ss.] Zeus, que amontona las nubes, respondió afligidísimo: —¡Funestas acciones! Pues harás que me malquiste con Hera cuando me zahiera con injuriosas palabras. Sin motivo me riñe siempre ante los inmortales dioses, porque dice que en las batallas favorezco a los teucros. Pero ahora vete, no sea que Hera advierta algo; yo me cuidaré de que esto se cumpla. Y si lo deseas, te haré con la cabeza la señal de asentimiento para que tengas confianza. Este es el signo más seguro, irrevocable y veraz para los inmortales; y no deja de efectuarse aquello a que asiento con la cabeza.

---

se asocia al plazo y a su cumplimiento. Pero parece haber un correlato entre los números diez y doce en cuanto integran contextos referidos al cumplimiento del plazo o a lo que es perfecto. Con el doce, sin embargo, vemos que se inicia una nueva expectativa: si Tetis logra en ese día convencer a Zeus, entonces pueden producirse cambios en el curso de la guerra. Podríamos decir que, con el doce, se cumple un plazo y se inicia un nuevo ciclo. Es decir: que a la idea de *completar*, se suman las de *continuidad* y de *ciclo*.

[53] Estos son los dos gestos principales que componen la postura tradicional del suplicante.

[vv. 1.528 y ss.] Dijo el Crónida, y bajó las negras cejas en señal de asentimiento; los divinos[54] cabellos se agitaron en la cabeza del soberano inmortal, y a su influjo estremeciose[55] el dilatado Olimpo.

[vv. 1.531 y ss.] Después de deliberar así, se separaron; ella saltó al profundo mar desde el resplandeciente Olimpo, y Zeus volvió a su palacio. Los dioses se levantaron al ver a su padre, y ninguno aguardó a que llegase, sino que todos salieron a su encuentro. Sentose Zeus en el trono; y Hera, que, por haberlo visto no ignoraba que Tetis, la de argentados pies[56], hija del anciano del mar con él departiera, dirigió en seguida injuriosas palabras a Zeus Crónida:

[vv. 1.540 y ss.] —¿Cuál de las deidades, oh doloso, ha conversado contigo? Siempre te es grato, cuando estás lejos de mí, pensar y resolver algo clandestinamente, y jamás te has dignado decirme una sola palabra de lo que acuerdas.

[vv. 1.544 y ss.] Respondió el padre de los hombres y de los dioses: —¡Hera! No esperes conocer todas mis decisiones, pues te resultará difícil aun siendo mi esposa. Lo que pueda decirse, ningún dios ni hombre lo sabrá antes que tú; pero lo que quiera resolver sin contar con los dioses no lo preguntes ni procures averiguarlo.

[vv. 1.551 y ss.] Replicó Hera veneranda, la de ojos de novilla[57]: —¡Terribilísimo Crónida, qué palabras proferiste! No será mucho lo que te haya preguntado o querido averiguar, puesto que muy tranquilo meditas cuanto te place. Mas ahora mucho recela mi corazón que te haya seducido Tetis, la de los argentados pies, hija

---

[54] Lit. sería *inmortales*; dado que *divinos* traduce *ἀμβρόσιαι* de una manera más general. Sin embargo, el traductor parece haber elegido esta forma por ser más eufónica.

[55] La conmoción que acompaña al movimiento de las cejas de Zeus, proviene de la monumental irrevocabilidad del compromiso que asume. El destino se reacomoda. Los demás dioses parecen negarse a aceptar la inexorabilidad de ese juramento, y contra él tratarán de luchar denodadamente, pero sin demasiado éxito. La ilusión poética hace que el público también aspire a ver cómo se tuerce la voluntad de Zeus, o cómo fracasan los esfuerzos de las deidades que apoyan al bando aqueo. En ese marco de tensión pugnan los héroes, ignorantes de este arreglo. En ello transcurren más de dos tercios de obra.

[56] Su epíteto (*ἀργυρόπεζα*, o *de pies de plata*; también empleado en *Od.* 24.92) estaría haciendo referencia a la espuma del mar; no olvidemos que las nereidas serían las olas, hijas de Nereo, o sea, el mar.

[57] Este epíteto (*βοῶπις*, *ojos de vaca*), mayormente referido a Hera, destaca sus grandes ojos.

del anciano del mar. Al amanecer el día sentose cerca de ti y abrazó tus rodillas; y pienso que le habrás prometido, asintiendo, honrar a Aquiles y causar gran matanza junto a las naves aqueas. [vv. 1.560 y ss.] Contestó Zeus, que amontona las nubes: —¡Ah desdichada! Siempre sospechas y de ti no me oculto. Nada, empero, podrás conseguir sino alejarte de mi corazón; lo cual todavía te será más duro. Si es cierto lo que sospechas, así debe de serme grato. Pero, siéntate en silencio; obedece mis palabras. No sea que no te valgan cuantos dioses hay en el Olimpo, si acercándome te pongo encima las invictas manos.

[vv. 1.568 y ss.] Tal dijo. Hera veneranda, la de ojos de novilla, temió; y refrenando el coraje, sentose en silencio. Indignáronse en el palacio de Zeus los dioses celestiales. Y Hefesto, el ilustre artífice, comenzó a arengarles para consolar a su madre Hera, la de los níveos brazos:

[vv. 1.573 y ss.] —Funesto e insoportable será lo que ocurra, si vosotros disputáis así por los mortales y promovéis alborotos entre los dioses; ni siquiera en el banquete se hallará placer alguno, porque prevalece lo peor. Yo aconsejo a mi madre, aunque ya ella tiene juicio, que obsequie al padre querido, para que este no vuelva a reñirla y a turbarnos el festín. Pues si el Olímpico fulminador quiere echarnos del asiento... nos aventaja mucho en poder. Pero halágale con palabras cariñosas y pronto el Olímpico nos será propicio.

[vv. 1.584 y ss.] De este modo habló, y tomando una copa doble, ofreciola a su madre, diciendo: —Sufre, madre mía, y sopórtalo todo, aunque estés afligida; que a ti, tan querida, no te vean mis ojos apaleada, sin que pueda socorrerte, porque es difícil contrarrestar al Olímpico. Ya otra vez que te quise defender, me asió por el pie y me arrojó de los divinos umbrales.[58] Todo el día fui rodando y a la puesta del sol caí en Lemnos. Un poco de vida me quedaba y los sinties[59] me recogieron tan pronto como hube caído.

[vv. 1.595 y ss.] Así dijo. Sonriose Hera, la diosa de los níveos brazos; y sonriente aún, tomó la copa doble que su hijo le presentaba. Hefesto se puso a escanciar dulce néctar para las otras deidades, sacándolo de la cratera; y una risa inextinguible se alzó entre los bienaventurados dioses al ver con qué afán les servía en el palacio.

---

[58] Cfr. 15.18 y ss. Ese episodio alude al origen mítico de la cojera de Hefesto.
[59] Pueblo no griego de la isla de Lemnos.

[vv. 1.601 y ss.] Todo el día, hasta la puesta del sol, celebraron el festín; y nadie careció de su respectiva porción, ni faltó la hermosa cítara que tañía Apolo, ni las Musas, que con linda voz cantaban alternando.

[vv. 1.605 y ss.] Mas cuando la fúlgida luz del sol llegó al ocaso, los dioses fueron a recogerse a sus respectivos palacios que había construido Hefesto, el ilustre cojo de ambos pies[60] con sabia inteligencia. Zeus Olímpico, fulminador, se encaminó al lecho donde acostumbraba dormir cuando el dulce sueño le vencía. Subió y acostose; y a su lado descansó Hera, la de áureo trono.

---

[60] Epíteto de Hefesto. La cojera es producto de la caída que se relata poco antes en 1.577 y s.

21

RAPSODIA II

SUEÑO - BEOCIA O CATÁLOGO DE LAS NAVES

Durante la noche Zeus envía a Agamenón un sueño engañoso, que lo convence de un triunfo seguro sobre las fuerzas troyanas. Al despertar, Agamenón reúne a la asamblea y, convencido del éxito, desea llevarlos al combate para conquistar Troya ese mismo día. Sin embargo, para poner a prueba a sus tropas y ver su disposición, les propone regresar a Grecia. Los hombres se adhieren inmediatamente a su propuesta y corren en desbandada hacia las naves, felices de volver a sus hogares. Sin embargo, Odiseo consigue contenerlos y vence a Tersites, el más díscolo de todos. Después de que Agamenón —bajo la incitación de Atenea— les insufle valor y buenas esperanzas, parten contra Troya. A continuación se enumeran los contingentes helenos y de las fuerzas troyanas.

[vv. 2.1 y ss.] Las demás deidades y los hombres que en carros combaten durmieron toda la noche, pero Zeus no probó las dulzuras del sueño, porque su mente buscaba el medio de honrar a Aquiles y causar gran matanza junto a las naves aqueas. Al fin, creyendo que lo mejor sería enviar un pernicioso sueño al Atrida Agamenón, pronunció estas aladas palabras:

[vv. 2.8 y ss.] —Anda, pernicioso Sueño, encamínate a las veleras naves aqueas, introdúcete en la tienda de Agamenón Atrida, y dile cuidadosamente lo que voy a encargarte. Ordénale que arme a los aqueos de larga cabellera y saque toda la hueste: ahora podría tomar a Troya la ciudad de anchas calles, pues los inmortales que poseen olímpicos palacios ya no están discordes, por haberlos persuadido Hera con sus ruegos,[61] y una serie de infortunios amenaza a los troyanos.

[vv. 2.16 y ss.] Tal dijo. Partió el Sueño al oír el mandato, llegó en un instante a las veleras naves aqueas, y hallando dormido en su tienda al Atrida Agamenón —alrededor del héroe habíase difundido el sueño inmortal— púsose sobre la cabeza del mismo, y tomó la figura

---

[61] Esta opinión de Zeus entraría en contradicción con lo que ocurre a lo largo de la *Ilíada*. Sobre todo en las rapsodias XX y XXI, donde los inmortales se agrupan en dos bandos claramente individualizados. No obstante Hera, incluso más que Atenea, parece ser quien lidera a los principales dioses, contrarios a la causa de los troyanos. Si bien sus motivos no son claramente desarrollados por Homero, debemos suponer que su público conocía bien la leyenda del *Juicio de Paris* y el poeta se limitó a hacer alguna alusión colateral (Cfr. 24.25-30).

de Néstor, hijo de Neleo, que era el anciano a quien aquel más honraba. Así transfigurado, dijo el divino Sueño:

[vv. 2.24 y ss.] —¿Duermes, hijo del belicoso Atreo domador de caballos? No debe dormir toda la noche el príncipe a quien se han confiado los guerreros y a cuyo cargo se hallan tantas cosas. Préstame atención, pues vengo como mensajero de Zeus; el cual, aun estando lejos, se interesa mucho por ti y te compadece. Armar te ordena a los aqueos de larga cabellera y sacar toda la hueste: ahora podrías tomar la ciudad de anchas calles de los troyanos, pues los inmortales que poseen olímpicos palacios ya no están discordes, por haberlos persuadido Hera con sus ruegos, y una serie de infortunios amenaza a los troyanos por la voluntad de Zeus. Graba mis palabras en tu memoria, para que no las olvides cuando el dulce sueño te abandone.

[vv. 2.35 y ss.] Dijo, se fue y dejó a Agamenón revolviendo en su espíritu lo que no debía cumplirse. Figurábase que iba a tomar la ciudad de Troya aquel mismo día. ¡Insensato! No sabía lo que tramaba Zeus, quien había de causar nuevos males y llanto a los troyanos y a los dánaos por medio de terribles peleas. Cuando despertó, la voz divina resonaba aún en torno suyo. Incorporose, y, habiéndose sentado, vistió la túnica fina, hermosa, nueva; se echó el gran manto, calzó sus pies con bellas sandalias y colgó del hombro la espada tachonada con argénteos clavos. Tomó el imperecedero cetro de su padre y se encaminó hacia las naves de los aqueos, de broncíneas corazas.

[vv. 2.48 y ss.] Subía la divinal Aurora, al vasto Olimpo para anunciar el día[62] a Zeus y a los demás dioses, cuando Agamenón ordenó que los heraldos de voz sonora convocaran a junta a los aqueos de larga cabellera. Aquellos los convocaron, y estos se reunieron en seguida.

[vv. 2.53 y ss.] Pero celebrose antes un consejo de magnánimos próceres junto a la nave del rey Néstor, natural de Pilos. Agamenón los llamó para hacerles una discreta consulta:

[vv. 2.56 y ss.] —¡Oh, amigos! Dormía durante la noche inmortal, cuando se me acercó un Sueño divino muy semejante al ilustre Néstor en la forma, estatura y natural. Púsose sobre mi cabeza y profirió estas palabras:

---

[62] Esta nueva referencia temporal indica el día 23 de nuestro cómputo.

[vv. 2.60 y ss.] —¿Duermes, hijo del belicoso Atreo, domador de caballos? No debe dormir toda la noche el príncipe a quien se han confiado los guerreros y a cuyo cargo se hallan tantas cosas. Préstame atención, pues vengo como mensajero de Zeus, el cual, aun estando lejos se interesa mucho por ti y te compadece. Armar te ordena a los aqueos de larga cabellera y sacar toda la hueste: ahora podrías tomar a Troya, la ciudad de anchas calles, pues los inmortales que poseen olímpicos palacios ya no están discordes, por haberlos persuadido Hera con sus ruegos, y una serie de infortunios amenaza a los troyanos por la voluntad de Zeus. Graba mis palabras en tu memoria[63]. Dijo, fuese volando, y el dulce sueño me abandonó. Ea, veamos cómo podremos conseguir que los aqueos tomen las armas. Para probarlos como es debido, les aconsejaré que huyan en las naves de muchos bancos; y vosotros, hablándoles unos por un lado y otros por, el opuesto, procurad detenerlos.

[vv. 2.76 y ss.] Habiéndose expresado en estos términos, se sentó. Seguidamente levantose Néstor, que era rey de la arenosa Pilos, y benévolo les arengó diciendo:

[vv. 2.79 y ss.] —¡Amigos, capitanes y príncipes de los argivos! Si algún otro aqueo nos refiriese el sueño, lo creeríamos falso y desconfiaríamos aun más; pero lo ha tenido quien se gloria de ser el más poderoso de los aqueos. Ea, veamos cómo podremos conseguir que los aqueos tomen las armas.

[vv. 2.84 y ss.] Dichas estas palabras, salió del consejo. Los reyes que llevan cetro se levantaron, obedeciendo al pastor de hombres, y la gente del pueblo acudió presurosa. Como de la hendidura de un peñasco salen sin cesar enjambres de abejas, que vuelan arracimadas sobre las flores primaverales y unas revolotean a este lado y a otras a aquel, así las numerosas familias de guerreros marchaban en grupos, por la baja ribera, desde las naves y tiendas a la junta. En medio, la Fama, mensajera de Zeus, enardecida, les instigaba a que acudieran, y ellos se iban reuniendo.

---

[63] Los vv. 2.60-70 repiten exactamente los vv. 23-33, y sería la tercera repetición si tenemos en cuenta las directivas de Zeus en 11-15. Hoy en día nos parece un tanto excesivo, pero es un rasgo característico de la poesía oral y sus mecanismos de la memoria a los que nos hemos referido en la *Introducción*.

[vv. 2.95 y ss.] Agitose la junta, gimió la tierra y se produjo tumulto, mientras los hombres tomaron sitio. Nueve[64] heraldos daban voces para que callaran y oyeran a los reyes, alumnos de Zeus. Sentáronse al fin, aunque con dificultad, y enmudecieron tan pronto como ocuparon los asientos. Entonces se levantó el rey Agamenón, empuñando el cetro que Hefesto hiciera para el soberano Zeus Crónida —este lo dio al mensajero Argifontes;[65] Hermes lo regaló al excelente jinete Pélope, quien, a su vez, lo entregó a Atreo, pastor de hombres; Atreo al morir lo legó a Tiestes, rico en ganado, y Tiestes lo dejó a Agamenón para que reinara en muchas islas y en todo el país de Argos—, y descansando el rey sobre el arrimo del cetro[66], habló así a los argivos:

[vv. 2.110 y ss.] —¡Amigos, héroes dánaos, ministros de Ares! En grave infortunio envolvióme Zeus. ¡Cruel! Me prometió y aseguró que no me iría sin destruir la bien murada Ilión, y todo ha sido funesto engaño; pues ahora me ordena regresar a Argos, sin gloria, después de haber perdido tantos hombres. Así debe de ser grato al prepotente Zeus, que ha destruido las fortalezas de muchas ciudades y aun destruirá otras, porque su poder es inmenso. Vergonzoso será para nosotros que lleguen a saberlo los hombres de mañana. ¡Un ejército aqueo tal y tan grande, hacer una guerra vana e ineficaz! ¡Combatir contra un número menor de hombres y no saberse aun cuándo la contienda tendrá fin! Pues si aqueos y troyanos, jurando la paz[67], quisiéramos contarnos y reunidos cuantos troyanos hay en sus hogares y agrupados nosotros en décadas, cada una de estas eligiera

---

[64] En este caso el número nueve se refiere a los heraldos hacen que callar al consejo, para que Agamenón —que implicaría al número diez— levante su cetro y tome la palabra. Todo lo cual nos permite tener otra perspectiva y una nueva adaptación del significado en el uso del nueve y el diez, que se suma a las ya señaladas para este numeral.

[65] Argifontes es epíteto de Hermes. Según la etimología popular podría significar "el que dio muerte a Argos". Según el mito Argos era un gigante de cien ojos al que Hera había comisionado para que vigilara a la vaca Io, y al cual Hermes había matado de una pedrada. Sin embargo, se desconoce su significado verdadero.

[66] Llama la atención la forma de este cetro, porque según dice Homero, Agamenón *se apoya* o se *recarga* (ἐρεισάμενος) en él. Pausanias refiriéndose a este cetro, dice que también lo llaman *Lanza* (IX, 40.11). Lo cual explicaría que pudiera servirle de apoyo.

[67] En este discurso de Agamenón empieza a sonar el tema de los juramentos, que se expande en las rapsodias 3 y 4, como un intento, luego malogrado, de solución pacífica.

un troyano para que escanciara el vino, muchas décadas se quedarían sin escanciador.[68] En tanto superan los aqueos a los troyanos que en Ilión moran![69] Pero han venido en su ayuda hombres de muchas ciudades, que saben blandir la lanza, me apartan de mi propósito y no me permiten, como quisiera, tomar la populosa ciudad de Troya. Nueve años del gran Zeus transcurrieron ya; los maderos de las naves se han podrido y las cuerdas están deshechas; nuestras esposas e hijitos nos aguardan en los palacios; y aún no hemos dado cima a la empresa para la cual vinimos. Ea, obremos todos como voy a decir: Huyamos, en las naves a nuestra patria, pues ya no tomaremos a Troya, la de anchas calles.

[vv. 2.142 y ss.] Así dijo: y a todos los que no habían asistido al consejo se les conmovió el corazón en el pecho. Agitose la junta como las grandes olas que en el mar Icario[70] levan el Euro y el Noto cayendo impetuosos de las nubes amontonadas por el padre Zeus. Como el Céfiro mueve con violento soplo un campo de trigo y se cierne sobre las espigas, de igual manera se movió toda la junta. Con gran gritería y levantando nubes de polvo, corren hacia los bajeles; exhórtanse a tirar de ellos para botarlos al mar divino; limpian los canales; quitan los soportes y el vocerío de los que se disponen a volver a la patria llega hasta el cielo.

[vv. 2.155 y 156] Y efectuárase entonces, antes de lo dispuesto por el destino, el regreso de los argivos, si Hera no hubiese dicho a Atenea:

[vv. 2.157 y ss.] —¡Oh dioses! ¡Hija de Zeus, que lleva la égida! ¡Indómita deidad! ¿Huirán los argivos a sus casas, a su tierra, por el ancho dorso del mar, y dejarán como trofeo a Príamo y a los troyanos la argiva Helena, por la cual tantos aqueos perecieron en Troya, lejos de su patria? Ve en seguida al ejército de los aqueos, de

---

[68] Nótese que, en esta imagen, Agamenón asigna a los troyanos la función de escanciar el vino, pero ello no indica un menosprecio, sino que estaría siguiendo lo indicado para el anfitrión en los protocolos de hospitalidad.

[69] Con este pequeño malabarismo matemático de Agamenón, Homero cumple dos propósitos: el primero —y más evidente— es indicarnos que el número de las fuerzas bajo su mando supera más de diez veces al de los troyanos que están tras los muros de la ciudad; el segundo, que comúnmente ha pasado desapercibido, es proporcionarnos un indicio de que el poeta concede a los números un espacio particular en su creatividad poética. No son un mero enunciado, o un dato más. Esta manipulación numérica forma parte de su talento artístico.

[70] Zona del mar Egeo donde se estima que cayó Ícaro, hijo de Dédalo al escapar del laberinto.

broncíneas corazas, detén con suaves palabras a cada guerrero y no permitas que boten al mar los corvos bajeles.

[vv. 2.166 y ss.] De este modo habló. Atenea, la diosa de los brillantes ojos, no fue desobediente. Bajando en raudo vuelo de las cumbres del Olimpo, llegó presto a las naves aqueas y halló a Odiseo, igual a Zeus en prudencia, que permanecía inmóvil y sin tocar la negra nave de muchos bancos, porque el pesar le llegaba al corazón y al alma. Y poniéndose a su lado, díjole Atenea, la de los brillantes ojos:

[vv. 2.173 y ss.] —¡Hijo de Laertes, del linaje de Zeus! ¡Odiseo, fecundo en ardides! ¿Huiréis a vuestras casas, a la patria tierra, embarcados en las naves de muchos bancos, y dejaréis como trofeo a Príamo y a los troyanos la argiva Helena, por la cual tantos aqueos, perecieron en Troya, lejos de su patria? Ve en seguida al ejército de los aqueos y no cejes: detén con suaves palabras a cada guerrero y no permitas que boten al mar los corvos bajeles. [71]

[vv. 2.182 y ss.] Dijo. Odiseo conoció la voz de la diosa; tiró el manto, que recogió el heraldo Euríbates de Ítaca, que le acompañaba; corrió hacia el Atrida Agamenón, para que le diera el imperecedero cetro paterno; y con este en la mano, enderezó a las naves de los aqueos, de broncíneas corazas.

[vv. 2.188 y 189] Cuando encontraba a un rey o a un capitán eximio, parábase y le detenía con suaves palabras:

[vv. 2.190 y ss.] —¡Ilustre! No es digno de ti temblar como un cobarde. Detente y haz que los otros se detengan también. Aun no conoces claramente la intención del Atrida: ahora nos prueba, y pronto castigará a los aqueos. En el consejo no todos comprendimos lo que dijo. No sea que, irritándose, maltrate a los aqueos; la cólera de los reyes, alumnos de Zeus, es terrible, porque su dignidad procede del próvido Zeus, y este los ama.

[vv. 2.198 y 199] Cuando encontraba a un hombre del pueblo gritando, dábale con el cetro y le increpaba[72] de esta manera:

---

[71] Los versos 176-181 repiten con pocas variantes a los anteriores 160-165.

[72] Las suaves palabras (ἄγανος) de la orden de Hera, pareciera que Odiseo las guarda solamente para los reyes o comandantes; con los soldados actúa de modo muy diferente. Así, o bien podría pensarse que la *moderación* indicada por la diosa, Odiseo la interpreta como una *adecuación* al rango; o bien, que decidiera adaptar la *inspiración* de la diosa a su propia voluntad.

[vv. 2.200 y ss.] —¡Desdichado! Estate quieto y escucha a los que te aventajan en bravura, tú, débil e inepto para la guerra, no eres estimado ni en el combate ni en el consejo. Aquí no todos los aqueos podemos ser reyes; no es un bien la soberanía de muchos; uno solo sea príncipe, uno solo rey: aquel a quien el hijo del artero Cronos dio cetro y leyes para que reine sobre nosotros.

[vv. 2.207 y ss.] Así Odiseo, obrando como supremo jefe, se imponía al ejército; y ellos se apresuraban a volver de las tiendas y naves a la junta, con gran vocerío, como cuando el oleaje del estruendoso mar brama en la anchurosa playa y el ponto resuena.

[vv. 2.211 y ss.] Todos se sentaron y permanecieron quietos en su sitio, a excepción de Tersites, que, sin poner freno a la lengua, alborotaba. Ese sabía muchas palabras groseras para disputar temerariamente, no de un modo decoroso, con los reyes; y lo que a él le pareciera, hacerlo ridículo para los argivos. Fue el hombre más feo que llegó a Troya, pues era bizco y cojo de un pie; sus hombros corcovados se contraían sobre el pecho, y tenía la cabeza puntiaguda y cubierta por rala cabellera[73]. Aborrecíanle de un modo especial Aquiles y Odiseo a quienes zahería; y entonces, dando estridentes voces, insultaba al divino Agamenón. Y por más que los aqueos se indignaban e irritaban mucho contra él, seguía increpándole a voz en grito:

[vv. 2.225 y ss.] —¡Atrida! ¿De qué te quejas o de qué careces? Tus tiendas están repletas de bronce y tienes muchas y escogidas mujeres que los aqueos te ofrecemos antes que a nadie cuanto tomamos alguna ciudad. ¿Necesitas, acaso, el oro que un troyano te traiga de Ilión para redimir al hijo que yo u otro aqueo haya hecho prisionero? ¿O, por ventura, una joven con quien goces del amor y que tú solo poseas? No es justo que, siendo el jefe, ocasiones tantos males a los aqueos. ¡Oh cobardes, hombres sin dignidad, aqueas más bien que aqueos! Volvamos en las naves a la patria y dejémosle aquí, en Troya, para que devore el botín y sepa si le sirve o no nuestra ayuda; ya que ha ofendido a Aquiles, varón muy superior, arrebatándole la recompensa que todavía retiene. Poca cólera siente Aquiles en su

---

[73] Para Homero la fealdad de la apariencia indica un defecto moral. Concordando con la observación aristotélica (*Poética*, 2) donde los personajes poco nobles o vulgares son afines a la comedia, el episodio de Tersites desemboca en risas y burlas. También se ha visto en sus reclamos un remoto anticipo del paso de la realeza del mundo micénico al de la *polis* democrática (Cfr. Amor, Sergio. *Tersites. Entre la Iseigoría y la tiranía,* p. 4 y ss. En: http://www.academia.edu/download/30827767/Ponencia_Terstites.doc).

pecho y es grande su indolencia; si no fuera así, Atrida, este sería tu último ultraje.

[vv. 2.243 y ss.] Tales palabras dijo Tersites, zahiriendo a Agamenón, pastor de hombres. El divino Odiseo se detuvo a su lado; y mirándole con torva faz, le increpó duramente:

[vv. 2.246 y ss.] —¡Tersites parlero! Aunque seas orador fecundo, calla y no quieras disputar con los reyes. No creo que haya un hombre peor que tú entre cuantos han venido a Ilión con los Atridas. Por tanto, no tomes en boca a los reyes, ni los injuries, ni pienses en el regreso. No sabemos aún con certeza cómo acabará esto y si la vuelta de los aqueos será feliz o desgraciada. Mas tú denuestas al Atrida Agamenón porque los héroes dánaos le dan muchas cosas; por esto le zahieres. Lo que voy a decir se cumplirá: Si vuelvo a encontrarte delirando como ahora, que Odiseo no conserve la cabeza sobre los hombros ni sea llamado padre de Telémaco si echándote mano, no te despojo del vestido (el manto y la túnica que cubren tus vergüenzas) y no te envío lloroso de la junta a las veleras naves después de castigarte con afrentosos azotes.

[vv. 2.265 y ss.] Tal dijo, y con el cetro diole un golpe en la espalda y los hombros. Tersites se encorvó, mientras una gruesa lágrima caía de sus ojos y un cruento cardenal aparecía en su espalda por bajo del áureo cetro: Sentose, turbado y dolorido; miró a todos con aire de simple, y se enjugó las lágrimas. Ellos, aunque afligidos, rieron con gusto y no faltó quien dijera a su vecino:

[vv. 2.272 y ss.] —¡Oh dioses! Muchas cosas buenas hizo Odiseo, ya dando consejos saludables, ya preparando la guerra; pero esto es lo mejor que ha realizado entre los argivos: hacer callar al insolente charlatán, cuyo ánimo osado no le impulsará en lo sucesivo a zaherir con injuriosas palabras a los reyes.

[vv. 2.278 y ss.] De tal modo hablaba la multitud. Levantose Odiseo, asolador de ciudades, con el cetro en la mano. (Atenea, la de los brillantes ojos, que, transfigurada en heraldo, junto a él estaba, impuso silencio para que todos los aqueos, desde los primeros hasta los últimos, oyeran el discurso y meditaran los consejos), y benévolo les arengó diciendo:

[vv. 2.284 y ss.] —¡Atrida! Los aqueos, oh rey, quieren cubrirte de baldón ante todos los mortales de voz articulada y no cumplen lo que te prometieron al venir de la Argólide, criadora de caballos: que no te irías sin destruir la bien murada Ilión. Cual si fuesen niños o viudas, se lamentan unos con otros y desean regresar a su casa. Y es, en verdad, penoso que hayamos de volver afligidos. Cierto que cualquiera se impacienta al mes de estar separado de su mujer, cuando ve detenida su nave de muchos bancos por las borrascas invernales y el mar alborotado; y nosotros hace ya nueve años, con el presente, que aquí permanecemos. No me enfado, pues, porque los aqueos se impacienten junto a las cóncavas naves; pero sería bochornoso haber estado aquí tanto tiempo y volvernos sin conseguir nuestro propósito. Tened paciencia, amigos, y aguardad un poco más, para que sepamos si fue verídica la predicción de Calcante. Bien grabada la tenemos en la memoria, y todos vosotros, los que no habéis sido arrebatados por las Moiras, sois testigos de lo que ocurrió en Áulide cuando se reunieron las naves aqueas que tantos males habían de traer a Príamo y a los troyanos. En sacros altares inmolábamos hecatombes perfectas a los inmortales junto a una fuente y a la sombra de un hermoso plátano a cuyo pie manaba el agua cristalina. Allí se nos ofreció un gran portento. Un horrible dragón[74] de roja espalda, que el mismo Olímpico sacara a la luz, saltó de debajo del altar al plátano. En la rama cimera de este hallábanse los hijuelos recién nacidos de un ave, que medrosos se acurrucaban debajo de las hojas; eran ocho, y con la madre que los parió, nueve. El dragón devoró a los pajarillos, que piaban lastimeramente; la madre revoloteaba quejándose, y aquel volviose y la cogió por el ala, mientras ella chillaba. Después que el dragón se hubo comido al ave y a los polluelos, el dios que lo hiciera aparecer obró en él un prodigio: el hijo del artero Cronos[75] transformolo en piedra, y nosotros, inmóviles, admirábamos lo que ocurría. De este modo, las grandes y portentosas acciones de los dioses interrumpieron las hecatombes. Y en seguida Calcante, vaticinando, exclamó:

[vv. 2.323 y ss.] «—¿Por qué enmudecéis, aqueos de larga cabellera? El próvido Zeus es quien nos muestra ese prodigio grande, tardío, de lejano cumplimiento, pero cuya gloria jamás perecerá. Como el dragón devoró a los polluelos del ave y al ave misma, los cuales eran ocho, y con la madre que los dio a luz, nueve, así nosotros combatiremos allí igual número de años, y al décimo tomaremos la ciudad de anchas calles.»[76] Tal fue lo que dijo y todo se va

---

[74] Serpiente de gran tamaño.

[75] Zeus.

[76] Varias veces en este parlamento se confirma claramente el uso simbólico de los números.

cumpliendo. ¡Ea, aqueos de hermosas grebas, quedaos todos hasta que tomemos la gran ciudad de Príamo!

[vv. 2.333 y ss.] De tal suerte habló. Los argivos, con agudos gritos que hacían retumbar horriblemente las naves, aplaudieron el discurso del divino Odiseo. Y Néstor, caballero gerenio[77], les arengó diciendo:

[vv. 2.337 y ss.] —¡Oh dioses! Habláis como niños chiquitos que no están ejercitados en los bélicos trabajos. ¿Qué son de nuestros convenios y juramentos? ¿Se fueron, pues, en humo los consejos, los afanes de los guerreros, los pactos consagrados con libaciones de vino puro y los apretones de manos en que confiábamos? Nos entretenemos en contender con palabras y sin motivo, y en tan largo espacio no hemos podido encontrar un medio eficaz para conseguir nuestro objeto. ¡Atrida! Tú como siempre, manda con firme decisión a los argivos en el duro combate y deja que se consuman uno o dos que en discordia con los demás aqueos desean, aunque no realizarán su propósito, regresar a Argos antes de saber si fue o no falsa la promesa de Zeus, que lleva la égida. Pues yo os aseguro que el prepotente Crónida se nos mostró propicio, relampagueando por el diestro lado y haciéndonos favorables señales, el día en que los argivos se embarcaron en las naves de ligero andar para traer a los troyanos la muerte y el destino[78]. Nadie pues, se dé prisa por volver a su casa, hasta haber dormido con la esposa de un troyano y haber vengado la huida y los gemidos de Helena. Y si alguno tanto anhelare el regreso, toque la negra nave de muchos bancos para que delante de todos sea muerto y cumpla su destino. ¡Oh rey! No dejes de pensar tú mismo y sigue también los consejos que nosotros te damos. No es despreciable lo que voy a decirte: Agrupa a los hombres, oh Agamenón, por tribus y familias, para que una tribu ayude a otra tribu y una familia a otra familia. Si así obrares y te obedecieren los aqueos, sabrás pronto cuáles jefes y soldados son cobardes y cuáles valerosos, pues pelearán distintamente; y

---

[77] Néstor recibe este epíteto porque, cuando Heracles tomó Pilos, Néstor fue llevado a Gereno (Mesenia), donde se educó.

[78] Se refiere al momento en que la flota salió de Áulide. En el poema los auspicios se interpretan según la forma tradicional: los que acontecen a la derecha se interpretan como favorables en 10.274, 13.821, 24.294, los que suceden a la izquierda, en consecuencia, serían adversos (Cfr. Eustacio de Tesalónica, *Los comentarios a la Ilíada de Homero*, ed. M. Van der Valk, 1971. Vol. 3, p. 558., citado y traducido en: Pérez Moro, Las *paráfrasis bizantinas de Homero: Miguel PsELo y Teodoro Gaza*, Universidad de Valladolid, 2015-16, p. 32).

conocerás si no puedes tomar la ciudad por la voluntad de los dioses o por la cobardía de tus hombres y su impericia en la guerra. [vv. 2.369 y ss.] Respondió el rey Agamenón: —De nuevo, oh anciano, superas en la junta a los aqueos todos. Ojalá, ¡padre Zeus, Atenea, Apolo!, tuviera entre los argivos diez[79] consejeros semejantes; entonces la ciudad del rey Príamo sería pronto tomada y destruida por nuestras manos. Pero Zeus que lleva la égida me envía penas, enredándome en inútiles disputas y riñas, Aquiles y yo peleamos con encontradas razones por una muchacha, y fui el primero en irritarme; si ambos procediéramos de acuerdo, no se diferiría un solo momento la ruina de los troyanos. Ahora, id a comer para que luego trabemos el combate; cada uno afile la lanza, prepare el escudo, dé el pasto a los corceles de pies ligeros e inspeccione el carro, apercibiéndose para la lucha; pues durante todo el día nos pondrá a prueba el horrendo Ares. Ni un breve descanso ha de haber siquiera hasta que la noche obligue a los valientes guerreros a separarse. La correa del escudo que al combatiente cubre, se impregnará de sudor en torno del pecho; el brazo se fatigará con el manejo de la lanza, y sudarán los corceles arrastrando los pulimentados carros. Y aquel que se quede voluntariamente en las corvas naves, lejos de la batalla como yo le vea, no se librará de los perros y de las aves de rapiña[80].

[vv. 2.394 y ss.] Así habló. Los argivos promovían gran clamoreo, como cuando las olas, movidas por el Noto, baten un elevado risco que se adelanta sobre el mar y no lo dejan mientras soplan los vientos en contrarias direcciones. Luego, levantándose, se dispersaron por las naves, encendieron lumbre en las tiendas, tomaron la comida y ofrecieron sacrificios, quiénes a uno, quiénes a otro de los sempiternos dioses, para que los librasen de morir en la batalla. Agamenón, rey de hombres, inmoló un pingüe buey de cinco años al prepotente Crónida, habiendo llamado a su tienda a los principales caudillos de los aqueos todos: a Néstor y al rey Idomeneo, luego a entrambos Ayaces y al hijo de Tideo, y en sexto lugar a Odiseo, igual en prudencia a Zeus. Espontáneamente se presentó Menelao, valiente en la pelea, porque sabía lo que su hermano estaba preparando. Colocáronse todos alrededor del buey y

---

[79] Una vez más este número aparece en un contexto de probidad y perfección.

[80] Brutal metonimia que culmina el clímax del discurso, amenazando con una muerte deshonrosa a los traidores que incumplan el juramento. Hay una amenaza equivalente en boca de Héctor en 15.347 y ss.

tomaron harina con sal. Y puesto en medio, el poderoso Agamenón oró diciendo:

[vv. 2.412 y ss.] —¡Zeus gloriosísimo, máximo, que amontonas las sombrías nubes y vives en el éter! ¡Que no se ponga el sol ni sobrevenga la oscura noche antes que yo destruya el palacio de Príamo, entregándolo a las llamas; pegue voraz fuego a las puertas; rompa con mi lanza la coraza de Héctor en su mismo pecho, y vea a muchos de sus compañeros caídos de bruces en el polvo y mordiendo la tierra!

[vv. 2.419 y ss.] Dijo; pero el Crónida no accedió y, aceptando los sacrificios, preparoles no envidiable labor. Hecha la rogativa y esparcida la harina con sal, cogieron las víctimas por la cabeza, que tiraron hacia atrás y las degollaron y desollaron; cortaron los muslos, cubriéronlos con doble capa de grasa y de carne cruda en pedacitos, y los quemaron con leña sin hojas; y atravesando las entrañas con los asadores, las pusieron al fuego. Quemados los muslos, probaron las entrañas; y descuartizando lo restante, lo cogieron con pinchos, lo asaron cuidadosamente y lo retiraron del fuego. Terminada la faena y dispuesto el festín, comieron, y nadie careció de su respectiva porción.[81] Y cuando hubieron satisfecho el deseo de comer y de beber, Néstor, caballero gerenio, comenzó a decirles:

[vv. 2.434 y ss.] —¡Atrida gloriosísimo, rey de los hombres Agamenón! No nos entretengamos en hablar, ni difiramos por más tiempo la empresa que un dios pone en nuestras manos. ¡Ea! Los heraldos de los aqueos, de broncíneas corazas, pregonen que el ejército se reúna cerca de los bajeles, y nosotros recorramos juntos el espacioso campamento para promover cuanto antes un vivo combate.

[vv. 2.441 y ss.] Tales fueron sus palabras; y Agamenón, rey de hombres, no desobedeció. Al momento dispuso que los heraldos de voz sonora llamaran a la batalla a los aqueos de larga cabellera; hízose el pregón, y ellos se reunieron prontamente. El Atrida y los reyes, alumnos de Zeus, hacían formar a los guerreros, y los acompañaba Atenea, la de los brillantes ojos, llevando la preciosa inmortal égida que no envejece y de la cual cuelgan cien áureos borlones, bien labrados y del valor de cien bueyes cada uno.[82] Con

---

[81] Con pocas variantes repite la secuencia de 1.458 y ss. (ver nota a dichos versos).

[82] La diosa se convierte en el motor y elemento central de la convocatoria. El entusiasmo divino los invade. Ella se manifiesta empuñando el poder de Zeus. La

ella en la mano movíase la diosa entre los aqueos, instigábales a salir al campo y ponía fortaleza en sus corazones para que pelearan y combatieran sin descanso. Pronto les fue más agradable batallar, que volver a la patria tierra en las cóncavas naves.

[vv. 2.455 y ss.] Cual se columbra desde lejos el resplandor de un incendio, cuando el voraz fuego se propaga por vasta selva en la cumbre de un monte, así el brillo de las broncíneas armaduras de los que se ponían en marcha llegaba al cielo a través del éter.

[vv. 2.459 y ss.] De la suerte que las alígeras aves —gansos, grullas o cisnes cuellilargos— se posan en numerosas bandadas y chillando en la pradera Así o, cerca del río Caistro, vuelan acá y allá ufanas de sus alas, y el campo resuena, de esta manera las numerosas huestes afluían de las naves y tiendas a la llanura escamandria y la tierra retumbaba horriblemente bajo los pies de los guerreros y de los caballos. Y los que en el florido prado del Escamandro llegaron a juntarse fueron innumerables; tantos, cuantas son las hojas y flores que en la primavera nacen.

[vv. 2.469 y ss.] Como enjambres copiosos de moscas que en la primaveral estación vuelan agrupadas por el establo del pastor, cuando la leche llena los tarros, en tan gran número reuniéronse en la llanura los aqueos de larga cabellera, deseosos de acabar con los teucros.

[vv. 2.474 y ss.] Poníanlos los caudillos en orden de batalla fácilmente, como los pastores separan las cabras de grandes rebaños cuando se mezclan en el pasto; y en medio aparecía el poderoso Agamenón,

---

égida según algunos mitógrafos era una vestimenta que formaba parte de la armadura de Atenea, según otros un escudo forrado en piel de cabra que tenía en el centro una imagen —o bien la propia cabeza— de la Medusa. Aquí Homero se refiere precisamente a ese escudo. Algunos dicen que la piel que recubría la égida era de la cabra Amaltea, nodriza de Zeus, otros, la piel del gigante Palas. Las borlas o flecos constituyen un elemento ornamental dispuesto en forma circular, que a su vez se pone en relación con un valor expresado en bueyes. Tanto las borlas como su valor en bueyes reiteran el número cien, con un efecto multiplicador, remontando la imaginación a los grandes números. Este valor asimismo podría estar evocando un sentido sacrificial dada la proximidad de la palabra empleada (ἐκατόμβοιος, *valor de cien bueyes*) con la palabra hecatombe (ἐκατόμβη, *ofrenda de cien bueyes*). Si así fuera, el valor ornamental de la borla se transforma en un distintivo de la inconmensurable gloria del dios. El que las borlas sean doradas —o de oro, como todo lo que pertenece a los olímpicos— nos refiere inmediatamente a lo divino.

semejante en la cabeza y en los ojos a Zeus, que se goza en lanzar rayos en el cinturón a Ares y en el pecho a Poseidón. Como en la vacada el buey más excelente es el toro, que sobresale entre las vacas, de igual manera hizo Zeus que Agamenón fuera aquel día insigne y eximio entre muchos héroes.[83]

[vv. 2.484 y ss.] Decidme ahora, Musas, que poseéis olímpicos palacios y como diosas lo presenciáis y conocéis todo mientras que nosotros oímos tan solo la fama y nada cierto sabemos, cuáles eran los caudillos y príncipes de los dánaos. A la muchedumbre no podría enumerarla ni nombrarla, aunque tuviera diez lenguas, diez bocas, voz infatigable y corazón de bronce: solo las Musas olímpicas hijas de Zeus, que lleva la égida, podrían decir cuántos a Ilión fueron. Pero mencionaré los caudillos y las naves todas.

[vv. 2.494 y ss.] Mandaban a los beocios[84] Penéleo, Leito, Arcesilao, Protoenor y Clonio. Los que cultivaban los campos de Hiria, Áulide pétrea, Esqueno, Escolo, Eteono fragosa, Tespia, Grea y la vasta Micaleso; los que moraban en Harma, Ilesio y Eritras; los que residían en Eleón, Hila, Peteón, Ocalea, Medeón, ciudad bien construida, Copas, Eutresis y Tisbe, abundante en palomas; los que habitaban Coronea, Haliarto herbosa, Platea y Glisante; los que poseían la bien edificada ciudad de Hipotebas, la sacra Onquesto, delicioso bosque de Poseidón, y las ciudades de Arne en uvas abundosa, Midea, Nisa divina y Antedón fronteriza; todos estos llegaron en cincuenta naves. En cada una se habían embarcado ciento veinte beocios.

[vv. 2.511 y ss.] De los que habitaban en Aspledón y Orcómeno Minieo eran caudillos Ascálafo y Yálmeno, hijos de Ares y de Astíoque, que los había dado a luz en el palacio de Áctor Azida. Astíoque, que era virgen ruborosa, subió al piso superior, y el terrible dios se unió con ella clandestinamente. Treinta cóncavas naves en orden les seguían.

[vv. 2.517 y ss.] Mandaban a los focenses Esquedio y Epístrofe, hijos del magnánimo Ifito Naubólida. Los de Cipariso, Pitón pedregosa, Crisa divina, Dáulide y Panopeo; los que habitan en Anemoría,

---

[83] Con esta comparación culmina una serie continua de cinco símiles que Homero pone en esta secuencia de preparación épica; justo antes de invocar a las musas para sumar un nuevo elemento: el catálogo de las naves y sus tripulaciones y, luego, el de las fuerzas troyanas y sus líderes.

[84] Es probable que el antiguo título de *Βοιωτία* dado a esta segunda rapsodia se deba a que los beocios encabezan el catálogo.

Hiámpolis y la ribera del divino Cefiso; los que poseían la ciudad de Lilea en las fuentes del mismo río: todos estos habían llegado en cuarenta negras naves. Los caudillos ordenaban entonces las filas de los focenses, que en las batallas combatían a la izquierda de los beocios.

[vv. 2.527 y ss.] Acaudillaba a los locrenses, que vivían en Cino, Opunte, Calíaro Besa, Escarfa, Augias amena, Tarfe y Tronio, a orillas del Boagrio, el ligero Áyax de Oileo, menor, mucho menor que Áyax Telamonio: era bajo de cuerpo, llevaba coraza de lino y en el manejo de la lanza superaba a todos los helenos y aqueos. Seguíanle cuarenta negras naves, en las cuales habían venido los locrenses que viven más allá de la sagrada Eubea.

[vv. 2.536 y ss.] Los abantes de Eubea, que residían en Calcis, Eretria, Histiea en uvas abundosa. Cerinto marítima, Dio, ciudad excelsa. Caristo y Estira, eran capitaneados por el magnánimo Elefenor Calcodontíada, vástago de Ares. Con tal caudillo llegaron los ligeros abantes, que dejaban crecer la cabellera en la parte posterior de la cabeza: eran belicosos y deseaban siempre romper con sus lanzas de fresno las corazas en los pechos de los enemigos. Seguíanle cuarenta negras naves.

[vv. 2.546 y ss.] Los que habitaban en la bien edificada ciudad de Atenas y constituían el pueblo del magnánimo Erecteo, a quien Atenea, hija de Zeus, crió —habíale dado a luz la fértil tierra— y puso en su rico templo de Atenas, donde los jóvenes atenienses ofrecen todos los años sacrificios propiciatorios de toros y corderos a la diosa, tenían por jefe a Menesteo, hijo de Peteo. Ningún hombre de la tierra sabía como ese poner en orden de batalla, así a los que combatían en carros, como a los peones armados de escudos; solo Néstor competía con él, porque era más anciano. Cincuenta negras naves le seguían.

[vv. 2.557 y 558] Áyax había partido de Salamina con doce naves, que colocó cerca de las falanges atenienses.[85]

---

[85] Que los de Salamina adopten esta disposición, secundando a la flota ateniense, se ha visto como una interpolación realizada por Solón o Pisístrato. Parece que se solía aducir dicho texto para fundamentar sus pretensiones respecto del dominio de la isla (Cfr. Fernández-Galiano, M. "La transmisión del texto homérico", en: AAVV. *Introducción a Homero*, Madrid, Guadarrama, 1963. p. 97; Pfeiffer, R. *ob. cit, I*. Madrid, Gredos, 1981. p. 31).

[vv. 2.559 y ss.] Los habitantes de Argos, Tirinto amurallada, Hermíona y Asina situadas en profundo golfo, Trecena, Eyonas y Epidauro abundosa en vides, y los jóvenes aqueos de Egina y Masete, eran acaudillados por Diomedes, valiente en la pelea; Esténelo, hijo del famoso Capaneo, y Euríalo, igual a un dios, que tenía por padre al rey Mecisteo Talayónida. Era jefe supremo Diomedes, valiente en la pelea. Ochenta negras naves les seguían.

[vv. 2.569 y ss.] Los que poseían la bien construida ciudad de Micenas, la opulenta Corinto y la bien edificada Cleonas; los que cultivaban la tierra en Ornías, Aretirea deleitosa y Sición, donde antiguamente reinó Adrasto; los que residían en Hiperesia y Gonoesa excelsa, y los que habitaban en Pelene, Egio, el Egíalo todo y la espaciosa Hélice: todos estos habían llegado en cien naves a las órdenes del rey Agamenón Atrida. Muchos y valientes varones condujo este príncipe, que entonces vestía el luciente bronce, ufano de sobresalir entre los héroes por su valor y por mandar a mayor número de hombres.

[vv. 2.581 y ss.] Los de la honda y cavernosa Lacedemonia, que residían en Faris, Esparta y Mesa, en palomas abundante; moraban en Brisías o Augías amena; poseían las ciudades de Amiclas y Helos marítima, y habitaban en Laa y Etilo: todos estos llegaron en sesenta naves al mando del hermano de Agamenón, de Menelao, valiente en el combate, y se armaban formando unidad aparte. Menelao, impulsado por su propio ardor, los animaba a combatir y anhelaba en su corazón vengar la huida y los gemidos de Helena.

[vv. 2.591 y ss.] Los que cultivaban el campo en Pilos, Arena deliciosa, Trío, vado del Alfeo, y la bien edificada Epi, y los que habitaban en Ciparisente, Anfigenia, Ptelo y Dorio (donde las Musas, saliéndole al camino a Tamiris el tracio, le privaron de cantar cuando volvía de la casa de Eurito el ecaleo; pues jactose de que saldría vencedor, aunque cantaran las propias Musas, hijas de Zeus, que lleva la égida, y ellas irritadas le cegaron, le privaron del divino canto y le hicieron olvidar el arte de pulsar la cítara), eran mandados por Néstor, caballero gerenio, y habían llegado en noventa cóncavas naves.

[vv. 2.603 y ss.] Los que habitaban en la Arcadia al pie del alto monte de Cilene y cerca de la tumba de Epitio, país de belicosos guerreros; los de Féneo, Orcómeno en ovejas abundante, Ripa, Estratia y Enispe ventosa; y los que poseían las ciudades de Tegea, Mantinea deliciosa, Estinfalo y Parrasia: todos estos llegaron al mando del rey Agapenor, hijo de Anceo, en sesenta naves. En cada una de estas se embarcaron muchos arcadios ejercitados en la guerra. El mismo

37

Agamenón les proporcionó las naves de muchos bancos, para que atravesaran el vinoso ponto; pues ellos no se cuidaban de las cosas del mar.

[vv. 2.615 y ss.] Los que habitaban en Buprasio y en el resto de la divina Élide, desde Hirmina y Mírsino la fronteriza por un lado y la roca de Olenia y Alesio por el otro, tenían cuatro caudillos y cada uno de estos mandaba diez veleras naves tripuladas por muchos epeos. De dos divisiones eran respectivamente jefes Anfímaco y Talpio, hijo aquel de Ctéato y este de Eurito y nietos de Áctor; de la tercera, el fuerte Diores Amarincida, y, de la cuarta, el deiforme Polixeno, hijo del rey Agástenes Augeíada.

[vv. 2.625 y ss.] Los de Duliquio y las sagradas islas Equinas, situadas al otro lado del mar frente a la Élide, eran mandados por Meges Filida, igual a Ares, a quien engendrara el jinete Fileo, caro a Zeus, cuando por haberse enemistado con su padre emigró a Duliquio. Cuarenta negras naves le seguían.

[vv. 2.631 y ss.] Odiseo acaudillaba a los magnánimos cefalenios. Los de Ítaca y su frondoso Nérito; los que cultivaban los campos de Crocilea y de la escarpada Egílipe; los que habitaban en Zacinto; los que vivían en Samos y sus alrededores, los que estaban en el continente y los que ocupaban la orilla opuesta: todos ellos obedecían a Odiseo, igual a Zeus en prudencia. Doce naves de rojas proas le seguían.

[vv. 2.638 y ss.] Toante, hijo de Andremón, regía a los etolos que habitaban en Pleurón, Óleno, Pilene, Calcis marítima y Calidón pedregosa. Ya no existían los hijos del magnánimo Eneo, ni este; y muerto también el rubio Meleagro, diéronse a Toante todos los poderes para que reinara sobre los etolos. Cuarenta negras naves le seguían.

[vv. 2.645 y ss.] Mandaba a los cretenses Idomeneo, famoso por su lanza. Los que vivían en Cnoso, Gortina amurallada, Licto, Mileto, blanca Licasto, Festo y Ritio, ciudades populosas, y los que ocupaban la isla de Creta con sus cien ciudades; todos eran gobernados por Idomeneo, famoso por su lanza, que con Meriones, igual al homicida Ares, compartía el mando. Seguíanle ochenta negras naves.

[vv. 2.653 y ss.] Tlepólemo Heraclida, valiente y alto de cuerpo, condujo en nueve buques a los fieros rodios, que vivían, divididos en tres pueblos, en Lindo, Yaliso y Camiro la blanca. De estos era caudillo Tlepólemo, famoso por su lanza, a quien Astioquía concibió del fornido Heracles cuando el héroe se la llevó de Éfira, de la ribera

38

del Seleente, después de haber asolado muchas ciudades defendidas por nobles mancebos. Cuando Tlepólemo, criado en el magnífico palacio, hubo llegado a la juventud, mató al anciano tío materno de su padre[86], a Licimnio, vástago de Ares; y como los demás hijos y nietos del fuerte Heracles le amenazaran, construyó naves, reunió mucha gente y huyó por mar. Errante y sufriendo penalidades pudo llegar a Rodas, y allí se estableció con los suyos, que formaron tres tribus. Se hicieron querer de Zeus, que reina sobre los dioses y los hombres, y el Crónida les dio abundante riqueza.

[vv. 2.671 y ss.] Nireo condujo desde Sima tres naves bien proporcionadas; Nireo, hijo de Aglaya y el rey Cáropo; Nireo el más hermoso de los dánaos que fueron a Troya, si exceptuamos al eximio Pelida; pero era tímido y poca la gente que mandaba.

[vv. 2.676 y ss.] Los que habitaban en Nísiro, Crápato, Caso, Cos, ciudad de Eurípilo, y las islas Calidnas, tenían por jefes a Fidipo y Antifo, hijos del rey Tésalo Heraclida. Treinta cóncavas naves en orden les seguían.

[vv. 2.681 y ss.] Cuantos ocupaban el Argos pelásgico, los que vivían en Alo, Álope y Traquina y los que poseían la Ptía y la Hélade de lindas mujeres, y se llamaban mirmidones, helenos y aqueos, tenían por capitán a Aquiles y habían llegado en cincuenta naves. Mas estos no se curaban entonces del combate horrísono, por no tener quien los llevara a la pelea: el divino Aquiles, el de los pies ligeros, no salía de las naves, enojado a causa de la joven Briseida, de hermosa cabellera, a la cual hiciera cautiva en Lirneso, cuando después de grandes fatigas destruyó esta ciudad y las murallas de Tebas, dando muerte a los belicosos Mines y Epístrofo, hijos del rey Eveno Selepíada. Afligido por ello, se entregaba al ocio[87]; pero pronto había de levantarse.

---

[86] Gravísima falta contra la *themis* (θέμις), o normativas del derecho consuetudinario heleno que regulan el comportamiento, deberes y obligaciones dentro de una familia. Sin embargo, cuando la sangre derramada es la de la madre o de algunos de los parientes de la línea materna, el furor que se desata entre los dioses infernales que requieren venganza de sangre suele ser mayor, como puede verse en el mito de Meleagro (Cfr. *n.* a 9.555 y ss.) y en el de Orestes, perseguido por las Erinies, a causa del asesinato de su madre.

[87] El nombre de *mirmidones* significa "hormigas", se cree que lo recibían debido a la aridez del territorio del cual provenían; míticamente deben su nombre a Mirmidón, rey de Tesalia, hijo de Zeus y la ninfa Eurimedusa; se dice que Zeus, para llegar a la ninfa, se transformó en una hormiga. La imagen de Aquiles y sus

[vv. 2.695 y ss.] Los que habitaban en Fílace, Píraso florida, que es lugar consagrado a Deméter; Itón, criadora de ovejas; Antrón marítima y Pteleo herbosa, fueron acaudillados por el aguerrido Protesilao mientras vivió, pues ya entonces teníalo en su seno la negra tierra: matole un dárdano cuando saltó de la nave mucho antes que los demás aqueos, y en Fílace quedaron su desolada esposa y la casa a medio acabar. Con todo, no carecían aquellos de jefe, aunque echaban de menos al que antes tuvieron, pues los ordenaba para el combate Podarces, vástago de Ares, hijo del opulento Ificles Filácida y hermano menor del animoso Protesilao. Este era mayor y más valiente. Sus hombres, pues, no estaban sin caudillo; pero sentían añoranza por él, que tan esforzado había sido. Cuarenta negras naves le seguían.

[vv. 2.711 y ss.] Los que moraban en Feras, situada a orillas del lago Bebeis, Beba, Gláfiras y Yaolco bien edificada, habían llegado en once naves al mando de Eumelo, hijo querido de Admeto y de Alcestes, divina entre las mujeres, que era la más hermosa de las hijas de Pelias.

[vv. 2.716 y ss.] Los que cultivaban los campos de Metona y Taumacia y los que poseían las ciudades de Melibea y Olizón fragosa, tuvieron por capitán a Filoctetes, hábil arquero, y llegaron en siete naves: en cada una de estas se embarcaron cincuenta remeros muy expertos en combatir valerosamente con el arco. Mas Filoctetes se hallaba, padeciendo terribles dolores, en la divina isla de Lemnos, donde lo dejaron los aqueos cuando fue mordido por ponzoñoso reptil. Allí permanecía afligido, pero pronto en las naves habían de acordarse los argivos del rey Filoctetes.[88] No carecían aquellos de jefe, aunque echaban de menos a su caudillo, pues los ordenaba para el combate Medonte, hijo bastardo de Oileo, asolador de ciudades, de quien lo tuvo Rena.

---

mirmidones, que permanecen ociosos en su campamento mientras va creciendo la tensión épica, es una imagen que se reitera unos versos más adelante (2.769 y ss.), buscando mantener presente en el público la idea de que el principal combatiente se encuentra al margen de la contienda.

[88] Luego de la muerte de Aquiles, los aqueos iban a enterarse —por un oráculo— que la toma de Troya requeriría el cumplimiento de varias condiciones. Una de ellas era la participación del hábil arquero Filoctetes, al cual, Odiseo, iría a buscar a Lemnos.

[vv. 2.729 y ss.] De los de Trica, Itoma de quebrado suelo, y Ecalia, ciudad de Eurito el ecaleo, eran capitanes dos hijos de Asclepio[89] y excelentes médicos: Podalirio y Macaón. Treinta cóncavas naves en orden les seguían.

[vv. 2.734 y ss.] Los que poseían la ciudad de Ormenio, la fuente Hiperea, Asterio y las nevadas cimas del Titano, eran mandados por Eurípilo, hijo preclaro de Evemón. Cuarenta negras naves le seguían.

[vv. 2.738 y ss.] A los de Argisa, Girtona, Orta, Elona y la blanca ciudad de Oloosón, los regía el intrépido Polipetes, hijo de Pirítoo y nieto de Zeus inmortal (habíalo dado a luz la ínclita Hipodamia el mismo día en que Piritoo, castigando a los hirsutos Centauros, los echó del Pelión y los obligó a retirarse hacia los etiquios). Con él compartía el mando Leonteo, vástago de Ares, hijo del animoso Corono Cenida. Cuarenta negras naves les seguían.

[vv. 2.748 y ss.] Guneo condujo desde Cifo en veintidós naves a los enienes e intrépidos perebos; aquellos tenían su morada en la fría Dodona y estos cultivaban los campos a orillas del hermoso Titaresio, que vierte sus cristalinas aguas en el Peneo de argénteos vórtices; pero no se mezcla con él, sino que sobrenada como aceite, porque es un arroyo del agua de la Estix[90], que se invoca en los terribles juramentos.

[vv. 2.756 y ss.] A los magnates gobernábalos Protoo, hijo de Tentredón. Los que habitaban a orillas del Peneo y en el frondoso Pelión, tenían pues, por jefe al ligero Protoo. Cuarenta negras naves le seguían.

---

[89] Más conocido como Esculapio, médico insigne, discípulo de Quirón.
[90] Río del infierno consagrado a Estix, hija del Océano.

41

[vv. 2.760 y ss.] Tales eran los caudillos y príncipes de los dánaos.[91]

---

[91] Se ha cuestionado que el catálogo formase parte del poema original, y se cree que fue agregado en forma tardía. Entre la gran variedad de problemas que plantea cabe destacar los siguientes: a) es llamativo que a los primeros contingentes en la lista, sobre todo en el caso de los beocios, se les haya otorgado tanto protagonismo en número de tropas, capitanes y espacio dedicado, cuando luego no revisten gran importancia participativa en el resto de la obra; a esto se suma el testimonio de Tucídides indicando que los beocios, tras ser expulsados por los tesalios, entraron en la región conocida como tierra cadmea —que luego llevaría su nombre—, unos sesenta años *después* de la toma de Troya (I, 12.3); se ha sospechado, incluso, de una intervención de los beocios en la confección de este catálogo; b) también existen bases para sospechar que la entrada correspondiente a las tropas de Atenas es una interpolación realizada por los propios atenienses; c) se observan varios problemas y contradicciones respecto de los dominios atribuidos a Agamenón y Diomedes; d) no resultan tampoco congruentes las dominios atribuidos a Néstor y Menelao; e) y no son coherentes los contingentes y los territorios que se atribuyen a Odiseo y Meges, ni al hijo de Peleo (Cfr. Kirk, G. *The Iliad: A Commentary*, I, Cambridge University Press, 1985, p. 179). Pero, ya que se trata de una obra poética y no de un manual de historia o geografía, dejamos de lado por el momento las disquisiciones geográficas e históricas respecto del texto del catálogo —muy atendibles y valederas como auxiliares para establecer, cuando corresponda, la validez de los datos consignados—. Cambiando así de perspectiva, observamos que los errores del catálogo también pudieran deberse simplemente a la ignorancia, confusión, distracción o a algún propósito o intencionalidad —desconocida para nosotros—, que pudiera tener el poeta. Por lo cual conviene que nos centremos en el relato tal como nos llega. El escrutinio del ejército heleno abarca 28 contingentes, que navegan hacia Troya en 1175 barcos al mando de 45 reyes o comandantes. No creemos que el público de Homero se haya puesto a realizar una cuenta de todo ello, pero sí consideramos que les transmitió la sensación del enorme y variado ejército que se había levantado contra los troyanos, al mismo tiempo que nos presentaba a los principales personajes del bando heleno. Con este catálogo Homero viene a mostrar no solo la expansión helénica por el Mediterráneo, sino también la recapitulación de su poderío en esta confrontación. Ese tedioso censo muestra además algunos detalles que interesa destacar: 1) se deja constancia explícita de que el mayor numero de tropas lo lleva Agamenón, lo cual justifica lo dicho por Néstor en 1.281 (*...es quien reina sobre mayor número de hombres*); a esto se le suman las sesenta naves que ha dispuesto para trasladar a los arcadios al mando de Agapenor; Néstor es quien sigue en cantidad a Agamenón, con noventa barcos; luego vendrían Idomeneo y Diomedes con ochenta naves cada uno; 2) Menelao, quien seguramente es el más agraviado de los aqueos, viene recién entonces con Agapenor, ambos con sesenta barcos; 3) dado el enfrentamiento que existe entre Agamenón y Aquiles, parece muy llamativo que el número de barcos en que llegan los mirmidones y sus comandantes, sea de *exactamente* la mitad de los del Atrida; ese mismo número —cincuenta barcos— corresponde también a los atenienses, liderados por Menesteo, y a los beocios que encabezan el catálogo; aunque a estos últimos habría que

42

Dime, Musa, cuál fue el mejor de los varones y cuáles los más excelentes caballos de cuantos con los Atridas llegaron. Entre los corceles sobresalían las yeguas del Feretíada, que guiaba Eumelo; eran ligeras como aves, apeladas, y de la misma edad y altura; criolas Apolo, el del arco de plata, en Perea, y llevaban consigo el terror de Ares. De los guerreros el más valiente fue Áyax Telamonio mientras duró la cólera de Aquiles, pues este le superaba mucho, y también eran los mejores caballos los que llevaban al eximio Pelida. Mas Aquiles permanecía entonces en las corvas naves que atraviesan el ponto, por estar irritado contra Agamenón Atrida, pastor de

---

considerarlos aparte, porque su contingente es uno de los pocos de los que se hace la aclaración que cada nave transportaba ciento veinte hombres —de modo que, salvo en el caso excepcional de los beocios, o de alguna nave pequeña como la que lleva a Criseida (en 1.320), con solo veinte remeros—, en general parece que la tripulación normal de las naves era de cincuenta (Cfr. Gil, L. "Navegación", en: AAVV. *Introducción a Homero*, Madrid, Guadarrama, 1963. p. 401), como en las naves de Filoctetes; por otra parte, tanto de Aquiles como de Menesteo se hace una mención destacada: a Menesteo, por su habilidad en el manejo de tropas —después de Néstor— y a Aquiles lo exalta como el mejor combatiente de la expedición; virtudes ambas que ejercen un cierto balance respecto de las que debería demostrar Agamenón como líder supremo; nuevamente estaríamos en presencia de ese tema del liderazgo y el balance del poder dentro del ejército aqueo; 4) es curioso y también muy llamativo, que Áyax Telamonio y Odiseo figuren con igual número de naves, dado que Áyax es quien dentro del poema aparece como emblema del coraje y la fuerza, mientras que Odiseo lo es de la astucia y el ingenio; dado que la pugna entre la fuerza y el arrojo frente a la astucia y el ingenio es un tema que, trascendiendo incluso los límites de la obra homérica, aparecerá en la disputa de las armas de Aquiles —o en la que surge por la posesión del Paladión, como cuenta Malalas en su *Cronografía* (§12-15)—, cuando cotejamos los contingentes de Áyax y Odiseo con las demás cifras, se hace más notorio que ambos lleven consigo un número tan pequeño, que contrasta con la importancia que ambos héroes poseen en la obra; sin embargo, pareciera que, incluso, hay cierto esfuerzo por distinguir las naves de Odiseo, otorgándoles mayor relevancia, al decirnos que su proa es de color rojo —lo que acaso no debería extrañarnos porque Homero y el espíritu helénico arcaico sienten por Odiseo una cierta predilección, estimando, más allá de la fuerza, ese "multiforme" (πολύτροπος) ingenio con que se lo alaba al comienzo de la *Odisea*—; 5) se busca amenizar el escrutinio con la mención de algunas historias —brevemente extractadas— de los personajes participantes de la expedición, pero que estarán ausentes en los combates que siguen; entre ellos está Protesilao, la primera víctima de la guerra, que para la posteridad antihomérica se convertiría en algo así como el santo patrono —y casi un protomártir— de los héroes aqueos, y también la mención de Filoctetes, del cual Homero conoce su rol en el desenlace de la historia, pero cuya participación no estará incluida en los límites de *Ilíada*.

hombres; su gente se solazaba en la playa tirando discos, venablos o flechas; los corceles comían loto y apio palustre cerca de los carros de los capitanes que permanecían enfundados en las tiendas, y los guerreros, echando de menos a su jefe, caro a Ares, discurrían por el campamento y no peleaban.

[vv. 2.780 y ss.] Ya los demás avanzaban a modo de incendio que se propagase por toda la comarca; y como la tierra gime cuando Zeus, que se complace en lanzar rayos, airado la azota en Arimos, donde dicen que está el lecho de Tifoeo;[92] de igual manera gemía debajo de los que iban andando y atravesaban con ligero paso la llanura.

[vv. 2.786 y ss.] Dio a los teucros la triste noticia Iris, la de los pies ligeros como el viento, a quien Zeus, que lleva la égida, enviara como mensajera. Todos ellos, jóvenes y viejos, se habían reunido en los pórticos del palacio de Príamo y deliberaban. Iris la de los pies ligeros, se les presentó tomando la figura y voz de Polites, hijo de Príamo; el cual, confiando en su agilidad, se sentaba como atalaya de los teucros en la cima del túmulo del antiguo Esietes[93] y observaba cuándo los aqueos partían de las naves para combatir. Así transfigurada, dijo Iris, la de los pies ligeros:

[vv. 2.796 y ss.] —¡Oh anciano! Te placen los discursos interminables como cuando teníamos paz, y una obstinada guerra se ha promovido. Muchas batallas he presenciado, pero nunca vi un ejército tal y tan grande como el que viene a pelear contra la ciudad, formado por tantos hombres cuantas son las hojas o las arenas. ¡Héctor! Te recomiendo encarecidamente que procedas de este modo: Como en la gran ciudad de Príamo hay muchos auxiliares y no hablan una

---

[92] Tifoeo o Tifón es un monstruo hijo de la Tierra y el Tártaro. Tiene una altura que supera las montañas más altas y espantosas extremidades de serpientes. Aterrorizados por él, los dioses huyen a Egipto, pero finalmente se produce un enfrentamiento entre Zeus y Tifón. Luego de largas luchas, Zeus logra encerrarlo bajo un lecho volcánico, y los temblores, terremotos y erupciones provienen de ese mosnstruo que continúa aprisionado, pero vivo, bajo tierra. (Cfr. Hesíodo, *Teog.* 820-68; Elvira, A. *Mitología clásica*, 2da. ed. corregida, Madrid, Gredos, 1975/85. p. 57). Esa zona volcánica, para Homero es Arimos, región que otros sitúan en Cilicia o en Siria. (Cfr. Leaf, *The Iliad*, vol. I, 2nd. ed., London - N. York, Macmillan, 1900, p. 108 y s, 780n).

[93] La tumba de Esietes no vuelve a ser mencionada en el poema. Pero, de alguna manera, con este y otros hitos, como el túmulo de Mirina o la colina de Batiea (811 y ss.), Homero va construyendo una geografía del terreno que se convierte en campo de batalla.

misma lengua hombres de países tan diversos, cada cual mande a aquellos de quienes es príncipe y acaudille a sus conciudadanos, después de ponerlos en orden de batalla."

[vv. 2.807 y ss.] Así se expresó; y Héctor, conociendo la voz de la diosa, disolvió la junta. Apresuráronse a tomar las armas, abriéronse todas las puertas; salió el ejército de infantes y de los que en carros combatían, y se produjo un gran tumulto.

[vv. 2.811 y ss.] Hay en la llanura, frente a la ciudad, una excelsa colina aislada de las demás y accesible por todas partes, a la cual los hombres llaman Batiea y los inmortales, tumba de la ágil Mirina[94]; allí fue donde los troyanos y sus auxiliares se pusieron en orden de batalla.

[vv. 2.816 y ss.] A los troyanos mandábalos el gran Héctor Priámida, de tremolante casco. Con él se armaban las tropas más copiosas y valientes que ardían en deseos de blandir las lanzas.

[vv. 2.819 y ss.] De los dardanios[95] era caudillo Eneas, valiente hijo de Anquises, de quien lo tuvo la divina Afrodita después que la diosa se unió con el mortal en un bosque del Ida. Con Eneas compartían el mando dos hijos de Antenor: Arquéloco y Acamante, diestros en toda suerte de pelea.

[vv. 2.824 y ss.] Los ricos teucros, que habitaban en Zelea, al pie del Ida, y bebían el agua del caudaloso Esepo, eran gobernados por Pándaro, hijo ilustre de Licaón, a quien Apolo en persona diera el arco.

---

[94] Mirina, famosa reina de las amazonas originaria de Libia. Habría vencido al pueblo de los atlantes y al de las gorgonas —antes de que fueran finalmente exterminadas por Perseo y Heracles—. Tras haber conquistado grandes territorios en el norte de África y Asia menor, murió después de vencer a Mopso y Sípilo. Legendariamente se le atribuye la fundación de diversas ciudades coloniales como Pítane, Cumas, Mitilene en Lesbos —así llamada en honor de la hermana de Mirina— y otras más (Cfr. Diodoro, III, 55).

[95] Otro de los nombres que reciben los troyanos. Dárdano era hijo de Zeus y Electra, una de las hijas de Atlas. Luego de un diluvio logró cruzar a la costa asiática que se enfrenta a Samotracia. Allí recibió la hospitalidad de Teucro, hijo de Escamandro y la ninfa Idea, el cual le otorgó parte de su reino y la mano de su hija. Dárdano construyó al pie del monte Ida la ciudad que lleva su nombre y ésta sería una de las primeras fundaciones de la que luego llevaría el nombre de Troya. A la muerte de Teucro, dio el nombre de Dardania a todo el país. Se decía que él había introducido en Asia los cultos mistéricos de Samotracia. También se decía que, de Arcadia, había robado el Paladión y lo había llevado a Troya.

45

[vv. 2.828 y ss.] Los que poseían las ciudades de Adrastea, Apeso, Pitiea y el alto monte de Terea, estaban a las órdenes de Adrasto y Anfio, de coraza de lino: ambos eran hijos de Mérope percosio[96], el cual conocía como nadie el arte adivinatoria y no quería que sus hijos fuesen a la homicida guerra; pero ellos no le obedecieron, impelidos por el hado que a la negra muerte los arrastraba.

[vv. 2.835 y ss.] Los que moraban en Percote[97], a orillas del Practio, y los que habitaban en Sesto, Abido y la divina Arisbe eran mandados por Asio Hirtácida, príncipe de hombres, a quien fogosos y corpulentos corceles condujeron desde Arisbe, de la ribera del río Seleente.

[vv. 2.840 y ss.] Hipotoo acaudillaba las tribus de los valerosos pelasgos que habitaban en la fértil Larisa. Mandábanlos él y Pileo, vástago de Ares, hijos del pelasgo Leto Teutámida.

[vv. 2.844 y ss.] A los tracios, que viven a orillas del alborotado Helesponto, los regían Acamante y el héroe Piroo.

[vv. 2.846 y ss.] Eufemo, hijo de Treceno Céada, alumno de Zeus, era el capitán de los belígeros cicones[98].

[vv. 2.848 y ss.] Pireemes condujo los peonios, de corvos arcos, desde la lejana Amidón, de la ribera del anchuroso Axio, cuyas límpidas aguas se esparcen por la tierra.

[vv. 2.851 y ss.] A los paflagones, procedentes del país de los énetos, donde se crían las mulas cerriles, los mandaba Pilémenes, de corazón varonil: aquellos poseían la ciudad de Citoro, cultivaban los campos de Sésamo y habitaban magníficas casas a orillas del Partenio, en Cromna, Egíalo y los altos montes Eritinos.

[vv. 2.856 y ss.] Los halizones eran gobernados por Odio y Epístrofo y procedían de lejos: de Alibe, donde hay yacimientos de plata.

[vv. 2.858 y ss.] A los misios los regían Cromis y el augur Enomo, que no pudo librarse, a pesar de los agüeros, de la negra muerte; pues sucumbió a manos del Eácida, el de los pies ligeros, en el río donde este mató también a otros teucros.

---

[96] Rey de Percote. Cfr. 11.328 y ss.

[97] Percote, antigua colonia griega situada sobre la costa asiática del Helesponto, en la Tróade, frente al Quersoneso Tracio (actual península de Galípoli).

[98] Pudiera ser que los cicones tuvieran también otro líder: Mentes, que aparece en 17.73, instigando a Héctor (ver nota a ese verso).

[vv. 2.862 y ss.] Forcis y el deiforme Ascanio acaudillaban a los frigios, que habían llegado de la remota Ascania y anhelaban entrar en batalla.

[vv. 2.864 y ss.] A los meonios los gobernaban Mestles y Antifo, hijos de Talémenes, a quienes dio a luz la laguna Gigea. Tales eran los jefes de los meonios, nacidos al pie del Tmolo.

[vv. 2.867 y ss.] Nastes estaba al frente de los carios de bárbaro lenguaje. Los que ocupaban la ciudad de Mileto, el frondoso Ptiro, las orillas del Meandro y las altas cumbres de Micale tenían por caudillos a Nastes y Anfímaco, preclaros hijos de Nomión; Nastes y Anfímaco que iba al combate cubierto de oro como una doncella. ¡Insensato! No por ello se libró de la triste muerte, pues sucumbió en el río a manos del Eácida, del aguerrido Aquiles, el de los pies ligeros; y este se apoderó del oro[99].

[vv. 2.876 y ss.] Sarpedón y el eximio Glauco mandaban a los que procedían de la remota Licia, de la ribera del voraginoso Janto[100].

---

[99] Ironía. En la vestimenta de Anfímaco, Homero nos presenta su debilidad: lo hace parecer afeminado y rico. Su propia apariencia le aceleró la muerte.

[100] El río Janto, que corre junto a la ciudad licia del mismo nombre, es un río caudaloso y turbulento —de allí su nombre que significa "rubio, claro, brillante"— . Fluye del Monte Tauro al Mediterráneo. Al Escamandro, río de Troya, se lo caracteriza por sus remolinos y sus rápidas corrientes; por esta razón también recibe el nombre de Janto en el poema.

RAPSODIA III

JURAMENTOS - CONTEMPLANDO DESDE LA MURALLA - COMBATE SINGULAR DE ALEJANDRO Y MENELAO

Ambos ejércitos se hallan dispuestos para la lucha, pero el enfrentamiento se interrumpe porque luego de ser reconvenido por su hermano Héctor, Alejandro decide desafiar a Menelao a un combate singular para decidir el resultado de la guerra. Helena hace su aparición en la muralla y, desde allí, junto a Príamo, observa a los contendientes y comentan acerca de ellos. Príamo se dirige entonces a la llanura para formalizar los juramentos de ambos bandos de que aceptarán el resultado de la batalla como decisivo para la guerra, y luego se retira por temor a presenciar la muerte de su hijo. El duelo se libra, pero cuando Paris está a punto de ser derrotado, Afrodita lo salva y lo devuelve a las habitaciones del palacio que ocupa con Helena.

[vv. 3.1 y ss.] Puestos en orden de batalla con sus respectivos jefes, los troyanos avanzaban chillando y gritando como aves —así profieren sus voces las grullas en el cielo, cuando, para huir del frío y de las lluvias torrenciales, vuelan gruyendo sobre la corriente del Océano, y llevan la ruina y la muerte a los pigmeos,[101] moviéndoles desde el aire cruda guerra—, y los aqueos marchaban silenciosos, respirando valor y dispuestos a ayudarse mutuamente[102].

[vv. 3.10 y ss.] Así como el Noto[103] derrama en las cumbres de un monte la niebla tan poco grata al pastor y más favorable que la noche para el ladrón, y solo se ve el espacio a que alcanza un tiro de piedra;

---

[101] Raza fabulosa de gente de muy corta estatura que algunos localizan en el Nilo superior. Su nombre proviene etimológicamente de πυγμή, "puño", presumiblemente, indicando su tamaño. Hay indicios para suponer que el símil podría estar inspirado en alguna leyenda o cuento popular egipcio hoy perdido (Cfr. Frisk, H. *Griechisches etymologisches Wörterbuch*. Heidelberg, Brill, 2021; Krieter-Spiro, M. *Homer's Iliad: The Basel Commentary, Book III*, Berlin, De Gruyter, 2015, pp. 13 y s., 6-7n.; Kirk, G. *The Iliad: A Commentary*, I, Cambridge University Press, 1985, p. 265, 5-6n.).

[102] La primera imagen nos plantea una antítesis. En tanto que los troyanos van haciendo ruido, los aqueos van en silencio. Con los ruidosos troyanos se asocian las ideas de alboroto, temor, violencia y muerte; con los silentes helenos, las ideas de valor, fortaleza, unidad y orden.

[103] El Noto, viento cálido del sur, es habitual amenaza de tormentas.

así también, una densa polvareda[104] se levantaba bajo los pies de los que se ponían en marcha y atravesaban con gran presteza la llanura.

[vv. 3.15 y ss.] Cuando ambos ejércitos se hubieron acercado el uno al otro, apareció en la primera fila de los troyanos Alejandro[105], semejante a un dios, con una piel de leopardo en los hombros, el corvo arco y la espada; y blandiendo dos lanzas de broncínea punta, desafiaba a los más valientes argivos a que con él sostuvieran terrible combate[106].

[vv. 3.21 y ss.] Menelao, caro a Ares, viole venir con arrogante paso al frente de la tropa, y como el león hambriento que ha encontrado un gran cuerpo de cornígero ciervo o de cabra montés, se alegra y lo devora, aunque lo persigan ágiles perros y robustos mozos; así Menelao se holgó de ver con sus propios ojos al deiforme Alejandro —figurose que podría castigar al culpable— y al momento saltó del carro al suelo sin dejar las armas.

[vv. 3.30 y ss.] Pero Alejandro, semejante a un dios, apenas distinguió a Menelao entre los combatientes delanteros, sintió que se le cubría el corazón y para librarse de la muerte, retrocedió al grupo de sus amigos. Como el que descubre un dragón[107] en la espesura de un monte, se echa con prontitud hacia atrás, tiémblanle las carnes y se aleja con la palidez pintada en sus mejillas, así el deiforme Alejandro, temiendo al hijo de Atreo, desapareció en la turba de los altivos troyanos[108].

---

[104] La polvareda, tal como la niebla, juegan un papel de creciente importancia porque, no habiendo buena visibilidad, los sonidos —o la ausencia de ellos—, pasan a cobrar protagonismo: Tanto el alboroto de los teucros como el silencio de los aqueos se convierten en tácticas de combate.

[105] Según Malalas, al confirmarse en el santuario de Apolo la profecía de que su recién nacido hijo Paris, cuando llegara a los treinta años, traería la destrucción al reino de Troya, Príamo decidió cambiarle el nombre por el de Alejandro, y lo envió a una localidad campesina, para que se criase con unos labriegos hasta que hubiera pasado el plazo indicado por el oráculo (*Χρονογραφία*, V, 2).

[106] La polvareda, que apenas permite la visión, sumada al bullicio de los troyanos que lo acompañan, hacen que Alejandro cobre el valor para figurar en las primeras filas —como los héroes que desean sobresalir por su valor.

[107] Serpiente de gran tamaño. El símil tiene un dramatismo contundente, y la imagen del dragón devorando a las aves en la rapsodia anterior (2.308), acaso todavía esté fresca en la memoria del público.

[108] Al ver a Menelao, queda en claro que no es la valentía lo que ha movido a Alejandro a las primeras filas y a lanzar el desafío, sino la soberbia y la falta de

[vv. 3.38 y ss.] Advirtiolo Héctor y le reprendió con injuriosas palabras: —¡Miserable Paris, el de más hermosa figura, mujeriego, seductor! Ojalá no te contaras en el número de los nacidos o hubieses muerto célibe.[109] Yo así lo quisiera y te valdría más que no ser la vergüenza y el oprobio de los tuyos. Los aqueos de larga cabellera se ríen de haberte considerado como un bravo campeón por tu bella figura, cuando no hay en tu pecho ni fuerza ni valor[110]. Y siendo cual eres, ¿reuniste a tus amigos, surcaste los mares en ligeros buques, visitaste a extranjeros, y trajiste de remota tierra una mujer linda, esposa y cuñada de hombres belicosos, que es una gran plaga para tu padre, la ciudad y el pueblo todo, causa de gozo para los enemigos y una vergüenza para ti mismo? ¿No esperas a Menelao, caro a Ares? Conocerías al varón de quien tienes la floreciente esposa, y no te valdrían la cítara, los dones de Afrodita, la cabellera y la hermosura cuando rodaras por el polvo. Los troyanos son muy tímidos: pues si no, ya estarías revestido de una túnica de piedras[111] por los males que les has causado.

[vv. 3.58 y ss.] Respondiole el deiforme Alejandro: —¡Héctor! Con motivo me increpas y no más de lo justo; pero tu corazón es inflexible como el hacha que hiende un leño y multiplica la fuerza de quien la maneja hábilmente para cortar maderos de navío: tan intrépido es el ánimo que en tu pecho se encierra. No me reproches los amables dones de la dorada Afrodita, que no son despreciables los eximios presentes de los dioses y nadie puede escogerlos a su gusto. Y si ahora quieres que luche y combata, detén a los demás troyanos y a los aqueos todos, y dejadnos en medio a Menelao, caro a Ares, y a mi para que peleemos por Helena y sus riquezas: el que venza, por ser más valiente, lleve a su casa mujer y riquezas; y después de jurar paz y amistad, seguid vosotros en la fértil Troya y vuelvan aquellos a la Argólide, criadora de caballos, y a la Acaya, de lindas mujeres.

---

prudencia. Homero no pierde la oportunidad de evidenciar, en rasgos casi cómicos, su cobardía.

[109] Este deseo de Héctor recuerda el oráculo de Apolo. El dios había ordenado la muerte de Paris ni bien naciera, porque al crecer ocasionaría la destrucción del reino.

[110] El ideal de que la buena apostura acompañe a un espíritu valiente y esforzado, no se cumple en el caso de Alejandro. Su apariencia es engañosa.

[111] Hubiera sido lapidado.

[vv. 3.76 y ss.] Así habló. Oyole Héctor con intenso placer, y corriendo al centro de ambos ejércitos con la lanza cogida por el medio, detuvo las falanges troyanas, que al momento se quedaron quietas. Los aqueos de larga cabellera, le arrojaban flechas, dardos y piedras. Pero Agamenón, rey de hombres, gritoles con recias voces:

[vv. 3.82 y s.] —Deteneos, argivos; no tiréis jóvenes aqueos; pues Héctor, de tremolante casco, quiere decirnos algo.

[vv. 3.84 y s.] Así se expresó. Abstuviéronse de combatir y pronto quedaron silenciosos. Y Héctor colocándose entre unos y otros, dijo:

[vv. 3.86 y ss.] —Oíd de mis labios, troyanos y aqueos, de hermosas grebas, el ofrecimiento de Alejandro, por quien se suscitó la contienda. Propone que troyanos y aqueos dejemos las bellas armas en el fértil suelo, y él y Menelao, caro a Ares, peleen en medio por Helena y sus riquezas todas: el que venza, por ser más valiente, llevará a su casa mujer y riquezas y los demás juraremos paz y amistad.

[vv. 3.95 y s.] Así dijo. Todos enmudecieron y quedaron silenciosos. Y Menelao, valiente en la pelea, les habló de este modo:

[vv. 3.97 y ss.] —Ahora, oídme también a mí. Tengo el corazón traspasado de dolor, y creo que ya, argivos y troyanos, debéis separaros, pues padecisteis muchos males por mi contienda, que Alejandro originó. Aquel de nosotros para quien se hallen aparejados el destino y la muerte, perezca y los demás separaos cuanto antes. Traed un cordero blanco y una cordera negra para Gea y Helios; nosotros traeremos otro para Zeus. Conducid acá a Príamo para que en persona sancione los juramentos, pues sus hijos son soberbios y fementidos[112]: no sea que alguien cometa una trasgresión y quebrante los juramentos prestados invocando a Zeus. El alma de los jóvenes es voluble, y el viejo cuando interviene en algo, tiene en cuenta lo pasado y lo futuro a fin de que se haga lo más conveniente para ambas partes.

[vv. 3.111 y ss.] Tal dijo. Gozáronse aqueos y troyanos con la esperanza de que iba a terminar la calamitosa guerra. Detuvieron los corceles en las filas, bajaron de los carros y, dejando la armadura en el suelo, se pusieron muy cerca los unos de los otros. Un corto espacio mediaba entre ambos ejércitos.

---

[112] Severa acusación de la falta de honor de los hijos de Príamo. Sin embargo, el propio Príamo también los considerará despreciables (Cfr. 24.249 y ss).

[vv. 3.116 y ss.] Héctor despachó dos heraldos a la ciudad, para que en seguida le trajeran las víctimas y llamasen a Príamo. El rey Agamenón, por su parte, mandó a Taltibio que se llegara a las cóncavas naves por un cordero. El heraldo no desobedeció al divino Agamenón.

[vv. 3.121 y ss.] Entonces la mensajera Iris[113] fue en busca de Helena, la de níveos brazos, tomando la figura de su cuñada Laódice mujer del rey Helicaón Antenórida, que era la más hermosa de las hijas de Príamo. Hallola en el palacio tejiendo una gran tela doble, purpúrea, en la cual entretejía muchos trabajos que los troyanos, domadores de caballos, y los aqueos, de broncíneas corazas, habían padecido por ella en la marcial contienda. Parose Iris, la de los pies ligeros, junto a Helena, y así le dijo:

[vv. 3.130 y ss.] —Ven, ninfa querida, para que presencies los admirables hechos de los troyanos, domadores de caballos, y de los aqueos, de broncíneas corazas. Los que antes, ávidos del funesto combate, llevaban por la llanura al luctuoso Ares unos contra otros, se sentaron —pues la batalla se ha suspendido— y permanecen silenciosos, reclinados en los escudos, con las luengas picas clavadas en el suelo. Alejandro y Menelao, caro a Ares, lucharán por ti con ingentes lanzas, y el que venza te llamará su amada esposa.

[vv. 3.139 y ss.] Cuando así hubo hablado, le infundió en el corazón dulce deseo de su anterior marido, de su ciudad y de sus padres[114]. Y Helena salió al momento de la habitación, cubierta con blanco velo, derramando tiernas lágrimas; sin que fuera sola, pues la acompañaban dos doncellas, Etra, hija de Piteo, y Climene, la de ojos de novilla[115]. Pronto llegaron a las puertas Esceas [116].

---

[113] No se indica cuál es el dios que ha enviado a Iris con este encargo, a pesar de que se usa la palabra ἄγγελος (*mensajero*). Acaso se trate de un olvido del poeta o se sobreentienda que Iris actúa por mandato de Zeus.

[114] Curiosamente Iris no se limita a comunicar el mensaje, sino que, yendo más allá, actúa sobre el ánimo de Helena y sus sentimientos cumpliendo el rol divino que le correspondería a Afrodita. Solo que los sentimientos inspirados por Iris serían opuestos a los que Afrodita había inspirado en Helena para huir de Esparta. En este sentido podría pensarse que el influjo de Iris bloqueó momentáneamente el hechizo por el cual Afrodita hizo que Helena se enamorase de Alejandro.

[115] Helena tiene un acompañamiento como ocurre con todas las damas principales en los poemas homéricos; en este caso está formado por Etra y Climene, que eran sus damas de compañía en Esparta y formaron parte de su séquito cuando huyó a Troya. La relación de estas mujeres con Helena comienza mucho antes. Helena,

[vv. 3.146 y ss.] Allí, sobre las puertas Esceas, estaban Príamo, Pántoo[117], Timetes[118], Lampo, Clitio, Hicetaón[119], vástago de Ares, y los prudentes Ucalegonte[120] y Antenor[121], ancianos del pueblo; los cuales a causa de su vejez no combatían, pero eran buenos arengadores, semejantes a las cigarras que, posadas en los árboles de la selva, dejan oír su aguda voz. Tales próceres troyanos había en la torre. Cuando vieron a Helena, que hacia ellos se encaminaba, dijéronse unos a otros, hablando quedo, estas aladas palabras:

[vv. 3.156 y ss.] —No es reprensible que los troyanos y los aqueos, de hermosas grebas, sufran prolijos males por una mujer como esta, cuyo rostro tanto se parece al de las diosas inmortales. Pero, aun siendo así, váyase en las naves, antes de que llegue a convertirse en una plaga[122] para nosotros y para nuestros hijos.

[vv. 3.161 y ss.] En tales términos hablaban. Príamo llamó a Helena y le dijo: —Ven acá, hija querida; siéntate a mi lado para que veas a tu anterior marido y a sus parientes y amigos —pues a ti no te considero culpable, sino a los dioses, que promovieron contra nosotros la luctuosa guerra de los aqueos— y me digas cómo se

---

siendo muy joven, fue raptada por Teseo y Piritoo, los cuales la dejaron al cuidado de Etra, madre de Teseo. Los Dioscuros Cástor y Pólux, al rescatar a su hermana Helena, se llevaron consigo a Etra y a su hija Climene, hermanastra de Teseo, para que ambas sirvieran como esclavas de Helena. Con el paso del tiempo, Etra y Climene oficiaron de intermediarias entre Alejandro y Helena, cuando aquel se dirigió a Esparta y fue huésped de Menelao (Cfr. Tzetzes, *Antehomerica*, 130).

[116] Puertas de la muralla occidental de Troya.

[117] Anciano troyano, padre de Polidamante, Euforbo e Hiperenor (15.522, 17.9, 23 y s.).

[118] Anciano troyano, solamente mencionado aquí.

[119] Lampo, Clitio, Hicetaón son también hijos de Laomedonte y hermanos de Príamo. El primero es el padre de Dólope (15.525-27), el segundo es padre de Calétor (15.419-27), y el tercero, lo es de Melanipo (15.546 y ss.).

[120] Anciano troyano, solamente mencionado en esta oportunidad. Su nombre curiosamente significa "el que no se preocupa", pero también "imperturbable", lo cual puede ser una buena cualidad para un consejero.

[121] Antenor es quien siempre ha abogado por una solución pacífica, y por la restitución a los aqueos de todo aquello que les fue robado. Se dice que es uno de los pocos sobrevivientes de la masacre que sobrevendrá con la destrucción de Troya (Cfr. Tzetzes, I. *Posthomerica*, 740 y ss.).

[122] La palabra *plaga* tiene en este caso el sentido más general de *sufrimiento* o *calamidad* (πῆμα). De este modo a la belleza de Helena se la asocia con el ruinoso destino de Paris.

llama ese ingente varón, quién es ese aqueo gallardo y alto de cuerpo. Otros hay de mayor estatura, pero jamás vieron mis ojos un hombre tan hermoso y venerable. Parece un rey.[123]

[vv. 3.171 y ss.] Contestó Helena, divina entre las mujeres: —Me inspiras, suegro amado, respeto y temor. ¡Ojalá la muerte me hubiese sido grata cuando vine con tu hijo, dejando a la vez que el tálamo, a mis hermanos, mi hija querida y mis amables compañeras![124] Pero no sucedió así, y ahora me consumo llorando. Voy a responder a tu pregunta: Ese es el poderosísimo Agamenón Atrida, buen rey y esforzado combatiente, que fue cuñado de esta desvergonzada[125], si todo no ha sido un sueño.

[vv. 3.181 y ss.] Así dijo. El anciano contemplole con admiración y exclamó: —¡Atrida feliz, nacido con suerte, afortunado! Muchos son los aqueos que te obedecen. En otro tiempo fui a la Frigia, en viñas abundosa, y vi a muchos de sus naturales —los pueblos de Otreo y de Migdón,[126] igual a un dios— que con los ágiles corceles acampaban a orillas del Sangario. Entre ellos me hallaba a fuer de aliado, el día en que llegaron las varoniles amazonas. Pero no eran tantos como los aqueos de ojos vivos.

[vv. 3.191 y ss.] Fijando la vista en Odiseo, el anciano volvió a preguntar: —Ea dime también, hija querida, quién es aquel, menor en estatura que Agamenón Atrida, pero más espacioso de espaldas y

---

[123] Todo este parlamento —y en general toda esta escena del diálogo entre Príamo y Helena— resultan curiosamente anacrónicos. Una conversación como esta podría esperarse al poco tiempo que desembarcaran los helenos, pero no después de nueve años de guerra. ¿Cómo es que Príamo no conoce a sus oponentes si poco después —en 3.203 y ss.— Antenor alude a las embajadas y tratativas previas al comienzo de las hostilidades, cuando Odiseo y Menelao fueron a Troya y se alojaron en casa de Antenor y gracias a él pudieron escapar con vida cuando intentaron matarlos?

[124] Según parece, el influjo que Iris puso en el corazón de Helena sigue actuando: se la ve y escucha añorando a sus parientes más próximos, y sintiendo culpabilidad por haberlos abandonado.

[125] Κυνῶπης —genitivo femenino κυνώπιδος— literalmente significa "ojos de perro", pero es una expresión metafórica que se refiere a la inmoralidad de quien no tiene vergüenza de sus actos. Como tal se ha empleado antes, en 1.159.

[126] Otreo y Migdón, reyes de Frigia y hermanos de Hécuba, habrían formado alianza con Príamo para combatir un ejército de las amazonas que también habría atacado Troya luego de haberla devastado Heracles (Cfr. Grimal, P. *Diccionario de mitología griega y romana*, Buenos Aires, Paidós, 1981, n. OTREO; Tzetzes, *Antehomerica*, 22 y ss.).

de pecho. Ha dejado en el fértil suelo las armas y recorre las filas como un carnero. Parece un velloso carnero que atraviesa un gran rebaño de cándidas ovejas.

[vv. 3.199 y ss.] Respondiole Helena, hija de Zeus: —Aquel es el hijo de Laertes, el ingenioso Odiseo, que se crió en la áspera Ítaca; tan hábil en urdir engaños de toda especie, como en dar prudentes consejos.

[vv. 3.203 y ss.] El sensato Antenor replicó al momento: —Mujer, mucha verdad es lo que dices. Odiseo vino por ti, como embajador, con Menelao, caro a Ares; yo los hospedé y agasajé en mi palacio y pude conocer el carácter y los prudentes consejos de ambos. Entre los troyanos reunidos, de pie, sobresalía Menelao por sus anchas espaldas; sentados, era Odiseo más majestuoso. Cuando hilvanaban razones y consejos para todos nosotros, Menelao hablaba de prisa, poco, pero muy claramente; pues no era verboso, ni, con ser el más joven, se apartaba del asunto: el ingenioso Odiseo, después de levantarse, permanecía en pie con la vista baja y los ojos clavados en el suelo, no meneaba el cetro que tenía inmóvil en la mano, y parecía un ignorante: lo hubieras tomado por un iracundo o por un estólido. Mas tan pronto como salían de su pecho las palabras pronunciadas con voz sonora, como caen en invierno los copos de nieve, ningún mortal hubiese disputado con Odiseo. Y entonces ya no admirábamos tanto la figura del héroe.

[vv. 3.225 y ss.] Reparando la tercera vez en Áyax, dijo el anciano: — ¿Quién es ese otro aqueo gallardo y alto, que descuella entre los argivos por su cabeza y anchas espaldas?

[vv. 3.228 y ss.] Respondió Helena, la de largo peplo, divina entre las mujeres: —Ese es el ingente Áyax, antemural de los aqueos. Al otro lado está Idomeneo, como un dios, entre los cretenses, rodéanle los capitanes de sus tropas. Muchas veces Menelao, caro a Ares, le hospedó en nuestro palacio cuando venía de Creta. Distingo a los demás aqueos de ojos vivos, y me será fácil reconocerlos y nombrarlos; mas no veo a dos caudillos de hombres, Cástor, domador de caballos, y Polideuces[127], excelente púgil, hermanos

---

[127] Polideuces, también conocido como Pólux, y su hermano Castor, son los Dioscuros, hijos mellizos gemelos de Zeus y de Leda, hermanos de Helena y Clitemnestra —por lo común, las leyendas hacen a Pólux y Helena, hijos de Zeus, y a Clitemnestra y Castor, hijos de Tindáreo, esposo de Leda—. Castor y Pólux participaron de la expedición de los argonautas, donde Pólux demostró su

carnales que me dio mi madre. ¿Acaso no han venido de la amena Lacedemonia? ¿O llegaron en las naves que atraviesan el ponto, y no quieren entrar en combate para no hacerse partícipes de mi deshonra y múltiples oprobios?

[vv. 3.243 y 244] De este modo habló. A ellos la fértil tierra los tenía ya en su seno en Lacedemonia, en su misma patria.

[vv. 3.245 y ss.] Los heraldos atravesaban la ciudad con las víctimas para los divinos juramentos, los dos corderos, y el regocijador vino, fruto de la tierra, encerrado en un odre de piel de cabra. El heraldo Ideo llevaba además una reluciente cratera y copas de oro; y acercándose al anciano, invitole diciendo:

[vv. 3.250 y ss.] —¡Levántate, hijo de Laomedonte! Los próceres de los troyanos domadores de caballos, y de los aqueos, de broncíneas corazas, te piden que bajes a la llanura y sanciones los fieles juramentos; pues Alejandro y Menelao, caro a Ares, combatirán con luengas lanzas por la esposa: mujer y riquezas serán del que venza, y después de pactar amistad con fieles juramentos, nosotros seguiremos habitando la fértil Troya, y aquellos volverán a Argos criador de caballos, y a la Acaya de lindas mujeres.

[vv. 3.259 y ss.] Así dijo. Estremeciose[128] el anciano y mandó a los amigos que engancharan los caballos. Obedeciéronle solícitos. Subió Príamo y cogió las riendas; a su lado, en el magnífico carro, se puso Antenor. E inmediatamente guiaron los ligeros corceles hacia la llanura por las puertas Esceas.

[vv. 3.264 y ss.] Cuando hubieron llegado al campo, descendieron del carro al almo suelo[129] y se encaminaron al espacio que mediaba entre los troyanos y los aqueos. Levantose al punto el rey de hombres, Agamenón, levantose también el ingenioso Odiseo; y los heraldos

---

habilidad como excelente púgil al vencer y ultimar a Amico a golpes de puño (Apolodoro, I, 9, 20). Más adelante, al robar las vacas de Idas y Linceo, Castor muere a manos de Idas, y en venganza Pólux mata tanto a Idas como a Linceo. Zeus, entonces, les confiere a ambos la inmortalidad, pero en días alternos: "de suerte que viven y mueren alternativamente, pues el día que vive el uno muere el otro y viceversa" (*Od.* 11.298 y ss.). Se hallan representados en la constelación de Géminis.

[128] Príamo se estremece a causa del temor ante el combate tan desigual entre Paris y Menelao; su conmoción es tal que, una vez realizado los juramentos, se retirará por no verlo (Cfr. 3.304 y ss.).

[129] Tierra fecunda.

conspicuos juntaron las víctimas que debían inmolarse para los sagrados juramentos, mezclaron vinos en la cratera y dieron aguamanos a los reyes. El Atrida, con la daga que llevaba junto a la espada, cortó pelo de la cabeza de los corderos[130], y los heraldos lo repartieron a los próceres troyanos y aqueos. Y, colocándose el Atrida en medio de todos[131], oró en alta voz con las manos levantadas:

[vv. 3.276 y ss.] —¡Padre Zeus, que reinas desde el Ida, gloriosísimo, máximo! ¡Helios, que todo lo ves y todo lo oyes! ¡Ríos! ¡Tierra! ¡Y vosotros, que en lo profundo castigáis a los muertos que fueron perjuros! Sed todos testigos y guardad los fieles juramentos: Si Alejandro mata a Menelao, sea suya Helena con todas las riquezas y nosotros volvámonos en las naves, que atraviesan el ponto; mas si el rubio Menelao mata a Alejandro, devuélvannos los troyanos a Helena y las riquezas todas, y paguen a los argivos la indemnización que sea justa para que llegue a conocimiento de los hombres venideros. Y si, vencido Alejandro, Príamo y sus hijos se negaren a pagar la indemnización, me quedaré a combatir por ella hasta que termine la guerra.

[vv. 3.292 y ss.] Dijo, cortoles el cuello a los corderos y los puso palpitantes, pero sin vida, en el suelo; el cruel bronce les había quitado el vigor. Llenaron las copas en la cratera, y derramando el vino oraban a los sempiternos dioses. Y algunos de los aqueos y de los treucros exclamaron:

[vv. 3.298 y ss.] —¡Zeus gloriosísimo, máximo!¡Dioses inmortales! Los primeros que obren contra lo jurado vean derramárseles a tierra, como este vino, sus sesos y los de sus hijos, y sus esposas caigan en poder de extraños.

---

[130] El rito sacrificial se inicia cortando algo del pelo o de la crin del animal que va a ser inmolado, que luego se echa al fuego. A esto se lo llama *comienzo* o *primeras ofrendas* (*ἀπαρχή*). Con este acto se indica que se ha violado la pureza de la víctima (Cfr. Veneciano, G. "Algunas notas sobre los Misterios de Eleusis y el sacrificio en Grecia", en: *Nombres*, XXI, 2007, p. 91; Suk Fong Jim, T. *Sharing with the gods: Aparchai and Dekatai in Ancient Greece*, Oxford University Press, 2014, p. 57 y s.).

[131] Desde la posición central, lugar simbólico del líder supremo, Agamenón invoca, jura y compromete a todos los aqueos.

[vv. 3.302 y 303] De esta manera hablaban, pero el Crónida no ratificó el voto.[132] Y Príamo Dardánida les dijo:

[vv. 3.304 y ss.] —¡Oídme, troyanos y aqueos de hermosas grebas! Yo regresaré a la ventosa Ilión, pues no podría ver con estos ojos a mi hijo combatiendo con Menelao, caro a Ares. Zeus y los demás dioses inmortales saben para cuál de ellos tiene el destino preparada la muerte.

[vv. 3.310 y ss.] Dijo, y el varón igual a un dios colocó los corderos en el carro, subió al mismo y tomó las riendas; a su lado, en el magnífico carro, se puso Antenor. Y al instante volvieron a Ilión.

[vv. 3.314 y ss.] Héctor, hijo de Príamo, y el divino Odiseo midieron el campo[133], y echando dos suertes en un casco de bronce, lo meneaban para decidir quién sería el primero en arrojar la broncínea lanza. Los hombres oraban y levantaban las manos a los dioses. Y algunos de los aqueos y de los teucros exclamaron:

[vv. 3.320 y ss.] —¡Padre Zeus, que reinas desde el Ida, glorisísimo, máximo! Concede que quien tantos males nos causó a unos y a otros, muera y descienda a la morada de Hades, y nosotros disfrutemos de la jurada amistad.

[vv. 3.324 y ss.] Así decían. El gran Héctor, de tremolante casco, agitaba las suertes volviendo el rostro atrás: pronto saltó la de Paris. Sentáronse los guerreros, sin romper las filas donde cada uno tenía los briosos corceles y las labradas armas. El divino Alejandro, esposo de Helena, la de hermosa cabellera, vistió una magnífica armadura; púsose en las piernas elegantes grebas ajustadas con broches de plata; protegió el pecho con la coraza de su hermano Licaón, que se le acomodaba bien; colgó del hombro una espada de bronce guarnecida con clavos de plata; embrazó el grande y fuerte escudo; cubrió la robusta cabeza con un hermoso casco, cuyo terrible

---

[132] Al no ratificar las súplicas —y, con ello, las consecuencias de quebrantar el juramento—, Zeus no se compromete a traer la destrucción sobre quien no lo respete o viole la tregua; quedando en libertad, incluso, de incitar a uno u otro bando en tal sentido. Esto ocurrirá más adelante (4.70 y ss.); lo cual no quiere decir que Zeus no lo tenga en cuenta y, más tarde, castigue finalmente la falta (4.160-166).

[133] El duelo ocupa la tercera parte de esta rapsodia. Los preparativos para la μονομαχία —combate singular— se inician estableciendo los límites del terreno de la lucha —más allá de los cuales, una retirada significaría la derrota—, y la posición y turno de ambos contendientes, lo cual se echa a suertes.

penacho de crines de caballo ondeaba en la cimera, y asió una fornida lanza que su mano pudiera manejar. De igual manera vistió las armas el aguerrido Menelao.[134]

[vv. 3.340 y ss.] Cuando hubieron acabado de armarse separadamente de la muchedumbre, aparecieron en el lugar que mediaba entre ambos ejércitos, mirándose de un modo terrible; y así los troyanos, domadores de caballos, como los aqueos, de hermosas grebas, se quedaron atónitos al contemplarlos. Encontráronse aquellos en el medido campo, y se detuvieron blandiendo las lanzas y mostrando el odio que recíprocamente se tenían. Alejandro arrojó el primero la luenga lanza y dio un bote en el escudo liso del Atrida, sin que el bronce lo rompiera: la punta se torció al chocar con el fuerte escudo[135]. Y Menelao Atrida disponiéndose a acometer con la suya oró al padre Zeus:

[vv. 3.351 y ss.] —¡Zeus soberano! Permíteme castigar al divino Alejandro que me ofendió primero, y hazle sucumbir a mis manos, para que los hombres venideros teman ultrajar a quien los hospedare y les ofreciere su amistad. [136]

---

[134] En el poema hay cuatro ocasiones en que se detalla cómo el guerrero se reviste de las armas. Esta es la primera de ellas. Las restantes tienen como protagonistas a Agamenón (11.17-44), Patroclo (16.131-144) y Aquiles (19.369-391). En todos los casos se sigue el mismo orden —grebas, coraza, espada, escudo, casco y lanzas— y, aunque varios de los versos repiten la misma fórmula, otros aportan detalles particulares para cada personaje. Este tipo de escena habitualmente precede a la *aristeia* o momento donde un determinado personaje se destaca por la heroicidad de sus hazañas. Homero las emplea a los efectos de ir generando en el público la expectativa de una maravillosa y excepcional demostración de fuerza, coraje y habilidad guerrera que servirá de ejemplo. En este caso, sin embargo, debido al desarrollo del combate y a su conclusión, el efecto final es totalmente opuesto. En realidad, esta escena viene a continuar y amplificar la imagen de Paris en aquella salida de la polvareda en la primera fila —lo que justamente hacen los héroes en la *aristeia*— para lanzar el desafío a un combate singular (3.16-20). Ambas escenas —el desafío y el armarse— concentran la atención en Alejandro, mientras que a Menelao apenas si le dedica un verso. El objetivo del poeta es revelar el carácter de Alejandro, contrastando el desafío y sus preparativos, con el desarrollo y resultado del combate singular.

[135] La propia lanza de Alejandro es como una extensión de sí mismo, y nos propone un símbolo de su propia naturaleza. Una relación equivalente se da entre Menelao y sus armas.

[136] Menelao se encomienda a *Ζεὺς Ἑρκεῖος* —protector de los hogares— y *Ζεὺς ξένιος* —protector de los deberes y derechos de la hospitalidad—. Sin embargo, si Zeus accediera a esta súplica, la guerra terminaría, y él habría incumplido con la

[vv. 3.355 y ss.] Dijo, y blandiendo la luenga lanza, acertó a dar en el escudo liso del Priámida. La ingente lanza atravesó el terso escudo, se clavó en la labrada coraza y rasgó la túnica sobre el ijar. Inclinose el troyano y evitó la negra muerte. El Atrida desenvainó entonces la espada guarnecida de argénteos clavos; pero al herir al enemigo en la cimera del casco, se le cae de la mano, rota en tres o cuatro pedazos. Suspira el héroe, y alzando los ojos al anchuroso cielo, exclama:

[vv. 3.365 y ss.] —¡Padre Zeus, no hay dios más funesto que tú! Esperaba castigar la perfidia de Alejandro, y la espada se quiebra en mis manos, la lanza resulta inútil y no consigo vencerle.

[vv. 3.369 y ss.] Dice, y arremetiendo a Paris, cógele por el casco adornado con espesas crines de caballo y le arrastra hacia los aqueos de hermosas grebas, medio ahogado por la bordada correa que, atada por debajo de la barba para asegurar el casco, le apretaba el delicado cuello.[137] Y se lo hubiera llevado, consiguiendo inmensa gloria, si al punto no lo hubiese advertido Afrodita, hija de Zeus, que rompió la correa, hecha del cuero de un buey degollado: el casco vacío siguió a la robusta mano, el héroe lo volteó y arrojó a los aqueos, de hermosas grebas, y sus fieles compañeros lo recogieron. De nuevo asaltó Menelao a Paris para matarle con la broncínea lanza; pero Afrodita arrebató a su hijo con gran facilidad, por ser diosa, y llevole, envuelto en densa niebla, al oloroso y perfumado tálamo. Luego fue a llamar a Helena, hallándola en la alta torre con muchas troyanas; tiró suavemente de su perfumado velo, y tomando la figura de una anciana cardadora que allá en Lacedemonia le preparaba a Helena hermosas lanas y era muy querida de esta, dijo la diosa Afrodita:

[vv. 3.390 y ss.] —Ven. Te llama Alejandro para que vuelvas a tu casa. Hállase, esplendente por su belleza y sus vestidos, en el torneado lecho de la cámara nupcial. No dirías que viene de combatir, sino que va al baile o que reposa de reciente danza.[138]

---

promesa realizada a Tetis. Por extraña ironía el fin de Príamo —fuera del marco de la *Ilíada*— acontece cuando Neoptólemo lo atraviesa con su lanza, mientras Príamo buscaba refugio en el altar de Ζεὺς Ἑρκεῖος.

[137] El detalle del delicado cuello de Alejandro contrasta con el vigor y la fuerza de Menelao. No es poca ironía que sus bellas armas estén sirviendo para ahorcarlo.

[138] Justifica el insulto de Príamo en 24.260-262.

[vv. 3.395 y ss.] En tales términos habló. Helena sintió que en el pecho le palpitaba el corazón; pero al ver el hermosísimo cuello, los lindos pechos y los refulgentes ojos de la diosa, se asombró y dijo:

[vv. 3.399 y ss.] —¡Cruel! ¿Por qué quieres engañarme? ¿Me llevarás acaso más allá, a cualquier populosa ciudad de la Frigia o de la Meonia amena donde algún hombre dotado de palabra te sea querido? ¿Vienes con engaños porque Menelao ha vencido a Alejandro, y quiere que yo, la diosa, vuelva a su casa? Ve, siéntate al lado de Paris, deja el camino de las diosas, no te conduzcan tus pies al Olimpo; y llora, y vela por él, hasta que te haga su esposa o su esclava. No iré allá, ¡vergonzoso fuera!, a compartir su lecho; todas las troyanas me lo vituperarían, y ya son muchos los pesares que conturban mi corazón.

[vv. 3.413 y ss.] La diosa Afrodita le respondió colérica: —¡No me irrites, desgraciada! No sea que, enojándome, te abandone; te aborrezca de modo tan extraordinario como hasta aquí te amé; ponga funestos odios entre teucros y dánaos, y tú perezcas de mala muerte.[139]

[vv. 3.418 y ss.] Así habló. Helena, hija de Zeus, tuvo miedo; y echándose el blanco y espléndido velo, salió en silencio tras de la diosa, sin que ninguna de las troyanas lo advirtiera.

[vv. 3.421 y ss.] Tan pronto como llegaron al magnífico palacio de Alejandro, las esclavas volvieron a sus labores y la divina entre las mujeres se fue derecha a la cámara nupcial de elevado techo. La risueña Afrodita colocó una silla delante de Alejandro; sentose Helena, hija de Zeus, que lleva la égida, y apartando la vista de su esposo, le increpó con estas palabras:

[vv. 3.428 y ss.] —¡Vienes de la lucha!... ¡Y hubieras debido perecer a manos del esforzado varón que fue mi anterior marido! Blasonabas de ser superior a Menelao, caro a Ares en fuerza, en puños y en el manejo de la lanza; pues provócale de nuevo a singular combate. Pero no: te aconsejo que desistas, y no quieras pelear ni contender

---

[139] Los troyanos se han enamorado de Helena —cayendo ellos también en el embrujo de Afrodita— y por ello la defienden y no desean entregarla. Así, cuando ella se debate y se niega a seguir siendo un títere de la diosa, Afrodita sabe y le recuerda que si le quitase el encanto de belleza y los sentimientos amorosos que despierta, Helena se vería en serios problemas para sobrevivir, no solo con los teucros sino también con los aqueos.

61

temerariamente con el rubio Menelao; no sea que en seguida sucumbas, herido por su lanza.

[vv. 3.437 y ss.] Respondiole Paris con estas palabras: —Mujer, no me zahieras con amargos reproches. Hoy ha vencido Menelao con el auxilio de Atenea; otro día le venceré yo, pues también tenemos dioses que nos protegen. Mas ea, acostémonos y volvamos a ser amigos. Jamás la pasión se apoderó de mi espíritu como ahora; ni cuando después de robarte, partimos de la amena Lacedemonia en las naves que atraviesan el ponto y llegamos a la isla de Cránae[140], donde me unió contigo amoroso consorcio: con tal ansia te amo en este momento y tan dulce es el deseo que de mí se apodera.

[vv. 3.447 y 448] Dijo, y se encaminó al tálamo; la esposa le siguió, y ambos se acostaron en el torneado lecho.

[vv. 3.449 y ss.] El Atrida se revolvía entre la muchedumbre, como una fiera, buscando al deiforme Alejandro. Pero ningún troyano ni aliado ilustre pudo mostrárselo a Menelao, caro a Ares, que no por amistad le hubiesen ocultado, pues a todos se les había hecho tan odioso como la negra muerte. Y Agamenón, rey de hombres les dijo:

[vv. 3.456 y ss.] —¡Oíd, troyanos, dárdanos y aliados! Es evidente que la victoria quedó por Menelao, caro a Ares; entregadnos la argiva Helena con sus riquezas y pagad una indemnización, la que sea justa, para que llegue a conocimiento de los hombres venideros.

[v. 3.461] Así dijo el Atrida, y los demás aqueos aplaudieron.

---

[140] Isla de ubicación incierta. Según Pausanias (3.22.1) esta isla se encuentra frente a Gitio, puerto de Lacedemonia. Hoy en día, frente a ese puerto, existe un islote que lleva el nombre de Cránae, que significa "Rocosa".

RAPSODIA IV

VIOLACIÓN DE LOS JURAMENTOS - AGAMENÓN REVISTA LAS TROPAS

Mientras que Menelao busca a Paris por el campo de batalla, Pándaro, incitado por Atenea y violando la tregua establecida por los juramentos, alcanza a Menelao en la cintura con una de sus flechas. Agamenón pasa revista a las tropas y las enardece para combatir. Se inicia una feroz batalla entre aqueos y troyanos.

[vv. 4.1 y ss.] Sentados en el áureo pavimento a la vera de Zeus, los dioses celebraban consejo. La venerable Hebe escanciaba néctar, y ellos recibían sucesivamente la copa de oro y contemplaban la ciudad de Troya. Pronto el Crónida intentó zaherir a Hera con mordaces palabras; y hablando fingidamente, dijo:

[vv. 4.7 y ss.] —Dos son las diosas que protegen a Menelao, Hera argiva y Atenea alalcomenia[141]; pero, sentadas a distancia, se contentan con mirarle; mientras que la risueña Afrodita acompaña constantemente al otro y le libra de las Moiras [142], y ahora le ha salvado cuando él mismo creía perecer. Pero como la victoria quedó por Menelao, caro a Ares, deliberemos sobre sus futuras consecuencias; si conviene promover nuevamente el funesto combate y la terrible pelea, o reconciliar a entrambos. Si a todos pluguiera y agradara, la ciudad del rey Príamo continuaría poblada y Menelao se llevaría la argiva Helena.

[vv. 4.20 y ss.] Así se expresó. Atenea y Hera, que tenían los asientos contiguos y pensaban en causar daño a los teucros, se mordieron los labios. Atenea, aunque airada contra su padre y poseída de feroz

---

[141] Epíteto de Atenea que significa "la que rechaza o protege del peligro"; nombre relacionado con el de Ἀλαλκομεναί, ciudad de Beocia, donde había un santuario de esta advocación (Pausanias, 9.33.5).

[142] Las Moiras controlaban el destino de cada ser, tanto de los hombres como de los dioses, representado por el "hilo de la vida". Eran tres: una hilaba, otra medía la longitud (de la vida), y la tercera cortaba el hilo. En principio la palabra *moira* significa "parte" o "porción", es "lo que a cada uno se le asigna en una distribución", en este sentido es "el destino que a cada uno le toca"; así, dicho en singular, y con mayúscula, se identifica con el Destino y, por extensión, con la Muerte, o la Parca.

cólera, guardó silencio y nada dijo; pero a Hera no le cupo la ira en el pecho y exclamó:

[vv. 4.25 y ss.] —¡Crudelísimo Crónida! ¡Qué palabras proferiste! ¿Quieres que sea vano e ineficaz mi trabajo y el sudor que me costó? Mis corceles se fatigaron, cuando reunía el ejército contra Príamo y sus hijos. Haz lo que dices, pero no todos los dioses te lo aprobaremos.

[vv. 4.30 y ss.] Respondiole muy indignado Zeus, que amontona las nubes: —¡Desdichada! ¿Qué graves ofensas te infieren Príamo y sus hijos para que continuamente anheles destruir la bien edificada ciudad de Ilión? Si trasponiendo las puertas de los altos muros, te comieras crudo a Príamo, y a sus hijos y a los demás troyanos, quizá tu cólera se apaciguara. Haz lo que te plazca; no sea que de esta disputa se origine una gran riña entre nosotros. Otra cosa voy a decirte que fijarás en la memoria: cuando yo tenga vehemente deseo de destruir alguna ciudad donde vivan amigos tuyos, no retardes mi cólera y déjame obrar: ya que esta te la cedo espontáneamente, aunque contra los impulsos de mi alma. De las ciudades que los hombres terrestres habitan debajo del sol y del cielo estrellado, la sagrada Troya era la preferida de mi corazón, con Príamo y su pueblo armado con lanzas de fresno. Mi altar jamás careció en ella de libaciones y víctimas, que tales son los honores que se nos deben.

[vv. 4.50 y ss.] Contestó Hera veneranda, la de ojos de novilla: —Tres son las ciudades que más quiero: Argos, Esparta y Micenas, la de anchas calles; destrúyelas cuando las aborrezca tu corazón, y no las defenderé, ni me opondré siquiera. Y si me opusiere y no te permitiere destruirlas, nada conseguiría, porque tu poder es muy superior. Pero es preciso que mi trabajo no resulte inútil. También yo soy una deidad, nuestro linaje es el mismo y el artero Cronos engendrome la más venerable, por mi abolengo y por llevar el nombre de esposa tuya, de ti que reinas sobre los inmortales todos. Transijamos, yo contigo y tú conmigo, y los demás dioses nos seguirán. Manda presto a Atenea que vaya al campo de la terrible batalla de los teucros y los aqueos; y procure que los teucros empiecen a ofender, contra lo jurado, a los envanecidos aqueos.

[vv. 4.68 y s.] Tal dijo. No desobedeció el padre de los hombres y de los dioses; y dirigiéndose a Atenea, profirió estas aladas palabras:

[vv. 4.70 y ss.] —Ve pronto al campo de los teucros y de los aqueos, y procura que los teucros empiecen a ofender contra lo jurado, a los envanecidos aqueos.

[vv. 4.73 y ss.] Con tales voces instigole a hacer lo que ella misma deseaba; y Atenea bajó en raudo vuelo de las cumbres del Olimpo. Cual fúlgida estrella que, enviada como señal por el hijo del artero Cronos a los navegantes o a los individuos de un gran ejército, despide numerosas chispas; de igual modo Palas Atenea se lanzó a la tierra y cayó en medio del campo. Asombráronse cuantos la vieron, así los teucros, domadores de caballos, como los aqueos, de hermosas grebas, y no faltó quien dijera a su vecino:

[vv. 4.82 y ss.] —O empezará nuevamente el funesto combate y la terrible pelea, o Zeus, árbitro de la guerra humana, pondrá amistad entre ambos pueblos.[143]

[vv. 4.85 y ss.] De esta manera hablaban algunos de los aqueos y de los teucros. La diosa, transfigurada en varón —parecíase a Laódoco Antenórida, esforzado combatiente—, penetró por el ejército teucro buscando al deiforme Pándaro. Halló por fin al eximio fuerte hijo de Licaón en medio de las filas de hombres valientes, escudados, que con él llegaran de las orillas del Esepo; y deteniéndose a su lado, le dijo estas aladas palabras:

[vv. 4.93 y ss.] —¿Querrás obedecerme, hijo valeroso de Licaón? ¡Te atrevieras a disparar una veloz flecha contra Menelao! Alcanzarías gloria entre los teucros y te lo agradecerían todos, y particularmente el príncipe Alejandro; este te haría espléndidos presentes, si viera que al belígero Menelao le subían a la triste pira, muerto por una de tus flechas. Ea, tira una saeta al ínclito Menelao, y vota sacrificar a Apolo Licio, célebre por su arco, una hecatombe perfecta de corderos primogénitos cuando vuelvas a tu patria, la sagrada ciudad de Zelea.

[vv. 4.104 y ss.] Así dijo Atenea. El insensato se dejó persuadir, y asió en seguida el pulido arco hecho con las astas de un lascivo buco montés[144], a quien él acechara e hiriera en el pecho cuando saltaba de un peñasco: el animal cayó de espaldas en la roca, y sus cuernos,

---

[143] Si existiera tal epifanía lo que sucedería a continuación —tanto la instauración de la paz, como la guerra— sería obra de los dioses. Recordemos que en el final de la *Odisea* la epifanía de Atenea y el rayo de Zeus establecen definitivamente la paz entre el bando de Odiseo y el de los parientes de los pretendientes (*Od.* 24.542 y ss.).

[144] Íbice salvaje. El relato del origen del arco de Pándaro y la cacería es un relato de muerte, y la muerte es lo que traerá el arco de Pándaro —no la de Menelao, precisamente, pero sí la de muchos otros de ambos bandos— al reiniciar la guerra.

de dieciséis palmos, fueron ajustados y pulidos por hábil artífice y adornados con anillos de oro. Pándaro tendió el arco, bajándolo e inclinándolo al suelo, y sus valientes amigos le cubrieron con los escudos, para que los belicosos aqueos no arremetieran contra él antes que Menelao, aguerrido hijo de Atreo, fuese herido. Destapó el carcaj y sacó una flecha nueva, alada, causadora de acerbos dolores; adaptó a la cuerda del arco la amarga saeta, y votó a Apolo Licio sacrificarle una hecatombe perfecta de corderos primogénitos cuando volviera a su patria, la sagrada ciudad de Zelea. Y cogiendo a la vez las plumas y el bovino nervio, tiró hacia su pecho y acercó la punta de hierro al arco. Armado así, rechinó el gran arco circular, crujió la cuerda, y saltó la puntiaguda flecha deseosa de volar sobre la multitud.

[vv. 4.127 y ss.] No se olvidarán de ti, oh Menelao, los felices e inmortales dioses y especialmente la hija de Zeus, que impera en las batallas; la cual, poniéndose delante, desvió la amarga flecha: apartola del cuerpo como la madre ahuyenta una mosca de su niño que duerme plácidamente, y la dirigió al lugar donde los anillos de oro sujetaban el cinturón y la coraza era doble. La amarga saeta atravesó el ajustado cinturón, obra de artífice; se clavó en la magnífica coraza, y rompiendo la chapa que el héroe llevaba para proteger el cuerpo contra las flechas y que le defendió mucho, rasguñó la piel y al momento brotó de la herida la negra sangre.

[vv. 4.141 y ss.] Como una mujer meonia o caria tiñe en púrpura el marfil que ha de adornar el freno de un caballo, muchos jinetes desean llevarlo y aquella lo guarda en su casa para un rey a fin de que sea ornamento para el caballo y motivo de gloria para el caballero, de la misma manera, oh Menelao, se tiñeron de sangre tus bien formados muslos, las piernas y los hermosos tobillos.

[vv. 4.148 y ss.] Estremeciose el rey de hombres Agamenón, al ver la negra sangre que manaba de la herida. Estremeciose asimismo Menelao, caro a Ares; mas como advirtiera que quedaban fuera el nervio y las plumas, recobró el ánimo en su pecho. Y el rey Agamenón, asiendo de la mano a Menelao, dijo entre hondos suspiros mientras los compañeros gemían:

[vv. 4.155 y ss.] —¡Hermano querido! Para tu muerte celebré el jurado convenio cuando te puse delante de todos a fin de que lucharas por los aqueos, tú solo, con los troyanos. Así te han herido: pisoteando los juramentos de fidelidad. Pero no serán inútiles el pacto, la sangre de los corderos, las libaciones de vino puro y el apretón de manos en que confiábamos. Si el Olímpico no los castiga ahora, lo hará más tarde, y pagarán cuanto hicieron con una gran pena: con sus propias cabezas, sus mujeres y sus hijos[145]. Bien lo conoce mi inteligencia y lo presiente mi corazón: día vendrá en que perezca la sagrada Ilión. Príamo y su pueblo, armado con lanzas de fresno; el excelso Zeus Crónida, que vive en el éter, irritado por este engaño, agitará contra ellos su égida espantosa. Todo esto ha de suceder irremisiblemente. Pero será grande mi pesar oh Menelao, si mueres y llegas al término fatal de tu vida, y he de volver con oprobio a la árida Argos, porque los aqueos se acordarán en seguida de su tierra patria,[146] dejaremos como trofeo en poder de Príamo y de los troyanos a la argiva Helena, y sus huesos se pudrirán en Troya a causa de una empresa no llevada a cumplimiento. Y alguno de los troyanos soberbios exclamará saltando sobre la tumba del glorioso Menelao: Así realice Agamenón todas sus venganzas como esta; pues trajo inútilmente un ejército aqueo y regresó a su patria con las naves vacías, dejando aquí al valiente Menelao. Y cuando esto diga, ábraseme la anchurosa tierra.

[vv. 4.183 y ss.] Para tranquilizarle, respondió el rubio Menelao: —Ten ánimo y no espantes a los aqueos. La aguda flecha no me ha herido mortalmente, pues me protegió por fuera el labrado cinturón y por dentro la faja y la chapa que forjó el broncista.

[vv. 4.188 y ss.] Contestó el rey Agamenón: —¡Ojalá sea así, querido Menelao! Un médico reconocerá la herida y le aplicará drogas que calmen los terribles dolores.

[vv. 4.192 y ss.] Dijo, y en seguida dio esta orden al divino heraldo Taltibio: —¡Taltibio! Llama pronto a Macaón, el hijo del insigne médico Asclepio, para que reconozca al aguerrido Menelao, hijo de Atreo, a quien ha flechado un hábil arquero troyano o licio; gloria para él y llanto para nosotros.

[vv. 4.198 y ss.] Tales fueron sus palabras, y el heraldo al oírle no desobedeció. Fuese por entre los aqueos, de broncíneas corazas, buscó con la vista al héroe Macaón y le halló en medio de las fuertes filas de hombre escudados que le habían seguido desde Trica,

---

[145] Anticipo profético de la destrucción de Troya.

[146] La muerte de Menelao podría producir el fin de la guerra, por eso ambos Atridas se estremecen en el v. 150. Los reyes fueron convocados por el sagrado juramento en que se obligaron con Tindáreo, antes de que Helena escogiera al que iba a ser su esposo. Todos los reyes juraron defender la unión que se realizara con quien ella eligiese (Pausanias, 3.20.9).

criadora de caballos. Y deteniéndose cerca de él, le dirigió estas aladas palabras:

[vv. 4.204 y ss.] —¡Ven, hijo de Asclepio! Te llama el rey Agamenón para que reconozcas al aguerrido Menelao, caudillo de los aqueos, a quien ha flechado hábil arquero troyano o licio; gloria para él y llanto para nosotros.

[vv. 4.207 y ss.] Así dijo y Macaón sintió que en el pecho se le conmovió el ánimo. Atravesaron, hendiendo por la gente, el espacioso campamento de los aqueos; y llegando al lugar donde fue herido el rubio Menelao; (este aparecía como un dios entre los principales caudillos que en torno de él se habían congregado[147]), Macaón arrancó la flecha del ajustado cíngulo; pero al tirar de ella, rompiéronse las plumas, y entonces desató el vistoso cinturón y quitó la faja y la chapa que hiciera el broncista. Tan pronto como vio la herida causada por la cruel saeta, chupó la sangre y aplicó con pericia drogas calmantes, que a su padre había dado Quirón en prueba de amistad.

[vv. 4.220 y ss.] Mientras se ocupaban en curar a Menelao, valiente en la pelea, llegaron las huestes de los escudados teucros; vistieron aquellos la armadura, y ya solo en batallar pensaron.

[vv. 4.223 y ss.] Entonces no hubieras visto que el divino Agamenón se durmiera, temblara o rehuyera el combate; pues iba presuroso a la lid, donde los varones alcanzan gloria. Dejó los caballos y el carro de

---

[147] Menelao aparece rodeado de numerosos jefes, este acompañamiento adopta la configuración circular de un cerco defensivo. La disposición circular de los acompañamientos en torno de un personaje principal es muy común en la poesía épica de tradición oral. Suele poner de relieve la importancia del personaje central; ya sea para mostrarlo en el ejercicio de su función de liderazgo en medio de sus tropas (2.477, 3.275, 16.165, 23.5), ya sea rodeado por sus enemigos o por los cadáveres de quienes se le enfrentaron para revelar su extraordinaria proeza (4.538, 15.746, 24.684), o también rodeado por aquellos que le brindan protección (10.474, 13.656, 23.134, 24.799). En este caso expresa la especial importancia que Menelao reviste para la obra. Sobre los acompañamientos nos hemos referido en varias de nuestras notas a la *Odisea* (Cfr. Homero. *Odisea*, En Arjé, 2019, p. 164 *n*.158, p. 172 *n*.164, p. 251 *n*.255, p. 413 *n*.361). Este caso donde el acompañamiento adopta la forma de un cerco protector, es una configuración que también se halla en obras posteriores de otros dominios lingüísticos; así la encontramos en el episodio del león al inicio del tercer cantar del *Poema de Mio Cid*, vv. 2280-5 (Cfr. Messuti, C. "Configuraciones circulares en el *PMC*: Diseño y significado de la relación del Cid con su entorno", en: *Studia Hispanica Medievalia, II*. Buenos Aires: Universidad Católica Argentina, 1992, pp. 15-24.)

broncíneos adornos —Eurimedonte, hijo de Ptolomeo Piraída, se quedó a cierta distancia con los fogosos corceles—, encargó al auriga que no se alejara por si el cansancio se apoderaba de sus miembros mientras ejercía el mando sobre aquella multitud de hombres, y empezó a recorrer a pie las hileras de guerreros.[148] A los dánaos, de ágiles corceles, que se apercibían para la pelea, los animaba diciendo:

[vv. 4.234 y ss.] —¡Argivos! No desmaye vuestro impetuoso valor. El padre Zeus no protegerá a los pérfidos; como han sido los primeros en faltar a lo jurado, sus tiernas carnes serán pasto de buitres y nosotros nos llevaremos en las naves a sus esposas e hijos cuando tomemos la ciudad.

[vv. 4.240 y s.] A los que se veía remisos en marchar al odioso combate, los increpaba con iracundas voces:

[vv. 4.242 y s.] —¡Argivos, que solo con el arco sabéis combatir, hombres vituperables! ¿No os avergonzáis? [149] ¿Por qué os encuentro atónitos como cervatos que, habiendo corrido por espacioso campo, se detienen cuando ningún valor queda en su pecho? Así estáis vosotros: pasmados y sin pelear, ¿Aguardáis acaso que los teucros lleguen a la playa donde tenemos las naves de lindas popas, para ver si el Crónida extiende su mano sobre vosotros?

[vv. 4.250 y ss.] De tal suerte revistaba, como generalísimo, las filas de guerreros. Andando por entre la muchedumbre, llegó al sitio donde los cretenses vestían las armas con el aguerrido Idomeneo. Este, semejante a un jabalí por su braveza, se hallaba en las primeras filas, y Meriones enardecía a los soldados de las últimas falanges. Al verlos, el rey de hombres Agamenón se alegró y dijo a Idomeneo con suaves voces:

[vv. 4.257 y ss.] —¡Idomeneo! Te honro de un modo especial entre los dánaos, dc ágiles corceles, así en la guerra u otra empresa, como en el banquete, cuando los próceres argivos beben el negro vino de honor mezclado en las crateras. A los demás aqueos de larga

---

[148] Se inicia la segunda parte de esta rapsodia, en la cual vemos a Agamenón yendo de contingente en contingente de su ejército, y exhortando a cada uno de sus comandantes, para que se dispongan al feroz combate.

[149] El valor del guerrero se observa en el combate cuerpo a cuerpo, donde la victoria se obtiene arriesgando la propia vida. Por esta razón a los arqueros se los tiene en menos, porque matan a distancia y con mucho menos riesgo. Así en 11.385 Diomedes insulta a Paris tratándolo de arquero.

cabellera se les da su ración pero tú tienes siempre la copa llena como yo, y bebes cuanto te place. Corre ahora a la batalla y muestra el denuedo de que te jactas.

[vv. 4.265 y ss.] Respondiole Idomeneo, caudillo de los cretenses: — ¡Atrida! Siempre he de ser tu amigo fiel como te aseguré y prometí que sería. Pero exhorta a los demás aqueos, de larga cabellera, para que cuanto antes peleemos con los teucros, ya que estos han roto los pactos. La muerte, y toda clase de calamidades les aguardan, por haber sido los primeros en faltar a lo jurado.

[vv. 4.272 y ss.] Así se expresó, y el Atrida, con el corazón alegre, pasó adelante. Andando por entre la muchedumbre llegó al sitio donde estaban los Ayaces. Estos se armaban, y una nube de infantes les seguía. Como el nubarrón, impelido por el céfiro, avanza sobre el mar y se le ve a lo lejos negro como la pez y preñado de tempestad, y el cabrero se estremece al divisarlo desde una altura, y antecogiendo el ganado, lo conduce a una cueva; de igual modo iban al dañoso combate, con los Ayaces, las densas y oscuras falanges de jóvenes ilustres, erizadas de lanzas y escudos. Al verlos, el rey Agamenón se regocijó, y dijo estas aladas palabras:

[vv. 4.285 y ss.] —¡Ayaces, príncipes de los argivos de broncíneas corazas! A vosotros —inoportuno fuera exhortaros— nada os encargo, porque ya instigáis al ejército a que pelee valerosamente. ¡Ojalá, padre Zeus, Atenea, Apolo!, hubiese el mismo ánimo en todos los pechos, pues pronto la ciudad del rey Príamo sería tomada y destruida por nuestras manos.

[vv. 4.292 y ss.] Cuando así hubo hablado los dejó y fue hacia otros. Halló a Néstor, elocuente orador de los pilios, ordenando a los suyos y animándolos a pelear, junto con el gran Pelagonte, Alástor, Cromio, el poderoso Hemón y Biante, pastor de hombres. Ponía delante con los respectivos carros y corceles, a los que desde aquellos combatían; detrás, a gran copia de valientes peones, que en la batalla formaban como un muro, y en medio, a los cobardes para que mal de su grado tuviesen que combatir. Y dando instrucciones a los primeros, les encargaba que sujetaran los caballos y no promoviesen confusión entre la muchedumbre:

[vv. 4.303 y ss.] —Que nadie, confiando en su pericia ecuestre o en su valor, quiera luchar solo y fuera de las filas con los teucros; que asimismo nadie retroceda, pues con mayor facilidad seríais vencidos. El que caiga del carro y suba al de otro, pelee con la lanza, que es lo mejor. Con tal prudencia y ánimo en el pecho, destruyeron los antiguos muchas ciudades y murallas.

[vv. 4.310 y ss.] De tal suerte el anciano, diestro desde antiguo en la guerra, les arengaba. Al verle, el rey Agamenón se alegró, y le dijo estas aladas palabras:

[vv. 4.313 y ss.] —¡Oh anciano! ¡Así como conservas el ánimo en tu pecho, tuvieras ágiles las rodillas y sin menoscabo las fuerzas! Pero te abruma la vejez, que a nadie respeta. Ojalá que otro cargase con ella y tú fueras contado en el número de los jóvenes.

[vv. 4.317 y ss.] Respondiole Néstor, caballero gerenio: —¡Atrida! También yo quisiera ser como cuando maté al divino Ereutalión. Pero jamás las deidades lo dieron todo y a un mismo tiempo a los hombres: si entonces era joven, ya para mí llegó la senectud. Esto no obstante, acompañaré a los que combaten en carros para exhortarles con consejos y palabras, que tal es la misión de los ancianos. Las lanzas las blandirán los jóvenes, que son más vigorosos y pueden confiar en sus fuerzas.

[vv. 4.326 y ss.] Así habló, y el Atrida, con el corazón alegre, pasó adelante. Halló al excelente jinete Menesteo, hijo de Peteo, de pie entre los atenienses ejercitados en la guerra. Estaba cerca de ellos el ingenioso Odiseo, y a poca distancia las huestes de los fuertes cefalenios, los cuales, no habiendo oído el grito de guerra —pues así las falanges de los teucros, domadores de caballos, como las de los aqueos, se ponían entonces en movimiento—, aguardaban que otra columna aquea cerrara con los troyanos y diera principio la batalla. Al verlos, el rey Agamenón los increpó con estas aladas palabras:

[vv. 4.338 y ss.] —¡Hijo del rey Peteo, alumno de Zeus, y tú, perito en malas artes, astuto! ¿Por qué, medrosos, os abstenéis de pelear y esperáis que otros tomen la ofensiva? Debierais estar entre los delanteros y correr a la ardiente pelea, ya que os invito antes que a nadie cuando los aqueos dan un banquete a sus próceres. Entonces os gusta comer carne asada y beber sin tasa copas de dulce vino, y ahora veríais con placer que diez columnas aqueas lidiaran delante de vosotros con el cruel bronce.

[vv. 4.349 y ss.] Encarándole la torva vista, exclamó el ingenioso Odiseo: —¡Atrida! ¡Qué palabras se escaparon de tus labios! ¿Por qué dices que somos remisos en ir al combate? Cuando los aqueos excitemos al feroz Ares contra el enemigo, verás, si quieres y te importa, como el padre amado de Telémaco penetra por las primeras filas de los teucros, domadores de caballos. Vano y sin fundamento es tu lenguaje.

[vv. 4.356 y s.] Cuando el rey Agamenón comprendió que el héroe se irritaba sonriose, y retractándose dijo:

[vv. 4.358 y ss.] —¡Laertíada, descendiente de Zeus! ¡Odiseo, fecundo en ardides! No ha sido mi propósito ni reprenderte en demasía ni darte órdenes. Conozco los benévolos sentimientos del corazón que tienes en el pecho, pues tu modo de pensar coincide con el mío. Pero ve, y si te dije algo ofensivo, luego arreglaremos este asunto. Hagan los dioses que todo se lo lleve el viento.

[vv. 4.364 y ss.] Esto dicho, los dejó allí, y se fue hacia otros. Halló al animoso Diomedes, hijo de Tideo, de pie entre los corceles y los sólidos carros; y a su lado a Esténelo, hijo de Capaneo. En viendo a aquel, el rey Agamenón le reprendió, profiriendo estas aladas palabras:

[vv. 4.370 y ss.] —¡Ay hijo del aguerrido Tideo, domador de caballos! ¿Por qué tiemblas? ¿Por qué miras azorado el espacio que de los enemigos nos separa? No solía Tideo temblar de este modo, sino que, adelantándose a sus compañeros, peleaba con el enemigo. Así lo refieren quienes le vieron combatir, pues yo no lo presencié ni lo vi, y dicen que a todos superaba. Estuvo en Micenas, no para guerrear, sino como huésped junto con el divino Polinice, cuando ambos reclutaban tropas para atacar los sagrados muros de Tebas[150]. Mucho nos rogaron que les diéramos auxiliares ilustres, y los ciudadanos querían concedérselos y prestaban asenso a lo que se les pedía; pero Zeus, con funestas señales, les hizo variar de opinión. Volviéronse aquellos; después de andar mucho, llegaron al Asopo, cuyas orillas pueblan juncales y prados, y los aqueos nombraron embajador a Tideo para que fuera a Tebas. En el palacio del fuerte Eteocles encontrábanse muchos cadmeos reunidos en banquete; pero ni allí siendo huésped y solo entre tantos, se turbó el eximio jinete Tideo: los desafiaba y vencía fácilmente en toda clase de luchas. ¡De

---

[150] Polinice, hijo de Edipo y Yocasta, disputó a su hermano Eteocles el trono de Tebas. Esta disputa ocasionó la primera de las guerras tebanas, asunto en que se basó la tragedia de Esquilo *Siete contra Tebas*. Polinice en compañía de Tideo, se ocuparon de reunir el ejército que se levantaría contra el usurpador Eteocles. Tras el fracaso de esta campaña —donde mueren tanto Eteocles como Polínice—, los hijos de los que habían participado en la primera guerra tebana, realizaron una segunda campaña, esta vez victoriosa, donde, luego de dar muerte a Laodamante, hijo de Eteocles, ponen en el trono de Tebas a Tersandro, el hijo de Polinices. Estos héroes —a los que se les ha dado el nombre de *epígonos*— son varios de los caudillos que participan, poco después, en la guerra de Troya, como es el caso de Esténelo y Diomedes, a quienes está increpando Agamenón. Este es el motivo que justifica su reacción.

72

tal suerte le protegía Atenea! Cuando se fue, irritados los cadmeos, aguijadores de caballos, pusieron en emboscada a cincuenta jóvenes al mando de dos jefes: Meón Hemónida, que parecía un inmortal, y Polifonte, intrépido hijo de Autófono. A todos les dio Tideo ignominiosa muerte menos a uno, a Meón, a quien permitió, acatando divinales indicaciones, que volviera a la ciudad. Tal fue Tideo etolo, y el hijo que engendró le es inferior en el combate y superior en el ágora[151].

[vv. 4.401 y ss.] Así dijo. El fuerte Diomedes oyó con respeto la increpación del venerable rey y guardó silencio, pero el hijo del glorioso Capaneo[152] hubo de replicarle:

[vv. 4.404 y ss.] —¡Atrida! No mientas, pudiendo decir la verdad. Nos gloriamos de ser más valientes que nuestros padres, pues hemos tomado a Tebas, la de las siete puertas, con un ejército menos numeroso, que, confiando en divinales indicaciones y en el auxilio de Zeus, reunimos al pie de su muralla, consagrada a Ares, mientras que aquellos perecieron por sus locuras[153]. No nos consideres, pues, a nuestros padres y a nosotros dignos de igual estimación.

[vv. 4.411 y ss.] Mirándole con torva faz, le contestó el fuerte Diomedes: —Calla amigo: obedece mi consejo. Yo no me enfado porque Agamenón, pastor de hombres, anime a los aqueos, de hermosas grebas, antes del combate. Suya será la gloria, si los aqueos rinden a los teucros y toman la sagrada Ilión; suyo el gran pesar, si los aqueos son vencidos. Ea, pensemos tan solo en mostrar nuestro impetuoso valor.[154]

---

[151] Ágora en el campamento militar se refiere a las juntas del consejo. En una sociedad guerrera, lo que dice Agamenón es un insulto; porque acusa de ser más hombre de palabras que de acción.

[152] Esténelo, rey de Argos. Su padre, Capaneo, fue uno de los siete héroes que se aliaron para liderar la primera guerra tebana.

[153] Justamente Capaneo, el padre de Esténelo, cometió una gran locura parándose frente a los muros de Tebas para proclamar, en un arranque de suprema soberbia, que ni siquiera Zeus podría evitar que tomara la ciudad. Entonces, mientras escalaba la muralla, Zeus lo derribó con uno de sus rayos (Esquilo, *Siete contra Tebas*, 422 y ss., Apolodoro, *Biblioteca,* 3.6.7).

[154] A diferencia de otros como Odiseo y Esténelo, Diomedes no se ofende. Está tan seguro de sí mismo y de su valor, que no le importa lo que pudieran decir de él. Entiende que la función del Atrida, como comandante supremo, es la de arengar y exhortar a sus fuerzas de combate de todas las formas posibles.

[vv. 4.419 y ss.] Dijo, saltó del carro al suelo sin dejar las armas y tan terrible fue el resonar del bronce sobre su pecho, que hubiera sentido pavor hasta un hombre muy esforzado. [155]

[vv. 4.422 y ss.] Como las olas impelidas por el Céfiro se suceden en la ribera sonora, y primero se levantan en alta mar, braman después al romperse en la playa y en los promontorios, suben combándose a lo alto y escupen la espuma; así las falanges de los dánaos marchaban sucesivamente y sin interrupción al combate. Los capitanes daban órdenes a los suyos respectivos, y estos avanzaban callados (no hubieras dicho que les siguieran a aquellos tantos hombres con voz en el pecho) y temerosos de sus jefes. En todos relucían las labradas armas de que iban revestidos. Los teucros avanzaban también, y como muchas ovejas balan sin cesar en el establo de un hombre opulento, cuando al ser ordeñadas oyen la voz de los corderos; de la misma manera elevábase un confuso vocerío en el ejército de aquellos. No era igual el sonido ni el modo de hablar de todos y las lenguas se mezclaban, porque los guerreros procedían de diferentes países. — A los unos los excitaba Ares; a los otros, Atenea, la de los brillantes ojos, y a entrambos pueblos, el Terror, la Fuga y la Discordia, insaciable en sus furores y hermana y compañera del homicida Ares, la cual al principio aparece pequeña y luego toca con la cabeza el cielo mientras anda sobre la tierra. Entonces la Discordia, penetrando por la muchedumbre, arrojó en medio de ella el combate funesto para todos y acreció el afán de los guerreros.

[vv. 4.446 y ss.] Cuando los ejércitos llegaron a juntarse, chocaron entre sí los escudos, las lanzas y el valor de los hombres armados de broncíneas corazas, y al aproximarse las abolladas rodelas se produjo un gran tumulto. Allí se oían simultáneamente los lamentos de los moribundos y los gritos jactanciosos de los matadores, y la tierra manaba sangre. Como dos torrentes[156] nacidos en grandes manantiales se despeñan por los montes, reúnen las fervientes aguas en hondo barranco abierto en el valle y produce un estruendo que

---

[155] Concluye así la revista y exhortación de las tropas y se pasa al comienzo de la lucha.

[156] El número dos del símil de los torrentes indica las fuerzas enfrentadas. Uno de los más básicos sentidos de la dualidad es el de los contrarios que se oponen. Aquí, sin embargo, esos torrentes también representan la sangre derramada por uno y otro bando que finalmente se reúne y los hermana en una misma muerte.

oye desde lejos el pastor en la montaña; así eran la gritería y el trabajo de los que vinieron a las manos.

[vv. 4.457 y ss.] Fue Antíloco quien primeramente mató a un teucro, a Equepolo Talisíada, que peleaba valerosamente en la vanguardia: hiriole en la cimera del penachudo casco, y la broncínea lanza, clavándose en la frente, atravesó el hueso, las tinieblas cubrieron los ojos del guerrero y este cayó como una torre en el duro combate[157]. Al punto asiole de un pie el rey Elefenor Calcodontíada, caudillo de los bravos abantes, y lo arrastraba para ponerlo fuera del alcance de los dardos y quitarle la armadura[158]. Poco duró su intento. Le vio el magnánimo Agenor[159] e hiriéndole con la broncínea lanza en el costado, que al bajarse quedara en descubierto junto al escudo, dejole sin vigor los miembros. De este modo perdió Elefenor la vida y sobre su cuerpo trabaron enconada pelea teucros y aqueos: como lobos se acometían y unos a otros se mataban.

[vv. 4.473 y ss.] Áyax Telamonio tirole un bote de lanza a Simoísio, hijo de Antemión, que se hallaba en la flor de la juventud. Su madre habíale parido a orillas del Símois[160], cuando con los padres bajó del Ida para ver las ovejas: por eso le llamaron Simoísio. Mas no pudo pagar a sus progenitores la crianza[161] ni fue larga su vida, porque sucumbió vencido por la lanza del magnánimo Áyax: acometía el teucro cuando Áyax le hirió en el pecho junto a la tetilla derecha, y la broncínea punta salió por la espalda. Cayó el guerrero en el polvo como el terso álamo nacido en la orilla de una espaciosa laguna y coronado de ramas que corta el carretero con el hierro reluciente para hacer las pinas de un hermoso carro, dejando que el tronco se

---

[157] Primera muerte que Homero relata en la Ilíada. El detalle en Homero se vuelve tan minucioso que se tiene la impresión de estar acercándose hasta el punto en que todo el campo visual lo ocupa la herida y la estrepitosa muerte. Llamativamente Antíloco, hijo de Néstor y luego uno de los favoritos de Aquiles, el más joven de los jefes helenos, es quien se destaca con esta primicia.

[158] Durante el combate era de gran importancia apoderarse de los despojos de los caídos. Las armas y corazas de bronce tenían gran valor y constituían parte del botín de guerra. Por esta razón en torno a estas armaduras se producen con frecuencia escaramuzas y disputas, incluso muchos como Elefenor, pierden la vida tratando de capturarlas.

[159] Príncipe troyano, hijo de Antenor y padre de Equeclo.

[160] Río de la Tróade, afluente del Escamandro.

[161] Los hijos compensan a sus padres por la crianza, cuidando de ellos en la vejez. Simoísio ya no podría hacerlo.

seque en la ribera; de igual modo, Áyax, del linaje de Zeus, despojó a Simoísio Antémida. Antifo Priámida, que de labrada coraza iba revestido, lanzó a través de la muchedumbre su agudo dardo contra Áyax y no le tocó; pero hirió en la ingle a Leuco, compañero valiente de Odiseo, mientras arrastraba un cadáver: desprendiose este y el guerrero cayó junto al mismo. Odiseo, muy irritado por tal muerte, atravesó las primeras filas cubierto de fulgente bronce, detúvose cerca del matador, y revolviendo el rostro a todas partes arrojó la reluciente lanza. Al verle, huyeron los teucros. No fue vano el tiro, pues la broncínea lanza perforó las sienes a Democoonte, hijo bastardo de Príamo, que había venido de Abido, país de corredoras yeguas: la oscuridad veló los ojos del guerrero, cayó este con estrépito y sus armas resonaron. Arredráronse los combatientes delanteros y el esclarecido Héctor; y los argivos dieron grandes voces, retiraron los muertos y avanzaron un buen trecho. Mas Apolo, que desde Pérgamo[162] lo presenciaba, se indignó y con recios gritos exhortó a los teucros:

[vv. 4.509 y ss.] —¡Acometed, teucros domadores de caballos! No cedáis en la batalla a los argivos, porque sus cuerpos no son de piedra ni de hierro para que puedan resistir si los herís, el tajante bronce; ni pelea Aquiles, hijo de Tetis, la de hermosa cabellera, que se quedó en las naves y allí rumia la dolorosa cólera.

[vv. 4.514 y ss.] Así hablaba el terrible dios desde la ciudadela. A su vez, la hija de Zeus, la gloriosísima Tritogenia[163], recorría el ejército aqueo y animaba a los remisos.

[vv. 4.517 y ss.] Fue entonces cuando el hado echó los lazos de la muerte a Diores Amarincida[164]. Herido en el tobillo derecho por puntiaguda piedra que le tiró Piroo Imbrásida, caudillo de los tracios, que había llegado de Eno —la insolente piedra rompiole ambos

---

[162] Este lugar no debe ser confundido con la antigua ciudad griega homónima, ubicada a unos 30 km de la costa que se enfrenta a la isla de Lesbos. En la *Ilíada* designa la zona más alta de la acrópolis de Troya, donde se encontraba el templo de Apolo. Por ser el punto más alto permitía tener una gran panorámica de los alrededores de la ciudad y el campo de batalla frente a las puertas Esceas. Desde allí Casandra podría ver regresar el carro de su padre en 24.697b y ss.

[163] Epíteto de Atenea sobre el que no existe acuerdo en cuanto al significado; según unos quiere decir "nacida junto al lago Tritón"; otros creen que se refiere al río Tritón; otros, argumentan que se le aplica por haber nacido el tercer día del mes, etc.

[164] Caudillo de la tercera división de los epeos (2.622).

tendones y el hueso—, cayó de espaldas en el polvo, expirante tendía los brazos a sus camaradas cuando el mismo Piroo acudió presuroso y le envasó la lanza en el ombligo: derramáronse los intestinos y las tinieblas velaron los ojos del guerrero.

[vv. 4.527 y ss.] Mientras Piroo arremetía, Toante el etolo alanceole en el pecho, por encima de una tetilla, y el bronce atravesó el pulmón. Acercósele Toante, le arrancó del pecho la ingente lanza, y hundiéndole la aguda espada en medio del vientre, le quitó la vida. Mas no pudo despojarle de la armadura porque se vio rodeado por los compañeros del muerto, los tracios, que dejan crecer la cabellera en lo más alto de la cabeza, quienes le asestaban sus largas picas; y aunque era corpulento, vigoroso e ilustre, fue rechazado y hubo de retroceder. Así cayeron y se juntaron en el polvo el caudillo de los tracios y el de los epeos, de broncíneas corazas, y a su alrededor murieron otros muchos.[165]

[vv. 4.539 y ss.] Y quien, sin estar herido por flecha o lanza, hubiera recorrido el campo llevado de la mano y protegido de las saetas por Palas Atenea, no habría reprochado los hechos de armas; pues aquel día gran número de teucros y de aqueos yacían, unos junto a otros, caídos de cara al polvo.

---

[165] Curiosamente ambos caudillos mueren de manera semejante: por una herida en el medio del vientre. Esta idea de centro, en que ambos coincidieron para la muerte, se refuerza con la configuración circular que le hacen los cadáveres de sus partidarios dispuestos, en lúgubre acompañamiento, *alrededor* (περὶ) de ellos.

RAPSODIA V

PRINCIPALÍA DE DIOMEDES

Entre los primeros, los aqueos, destaca Diomedes, siendo capaz de hacer huir a los mismísimos dioses Ares y Afrodita.

[vv. 5.1 y ss.] Entonces Palas Atenea infundió a Diomedes Tidida valor y audacia, para que brillara entre todos los argivos y alcanzase inmensa gloria, e hizo salir de su casco y de su escudo una incesante llama[166] parecida al astro que en otoño [167]luce y centellea después de bañarse en el Océano. Tal resplandor despedían la cabeza y los hombros del héroe cuando Atenea le llevó al centro de la batalla; allí, donde era mayor el número de guerreros que tumultuosamente se agitaban.

[vv. 5.9 y ss.] Hubo en Troya un varón rico e irreprensible, sacerdote de Hefesto[168], llamado Dares; y de él eran hijos Fegeo e Ideo, ejercitados en toda especie de combates. Estos iban en un mismo carro; y separándose de los suyos, cerraron con Diomedes, que desde tierra y en pie los aguardó. Cuando se hallaron frente a frente, Fegeo tiró el primero la luenga lanza, que pasó por encima del hombro izquierdo de[l hijo de] Tideo sin herirle; arrojo este la suya y no fue en vano, pues se la clavó a aquel en el pecho, entre las tetillas, y le derribó por tierra. Ideo saltó al suelo, abandonando el magnífico carro, sin que se atreviera a defender el cadáver —no se hubiese librado de la negra muerte—, y Hefesto le sacó salvo, envolviéndole en densa nube, a fin de que el anciano padre no se afligiera en demasía. El hijo del magnánimo Tideo se apoderó de los corceles y

---

[166] Atenea, que ha descendido del Olimpo como una luz fulgurante (4.75 y ss.), hace resplandecer las armas de Diomedes. Ese resplandor es tan sobrenatural como lo ha sido el descenso de la diosa. Posteriormente se trató de racionalizar este pasaje diciendo que la armadura de Diomedes reflejaba la luz del sol (Cfr. Tzetzes, *Hom.*, 44 y ss.).

[167] ἀστήρ ὀπωρινός, la estrella Sirio. También mencionada en 22.26 y s.

[168] Homero aplica poéticamente a los herreros el nombre de *sacerdote de Hefesto*. En una sociedad tradicional toda la vida del hombre, y con ello también sus oficios, están imbuidos de lo religioso (todo el ámbito cósmico pertenece a lo sagrado).

los entregó a sus compañeros para que los llevaran a las cóncavas naves. Cuando los altivos teucros vieron que uno de los hijos de Dares huía y el otro quedaba muerto entre los carros, a todos se les conmovió el corazón. Y Atenea, la de los brillantes ojos, tomó por la mano al furibundo Ares y hablole diciendo:

[vv. 5.31 y ss.] —¡Ares, Ares, funesto a los mortales, manchado de homicidios, demoledor de murallas! ¿No dejaremos que teucros y aqueos peleen solos —sean estos o aquellos a quienes el padre Zeus quiera dar gloria— y nos retiraremos, para librarnos de la cólera de Zeus? [169]

[vv. 5.35 y ss.] Dicho esto, sacó de la liza al furibundo Ares y le hizo sentar en la herbosa ribera del Escamandro. Los dánaos pusieron en fuga a los teucros, y cada uno de sus caudillos mató a un hombre. Empezó el rey de hombres Agamenón con derribar del carro al corpulento Odio, caudillo de los halizones: al volverse para huir, envasole la pica en la espalda, entre los hombros, y la punta salió por el pecho. Cayó el guerrero con estrépito y sus armas resonaron.

[vv. 5.43 y ss.] Idomeneo quitó la vida a Festo, hijo de Boro el meonio, que había llegado de la fértil Tarne, introduciéndole la formidable lanza en el hombro derecho cuando subía al carro: desplomose Festo, tinieblas horribles le envolvieron y los servidores de Idomeneo le despojaron de la armadura.

[vv. 5.49 y ss.] El Atrida Menelao mató con la aguda pica a Escamandrio, hijo de Estrofio, ejercitado en la caza. A tan excelente cazador, la misma Artemisa le había enseñado a tirar a cuantas fieras crían las selvas de los montes. Mas no le valió ni Artemisa, que se complace en tirar flechas, ni el arte de arrojarlas, en que tanto descollaba: tuvo que huir y el Atrida Menelao, famoso por su lanza, le dio un picazo en la espalda, entre los hombros, que le atravesó el pecho. Cayó de bruces y sus armas resonaron.

[vv. 5.59 y ss.] Meriones dejó sin vida a Fereclo, hijo de Tectón Harmónida, que con las manos fabricaba toda clase de obras de ingenio porque era muy caro a Palas Atenea. Este, no conociendo los oráculos de los dioses, construyó las naves bien proporcionadas de

---

[169] Cumplido el principal objetivo, que era generar la violenta lucha entre ambos bandos, y no queriendo exceder las ordenes de Zeus, los dioses se retiran a la vera del río para contemplar el combate.

Alejandro[170], las cuales fueron la causa primera de todas las desgracias y un mal para los teucros y para él mismo. Meriones, cuando alcanzó a aquel, le hundió la pica en la nalga derecha; y la punta, pasando por debajo del hueso y cerca de la vejiga, salió al otro lado. El guerrero cayó de hinojos, gimiendo, y la muerte le envolvió.

[vv. 5.69 y ss.] Meges hizo perecer a Pedeo, hijo bastardo de Antenor, a quien Teano[171], la divina, criara con igual solicitud que a los hijos propios, para complacer a su esposo. El hijo de Fileo, famoso por su pica, fue a clavarle en la nuca la puntiaguda lanza, y el hierro cortó la lengua y asomó por los dientes del guerrero. Pedeo cayó en el polvo y mordía el frío bronce.

[vv. 5.76 y ss.] Eurípilo Evemónida dio muerte al divino Hipsenor, hijo del animoso Dolopión, que era sacerdote de Escamandro y el pueblo le veneraba como a un dios. Perseguíale Eurípilo, hijo preclaro de Evemón; el cual, poniendo mano a la espada, de un tajo en el hombro le cercenó el robusto brazo, que ensangrentado cayó al suelo. La purpúrea muerte y el hado cruel velaron los ojos del troyano.

[vv. 5.84 y ss.] Así se portaban estos en el reñido combate. En cuanto al hijo de Tideo, no hubieras conocido con quiénes estaba, ni si pertenecía a los teucros o a los aqueos. Andaba furioso por la llanura cual hinchado torrente que en su rápido curso derriba puentes, y anegando de pronto —cuando cae en abundancia la lluvia de Zeus— los verdes campos sin que puedan contenerle diques ni setos, destruye muchas hermosas labores de los jóvenes; tal tumulto promovía el hijo de Tideo en las densas falanges teucras que, con ser tan numerosas, no se atrevían a resistirle.

[vv. 5.95 y ss.] Tan luego como el preclaro hijo de Licaón vio que Diomedes corría furioso por la llanura y creando tumulto en las falanges, tendió el corvo arco y le hirió en el hombro derecho, por el hueco de la coraza, mientras aquel acometía. La cruel saeta atravesó

---

[170] Habiéndose cumplido el período que se había considerado prudente para evitar la profecía que pesaba sobre Alejandro, éste regresó a Troya, y al poco tiempo, encargó a Fereclo la fabricación de las naves que lo llevarían a Esparta.

[171] Teano, esposa de Antenor y sacerdotisa de Atenea, según Tzetzes (*Posthom.* 514 y ss.), será quien, instada por su marido, actúe a traición y ayude a Diomedes y Odiseo a llevarse el Paladión, estatua que protegía a Troya, haciéndola inexpugnable.

el hombre y la coraza se manchó de sangre. Y el preclaro hijo de Licaón, al notarlo, gritó con voz recia:

[vv. 5.102 y ss.] —¡Arremeted, teucros magnánimos, aguijadores de caballos! Herido está el más fuerte de los aqueos; y no creo que pueda resistir mucho tiempo la fornida saeta, si fue realmente Apolo, hijo de Zeus, quien me movió a venir aquí desde la Licia.

[vv. 5.106 y ss.] Así de jactancioso habló. Pero la veloz flecha no postró a Diomedes; el cual, retrocediendo hasta el carro y los caballos, dijo a Esténelo, hijo de Capaneo:

[vv. 5.109 y s.] Corre, buen hijo de Capaneo, baja del carro y arráncame del hombro la amarga flecha.

[vv. 5.111 y ss.] Así dijo. Esténelo saltó a tierra, se le acercó y sacole del hombro la aguda flecha; la sangre chocaba, al salir a borbotones, contra las mallas de la coraza. Y entonces Diomedes, valiente en el combate, hizo esta plegaria:

[vv. 5.115 y ss.] —¡Óyeme, hija de Zeus, que lleva la égida! ¡Indómita deidad! Si alguna vez amparaste benévola a mi padre en la cruel guerra, seme ahora propicia, ¡oh Atenea!, y haz que se ponga a tiro de lanza y reciba la muerte de mi mano quien me hirió y se gloria diciendo que pronto dejaré de ver la brillante luz del sol!

[vv. 5.121 y ss.] Tal fue su ruego. Palas Atenea le oyó, agilitole los miembros todos, y especialmente los pies y las manos, y poniéndose a su lado pronunció estas aladas palabras:

[vv. 5.124 y ss.] —Cobra ánimo, Diomedes, y pelea con los teucros; pues ya infundí en tu pecho el paterno intrépido valor del jinete Tideo, agitador del escudo, y aparté la niebla que cubría tus ojos para que en la batalla conozcas a los dioses y a los hombres. Si alguno de aquellos viene a tentarte, no quieras combatir con los inmortales; pero si se presentara en la lid Afrodita[172], hija de Zeus, hiérele con el agudo bronce.

[vv. 5.133 y ss.] Dicho esto Atenea, la de los brillantes ojos se fue. El hijo de Tideo volvió a mezclarse con los combatientes delanteros; y si antes ardía en deseos de pelear contra los troyanos, entonces sintió que se le triplicaba el brío, como un león a quien el pastor hiere levemente al asaltar un redil de lanudas ovejas y no lo mata, sino que

---

[172] Afrodita está favoreciendo a los troyanos, y en esta contienda es adversaria de Atenea. Recordemos que Paris/Alejandro prefirió a Afrodita, por sobre Hera y Atenea.

le excita la fuerza; el pastor desiste de rechazarlo y entra en el establo; las ovejas, al verse sin defensa, huyen para caer pronto hacinadas unas sobre otras, y la fiera sale del cercado con ágil salto. Con tal furia penetró en las filas troyanas el fuerte Diomedes. [173]

[vv. 5.144 y ss.] Entonces hizo morir a Astinoo y a Hipirón, pastor de hombres. Al primero le metió la broncínea lanza en el pecho; contra Hipirón desnudó la espada, y de un tajo en la clavícula separole el hombro del cuello y la espalda. Dejoles y fue al encuentro de Abante y Poliido, hijos de Euridamante[174] que era de provecta edad e intérprete de sueños; cuando fueron a la guerra, el anciano no les interpretaría los sueños, pues sucumbieron a manos del fuerte Diomedes, que les despojó de las armas. Enderezó luego sus pasos hacia Janto y Toón, hijos de Fénope —este los había tenido en la triste vejez que le abrumaba y no engendró otro hijo que heredara sus riquezas—, y a entrambos les quitó la dulce vida, causando llanto y pesar al anciano, que no pudo recibirlos de vuelta de la guerra; y más tarde los parientes se repartieron la herencia.

[vv. 5.159 y ss.] En seguida alcanzó Tideo a Equemón y a Cromio, hijos de Príamo Dardánida, que iban en el mismo carro. Cual león que, penetrando en la vacada, despedaza la cerviz de un buey o de una becerra que pacía en el soto; así el hijo de Tideo los derribó violentamente del carro, les quitó la armadura y entrego los corceles a sus camaradas para que los llevaran a las naves. [175]

[vv. 5.166 y ss.] Eneas advirtió que Diomedes destruía las hileras de los teucros, y fue en busca del divino Pándaro por la liza y entre el estruendo de las lanzas. Halló por fin al fuerte y eximio hijo de Licaón, y deteniéndose a su lado, le dijo:

[vv. 5.171 y ss.] —¡Pándaro! ¿Dónde guardas el arco y las voladoras flechas? ¿Qué es de tu fama? Aquí no tienes rival y en la Licia nadie

---

[173] Esta nueva acometida de Diomedes viene a redoblar su heroicidad (*aristeia*): acaba de ser herido pero, con valor supremo, se coloca en las filas delanteras. Sus bríos destructivos no se duplican, sino que se triplican. A la imagen del león que lo representa en el símil, lo que se opone es aquello que es inerme, las ovejas; ni el pastor está a la altura de enfrentarlo. Todos frente a él huyen o mueren mientras continúa haciendo estragos.

[174] Adivino que había formado parte de la expedición de los argonautas.

[175] En rápida sucesión (5.144-165) Diomedes da muerte a cuatro parejas de guerreros. Es probable que los haya tomado por pares en razón de que compartieran el mismo carro, como se explica en 5.160.

se gloria de aventajarte. Ea, levanta las manos a Zeus y dispara una flecha contra ese hombre que triunfa y causa males sin cuento a los troyanos —de muchos valientes ha quebrado ya las rodillas—, si por ventura no es un dios airado con los teucros a causa de los sacrificios, pues la cólera de una deidad es terrible.

[vv. 5.179 y ss.] Respondiole el preclaro hijo de Licaón: —¡Eneas, consejero de los teucros, de broncíneas corazas! Parécese completamente al aguerrido hijo de Tideo: reconozco su escudo, su casco de alta cimera y agujeros a guisa de ojos y sus corceles, pero no puedo asegurar si es un dios. Si ese guerrero es en realidad el belicoso hijo de Tideo, no se mueve con tal furia sin que alguno de los inmortales le acompañe, cubierta la espalda con una nube, y desvíe las veloces flechas que hacia él vuelan. Arrojele una saeta que lo hirió en el hombro derecho, penetrando por el hueco de la coraza; creí enviarle a Hades, y sin embargo de esto no lo maté; sin duda es un dios irritado. No tengo aquí bridones ni carros que me lleven, aunque en el palacio de Licaón quedaron once carros hermosos, sólidos, de reciente construcción, cubiertos con fundas y con sus respectivos pares de caballos que comen blanca cebada y avena. Licaón, el guerrero anciano, entre los muchos consejos que me diera cuando partí del magnífico palacio, me recomendó que en el duro combate mandara a los teucros subido en el carro; mas yo no me dejé convencer —mucho mejor hubiera sido seguir su consejo— y rehusé llevarme los corceles por el temor de que, acostumbrados a comer bien, se encontraran sin pastos en una ciudad sitiada. Dejelos, pues y vine como infante a Ilión, confiando en el arco que para nada me había de servir. Contra dos próceres lo he disparado, el Atrida y el hijo de Tideo; a entrambos les causé heridas, de las que manaba verdadera sangre, y solo conseguí excitarlos más. Con mala suerte descolgué del clavo el corvo arco el día en que vine con mis teucros a la amena Ilión para complacer al divino Héctor. Si logro regresar y ver con estos ojos mi patria, a mi mujer y mi casa espaciosa y alta, córteme la cabeza un enemigo si no rompo y tiro al relumbrante fuego el arco, ya que su compañía me resulta inútil.

[vv. 5.217 y ss.] Replicole Eneas, caudillo de los teucros: —No hables así. Las cosas no cambiarán hasta que, montados nosotros en el carro, acometamos a ese hombre y probemos la suerte de las armas.

Sube a mi carro, para que veas cuáles son los corceles de Tros [176] y cómo saben lo mismo perseguir acá y allá de la llanura que huir ligeros; ellos nos llevarán salvos a la ciudad, si Zeus concede de nuevo la victoria a Diomedes Tidida. Ea, toma el látigo y las lustrosas riendas, y me pondré a tu lado para combatir; o encárgate tú de pelear, y yo me cuidaré de los caballos.

[vv. 5.229 y ss.] Contestó el preclaro hijo de Licaón: —¡Eneas! Recoge tú las riendas y guía los corceles, porque tirarán mejor del carro obedeciendo al auriga a que están acostumbrados, si nos pone en fuga el hijo de Tideo. No sea que, no oyendo tu voz, se espanten y desboquen y no quieran sacarnos de la liza, y el hijo del magnánimo Tideo nos embista y mate y se lleve los solípedos caballos. Guía, pues, el carro y los corceles, y yo con la aguda lanza esperaré de aquel la acometida.

[vv. 5.239 y ss.] Así hablaron; y subidos en el labrado carro, guiaron animosamente los briosos corceles en derechura al hijo de Tideo. Advirtiolo Esténelo, hijo de Capaneo, y dijo a Diomedes estas aladas palabras:

[vv. 5.243 y ss.] —¡Diomedes Tidida, carísimo a mi corazón! Veo que dos robustos varones, cuya fuerza es grandísima, desean combatir contigo: el uno Pándaro, es hábil arquero y se jacta de ser hijo de Licaón; el otro, Eneas, se gloria de haber sido engendrado por el magnánimo Anquises y tener por madre a Afrodita. Ea, subamos al carro, retirémonos, y cesa de revolverte furioso entre los combatientes delanteros, para que no pierdas la dulce vida.

[vv. 5.251 y ss.] Mirándole con torva faz, le respondió el fuerte Diomedes: —No me hables de huir, pues no creo que me persuadas. Sería impropio de mí batirme en retirada o amedrentarme. Mis fuerzas aún siguen sin menoscabo. Desdeño subir al carro, y tal como estoy iré a encontrarlos pues Palas Atenea no me deja temblar. Sus ágiles corceles no los llevarán lejos de aquí, si es que alguno de aquellos puede escapar. Otra cosa voy a decir, que tendrás muy presente: Si la sabia Atenea me concede la gloria de matar a entrambos, sujeta estos veloces caballos, amarrando las bridas al barandal, y apodérate de los corceles de Eneas para sacarlos de los

---

[176] Hijo de Erictonio, rey de Frigia, fundador de Troya. Recibió de Zeus unas yeguas divinas cuando este arrebató a su hijo Ganimedes (Cfr. Homero. *Himno V, a Afrodita,* 200 y ss.). Sin embargo, estas no son los que conduce Eneas, sino dos de su prole (5.265-272).

teucros y traerlos a los aqueos de hermosas grebas; pues pertenecen a la raza de aquellos que el longividente Zeus dio a Tros en pago de su hijo Ganimedes, y son, por tanto, los mejores de cuantos viven debajo del sol y de la aurora. Anquises, rey de hombres, logró adquirir, a hurto, caballos de esta raza ayuntando yeguas con aquellos sin que Laomedonte lo advirtiera; naciéronle seis en el palacio, crió cuatro en su pesebre y dio esos dos a Eneas, que pone en fuga a sus enemigos. Si los cogiéramos, alcanzaríamos gloria no pequeña.

[vv. 5.274 y ss.] Así estos conversaban. Pronto Eneas y Pándaro, picando a los ágiles corceles, se les acercaron. Y el preclaro hijo de Licaón exclamó el primero:

[vv. 5.277 y ss.] —¡Corazón fuerte, hombre belicoso, hijo del ilustre Tideo! Ya que la veloz y dañosa flecha no te hizo sucumbir, voy a probar si te hiero con la lanza.

[vv. 5.280 y ss.] Dijo, y blandiendo la ingente arma, dio un bote en el escudo del Tidida: la broncínea punta atravesó la rodela y llegó muy cerca de la coraza. El preclaro hijo de Licaón, gritó en seguida:

[vv. 5.284 y ss.] —Atravesado tienes el ijar y no creo que resistas largo tiempo. Inmensa es la gloria que acabas de darme.

[vv. 5.286 y s.] Sin turbarse, le replicó el fuerte Diomedes: —Erraste el golpe, no has acertado: y creo que no dejaréis de combatir, hasta que uno de vosotros caiga y sacie de sangre a Ares, el infatigable luchador.

[vv. 5.290 y ss.] Dijo, y le arrojó la lanza, que, dirigida por Atenea a la nariz junto al ojo, atravesó los blancos dientes; el duro bronce cortó la punta de la lengua y apareció por debajo de la barba. Pándaro cayó del carro, sus lucientes y labradas armas resonaron, espantáronse los corceles de ágiles pies, y allí acabaron la vida y el valor del guerrero[177].

[vv. 5.297 y ss.] Saltó Eneas del carro con el escudo y la larga pica; y temiendo que los aqueos le quitaran el cadáver, defendíalo como un león que confía en su bravura: púsose delante del muerto, enhiesta la lanza y embrazado el liso escudo y profiriendo horribles gritos se

---

[177] De los tres disparos que hizo Pándaro, dos con el arco y uno con la lanza, ninguno acertó a dar muerte a su rival. El fallo de este último es mayor, no llega siquiera a herirlo y, perdida la oportunidad, muere aquel que quebrantó el juramento.

disponía a matar a quien se le opusiera. Mas el Tidida, cogiendo una gran piedra que dos de los actuales hombres no podrían llevar y que él manejaba fácilmente, hirió a Eneas en la articulación del isquión con el fémur que se llama *cótila*[178]; la áspera piedra rompió la cótila, desgarró ambos tendones y arrancó la piel. El héroe cayó de rodillas, apoyó la robusta mano en el suelo y la noche oscura cubrió sus ojos.

[vv. 5.311 y ss.] Y allí pereciera el rey de hombres Eneas, si no lo hubiese advertido su madre Afrodita, hija de Zeus, que lo había concebido de Anquises, pastor de bueyes. La diosa tendió sus níveos brazos al hijo amado y le cubrió con su doblez del refulgente manto, para defenderle de los tiros; no fuera que alguno de los dánaos, de ágiles corceles, clavándole el bronce en el pecho le quitara la vida.

[vv. 5.318 y ss.] Mientras Afrodita sacaba a Eneas de la liza, el hijo de Capaneo no echó en olvido las órdenes que le diera Diomedes, valiente en el combate: sujetó allí, separadamente de la refriega, sus solípedos caballos, amarrando las bridas al barandal; y apoderándose de los corceles, de lindas crines, de Eneas, hízolos pasar de los teucros a los aqueos de hermosas grebas y entregolos a Deipilo, el compañero a quien más honraba a causa de su prudencia, para que los llevara a las cóncavas naves. Acto continuo subió al carro, asió las lustrosas riendas y guió solícito hacia Diomedes los caballos de duros cascos. El héroe perseguía con el cruel bronce a Cipris [179], conociendo que era una deidad débil, no de aquellas que imperan en el combate de los hombres, como Atenea o Enio, asoladora de ciudades. Tan pronto como llegó a alcanzarla por entre la multitud, el hijo del magnánimo Tideo, calando la afilada pica, rasguñó la tierna mano de la diosa; la punta atravesó el peplo divino, obra de las mismas Cárites [180], y rompió la piel de la palma. Brotó la sangre divina, o por mejor decir, el *icor*; que tal es lo que tienen los bienaventurados dioses, pues no comen pan ni beben vino negro, y

---

[178] Claramente en este caso puede verse que, como señala Pfeiffer, en el nacimiento de la poesía griega los propios poetas eran los mismos "filólogos" y comentaristas de sus propias creaciones. Jugando con el lenguaje, y la música de las palabras y los versos, hacían más comprensible el canto para quienes los escuchaban (Cfr. Pfeiffer, Rudolf. *Historia de la Filología Clásica*, I. Madrid, Gredos, [1981]. p. 26).

[179] Afrodita recibe el nombre de Cipris porque había nacido de la espuma del mar en Chipre.

[180] Gracias.

por esto carecen de sangre y son llamados inmortales.[181] La diosa, dando una gran voz, apartó al hijo, que Febo Apolo recibió en sus brazos y envolvió en espesa nube; no fuera que alguno de los dánaos, de ágiles corceles, clavándole el bronce en el pecho, le quitara la vida. Y Diomedes valiente en el combate, dijo a voz en cuello:

[vv. 5.348 y ss.] —¡Hija de Zeus, retírate del combate y la pelea! ¿No te basta engañar a las débiles mujeres? Creo que si intervienes en la batalla te dará horror la guerra, aunque te encuentres a gran distancia de donde la haya.

[vv. 5.352 y ss.] Así se expresó. La diosa retrocedió turbada y afligida; Iris, de pies veloces como el viento, asiéndola por la mano, la sacó del tumulto[182] cuando ya el dolor la abrumaba y el hermoso cutis se ennegrecía[183]; y como aquella encontrara al furibundo Ares sentado a la izquierda de la batalla, con la lanza y los veloces caballos envueltos en una nube, se hincó de rodillas y pidiole con instancia los corceles de áureas bridas:

[vv. 5.359 y ss.] —¡Querido hermano! Compadécete de mi y dame los bridones para que pueda volver al Olimpo a la mansión de los inmortales. Me duele mucho la herida que me infirió un hombre, el Tidida, quien sería capaz de pelear con el padre Zeus.

[vv. 5.363 y ss.] Dijo, y Ares le cedió los corceles de áureas bridas. Afrodita subió al carro, con el corazón afligido; Iris se puso a su lado, y tomando las riendas avispó con el látigo a aquellos, que gozosos alzaron el vuelo. Pronto llegaron a la morada de los dioses, al alto Olimpo; y la diligente Iris, de pies ligeros como el viento, detuvo los caballos los desunció del carro y les echó un pasto divino. La diosa Afrodita se refugió en el regazo de su madre Dione; la cual, recibiéndola en los brazos y halagándola con la mano, le dijo:

---

[181] La comida de los dioses es la ἀμβροσία *(ambrosía)*; palabra donde se unen el prefijo privativo ἀμ- *(no)* y la palabra βροτός *(mortal)*, de manera que su significado literal es "inmortal". Este alimento les proporciona a los dioses la inmortalidad, pero no se da clara explicación de en qué consiste.

[182] Nueva intervención de Iris, más allá de sus funciones habituales como mensajera.

[183] El dolor, la pérdida del *icor* y, a causa de ello, el ennegrecimiento de la piel, son extraños para los dioses porque todos ellos son indicios de la mortalidad.

[vv. 5.373 y 374] —¿Cuál de los celestes dioses hija querida, de tal modo te maltrató, como si a su presencia hubieses cometido alguna falta?

[vv. 5.375 y ss.] Respondiole al punto la risueña Afrodita: —Hiriome el hijo de Tideo, Diomedes soberbio, porque sacaba de la liza a mi hijo Eneas carísimo para mí más que otro alguno. La enconada lucha ya no es solo de teucros y aqueos, pues los dánaos se atreven a combatir con los inmortales.

[vv. 5.381 y ss.] Contestó Dione divina entre las diosas: —Sufre el dolor, hija mía, y sopórtalo aunque estés afligida; que muchos de los moradores del Olimpo hemos tenido que tolerar ofensas de los hombres[184], a quienes excitamos para causarnos, unos dioses a otros, horribles males. Las toleró Ares, cuando Oto y el fornido Efialtes, hijos de Aloeo, le tuvieron trece meses atado con fuertes cadenas en una cárcel de bronce[185]: allí pereciera el dios insaciable de combate, si su madrastra, la bellísima Eribea, no lo hubiese participado a Hermes, quien sacó furtivamente de la cárcel a Ares casi exánime, pues las crueles ataduras le agobiaban. Las toleró Hera, cuando el valeroso hijo de Anfitrión[186] hiriola en el pecho diestro con trifurcada flecha; vehementísimo dolor atormentó entonces a la diosa. Y las toleró también el ingente Hades[187], cuando el mismo hijo de Zeus, que lleva la égida, disparándole en Pilos veloz saeta, lo entregó al dolor entre los muertos: con el corazón afligido, traspasado de dolor —pues la flecha se le había clavado en la robusta espalda y abatía su ánimo, —fue el dios al palacio de Zeus, al vasto

---

[184] En principio la pena a que se refiere Dione parece ser más moral que física, pero los relatos que siguen indican un sufrimiento físico.

[185] Oto y Efialtes eran dos gigantes hijos de Poseidón, que pasaron por ser hijos de Aloeo, y así fueron conocidos como los Alóadas. Llenos de soberbia y poder amenazaron con escalar el cielo para guerrear contra los dioses. Irritados contra Ares por haber provocado la muerte de Adonis, lo ataron y tuvieron encerrado en una vasija durante trece meses hasta que Hermes lo liberó. También intentaron violar a Hera y Artemisa, pero se dieron muerte el uno al otro por una estratagema de esta última (Apolodoro, *Biblioteca*, 1.7.4).

[186] Heracles, hijo bastardo de Anfitrión. En verdad es hijo de Zeus, el cual adoptando la apariencia de Anfitrión tuvo relaciones con su esposa Alcmena.

[187] Cuando Neleo se negó a purificar a Heracles por la muerte de Ífito, Heracles lo tomó como una afrenta. En venganza emprendió una guerra donde perecieron los hijos de Neleo tal como se relata en 11.690 y ss. Hera y Hades, que junto con Ares habían acudido en auxilio de Neleo, resultaron heridos en la contienda.

Olimpo, y, como no había nacido mortal, curole Peón, esparciendo sobre la herida drogas calmantes. ¡Osado! ¡Temerario! No se abstenía de cometer acciones nefandas y contristaba con el arco a los dioses que habitan el Olimpo.

[vv. 5.405 y ss.] —A ese le ha excitado contra ti Atenea, la diosa de los brillantes ojos.[188] ¡Insensato! ignora el hijo de Tideo que quien lucha con los inmortales, ni llega a viejo ni los hijos le reciben llamándole ¡papá! y abrazando sus rodillas de vuelta del combate y de la terrible pelea. Aunque es valiente, tema que le salga al encuentro alguien más fuerte que tú: no sea que luego la prudente Egialea, hija de Adrasto y cónyuge ilustre de Diomedes, domador de caballos, despierte con su llanto a los domésticos por sentir soledad de su legítimo esposo, el mejor de los aqueos todos.[189]

[vv. 5.416 y ss.] Dijo, y con ambas manos restañó el icor; curose la herida y los acerbos dolores se calmaron.[190] Atenea y Hera, que lo presenciaban, intentaron zaherir a Zeus Crónida con mordaces palabras; y la diosa de los brillantes ojos empezó a hablar de esta manera:

[vv. 5.421 y ss.] —¡Padre Zeus! ¿Te enfadarás conmigo por lo que diré? Sin duda Cipris quiso persuadir a alguna aquea de hermoso peplo a que se fuera con los troyanos, que tan queridos le son; y acariciándola, áureo broche le rasguñó la delicada mano.

[vv. 5.426 y s.] De este modo habló. Sonriose el padre de los hombres y de los dioses, y llamando a la dorada Afrodita, le dijo:

[vv. 5.428 y ss.] —A ti, hija mía, no te han sido asignadas las acciones bélicas: dedícate a los dulces trabajos del himeneo, y el impetuoso Ares y Atenea cuidarán de aquellas.

[vv. 5.431 y ss.] Así los dioses conversaban. Diomedes, valiente en el combate, cerró con Eneas, no obstante comprender que el mismo Apolo extendía la mano sobre él; pues impulsado por el deseo de acabar con el héroe y despojarle de las magníficas armas, ya ni al gran dios respetaba. Tres veces asaltó a Eneas con intención de

---

[188] 5.131 y s.

[189] Diomedes, es como un suplente de Aquiles (6.99), mientras aquel se queda en sus naves sin participar de los combates. Con furia, fuerza y arrojo bastante semejante, Diomedes produce estragos terribles en las filas de los teucros y vence a todos sus oponentes. Enfrentándose incluso con los dioses.

[190] A pesar del dolor no es nada más que un rasguño. Los dioses actúan como niños que acuden con su madre, para que los consuele cuando se lastiman.

matarle; tres veces agitó Apolo el refulgente escudo. Y cuando, semejante a un dios, atacaba por cuarta vez, Apolo, el que hiere de lejos, le increpó con aterradoras voces:[191]

|vv. 5.440 y ss.| —¡Tidida, piénsalo mejor y retírate! No quieras igualarte a las deidades, pues jamás fueron semejantes la raza de los inmortales dioses y la de los hombres que andan por la tierra.

|vv. 5.443 y ss.| Tal dijo. El Tidida retrocedió un poco para no atraerse la cólera de Apolo, el que hiere de lejos; y el dios, sacando a Eneas del combate, le llevó al templo que tenía en la sacra Pérgamo[192]: dentro de este, Leto y Artemisa, que se complace en tirar flechas, curaron al héroe y le aumentaron el vigor y la belleza del cuerpo. En tanto Apolo, que lleva arco de plata, formó un simulacro de Eneas y su armadura[193]; y alrededor del mismo, teucros y divinos aqueos

---

[191] La doble ocurrencia del número tres en los versos 5.436-37 es el primero de los nueve casos que se encuentran a lo largo de la *Ilíada* (los ocho restantes son: 8.169-70, 11.461-62, 16.702-03, 784-85, 18.155-57, 228-29, 20.445-46 y 21.176-77). Esta doble ocurrencia es un recurso formulario que, si bien mantiene constantes ciertas características generales, varía y se adapta en cada contexto; por ello consideramos cada caso por separado. Los tres intentos y los tres rechazos, al cabo de los cuales se estaría confirmando la imposibilidad de lograr el objetivo, constituyen el esquema básico de las diversas variantes. Pero aquí, como en algunos de los casos señalados (en: 11.704, 16.786, 20.447 y 21.177), el héroe pretende un cuarto intento. Entonces, con el cuarto, sobreviene la advertencia terminante o la muerte. En esta ocasión pareciera significar que el exceso ya no será pasado por alto y tendrá consecuencias; en realidad, como se verá más adelante, el cuarto intento tiene un valor definitorio, el cual debe ajustarse a lo que el destino tiene prefijado (sobre el sentido de terminación o acabamiento del cuarto término, véase la nota a 13.20).

[192] Cfr. 4.508, *n.*

[193] Todo este pasaje es muy curioso y sin paralelo en el resto de la obra. Tres dioses participan en esta escena, pero de la actividad que ellos despliegan no se ofrecen otros casos en la obra. La madre —Leto— y sus dos hijos —Artemisa y Apolo— serán quienes se ocupen del hijo de Afrodita. Las diosas se aplican a su restablecimiento, mientras Apolo se dedica a crear un simulacro del héroe para que no se note su ausencia en el combate. La presencia de las tres deidades en Pérgamo posiblemente tenga explicación en el hecho de que las tres deidades frecuentemente compartían un mismo templo. En cuanto a la atención de las heridas de Eneas, esta es de tipo sobrenatural. En algún aspecto semeja la escena anterior en que Atenea infundía fuerza y valor al herido Diomedes —aunque no se dice que lo curara; 5.121 y ss.— pero también guarda algunas similitudes con las transformaciones que Atenea opera con el héroe de la *Odisea*, donde el cambio de apariencia de Odiseo se basa en tres características del aspecto: la altura y robustez del cuerpo, la belleza de las formas y la grandeza de la apostura; como en este

chocaban los escudos de cuero de buey y los alados broqueles que protegían sus cuerpos. Y Apolo dijo entonces al furibundo Ares:

[vv. 5.455 y ss.] —¡Ares, Ares, funesto a los mortales, manchado de homicidios, demoledor de murallas! ¿Quieres entrar en la liza y sacar a ese hombre, al Tidida, que sería capaz de combatir hasta con el padre Zeus? Primero hirió a Cipris en el puño, y luego, semejante a un dios, cerró conmigo.

[vv. 5.460 y ss.] Cuando esto hubo dicho, sentose en la excelsa Pérgamo. El funesto Ares, tomando la figura del ágil Acamante, caudillo de los tracios, enardeció a los que militaban en las filas troyanas y exhortó a los ilustres hijos de Príamo:

[vv. 5.464 y ss.] —¡Hijos del rey Príamo, alumno de Zeus! ¿Hasta cuando dejaréis que el pueblo perezca a manos de los aqueos? ¿Acaso hasta que el enemigo llegue a las sólidas puertas de los muros? Yace en tierra un varón a quien honrábamos como al divino Héctor: Eneas, hijo del magnánimo Anquises. Ea, saquemos del tumulto al valiente amigo.

[vv. 5.470 y s.] Con estas palabras les excitó a todos el valor y la fuerza. A su vez, Sarpedón reprendía así al divino Héctor:

[vv. 5.472 y ss.] —¡Héctor! ¿Qué se hizo del valor que antes mostrabas? Dijiste que defenderías la ciudad sin tropas ni aliados, solo, con tus hermanos y tus deudos. De estos a ninguno veo ni descubrir puedo: temblando están como perros en torno de un león, mientras combatimos los que únicamente somos auxiliares. Yo, que figuro como tal, he venido de muy lejos, de la Licia, situada a orillas del voraginoso Janto; allí dejé a mi esposa amada, al tierno infante y riquezas muchas que el menesteroso apetece. Mas, Sin embargo, de

---

caso, el cambio que se realiza asemejándolo a los inmortales (*Cfr.* Míguez Barciela, A., "Hacia una interpretación de la *Odisea* (II)" en: *Laguna*, XXXIII, Univ. de La Laguna, 2013, p. 10 y ss.). en la *Odisea* esto se aprecia con pocas variantes en tres ocasiones: 6.229 y ss., 16.172 y ss., y 23.157 y s. En cuanto a la creación del simulacro de Eneas, como un sustituto para que no se note su ausencia en el combate, el hecho guarda alguna similitud con la treta usada por Apolo para distraer a Aquiles en 21.599 y ss.; sin embargo, en el caso del simulacro de Eneas, este no parece que sea el propio dios sino meramente un Eneas "alternativo", lo cual es mucho más original. Algo similar, aunque muy anterior, a lo que cuenta esa versión de la Leyenda Troyana recogida —entre otros— por Eurípides (*Helena*, 582 y ss.) de que Helena había sido sustituida por un simulacro suyo durante su estancia en Troya, mientras ella estaba, en realidad, en Egipto.

esto y de no tener aquí nada que los aqueos puedan llevarse o apresar, animo a los licios y deseo luchar con ese guerrero, y tú estás parado y ni siquiera exhortas a los demás hombres a que resistan al enemigo y defiendan a sus esposas. No sea que, como si hubierais caído en una red de lino que todo lo envuelve, lleguéis a ser presa y botín de los enemigos, y estos destruyan vuestra populosa ciudad. Preciso es que te ocupes en ello día y noche, y supliques a los caudillos de los auxiliares venidos de lejanas tierras, que resistan firmemente y no se hagan acreedores a graves censuras.

[vv. 5.493 y ss.] Así habló Sarpedón. Sus palabras royéronle el ánimo a Héctor, que saltó del carro al suelo, sin dejar las armas; y blandiendo un par de afiladas picas, recorrió el ejército, animole a combatir y promovió una terrible pelea. Los teucros volvieron la cara a los aqueos para embestirlos, y los argivos sostuvieron apiñados la acometida y no se arredraron. Como en el abaleo, cuando la rubia Deméter[194] separa el grano de la paja al soplo del viento, el aire lleva el tamo por las sagradas eras y los montones de paja blanquean; del mismo modo los aqueos se tornaban blanquecinos por el polvo que levantaban hasta el cielo de bronce los corceles de cuantos volvían a encontrarse en la refriega. Los aurigas guiaban los caballos al combate y los guerreros acometían de frente con toda la fuerza de sus brazos. El furibundo Ares cubrió el campo de espesa niebla para socorrer a los teucros y a todas partes iba; cumpliendo así el encargo que le hizo Febo Apolo, el de la áurea espada, de que excitara el ánimo de aquellos, cuando vio que Atenea, la protectora de los dánaos, se ausentaba.

[vv. 5.512 y ss.] El dios sacó a Eneas del suntuoso templo; e infundiendo valor al pastor de hombres, le dejó entre sus compañeros, que se alegraron de verle vivo, sano y revestido de valor; pero no le preguntaron nada, porque no se lo permitía el combate suscitado por el dios del arco de plata, por Ares, funesto a los mortales, y por la Discordia, cuyo furor es insaciable.

---

[194] En la *Ilíada* Deméter es solamente mencionada pero no tiene ninguna aparición activa. Probablemente esto se deba a que ella es un resabio de la religión matriarcal, arcaica, oscura y mistérica, de origen rural y campesino, que fuera desplazada y a su vez asimilada por la luminosa religión patriarcal, olímpica, de origen guerrero y regio, que conquistó toda esa región mediterránea. Sobre este tema, al cual nos hemos referido brevemente en la *Introducción*, véase: Otto, W., "Religión y mito en la edad primitiva", en su obra: *Los dioses de Grecia*. Buenos Aires, Eudeba, 1976. pp. 9-29.

[vv. 5.519 y ss.] Ambos Ayaces, Odiseo y Diomedes enardecían a los dánaos en la pelea; y estos en vez de atemorizarse ante la fuerza y las voces de los teucros, aguardábanlos tan firmes como las nubes que Zeus deja inmóviles en las cimas de los montes durante la calma, cuando duermen el Bóreas y demás vientos fuertes que con sonoro soplo disipan los pardos nubarrones; tan firmemente esperaban los dánaos a los teucros, sin pensar en la fuga. El Atrida bullía entre la muchedumbre y a todos exhortaba:

[vv. 5.529 y ss.] —¡Oh amigos! ¡Sed hombres, mostrad que tenéis un corazón esforzado y avergonzaos de parecer cobardes en el duro combate! De los que sienten este temor, son más los que se salvan que los que mueren; los que huyen, ni gloria alcanzan ni entre sí se ayudan.

[vv. 5.533 y ss.] Dijo, y despidiendo con ligereza el dardo, hirió al caudillo Deicoonte Pergásida, compañero del magnánimo Eneas; a quien veneraban los troyanos como a la prole de Príamo, por su arrojo en pelear en las primeras filas. El rey Agamenón acertó a darle un bote en el escudo, que no logró detener el dardo; este lo atravesó, y rasgando el cinturón, clavose en el vientre del guerrero. Deicoonte cayó con estrépito y sus armas resonaron.

[vv. 5.541 y ss.] Eneas mató a dos hijos de Diocles, Cretón y Orsíloco, varones valentísimos cuyo padre vivía en la bien construida Feras, abastado de bienes, y era descendiente del anchuroso Alfeo, que riega el país de los pilios. El Alfeo engendró a Orsíloco, que reinó sobre muchos hombres; Orsíloco fue padre del magnánimo Diocles y de este nacieron los dos mellizos, Cretón y Orsíloco, diestros en toda especie de combates; quienes, apenas llegados a la juventud, fueron en negras naves y junto con los argivos a Troya, para vengar a los Atridas Agamenón y Menelao, y allí la muerte los cubrió con su manto. Como dos leones criados por su madre en la espesa selva de la cumbre de un monte, devastan los establos, robando bueyes y pingües ovejas, hasta que los hombres los matan con el afilado bronce; del mismo modo, aquellos, que parecían altos abetos, cayeron vencidos por Eneas.

[vv. 5.561 y ss.] Al verlos derribados en el suelo, condoliose Menelao, caro a Ares, y en seguida, revestido de luciente bronce y blandiendo la lanza, se abrió camino por las primeras filas: Ares le excitaba el valor para que sucumbiera a manos de Eneas. Pero Antíloco, hijo del magnánimo Néstor, que lo advirtió, se fue en pos del pastor de hombres temiendo que le ocurriera algo y les frustrara la empresa. Cuando los dos guerreros, deseosos de pelear, calaban las agudas lanzas para acometerse, colocose Antíloco al lado del pastor de hombres; Eneas, aunque era luchador brioso, no se atrevió a esperarlos; y ellos pudieron llevarse los cadáveres de aquellos infelices, ponerlos en las manos de sus amigos y volver a combatir en el punto más avanzado.

[vv. 5.576 y ss.] Entonces mataron a Pilémenes, igual a Ares, caudillo de los ardidos paflagones que de escudos van armados: el Atrida Menelao, famoso por su pica, envasole la lanza junto a la clavícula. Antíloco hirió de una pedrada en el codo al valiente escudero Midón Atimníada, cuando este revolvía los solípedos caballos —las ebúrneas riendas vinieron de sus manos al polvo—, y acometiéndole con la espada, le dio un tajo en las sienes. Midón, anhelante, cayó del carro; hundiose su cabeza con el cuello y parte de los hombros en la arena que allí abundaba, y así permaneció un buen espacio hasta que los corceles, pataleando, lo tiraron al suelo[195]; Antíloco se apoderó del carro, picó a los corceles, y se los llevó al campamento aqueo.

[vv. 5.590 y ss.] Héctor atisbó a los dos guerreros en las filas; arremetió a ellos, gritando, y le siguieron las fuertes falanges troyanas que capitaneaban Ares y la venerable Enio; esta promovía el horrible tumulto de la pelea[196]; Ares manejaba una lanza enorme, y ya precedía a Héctor, ya marchaba detrás del mismo.

[vv. 5.596 y ss.] Al verle, estremeciose Diomedes, valiente en el combate. Como el inexperto viajero, después que ha atravesado una gran llanura, se detiene al llegar a un río de rápida corriente que desemboca en el mar, percibe el murmullo de las espumosas aguas y vuelve con presteza atrás; de semejante modo retrocedió el hijo de Tideo, gritando a los suyos:

---

[195] La muerte de Midón plantea alguna dificultad: parece que al morir la parte inferior de su cuerpo permanece encima del carro, pero el resto —parte de su torso, los hombros y su cabeza—, quedan, parcialmente, colgando o sumergidas en la arena, que, según se aclara, es mucha. El problema es que si la arena fuera tanta y tan suelta como para que la cabeza se hundiera y la cubriera hasta los hombros inclusive, el carro no podría avanzar y sus ruedas quedarían atrapadas. Sin embargo, al inquietarse los caballos ponen en movimiento el carro y entonces, la parte de su cuerpo que permanecía sobre él, termina cayendo en la arena.

[196] Esta, ya mencionada en 333, es la sangrienta diosa del horror de la destrucción, la conquista y la guerra, también conocida como la "asoladora de ciudades". Aquí, sin embargo, parece que Homero la confunde con Eris, la Discordia, ya que, actuando conjuntamente con Ares, es provocadora del tumulto.

[vv. 5.601 y ss.] —¡Oh amigos! ¿Cómo nos admiramos de que el divino Héctor sea hábil lancero y audaz luchador? A su lado hay siempre alguna deidad para librarle de la muerte, y ahora es Ares, transfigurado en mortal, quien le acompaña. Emprended la retirada, con la cara vuelta hacia los teucros, y no queráis combatir denodadamente con los dioses.

[vv. 5.607 y ss.] De esta manera habló. Los teucros llegaron muy cerca de ellos, y Héctor mató a dos varones diestros en la pelea que iban en un mismo carro: Menestes y Anquíalo.

[vv. 5.610 y ss.] Al verlos derribados por el suelo, compadeciose el gran Áyax Telamonio; y deteniéndose muy cerca del enemigo, arrojó la pica reluciente a Anfio, hijo de Selago, que moraba en Peso, era riquísimo en bienes y sembrados, y había ido —impulsábale el hado— a ayudar a Príamo y sus hijos. Áyax Telamonio acertó a darle en el cinturón, la larga pica se clavó en el bajo vientre, y el guerrero cayó con estrépito. Corrió el esclarecido Áyax a despojarle de las armas —los teucros hicieron llover sobre el héroe agudos relucientes dardos, de los cuales recibió muchos el escudo—, y poniendo el pie encima del cadáver, arrancó la broncínea lanza; pero no pudo quitarle de los hombros la magnífica armadura, porque estaba abrumado por los tiros. Temió verse encerrado dentro de un fuerte círculo por los arrogantes teucros, que en gran número y con valentía le enderezaban sus lanzas; y aunque era corpulento, vigoroso e ilustre, fue rechazado y hubo de retroceder.

[vv. 5.627 y ss.] Así se portaban estos en el duro combate. El hado poderoso llevó contra Sarpedón, igual a un dios, a Tlepólemo Heraclida, valiente y de gran estatura. Cuando ambos héroes, hijo y nieto de Zeus, que amontona las nubes, se hallaron frente a frente, Tlepólemo fue el primero en hablar y dijo:

[vv. 5.633 y ss.] —¡Sarpedón, príncipe de los licios! ¿Qué necesidad tienes, no estando ejercitado en la guerra, de venir a temblar? Mienten cuantos afirman que eres hijo de Zeus, que lleva la égida, pues desmereces mucho de los varones engendrados en tiempos anteriores por este dios, como dicen que fue mi intrépido padre, el fornido Heracles, de corazón de león, el cual, habiendo venido por los caballos de Laomedonte, con seis solas naves y pocos hombres, consiguió saquear la ciudad y despoblar sus calles.[197] Pero tú eres de

---

[197] Se hace breve referencia a la leyenda según la cual Laomedonte, padre de Príamo, habiendo contratado a Poseidón y Apolo para levantar las murallas de

95

ánimo apocado, dejas que las tropas perezcan, y no creo que tu venida de la Licia sirva para la defensa de los troyanos por muy vigoroso que seas; pues vencido por mí, entrarás por las puertas del Hades.

[vv. 5.647 y ss.] Respondiole Sarpedón, caudillo de los licios: — ¡Tlepólemo! Aquel destruyó, con efecto, la sacra Ilión a causa de la perfidia del ilustre Laomedonte, que pagó con injuriosas palabras sus beneficios y no quiso entregarle los caballos por los que viniera de tan lejos. Pero yo te digo que la perdición y la negra muerte de mi mano te vendrán[198]; y muriendo, herido por mi lanza, me darás gloria, y a Hades el de los famosos corceles, el alma.

[vv. 5.655 y ss.] Así dijo Sarpedón y Tlepólemo alzó la lanza de fresno. Las luengas lanzas partieron a un mismo tiempo de las manos. Sarpedón hirió a Tlepólemo: la dañosa punta atravesó el cuello, y las tinieblas de la noche velaron los ojos del guerrero. Tlepólemo dio con su gran lanza en el muslo derecho de Sarpedón: el bronce penetró con ímpetu hasta el hueso, pero todavía Zeus libró a su hijo de la muerte.

[vv. 5.663 y ss.] Los ilustres compañeros de Sarpedón, igual a un dios, sacáronle del combate, con la gran lanza que, al arrastrarse, le pesaba; pues con la prisa nadie advirtió la lanza de fresno, ni pensó en arrancársela del muslo, para que aquel pudiera subir al carro. Tanta era la fatiga con que le cuidaban.

[vv. 5.668 y ss.] A su vez, los aqueos de hermosas grebas, se llevaron del campo a Tlepólemo. El divino Odiseo de ánimo paciente, violo,

---

Troya, luego se había negado a pagarles lo estipulado. Los dioses para vengarse hicieron surgir un monstruo marino que asolaba la región. Un oráculo predijo que esto cesaría cuando Laomedonte sacrificase a su hija Hesíone ofreciéndola para que el monstruo la devorase. Cumpliendo con el oráculo, Laomedonte encadenó a su hija a una roca de la costa. Por allí pasaba Heracles y al ver la situación ofreció su ayuda. En pago por eliminar al monstruo pidió las divinas yeguas que Zeus había entregado por Ganimedes. Laomedonte se comprometió a dárselas, y Heracles acabó con el monstruo luego de tres días de combate. Al cabo de ellos la recompensa le fue negada, y Heracles se marchó con la amenaza de regresar y asolar Troya. El relato homérico recuerda el saqueo realizado en cumplimiento de aquella amenaza. (Cfr. Apolodoro, *Bibl.*, 2.9.3; Higino, *Fab.*, 89; Diodoro Sículo, 4.32).

[198] En este desafío se enfrentan dos combatientes cuyo linaje se remonta al rey del Olimpo. Sarpedón es hijo de Zeus, en tanto que Tlepólemo, al ser hijo de Heracles, es nieto de Zeus.

sintió que se le enardecía el corazón, y revolvió en su mente y en su espíritu si debía perseguir al hijo de Zeus tonante o privar de la vida a muchos licios. No le había concedido el hado matar con el agudo bronce al esforzado hijo de Zeus y por esto Atenea le inspiró que acometiera a los licios. Mató entonces a Cérano, Alástor, Cromio, Alcandro, Halio, Noemón y Prítanis, y aun a más licios hiciera morir el divino Odiseo, si no lo hubiese notado el gran Héctor, de tremolante casco; el cual, cubierto de luciente bronce, se abrió calle por los combatientes delanteros e infundió terror a los dánaos. Holgose de su llegada Sarpedón, hijo de Zeus, y profirió estas lastimeras palabras:

[vv. 5.684 y ss.] —¡Priámida! No permitas que yo, tendido en el suelo, llegue a ser presa de los dánaos; socórreme y pierda la vida en vuestra ciudad, ya que no he de alegrar, volviendo a mi casa y a la patria tierra, ni a mi esposa querida ni al tierno infante.

[vv. 5.689 y ss.] De esta suerte habló. Héctor, de tremolante casco, pasó corriendo, sin responderle, porque ardía en deseos de rechazar cuanto antes a los argivos y quitar la vida a muchos guerreros. Los ilustres camaradas de Sarpedón, igual a un dios, lleváronle al pie de una hermosa encina consagrada a Zeus, que lleva la égida; y el valeroso Pelagonte, su compañero amado, le arrancó la lanza de fresno. Amortecido quedó el héroe y oscura niebla cubrió sus ojos; pero pronto volvió en su acuerdo, porque el soplo del Bóreas le reanimó cuando ya apenas respirar podía. [199]

[vv. 5.699 y ss.] Los argivos, al acometerlos Ares y Héctor armado de bronce, ni se volvían hacia las negras naves, ni rechazaban el ataque, sino que se batían en retirada desde que supieron que aquel dios se hallaba con los teucros.

[vv. 5.703 y ss.] ¿Cuál fue el primero, y cuál el último de los que entonces mataron Héctor, hijo de Príamo, y el férreo Ares? Teutrante, igual a un dios; Orestes, aguijador de caballos; Treco, lancero etolo; Enomao; Heleno Enópida y Oresbio, de tremolante mitra; quien, muy ocupado en cuidar de sus bienes, moraba en Hila,

---

[199] Mientras que el fresno se relaciona con la dolorosa herida, la encina le proporciona la sombra de un reposo agradable. Pero la frescura del viento del norte es la que le levanta el ánimo e impide que muera. Al mencionarse que la encina está consagrada a Zeus, se hace también referencia a la protección que el rey del Olimpo extiende sobre su hijo Sarpedón.

a orillas del lago Cefisis, con otros beocios que constituían un opulento pueblo.

[vv. 5.711 y ss.] Cuando Hera, la diosa de los níveos brazos, vio que ambos mataban a muchos argivos en el duro combate, dijo a Atenea estas aladas palabras[200]:

[vv. 5.714 y ss.] —¡Oh dioses! ¡Hija de Zeus, que lleva la égida! ¡Indómita deidad! Vana será la promesa que hicimos a Menelao[201] de que no se iría sin destruir la bien murada Ilión si dejamos que el pernicioso Ares ejerza sus furores. Ea, pensemos en prestar al héroe poderoso auxilio.

[vv. 5.719 y ss.] Dijo, y Atenea, la diosa de los brillantes ojos, no desobedeció. Hera, deidad veneranda, hija del gran Cronos, aparejó los corceles con sus áureas bridas, y Hebe puso diligentemente en el férreo eje, a ambos lados del carro, las corvas ruedas de bronce que tenían ocho rayos. Era de oro la indestructible pina, de bronce las ajustadas admirables llantas, y de plata los torneados cubos. El asiento descansaba sobre tiras de oro y de plata, y un doble barandal circundaba el carro. Por delante salía argéntea lanza, en cuya punta ató la diosa un yugo de oro con bridas de oro también[202]; y Hera, que anhelaba el combate y la pelea, unció los corceles de pies ligeros.

[vv. 5.733 y ss.] Atenea, hija de Zeus, que lleva la égida, dejó caer al suelo el hermoso peplo bordado que ella misma tejiera y labrara con sus manos, vistió la coraza de Zeus, que amontona las nubes, y se armó para la luctuosa guerra. Suspendió de sus hombros la espantosa

---

[200] En tanto que Odiseo ha dado muerte en rápida serie a siete licios antes de que Héctor reaccionase, este último, al irrumpir con Ares en las primeras filas, mata a seis aqueos, antes de que Hera lo note e inste a los dioses para detenerlo. De este modo las escenas se construyen con una cierta simetría, aunque se da alguna preeminencia al bando aqueo.

[201] No se sabe nada sobre este asunto, y no se encuentran otras referencias en la obra. Leaf opina que pudiera referirse a algún detalle, hoy desconocido, de la historia del juicio de Paris (Cfr. *The Iliad*, vol. I, 2nd. ed., London - N. York, Macmillan, 1900, p. 241, 715n).

[202] A diferencia del carro humano, el de los dioses está todo construido de metales preciosos, incluso las partes que habitualmente son de madera, como las llantas y el piso, o de cuero, como las riendas. Las ruedas se dice que tienen ocho radios, a pesar de que las representaciones más antiguas las muestran habitualmente con cuatro. El doble barandal situado por delante y a los lados impedía que tanto el auriga, como el guerrero que lo acompañaba, cayeran del carro en movimiento (Cfr. Leaf, W. *Companion to the Iliad*, London, Macmillan, 1892, p. 126).

égida floqueada que el terror corona: allí están la Discordia, la Fuerza y la Persecución horrenda; allí la cabeza de la Medusa, monstruo cruel y horripilante, portento de Zeus que lleva la égida. Cubrió su cabeza con áureo casco de doble cimera y cuatro abolladuras, apto para resistir a la infantería de cien ciudades[203]. Y subiendo al flamante carro, asió la lanza poderosa, larga, fornida, con que la hija del prepotente padre destruye filas enteras de héroes cuando contra ellos monta en cólera. Hera picó con el látigo a los bridones[204], y abriéronse de propio impulso, rechinando, las puertas del cielo, de que cuidan las Horas —a ellas está confiado el espacioso cielo y el Olimpo— para remover o colocar delante la densa nube. Por allí, a través de las puertas, dirigieron los corceles dóciles al látigo y hallaron al Crónida, sentado aparte de los otros dioses, en la más alta de las muchas cumbres del Olimpo. Hera, la diosa de los níveos brazos, detuvo entonces los corceles, para hacer esta pregunta al excelso Zeus Crónida:

[vv. 5.757 y ss.] —¡Padre Zeus! ¿No te indignas contra Ares al presenciar sus atroces hechos? ¡Cuántos y cuáles varones aqueos ha hecho perecer temeraria e injustamente! Yo me aflijo, y Cipris y Apolo, que lleva el arco de plata, se alegran de haber excitado a ese loco que no conoce ley alguna. Padre Zeus, ¿te enfadarás conmigo si a Ares le ahuyento del combate causándole graves heridas?[205]

[vv. 5.764 y ss.] Respondiole Zeus, que amontona las nubes: —Ea, aguija contra él a Atenea, que impera en las batallas, pues es quien suele causarle más vivos dolores.

[vv. 5.767 y ss.] Así se expresó. Hera, la diosa de los níveos brazos, obedeciole y picó a los corceles, que volaron gozosos entre la tierra y el estrellado cielo. Cuanto espacio alcanza a ver el que sentado en alta cumbre fija sus ojos en el vinoso ponto, otro tanto salvan de un

---

[203] Atenea viste la coraza de Zeus y también su escudo. De modo que nos presenta una nueva descripción de la égida, que completa la muy breve mención que se hiciera en 2.447-49. Notoriamente el número cien vuelve a aparecer en el contexto de su descripción, vinculado en esta ocasión con el número indefinido —el de cada eventual infantería— que le produce, como en el caso anterior, un efecto multiplicador de gran magnitud.

[204] Hera cumple el rol de auriga —volcado sobre la dirección y la planificación—, y Atenea, el del guerrero —ocupado en la acción directa sobre su exterior.

[205] Tal como adelantáramos en la nota anterior Hera cumple la función planificadora, de la cual Atenea será la ejecutora. Notablemente la elección de Zeus coincide con la de su esposa.

brinco los caballos, de sonoros relinchos, de los dioses. Tan luego como ambas deidades llegaron a Troya, Hera paró el carro en el lugar donde el Símois y el Escamandro juntan sus aguas; desunció los corceles, cubriolos de espesa niebla, y el Símois hizo nacer la ambrosía para que pacieran. [206]

[vv. 5.778 y ss.] Las diosas empezaron a andar, semejantes en el paso a tímidas palomas, impacientes por socorrer a los argivos[207]. Cuando llegaron al sitio donde estaba el fuerte Diomedes, domador de caballos, con los más y mejores de los adalides, que parecían carniceros leones o puercos monteses, cuya fuerza es grande, se detuvieron; y Hera, la diosa de los níveos brazos, tomando el aspecto del magnánimo Esténtor, que tenía vozarrón de bronce y gritaba tanto como cincuenta, exclamó:

[vv. 5.787 y ss.] —¡Qué vergüenza, argivos, hombres sin dignidad, admirables solo por la figura! Mientras el divino Aquiles asistía a las batallas, los teucros, amedrentados por su formidable pica, no pasaban de las puertas Dardanias, [208] y ahora combaten lejos de la ciudad, junto a las cóncavas naves.

[vv. 5.792 y ss.] Con tales palabras les excitó a todos el valor y la fuerza. Atenea, la diosa de los brillantes ojos, fue en busca del hijo de Tideo y le halló junto a su carro y sus corceles, refrescando la herida que Pándaro con una flecha le causara. El sudor le molestaba debajo de la abrazadera del redondo escudo, cuyo peso sentía el héroe; y alzando este con su cansada mano la correa, se enjugaba la ennegrecida sangre. La diosa apoyó la diestra en el yugo de los caballos y dijo:

---

[206] Como se trata de caballos inmortales ellos también requieren alimento de inmortalidad o ambrosía. Lo curioso es que el Símois tiene la capacidad para producirla. Probablemente porque los ríos también son dioses.

[207] Más curioso aún es que las diosas utilicen su carro simplemente para bajar del Olimpo y llegar a Troya, para después dejar el carro y dirigirse a pie "andando como tímidas palomas" hasta el sitio donde se realiza la batalla, sobre todo cuando además se nos aclara que su ánimo está inquieto por la suerte de los argivos. Cuesta mucho encontrar sentido a esta actitud, a menos que Homero pensara que los carros de guerra eran más útiles para conducir a los guerreros hasta el campo de batalla que para pelear desde ellos; dado que, en la refriega, si los enemigos que lograban matar a sus ocupantes, podrían llegar a adueñarse del carro y los caballos.

[208] Aristarco pensaba que este era otro nombre que se daba a las puertas Esceas, por donde los troyanos accedían directamente al campo de batalla.

[vv. 5.800 y ss.] —¡Cuán poco se parece a su padre el hijo de Tideo! Era este de pequeña estatura, pero belicoso. Y aunque no le dejase combatir ni señalase —como en la ocasión en que habiendo ido por embajador a Tebas, se encontró lejos de los suyos entre multitud de cadmeos y le di orden de que banqueteara tranquilo en el palacio—, conservaba siempre su espíritu valeroso; y desafiando a los jóvenes cadmeos, los vencía fácilmente en toda clase de luchas. ¡De tal modo le protegía! Ahora es a ti a quien asisto y defiendo, exhortándote a pelear animosamente con los teucros[209]. Mas, o el excesivo trabajo de la guerra ha fatigado tus miembros, o te domina el exánime terror. No, tú no eres hijo del aguerrido Tideo Enida.

[vv. 5.814 y ss.] Respondiole el fuerte Diomedes: —Te conozco, oh diosa, hija de Zeus, que lleva la égida. Por esto te hablaré gustoso, sin ocultarte nada. No me domina el exánime terror ni flojedad alguna; pero recuerdo todavía las órdenes que me diste. No me dejabas combatir con los bienaventurados dioses; pero si Afrodita, hija de Zeus, se presentara en la pelea, debía herirla con el agudo bronce. Pues bien: ahora retrocedo y he mandado que los argivos se replieguen aquí, porque comprendo que Ares impera en la batalla.

[vv. 5.825 y ss.] Contestó Atenea, la diosa de los brillantes ojos: — ¡Diomedes Tidida, carísimo a mi corazón! No temas a Ares ni a ninguno de los inmortales: tanto te voy a ayudar. Ea, endereza los solípedos caballos a Ares, hiérele de cerca y no respetes al furibundo dios, a ese loco voluble y nacido para dañar, que a Hera y a mí nos prometió combatir contra los teucros en favor de los argivos y ahora está con aquellos y de sus palabras se ha olvidado.

[vv. 5.835 y ss.] Apenas hubo dicho estas palabras, asió de la mano a Esténelo, que saltó diligente del carro a tierra. Subió la enardecida diosa, colocándose al lado de Diomedes, y el eje de encina recrujió[210] porque llevaba a una diosa terrible y a un varón fortísimo.

---

[209] Por tercera vez en la misma rapsodia Atenea le da fuerzas a Diomedes, instándolo al combate.

[210] Los dioses homéricos aparecen con cuerpos más fuertes, de mayor estatura y más bellos que los de los hombres. Pesan más, como si la realidad que los constituye fuera "más real" que la de los mortales, y los hombres, comparados con los dioses, fueran apenas débiles sombras de la vida inmortal. Diomedes, a su vez, en ese momento goza de una suerte de participación en esa realidad superior que le infunde Atenea. Por esta razón Homero dice que el eje del carro cruje bajo el peso de la diosa y del héroe.

101

Palas Atenea, habiendo recogido el látigo y las riendas [211], guió los solípedos caballos hacia Ares; el cual quitaba la vida al gigantesco Perifante, preclaro hijo de Oquesio y el más valiente de los etolos. A tal varón mataba Ares, manchado de homicidios. Y Atenea se puso el casco de Hades[212], para que el furibundo dios no la conociera.

[vv. 5.846 y ss.] Cuando Ares, funesto a los mortales, los vio venir, dejando al gigantesco Perifante tendido donde lo matara, se encaminó hacia el divino Diomedes, domador de caballos. Al hallarse a corta distancia, Ares, que deseaba acabar con Diomedes, le dirigió la broncínea lanza por encima del yugo y las riendas; pero Atenea, cogiéndola y alejándola del carro, hizo que aquel diera el golpe en vano. A su vez Diomedes, valiente en el combate, atacó a Ares con la broncínea pica, y Palas Atenea, apuntándola a la ijada del Dios, donde el cinturón le ceñía, hiriole, desgarró el hermoso cutis y retiró el arma. El férreo Ares clamó como gritarían nueve o diez mil hombres que en la guerra llegaran a las manos; y temblaron, amedrentados, aqueos y teucros. ¡Tan fuerte bramó Ares, insaciable de combate!

[vv. 5.864 y ss.] Cual vapor sombrío que se desprende de las nubes por la acción de un impetuoso viento abrasador, tal le parecía a Diomedes Tidida el férreo Ares cuando, cubierto de niebla, se dirigía al anchuroso cielo. El dios llegó en seguida al alto Olimpo, mansión de las deidades; se sentó, con el corazón afligido, a la vera del Zeus Crónida; mostró la sangre inmortal que manaba de la herida, y suspirando dijo estas aladas palabras:

[vv. 5.872 y ss.] —¡Padre Zeus! ¿No te indignas al presenciar tan atroces hechos? Siempre los dioses hemos padecido males horribles

---

[211] Aquí, ya interviniendo directamente en el combate, la diosa ocupa la posición del auriga. Con este cambio ella es la que asume la responsabilidad de la planificación de la acción. En una parte del poema épico hindú *Mahabarata,* conocida como *Bhagavad-Gita,* también la divinidad (en ese caso Krishna) adopta la posición de "auriga" o conductor del carro, junto al guerrero Arjuna, lo que ha dado mucho que hablar acerca del valor simbólico de la función o rol que cumplen ambos personajes. En sus versos se debate sobre el dilema moral y la responsabilidad de la función guerrera.

[212] Aliados con Zeus, los Cíclopes hicieron un arma para cada uno de los tres hermanos hijos de Cronos. A Zeus le entregaron el rayo, a Poseidón el tridente y a Hades el casco. Este casco hacía invisible a quien lo portase. Así lo utilizó Perseo para matar a la Medusa. Es el equivalente de la *tarnkappe* o capa de la invisibilidad de las leyendas germánicas.

que recíprocamente nos causamos para complacer a los hombres; pero todos estamos airados contigo, porque engendraste una hija loca, funesta, que solo se ocupa en acciones inicuas. Cuantos dioses hay en el Olimpo te obedecen y acatan; pero a ella no la sujetas con palabras ni con obras, sino que la instigas, por ser tú el padre de esa hija perniciosa que ha movido al insolente Diomedes, hijo de Tideo, a combatir, en su furia, con los inmortales dioses. Primero hirió a Cipris en el puño, y después, cual si fuese un dios, arremetió contra mí. Si no llegan a salvarme mis ligeros pies, hubiera tenido que sufrir horrores entre espantosos montones de cadáveres, o quedar inválido, aunque vivo, a causa de las heridas que me hiciera el bronce.

[vv. 5.888 y ss.] Mirándole con torva faz, respondió Zeus, que amontona las nubes: —¡Inconstante! No te lamentes, sentado a mi vera, pues me eres más odioso que ningún otro de los dioses del Olimpo. Siempre te han gustado las riñas, luchas y peleas, y tienes el espíritu soberbio, que nunca cede, de tu madre Hera, a quien apenas puedo dominar con mis palabras. Creo que cuanto te ha ocurrido, lo debes a sus consejos. Pero no permitiré que los dolores te atormenten, porque eres de mi linaje y para mí te parió tu madre. Si, siendo tan perverso, hubieses nacido de algún otro dios, tiempo ha que estarías en un abismo más profundo que el de los hijos de Urano[213].

[vv. 5.899 y ss.] Dijo, y mandó a Peón que lo curara. Este le sanó, aplicándole drogas calmantes; que nada mortal en él había. Como el jugo cuaja la blanca y líquida leche cuando se le mueve rápidamente con ella; con igual presteza curó aquel al furibundo Ares, a quien Hebe lavó y puso magníficas vestiduras. Y el dios se sentó al lado del Zeus Crónida, ufano de su gloria.

[vv. 6.907 y ss.] Hera argiva y Atenea alalcomenia regresaron también al palacio del gran Zeus, cuando hubieron conseguido que Ares, funesto a los mortales, de matar hombres se abstuviera.

---

[213] Los titanes que fueron encerrados en el Tártaro y allí se hallan suspendidos (Tzetzes, *Hom.*, 280)

RAPSODIA VI

COLOQUIO DE HÉCTOR Y ANDRÓMACA

Las hazañas de Diomedes continúan. Sólo respeta la vida de Glauco, cuando ambos se reconocen como antiguos huéspedes. Héctor abandona el combate. Va a Troya para ordenar a las mujeres que conciten el favor de la diosa Atenea con oraciones y ofrendas. A continuación, pasa por el palacio de Alejandro y lo reconviene por haber abandonado el combate. Antes de regresar al campo de batalla se encuentra con su esposa Andrómaca, que lleva en sus brazos a su hijo, aún muy pequeño, y se produce una conmovedora escena familiar.

[vv. 6.1 y ss.] Quedaron solos en la batalla horrenda teucros y aqueos, que se arrojaban unos a otros broncíneas lanzas, y la pelea se extendía, acá y allá de la llanura, entre las corrientes del Símois y del Janto[214].

[vv. 6.5 y ss.] Áyax Telamonio, antemural de los aqueos, rompió el primero la falange troyana e hizo aparecer la aurora de la salvación entre los suyos, hiriendo de muerte al tracio mas denodado, al alto y valiente Acamante, hijo de Eusoro. Acertole en la cimera del casco, guarnecido con crines de caballo, la lanza se clavó en la frente, la broncínea punta atravesó el hueso y las tinieblas cubrieron los ojos del guerrero.

[vv. 6.12 y ss.] Diomedes, valiente en el combate, mató a Axilo Teutránida, que, abastado de bienes, moraba en la bien construida Arisbe; y era muy amigo de los hombres porque en su casa situada cerca del camino, a todos les daba hospitalidad. Pero ninguno de ellos vino entonces a librarle de la lúgubre muerte, y Diomedes le quitó la vida a él y a su escudero Calesio, que gobernaba los caballos. Ambos penetraron en el seno de la tierra.

[vv. 6.20 y ss.] Euríalo dio muerte a Dreso y Ofeltio, y fuese tras Esepo y Pédaso, a quienes la náyade Abarbarea concibiera en otro tiempo

---

[214] El Janto es el río principal del territorio troyano, también conocido bajo el nombre de Escamandro (20.74), y el Símois es uno de sus afluentes. Ambos se unirán activamente al combate en la rapsodia 21.

del eximio Bucolión[215], hijo primogénito y bastardo del ilustre Laomedonte (Bucolión apacentaba ovejas y tuvo amoroso consorcio con la ninfa, la cual quedó encinta y dio a luz los dos mellizos): el Mecistíada acabó con el valor de ambos, privó de vigor a sus bien formados miembros y les quitó la armadura de los hombros. El belígero Polipetes dejó sin vida a Astíalo; Odiseo, con la broncínea lanza, a Pidites percosio; y Teucro, a Aretaón divino.

[vv. 6.32 y ss.] Antíloco Nestórida mató con la pica reluciente a Ablero; Agamenón, rey de hombres, a Elato, que habitaba en la excelsa Pédaso, a orillas del Sátniois, y de hermosa corriente; el héroe Leito, a Fílaco mientras huía; y Eurípilo, a Melantio. [216]

[vv. 6.37 y ss.] Menelao, valiente en la pelea, cogió vivo a Adrasto[217], cuyos caballos, corriendo despavoridos por la llanura, chocaron con las ramas de un tamarisco, rompieron el corvo carro por el extremo del timón, y se fueron a la ciudad con los que huían espantados. El héroe cayó al suelo y dio de boca en el polvo junto a la rueda; acercósele Menelao Atrida con la ingente lanza, y aquel, abrazando sus rodillas, así le suplicaba:

[vv. 6.46 y ss.] —Hazme prisionero, Atrida, y recibirás digno rescate. Muchas cosas de valor tiene mi opulento padre en casa: bronce, oro, hierro labrado; con ellas te pagaría inmenso rescate, si supiera que estoy vivo en las naves aqueas.

[vv. 6.51 y ss.] Dijo Adrasto, y le conmovió el corazón. E iba Menelao a ponerle en manos del escudero, para que lo llevara a las veleras naves aqueas, cuando Agamenón corrió a su encuentro y le increpó diciendo:

[vv. 6.55 y ss.] —¡Ah, bondadoso! ¡Ah Menelao! ¿Por qué así te apiadas de los hombres? ¡Excelentes cosas hicieron los troyanos en tu palacio! Que ninguno de los que caigan en nuestras manos se libre de tener nefanda muerte, ni siquiera el que la madre lleve en el

---

[215] Nombre derivado de la profesión de pastor. Varios personajes de la nobleza troyana han sido pastores, como es el caso de Paris, Anquises, Iso, Antifo (11.101), Enope (14.445) y Melanipo (15.547).

[216] Hasta aquí, en una rápida sucesión, nueve de los comandantes aqueos dan muerte a trece guerreros del bando teucro. Luego de esos nueve, el décimo en intervenir es Menelao, pero allí, por el pedido de clemencia de Adrasto, la serie se ve interrumpida, y Agamenón se ve forzado a intervenir.

[217] Por su etimología, el nombre de este héroe parece teñido de ironía; significa "el que no escapa".

vientre, ¡ni ese escape! ¡Perezcan todos los de Ilión, sin que sepultura alcancen ni memoria dejen!

[vv. 6.61 y ss.] Así diciendo, cambió la mente de su hermano con la oportuna exhortación. Repelió Menelao al héroe Adrasto, que herido en el ijar por el rey Agamenón, cayó de espaldas[218]. El Atrida le puso el pie en el pecho y le arrancó la lanza.

[vv. 6.66 y ss.] Y Néstor animaba a los argivos, dando grandes voces: —¡Amigos, héroes dánaos, ministros de Ares! ¡Que nadie se quede atrás para recoger despojos y volver, cargado de ellos, a las naves; ahora matemos hombres y luego con más tranquilidad despojaréis en la llanura los cadáveres de cuantos mueran!

[vv. 6.72 y ss.] Con tales palabras les excitó a todos el valor y la fuerza. Y los teucros hubieran vuelto a entrar en Ilión, acosados por los belicosos aqueos y vencidos por su cobardía si Heleno Priámida, el mejor de los augures, no se hubiese presentado a Eneas y a Héctor para decirles:

[vv. 6.77 y ss.] —¡Eneas y Héctor! Ya que el peso de la batalla gravita principalmente sobre vosotros entre los troyanos y los licios, porque sois los primeros en toda empresa, ora se trate de combatir, ora de razonar, quedaos aquí, recorred las filas, y detened a los guerreros antes que se encaminen a las puertas, caigan huyendo en brazos de

---

[218] Toda la intervención de Agamenón parece cruel y despiadada en exceso, pero su sentido e intencionalidad se dejan ver en los versos 6.57-60: no es hora de apiadarse, es hora de tomar una venganza ejemplar donde nadie sobreviva —ni los que están en el vientre de su madre, ni siquiera su memoria—. Agamenón no está hablando de Adrasto, sino de la toma de Troya y de lo que sucederá allí; Adrasto es simplemente un anticipo de la actitud de los aqueos en la matanza final. Retomando lo dicho en la nota anterior vemos que la intervención de Menelao acontece en el décimo lugar, y si tenemos en cuenta que hasta ahora ese número estaba fuertemente asociado con el año en que la ciudad caería y que, como acabamos de ver, las palabras de Agamenón se referían justamente a ese hecho, la intervención de Agamenón cobra más sentido y oportunidad, porque no se trata ya de la vida de un hombre, sino de la disposición general de ánimo que debe reinar entre los aqueos cuando llegue el momento de la venganza. Podrá decirse que el público de Homero probablemente no estaría llevando la cuenta de los jefes y las vidas que tomaron; pero eso no permite asegurar que el poeta no lo hiciera. Conviene considerar a los versos 6.5-6.65 como una unidad episódica, con una estructura y significación propia —la contrapartida de todo esto viene luego de una breve transición por la arenga de Néstor, cuando el relato pasa a considerar lo que ocurría en el bando troyano, con la exhortación de Heleno a Héctor y Eneas para reanimar a las tropas y volver a atraerse el favor de los dioses.

las mujeres y sea motivo de gozo para los enemigos. Cuando hayáis reanimado todas las falanges, nosotros, aunque estamos abatidos, pelearemos con los dánaos porque la necesidad nos apremia. Y tú, Héctor, ve a la ciudad y di a nuestra madre que llame a las venerables matronas; vaya con ellas al templo dedicado a Atenea, la de los brillantes ojos, en la acrópolis; abra la puerta del sacro recinto; ponga sobre las rodillas de la deidad, de hermosa cabellera, el peplo que mayor sea, más lindo le parezca y más aprecie de cuantos haya en el palacio, y le vote sacrificar en el templo doce vacas de un año[219], no sujetas aún al yugo, si apiadándose de la ciudad y de las esposas y niños de los troyanos, aparta de la sagrada Ilión al hijo de Tideo, feroz guerrero, cuya braveza causa nuestra derrota y a quien tengo por el más esforzado de los aqueos todos. Nunca temimos tanto ni al mismo Aquiles, príncipe de hombres que es, según dicen, hijo de una diosa. Con gran furia se mueve el hijo de Tideo y en valentía nadie con él se iguala.

[vv. 6.102 y ss.] Dijo; y Héctor obedeció a su hermano. Saltó del carro al suelo sin dejar las armas, y blandiendo dos puntiagudas lanzas, recorrió el ejército, animole a combatir y promovió una terrible pelea. Los teucros volvieron la cara y afrontaron a los argivos; y estos retrocedieron y dejaron de matar, figurándose que algún dios habría descendido del estrellado cielo para socorrer a aquellos; de tal modo se volvieron. Y Héctor exhortaba a los teucros diciendo en alta voz:

[vv. 6.111 y ss.] —¡Animosos troyanos, aliados de lejas tierras venidos! Sed hombres, amigos, y mostrad vuestro impetuoso valor, mientras voy a Ilión y encargo a los respetables próceres y a nuestras esposas que oren y ofrezcan hecatombes a los dioses.

---

[219] El número doce, aquí se pone en relación con el sacrificio y con el ciclo anual. Pero eso no es todo: lo que se pretende con este sacrificio es la protección para toda la ciudad y los que habitan en ella. La idea es conseguir, de forma sobrenatural, una protección semejante a la que brinda una muralla, la cual, como rodea a la ciudad, también tiene —idealmente— una forma circular o de ciclo. Este pedido, sin embargo, involucra una cierta ironía, porque la ofrenda está dirigida a Atenea, para que mantenga fuera y apartado el mal que para los troyanos representa el hijo de Tideo, que está siendo precisamente enardecido por la diosa.

[vv. 6.116 y ss.] Dicho esto, Héctor, de tremolante casco, partió; y la negra piel que orlaba el abollonado escudo como última franja, le batía el cuello y los talones[220].

[vv. 6.119 y ss.] Glauco, vástago de Hipóloco, y el hijo de Tideo, deseosos de combatir, fueron a encontrarse en el espacio que mediaba entre ambos ejércitos. Cuando estuvieron cara a cara, Diomedes, valiente en la pelea, dijo el primero[221]:

[vv. 6.123 y ss.] —¿Cuál eres tú, guerrero valentísimo, de los mortales hombres? Jamás te vi en las batallas, donde los varones adquieren gloria, pero al presente a todos los vences en audacia cuando te atreves a esperar mi fornida lanza. ¡Infelices de aquellos cuyos hijos se oponen a mi furor! Mas si fueses inmortal y hubieses descendido del cielo, no quisiera yo luchar con dioses celestiales. Poco vivió el fuerte Licurgo[222], hijo de Driante, que contendía con las celestes deidades: persiguió en los sacros montes de Nisa a las nodrizas del furente Dioniso, las cuales tiraron al suelo los tirsos al ver que el homicida Licurgo las acometía con la aguijada; el dios, espantado, se arrojó al mar y Tetis le recibió en su regazo, despavorido y agitado por fuerte temblor que la amenaza de aquel hombre le causara; pero los felices dioses se irritaron contra Licurgo, cegole el hijo de Cronos, y su vida no fue larga, porque se había hecho odioso a los

---

[220] Este detalle nos da una idea de las dimensiones del gran escudo de Héctor que le cubre desde el cuello a los talones. Este escudo, como el que porta Áyax, probablemente sea una reminiscencia de los antiguos escudos micénicos, porque en la época en que estaría situada la *Ilíada* los escudos eran circulares y más pequeños.

[221] Desde el verso 6.119 al 236 se introduce un episodio que sirve de largo intermedio mientras Héctor se dirige a cumplir el encargo en Troya. Este encuentro entre Glauco y Diomedes viene a destacar la importancia que Homero concede al tema de la hospitalidad —tema que luego se convertirá en uno de los más importantes de la *Odisea*—. La hospitalidad es uno de los pilares fundamentales para generar alianzas confiables, y lograr la unificación de un pueblo tan disperso como el heleno. En este episodio también aparece otro de los temas importantes para la tradición homérica, en cuanto que ella es producto de una cultura oral, una cultura que confía en la palabra dicha y no requiere, para manifestar su grandeza, de la palabra escrita. Eso es lo que nos plantea la historia de Belerofonte.

[222] Licurgo, rey de Tracia se pone aquí como ejemplo de quien persigue y se opone a los dioses. Sin embargo, la inclusión de este pasaje del mito de Dionisio no parece de origen homérico, dado que Dionisio no es de los dioses que participan de la *Ilíada* ni de la *Odisea*.

inmortales todos. Con los bienaventurados dioses no quisiera combatir; pero si eres uno de los mortales que comen los frutos de la tierra, acércate para que más pronto llegues de tu perdición al término.[223]

[vv. 6.144 y ss.] Respondiole el preclaro hijo de Hipóloco: — ¡Magnánimo Tidida! Por qué me interrogas sobre el abolengo? Cual la generación de las hojas, así la de los hombres. Esparce el viento las hojas por el suelo y la selva, reverdeciendo, produce otras al llegar la primavera: de igual suerte, una generación humana nace y otra perece. Pero ya que deseas saberlo, te diré cuál es mi linaje, de muchos conocido. Hay una ciudad llamada Efira[224] en el riñón de la Argólide, criadora de caballos, y en ella vivía Sísifo Eólida[225], que fue el más ladino de los hombres. Sísifo engendró a Glauco, y este al eximio Belerofonte, a quien los dioses concedieron gentileza y

---

[223] Dieter Lohmann ha notado que la retórica argumentativa del discurso de Diomedes (6.123-143) adopta una estructura anular en torno a la leyenda de Licurgo (Cfr. *Die Komposition der Reden in der Ilias*. Berlin, De Gruyter, 1970. p. 12):

6.123   [A] ¿Cuál eres tú de los mortales hombres?

6.127   [B] Infelices los mortales que me enfrentan, porque perecen

6.128   [C] pero si fueses un inmortal

6.129   [D] no lucharía contigo

6.130-1   [E] Licurgo vivió poco por oponerse a los dioses

6.132-9   [F] (Relato de la leyenda de Licurgo, rey de Tracia) {CENTRO}

6.139-40   [E'] su vida no fue larga, por hacerse odioso a los inmortales

6.141   [D'] contra los dioses no quisiera combatir

6.142   [C'] pero si eres uno de los mortales

6.143   [B'] acércate y perece

6.143   [A'] apresurando tu mortal destino

[224] Se dice que Efira era el antiguo nombre de Corinto. Por lo tanto ha llamado la atención que Homero empleara el nombre nuevo en el catálogo de las naves (2.570), y luego, en boca de Glauco, utilizara la antigua denominación (Cfr. Leaf, W. *Companion...*, p.138).

[225] Sísifo, hijo de Eolo y Enareta, tatarabuelo de este Glauco, es tenido en la mitología como el más astuto y engañoso de los hombres. Tanto es así que algunos mitógrafos han querido que este fuera el verdadero padre de Odiseo, y Laertes, simplemente su padre putativo.

envidiable valor. Mas Preto, que era muy poderoso entre los argivos, pues a su cetro los había sometido Zeus[226], hízole blanco de sus maquinaciones y le echó de la ciudad. La divina Antea, mujer de Preto, había deseado con locura juntarse clandestinamente con Belerofonte; pero no pudo persuadir al prudente héroe, que solo pensaba en cosas honestas, y mintiendo dijo al rey Preto:

[vv. 6.164 y 165] «—¡Preto! Muérete o mata a Belerofonte, que ha querido juntarse conmigo sin que yo lo deseara.

[vv. 6.166 y ss.] «Así habló. El rey se encendió en ira al oírla; y si bien se abstuvo de matar a aquel por el religioso temor que sintió su corazón[227], le envió a la Licia, y haciendo en un díptico pequeño mortíferas señales[228], entregole los perniciosos signos con orden de que los mostrase a su suegro para que este le hiciera perecer. Belerofonte, poniéndose en camino debajo del fausto patrocinio de los dioses, llegó a la vasta Licia y a la corriente del Janto: el rey recibiole con afabilidad, hospedole durante nueve días y mandó matar otros tantos bueyes pero al aparecer por décima vez la aurora

---

[226] Preto es hijo de Abante y hermano gemelo de Acriso; de las luchas por el poder entre ambos hermanos, Acriso resultó vencedor y expulsó a Preto, quien encontró refugio en Licia, en la corte del rey Iobantes, con cuya hija Antea —llamada por otros Estenebea— contrajo matrimonio. Iobantes le proporcionó un ejército que le permitió regresar y reconquistar su posición, y ambos gemelos se repartieron las tierras, quedando Preto como rey de Tirinto. En esta corte de Tirinto se presentó Belerofonte para pedir asilo y purificarse de un crimen involuntario que había cometido.

[227] Este temor religioso del que nos habla Homero es el de quebrantar el sagrado compromiso de respetar la vida del huésped. Al aceptarlo en Tirinto y darle asilo, Preto había contraído este compromiso, y, por la hospitalidad, Belerofonte estaba directamente bajo la protección de Zeus.

[228] Las palabras que emplea el texto son, en realidad, las de alguien que, aunque sabe que existe, no pertenece al mundo cultural de la escritura, sino al de la oralidad. Literalmente el texto dice: "le dio una seña (o un *token*) con una funesta marca hecha con un punzón". Claramente Belerofonte es una víctima inocente que porta la orden de un funesto destino. Es probable que detrás de esta leyenda se oculte un juicio moral acerca de la cultura oral arcaica, caracterizada idealmente aquí por Belerofonte —gentil, valeroso, franco, puro e inocente— respecto de la cultura de la letra escrita —engañosa, falsa, traicionera y funesta— personificada aquí por Preto y su suegro, el rey de Licia, e incluso por Antea. Estos son capaces de comunicarse por escrito —podemos suponer que Preto aprendiera en Licia a leer y escribir, dado que en Asia habría nacido la escritura— y ordenar su muerte de esta forma.

110

de rosados dedos[229], le interrogó y quiso ver la nota que de su yerno Preto le traía. Y así que tuvo la funesta nota ordenó a Belerofonte que lo primero de todo matara a la ineluctable Quimera, ser de naturaleza no humana, sino divina, con cabeza de león, cola de dragón y cuerpo de cabra, que respiraba encendidas y horribles llamas[230]; y aquel le dio muerte, alentado por divinales indicaciones. Luego tuvo que luchar con los afamados sólimos, y decía que este fue el más recio combate que con hombres sostuviera. Más tarde quitó la vida a las varoniles Amazonas. Y cuando regresaba a la ciudad, el rey, urdiendo otra dolosa trama, armole una celada con los varones más fuertes que halló en la espaciosa Licia; y ninguno de estos volvió a su casa, porque a todos les dio muerte el eximio Belerofonte. Comprendió el rey que el héroe era vástago ilustre de alguna deidad y le retuvo allí, le casó con su hija y compartió con él la realeza, los licios, a su vez, acotáronle un hermoso campo de frutales y sembradío que a los demás aventajaba, para que pudiese cultivarlo. Tres hijos dio a luz la esposa del aguerrido Belerofonte: Isandro, Hipóloco y Laodamía; y esta, amada por el próvido Zeus, parió al deiforme Sarpedón, que lleva armadura de bronce. Cuando Belerofonte se atrajo el odio de todas las deidades, vagaba solo por los campos de Ale, royendo su ánimo y apartándose de los hombres; Ares, insaciable de pelea, hizo morir a Isandro en un combate con los afamados Solimos, y Artemisa, la que usa riendas de oro, irritada, mató a su hija. A mí me engendró Hipóloco —de este, pues, soy hijo— y enviome a Troya, recomendándome muy mucho que descollara y sobresaliera entre todos y no deshonrase el linaje de mis antepasados, que fueron los hombres más valientes de Efira y la extensa Licia. Tal alcurnia y tal sangre me glorío de tener.

[vv. 6.212 y ss.] Así dijo. Alegrose Diomedes, valiente en el combate; y clavando la pica en el almo suelo[231], respondió con cariñosas palabras al pastor de los hombres:

---

[229] Una vez más se da el uso de los números nueve y diez, acompañando respectivamente el plazo de espera y el momento del cumplimiento de la acción determinada.

[230] El rey licio se ve en el mismo predicamento de Preto: no puede matar a su huésped sin quebrantar la norma hospitalaria. Entonces recurre a que otro lo haga por él; y lo envía sucesivamente a enfrentar situaciones insuperables para cualquier otro mortal.

[231] Señal de paz; simboliza que se abstendrá de combatir con Glauco.

[vv. 6.215 y ss.] —Pues eres mi antiguo huésped paterno, porque el divino Eneo[232] hospedó en su palacio al eximio Belerofonte, le tuvo consigo veinte días y ambos se obsequiaron con magníficos presentes de hospitalidad. Eneo dio un vistoso tahalí teñido de púrpura, y Belerofonte una copa doble de oro, que en mi casa quedó cuando me vine[233]. A Tideo no lo recuerdo; dejome muy niño al salir para Tebas donde pereció el ejército aqueo. Soy por consiguiente, tu caro huésped en el centro de Argos, y tu lo serás mío en la Licia cuando vaya a tu pueblo[234]. En adelante no nos acometamos con la lanza por entre la turba[235]. Muchos troyanos y aliados ilustres me restan para matar a quienes, por la voluntad de un dios, alcance en la carrera; y asimismo te quedan muchos aqueos para quitar la vida a cuantos te sea posible. Y ahora troquemos la armadura, a fin de que sepan todos que de ser huéspedes paternos nos gloriamos[236].

[vv. 6.232 y ss.] Dichas estas palabras, descendieron de los carros y se estrecharon la mano en prueba de amistad. Entonces Zeus Crónida hizo perder la razón a Glauco, pues permutó sus armas por las de Diomedes Tidida, las de oro por las de bronce, las valoradas en cien bueyes por las que en nueve se apreciaban[237].

---

[232] Eneo es padre de Tideo y abuelo de Diomedes. Los vínculos generados por la hospitalidad se extienden a través de las generaciones, y perduran entre sus descendientes.

[233] Para señalar, sellar y renovar el vínculo se intercambian presentes valiosos. Pero estos regalos luego pueden ser a su vez dados a otros, comúnmente recordando la procedencia —porque ella les agrega valor— y para que, valorándolos adecuadamente, se honre tácitamente el nuevo vínculo con aquel otro que ese don estableció en otro momento. De la misma manera que se establece la genealogía de un determinado linaje, se establece una procedencia de los dones y todo colabora para estrechar las relaciones de un pueblo.

[234] La hospitalidad ata de forma recíproca.

[235] La hospitalidad pacifica en la confianza.

[236] El intercambio de las armaduras cumple el rol del intercambio de regalos.

[237] Glauco parece valorar la hospitalidad mucho más que las riquezas materiales, en ello interviene Zeus, protector de los huéspedes, para hacer que Glauco piense como un dios, más allá de los valores terrenales. La diferencia es abismal; es locura para los mortales. El cien expresa, como ya tuvimos ocasión de ver en otros casos, lo superior y magnífico —es diez veces diez— en tanto que el nueve, lo imperfecto, lo inacabado, lo despreciable. Los bueyes probablemente no expresen solamente la riqueza sino también, por su valor sacrificial, algo mucho más elevado y sacro. Entremedio está el gracioso guiño del autor.

[vv. 6.237 y ss.] Al pasar Héctor por la encina y las puertas Esceas, acudieron corriendo las esposas e hijos de los troyanos y preguntáronle por sus hijos, hermanos, amigos y esposos; y él les encargó que unas tras otras orasen a los dioses, porque para muchas eran inminentes las desgracias.

[vv. 6.242 y ss.] Cuando llegó al magnífico palacio de Príamo, provisto de bruñidos pórticos (en él había cincuenta cámaras de pulimentada piedra, seguidas, donde dormían los hijos de Príamo con sus legítimas esposas; y enfrente, dentro del mismo patio, otras doce, construidas igualmente con sillares, continuas y techadas, donde se acostaban los yernos de Príamo y sus castas mujeres[238]), le salió al encuentro su alma madre, que iba en busca de Laódice, la más hermosa de las princesas; y asiéndole de la mano, le dijo:

[vv. 6.254 y ss.] —¡Hijo! ¿Por qué has venido, dejando el áspero combate? Sin duda los aqueos, ¡aborrecido nombre!, deben de estrecharnos, combatiendo alrededor de la ciudad, y tu corazón te ha impulsado a volver con el fin de levantar desde la acrópolis las manos a Zeus. Pero aguarda, traeré vino dulce como la miel para que lo libes al padre Zeus y a los demás inmortales, y puedas también, si bebes, recobrar las fuerzas. El vino aumenta mucho el vigor del hombre fatigado y tú lo estás de pelear por los tuyos.

[vv. 6.263 y ss.] Respondiole el gran Héctor, de tremolante casco: — No me des vino dulce como la miel, veneranda madre, no sea que me enerves y me hagas perder valor y fuerza. No me atrevo a libar el negro vino en honor de Zeus sin lavarme las manos, ni es lícito orar al Crónida, el de las sombrías nubes, cuando se está manchado de sangre y polvo. Pero tú congrega a las matronas, llévate perfumes, y entrando en el templo de Atenea que impera en las batallas, pon sobre las rodillas de la deidad de hermosa cabellera el peplo mayor, más lindo y que más aprecies de cuantos haya en el palacio; y vota a la diosa sacrificar en su templo doce vacas de un año, no sujetas aún

---

[238] El palacio de Príamo se nos presenta con la amplitud, lujo y opulencia propios de las antiguas cortes asiáticas o micénicas. Sin embargo, no termina de clarificarse su distribución arquitectónica, fuertemente asociada a la configuración familiar y al número de los hijos de Príamo. Sobre diversos detalles de todo este pasaje, en su mayoría muy curiosos, y su repercusión hacia el final del poema, remitimos al Apéndice 3, donde intentaremos su interpretación en los niveles más profundos de la obra.

113

al yugo[239], si, apiadándose de la ciudad y de las esposas y niños de los troyanos, aparta de la sagrada Ilión al hijo de Tideo, feroz guerrero cuya valentía causa nuestra derrota. Encamínate, pues, al templo de Atenea, que impera en las batallas, y yo iré a casa de Paris a llamarle, si me quiere escuchar. ¡Así la tierra se lo tragara! Criole el Olímpico como una gran plaga para los troyanos y el magnánimo Príamo y sus hijos. Creo que si le viera descender al Hades, olvidaríase mi alma de los enojosos pesares.

[vv. 6.286 y ss.] De esta suerte se expresó. Hécuba volviendo al palacio, llamó a las esclavas, y estas anduvieron por la ciudad y congregaron a las matronas; bajó luego al fragante aposento donde se guardaban los peplos bordados, obra de las mujeres que se llevara de Sidón[240] el deiforme Alejandro en el mismo viaje en que robó a Helena, la de nobles padres; tomó, para ofrecerlo a Atenea, el peplo mayor y más hermoso por sus bordaduras, que resplandecía como un astro y se hallaba debajo de todos, y partió acompañada de muchas matronas.

[vv. 6.297 y ss.] Cuando llegaron a la acrópolis, abrioles las puertas del templo de Atenea Teano, la de hermosas mejillas, hija de Ciseo y esposa de Antenor, domador de caballos, a la cual habían elegido los troyanos sacerdotisa de Atenea. Todas, con lúgubres lamentos, levantaron las manos a la diosa. Teano, la de hermosas mejillas, tomó el peplo, lo puso sobre las rodillas de Atenea, la de hermosa cabellera, y orando rogó así a la hija del gran Zeus:

[vv. 6.305 y ss.] —¡Veneranda Atenea, protectora de la ciudad divina entre las diosas! ¡Quiébrale la lanza a Diomedes, concédenos que caiga de pechos en el suelo, ante las puertas Esceas, y te sacrificaremos en este templo doce vacas de un año, no sujetas aún al yugo, si de este modo te apiadas de la ciudad y de las esposas y niños de los troyanos!

---

[239] Se reiteran aquí los elementos que constituirán la ofrenda, indicados en 6.90 y ss. Y, en el momento del ofertorio —6.302 y ss.— se nombrarán por tercera vez.

[240] Homero se hace eco de aquellas versiones de la leyenda donde se cuenta que Helena y Alejandro tomaron un desvío en su camino a Troya, ya sea procurando evitar a Menelao que los buscaba por el Egeo, o porque una tempestad los sacó de su curso. Así es que arriban a Sidón, Alejandro se apodera de la ciudad y captura un gran botín. Luego reemprenden el camino a Troya. De este mismo episodio legendario, con mucho mayor detalle, se habrían ocupado las *Cyprias* (Cfr. Bernabé Pajares, *Fragmentos de épica griega arcaica*. Madrid, Gredos, 1979. p. 102).

[vv. 6.311 y ss.] Tal fue su plegaria, pero Palas Atenea no accedió. En tanto ellas invocaban a la hija del gran Zeus, Héctor se encaminó al magnífico palacio que para Alejandro labrara él mismo con los demás hábiles constructores de la fértil Troya; estos le hicieron una cámara nupcial, una sala y un patio, en la acrópolis, cerca de los palacios de Príamo y de Héctor. Allí entró Héctor, caro a Zeus, llevando una lanza de once codos, cuya broncínea y reluciente punta estaba sujeta por áureo anillo[241]. En la cámara halló a Alejandro, que acicalaba las magníficas armas, escudo y coraza, y probaba el corvo arco; y a la argiva Helena, que, sentada entre sus esclavas, las ocupaba en primorosas labores. Y viendo a aquel, lo increpó con injuriosas palabras:

[vv. 6.326 y ss.] —¡Desgraciado! No es decoroso que guardes ese rencor en el corazón[242]. Los hombres perecen combatiendo al pie de los altos muros de la ciudad: el bélico clamor y la lucha se encendieron por tu causa alrededor de nosotros, y tú mismo reconvendrías a quien cejara en la pelea horrenda. Ea, levántate. No sea que la ciudad llegue a ser pasto de las voraces llamas.

[vv. 6.332 y ss.] Respondiole el deiforme Alejandro: —¡Héctor! Justos y no excesivos son tus reproches, y por lo mismo voy a contestarte. Atiende y óyeme. Permanecía aquí, no tanto por estar airado o resentido con los troyanos, cuanto porque deseaba entregarme al dolor.[243] En este instante mi esposa me exhortaba con blandas palabras a volver al combate; y también a mí me parece preferible porque la victoria tiene sus alternativas para los guerreros. Ea, pues, aguarda y visto las marciales armas; o vete y te sigo y creo que lograré alcanzarte.

[vv. 6.342 y s.] Así dijo. Héctor, de tremolante casco, nada contestó. Y Helena hablole con dulces palabras:

[vv. 6.344 y ss.] —¡Cuñado mío, de esta perra maléfica y abominable! ¡Ojalá que cuando mi madre me dio a luz, un viento proceloso me hubiese llevado al monte o al estruendoso mar, para hacerme juguete de las olas, antes que tales hechos ocurrieran! Y ya que los dioses

---

[241] El anillo dorado es para evitar que la madera del fuste se raje en el extremo donde se inserta la punta de la lanza.

[242] Cuando uno espera que Héctor acuse a Alejandro de temor y cobardía, él, en cambio, asume que su hermano está colérico por la situación que ha enfrentado.

[243] La postura de Alejandro es la del egocéntrico que, sin pensar en los demás, se encierra a lamentarse de sus propias desgracias.

determinaron causar estos males, debió tocarme ser esposa de un varón más fuerte, a quien dolieran la indignación y los reproches de los hombres. Este ni tiene firmeza de ánimo ni la tendrá nunca, y creo que recogerá el debido fruto. Pero, entra y siéntate en esta silla, cuñado, que la fatiga te oprime el corazón por mí, perra, y por la falta de Alejandro; a quienes Zeus nos dio tan mala suerte a fin de que sirvamos a los venideros de asunto para sus cantos[244].

[vv. 6.359 y ss.] Respondiole el gran Héctor, de tremolante casco: — No me ofrezcas asiento, amable Helena, pues no lograrás persuadirme: ya mi corazón desea socorrer a los troyanos que me aguardan con impaciencia. Anima a este, y él mismo se dé prisa para que me alcance dentro de la ciudad, mientras voy a mi casa y veo a la esposa querida, al niño y a los criados; que ignoro si volveré de la batalla o los dioses me harán sucumbir a manos de los aqueos.

[vv. 6.369 y ss.] Apenas hubo dicho estas palabras, Héctor, de tremolante casco, se fue. Llegó en seguida a su palacio que abundaba de gente, mas no encontró a Andrómaca, la de níveos brazos, pues con el niño y la criada de hermoso peplo estaba en la torre llorando y lamentándose. Héctor, como no hallara a su excelente esposa, detúvose en el umbral y habló con las esclavas:

[vv. 6.376 y ss.] —¡Ea, esclavas! Decidme la verdad: ¿Adónde ha ido Andrómaca, la de níveos brazos, desde el palacio? ¿A visitar a mis hermanas o a mis cuñadas de hermosos peplos? ¿O, acaso, al templo de Atenea, donde las troyanas, de lindas trenzas, aplacan a la terrible diosa?

---

[244] El que las hazañas de los héroes y sus padecimientos estén destinados por los dioses para servir a los cantos de los aedos, es un tema que lo volvemos a encontrar en la *Odisea*. Es el germen del tema de la novela en la novela, tan en boga en nuestros días:

εἰπὲ δ᾽ ὅ τι κλαίεις καὶ ὀδύρεαι ἔνδοθι θυμῷ
Ἀργείων Δαναῶν ἠδ᾽ Ἰλίου οἶτον ἀκούων.
τὸν δὲ θεοὶ μὲν τεῦξαν, ἐπεκλώσαντο δ᾽ ὄλεθρον
ἀνθρώποις, ἵνα ᾖσι καὶ ἐσσομένοισιν ἀοιδή.

"Dime por qué lloras y te lamentas en tu ánimo cuando oyes referir el azar de los argivos, de los dánaos y de Ilión. Diéronselo las deidades, que decretaron la muerte de aquellos hombres para que sirvieran a los venideros de asunto para sus cantos." (8.577 y ss.)

[vv. 6.381 y ss.] Respondiole la fiel despensera: —¡Héctor! Ya que nos mandas decir la verdad, no fue a visitar a tus hermanas ni a tus cuñadas de hermosos peplos, ni al templo de Atenea, donde las troyanas, de lindas trenzas, aplacan a la terrible diosa, sino que subió a la gran torre de Ilión, porque supo que los teucros llevaban la peor parte y era grande el ímpetu de los aqueos. Partió hacia la muralla, ansiosa, como loca, y con ella se fue la nodriza que lleva el niño.

[vv. 6.390 y ss.] Así habló la despensera, y Héctor, saliendo presuroso de la casa, desanduvo el camino por las bien trazadas calles. Tan luego como, después de atravesar la gran ciudad, llegó a las puertas Esceas —por allí había de salir al campo—, corrió a su encuentro su rica esposa Andrómaca, hija del magnánimo Eetión, que vivía al pie del Placo en Tebas de Hipoplacia y era rey de los cilicios[245]. Hija de este era pues, la esposa de Héctor, de broncínea armadura, que entonces le salió al camino. Acompañábale una doncella llevando en brazos al tierno infante, hijo amado de Héctor, hermoso como una estrella, a quien su padre llamaba Escamandrio y los demás Astianacte, porque solo por Héctor se salvaba Ilión[246]. Vio el héroe al niño y sonrió silenciosamente. Andrómaca, llorosa, se detuvo a su vera, y asiéndole de la mano, le dijo:

[vv. 6.407 y ss.] —¡Desgraciado! Tu valor te perderá. No te apiades del tierno infante ni de mí, infortunada, que pronto seré viuda; pues los aqueos te acometerán todos a una y acabarán contigo. Preferible sería que, al perderte, la tierra me tragara, porque si mueres no habrá consuelo para mí, sino pesares; que ya no tengo padre ni venerable madre. A mi padre matole el divino Aquiles cuando tomó la populosa ciudad de los cilicios, Tebas, la de altas puertas: dio muerte a Eetión, y sin despojarle, por el religioso temor que le entró en el ánimo, quemó el cadáver con las labradas armas y le erigió un túmulo, a cuyo alrededor plantaron álamos las ninfas Oréades, hijas de Zeus, que lleva la égida. Mis siete hermanos, que habitaban en el palacio, descendieron al Hades el mismo día; pues a todos los mató el divino Aquiles, el de los pies ligeros, entre los bueyes de tornátiles

---

[245] Estos cilicios no deben ser confundidos con los habitantes de Cilicia, localizada a unos 800 km. del emplazamiento de Troya, en el sudeste de la península de Anatolia; los cuales no participaron de la guerra.

[246] El apodo que los troyanos le pusieron al hijo de Héctor en honor a su padre significa "el que reina (o comanda) en la ciudad"; conformado por las voces ἄστυ (ciudad) y ἄναξ (rey, comandante en jefe).

patas y las cándidas ovejas. A mi madre, que reinaba al pie del selvoso Placo, trájola aquel con el botín y la puso en libertad por un inmenso rescate; pero Artemisa, que se complace en tirar flechas, hiriola en el palacio de mi padre. Héctor, ahora tú eres mi padre, mi venerable madre y mi hermano; tú, mi floreciente esposo. Pues, ea, sé compasivo, quédate en la torre —¡no hagas a un niño huérfano y a una mujer viuda![247]— y pon el ejército junto al cabrahigo, que por allí la ciudad es accesible y el muro más fácil de escalar. Los más valientes —los dos Ayaces, el célebre Idomeneo, los Atridas y el fuerte hijo de Tideo con los suyos respectivos— ya por tres veces se han encaminado a aquel sitio para intentar el asalto: alguien que conoce los oráculos se lo indicó, o su mismo arrojo los impele y anima[248].

[vv. 6.440 y ss.] Contestó el gran Héctor, de tremolante casco: —Todo esto me preocupa, mujer, pero mucho me sonrojaría ante los troyanos y las troyanas de rozagantes peplos si como un cobarde huyera del combate; y tampoco mi corazón me incita a ello, que siempre supe ser valiente y pelear en primera fila, manteniendo la inmensa gloria de mi padre y de mí mismo. Bien lo conoce mi inteligencia y lo presiente mi corazón[249]: día vendrá en que perezcan la sagrada Ilión, Príamo y su pueblo armado con lanzas de fresno.

---

[247] La disposición anímica de Andrómaca y Héctor es diametralmente opuesta a la de Helena y Alejandro. En tanto que Andrómaca le ruega a Héctor que se quede, y no corra riesgos, y él, por el contrario, siente que debe volver rápidamente al combate y cumplir con su deber, Helena, sin embargo, lamenta que su esposo no tenga el coraje para enfrentar la lucha, y se esfuerza por convencerlo para que vuelva a la batalla, mientras que él se muestra renuente para hacerlo y, recién cuando su hermano lo recrimina duramente, se dispone a enfrentar sus responsabilidades.

[248] Llama la atención que Andrómaca hiciera observaciones estratégicas a un guerrero tan experimentado como Héctor —razón por la cual Aristarco habría rechazado estos versos—; observaciones que, a la vez, constituirían un anticlímax del excepcional discurso que las precede. La mención de este punto débil de las murallas proviene de las leyendas donde se relata que, además de Apolo y Poseidón, también un mortal, Eaco, había participado en la construcción de las fortificaciones. Justamente aquella parte que le había correspondido a Eaco se decía que presentaba una falla, y era por donde los muros podrían ser expugnados (Cfr. Leaf, W. *Companion…* p. 147).

[249] Héctor presiente como una certeza su destino fatídico, sin embargo, no ceja por ello en el cumplimiento de su deber. De este modo Héctor se convierte verdaderamente en la contrapartida de Aquiles quien, a pesar de saber que alcanzar la gloria guerrera lo llevará a una muerte prematura, elige libremente ese camino.

Pero la futura desgracia de los troyanos, de la misma Hécuba, del rey Príamo y de muchos de mis valientes hermanos que caerán en el polvo a manos de los enemigos, no me importa tanto como la que padecerás tú cuando alguno de los aqueos, de broncíneas corazas, se te lleve llorosa, privándote de libertad, y luego tejas tela en Argos, a las órdenes de otra mujer, o vayas por agua a la fuente Meseida o Hiperea, muy contrariada porque la dura necesidad pesará sobre ti. Y quizás alguien exclame, al verte deshecha en lágrimas: "Esta fue la esposa de Héctor, el guerrero que más se señalaba entre los teucros, domadores de caballos, cuando en torno de Ilión peleaban". Así dirán, y sentirás un nuevo pesar al verte sin el hombre que pudiera librarte de la esclavitud. Pero que un montón de tierra cubra mi cadáver antes que oiga tus clamores o presencie tu rapto.

[vv. 6.466 y ss.] Así diciendo, el esclarecido Héctor tendió los brazos a su hijo, y este se recostó, gritando, en el seno de la nodriza de bella cintura, por el terror que el aspecto de su padre le causaba: dábanle miedo el bronce y el terrible penacho de crines de caballo, que veía ondear en lo alto del yelmo. Sonriéronse el padre amoroso y la veneranda madre. Héctor se apresuró a dejar el refulgente casco en el suelo, besó y meció en sus manos al hijo amado [250]y rogó así a Zeus y a los demás dioses:

[vv. 6.476 y ss.] —¡Zeus y demás dioses! Concededme que este hijo mío sea como yo, ilustre entre los teucros y muy esforzado; que reine poderosamente en Ilión; que digan de él cuando vuelva de la batalla: "¡es mucho más valiente que su padre!"; y que, cargado de cruentos despojos del enemigo a quien haya muerto, regocije de su madre el alma.

[vv. 6.482 y ss.] Esto dicho, puso el niño en brazos de la esposa amada, que al recibirlo en el perfumado seno sonreía con el rostro todavía bañado en lágrimas. Notolo Héctor y compadecido, acariciola con la mano y así le hablo:

[vv. 6.486 y ss.] —¡Desdichada! No en demasía tu corazón se acongoje, que nadie me enviará al Hades antes de lo dispuesto por el destino; y de su suerte ningún hombre, sea cobarde o valiente, puede librarse una vez nacido. Vuelve a casa, ocúpate en las labores del telar y la rueca, y ordena a las esclavas que se apliquen al trabajo; y

---

[250] Es una breve pero muy dulce escena de vida familiar en medio de una terrible situación de guerra y muerte. La sonrisa y la ternura del duro guerrero intercalan una pausa fugaz en el dramatismo de la obra.

de la guerra nos cuidaremos cuantos varones nacimos en Ilión, y yo el primero.

[vv. 6.494 y ss.] Dichas estas palabras, el preclaro Héctor se puso el yelmo adornado con crines de caballo, y la esposa amada regresó a su casa, volviendo la cabeza de cuando en cuando y vertiendo copiosas lágrimas. Pronto llegó Andrómaca al palacio, lleno de gente, de Héctor, matador de hombres; halló en él a muchas esclavas, y a todas las movió a lágrimas. Lloraban en el palacio a Héctor vivo aún, porque no esperaban que volviera del combate librándose del valor y de las manos de los aqueos.

[vv. 6.503 y ss.] Paris no demoró en el alto palacio; pues así que hubo vestido las magníficas armas de labrado bronce, atravesó presuroso la ciudad haciendo gala de sus pies ligeros. Como el corcel avezado a bañarse en la cristalina corriente de un río, cuando se ve atado en el establo, come la cebada del pesebre y rompiendo el ronzal sale trotando por la llanura, yergue orgulloso la cerviz, ondean las crines sobre su cuello, y ufano de su lozanía mueve ligero las rodillas encaminándose al sitio donde los caballos pacen; de aquel modo, Paris, hijo de Príamo, cuya armadura brillaba como un sol, descendía gozoso de la excelsa Pérgamo[251] por sus ágiles pies llevado. El deiforme Alejandro alcanzó a Héctor cuando regresaba del lugar en que había pasado el coloquio con su esposa, y así le dijo:

[vv. 6.518 y 519] —¡Mi buen hermano! Mucho te hice esperar y estarás impaciente, porque no vine con la prontitud que ordenaste.

[vv. 6.520 y ss.] Respondiole Héctor, de tremolante casco: —¡Hermano querido! Nadie que sea justo reprochará tu faena en el combate, pues eres valiente, pero a veces te abandonas y no quieres pelear, y mi corazón se aflige cuando oigo murmurar a los troyanos, que tantos trabajos por ti soportan. Pero vayamos y luego lo arreglaremos todo, si Zeus nos permite ofrecer en nuestro palacio la copa de la libertad a los celestes sempiternos dioses, por haber echado de Troya a los aqueos de hermosas grebas.

---

[251] Cfr. 4.508, *n.*

RAPSODIA VII

COMBATE SINGULAR DE HÉCTOR Y ÁYAX - LEVANTAMIENTO DE LOS CADÁVERES

Hazañas de Héctor. Tras un desafío de los troyanos, se interrumpe la lucha por un combate singular entre Áyax y Héctor; sin un resultado decisivo. Los aqueos deciden defender su campamento con un muro. Rechazan la propuesta de Paris, que sólo les ofrece devolver las riquezas que, con Helena, se han llevado de Esparta. Pero se establece una tregua para que ambos bandos puedan enterrar los cadáveres de los caídos.

[vv. 7.1 y ss.] Dichas estas palabras, el esclarecido Héctor y su hermano Alejandro traspusieron las puertas, con el ánimo impaciente por combatir y pelear. Como cuando un dios envía próspero viento a navegantes que lo anhelan porque están cansados de romper las olas, batiendo los pulidos remos, y tienen relajados los miembros a causa de la fatiga; así, tan deseados, aparecieron aquellos a los teucros.

[vv. 7.8 y ss.] Paris mató a Menestio, que vivía en Arna y era hijo del rey Areitoo, famoso por su clava, y de Filomedusa la de ojos de novilla; y Héctor con la puntiaguda lanza tiró a Eyoneo un bote en la cerviz, debajo del casco de bronce, y dejole sin vigor los miembros. Glauco, hijo de Hipóloco y príncipe de los licios, arrojó en la reñida pelea un dardo a Ifínoo Dexíada cuando subía al carro de corredoras yeguas, y le acertó en la espalda: Ifínoo cayó al suelo y sus miembros se relajaron.

[vv. 7.17 y ss.] Cuando Atenea, la diosa de los brillantes ojos, vio que aquellos mataban a muchos argivos en el duro combate, descendiendo en raudo vuelo de las cumbres del Olimpo, se encaminó a la sagrada Ilión. Pero, al advertirlo Apolo desde Pérgamo[252], fue a oponérsele porque deseaba que los teucros ganaran la victoria. Encontráronse ambas deidades en la encina[253]; y el soberano Apolo, hijo de Zeus, habló diciendo:

---

[252] Cfr. 4.508, *n.*

[253] Esta encina dedicada a Zeus, donde llevan a reposar al herido Sarpedón en 5.693, está ubicada cerca de las puertas Esceas (6.237), y se toma como punto de referencia dentro del campo de batalla. En ella se encuentran Atenea y Apolo, y allí prosiguen en 7.58-62.

[vv. 7.24 y ss.] —¿Por qué, enardecida nuevamente, oh hija del gran Zeus, vienes del Olimpo? ¿Qué poderoso afecto te mueve? ¿Acaso quieres dar a los aqueos la indecisa victoria? Porque de los teucros no te compadecerías, aunque estuviesen pereciendo. Si quieres condescender con mi deseo —y sería lo mejor— suspenderemos por hoy el combate y la pelea; y luego volverán a batallar hasta que logren arruinar a Ilión, ya que os place a las diosas destruir esta ciudad.

[vv. 7.33 y ss.] Respondiole Atenea, la diosa de los brillantes ojos: — Sea así, oh tú que hieres de lejos; con este propósito vine del Olimpo al campo de los teucros y de los aqueos. Mas ¿por qué medio has pensado suspender la batalla?

[vv. 7.37 y ss.] Contestó el soberano Apolo, hijo de Zeus: —Hagamos que Héctor, de corazón fuerte, domador de caballos, provoque a los dánaos a pelear con él en terrible y singular combate; e indignados los aqueos, de hermosas grebas, susciten a alguien que mida sus armas con el divino Héctor.

[vv. 7.43 y ss.] Así dijo; y Atenea, la diosa de los brillantes ojos, no se opuso. Heleno, hijo amado de Príamo, comprendió al punto lo que era grato a los dioses que conversaban, y llegándose a Héctor, le dirigió estas palabras:

[vv. 7.47 y ss.] —¡Héctor, hijo de Príamo, igual en prudencia a Zeus! ¿Querrás hacer lo que te diga yo, que soy tu hermano? Manda que suspendan la pelea los teucros y los aqueos todos, y reta al más valiente de estos a luchar contigo en terrible combate, pues aún no ha dispuesto el hado que mueras y llegues al término fatal de tu vida. He oído que así lo decían los sempiternos dioses.

[vv. 7.54 y ss.] En tales términos habló. Oyole Héctor con intenso placer, y corriendo al centro de ambos ejércitos con la lanza cogida por el medio, detuvo las falanges troyanas, que al momento se quedaron quietas. Agamenón contuvo a los aqueos, de hermosas grebas; y Atenea y Apolo, el del arco de plata, transfigurados en buitres, se posaron en la alta encina del padre Zeus[254], que lleva la

---

[254] Los buitres desde siempre han sido representantes de los carroñeros, que se alimentan de la muerte y acechan expectantes la agonía de sus víctimas. El sentido de ἐοικότες (*tal como, parecidos, con apariencia de…*) no queda del todo claro y subsiste la duda de si Atenea y Apolo están observando *como si fueran* buitres, o si, efectivamente, han adoptado esa forma en esta ocasión (Cfr. Kirk, *The Iliad: A Commentary*, II… p. 240). Segalá y Estalella se ha decidido, como muchos otros

égida, y se deleitaban en contemplar a los guerreros cuyas densas filas aparecían erizadas de escudos, cascos y lanzas. Como el Céfiro, cayendo sobre el mar, encrespa las olas, y el ponto negrea; de semejante modo sentáronse en la llanura las hileras de aqueos y teucros. Y Héctor, puesto entre unos y otros, dijo:

[vv. 7.67 y ss.] —¡Oídme teucros y aqueos, de hermosas grebas, y os diré lo que en el pecho mi corazón me dicta! El excelso Crónida no ratificó nuestros juramentos, y seguirá causándonos males a unos y a otros, hasta que toméis la torreada Ilión o sucumbáis junto a las naves que atraviesan el ponto. Entre vosotros se hallan los más valientes aqueos; aquel a quien el ánimo incite a combatir conmigo, adelántese y será campeón con el divino Héctor. Propongo lo siguiente y Zeus sea testigo: Si aquel, con su bronce de larga punta, consigue quitarme la vida, despójeme de las armas, lléveselas a las cóncavas naves, y entregue mi cuerpo a los míos para que los troyanos y sus esposas lo suban a la pira; y si yo le matare a él, por concederme Apolo tal gloria, me llevaré sus armas a la sagrada Ilión, las colgaré en el templo de Apolo, el que hiere de lejos, y enviaré el cadáver a los navíos de muchos bancos, para que los aqueos, de larga cabellera, le hagan exequias y le erijan un túmulo a orillas del espacioso Helesponto. Y dirá alguno de los futuros hombres, atravesando el vinoso mar en un bajel de muchos órdenes de remos: "Esa es la tumba de un varón que peleaba valerosamente y fue muerto en edad remota por el esclarecido Héctor. Así hablará, y mi gloria será eterna".

[vv. 7.92 y ss.] De tal modo se expresó. Todos enmudecieron y quedaron silenciosos, pues por vergüenza no rehusaban el desafío y por miedo no se decidían a aceptarlo. Al fin levantose Menelao, con el corazón afligidísimo, y los apostrofó de esta manera:

[vv. 7.96 y ss.] —¡Ay de mí, hombres jactanciosos; aqueas, que no aqueos[255]. Grande y horrible será nuestro oprobio si no sale ningún dánao al encuentro de Héctor. Ojalá os volvierais agua y tierra ahí

---

traductores, por la segunda opción. También interesa destacar que ellos están posados sobre la encina de Zeus —donde se han encontrado en 7.22—, descansando así en la potestad suprema de Olimpo. Por extensión su postura viene a representar la de todos los demás dioses, que contemplan, como buitres, todas las instancias del conflicto bélico que ellos mismos han suscitado.

[255] Repitiendo el insulto de Tersites en 2.235, Menelao parece contestar y devolver la acusación que se hiciera aquella vez. Todo lo cual permite observar cómo van y vienen los reclamos y tensiones en el bando heleno.

mismo donde estáis sentados, hombres sin corazón y sin honor. Yo seré quien se arme y luche con aquel, pues la victoria la conceden desde lo alto los inmortales dioses.

[vv. 7.103 y ss.] Esto dicho, empezó a ponerse la magnífica armadura. Entonces oh Menelao, hubieras acabado la vida en manos de Héctor[256], cuya fuerza era muy superior, si los reyes aqueos no se hubiesen apresurado a detenerte. El mismo Agamenón Atrida, el de vasto poder, asiole de la diestra exclamando:

[vv. 7.109 y ss.] —¡Deliras, Menelao, alumno de Zeus! Nada te fuerza a cometer tal locura. Domínate, aunque estés afligido, y no quieras luchar por despique con un hombre más fuerte que tú, con Héctor Priámida, que a todos amedrenta y cuyo encuentro en la batalla, donde los varones adquieren gloria, causaba horror al mismo Aquiles, que tanto en bravura te aventaja. Vuelve a juntarte con tus compañeros, siéntate, y los aqueos harán que se levante un campeón tal, que, aunque aquel sea intrépido e incansable en la pelea, con gusto, creo, se entregará al descanso si consigue escapar de tan fiero combate, de tan terrible lucha.[257]

[vv. 7.120 y ss.] Dijo; y el héroe cambió la mente de su hermano con la oportuna exhortación. Menelao obedeció y sus servidores, alegres, quitáronle la armadura de los hombros. Entonces levantose Néstor, y arengó a los argivos diciendo:

[vv. 7.124 y ss.] —¡Oh dioses! ¡Qué motivo de pesar tan grande para la tierra aquea! ¡Cuánto gemiría el anciano jinete Peleo, ilustre consejero y arengador de los mirmidones, que en su palacio se gozaba con preguntarme por la prosapia y la descendencia de los argivos todos! Si supiera que estos tiemblan ante Héctor, alzaría las manos a los inmortales para que su alma, separándose del cuerpo, bajara a la morada de Hades. Ojalá, ¡padre Zeus, Atenea, Apolo!, fuese yo tan joven como cuando, encontrándose los pilios con los belicosos arcadios al pie de las murallas de Fea, cerca de la corriente del Járdano, trabaron el combate a orillas del impetuoso

---

[256] El poeta detiene su relato, e irrumpe con un apóstrofe parecido, cuando anuncia la muerte de Patroclo en 16.787.

[257] Willcock opina que los líderes aqueos protegen a Menelao porque es su razón de estar en Troya: si él muriese, la causa de la guerra se debilitaría o desparecería, y esto —tal como ocurre en 4.155 y ss.— es algo que preocupa especialmente a Agamenón, pero que también inquieta a los demás caudillos (Cfr. *A Companion to the Iliad*, Chicago, University of Chicago Press, 1976, p. 77).

Celadonte[258]. Entre los arcadios aparecía en primera línea Ereutalión, varón igual a un dios, que llevaba la armadura del rey Areitoo; del divino Areitoo, a quien por sobrenombre llamaban *el macero* así los hombres como las mujeres de hermosa cintura, porque no peleaba con el arco y la formidable lanza, sino que rompía las falanges con la férrea maza. Al rey Areitoo matole Licurgo, valiéndose no de la fuerza, sino de la astucia, en un camino estrecho, donde la férrea clava no podía librarle de la muerte: Licurgo se le adelantó, envasole la lanza en medio del cuerpo, tumbole de espaldas, y despojole de la armadura, regalo del férreo Ares, que llevaba en las batallas. Cuando Licurgo envejeció en el palacio, entregó dicha armadura a Ereutalión, su escudero querido, para que la usara; y este, con tales armas, desafiaba entonces a los más valientes. Todos estaban amedrentados y temblando, y nadie se atrevía a aceptar el reto, pero mi ardido corazón me impulsó a pelear con aquel presuntuoso —era yo el más joven de todos— y combatí con él y Atenea me dio gloria, pues logré matar a aquel hombre gigantesco y fortísimo, que tendido en el suelo ocupaba un gran espacio. Ojalá me rejuveneciera tanto y mis fuerzas conservaran su robustez. ¡Cuán pronto Héctor, de tremolante casco, tendría combate! ¡Pero ni los que sois los más valientes de los aqueos todos, ni siquiera vosotros, estáis dispuestos a hacer campo contra Héctor!

[vv. 7.161 y ss.] De esta manera los increpó el anciano, y nueve en total se levantaron. Levantose, mucho antes que los otros, el rey de hombres Agamenón[259]; luego, el fuerte Diomedes Tidida; después, ambos Ayaces, revestidos de impetuoso valor; tras ellos Idomeneo y su escudero Meriones que al homicida Ares igualaba; en seguida Eurípilo, hijo ilustre de Evemón; y, finalmente, Toante Andremónida y el divino Odiseo: todos estos querían pelear con el ilustre Héctor. Y Néstor, caballero gerenio, les dijo:

[vv. 7.171 y ss.] —Echad suertes, y aquel a quien le toque alegrará a los aqueos, de hermosas grebas, y sentirá regocijo en el corazón si logra escapar del fiero combate, de la terrible lucha.

---

[258] Nada se sabe de la localización de esta ciudad ni de estos ríos.

[259] Homero deja constancia de la primacía de Agamenón, —primacía que se pone en consonancia con su rango. Agamenón parece asumir la responsabilidad de haber refrenado el ímpetu de Menelao. Y esto a su vez, concita el movimiento de los demás caudillos que se ponen de pie junto con él. Acaso al mismo tiempo que Agamenón, pueden haber comprendido la importancia de preservar a Menelao.

[vv. 7.175 y ss.] Tal fue lo que propuso. Los nueve señalaron sus respectivas tarjas, y seguidamente las metieron en el casco de Agamenón Atrida. Los guerreros oraban y alzaban las manos a los dioses[260]. Y algunos exclamaron, mirando al anchuroso cielo:

[vv. 7.179 y s.] —¡Padre Zeus! Haz que le caiga la suerte a Áyax, al hijo de Tideo, o al mismo rey de Micenas rica en oro.

[vv. 7.181 y ss.] Así decían. Néstor, caballero gerenio, meneaba el casco, hasta que por fin saltó la tarja que ellos querían, la de Áyax. Un heraldo llevola por el concurso y, empezando por la derecha, la enseñaba a los próceres aqueos, quienes, al no reconocerla, negaban que fuese la suya; pero cuando llegó al que la había marcado y echado en el casco, al ilustre Áyax, este tendió la mano, y aquel se detuvo y le entregó la contraseña. El héroe la reconoció, con gran júbilo de su corazón, y tirándola al suelo, a sus pies exclamó:

[vv. 7.191 y ss.] —¡Oh amigos! Mi tarja es[261], y me alegro en el alma porque espero vencer al divino Héctor. ¡Ea! Mientras visto la bélica armadura, orad al soberano Zeus Crónida mentalmente, para que no lo oigan los teucros; o en alta voz, pues a nadie tememos. No habrá quien, valiéndose de la fuerza o de la astucia, me ponga en fuga contra mi voluntad; porque no creo que naciera y me criara en Salamina, tan inhábil para la lucha.

[vv. 7.200 y 201] Tales fueron sus palabras. Ellos oraron al soberano Zeus Crónida, y algunos dijeron mirando al anchuroso cielo:

[vv. 7.202 y ss.] —¡Padre Zeus, que reinas desde el Ida, gloriosísimo máximo! Conceded a Áyax la victoria y un brillante triunfo y si amas también a Héctor y por él te interesas, dales a entrambos igual fuerza y gloria.

---

[260] Existe una verdadera confianza en la voluntad divina: en un momento en que se requiere la elección del guerrero más poderoso, nosotros, que vivimos en un mundo divorciado de lo sagrado, consideramos una insensatez que ella se decida por la suerte. Los personajes del poema, sin embargo, confían en la sempiterna sabiduría del dios. Oran, pero también aceptan.

[261] Contando a Menelao más los nueve que se pusieron de pie, se conforma el número diez, de quienes se ofrecieron para enfrentar a Héctor. Sin embargo, en este caso se produce una configuración anular: uno (Menelao) se dispone, nueve se ofrecen en su lugar (se conforma el 10), luego uno (Áyax) es seleccionado —en sustitución de Menelao— y se apresta efectivamente para responder al reto (mientras que 1+8, quedan descartados). Los números diez, nueve, ocho, dos y uno, quedan implicados en este pequeño juego de sustituciones, y la simetría podría expresarse sintéticamente en forma matemática como 1+8+1.

[vv. 7.206 y ss.] Así hablaban. Púsose Áyax la armadura de luciente bronce; y vestidas las armas, marchó tan animoso como el terrible Ares cuando se encamina al combate de los hombres a quienes el Crónida hace venir a las manos por una roedora discordia. Tan terrible se levantó Áyax, antemural de los aqueos, que sonreía con torva faz, andaba a paso largo y blandía enorme lanza. Los argivos se regocijaron grandemente así que le vieron; y un violento temblor se apoderó de los teucros; al mismo Héctor palpitole el corazón en el pecho; pero ya no podía manifestar temor ni retirarse a su ejército, porque de él había partido la provocación. Áyax se le acercó con su escudo como una torre²⁶², broncíneo, de siete pieles de buey, que en otro tiempo le hiciera Tiquio²⁶³, el cual habitaba en Hila y era el mejor de los curtidores. Este formó el versátil escudo con siete pieles de corpulentos bueyes y puso encima como octava capa, una lámina de bronce. Áyax Telamonio parose, con la rodela al pecho, muy cerca de Héctor; y amenazándole, dijo:

[vv. 7.226 y ss.] —¡Héctor! Ahora sabrás claramente, de solo a solo, cuáles adalides pueden presentar los dánaos, aun prescindiendo de Aquiles, que destruye los escuadrones y tiene el ánimo de un león. Mas el héroe, enojado con Agamenón, pastor de hombres, permanece en las corvas naves, que atraviesan el ponto, y somos muchos los capaces de pelear contigo. Pero empiece ya la lucha y el combate.

[vv. 7.233 y ss.] Respondiole el gran Héctor, de tremolante casco: — ¡Áyax Telamonio, del linaje de Zeus, príncipe de hombres! No me tientes cual si fuera un débil niño o una mujer²⁶⁴ que no conoce las cosas de la guerra. Versado estoy en los combates y en las matanzas de hombres; sé mover a diestro y siniestro la seca piel de buey que llevo para luchar denodadamente, sé lanzarme a la pelea cuando en prestos carros se batalla, y sé deleitar a Ares en el cruel estadio de la

---

²⁶² Verso formulario, se repite en 11.425; este escudo de gran tamaño pertenece a un armamento arcaico, que se remonta al primitivo período micénico. Héctor también aparece usándolo en 6.118 y s.

²⁶³ Tiquio (*Τυχίος*), es claramente un nombre de fantasía; significa *fabricante*; derivado de *τεύχω*, *hacer, fabricar, construir*.

²⁶⁴ Héctor reacciona así porque Áyax, haciendo gala de su poder y valor, incluso lo insta a tirar primero —y no por sorteo, como hemos visto que ha ocurrido en el enfrentamiento de Alejandro y Menelao en 3.314 y ss.— como si fuera a enfrentarse con alguien inexperto o de menor valía.

guerra. Pero a ti, siendo cual eres, no quiero herirte con alevosía, sino cara a cara, si puedo conseguirlo.

[vv. 7.244 y ss.] Dijo y blandiendo la enorme lanza, arrojola y atravesó el bronce que cubría como octava capa el gran escudo de Áyax, formado por siete boyunos cueros: la indomable punta horadó seis de estos y en el séptimo quedó detenida. Áyax, descendiente de Zeus, tiró a su vez un bote en el escudo liso del Priámida, y el asta, pasando por la tersa rodela, se hundió en la labrada coraza y rasgó la túnica sobre el ijar; inclinose el héroe, y evitó la negra muerte. Y arrancando ambos las luengas lanzas de los escudos, acometiéronse como carniceros leones o puercos monteses, cuya fuerza es inmensa. El Priámida hirió con la lanza el centro del escudo de Áyax y el bronce no pudo romperlo porque la punta se torció. Áyax, arremetiendo, clavó la suya en la rodela de aquel, e hizo vacilar al héroe cuando se disponía para el ataque; la punta abriose camino hasta el cuello de Héctor, y en seguida brotó la negra sangre. Mas no por eso cesó de combatir Héctor, de tremolante casco, sino que, volviéndose, cogió con su robusta mano un pedrejón negro y erizado de puntas que había en el campo; lo tiró, acertó a dar en el bollón central del gran escudo de Áyax, de siete boyunas pieles, e hizo resonar el bronce de la rodela. Áyax entonces, tomando una piedra mucho mayor, la despidió haciéndola voltear con una fuerza inmensa. La piedra torció el borde inferior del hectóreo escudo, cual pudiera hacerlo una muela de molino, y chocando con las rodillas de Héctor le tumbó de espaldas, asido a la rodela; pero Apolo en seguida le puso en pie.[265] Y ya se hubieran atacado de cerca con las espadas, si no hubiesen acudido dos heraldos, mensajeros de Zeus y de los hombres, que llegaron, respectivamente, del campo de los teucros y del de los aqueos, de broncíneas corazas: Taltibio e Ideo, prudentes ambos[266]. Estos interpusieron sus cetros entre los

---

[265] Los aqueos, no queriendo asumir un riesgo, han dejado de lado (en 7.109-161) un número diez, potencialmente "victorioso" o "perfecto"; eligiendo a su campeón entre nueve, un número que acompaña "lo incompleto". Consecuentemente, ya en el combate, tenemos que Áyax —el representante de los nueve por el bando aqueo— no consigue el objetivo, esto es: dar muerte a Héctor, sino, simplemente, obtener una victoria parcial, antes que el duelo se vea interrumpido.

[266] Taltibio es heraldo de Agamenón, mientras que Ideo es heraldo de Príamo. Parecen actuar como jueces del duelo por uno y otro bando. Sus cetros representan el poder celestial supremo.

campeones, e Ideo, hábil en dar sabios consejos, pronunció estas palabras:

[vv. 7.279 y ss.] —¡Hijos queridos! No peleéis ni combatáis más; a entrambos os ama Zeus, que amontona las nubes, y ambos sois belicosos. Esto lo sabemos todos. Pero la noche comienza ya, y será bueno obedecerla.

[vv. 7.283 y ss.] Respondiole Áyax Telamonio: —¡Ideo! Ordenad a Héctor que lo disponga, pues fue él quien retó a los más valientes. Sea el primero en desistir; que yo obedeceré, si él lo hiciere.

[vv. 7.287 y ss.] Díjole el gran Héctor, de tremolante casco: —¡Áyax! Puesto que los dioses te han dado corpulencia, valor y cordura, y en el manejo de la lanza descuellas entre los aqueos, suspendamos por hoy el combate y la lucha, y otro día volveremos a pelear hasta que una deidad nos separe, después de otorgar la victoria a quien quisiere. La noche comienza ya, y será bueno obedecerla. Así tú regocijarás, en las naves, a todos los aqueos y especialmente a tus amigos y compañeros; y yo alegraré, en la gran ciudad del rey Príamo, a los troyanos y a las troyanas, de rozagantes peplos, que habrán ido a los sagrados templos a orar por mí. ¡Ea! Hagámonos magníficos regalos, para que digan aqueos y teucros: Combatieron con roedor encono, y se separaron por la amistad unidos.

[vv. 7.303 y ss.] Cuando esto hubo dicho, entregó a Áyax una espada guarnecida con argénteos clavos ofreciéndosela con la vaina y el bien cortado ceñidor; y Áyax regaló a Héctor un vistoso tahalí teñido de púrpura[267]. Separáronse luego, volviendo el uno a las tropas aqueas y el otro al ejército de los teucros. Estos se alegraron al ver a Héctor vivo, y que regresaba incólume, libre de la fuerza y de las invictas manos de Áyax, cuando ya desesperaban de que se salvara; y le acompañaron a la ciudad. Por su parte los aqueos, de hermosas grebas, llevaron a Áyax, ufano de la victoria, a la tienda del divino Agamenón.

---

[267] El intercambio de regalos ratifica el cese de la animosidad y el restablecimiento de la paz entre ambos contendientes. Se halla en la misma línea de costumbres y pensamiento que el intercambio de armaduras entre Glauco y Diomedes que tuvo lugar en 6.232 y ss. Los dones intercambiados tienen un valor conmemorativo del evento y del valor que ambos han demostrado. Sin embargo, Leaf ha señalado que ambos regalos resultaron nefastos para quienes los recibieron: el cinturón dado por Áyax serviría para sujetar el cadáver de Héctor al carro de Aquiles, y Áyax terminaría sus días suicidándose sobre la espada (*Companion to the Iliad*, London, Macmillan, 1892, p. 156 y s., n. 303).

129

[vv. 7.313 y ss.] Así que estuvieron en ella, Agamenón Atrida, rey de hombres, sacrificó al prepotente Crónida un buey de cinco años. Tan pronto como lo hubieron desollado y preparado, lo descuartizaron hábilmente y cogiendo con pinchos los pedazos, los asaron con el cuidado debido y los retiraron del fuego. Terminada la faena y dispuesto el festín, comieron sin que nadie careciese de su respectiva porción; y el poderoso héroe Agamenón Atrida, obsequió a Áyax con el ancho lomo[268]. Cuando hubieron satisfecho el deseo de comer y de beber, el anciano Néstor, cuya opinión era considerada siempre como la mejor, comenzó a darles un consejo. Y arengándolos con benevolencia, así les dijo:

[vv. 7.327 y ss.] —¡Atrida y demás príncipes de los aqueos todos! Ya que han muerto tantos aqueos, de larga cabellera, cuya sangre esparció el cruel Ares por la ribera del Escamandro de límpida corriente y cuyas almas descendieron al Hades, conviene que suspendas los combates; y mañana, reunidos todos al comenzar del día, traeremos los cadáveres en carros tirados por bueyes y mulos, y los quemaremos cerca de los bajeles para llevar sus cenizas a los hijos de los difuntos cuando regresemos a la patria. Erijamos luego con tierra de la llanura, amontonada en torno de la pira, un túmulo común; edifiquemos a partir del mismo una muralla con altas torres que sea un reparo para las naves y para nosotros mismos; dejemos puertas, que se cierren con bien ajustadas tablas, para que pasen los carros, y cavemos al pie del muro un profundo foso, que detenga a los hombres y a los caballos si algún día no podemos resistir la acometida de los altivos teucros.

[vv. 7.344 y ss.] Así hablo, y los demás reyes aplaudieron. Reuniéronse los teucros en la acrópolis de Ilión, cerca del palacio de Príamo; y la junta fue agitada y turbulenta. El prudente Antenor comenzó a arengarles de esta manera:

[vv. 7.348 y ss.] —¡Oídme, troyanos, dárdanos y aliados, y os manifestaré lo que en el pecho mi corazón me dicta! Ea, restituyamos la argiva Helena con sus riquezas y que los Atridas se

---

[268] Esta es la porción de honor, y sirve en este caso para homenajear la proeza de Áyax. La *Odisea,* obra donde se destacan los usos y costumbres hospitalarios, nos proporciona varios ejemplos de esta forma de honrar al huésped. Menelao agasaja a Telémaco y al hijo de Néstor de este modo en 3.65 y s., luego Eumeo honra de esta manera a Odiseo en 14.437 y ss. Alcínoo también lo honra con una porción de este corte; y, a su vez, Odiseo comparte esta carne con Demódoco, para demostrarle cuánto apreciaba su labor (8.469 y ss.).

la lleven. Ahora combatimos después de quebrar la fe ofrecida en los juramentos, y no espero que alcancemos éxito alguno mientras no hagamos lo que propongo.

[vv. 7.354 y ss.] Dijo, y se sentó. Levantose el divino Alejandro, esposo de Helena, la de hermosa cabellera, y dirigiéndose a aquel, pronunció estas aladas palabras:

[vv. 7.357 y ss.] —¡Antenor! No me place lo que propones, y podías haber pensado algo mejor. Si realmente hablas con seriedad, los mismos dioses te han hecho perder el juicio. Y a los troyanos, domadores de caballos, les diré lo siguiente: Paladinamente lo declaro, no devolveré la esposa; pero sí quiero dar cuantas riquezas traje de Argos y aun otras que añadiré de mi casa.

[vv. 7.365, 366 y 367] Dijo, y se sentó. Levantose Príamo Dardánida, consejero igual a los dioses, y les arengó con benevolencia diciendo:

[vv. 7.368 y ss.] —¡Oídme, troyanos, dárdanos y aliados, y os manifestaré lo que en el pecho mi corazón me dicta! Cenad en la ciudad, como siempre; acordaos de la guardia, y vigilad todos; al romper el alba vaya Ideo a las cóncavas naves, anuncie a los Atridas, Agamenón y Menelao, la proposición de Alejandro, por quien se suscitó la contienda, y hágales esta prudente consulta: Si quieren que se suspenda el horrífico combate, para quemar los cadáveres, y luego volveremos a pelear hasta que una deidad nos separe y otorgue la victoria a quien le plazca.

[vv. 7.379 y ss.] De esta suerte habló; ellos le escucharon y obedecieron, tomando la cena en el campo, sin romper las filas, y apenas comenzó a alborear [269], encaminose Ideo a las cóncavas naves y halló a los dánaos, ministros de Ares, reunidos en junta cerca del bajel de Agamenón. El heraldo de voz sonora, puesto en medio, les dijo:

[vv. 7.385 y ss.] —¡Atrida y demás príncipes de los aqueos todos! Mándanme Príamo y los ilustres troyanos que os participe, y ojalá os fuera acepta y grata, la proposición de Alejandro, por quien se suscitó la contienda. Ofrece dar cuantas riquezas trajo a Ilión en las cóncavas naves —¡así hubiese perecido antes!— y aun añadir otras de su casa; pero se niega a devolver la legítima esposa del glorioso

---

[269] Esta nueva referencia temporal indicaría el día 24 de nuestro cómputo.

Menelao, a pesar de que los troyanos se lo aconsejan[270]. Me han ordenado también que os haga esta consulta: Si queréis que se suspenda el horrísono combate, para quemar los cadáveres, y luego volveremos a pelear hasta que una deidad nos separe y otorgue la victoria a quien le plazca.

[vv. 7.398 y 399] Así habló. Todos enmudecieron y quedaron silenciosos. Pero al fin Diomedes, valiente en la pelea, dijo:

[vv. 7.400, 401 y 402] —No se acepten ni las riquezas de Alejandro ni a Helena tampoco pues es evidente, hasta para el más simple, que la ruina pende sobre los troyanos.

[vv. 7.403, 404 y 405] Así se expresó; y todos los aqueos aplaudieron, admirados del discurso de Diomedes, domador de caballos. Y el rey Agamenón dijo entonces a Ideo:

[vv. 7.406 y ss.] —¡Ideo! Tú mismo oyes las palabras con que te responden los aqueos; ellas son de mi agrado. En cuanto a los cadáveres, no me opongo a que sean quemados, pues ha de ahorrarse toda dilación para satisfacer prontamente a los que murieron, entregando sus cuerpos a las llamas. Zeus tonante, esposo de Hera, reciba el juramento.

[vv. 7.412 y ss.] Dicho esto, alzó el cetro a todos los dioses[271]; e Ideo regresó a la sagrada Troya, donde le esperaban reunidos en junta, troyanos y dárdanos. El heraldo, puesto en medio, dijo la respuesta. En seguida dispusiéronse unos a recoger los cadáveres y otros a ir por leña. A su vez, los argivos salieron de las naves de numerosos bancos; unos, para recoger los cadáveres, y otros, para cortar leña.

[vv. 7.421 y ss.] Ya el sol hería con sus rayos los campos, subiendo al cielo desde la plácida corriente del profundo Océano, cuando aqueos y teucros se mezclaron unos con otros en la llanura. Difícil era reconocer a cada varón; pero lavaban con agua las manchas de

---

[270] Llamativamente Ideo no se limita a transmitir el mensaje, sino que también deja trasuntar su propio parecer, no solo manifestando su repudio por Alejandro, sino también considerando que las pretensiones de aquel respecto de Helena son ilegítimas, a la vez que elogia la valía de Menelao. Incluso llega a revelar que en el consejo troyano existe un serio desacuerdo. Todo lo cual, además de exponer las fisuras existentes en su bando, confiere un mayor realismo y profundidad psicológica al relato homérico.

[271] Con este gesto Ideo sella y sacraliza el juramento de tregua. Sobre este uso del cetro véase: Benveniste, E. *Vocabulario de las instituciones indoeuropeas*. Madrid, Taurus, 1983, pp. 257 y s.

sangre de los cadáveres y derramando ardientes lágrimas, los subían a los carros. El gran Príamo no permitía que los teucros lloraran: estos, en silencio y con el corazón afligido, hacinaron los cadáveres sobre la pira, los quemaron y volvieron a la sacra Ilión. Del mismo modo, los aqueos, de hermosas grebas, hacinaron los cadáveres sobre la pira, los quemaron y volvieron a las cóncavas naves.

[vv. 7.433 y ss.] Cuando aún no despuntaba la aurora, pero ya la luz del alba aparecía, un grupo escogido de aqueos se reunió en torno a la pira. Erigieron con tierra de la llanura un túmulo común; construyeron a partir del mismo una muralla con altas torres, que sirviese de reparo a las naves y a ellos mismos; dejaron puertas, que se cerraban con bien ajustadas tablas, para que pudieran pasar los carros, y cavaron al pie del muro un gran foso profundo y ancho que defendieron con estacas. De tal suerte trabajaban los aqueos, de larga cabellera.

[vv. 7.443 y ss.] Los dioses sentados a la vera de Zeus fulminador contemplaban la grande obra de los aqueos de broncíneas corazas: y Poseidón que sacude la tierra, empezó a decirles:

[vv. 7.446 y ss.] —¡Padre Zeus! ¿Cuál de los mortales de la vasta tierra consultará con los dioses sus pensamientos y proyectos? ¿No ves que los aqueos, de larga cabellera, han construido delante de las naves un muro con su foso, sin ofrecer a los dioses hecatombes perfectas? La fama de este muro se extenderá tanto como la luz de la aurora; y se echará en olvido el que labramos Febo Apolo y yo, cuando con gran fatiga construimos la ciudad para el héroe Laomedonte.

[vv. 7.454 y ss.] Zeus, que amontona las nubes, respondió indignado: —¡Oh dioses! ¡Tú, prepotente batidor de la tierra, qué palabras proferiste! A un dios muy inferior en fuerza, y ánimo podría asustarle tal pensamiento; pero no a ti, cuya fama se extenderá tanto como la luz de la aurora. Ea, cuando los aqueos, de larga cabellera, regresen en las naves a su patria, derriba el muro, arrójalo entero al mar, y enarena otra vez la espaciosa playa para que desaparezca la gran muralla aquea[272].

[vv. 7.464 y ss.] Así estos conversaban. A la puesta del sol los aqueos tenían la obra acabada; inmolaron bueyes y se pusieron a cenar en

---

[272] La falta de la debida sacralización de estas obras permite anticipar su pobre efectividad para detener los próximos ataques.

las respectivas tiendas, cuando arribaron, procedentes de Lemnos, muchas naves cargadas de vino que enviaba Euneo[273], hijo de Hipsípile y de Jasón, pastor de hombres. El hijo de Jasón mandaba separadamente, para los Atridas Agamenón y Menelao, mil medidas de vino. Los aqueos, de larga cabellera, acudieron a las naves; compraron vino, unos con bronce otros con luciente hierro, otros con pieles, otros con vacas y otros con esclavos[274], y prepararon un festín espléndido. Toda la noche los aqueos, de larga cabellera, disfrutaron del banquete, y lo mismo hicieron en la ciudad los troyanos y sus aliados. Toda la noche estuvo el próvido Zeus meditando como les causaría males, hasta que por fin tronó de un modo horrible: el pálido temor se apoderó de todos; derramaron a tierra el vino de las copas, y nadie se atrevió a beber sin que antes hiciera libaciones al prepotente Crónida. Después se acostaron y el don del sueño recibieron.

---

[273] Según el relato homérico la colonia de los descendientes de los argonautas se mantenía al margen de la guerra, pero el envío de vino dirigido a los Atridas parece ser una suerte de don o tributo hacia ellos, aunque con el resto de las tropas tienen un trato comercial. El suministro de vino, según 9.72, parece provenir también de los tracios. Pero los tratos comerciales con el hijo de Jasón no se limitan al vino. Tal vez Euneo, haciendo uso de su neutralidad, transara con ambos bandos. Así, más adelante, se mencionará en 21.41 y 23.747 su participación en el rescate de Licaón, hijo de Príamo.

[274] En esta sociedad arcaica la forma de comercio es el trueque; aún no existe la moneda.

RAPSODIA VIII

BATALLA INTERRUMPIDA

Zeus, manifestándose a favor de los troyanos, prohíbe a los dioses intervenir en el combate. Los troyanos, capitaneados por Héctor, causan estragos en las filas aqueas y tan solo se salvan por la caída de la noche. Los troyanos, como vencedores, pernoctan en el campo en vez de retirarse a la ciudad, para poder rematar la victoria al día siguiente.

[vv. 8.1 y ss.] La aurora, de azafranado velo, se esparcía por toda la tierra[275], cuando Zeus, que se complace en lanzar rayos, reunió la junta de dioses en la más alta de las muchas cumbres del Olimpo. Y así les habló, mientras ellos atentamente le escuchaban:

[vv. 8.5 y ss.] —¡Oídme todos, dioses y diosas, para que os manifieste lo que en el pecho mi corazón me dicta! Ninguno de vosotros, sea varón o hembra, se atreva a transgredir mi mandato, antes bien, asentid todos, a fin de que cuanto antes lleve al cabo lo que me propongo. El dios que intente separarse de los demás y socorrer a los teucros o a los dánaos, como yo le vea, volverá afrentosamente golpeado al Olimpo; o cogiéndole, lo arrojaré al tenebroso Tártaro, muy lejos en lo más profundo del báratro debajo de la tierra —sus puertas son de hierro y el umbral, de bronce, y su profundidad desde el Hades como del cielo a la tierra[276]— y conocerá en seguida cuánto aventaja mi poder al de las demás deidades. Y si queréis, haced esta

---

[275] Se inicia el relato del día 25 de nuestro cómputo.

[276] El Tártaro es un abismo que está muy por debajo del Hades. Allí Zeus ha encerrado y encadenado a sus mayores enemigos: a su padre, Cronos, y a los titanes. El Tártaro se encuentra en las antípodas del Olimpo. Un eco de estos versos se observa claramente en Hesíodo (*Teogonía*, 720 y ss.). Ese texto nos aporta algún detalle de las dimensiones de este esquema cósmico. Dice que si se arrojara un yunque desde el cielo, el mismo estaría cayendo por nueve días, y en el décimo recién alcanzaría la tierra; del mismo modo, si se arrojara este yunque desde la tierra al Tártaro, caería por nueve días con sus noches y recién al décimo llegaría al Tártaro. Los números —usados por Hesíodo con la misma clave simbólica que Homero—, no solo presentan al mundo de los hombres a medio camino entre los palacios celestiales y las profundidades del Tártaro, sino también la posición de extrema antítesis que existe entre ambos polos cosmológicos. Paralelamente, la imagen del yunque y el tiempo de la caída, intentan comunicarnos las colosales medidas del diseño.

prueba, oh dioses, para que os convenzáis. Suspended del cielo áurea cadena, asíos todos, dioses y diosas, de la misma, y no os será posible arrastrar del cielo a la tierra a Zeus, árbitro supremo, por mucho que os fatiguéis, mas si yo me resolviese a tirar de aquella os levantaría con la tierra y el mar, ataría un cabo de la cadena en la cumbre del Olimpo, y todo quedaría en el aire. Tan superior soy a los dioses y a los hombres.

[vv. 8.28 y ss.] Así hablo, y todos callaron asombrados de sus palabras, pues fue mucha la vehemencia con que se expresara. Al fin, Atenea, la diosa de los brillantes ojos, dijo:

[vv. 8.31 y ss.] —¡Padre nuestro, Crónida, el más excelso de los soberanos! Bien sabemos que es incontrastable tu poder; pero tenemos lástima de los belicosos dánaos, que morirán, y se cumplirá su aciago destino. Nos abstendremos de intervenir en el combate, si nos lo mandas; pero sugeriremos a los argivos consejos saludables, a fin de que no perezcan todos, víctimas de tu cólera.

[vv. 8.38 y ss.] Sonriéndose, le contestó Zeus que amontona las nubes: —Tranquilízate, Tritogenia, hija querida. No hablo con ánimo benigno, pero contigo quiero ser complaciente.

[vv. 8.41 y ss.] Esto dicho, unció los corceles de pies de bronce y áureas crines, que volaban ligeros; vistió la dorada túnica, tomó el látigo de oro y fina labor, y subió al carro. Picó a los caballos para que arrancaran; y estos, gozosos, emprendieron el vuelo entre la tierra y el estrellado cielo. Pronto llegó al Ida, abundante en fuentes y criador de fieras, al Gárgaro[277], donde tenía un bosque sagrado y un perfumado altar; allí el padre de los hombres y de los dioses detuvo los bridones, los desenganchó del carro y los cubrió de espesa niebla. Sentose luego en la cima, ufano de su gloria, y se puso a contemplar la ciudad troyana y las naves aqueas[278].

[vv. 8.53 y ss.] Los aqueos se desayunaron apresuradamente en las tiendas y en seguida tomaron las armas. También los teucros se armaron dentro de la ciudad; y aunque eran menos, estaban

---

[277] El Gárgaro es el pico principal y más alto del monte Ida, tal como se indica en 14.292.

[278] Todo este pasaje se dedica a demostrar la plácida majestad que emana de la potestad de Zeus. En parte la encontramos irradiada por el lujo de cada uno de los ricos elementos que utiliza y que le sirven; por otro lado se manifiesta cuando ocupa, en imperturbable reposo, el sitial más encumbrado desde el cual contemplará el desarrollo de los hechos.

dispuestos a combatir, obligados por la cruel necesidad de proteger a sus hijos y mujeres; abriéronse todas las puertas, salió el ejército de infantes y de los que peleaban en carros, y se produjo un gran tumulto.

[vv. 8.60 y ss.] Cuando los dos ejércitos llegaron a juntarse, chocaron entre sí los escudos, las lanzas y el valor de los guerreros armados de broncíneas corazas, y al aproximarse las abollonadas rodelas se produjo un gran tumulto[279]. Allí se oían simultáneamente los lamentos de los moribundos y los gritos jactanciosos de los matadores, y la tierra manaba sangre.

[vv. 8.66 y ss.] Al amanecer y mientras iba aumentando la luz del sagrado día, los tiros alcanzaban por igual a unos y a otros, y los hombres caían. Cuando el sol hubo recorrido la mitad del cielo, el padre Zeus tomó la balanza de oro, puso en ella dos suertes—la de los teucros, domadores de caballos, y la de los aqueos, de broncíneas corazas—para saber a quien estaba reservada la dolorosa muerte; cogió por el medio la balanza, la desplegó y tuvo más peso el día fatal de los aqueos. La suerte de estos bajó hasta llegar a la fértil tierra, mientras la de los teucros subía al cielo[280]. Zeus, entonces,

---

[279] La repetición de la misma fórmula que se ha empleado poco antes (8.59) — πολὺς δ' ὀρυμαγδὸς ὀρώρει, "se armó un gran alboroto", "se produjo un gran tumulto", etc.— contribuye a acentuar la idea de confusión y griterío.

[280] Zeus emplea esta balanza dos veces en la obra. En este primer caso nos muestra que el destino favorece a los troyanos, y por este medio se anticipa lo que ocurrirá a continuación: que los teucros, bajo el mando de Héctor, pondrán en serio aprieto al bando aqueo, llevándolos casi al borde de la destrucción. La segunda oportunidad en que Zeus emplea esta balanza (22.209 y ss.) anticipa el fatal destino de Héctor. En ambos se usa la misma palabra κήρ para referirse al destino o suerte —que se pesan en una y otra oportunidad—, pero en los dos se le da prácticamente el mismo sentido que a la palabra μοῖρα. Ambas secuencias se constituyen en hitos de suma importancia para revelar la estructura interna de la trama. Por eso conviene detenerse un poco más en cada uno de estos relatos y observar también algunas diferencias. En el primer caso se nos dice que, al colocar las suertes en los platillos de la balanza, el destino de los aqueos desciende a la tierra, en tanto que el de los teucros sube —en igual medida— a los cielos. En el segundo caso, lo que se pesa son las suertes de Aquiles y de Héctor; pero solamente se nos refiere el trayecto descendente que hace el destino de Héctor hasta llegar al Hades. Así cuando se pesan las suertes de ambos bandos la oposición parece ser "cielo / tierra" o "victoria / derrota", pero cuando se trata de los destinos particulares —como en el caso de Aquiles y Héctor— la dicotomía se vuelve más tajante: tal como "vida / muerte".

truena fuerte desde el Ida y envía una ardiente centella a los aqueos, quienes, al verla, se pasman, sobrecogidos de pálido temor.

[vv. 8.78 y ss.] Ya no se atreven a permanecer en el campo ni Idomeneo, ni Agamenón, ni los dos Ayaces, ministros de Ares; y solo se queda Néstor gerenio, protector de los aqueos, contra su voluntad, por tener malparado uno de los corceles, al cual el divino Alejandro, esposo de Helena, la de hermosa cabellera, flechara en lo alto de la cabeza, donde las crines empiezan a crecer y las heridas son mortales. El caballo, al sentir el dolor, se encabrita y la flecha le penetra el cerebro; y revolcándose para sacudir el bronce, espanta a los demás caballos. Mientras el anciano se daba prisa a cortar con la espada las correas del caído corcel, vienen a través de la muchedumbre los veloces caballos de Héctor, tirando del carro en que iba tan audaz guerrero. Y el anciano perdiera allí la vida, si al punto no lo hubiese advertido Diomedes, valiente era la pelea; el cual, vociferando de un modo horrible dijo a Odiseo:

[vv. 8.93 y ss.] —¡Laertíada, del linaje de Zeus! ¡Odiseo, fecundo en ardides! ¿Adónde huyes, confundido con la turba y volviendo la espalda como un cobarde? Mira que alguien, mientras huyes, no te clave la pica en el dorso. Pero aguarda y apartaremos del anciano al feroz guerrero.

[vv. 8.97 y ss.] Así dijo, y el paciente divino Odiseo pasó sin oírle[281], corriendo hacia las cóncavas naves de los aqueos. El hijo de Tideo, aunque estaba solo, se abrió paso por las primeras filas; y deteniéndose ante el carro del viejo Nélida, pronunció estas aladas palabras:

[vv. 8.102 y ss.] —¡Oh anciano! Los guerreros mozos te acosan y te hallas sin fuerzas, abrumado por la molesta senectud; tu escudero tiene poco vigor y tus caballos son tardos. Sube a mi carro para que veas cuáles son los corceles de Tros que quité a Eneas[282], el que pone en fuga a sus enemigos, y cómo saben lo mismo perseguir acá y allá de la llanura que huir ligeros. De los tuyos cuiden los servidores; y nosotros dirijamos estos hacia los teucros, domadores

---

[281] Antiguamente se estableció un gran debate en torno a esta escena. La cuestión es: ¿Odiseo no escuchó, o fingió no escuchar? Aristarco, sospechando lo segundo, consideraba muy probable que se tratase de una interpolación. En todo caso, por contraste, la escena hace crecer la figura de Diomedes.

[282] Entre Esténelo y Diomedes se los quitaron a Eneas en 5.319 y ss.

de caballos, para que Héctor sepa con qué furia se mueve la lanza que mi mano blande.

[vv. 8.112 y ss.] Dijo; y Néstor, caballero gerenio, no desobedeció[283]. Encargáronse de sus yeguas los bravos escuderos Esténelo y Eurimedonte valeroso, y habiendo subido ambos héroes al carro de Diomedes, Néstor cogió las lustrosas riendas y avispó a los caballos, y pronto se hallaron cerca de Héctor, que cerró con ellos. El hijo de Tideo arrojole un dardo, y si bien erró el tiro, hirió en el pecho cerca de la tetilla a Eniopeo, hijo del animoso Tebeo, que, como auriga, gobernaba las riendas: Eniopeo cayó del carro, cejaron los corceles y allí terminaron la vida y el valor del guerrero. Hondo pesar sintió el espíritu de Héctor por tal muerte, pero, aunque condolido del compañero, dejole en el suelo y buscó otro auriga que fuese osado. Poco tiempo estuvieron los veloces caballos sin conductor, pues Héctor encontrose con el ardido Arqueptólemo Ifítida, y haciéndole subir, le puso las riendas en la mano.

[vv. 8.130 y ss.] Entonces gran estrago e irreparables males se hubieran producido y los teucros habrían sido encerrados en Ilión como corderos, si al punto no lo hubiese advertido el padre de los hombres y de los dioses. Tronando de un modo espantoso, despidió un ardiente rayo para que cayera en el suelo delante de los caballos de Diomedes; el azufre encendido produjo una terrible llama; los corceles, asustados, acurrucáronse debajo del carro; las lustrosas riendas cayeron de las manos de Néstor, y este, con miedo en el corazón, dijo a Diomedes:

[vv. 8.139 y ss.] —¡Tidida! Tuerce la rienda a los solípedos caballos y huyamos. ¿No conoces que la protección de Zeus ya no te acompaña? Hoy Zeus Crónida otorga a ese la victoria; otro día, si le place, nos la dará a nosotros. Ningún hombre por fuerte que sea, puede impedir los propósitos de Zeus, porque el dios es mucho más poderoso.

[vv. 8.145 y ss.] Respondiole Diomedes, valiente en la pelea: —Sí, anciano; oportuno es cuanto acabas de decir, pero un terrible pesar me llega al corazón y al alma. Quizás diga Héctor, arengando a los teucros: "El Tidida llegó a las naves, puesto en fuga por mi lanza". Así se jactará; y entonces ábraseme la vasta tierra.

---

[283] Verso formulario que se repite en 11.516.

[vv. 8.151 y ss.] Replicole Néstor, caballero gerenio: —¡Ay de mí! ¡Qué dijiste hijo del belicoso Tideo! Si Héctor te llamare cobarde y débil no le creerán ni los troyanos, ni los dardanios, ni las mujeres de los teucros magnánimos, escudados, cuyos esposos florecientes en el polvo derribaste.

[vv. 8.157 y ss.] Dichas estas palabras, volvió la rienda a los solípedos caballos, y empezaron a huir por entre la turba. Los teucros y Héctor, promoviendo inmenso alboroto, hacían llover sobre ellos dañosos tiros. Y el gran Héctor, de tremolante casco, gritaba con voz recia:

[vv. 8.161 y ss.] —¡Tidida! Los dánaos, de ágiles corceles, te cedían la preferencia en el asiento y te obsequiaban con carne y copas de vino, mas ahora te despreciarán, porque te has vuelto como una mujer. Anda, tímida doncella; ya no escalarás nuestras torres, venciéndome a mí, ni te llevarás nuestras mujeres en las naves, porque antes te daré la muerte.

[vv. 8.167 y ss.] Tal dijo. El Tidida estaba indeciso entre seguir huyendo o torcer la rienda a los corceles y volver a pelear. Tres veces se le presentó la duda en la mente y en el corazón, y tres veces el próvido Zeus tronó desde los montes ideos para anunciar a los teucros que suya sería en aquel combate la inconstante victoria[284]. Y Héctor los animaba, diciendo a voz en grito:

[vv. 8.173 y ss.] —¡Troyanos, licios, dárdanos, que cuerpo a cuerpo combatís! Sed hombres, amigos, y mostrad vuestro impetuoso valor. Conozco que el Crónida me concede, benévolo, la victoria y gloria inmensa y envía la perdición a los dánaos; quienes, oh necios, construyeron esos muros débiles y despreciables que no podrán contener mi arrojo, pues los caballos salvarán fácilmente el cavado

---

[284] Cfr. nota a 5.436-37. En esta oportunidad la doble ocurrencia del tres se presenta con el esquema básico donde el héroe intenta por tres veces realizar una acción, tres veces encuentra oposición o rechazo, y entonces desiste; como si, al tercer fracaso, aceptase que esa tarea no podrá ser llevada a cabo, al menos en las actuales circunstancias. Esto es que, luego de los tres intentos fallidos, la acción cambia de rumbo. Paralelamente se observa que existe otro tres implícito en el número de los operadores implicados: 1) el representante de uno de los bandos, en este caso Diomedes, que duda si, acometer a Héctor para salvaguardar su honor y no pasar por un cobarde; 2) en el bando contrario, Héctor, encabezando a los teucros, que insultan y desafían a Diomedes; y 3) Zeus, mostrándose propicio a los troyanos, tonante al auspiciar su ataque. En este sentido el número tres aparece aportando una definición —parcial o momentánea— del dos, representado en la dicotomía *aqueo / troyano*.

foso. Cuando llegue a las cóncavas naves, acordaos de traerme el voraz fuego, para que las incendie y mate junto a ellas a los argivos aturdidos por el humo.

[vv. 8.184 y ss.] Dijo, y exhortó a sus caballos con estas palabras: — ¡Janto, Podargo, Etón, divino Lampo! Ahora debéis pagarme el exquisito cuidado con que Andrómaca, hija del magnánimo Eetión, os ofrecía el regalado trigo y os mezclaba vinos para que pudieseis, bebiendo, satisfacer vuestro apetito; antes que a mí, que me glorío de ser su floreciente esposo. Seguid el alcance, esforzaos, para ver si nos apoderamos del escudo de Néstor, cuya fama llega hasta el cielo por ser de oro, sin exceptuar las abrazaderas, y le quitamos de los hombros a Diomedes, domador de caballos, la labrada coraza que Hefesto fabricara[285]. Creo que si ambas cosas consiguiéramos, los aqueos se embarcarían esta misma noche en las veleras naves.

[vv. 8.198 y ss.] Así habló, vanagloriándose. La veneranda Hera, indignada, se agitó en su trono, haciendo estremecer el espacioso Olimpo, y dijo al gran dios Poseidón.

[vv. 8.201 y ss.] —¡Oh dioses! ¡Prepotente Poseidón, que bates la tierra! ¿Tu corazón no se compadece de los dánaos moribundos, que tantos y tan lindos presentes te llevaban a Hélice y a Egas? Decídete a darles la victoria. Si cuantos protegemos a los dánaos quisiéramos rechazar a los teucros y contener al longividente Zeus, este se aburriría sentado solo allá en el Ida.

[vv. 8.208 y ss.] Respondiole muy indignado el poderoso dios que sacude la Tierra: —¿Qué palabras proferiste, audaz Hera? Yo no quisiera que los demás dioses lucháramos con el Zeus Crónida, porque nos aventaja mucho en poder.

[vv. 8.212 y ss.] Así estos conversaban. Cuanto espacio había desde los bajeles al fosado muro llenose de carros y hombres escudados que allí acorraló Héctor Priámida, igual al impetuoso Ares, cuando Zeus le dio gloria. Y el héroe hubiese pegado ardiente fuego a las naves bien proporcionadas, de no haber sugerido la venerable Hera a Agamenón que animara pronto a los aqueos. Fuese el Atrida hacia las tiendas y las naves aqueas con el grande purpúreo manto en el robusto brazo, y subió a la ingente nave negra de Odiseo, que estaba

---

[285] No hay otras menciones y noticias del rico escudo de Néstor, sin embargo, deberíamos suponer que esa armadura es aquella que Diomedes, en 6.235 y s., habría recibido de Glauco.

en el centro, para que le oyeran por ambos lados hasta las tiendas de Áyax Telamonio y de Aquiles, los cuales habían puesto sus bajeles en los extremos porque confiaban en su valor y en la fuerza de sus brazos[286]. Y con voz penetrante gritaba a los dánaos:

[vv. 8.228 y ss.] —¡Qué vergüenza argivos, hombres sin dignidad, admirables solo por la figura! ¿Qué es de la jactancia con que nos gloriábamos de ser valentísimos, y con que decíais presuntuosamente en Lemnos, comiendo abundante carne de bueyes de erguida cornamenta y bebiendo crateras de vino, que cada uno haría frente en la batalla a ciento y a doscientos troyanos? Ahora ni con unos podemos, con Héctor, que pronto pegará ardiente fuego a las naves ¡Padre Zeus! ¿Hiciste sufrir tamaña desgracia y privaste de una gloria tan grande a algún otro de los prepotentes reyes? Cuando vine, no pasé de largo en la nave de muchos bancos por ninguno de tus bellos altares, sino que en todos quemé grasa y muslos de buey, deseoso de asolar la bien murada Troya. Por tanto, oh Zeus, cúmpleme este voto: déjanos escapar y librarnos de este peligro, y no permitas que los teucros maten a los argivos.

[vv. 8.245 y ss.] Así se expresó. El padre, compadecido de verle derramar lágrimas, le concedió que su pueblo se salvara y no pereciese[287]; y en seguida mandó un águila, la mejor de las aves agoreras, que tenía en las garras el hijuelo de una veloz cierva y lo dejó caer al pie del ara hermosa de Zeus, donde los aqueos ofrecían sacrificios al dios, como autor de los presagios todos. Cuando los argivos vieron que el ave había sido enviada por Zeus, arremetieron contra los teucros y solo en combatir pensaron.

[vv. 8.253 y ss.] Entonces ninguno de los dánaos, aunque eran muchos, pudo gloriarse de haber revuelto sus veloces caballos para pasar el

---

[286] El centro suele ser el lugar del líder, porque simbólicamente todo gira entorno de él. Desde esa posición Agamenón se dirige a los aqueos. Sin embargo, en el mismo párrafo se destaca que las naves y las tiendas de Aquiles y de Áyax Telamonio se encuentran en los extremos del campamento, indicando con ello la valentía de sus caudillos; desde esta perspectiva, por contraste, a Odiseo, con sus naves dispuestas en el centro, se lo estaría indicando, veladamente, como el más cobarde. Esta crítica, podría estar contaminando —de forma aún más velada— la figura de Agamenón, cuyo poder estaría fundado en Aquiles y Áyax, los guerreros más fuertes y valerosos del bando aqueo.

[287] Al compadecerse, Zeus pone un límite a la desgracia de los aqueos. Acaso también por esta razón su destino como pueblo no desciende hasta el Hades, cuando poco antes, en 8.73, Zeus usa la balanza.

foso y resistir el ataque antes que el Tídida. Fue este el primero que mató a un guerrero teucro, a Agelao Fradmónida, que subido en el carro, emprendía la fuga: hundiole la pica en la espalda, entre los hombros, y la punta salió por el pecho; Agelao cayó del carro y sus armas resonaron.

[vv. 8.261 y ss.] Siguieron a Diomedes, los Atridas Agamenón y Menelao; los Ayaces, revestidos de impetuoso valor; Idomeneo y su servidor Meriones, igual al homicida Ares; Eurípilo, hijo ilustre de Evemón; y en noveno lugar, Teucro[288], que, con el flexible arco en la mano, se escondía detrás del escudo de Áyax Telamonio. Este levantaba la rodela; y Teucro, volviendo el rostro a todos lados, flechaba a un troyano que caía mortalmente herido, y al momento tornaba a refugiarse en Áyax (como un niño en su madre), quien le cubría otra vez con el refulgente escudo.

[vv. 8.273 y ss.] ¿Cuál fue el primero, y cuál el último de los que entonces mató el eximio Teucro? Orsíloco el primero, Ormeno, Ofelestes, Detor, Cromio: Licofontes igual a un dios, Amopaón Poliemónida y Melanipo. A tantos derribó sucesivamente al almo suelo. El rey de hombres Agamenón se holgó de ver que Teucro destruía las falanges troyanas, disparando el fuerte arco; y poniéndose a su lado, le dijo:

[vv. 8.281 y ss.] —¡Caro Teucro Telamonio, príncipe de hombres! Sigue tirando flechas, por si acaso llegas a ser la aurora de salvación de los dánaos y honras a tu padre Telamón, que te crió cuando eras niño y te educó en su casa, a pesar de tu condición de bastardo; ya que está lejos de aquí, cúbrele de gloria. Lo que voy a decir, se cumplirá: Si Zeus, que lleva la égida y Atenea me permiten destruir la bien edificada ciudad de Ilión, te pondré en la mano, como premio de honor únicamente inferior al mío, o un trípode, o dos corceles con su correspondiente carro, o una mujer que comparta contigo el lecho.

---

[288] Se nombran ocho caudillos que siguen a Diomedes y con él conforman el número nueve. Al valor de Diomedes, que avanza en primer puesto demostrando gran arrojo y valentía, se contrapone la figura de Teucro, que cierra la lista. Teucro se muestra mucho más cauto que Diomedes; después de cada disparo busca refugio tras el enorme escudo de su hermano; o, simplificando: busca la protección de Áyax. Sin embargo, desde esa posición más segura, Teucro despliega algo así como su propia *aristeia*. Con todo, la presencia del número nueve hace pensar que su tarea no quedará completa.

[vv. 8.292 y ss.] Respondiole el eximio Teucro: —¡Gloriosísimo Atrida! ¿Por qué me instigas cuando ya, solícito, hago lo que puedo? Desde que los rechazamos hacia Ilión mato hombres, valiéndome del arco. Ocho flechas de larga punta tiré, y todas se clavaron en el cuerpo de jóvenes llenos de marcial furor, pero no consigo herir a ese perro rabioso.

[vv. 8.300 y ss.] Dijo; y apercibiendo el arco, envió otra flecha a Héctor con intención de herirle. Tampoco acertó[289]; pero la saeta clavose en el pecho del eximio Gorgitión, valeroso hijo de Príamo y de la bella Castianira, oriunda de Esima, cuyo cuerpo al de una diosa semejaba. Como en un jardín inclina la amapola su tallo combándose al peso del fruto o de los aguaceros primaverales, de semejante modo inclinó el guerrero la cabeza, que el casco hacía ponderosa.

[vv. 8.309 y ss.] Teucro armó nuevamente el arco, envió otra saeta a Héctor con ánimo de herirle, y también erró el tiro, por haberlo desviado Apolo[290]; pero hirió en el pecho cerca de la tetilla a Arqueptólemo, osado auriga de Héctor, cuando se lanzaba a la pelea. Arqueptólemo cayó del carro, cejaron los corceles de pies ligeros, y allí terminaron la vida y el valor del guerrero. Hondo pesar sintió el espíritu de Héctor por tal muerte, pero, aunque condolido del compañero, dejole y mandó a su propio hermano Cebriones, que se hallaba cerca, que tomara las riendas de los caballos. Oyole Cebriones y no desobedeció. Héctor saltó del refulgente carro al suelo, y vociferando de un modo espantoso, cogió una piedra y encaminose hacia Teucro con el propósito de herirle. Teucro, a su vez, sacó del carcaj una acerba flecha, y ya estiraba la cuerda del arco, cuando Héctor, de tremolante casco, acertó a darle con la áspera piedra cerca del hombro, donde la clavícula separa el cuello del pecho y las heridas son mortales, y le rompió el nervio: entorpeciose el brazo, Teucro cayó de hinojos y el arco se le fue de las manos. Áyax no abandonó al hermano caído en el suelo sino que corriendo a defenderle, le resguardó con el escudo. Acudieron dos

---

[289] καὶ τοῦ μέν ῥ' ἀφάμαρθ' probablemente habría que traducirlo como: "sin embargo, en verdad, falló", porque de lo contrario podríamos pensar que los anteriores disparos —o al menos algunos— también habrían sido dirigidos contra Héctor.

[290] El décimo disparo podría haber sido exitoso, pero el dios interviene para desviarlo y preservar a Héctor; y, con ello, no permitir que cambie lo que el destino le tiene determinado. Acaso la intervención de Apolo y el tiro fallido expliquen la presencia del nueve en 8.266, signo de una tarea inconclusa.

compañeros, Macisteo, hijo de Equio, y el divino Alástor; y cogiendo a Teucro, que daba grandes suspiros, lo llevaron a las cóncavas naves.

[vv. 8.335 y ss.] El Olímpico volvió a excitar el valor de los teucros, los cuales hicieron arredrar a los aqueos en derechura al profundo foso. Héctor iba con los delanteros, haciendo gala de su fuerza. Como el perro que acosa con ágiles pies a un jabalí o a un león, le muerde, ya los muslos, ya la nalgas, y observa si vuelve la cara; de igual modo perseguía Héctor a los aqueos de larga cabellera matando al que se rezagaba y ellos huían espantados. Cuando atravesaron la empalizada y el foso, muchos sucumbieron a manos de los teucros; los demás no pasaron hasta las naves, y allí se animaban los unos a los otros, y con los brazos levantados oraban a todas las deidades. Héctor hacía girar por todas partes los corceles de hermosas crines, y sus ojos parecían los de la Medusa o los de Ares, peste de los hombres.

[vv. 8.350 y 351] Hera, la diosa de los níveos brazos, al ver a los aqueos compadeciolos, y dirigió a Atenea estas aladas palabras.

[vv. 8.352 y s.] —¡Oh dioses! ¡Hija de Zeus, que lleva la égida! ¿No nos cuidaremos de socorrer, aunque tarde, a los dánaos moribundos? Perecerán, cumpliéndose su aciago destino, por el arrojo de un solo hombre, de Héctor Priámida, que se enfurece de intolerable modo y ha causado ya gran estrago.

[vv. 8.357 y ss.] Respondiole Atenea, la diosa de los brillantes ojos: — Tiempo ha que ese hubiera perdido fuerza y vida, muerto en su misma patria por los aqueos; pero mi padre revuelve en su mente funestos propósitos, ¡cruel, siempre injusto, desbaratador de mis planes!, y no recuerdo cuántas veces salvé a su hijo abrumado por los trabajos que Euristeo le impusiera. Heracles clamaba al cielo, llorando, y Zeus me enviaba a socorrerle. Si mi sabia mente hubiese presentido lo de ahora, no hubiera escapado el hijo de Zeus de las hondas corrientes de la Estix, cuando aquel le mandó que fuera al Hades, de sólidas puertas, y sacara del Erebo el horrendo can de Hades[291]. Al presente, Zeus me aborrece y cumple los deseos de Tetis, que besó sus rodillas y le tocó la barba, suplicándole que

---

[291] Uno de los doce trabajos que Euristeo le impuso a Heracles consistió en la captura de Cerbero, perro monstruoso de tres cabezas que guarda la entrada del Hades, impidiendo que las almas puedan escapar, una vez que han penetrado en el reino de su amo.

honrase a Aquiles, asolador de ciudades. Día vendrá en que me llame nuevamente su amada hija, la de los brillantes ojos. Pero unce los solípedos corceles, mientras yo, entrando en el palacio de Zeus, me armo para la guerra; quiero ver si el hijo de Príamo, Héctor, de tremolante casco, se alegrará cuando aparezcamos en el campo de la batalla. Alguno de los teucros, cayendo junto a las naves aqueas, saciará con su grasa y con su carne a los perros y a las aves.

[vv. 8.381 y ss.] Dijo; y Hera, la diosa de los níveos brazos, no fue desobediente. La venerable diosa Hera, hija del gran Cronos, aprestó solícita los caballos de áureos jaeces. Y Atenea, hija de Zeus, que lleva la égida, dejó caer al suelo el hermoso peplo bordado que ella misma tejiera y labrara con sus manos; vistió la coraza de Zeus que amontona las nubes, y se armó para la luctuosa guerra[292]. Y subiendo al flamante carro, asió la lanza ponderosa, larga, fornida, con que la hija del prepotente padre destruye filas enteras de héroes cuando contra ellos monta en cólera. Hera picó con el látigo a los bridones, y abriéronse de propio impulso, rechinando, las puertas del cielo de que cuidan las Horas —a ellas está confiado el espacioso cielo y el Olimpo— para remover o colocar delante la densa nube. Por allí, a través de las puertas, dirigieron aquellas deidades los corceles dóciles al látigo.

[vv. 8.397 y s.] El padre Zeus, apenas las vio desde el Ida, se encendió en cólera; y al punto llamó a Iris, la de doradas alas, para que le sirviese de mensajera:

[vv. 8.399 y ss.] —¡Anda, ve, rápida Iris! Haz que se vuelvan y no les dejes llegar a mi presencia, porque ningún beneficio les reportará luchar conmigo. Lo que voy a decir, se cumplirá: Les volveré cojos los briosos corceles; las derribaré del carro, que romperé luego, y ni en diez años cumplidos sanarán de las heridas que les produzca el rayo[293], para que conozca la de los brillantes ojos que es con su padre contra quien combate. Con Hera no me irrito ni me encolerizo tanto, porque siempre ha solido oponerse a mis proyectos.

---

[292] Cfr. 5.733 y ss.

[293] Siguiendo el uso que en el poema se da al número diez, en ese plazo deberían sanar las heridas. Sin embargo, el autor parece querer juguetear o bromear con su propio simbolismo y pone en boca del dios esas palabras, como si dijera: "si lo hacen y me desobedecen, yo también me saltaré todas las reglas y les impondré un castigo que no olvidarán jamás".

[vv. 8.409 y ss.] De tal modo habló. Iris, la de los pies rápidos como el huracán, se levantó para llevar el mensaje; descendió de los montes ideos; y alcanzando a las diosas en la entrada del Olimpo, en valles abundoso, hizo que se detuviesen, y les transmitió la orden de Zeus:

[vv. 8.413 y ss.] —¿Adónde corréis? ¿Por qué en vuestro pecho el corazón se enfurece? No consiente el Crónida que se socorra a los argivos. Ved aquí lo que hará el hijo de Cronos, si cumple su amenaza: Os encojará los briosos caballos, os derribará del carro, que romperá luego, y ni en diez años cumplidos sanaréis de las heridas que os produzca el rayo; para que conozcas tú, la de los brillantes ojos, que es con tu padre contra quien combates. Con Hera no se irrita ni se encoleriza tanto, porque siempre ha solido oponerse a sus proyectos. Pero tú, temeraria perra desvergonzada, si realmente te atrevieras a levantar contra Zeus la formidable lanza... [294]

[vv. 8.425 y 426] Cuando esto hubo dicho, fuese Iris, la de los pies ligeros; y Hera dirigió a Atenea estas palabras:

[vv. 8.427 y ss.] —¡Oh dioses! ¡Hija de Zeus, que lleva la égida! Ya no permito que por los mortales peleemos con Zeus. Mueran unos y vivan otros cualesquiera que fueren; y aquel sea juez, como le corresponde, y dé a los teucros y a los dánaos lo que su espíritu acuerde.

[vv. 8.432 y ss.] Esto dicho, torció la rienda a los solípedos caballos. Las Horas desuncieron los corceles de hermosas crines, los ataron a los pesebres divinos y apoyaron el carro en el reluciente muro. Y las diosas, que tenían el corazón afligido, se sentaron en áureos tronos entre las demás deidades.

[vv. 8.438 y ss.] El padre Zeus, subiendo al carro de hermosas ruedas, guió los caballos desde el Ida al Olimpo y llegó a la mansión de los dioses; y allí el ínclito Poseidón, que sacude la tierra, desunció los corceles, puso el carro en su sitio y lo cubrió con un velo de lino. El longividente Zeus tomó asiento en el áureo trono y el inmenso Olimpo tembló bajo sus pies. Atenea y Hera, sentadas aparte y a distancia de Zeus, nada le dijeron ni preguntaron; mas él comprendió en su mente lo que pensaban, y dijo:

---

[294] Iris no solo reproduce el mensaje de Zeus, sino también hace su aporte propio, al parecer identificada con el propósito de Zeus, y disgustada por la actitud de Atenea.

[vv. 8.447 y ss.] —¿Por qué os halláis tan abatidas, Atenea y Hera? No os habréis fatigado mucho en la batalla, donde los varones adquieren gloria, matando teucros, contra quienes sentís vehemente rencor. Son tales mi fuerza y mis manos invictas, que no me harían cambiar de resolución cuantos dioses hay en el Olimpo. Pero os temblaron los hermosos miembros antes que llegarais a ver el combate y sus terribles hechos. Diré lo que en otro caso hubiera ocurrido: Heridas por el rayo, no hubieseis vuelto en vuestro carro al Olimpo, donde se halla la mansión de los inmortales.

[vv. 8.457 y ss.] Así hablo. Atenea y Hera, que tenían los asientos contiguos y pensaban en causar daño a los teucros, mordiéronse los labios. Atenea, aunque airada contra su padre y poseída de feroz cólera, guardó silencio y nada dijo; pero a Hera la ira no le cupo en el pecho, y exclamó:

[vv. 8.462 y ss.] —¡Crudelísimo Crónida! ¡Qué palabras proferiste! Bien sabemos que es incontrastable tu poder, pero tenemos lástima de los belicosos dánaos, que morirán, y se cumplirá su aciago destino. Nos abstendremos de intervenir en la lucha, si nos lo mandas, pero sugeriremos a los argivos consejos saludables para que no perezcan todos víctimas de tu cólera.

[vv. 8.469 y ss.] Respondiole Zeus, que amontona las nubes: —En la próxima mañana verás si quieres, Hera veneranda, la de ojos de novilla, cómo el prepotente Crónida hace gran riza en el ejército de los belicosos argivos. Y el impetuoso Héctor no dejará de pelear hasta que junto a las naves se levante el Pelida, el de los pies ligeros, el día aquel en que combatirán cerca de los bajeles y en estrecho espacio por el cadáver de Patroclo. Así decretolo el hado, y no me importa que te irrites. Aunque te vayas a los confines de la tierra y del mar, donde moran Japeto y Cronos, que no disfrutan de los rayos del sol excelso ni de los vientos, y se hallan rodeados por el profundo Tártaro; aunque, errante, llegues hasta allí, no me preocupará verte enojada porque no hay quien sea más desvergonzada que tú.

[vv. 8.484 y ss.] Así dijo; y Hera, la de los níveos brazos, nada respondió. La brillante luz del sol se hundió en el Océano, trayendo sobre la alma tierra la noche obscura. Contrarió a los teucros la desaparición de la luz; mas para los aqueos llegó grata, muy deseada, la tenebrosa noche.

[vv. 8.489 y ss.] El esclarecido Héctor reunió a los teucros en la ribera del voraginoso Janto, lejos de las naves, en un lugar limpio, donde el suelo no aparecía cubierto de cadáveres. Aquellos descendieron de los carros y escucharon a Héctor, caro a Zeus, que arrimado a su lanza de once codos, cuya reluciente broncínea punta estaba sujeta por áureo anillo, así les arengaba:

[vv. 8.497 y ss.] —¡Oídme troyanos, dárdanos y aliados! En el día de hoy esperaba volver a la ventosa Ilión después de destruir las naves y acabar con todos los aqueos; pero nos quedamos a oscuras, y esto ha salvado a los argivos y a los buques que tienen en la playa. Obedezcamos ahora a la noche sombría y ocupémonos en preparar la cena: desuncid de los carros a los corceles de hermosas crines y echadles el pasto; traed de la ciudad bueyes y pingües ovejas, y de vuestras casas pan y vino, que alegra el corazón; amontonad abundante leña y encendamos muchas hogueras que ardan hasta que despunte la aurora, hija de la mañana, y cuyo resplandor llegue al cielo: no sea que los aqueos, de larga cabellera, intenten huir esta noche por el ancho dorso del mar. Que no se embarquen tranquilos y sin ser molestados; que alguno tenga que curarse en su casa una lanzada o un flechazo recibido al subir a la nave, para que tema quien ose mover la luctuosa guerra a los teucros, domadores de caballos. Los heraldos, caros a Zeus, vayan a la población y pregonen que los adolescentes y los ancianos de canosas sienes se reúnan en las torres que fueron construidas por las deidades y circundan la ciudad: que las tímidas mujeres enciendan grandes fogatas en sus respectivas casas, y que la guardia sea continua, para que los enemigos no entren insidiosamente en la ciudad mientras los hombres estén fuera. Hágase como os lo encargo, magnánimos teucros. Dichas quedan las palabras que al presente convienen; mañana os arengaré de nuevo, troyanos domadores de caballos; y espero que, con la protección de Zeus y de las otras deidades, echaré de aquí a esos perros rabiosos, traídos por el hado en los negros bajeles. Durante la noche hagamos guardia nosotros mismos; y mañana, al comenzar el día, tomaremos las armas para trabar vivo combate junto a las cóncavas naves. Veré si el fuerte Diomedes Tidida me hace retroceder de los bajeles al muro, o si le mato con el bronce y me llevo sus cruentos despojos. Mañana probará su valor, si me aguarda cuando le acometa con la lanza; mas confío en que, así que salga el sol, caerá herido entre los combatientes delanteros y con él muchos de sus camaradas. Así fuera inmortal, no tuviera que envejecer y gozara de los mismos honores que Atenea o Apolo, como este día será funesto para los aqueos.

[vv. 8.542 y ss.] De este modo arengó Héctor, y los teucros le aclamaron. Desuncieron de los carros los sudosos corceles y los ataron con correas; sacaron de la ciudad bueyes y pingües ovejas, y de las casas pan y vino, que alegra el corazón y amontonaron abundante leña. [*Después ofrecieron hecatombes perfectas a los inmortales*], y los vientos llevaban de la llanura al cielo el suave olor de la grasa quemada; [*pero los bienaventurados dioses no quisieron aceptar la ofrenda, porque se les había hecho odiosa la sagrada Ilión y Príamo y su pueblo armado con lanzas de fresno*]. [295]

[vv. 8.553 y ss.] Así, tan alentados, permanecieron toda la noche en el campo, donde ardían numerosos fuegos. Como en noche de calma aparecen las radiantes estrellas en torno de la fulgente luna, y se descubren los promontorios, cimas y valles, porque en el cielo se ha abierto la vasta región etérea, vense todos los astros[296], y al pastor se le alegra el corazón: en tan gran número eran las hogueras que, encendidas por los teucros, quemaban ante Ilión entre las naves y la corriente del Janto. Mil fuegos ardían en la llanura, y en cada uno se agrupaban cincuenta hombres a la luz de la ardiente llama[297]. Y los

---

[295] Los versos 548 y 550-52 no se incluían en el texto de la vulgata; pero aparecen citados por Platón en *Alcibíades II*, 149 d. Si bien Barnes y Wolf los aceptaron, en general son actualmente rechazados y se cree que provendrían de la *Pequeña Ilíada*. (Cfr. Kirk, G. S. *The Iliad: A Commentary*, vol. II: Books 5-8, 1990, p. 340; y *The Iliad*, vol. I, 2nd. ed., London - N. York, Macmillan, 1900, p. 368, 550-2n). Ellos, sin embargo, han sido recogidos por la traducción de Segalá y Estalella (acaso basándose en la autoridad de Platón). Por este motivo aquí se agregan, pero distinguiéndolos tipográficamente. Respecto del rechazo de la ofrenda por parte de los dioses, hemos observado claramente que Hera, Poseidón y Atenea buscan la destrucción de los troyanos. Zeus probablemente también, pero de momento está operando sujeto al compromiso contraído con Tetis. Tan solo Apolo parece decidido partidario del bando troyano, aunque, como veremos luego (22.213) estará pronto a desampararlos. Este rechazo, sin embargo, habría que referirlo a la ruptura del juramento de 3.271 y ss.

[296] En la cosmología homérica por encima del aire denso (ἀήρ) que rodea la tierra, está el éter (αἰθήρ), considerado como un aire más puro y brillante; es el cielo, el reino de Zeus. Más allá de él, se encuentra el firmamento (οὐρανός); es un hemisferio cóncavo —o bóveda celeste— donde se hallan fijas las estrellas.

[297] Sí tomamos el número mil en sentido literal el texto nos estaría hablando de cincuenta mil combatientes troyanos. Pero acaso simplemente su sentido sea el de plantearnos una magnitud tan grande que es difícil de contar, y, por lo tanto, representativo de una seria amenaza para los aqueos. Sin embargo, no menos importante que la amenaza numérica es la que representa el fuego que los rodea. Lo cual acrecienta la atmósfera de peligro que invade a los aqueos. Este temor ya lo verbaliza Néstor en 9.76 y s.

caballos, comiendo cerca de los carros avena y blanca cebada, esperaban la llegada de la Aurora, la de hermoso trono.

RAPSODIA IX

EMBAJADA A AQUILES – SÚPLICAS

Agamenón lamenta arrepentido su disputa con Aquiles. Siguiendo el consejo de Néstor, despacha a Odiseo, Áyax y al viejo Fénix como embajadores ante Aquiles, para solicitar su ayuda, con plenos poderes para prometerle la devolución de Briseida y abundantes regalos que compensen la afrenta sufrida, y así convencerle de deponer su actitud y retomar su participación en la guerra. Sin embargo, Aquiles se mantiene obstinado e inflexible.

[vv. 9.1 y ss.] Así los teucros guardaban el campo. De los aqueos habíase enseñoreado la ingente Fuga, compañera del glacial Terror, y los más valientes estaban agobiados por insufrible pesar. Como conmueven el ponto, en peces abundante, los vientos Bóreas y Céfiro[298], soplando de improviso desde la Tracia, y las negruzcas olas se levantan y arrojan a la orilla muchas algas; de igual modo les palpitaba a los aqueos el corazón en el pecho.

[vv. 9.9 y ss.] El Atrida, en gran dolor sumido el corazón, iba de un lado para otro y mandaba a los heraldos de voz sonora que convocaran a junta, nominalmente y en voz baja, a todos los capitanes, y también él los iba llamando y trabajaba como los más diligentes. Los guerreros acudieron afligidos. Levantose Agamenón, llorando, como fuente profunda que desde altísimo peñasco deja caer sus aguas sombrías; y despidiendo hondos suspiros, habló a los argivos:

[vv. 9.17 y ss.] —¡Amigos, capitanes y príncipes de los argivos! En grave infortunio envolvióme Zeus. ¡Cruel! Me prometió y aseguró que no me iría sin destruir la bien murada Ilión y todo ha sido funesto engaño; pues ahora me manda regresar a Argos, sin gloria, después de haber perdido tantos hombres. Así debe de ser grato al prepotente Zeus, que ha destruido las fortalezas de muchas ciudades y aún destruirá otras, porque su poder es inmenso. Ea, obremos todos como voy a decir: Huyamos en las naves a nuestra patria, pues ya no tomaremos a Troya, la de anchas calles.

---

[298] Mientras que el Bóreas era el viento del norte, fuerte y frío, el Céfiro era el viento del oeste, que si bien se lo tiene por más calmo y templado, en Homero se lo considera tormentoso (Cfr. 4.423 y ss., y *Od.* 5.295).

[vv. 9.29 y ss.] En tales términos se expresó. Enmudecieron todos y permanecieron callados. Largo tiempo duró el silencio de los afligidos aqueos, mas al fin Diomedes, valiente en el combate, dijo:

[vv. 9.32 y ss.] —¡Atrida! Empezaré combatiéndote por tu imprudencia, como es permitido hacerlo oh rey, en las juntas; pero no te irrites. Poco ha menospreciaste mi valor ante los dánaos, diciendo que soy cobarde y débil; lo saben los argivos todos, jóvenes y viejos. Mas a ti, el hijo del artero Cronos, de dos cosas te ha dado una: te concedió que fueras honrado como nadie por el cetro, y te negó la fortaleza[299], que es el mayor de los poderes[300]. ¡Desgraciado! ¿Crees que los aqueos son tan cobardes y débiles como dices? Si tu corazón te incita a regresar, parte: delante tienes el camino y cerca del mar gran copia de naves que desde Micenas te siguieron; pero los demás aqueos, de larga cabellera, se quedarán hasta que destruyamos la ciudad de Troya. Y si también estos quieren irse, huyan en los bajeles a su patria; y nosotros dos, Esténelo y yo, seguiremos peleando hasta que a Ilión le llegue su fin; pues vinimos debajo del amparo de los dioses.

[vv. 9.50 y ss.] Así habló; y todos los aqueos aplaudieron, admirados del discurso de Diomedes, domador de caballos. Y el caballero Néstor se levantó y dijo:

[vv. 9.53 y ss.] —¡Tidida! Luchas con valor en el combate y superas en el consejo a los de tu edad; ningún aqueo osará vituperar ni contradecir tu discurso, pero no has llegado hasta el fin. Eres aún joven —por tus años podrías ser mi hijo menor— y no obstante, dices cosas discretas a los reyes argivos y has hablado como se debe. Pero yo, que me vanaglorio de ser más viejo que tú, lo manifestaré y expondré todo, y nadie despreciará mis palabras, ni siquiera el rey Agamenón. Sin familia, sin ley y sin hogar debe de vivir quien apetece las horrendas luchas intestinas. Ahora obedezcamos a la negra noche: preparemos la cena y los guardias vigilen a orillas del cavado foso que corre al pie del muro. A los jóvenes se lo encargo; y tú, oh Atrida, mándalo, pues eres el rey supremo. Ofrece después un banquete a los caudillos, que esto es lo que te conviene y lo digno de ti. Tus tiendas están llenas de vino que las naves aqueas traen

---

[299] Se refiere a la fortaleza como virtud moral, el valor.

[300] Esta frase (*ὅ τε κράτος ἐστὶ μέγιστον,* "que es el mayor de los poderes") debería entenderse en el sentido: "que es de donde reside la fuerza de la autoridad".

continuamente de Tracia, dispones de cuanto se requiere para recibir a aquellos e imperas sobre muchos hombres. Una vez congregados, seguirás el parecer de quien te de mejor consejo; pues de uno bueno y prudente tienen necesidad los aqueos, ahora que el enemigo enciende tal número de hogueras junto a las naves. ¿Quién lo verá con alegría? Esta noche se decidirá la ruina o la salvación del ejército.

[vv. 9.79 y ss.] Tal dijo, y ellos le escucharon y obedecieron. Al punto se apresuraron a salir con armas, para encargarse de la guardia. Trasimedes Nestórida, pastor de hombres; Ascálafo y Yálmeno, hijos de Ares[301], Meriones[302], Afareo, Deipiro[303] y el divino Licomedes, hijo de Creonte. Siete eran los capitanes, y cada uno mandaba cien mozos provistos de luengas picas. Situáronse entre el foso y la muralla, encendieron fuego, y todos sacaron su respectiva cena.

[vv. 9.89 y ss.] El Atrida llevó a su tienda a los príncipes aqueos, así que se hubieron reunido, y les dio un espléndido banquete. Ellos alargaron la diestra a los manjares que tenían delante, y cuando hubieron satisfecho el deseo de comer y de beber, el anciano Néstor, cuya opinión era considerada siempre como la mejor, empezó a aconsejarles y arengándoles con benevolencia, les dijo:

[vv. 9.96 y ss.] —¡Gloriosísimo Atrida! ¡Rey de hombres Agamenón! Por ti empezaré y en ti acabaré; ya que reinas sobre muchos hombres y Zeus te ha dado cetro y leyes para que mires por los súbditos. Por esto debes exponer tu opinión y oír la de los demás y aun llevarla a cumplimiento cuando cualquiera, siguiendo los impulsos de su ánimo, proponga algo bueno; que es atribución tuya ejecutar lo que se acuerde. Te diré lo que considero más conveniente y nadie concebirá una idea mejor que la que tuve y sigo teniendo, oh vástago de Zeus, desde que, contra mi parecer, te llevaste la joven Briseida de la tienda del enojado Aquiles. Gran empeño puse en disuadirte, pero venció tu ánimo fogoso y menospreciaste a un fortísimo varón honrado por los dioses, arrebatándole la recompensa que todavía

---

[301] Ambos son en realidad hijos de Ares, no se trata de un agregado o título honorífico.

[302] Caudillo cretense, compañero de Idomeneo.

[303] Deipiro y Afareo son caudillos helenos que no figuran en el catálogo. En 13.541 Afareo es presentado como hijo de Calétor, pero de Deipiro no se hace mención de su linaje. Ambos participan junto a Idomeneo en 13.478 y ss.

retienes. Veamos ahora si podríamos aplacarle con agradables presentes y dulces palabras.

[vv. 9.114 y ss.] Respondiole el rey de hombres Agamenón: —No has mentido anciano, al enumerar mis faltas. Obré mal, no lo niego; vale por muchos el varón a quien Zeus ama cordialmente; y ahora el dios, queriendo honrar a Aquiles, ha causado la derrota de los aqueos. Mas, ya que le falté, dejándome llevar por la funesta pasión, quiero aplacarle y le ofrezco la multitud de espléndidos presentes que voy a enumerar: Siete trípodes no puestos aún al fuego, diez talentos de oro, veinte calderas relucientes y doce corceles robustos, premiados, que en la carrera alcanzaron la victoria. No sería pobre ni carecería de precioso oro quien tuviera los premios que tales caballos lograron. Le daré también siete mujeres lesbias, hábiles en hacer primorosas labores, que yo mismo escogí cuando tomó la bien construida Lesbos y que en hermosura a las demás aventajaban. Con ellas le entregaré la hija de Brises que le he quitado, y juraré solemnemente que jamás subí a su lecho ni yací con la misma, como es costumbre entre hombres y mujeres. Todo esto se le presentará en seguida, mas si los dioses nos permiten destruir la gran ciudad de Príamo, entre en ella cuando los aqueos partamos el botín, cargue abundantemente de oro y de bronce su nave y elija las veinte troyanas que más hermosas sean después de la argiva Helena. Y si conseguimos volver a los fértiles campos de Argos de Acaya, será mi yerno y tendrá tantos honores como Orestes mi hijo menor, que se cría con mucho regalo. De las tres hijas que dejé en el alcázar bien construido, Crisotemis, Laódise e Ifianasa, llévese la que quiera, sin dotarla, a la casa de Peleo; que yo la dotaré tan espléndidamente como nadie haya dotado jamás a hija alguna: ofrezco darle siete populosas ciudades —Cardámila, Enope, la herbosa Hira, la divina Feras, Antea, la de los hermosos prados, la linda Epea y Pédaso, en viñas abundante—, situadas todas junto al mar, en los confines de la arenosa Pilos, y pobladas de hombres ricos en ganado y en bueyes, que le honrarán con ofrendas como a una deidad y pagarán, regidos por su cetro, crecidos tributos. Todo esto haría yo, con tal que depusiera su cólera. Que se deje ablandar, pues por ser implacable e inexorable es Hades el dios más aborrecido de los mortales[304]; y ceda a mí, que en poder y edad de aventajarle me glorío.

---

[304] Hades es el más odiado debido a su intransigencia: sin hacer caso de las súplicas, no permite que nadie abandone sus dominios. Es la inexorabilidad de la

[vv. 9.162 y ss.] Contestó Néstor, caballero gerenio: —¡Gloriosísimo Atrida! ¡Rey de hombres Agamenón! No son despreciables los regalos que ofreces al rey Aquiles. Ea, elijamos esclarecidos varones que vayan a la tienda del Pelida. Y si quieres, yo mismo los designaré y ellos obedezcan: Fénix, caro a Zeus, que será el jefe, el gran Áyax y el divino Odiseo, acompañados de los heraldos Odio y Euríbates[305]. Dadnos agua a las manos e imponed silencio, para rogar a Zeus Crónida que se apiade de nosotros.

[vv. 9.173 y ss.] Así dijo, y su discurso agradó a todos. Los heraldos dieron aguamanos a los caudillos, y en seguida los mancebos, llenando las crateras, distribuyeron el vino a todos los presentes después de haber ofrecido en copas las primicias. Luego que lo libaron y cada cual bebió cuanto quiso, salieron de la tienda de Agamenón Atrida. Y Néstor, caballero gerenio, fijando sucesivamente los ojos en cada uno de los elegidos, les recomendaba, y de un modo especial a Odiseo, que procuraran persuadir al eximio Pelida.

[vv. 9.182 y ss.] Fuéronse estos por la orilla del estruendoso mar y dirigían muchos ruegos a Poseidón, que ciñe y bate la tierra, para que les resultara fácil llevar la persuasión al altivo espíritu del Eácida. Cuando hubieron llegado a las tiendas y naves de los mirmidones, hallaron al héroe deleitándose con una hermosa lira labrada, de argénteo puente, que cogiera de entre los despojos, cuando destruyó la ciudad de Eetión; con ella recreaba su ánimo,

---

muerte. Para el espíritu griego el rencor de Aquiles no debe alcanzar nunca esos extremos.

[305] La estrategia de Néstor al seleccionar a los emisarios para la embajada parece bastante evidente. Fénix es a quien Peleo envió con el joven Aquiles cuando este marchó a la guerra de Troya, y es alguien a quien desde siempre ha estado unido por un gran afecto y profundo respeto. Áyax, además de ser uno de los baluartes del ejército heleno, pertenece al mismo linaje que Aquiles —es uno de los Eácidas o descendientes de Eaco— y es su primo hermano, ya que Peleo y Telamón eran hermanos. Odiseo, por último, es el más hábil orador y diplomático con que cuenta el bando aqueo; Odiseo formó parte de la embajada que junto a Menelao trató de conseguir la restitución de Helena por medios pacíficos, y es también quien consiguió convencer a Clitemnestra para que Ifigenia fuera a Áulide. Los heraldos, por su parte, asegurarán el transcurso pacífico de la embajada. Sin embargo, conviene notar que Agamenón no envía a Taltibio, su heraldo principal, quizá para no recordarle a Aquiles la escena en que le quitara a Briseida en 1.320 y ss.

cantando hazañas de los hombres[306]. Enfrente, Patroclo solo y callado, esperaba que el Eácida acabase de cantar. Entraron aquellos, precedidos por Odiseo, y se detuvieron delante del héroe; Aquiles, atónito, se alzó del asiento sin dejar la lira, y Patroclo al verlos se levantó también. Aquiles, el de los pies ligeros, tendioles la mano y dijo:

|vv. 9.197 y s.| —¡Salud, amigos que llegáis! Grande debe de ser la necesidad cuando venís vosotros, que sois para mí, aunque esté irritado, los más queridos de los aqueos todos.

|vv. 9.199 y ss.| En diciendo esto, el divino Aquiles les hizo sentar en sillas provistas de purpúreos tapetes, y habló a Patroclo, que estaba cerca de él:

|vv. 9.202 y ss.| —¡Hijo de Menetio! Saca la cratera mayor, llénala del vino más añejo y distribuye copas; pues están bajo mi techo los hombres que me son más caros.

|vv. 9.205 y ss.| Así dijo, y Patroclo obedeció al compañero amado. En un tajón que acercó a la lumbre, puso los lomos de una oveja y de una pingüe cabra y la grasa espalda de un suculento jabalí. Automedonte sujetaba la carne; Aquiles, después de cortarla y dividirla, la clavaba en asadores; y el hijo de Menetio, varón igual a un dios, encendía un gran fuego; y luego, quemada la leña y muerta la llama, extendió las brasas, colocó encima los asadores asegurándolos con piedras y sazonó la carne con la divina sal. Cuando aquella estuvo asada y servida en la mesa, Patroclo repartió pan en hermosas canastillas, y Aquiles distribuyó la carne, sentose frente al divino Odiseo, de espaldas a la pared, y ordenó a su amigo que hiciera la ofrenda a los dioses. Patroclo echó las Primicias al

---

[306] La escena nos muestra la poesía épica en la poesía épica: Aquiles entona canciones sobre los héroes, así como en otro tiempo lo hará Homero. Se acompaña con el *forminx* (φόρμιγξ), el antiguo instrumento musical que reúne características de la lira y de la cítara. Es un elemento que introduce un universo diferente del que predomina en toda la *Ilíada,* donde las armas, la violencia, el peligro y la muerte tienen protagonismo. Tanto en la *Ilíada* como en la *Odisea,* el forminx está asociado a la poesía, al canto y a la danza (18.569; *Od.* 1.153 y ss., 4.18 y s., 8.67 y ss., 8.261 y ss., etc), al esparcimiento y a la memoria. Es el instrumento musical del aedo; pero también los héroes —tanto Aquiles como Odiseo— se sirven de él para acompañar sus relatos o sus canciones. Sin embargo, este forminx en particular viene unido a la destrucción y a la muerte: es uno de los despojos que Aquiles obtuvo de Eetión, el padre de Andrómaca, al destruir su reino.

fuego[307]. Alargaron la diestra a los manjares que tenían delante, y cuado hubieron satisfecho el deseo de comer y de beber, Áyax hizo una seña a Fénix; y Odiseo, al advertirlo, llenó su copa y brindó a Aquiles:

|vv. 9.225 y ss.| —¡Salve. Aquiles! De igual festín hemos disfrutado en la tienda del Atrida Agamenón que ahora aquí, donde podríamos comer muchos y agradables manjares, pero los placeres del delicioso banquete no nos halagan porque tememos, oh alumno de Zeus, que nos suceda una gran desgracia: dudamos si nos será dado salvar o perder las naves de muchos bancos, si tú no te revistes de valor. Los orgullosos troyanos y sus auxiliares, venidos de lejas tierras, acampan junto al muro y dicen que, como no podremos resistirles, asaltarán las negras naves; Zeus Crónida relampaguea haciéndoles favorables señales, y Héctor, envanecido por su bravura y confiando en Zeus, se muestra furioso, no respeta a hombres ni a dioses, está poseído de cruel rabia, y pide que aparezca pronto la divina Aurora, asegurando que ha de cortar nuestras elevadas popas, quemar las naves con ardiente fuego, y matar cerca de ellas a los aqueos aturdidos por el humo[308]. Mucho teme mi alma que los dioses cumplan sus amenazas y el destino haya dispuesto que muramos en Troya, lejos de la Argólide, criadora de caballos. Ea, levántate, si deseas, aunque tarde, salvar a los aqueos, que están acosados por los teucros. A ti mismo te ha de pesar si no lo haces, y no puede repararse el mal una vez causado; piensa, pues, cómo libraras a los dánaos de tan funesto día. Amigo, tu padre Peleo te daba estos consejos el día en que desde Ptía te envió a Agamenón: "¡Hijo mío! La fortaleza, Atenea y Hera te la darán si quieren; tú refrena en el pecho el natural fogoso —la benevolencia es preferible— y abstente de perniciosas disputas para que seas más honrado por los argivos viejos y mozos". Así te amonestaba el anciano y tú lo olvidas[309].

---

[307] 206-20: Todos estos pasos siguen puntualmente el protocolo de la hospitalidad. Su propósito principal no es satisfacer el apetito —los embajadores vienen de cenar en la tienda de Agamenón— sino generar una atmósfera relajada de amistad y camaradería. Si bien no es el festín de una ceremonia sacra, el protocolo no descuida la sacralización del acto de compartir la mesa; así, primero, se realiza la ofrenda a los dioses.

[308] A la nueva mención del peligro del fuego que los acecha, se une el humo, que crea confusión.

[309] Odiseo puede dar testimonio de todo esto, porque estaba entre los que fueron en busca de Aquiles para que se uniera al ejército.

Cede ya y depón la funesta cólera; pues Agamenón te ofrece dignos presentes si renuncias a ella. Y si quieres, oye y te referiré cuanto Agamenón dijo en su tienda que te daría: Siete trípodes no puestos aún al fuego, diez talentos de oro, veinte calderas relucientes y doce corceles robustos, premiados, que alcanzaron la victoria en la carrera. No sería pobre ni carecería de precioso oro quien tuviera los premios que estos caballos de Agamenón con sus pies lograron. Te dará también siete mujeres lesbias, hábiles en hacer primorosas labores, que él mismo escogió cuando tomaste la bien construida Lesbos y que en hermosura a las demás aventajaban. Con ellas te entregará la hija de Brises, que te ha quitado, y jurará solemnemente que jamás subió a su lecho ni yació con la misma, como es costumbre, oh rey, entre hombres y mujeres. Todo esto se te presentará en seguida; mas si los dioses nos permiten destruir la gran ciudad de Príamo, entra en ella cuando los aqueos partamos el botín, carga abundantemente de oro y de bronce tu nave y elige las veinte troyanas que más hermosas sean después de Helena. Y si conseguimos volver a los fértiles campos de Argos de Acaya, serás su yerno y tendrás tantos honores como Orestes, su hijo menor que se cría con mucho regalo. De las tres hijas que dejó en el palacio bien construido, Crisotemis, Laódice e Ifianasa, llévate la que quieras, sin dotarla, a la casa de Peleo, que él la dotará espléndidamente como nadie haya dotado jamás a hija alguna: ofrece darte siete populosas ciudades —Cardámila, Enope, la herbosa Hira, la divina Feras, Antea, la de los amenos prados, la linda Epea, y Pédaso, en viñas abundante—, situadas todas junto al mar, en los confines de la arenosa Pilos, y pobladas de hombres ricos en ganado y en bueyes, que te honrarán con ofrendas como a un dios y pagarán, regidos por tu cetro, crecidos tributos. Todo esto haría, con tal que depusieras la cólera. Y si el Atrida y sus regalos te son odiosos, apiádate de los atribulados aqueos, que te venerarán como a un dios y conseguirás entre ellos inmensa gloria. Ahora podrías matar a Héctor, que llevado de su funesta rabia se acercará mucho a ti, pues dice que ninguno de los dánaos que trajeron las naves en valor le iguala.

[vv. 9.307 y ss.] Respondiole Aquiles el de los pies ligeros: — Laertíada, del linaje de Zeus! ¡Odiseo, fecundo en ardides! Preciso es que os manifieste lo que pienso hacer para que dejéis de importunarme unos por un lado y otros por el opuesto. Me es tan odioso como las puertas del Hades[310] quien piensa una cosa y manifiesta otra. Diré pues, lo que me parece mejor. Creo que ni el Atrida Agamenón ni los dánaos lograrán convencerme, ya que para nada se agradece el combatir siempre y sin descanso contra el enemigo. La misma recompensa obtiene el que se queda en su tienda, que el que pelea con bizarría; en igual consideración son tenidos el cobarde y el valiente; y así muere el holgazán como el laborioso. Ninguna ventaja me ha proporcionado sufrir tantos pesares y exponer mi vida en el combate. Como el ave lleva a los implumes hijuelos la comida que coge, privándose de ella, así yo pasé largas noches sin dormir y días enteros entregado a la cruenta lucha con hombres que combatían por sus esposas. Conquisté doce ciudades por mar y once por tierra en la fértil región troyana; de todas saqué abundantes y preciosos despojos que di al Atrida, y este, que se quedaba en las veleras naves, recibiolos, repartió unos pocos y se guardó los restantes[311]. Mas las recompensas que Agamenón concediera a los reyes y caudillos siguen en poder de estos; y a mí, solo, entre los aqueos, me quitó la dulce esposa y la retiene aún: que goce durmiendo con ella. ¿Por qué los argivos han tenido que mover guerra a los teucros? ¿Por qué el Atrida ha juntado y traído el ejército? ¿No es por Helena, la de hermosa cabellera? Pues ¿acaso son los Atridas los únicos hombres de voz articulada, que aman a sus esposas? Todo hombre bueno y sensato quiere y cuida a la suya, y yo apreciaba cordialmente a la mía, aunque la había adquirido por medio de la lanza. Ya que me defraudó arrebatándome de las manos la recompensa, no me tiente; le conozco y no me persuadirá. Delibere contigo, Odiseo, y con los demás reyes como podrá librar a las naves del fuego enemigo. Muchas cosas ha hecho ya sin mi ayuda, pues construyó un muro, abriendo a su pie ancho y profundo foso que defiende una empalizada; mas ni con esto puede contener el arrojo de Héctor, matador de hombres[312]. Mientras combatí por los

---

[310] Curiosamente mientras que Agamenón ha dicho que Aquiles no debía ser tan inflexible como Hades, que por ello resultaba tan odioso a los mortales; Aquiles manifiesta que a los que dicen una cosa y piensan otra, los considera tan odiosos como las puertas del Hades —que son inflexibles y a nadie permiten escapar. Este juego de imágenes e ideas no es casual; Homero trabaja sobre la resonancia de aquellas palabras de Agamenón, en los dichos de Aquiles.

[311] Aquiles suma entonces la acusación de injusto, codicioso y avaro.

[312] Se halla aquí también presente la amenaza del fuego, la cual se identifica con Héctor desde 8.181-183, y de la cual solamente están defendidos por la muralla, el foso y la empalizada que, por no haber sido sacralizados debidamente, no podrán

aqueos, jamás quiso Héctor que la pelea se trabara lejos de la muralla; solo llegaba a las puertas Esceas y a la encina; y una vez que allí me aguardó, costole trabajo salvarse de mi acometida. Y puesto que ya no deseo guerrear contra el divino Héctor, mañana, después de ofrecer sacrificios a Zeus y a los demás dioses, botaré al mar los cargados bajeles, y verás, si quieres y te interesa, mis naves surcando el Helesponto, en peces abundoso, y en ellas hombres que remarán gustosos; y si el glorioso Poseidón me concede una feliz navegación, al tercer día llegaré a la fértil Ptía. En ella dejé muchas cosas cuando en mal hora vine, y de aquí me llevaré oro, rojizo bronce, mujeres de hermosa cintura y luciente hierro, que por suerte me tocaron; ya que el rey Agamenón Atrida, insultándome, me ha quitado la recompensa que él mismo me diera. Decídselo públicamente, os lo encargo, para que los aqueos se indignen, si con su habitual impudencia pretendiese engañar a algún otro dánao. No se atrevería, por desvergonzado que sea, a mirarme cara a cara; con él no deliberaré ni hará cosa alguna, y si me engañó y ofendió, ya no me embaucará más con sus palabras; séale esto bastante y corra tranquilo a su perdición, puesto que el próvido Zeus le ha quitado el juicio. Sus presentes me son odiosos, y hago tanto caso de él como de un cabello. Aunque me diera diez o veinte veces más de lo que posee o de lo que a poseer llegare, o cuanto entra en Orcómeno, o en Tebas de Egipto, cuyas casas guardan muchas riquezas —cien puertas dan ingreso a la ciudad y por cada una pasan diariamente doscientos hombres con caballos y carros—, o tanto cuantas son las arenas o los granos de polvo, ni aun así aplacaría Agamenón mi enojo, si antes no me pagaba la dolorosa afrenta. No me casaré con la hija de Agamenón Atrida, aunque en hermosura rivalice con la dorada Afrodita y en labores compita con Atenea, la de brillantes ojos; ni siendo así me desposaré con ella; elija aquel otro aqueo que le convenga y sea rey más poderoso. Si salvándome los dioses, vuelvo a mi casa, el mismo Peleo me buscará consorte. Gran número de aqueas hay en la Hélade y en Ptía, hijas de príncipes que gobiernan las ciudades; la que yo quiera, será mi mujer. Mucho me aconseja mi corazón varonil que tome legítima esposa, digna cónyuge mía, y goce allá de las riquezas adquiridas por el anciano Peleo; pues no creo que valga lo que la vida ni cuanto dicen que se

contener el ímpetu del ejército troyano. Todo eso el público lo sabe, porque Homero lo ha mencionado en las palabras de Héctor y en las conversaciones de los dioses, pero en labios de Aquiles suenan como aventurados pronósticos.

encerraba en la populosa ciudad de Ilión en tiempo de paz, antes que vinieran los aqueos, ni cuanto contiene el lapídeo templo de Apolo, el que hiere de lejos, en la rocosa Pito. Se pueden apresar los bueyes y las pingües ovejas, se pueden adquirir los trípodes y los tostados alazanes; pero no es posible prender ni coger el alma humana para que vuelva, una vez ha salvado la barrera que forman los dientes[313]. Mi madre, la diosa Tetis, de argentados pies, dice que el hado ha dispuesto que mi vida acabe de una de estas dos maneras: Si me quedo a combatir en torno de la ciudad troyana, no volveré a la patria, pero mi gloria será inmortal; si regreso perderé la ínclita fama, pero mi vida será larga, pues la muerte no me sorprenderá tan pronto. Yo aconsejo que todos se embarquen y vuelvan a sus hogares, porque ya no conseguiréis arruinar la excelsa Ilión: el longividente Zeus extendió el brazo sobre ella y sus hombres están llenos de confianza. Vosotros llevad la respuesta a los príncipes aqueos —que esta es la misión de los legados— a fin de que busquen otro medio de salvar las naves y a los aqueos que hay a su alrededor, pues aquel en que pensaron no puede emplearse mientras subsista mi enojo. Y Fénix quédese con nosotros, acuéstese y mañana volverá conmigo a la patria tierra, si así lo desea, que no he de llevarle a viva fuerza.

[vv. 9.430 y ss.] Dio fin a su habla, y todos enmudecieron, asombrados de oírle; pues fue mucha la vehemencia con que se negara. Y el anciano jinete Fénix, que sentía gran temor por las naves aqueas, dijo después de un buen rato y saltándole las lágrimas:

[vv. 9.434 y ss.] —Si piensas en el regreso, preclaro Aquiles, y te niegas en absoluto a defender del voraz fuego las veleras naves, porque la ira anidó en tu corazón, ¿cómo podría quedarme solo y sin ti, hijo querido? El anciano jinete Peleo quiso que yo te acompañase cuando te envió desde Ptía a Agamenón, todavía niño y sin experiencia de la funesta guerra ni de las juntas donde los varones se hacen ilustres: y me mandó que te enseñara a hablar bien y a realizar grandes hechos. Por esto, hijo querido, no querría verme abandonado de ti, aunque un dios en persona me prometiera rasparme la vejez y dejarme tan joven como cuando salí de la Hélade, de lindas mujeres,

---

[313] Cierra su argumentación con una nueva reflexión acerca de la inexorabilidad de la muerte, porque su destino se encuentra ligado a una disyuntiva: tener una vida breve y una perdurable fama, o una vida larga, pero carente de una gloria memorable.

huyendo de las imprecaciones de Amíntor Orménida, mi padre, que se irritó conmigo por una concubina de hermosa cabellera, a quien amaba con ofensa de su esposa y madre mía. Esta me suplicaba continuamente, abrazando mis rodillas, que yaciera con la concubina para que aborreciese al anciano. Quise obedecerla y lo hice; mi padre, que no tardó en conocerlo, me maldijo repetidas veces, pidió a las horrendas Erinies[314] que jamás pudiera sentarse en sus rodillas un hijo mío, y el Zeus del infierno[315] y la terrible Perséfone ratificaron sus imprecaciones. [*Estuve por matar a mi padre con el agudo bronce; mas algún inmortal calmó mi cólera, haciéndome pensar en la fama y en los reproches de los hombres, a fin de que no fuese llamado parricida por los aqueos*].[316] Pero ya no tenía ánimo para vivir en el palacio con mi padre enojado. Amigos y deudos querían retenerme allí y me dirigían insistentes súplicas; degollaron gran copia de pingües ovejas y de bueyes de tornátiles pies y curvas astas; pusieron a asar muchos puercos grasos sobre la llama de Hefesto; bebiose buena parte del vino que las tinajas del anciano contenían; y nueve noches seguidas durmieron aquellos a mi lado, vigilándome por turno y teniendo encendidas dos hogueras, una en el pórtico del bien cercado patio y otra en el vestíbulo ante la puerta de la habitación. Al llegar por décima vez la tenebrosa noche [317], salí del aposento rompiendo las tablas fuertemente unidas de la puerta; salté con facilidad el muro del patio, sin que mis guardianes ni las

---

[314] Diosa vengadora de las faltas contra el orden moral —ya sea contra la *themis* o contra la *dike*—, o contra el orden físico o natural, como el caso de que los caballos puedan hablar en 19.418; es uno de los resabios sobrevivientes de la telúrica religión preolímpica (sobre este tema vease: Otto, Walter, *Los dioses de Grecia.* Buenos Aires, Eudeba, 1976. pp 11 y ss.).

[315] Hades, cuya esposa es Perséfone.

[316] Los versos 458-61 no se encuentran en la tradición manuscrita ni en los *scholia.* Provienen de una cita de Plutarco (*Moralia*, 26F; y, parcialmente, en 72B, y *Vita Coriolani,* 32). Se cree que Aristarco, u otro menos responsable, los habría eliminado, presumiblemente por considerar impropio que a Fénix se le ocurriese confesar que se le había pasado por la mente la idea de asesinar a su padre. Sin embargo, hoy en día se opina que los versos coinciden con el estilo y el lenguaje empleado por Homero. A la vez, estos versos sustentarían el hecho de que Fénix se viera impulsado a dejar su país y buscar asilo en casa de Peleo (Cfr. Hainsworth, B. *The Iliad: A Commentary.* Vol. III: books 9-12. pág. 122). Para distinguir estos versos —que también recoge la traducción de Segalá y Estalella—, se ponen con un cambio tipográfico y entre corchetes.

[317] Otro nuevo caso con el nueve de la espera y el diez del cumplimiento.

sirvientas lo advirtieran, y huyendo por la espaciosa Hélade, llegué a la fértil Ptía, madre de ovejas. El rey Peleo me acogió benévolo, me amó como debe de amar un padre al hijo unigénito que tenga en la vejez, viviendo en la opulencia; enriqueciome y púsome al frente de numeroso pueblo, y desde entonces viví en un confín de la Ptía reinando sobre los dólopes. Y te crié hasta hacerte cual eres, oh Aquiles semejante a los dioses, con cordial cariño; y tú ni querías ir con otro al banquete, ni comer en el palacio, hasta que, sentándote en mis rodillas, te saciaba de carne cortada en pedacitos y te acercaba el vino. ¡Cuántas veces durante la molesta infancia me manchaste la túnica en el pecho con el vino que devolvías! Mucho padecí y trabajé por tu causa, y considerando que los dioses no me habían dado descendencia, te adopté por hijo para que un día me librases del cruel infortunio. Pero Aquiles, refrena tu ánimo fogoso, no conviene que tengas un corazón despiadado, cuando los dioses mismos se dejan aplacar, no obstante su mayor virtud, dignidad y poder. Con sacrificios, votos agradables, libaciones y vapor de grasa quemada, los desenojan cuantos infringieron su ley y pecaron. Pues las Súplicas son hijas del gran Zeus y aunque cojas, arrugadas y bizcas, cuidan de ir tras de Ate[318]: esta es robusta, de pies ligeros, y por lo mismo se adelanta, y recorriendo la tierra, ofende a los hombres: y aquellas reparan luego el daño causado. Quien acata a las hijas de Zeus cuando se le presentan, consigue gran provecho y es por ellas atendido si alguna vez tiene que invocarlas. Mas si alguien las desatiende y se obstina en rechazarlas, se dirigen a Zeus y le piden que Ate acompañe siempre a aquel para que con el daño sufra la pena. Concede tú también a las hijas de Zeus, oh Aquiles, la debida consideración por la cual el espíritu de otros valientes se aplacó. Si el Atrida no te brindara esos presentes, ni te hiciera otros ofrecimientos para lo futuro, y conservara pertinazmente su cólera, no te exhortaría a que, deponiendo la ira, socorrieras a los argivos, aunque es grande la necesidad en que se hallan. Pero te da muchas cosas, te promete más y te envía, para que por él rueguen, varones excelentes, escogiendo en el ejército aqueo los argivos que te son más caros. No desprecies las palabras de estos, ni dejes sin efecto su venida, ya que no se te puede reprochar que antes estuvieras irritado. Todos hemos oído contar hazañas de los héroes de antaño, y

---

[318] Ate, o la calamidad que sobreviene con la obcecación del alma, es la que nos daña, mientras que las Súplicas, nos reparan.

sabemos que cuando estaban poseídos de feroz cólera eran placables con dones y exorables a los ruegos. Recuerdo lo que pasó en cierto caso no reciente, sino antiguo, y os lo voy a referir, amigos míos[319]. Curetes y bravos etolos combatían en torno de Calidón y unos a otros se mataban, defendiendo aquellos su hermosa ciudad y deseando estos asolarla por medio de las armas. Había promovido esta contienda Artemisa, la de áureo trono, enojada porque Eneo no le dedicó los sacrificios de la siega en el fértil campo: los otros dioses regaláronse con las hecatombes, y solo a la hija del gran Zeus dejó aquel de ofrecerlas, por olvido o por inadvertencia, cometiendo una gran falta. Airada la deidad que se complace en tirar flechas, hizo aparecer un jabalí de albos dientes, que causó gran destrozo en el campo de Eneo, desarraigando altísimos árboles y echándolos por tierra cuando ya con la flor prometían el fruto. Al fin lo mató Meleagro, hijo de Eneo, ayudado por cazadores y perros de muchas ciudades —pues no era posible vencerle con poca gente, ¡tan corpulento era!, y ya a muchos los había hecho subir a la triste pira—, y la diosa suscitó entonces una clamorosa contienda entre los curetes y los magnánimos aqueos por la cabeza y la hirsuta piel del jabalí. Mientras Meleagro, caro a Ares, combatió, les fue mal a los curetes que no podían, a pesar de ser tantos, acercarse a los muros. Pero el héroe, irritado con su madre Altea[320], se dejó dominar por la

---

[319] Nuevamente se inserta en el marco del parlamento de Fénix, una historia de la generación anterior a los héroes de la guerra de Troya. Entre los múltiples participantes de esta aventura están los gemelos Cástor y Pólux , Teseo, Jasón, Atalanta, Peleo, el padre de Aquiles, y su hermano Telamón, el padre de Áyax. Es la historia del jabalí de Calidón. Eneo ofende a Afrodita al no ofrecerle los debidos sacrificios; ella se venga enviando un descomunal jabalí que devasta sus tierras; se organiza una cacería donde intervienen héroes de distintas regiones y se establece que, quien logre dar muerte al monstruo, se quedará con sus despojos; Meleagro, el hijo de Eneo, con ayuda de otros, logra matarlo; pero entonces surge una disputa por los despojos, que desemboca en la guerra entre etolos y curetes, que aquí se relata (Cfr. Apolodoro, *Biblioteca*, 1.8.2. y s.).

[320] El altercado con Altea surge a consecuencia de la disputa generada por la distribución de los despojos de jabalí. Quien primero le atinara al animal fue Atalanta, que lo alcanzó en el lomo; luego Anfiarao, en el ojo; pero quien lo mató fue Meleagro, con una herida en el ijar. Por su victoria le correspondía la piel del jabalí, pero él se la cedió a Atalanta. Los tíos de Meleagro, hermanos de Altea, se resistieron a aceptar que, participando varones, una mujer quedase con el premio, y cuando quisieron arrebatárselo a Atalanta, Meleagro les dio muerte. En la versión de la leyenda que Homero probablemente manejaba, Altea, no soportando la muerte de sus hermanos, se disgustó violentamente con su hijo, hasta llegar a

cólera que perturba la mente de los más cuerdos y se quedó en el palacio con su linda esposa Cleopatra, hija de Marpesa Evenina, la de hermosos pies, y de Idas, el más fuerte de los hombres que entonces poblaban la tierra. (Atreviose Idas a armar el arco contra Febo Apolo, para recobrar la esposa que el dios le robara; y desde entonces pusiéronle a Cleopatra sus padres el sobrenombre de Alcione, porque la venerable madre, sufriendo la triste suerte de Alción, deshacíase en lágrimas mientras Febo Apolo, el que hiere de lejos, se la llevaba). Retirado pues, con su esposa, devoraba Meleagro la acerba cólera que le causaran las imprecaciones de su madre; la cual, acongojada por la muerte violenta de un hermano, oraba a los dioses, y puesta de rodillas y con el seno bañado en lágrimas, golpeaba el fértil suelo invocando a Hades y a la terrible Perséfone para que dieran muerte a su hijo. La Erinis[321], que vaga en las tinieblas y tiene un corazón inexorable, la oyó desde el Erebo, y en seguida creció el tumulto y la gritería ante las puertas de la ciudad, las torres fueron atacadas y los etolos ancianos enviaron a los eximios sacerdotes de los dioses para que suplicaran a Meleagro que saliera a defenderlos, ofreciéndole un rico presente: donde el suelo de la amena Calidón fuera más fértil, escogería él mismo un hermoso campo de cincuenta yugadas, mitad viña y mitad tierra labrantía. Presentose también en el umbral del alto aposento el anciano jinete Eneo; y llamando a la puerta, dirigió a su hijo muchas súplicas. Rogáronle asimismo sus hermanas y su venerable madre. Pero él se negaba cada vez más. Acudieron sus mejores y más caros amigos, y tampoco consiguieron mover su corazón, ni persuadirle a que no aguardara, para salir del cuarto, a que llegaran hasta él los enemigos. Y los curetes escalaron las torres y empezaron a pegar fuego a la gran ciudad. Entonces la esposa, de bella cintura, instó a Meleagro llorando y refiriéndole las desgracias que padecen los hombres, cuya ciudad sucumbe: Matan a los varones, le decía; el fuego destruye la ciudad, y son reducidos a la esclavitud los niños y

---

maldecirlo invocando a los dioses subterráneos, por eso estaba tan perturbado su ánimo (Cfr. Apolodoro, *ibid.*; Grimal, P. *Diccionario de mitología griega y romana*, Buenos Aires, Paidós, 1981, n. MELEAGRO).

[321] El discurso de Fénix está teñido de esta sombría presencia que lo acosara antaño: él mismo ha sido objeto de la maldición de las Erinies (cfr. 454), por avergonzar a su padre, poniéndolo en evidencia. Las Erinies castigan sobremanera los crímenes de la sangre; y Meleagro, dando muerte a sus tíos, aun en una circunstancia bélica, ha atentado contra su propia sangre.

las mujeres de estrecha cintura. Meleagro, al oír estas palabras sintió que se le conmovía el corazón; y dejándose llevar por su ánimo, vistió las lucientes armas y libró del funesto día a los etolos; pero ya no le dieron los muchos y hermosos presentes, a pesar de haberlos salvado de la ruina. Y ahora tú, amigo mío, no pienses de igual manera, ni un dios te induzca a obrar así; será peor que difieras el socorro para cuando las naves sean incendiadas; ve, pues, por los presentes, y los aqueos te venerarán como a un dios, porque si intervinieres en la homicida guerra cuando ya no te ofrezcan dones, no alcanzarás tanta honra aunque rechaces a los enemigos.

[vv. 9.606 y ss.] Respondiole Aquiles, ligero de pies: —¡Fénix, anciano padre, alumno de Zeus! Para nada necesito tal honor; y espero que si Zeus quiere, seré honrado en las cóncavas naves mientras la respiración no falte a mi pecho y mis rodillas se muevan. Otra cosa voy a decirte, que grabarás en tu memoria: No me conturbes el ánimo con llanto y gemidos para complacer al héroe Atrida, a quien no debes querer si deseas que el afecto que te profeso no se convierta en odio; mejor es que aflijas conmigo a quien me aflige. Ejerce el mando conmigo y comparte mis honores. Esos llevarán la respuesta, tú quédate y acuéstate en blanda cama y al despuntar la Aurora determinaremos si nos conviene regresar a nuestros hogares o quedarnos aquí todavía.

[vv. 9.620 y ss.] Dijo, y ordenó a Patroclo, haciéndole con las cejas silenciosa señal, que dispusiera una mullida cama para Fénix, a fin de que los demás pensaran en salir cuanto antes de la tienda. Y Áyax Telamónida, igual a un dios, habló diciendo:

[vv. 9.624 y ss.] —¡Laertíada, del linaje de Zeus! ¡Odiseo, fecundo en ardides! ¡Vámonos! No espero lograr nuestro propósito por este camino, y hemos de anunciar la respuesta, aunque sea desfavorable, a los dánaos que están aguardando. Aquiles tiene en su pecho un corazón orgulloso y salvaje. ¡Cruel! En nada aprecia la amistad de sus compañeros, con la cual le honrábamos en el campamento más que a otro alguno. ¡Despiadado! Por la muerte del hermano o del hijo se recibe una compensación; y una vez pagada, el matador se queda en el pueblo, y el corazón y el ánimo airado del ofendido se apaciguan; y a ti los dioses te han llenado el pecho de implacable y feroz rencor por una sola joven. Siete excelentes te ofrecemos hoy y otras muchas cosas, séanos tu corazón propicio y respeta tu morada, pues estamos bajo tu techo enviados por el ejército dánao, y anhelamos ser para ti los más apreciados y los más amigos de los aqueos todos.

[vv. 9.643 y ss.] Respondiole Aquiles, el de los pies ligeros: —¡Áyax Telamonio, del linaje de Zeus, príncipe de hombres! Creo que has dicho lo que sientes, pero mi corazón se enciende en ira cuando me acuerdo del menosprecio con que el Atrida me trató ante los argivos, cual si yo fuera un miserable advenedizo. Id y publicad mi respuesta: No me ocuparé en la cruenta guerra hasta que el hijo del aguerrido Príamo, Héctor divino, llegue matando argivos a las tiendas y naves de los mirmidones y las incendie. Creo que Héctor, aunque esté enardecido, se abstendrá de combatir tan pronto como se acerque a mi tienda y a mi negra nave.

[vv. 9.656 y ss.] Así dijo. Cada uno tomó una copa doble; y hecha la libación, los enviados, con Odiseo a su frente, regresaron a las naves. Patroclo ordenó a sus compañeros y a las esclavas que aderezaran al momento una mullida cama para Fénix; y ellas, obedeciendo el mandato, hiciéronla con pieles de oveja, teñida colcha y finísima cubierta del mejor lino. Allí descansó el viejo, aguardando la divina Aurora. Aquiles durmió en lo más retirado de la sólida tienda con una mujer que trajera de Lesbos: con Diomeda, hija de Forbante, la de hermosas mejillas. Y Patroclo se acostó junto a la pared opuesta, teniendo a su lado a Ifis, la de bella cintura, que le regalara Aquiles al tomar la excelsa Esciro, ciudad de Enieo.

[vv. 9.669 y ss.] Cuando los enviados llegaron a la tienda del Atrida, los aqueos, puestos en pie, les presentaban áureas copas y les hacían preguntas. Y el rey de hombres Agamenón les interrogó diciendo:

[vv. 9.673 y ss.] —¡Ea! Dime, célebre Odiseo, gloria insigne de los aqueos. ¿Quiere librar a las naves del fuego enemigo, o se niega porque su corazón soberbio se halla aún dominado por la cólera?

[vv. 9.676 y ss.] Contestó el paciente divino Odiseo: —¡Gloriosísimo Atrida, rey de hombres Agamenón! No quiere aquel deponer la cólera, sino que en ira más se enciende. Te desprecia a ti y tus dones. Manda que deliberes con los argivos como podrás salvar las naves y al pueblo aqueo; dice en son de amenaza que botará al mar sus corvos bajeles, de muchos bancos, al descubrirse la nueva aurora, y aconseja que los demás se embarquen y vuelvan a sus hogares, porque ya no conseguiréis arruinar la excelsa Ilión: el longividente Zeus extendió el brazo sobre ella, y sus hombres están llenos de confianza. Así dijo, como pueden referirlo estos que fueron conmigo: Áyax y los dos prudentes heraldos. El anciano Fénix se acostó allí por orden de aquel, para que mañana vuelva a la patria tierra, si así lo desea, porque no ha de llevarle a viva fuerza.

[vv. 9.693 y ss.] Así habló, y todos callaron, asombrados de sus palabras, pues era muy grave lo que acababa de decir. Largo rato duró el silencio de los afligidos aqueos; mas al fin exclamó Diomedes, valiente en el combate:

[vv. 9.697 y ss.] —¡Gloriosísimo Atrida, rey de hombres Agamenón! No debiste rogar al eximio Pelida, ni ofrecerle innumerables regalos; ya era altivo, y ahora has dado pábulo a su soberbia. Pero dejémosle, ya se vaya, ya se quede: volverá a combatir cuando el corazón que tiene en el pecho se lo ordene, o un dios le incite. Ea, obremos todos como voy a decir. Acostaos después de satisfacer los deseos de vuestro corazón comiendo y bebiendo vino, pues esto da fuerza y vigor. Y cuando aparezca la bella Aurora de rosados dedos, haz que se reúnan junto a las naves los hombres y los carros, exhorta a la tropa y pelea en primera fila[322].

[vv. 9.710 y ss.] Tales fueron sus palabras, que todos los reyes aplaudieron, admirados del discurso de Diomedes, domador de caballos. Y hechas las libaciones, volvieron a sus respectivas tiendas, acostáronse y el don del sueño recibieron.

---

[322] Aquiles, al mantenerse al margen de la lucha, ha llevado la trama a un punto muerto donde no quedan más opciones que emprender la retirada o luchar con todas las fuerzas disponibles. El consejo de Diomedes apunta a que, reparadas las fuerzas, Agamenón, poniéndose primero en la línea de batalla, concite a todos a la lucha demostrando el mayor arrojo y valentía. Es coherente con la línea de pensamiento que sostuvo Diomedes desde un principio: que en la valentía es donde reside la fuerza del mando (9.39).

RAPSODIA X

DOLONIA

Aqueos y troyanos espían los movimientos del contrario. Odiseo y Diomedes hacen una incursión nocturna entre las líneas troyanas; capturan y, luego de obtener la información que puede proporcionarles, dan muerte a Dolón.

[vv. 10.1 y ss.] Los príncipes aqueos durmieron toda la noche, vencidos por plácido sueño[323], mas no probó sus dulzuras el Atrida Agamenón, pastor de hombres, porque en su mente revolvía muchas cosas. Como el esposo de Hera, la de hermosa cabellera, relampaguea cuando prepara una lluvia torrencial, el granizo o una nevada que cubra los campos, o quiere abrir en alguna parte la boca inmensa[324] de la amarga guerra; así, tan frecuentemente, se escapaban del pecho de Agamenón los suspiros, que salían de lo más hondo de su corazón, y le temblaban las entrañas. Cuando fijaba la vista en el campo teucro, pasmábanle las numerosas hogueras que ardían delante de Ilión, los sones de las flautas y zampoñas[325] y el bullicio de la gente; mas cuando a las naves y al ejército aqueo la volvía, arrancábase furioso los cabellos, aliando los ojos a Zeus, que mora en lo alto, y su generoso corazón lanzaba grandes gemidos. Al fin, creyendo que la mejor resolución sería acudir a Néstor Nélida, el más ilustre de los hombres, por si entrambos hallaban un medio que librara de la desgracia a todos los dánaos, levantose, vistió la túnica, calzó los blancos pies con hermosas sandalias, echose una rojiza piel

---

[323] Lo que quiere decir es que, a pesar de las circunstancias adversas, el don del sueño que los guerreros recibieron según 9.713, les permitió una tregua de agradable descanso. Quienes velan, en cambio, se ven asediados por las preocupaciones.

[324] Aterradora imagen de la boca inmensa que se traga a las víctimas de uno y otro bando del conflicto bélico.

[325] La palabra *zampoña* está traduciendo a la palabra σῦριγξ (*syrinx). La siringa es un instrumento musical de viento compuesto de pequeños tubos unidos en paralelo y ordenados de mayor a menor. Se cree que su origen se remonta a Egipto. Míticamente su creación se atribuye al dios Pan. Esta flauta, la siringa, sería el antecesor de la zampoña.

de corpulento y fogoso león[326] que le llegaba hasta los pies, y asió la lanza.

[vv. 10.25 y ss.] También Menelao estaba poseído de terror y no conseguía que se posara el sueño en sus párpados, temiendo que les ocurriese algún percance a los aqueos que por él habían llegado a Troya, atravesando el vasto mar, y promovido tan audaz guerra. Cubrió sus anchas espaldas con la manchada piel de un leopardo[327], púsose luego el casco de bronce, y tomando en la robusta mano una lanza, fue a despertar a Agamenón, que imperaba poderosamente sobre los argivos todos y era venerado por el pueblo como un dios. Hallole junto a la popa de su nave, vistiendo la magnífica armadura. Grata le fue a este su venida. Y Menelao, valiente en el combate habló el primero diciendo:

[vv. 10.37 y ss.] —¿Por qué, hermano querido, tomas las armas? ¿Acaso deseas persuadir a algún compañero para que vaya como explorador al campo teucro? Mucho temo que nadie se ofrezca a prestarte este servicio de ir solo durante la divina noche a espiar al enemigo, porque para ello se requiere un corazón muy osado.

[vv. 10.42 y ss.] Respondiole el rey Agamenón: —Ambos, oh Menelao, alumno de Zeus, tenemos necesidad de un prudente consejo para defender y salvar a los argivos y las naves, pues la mente de Zeus ha cambiado, y en la actualidad le son más aceptos los sacrificios de Héctor. Jamás he visto ni oído decir que un hombre realizara en un

---

[326] El interés por destacar la piel de león que viste Agamenón acaso sea algo más que un detalle de color. Sobre todo si tenemos en cuenta que, a lo largo de este canto, se suman otros detalles del mismo tipo —pieles de diversos animales— en las vestiduras y accesorios de varios personajes. Lo cual nos ha llevado a sospechar si ellas están señalando o acompañando el rango de quienes las visten. En el caso de Agamenón, esto parece bastante evidente, operando una transferencia simbólica de la fuerza, el poder y la realeza, mediante la fogosidad, el color rojo —no olvidemos que la etimología de la palabra *púrpura*, nos remonta a la palabra *fuego*— y corpulencia del león.

[327] La piel de leopardo que usa Menelao parece estar en relación con la piel de león que usa su hermano; podría indicar un rango menor, aunque perteneciente a la misma familia, puesto que ambas pieles son de felinos. Quien a su vez aparece vestido con una piel de leopardo es Alejandro en 3.17, poco antes de duelo con Menelao; repetición esta que también viene a establecer una relación —de paralelo y contraste— entre ambos personajes. Y, en tanto que Alejandro es irresponsable e insensible del peso de la guerra que soportan los troyanos (6.323 y ss.), Menelao no puede conciliar el sueño, preocupado por los que han venido a Troya para pelear por su causa (10.26b y s.).

solo día tantas proezas como ha hecho Héctor, caro a Zeus, contra los aqueos, sin ser hijo de un dios ni de una diosa. De sus hazañas se acordarán los argivos mucho y largo tiempo. ¡Tanto daño ha causado a los aqueos! Ahora, anda, encamínate corriendo a las naves y llama a Áyax y a Idomeneo; mientras voy en busca del divino Néstor y le pido que se levante, vaya con nosotros al sagrado escuadrón de los guardias y les dé órdenes. Le obedecerán más que a nadie, puesto que los manda su hijo junto con Meriones, servidor de Idomeneo. A entrambos les hemos confiado de un modo especial esta tarea.

[vv. 10.60 y ss.] Dijo entonces Menelao, valiente en el combate: —¿Cómo me encargas y ordenas que lo haga? ¿Me quedaré con ellos y te aguardaré allí o he de volver corriendo cuando les haya participado tu mandato?

[vv. 10.64 y ss.] Contestó el rey de hombres Agamenón: —Quédate allí: no sea que luego no podamos encontrarnos, porque son muchas las sendas que hay a través del ejército. Levanta la voz por donde pasares y recomienda la vigilancia, llamando a cada uno por su nombre paterno y ensalzándolos a todos. No te muestres soberbio. Trabajemos también nosotros, ya que cuando nacimos Zeus nos condenó a padecer tamaños infortunios. [328]

[vv. 10.72 y ss.] Esto dicho, despidió al hermano bien instruido ya, y fue en busca de Néstor, pastor de hombres. Hallole en su pabellón, junto a la negra nave, acostado en blanda cama. A un lado veíanse diferentes armas —el escudo, dos lanzas, el luciente yelmo— y el labrado bálteo con que se ceñía el anciano siempre que, como caudillo de su gente, se armaba para ir al homicida combate; pues aún no se rendía a la triste vejez. Incorporose Néstor apoyándose en el codo, alzó la cabeza, y dirigiéndose al Atrida le interrogó con estas palabras:

[vv. 10.82 y ss.] —¿Quién eres tú, que vas solo por el ejército y los navíos, durante la tenebrosa noche, cuando duermen los demás mortales? ¿Buscas acaso a algún centinela o compañero? Habla. No te acerques sin responder. ¿Qué deseas?

---

[328] Debido a la negativa de Aquiles, la posición de ambos Atridas se ha vuelto más frágil, y la situación de los aqueos reviste gran riesgo. Las palabras finales de Agamenón veladamente harían referencia a la maldición de los Tantálidas que pesa sobre su linaje por la espantosa serie de crímenes que cometieron sus antepasados en el ascenso al poder, maldición que han heredado juntamente con el cetro.

[vv. 10.86 y ss.] Respondiole el rey de hombres Agamenón: —¡Néstor Nélida, gloria insigne de los aqueos! Reconoce al Atrida Agamenón, a quien Zeus envía y seguirá enviando sin cesar más trabajos que a nadie, mientras la respiración no le falte a mi pecho y mis rodillas se muevan. Vagando voy; pues, preocupado por la guerra y las calamidades que padecen los aqueos, no consigo que el dulce sueño me cierre los ojos. Mucho temo por los dánaos; mi ánimo no está tranquilo, sino sumamente inquieto; el corazón se me arranca del pecho y tiemblan mis robustos miembros. Pero si quieres ocuparte en algo, ya que tampoco conciliaste el sueño, bajemos a ver los centinelas; no sea que, vencidos del trabajo y del sueño, se hayan dormido, dejando la guardia abandonada. Los enemigos se hallan cerca y no sabemos si habrán decidido acometernos esta noche.

[vv. 10.102 y ss.] Contestó Néstor, caballero gerenio: —¡Glorioso Atrida, rey de hombres Agamenón! A Héctor no le cumplirá el próvido Zeus todos sus deseos, como él espera; y creo que mayores trabajos habrá de padecer aún si Aquiles depone de su corazón el enojo funesto. Iré contigo y despertaremos a los demás: al Tidida, famoso por su lanza; a Odiseo, al veloz Áyax de Oileo y al esforzado hijo de Fileo[329]. Alguien podría ir a llamar al deiforme Áyax Telamonio y al rey Idomeneo, pues sus naves no están cerca, sino muy lejos. Y reprenderé a Menelao por amigo y respetable que sea y aunque tú te enfades, y no callaré que duerme y te ha dejado a ti el trabajo. Debía ocuparse en suplicar a los príncipes todos, pues el peligro que corremos es terrible.

[vv. 10.119 y ss.] Dijo el rey de hombres Agamenón: —¡Anciano! Otras veces te exhorté a que le riñeras, pues a menudo es indolente y no quiere trabajar; no por pereza o escasez de talento, sino porque volviendo los ojos hacia mí, aguarda mi impulso. Mas hoy se levantó mucho antes que yo mismo, presentóseme y le envié a llamar a aquellos de que acabas de hablar. Vayamos y los hallaremos delante de las puertas, con la guardia; pues allí es donde les dije que se reunieran.

[vv. 10.128 y ss.] Respondió Néstor, caballero gerenio: —De esta manera, ninguno de los argivos se irritará contra él ni le desobedecerá, cuando los exhorte o les ordene algo.

---

[329] Meges, caudillo del contingente procedente de Duliquio y las islas Equinas, 2.627.

173

[vv. 10.131 y ss.] Apenas hubo dicho estas palabras, abrigó el pecho con la túnica, calzó los blancos pies con hermosas sandalias, y abrochose un manto purpúreo, doble, amplio, adornado con lanosa felpa. Asió la fuerte lanza, cuya aguzada punta era de bronce, y se encaminó a las naves de los aqueos, de broncíneas corazas. El primero a quien despertó Néstor, caballero gerenio, fue Odiseo, que en prudencia igualaba a Zeus. Llamole gritando, su voz llegó a oídos del héroe, y este salió de la tienda y dijo:

[vv. 10.141 y s.] —¿Por qué andáis vagando así, por las naves y el ejército, solos, durante la noche inmortal? ¿Qué urgente necesidad se ha presentado?

[vv. 10.143 y ss.] Respondió Néstor, caballero gerenio: —¡Laertíada, del linaje de Zeus! ¡Odiseo, fecundo en ardides! No te enojes, porque es muy grande el pesar que abruma a los aqueos. Síguenos y llamaremos a quien convenga, para tomar acuerdo sobre si es preciso fugarnos o combatir todavía.

[vv. 10.148 y ss.] Tal dijo. El ingenioso Odiseo, entrando en la tienda, colgó de sus hombros el labrado escudo y se juntó con ellos. Fueron en busca de Diomedes Tidida, y le hallaron delante de su pabellón con la armadura puesta. Sus compañeros dormían alrededor de él, con las cabezas apoyadas en los escudos y las lanzas, clavadas por el regatón en tierra; el bronce de las puntas lucía a lo lejos como un relámpago del padre Zeus. El héroe descansaba sobre una piel de toro montaraz, teniendo debajo de la cabeza un espléndido tapete. Néstor, caballero gerenio, se detuvo a su lado, le movió con el pie para que despertara, y le daba prisa, increpándole de esta manera:

[vv. 10.159 y ss.] —¡Levántate, hijo de Tideo! ¿Cómo duermes a sueño suelto toda la noche? ¿No sabes que los teucros acampan en una eminencia de la llanura, cerca de las naves, y que solamente un corto espacio los separa de nosotros?

[vv. 10.162 y s.] De esta suerte habló. Y aquel, recordando en seguida del sueño, dijo estas aladas palabras:

[vv. 10.164 y ss.] —Eres infatigable, anciano, y nunca dejas de trabajar. ¿Por ventura no hay otros aqueos más jóvenes, que vayan por el campo y despierten a los reyes? ¡No se puede contigo, anciano!

[vv. 10.168 y ss.] Respondiole Néstor, caballero gerenio: —Sí, hijo, oportuno es cuanto acabas de decir. Tengo hijos excelentes y muchos hombres que podrían ir a llamarlos, pero es muy grande el peligro en que se hallan los aqueos: en el filo de una navaja están ahora la triste muerte y la salvación de todos. Ve y haz levantar al veloz Áyax y al hijo de Fileo, ya que eres más joven y de mí te compadeces.

[vv. 10.177 y ss.] Dijo. Diomedes cubrió sus hombros con una piel talar de corpulento y fogoso león[330], tomó la lanza, fue a despertar a aquellos y se los llevó consigo.

[vv. 10.180 y ss.] Cuando llegaron al escuadrón de los guardias, no encontraron a sus jefes dormidos, pues todos estaban alertas y sobre las armas. Como los canes que guardan las ovejas de un establo y sienten venir del monte, a través de la selva, una terrible fiera con gran clamoreo de hombres y perros, se ponen inquietos y ya no pueden dormir; así el dulce sueño huía de los párpados de los que hacían guardia en tan mala noche, pues miraban siempre hacia la llanura y acechaban si los teucros iban a atacarlos. El anciano violos, alegrose y para animarlos profirió estas aladas palabras:

[vv. 10.192 y s.] —¡Vigilad, así, hijos míos! No sea que alguno se deje vencer del sueño y demos ocasión para que el enemigo se regocije.

[vv. 10.194 y ss.] Dijo, y atravesó el foso. Siguiéronle los reyes argivos que habían sido llamados al consejo, y además Meriones y el preclaro hijo del anciano, porque aquellos los invitaron a deliberar. Pasado el foso sentáronse en un lugar limpio donde el suelo no aparecía cubierto de cadáveres: allí habíase vuelto el impetuoso Héctor, después de causar gran estrago a los argivos, cuando la noche los cubrió con su manto. Acomodados en aquel sitio, conversaban[331]; y Néstor, caballero gerenio, comenzó a hablar diciendo:

---

[330] Ya hemos podido ver en otras oportunidades que las repeticiones y las configuraciones espaciales resultan ser significativas para Homero; en 10.151, Néstor encuentra a Diomedes, que descansa ocupando un lugar central entre sus tropas —ellos duermen con las armas a la mano—. Esta posición central habitualmente indica una superioridad de rango o liderato. Conviene observar también que, tal como Agamenón, se cubre con una piel de un grande y fogoso león. De hecho los versos 10.177-8 repiten con pocas variantes la fórmula de 23-4. Todos estos elementos pueden estar indicando relaciones internas en el liderazgo, puesto que la esperanza de supervivencia de los aqueos en este momento —fracasadas las negociaciones con Aquiles— se asienta conjuntamente en el valor y la energía de Diomedes y en el poder de mando de Agamenón.

[331] No se aclara en ningún momento por qué esta reunión tiene lugar fuera de la protección que les brinda el muro y el foso. La decisión parece carecer de toda lógica; ya sea por el peligro al que se exponen, como porque pudieran ser escuchados por algún merodeador.

175

[vv. 10.204 y ss.] —¡Oh amigos! ¿No habrá nadie que, confiando en su ánimo audaz, vaya al campamento de los magnánimos teucros? Quizás hiciera prisionero a algún enemigo que ande cerca del ejército, o averiguara, oyendo algún rumor, lo que los teucros han decidido: si desean quedarse aquí, cerca de las naves, o volverán a la ciudad cuando hayan vencido a los aqueos[332]. Si se enterara de esto y regresara incólume, sería grande su gloria debajo del cielo y entre los hombres todos, y tendría una hermosa recompensa: cada jefe de los que mandan en las naves le daría una oveja con su corderito — presente sin igual— y se le admitiría además en todos los banquetes y festines.

[vv. 10.218 y s.] De tal modo habló. Enmudecieron todos y quedaron silenciosos, hasta que Diomedes, valiente en la pelea les dijo:

[vv. 10.220 y ss.] —¡Néstor! Mi corazón y ánimo valeroso me incitan a penetrar en el campo de los enemigos que tenemos cerca, de los teucros; pero si alguien me acompañase, mi confianza y mi osadía serían mayores. Cuando van dos, uno se anticipa al otro en advertir lo que conviene; cuando se está solo, aunque se piense, la inteligencia es más tarda y la resolución más difícil.

[vv. 10.227 y ss.] Tales fueron sus palabras, y muchos quisieron acompañar a Diomedes. Deseáronlo los dos Ayaces, ministros de Ares; quísolo Meriones; lo anhelaba el hijo de Néstor; ofreciose el Atrida Menelao, famoso por su lanza; y por fin, también Odiseo se mostró dispuesto a penetrar en el ejército teucro, porque el corazón que tenía en el pecho aspiraba siempre a ejecutar audaces hazañas. Y el rey de hombres Agamenón dijo entonces:

[vv. 10.234 y ss.] —¡Diomedes Tidida, carísimo a mi corazón! Escoge por compañero al que quieras, al mejor de los presentes; pues son muchos los que se ofrecen. No dejes al mejor y elijas a otro peor por respeto alguno que sientas en tu alma, ni por consideración al linaje, ni por atender a que sea un rey mas poderoso.

---

[332] Las palabras de Néstor parecen bastante inconsistentes. En todo caso no reviste demasiada importancia averiguar si los troyanos volverán o no a la ciudad en caso de resultar vencedores, porque tener un respiro no constituye la solución para el problema de los aqueos.

[vv. 10.240 y 241] Habló en estos términos porque temía por el rubio Menelao[333]. Y Diomedes, valiente en la pelea, replicó:

[vv. 10.242 y ss.] —Si me mandáis que yo mismo designe el compañero, ¿cómo no pensaré en el divino Odiseo, cuyo corazón y ánimo valeroso son tan dispuestos para toda suerte de trabajos, y a quien tanto ama Palas Atenea? Con él volveríamos acá aunque nos rodearan abrasadoras llamas, porque su prudencia es grande.

[vv. 10.248 y ss.] Respondió el paciente divino Odiseo: —¡Tidida! No me alabes en demasía ni me vituperes, puesto que hablas a los argivos de cosas que les son conocidas. Pero vámonos, que la noche está muy adelantada y la aurora se acerca; los astros han andado mucho, y la noche va ya en las dos partes de su jornada y solo un tercio nos resta.

[vv. 10.254 y ss.] En diciendo esto, vistieron entrambos las terribles armas. El intrépido Trasimedes[334] dio al Tidida una espada de dos filos —la de este había quedado en la nave— y un escudo, y le puso un morrión de piel de toro sin penacho ni cimera, que se llama *catétyx* y lo usan los jóvenes para proteger la cabeza. Meriones[335] proporcionó a Odiseo arco, carcaj y espada, y le cubrió la cabeza con un casco de piel que por dentro se sujetaba con fuertes correas y por fuera presentaba los blancos dientes de un jabalí[336], ingeniosamente

---

[333] El temor de Agamenón por la supervivencia de su hermano es constante, tal como se evidencia en 4.168 y ss., 204 y ss., y 7.107 y ss. La motivación principal sigue siendo la misma que señaláramos en aquellas oportunidades.

[334] Hijo de Néstor y hermano de Antíloco, que estaba entre los que lideraban a los guardias del campamento.

[335] Cretense compañero de Idomeneo, e hijo de Molo, también jefe de los guardias.

[336] Tanto Diomedes como Odiseo, llevan la cabeza cubierta. El gorro de Diomedes es de piel de toro; el de Odiseo, por su ornamento, se relaciona con el jabalí. Ambos tienen un diseño bastante peculiar y no se encuentra otra mención de ellos a lo largo del poema. Willcock identifica el de los colmillos de jabalí con algunas representaciones que apuntan a que fuera usado hacia el fin del período micénico y, si bien este ya no se conocería en la época de Homero, se cree que su descripción pudo haberle llegado a través de la tradición poética; por esta razón no sólo se lo destaca como un objeto curioso, sino que, a continuación, se relata su procedencia (Cfr. *A companion...*, p. 118). Es igualmente interesante que este gorro de Odiseo haya pertenecido a su abuelo Autólico, famosísimo ladrón, que lo obtuvo perforando la pared de la casa de Amintor. También es curioso cómo, por los vínculos de hospitalidad, ese gorro llegó a Meriones y, recién por su intermedio, regresa al linaje de Odiseo; es como una extraña vuelta del destino: el

repartidos, y tenía un mechón de lana colocado en el centro [337]. Este casco era el que Autólico había robado en Eleón a Amintor Orménida, horadando la pared de su casa, y que luego dio en Escandia a Anfidamante de Citera; Anfidamante lo regaló, como presente de hospitalidad, a Molo; este lo cedió a su hijo Meriones para que lo llevara, y entonces hubo de cubrir la cabeza de Odiseo.

[vv. 10.272 y ss.] Una vez revestidos de las terribles armas, partieron y dejaron allí a todos los príncipes. Palas Atenea envioles una garza, y si bien no pudieron verla con sus ojos, porque la noche era oscura, oyéronla graznar a la derecha del camino. Odiseo se holgó del presagio y oró a Atenea:

[vv. 10.278 y ss.] —¡Óyeme, hija de Zeus, que lleva la égida! Tú, que me asistes en todos los trabajos y conoces mis pasos, seme ahora propicia más que nunca, oh Atenea, y concede que volvamos a las naves cubiertos de gloria por haber realizado una gran hazaña que preocupe a los teucros.

[vv. 10.283 y ss.] Diomedes, valiente en la pelea, oró luego diciendo: —¡Ahora óyeme también a mí, invicta hija de Zeus! Acompáñame como acompañaste a mi padre, el divino Tideo, cuando fue a Tebas en representación de los aqueos[338]. Dejando a los aqueos, de broncíneas corazas, a orillas del Asopo, llevó un agradable mensaje a los cadmeos; y a la vuelta realizó admirables proezas con tu ayuda, excelente diosa, porque benévola le acorrías. Ahora, acórreme a mí y préstame tu amparo. E inmolaré en tu honor una ternera de un año, de frente espaciosa, indómita y no sujeta aún al yugo, después de derramar oro sobre sus cuernos[339].

[vv. 10.295 y ss.] Tales fueron sus respectivas plegarias, que oyó Palas Atenea. Y después de rogar a la hija del gran Zeus, anduvieron en la

---

gorro de un ladrón famoso viene a ser muy apropiado como vestimenta de un espía.

[337] Esta traducción podría resultar confusa. Para la correcta interpretación de este gorro, más acorde con descubrimientos arqueológicos posteriores (Cfr. Nilsson, M. P. *Homer and Mycenae*, Philadelphia, University of Pennsilvania, 1933 p. 138), esta frase debería ser traducida literalmente como: "y tenía en medio un entramado de fieltro", queriendo significar que en su interior tenía un forro de fieltro.

[338] Se refiere al mismo episodio de la guerra contra Tebas al que se ha aludido en 4.384 y ss. y en 5.801 y ss.

[339] Un voto muy similar a este, y la descripción con gran detalle del ritual que comporta el sacrificio de tal ofrenda, se encuentra en *Od.* 3.430 y ss.

oscuridad de la noche, como dos leones, por el campo donde tanta carnicería se había hecho, pisando cadáveres, armas y denegrida sangre.

[vv. 10.299 y ss.] Tampoco Héctor dejaba dormir a los valientes teucros; pues convocó a los próceres, a cuantos eran caudillos y príncipes de los troyanos, y una vez reunidos les expuso una prudente idea:

[vv. 10.303 y ss.] —¿Quién, por un gran premio, se ofrecerá a llevar al cabo la empresa que voy a decir? La recompensa será proporcionada. Daré un carro y dos corceles de erguido cuello, los mejores que haya en las veleras aqueas, al que tenga la osadía de acercarse a las naves de ligero andar —con ello al mismo tiempo ganará gloria— y averigüe si estas son guardadas todavía, o los aqueos, vencidos por nuestras manos, piensan en la fuga y no quieren velar porque el cansancio abrumador los rinde. [340]

[vv. 10.313 y ss.] Tal fue lo que propuso. Enmudecieron todos y quedaron silenciosos. Había entre los troyanos un cierto Dolón, hijo del divino heraldo Eumedes, rico en oro y en bronce; era de feo aspecto[341], pero de pies ágiles y el único hijo varón de su familia con cinco hermanas. Este dijo entonces a los teucros y a Héctor:

[vv. 10.319 y ss.] —¡Héctor! Mi corazón y mi ánimo valeroso me incitan a acercarme a las naves, de ligero andar, y explorar el campo[342]. Ea, alza el cetro y jura que me darás los corceles y el carro con adornos de bronce que conducen al eximio Pelida. No te será inútil mi espionaje, ni tus esperanzas se verán defraudadas, pues

---

[340] El plan de Héctor y su propósito resulta mucho más claro, conciso, directo y comprensible que la propuesta de espionaje que Néstor formulara, de manera tan complicada y bastante carente de sentido, en 10.204 y ss. Héctor sencillamente desea averiguar si van a continuar la lucha o darse a la fuga, regresando a sus hogares. Tal parece como si el discurso de Néstor hubiera sido concebido en base al de Héctor, pero sin acomodarlo correctamente a los intereses del bando contrario.

[341] El feo aspecto de Dolón (κακός εἶδος) ya nos pone sobre la pista de la caracterización moral del personaje. Dolón, tal como Tersites, es un personaje que cumple un rol de contraste, para dar mayor relevancia a los verdaderos héroes.

[342] Dolón, al emplear casi las mismas palabras que Diomedes, viene a constituirse en algo así como un personaje de comedia, o más precisamente, como una imagen invertida y burlesca del valeroso Tidida. El propio nombre de Dolón —que porta la misma inicial que el de Diomedes— anticipa el hedor de la traición (δόλος, lat. *dolos*; =astucia, picardía, traición).

atravesaré todo el ejército hasta llegar a la nave de Agamenón, que es donde deben de haberse reunido los caudillos para deliberar si huirán o seguirán combatiendo.

[vv. 10.328 y ss.] Así se expresó. Y Héctor, tomando en la mano el cetro, prestó el juramento: —Sea testigo el mismo Zeus tonante, esposo de Hera. Ningún otro teucro será llevado por estos corceles, y tú disfrutarás perpetuamente de ellos.

[vv. 10.332 y ss.] Con tales palabras, jurando lo que no había de cumplirse[343], animó a Dolón. Este, sin perder momento, colgó del hombro el corvo arco, vistió una pelicana piel de lobo, cubrió la cabeza con un morrión de piel de comadreja, tomó un puntiagudo dardo[344], y saliendo del ejército, se encaminó a las naves, de donde no había de volver para darle a Héctor la noticia. Dejó atrás la multitud de carros y hombres, y andaba animoso por el camino. Y Odiseo, del linaje de Zeus, advirtiendo que se acercaba a ellos, habló así a Diomedes:

[vv. 10.341 y ss.] —Ese hombre, Diomedes, viene del ejército; pero ignoro si va como espía a nuestras naves o se propone despojar algún cadáver de los que murieron. Dejemos que se adelante un poco más por la llanura, y echándonos sobre él le cogeremos fácilmente; y si en correr nos aventajare, apártale del ejército, acometiéndole con la lanza y persíguele siempre hacia las naves, para que no se guarezca en la ciudad.

[vv. 10.349 y ss.] Esto dicho, tendiéronse entre los muertos, fuera del camino. El incauto Dolón pasó con pie ligero. Mas cuando estuvo a la distancia a que se extienden los surcos de las mulas —estas son mejores que los bueyes para tirar de un arado en tierra noval—, Odiseo y Diomedes corrieron a su alcance. Dolón oyó ruido y se

---

[343] Homero disfruta de anticipar resultados. También es cierto que tanto el compromiso de Dolón, como la promesa de Héctor, conllevan una gran ironía, que vale la pena degustar paso a paso.

[344] La vestimenta y armas de Dolón disfrazan las características del personaje: viste una capa de piel de lobo —acaso queriendo aparecer bravo y fiero— y un gorro de piel de comadreja —tal vez haciendo gala del sigilo y la astucia. En lugar de llevar escudo, espada y lanza, se dice que lleva un punzante astil; aunque se plantea una disparidad a la hora de recoger los despojos en 458 y s., donde se dirá que también llevaba un arco y una larga lanza. Pensamos, sin embargo, que al menos en principio, se quiere dar idea de que los troyanos, ya sea por enviar un solo espía, de dudoso temple y pobremente armado, están subestimando a los aqueos, lo cual les costará caro.

detuvo, creyendo que algunos de sus amigos venían del ejército teucro a llamarle por encargo de Héctor. Pero así que aquellos se hallaron a tiro de lanza o más cerca aún, conoció que eran enemigos y puso su diligencia en los pies huyendo, mientras ellos se lanzaban a perseguirle. Como dos perros de agudos dientes, adiestrados para cazar, acosan en una selva a un cervato o a una liebre que huye chillando delante de ellos; del mismo modo, el Tidida y Odiseo, asolador de ciudades, perseguían constantemente a Dolón después que lograron apartarle del ejército. Ya en su fuga hacia las naves iba el troyano a topar con el cuerpo de guardia, cuando Atenea dio fuerzas al Tidida para que ninguno de los aqueos, de broncíneas corazas, se le adelantara y pudiera jactarse de haber sido el primero en herirle y él llegase después. El fuerte Diomedes arremetió a Dolón, con la lanza, y le gritó:

[vv. 10.370 y 371] —Tente, o te alcanzará mi lanza; y no creo que puedas evitar mucho tiempo que mi mano te dé una muerte terrible.

[vv. 10.372 y ss.] Dijo, y arrojó la lanza; mas de intento erró el tiro, y esta se clavó en el suelo después de volar por encima del hombro derecho de Dolón. Parose el troyano dentellando —los dientes crujíanle en la boca—, tembloroso y pálido de miedo[345], Odiseo y Diomedes se le acercaron, jadeantes, y le asieron de las manos, mientras aquel lloraba y les decía:

[vv. 10.378 y ss.] —Hacedme prisionero y yo me redimiré. Hay en casa bronce, oro y hierro labrado: con ello os pagaría mi padre inmenso rescate, si supiera que estoy vivo en las naves aqueas.

[vv. 10.382 y ss.] Respondiole el ingenioso Odiseo: —Tranquilízate y no pienses en la muerte. Ea, habla y dime con sinceridad: ¿Adónde ibas solo, separado de tu ejército y derechamente hacia las naves, en esta noche oscura, mientras duermen los demás mortales? ¿Acaso a despojar a algún cadáver? ¿Por ventura Héctor te envió como espía a las cóncavas naves? ¿O te dejaste llevar por los impulsos de tu corazón?

[vv. 10.390 y ss.] Contestó Dolón, a quien le temblaban las carnes: —Héctor me hizo salir fuera de juicio con muchas perniciosas promesas: accedió a darme los solípedos corceles y el carro con adornos de bronce del eximio Pelida, para que, acercándome durante

---

[345] Si hubo algo de valentía en el ofrecimiento y el plan de Dolón, ese valor desapareció por completo al caer en manos de sus enemigos.

la rápida y oscura noche a los enemigos, averiguase si las veleras naves son guardadas todavía, o vosotros, que habéis sido vencidos por nuestras manos, pensáis en la fuga y no queréis velar porque el cansancio abrumador os rinde.

[vv. 10.400 y ss.] Díjole sonriendo el ingenioso Odiseo: —Grande es el presente que tu corazón anhelaba. ¡Los corceles del aguerrido Eácida! Difícil es que nadie los sujete y sea por ellos llevado, fuera de Aquiles, que tiene una madre inmortal. Ea, habla y dime con sinceridad: ¿Dónde, al venir, has dejado a Héctor, pastor de hombres? ¿En qué lugar tienen las marciales armas y los caballos? ¿Cómo se hacen las guardias y de qué modo están dispuestas las tiendas de los teucros? Cuenta también lo que están deliberando: si desean quedarse aquí cerca de las naves o volverán a la ciudad cuando hayan vencido a los aqueos[346].

[vv. 10.412 y ss.] Contestó Dolón, hijo de Eumedes: —De todo voy a informarte con exactitud. Héctor y sus consejeros deliberan lejos del bullicio junto a la tumba de Ilo; en cuanto a las guardias por que me preguntas, oh héroe, ninguna ha sido designada para que vele por el ejército ni para que vigile. En torno de cada hoguera los troyanos, apremiados por la necesidad, velan y se exhortan mutuamente a la vigilancia. Pero los auxiliares, venidos de lejas tierras, duermen y dejan a los troyanos al cuidado de la guardia porque no tienen aquí a sus hijos y mujeres.

[vv. 10.423 y ss.] Volvió a preguntarle el ingenioso Odiseo: —¿Estos duermen mezclados con los troyanos o separadamente? Dímelo para que lo sepa.

[vv. 10.426 y ss.] Contestó Dolón, hijo de Eumedes: —De todo voy a informarte con exactitud.[347] Hacia el mar están los carios, los peonios, armados de corvos arcos, y los léleges, caucones y divinos pelasgos[348]. El lado de Timbra[349] lo obtuvieron por suerte los licios,

---

[346] Todas las preguntas realizadas por Odiseo son mucho más importantes y consistentes con el propósito de esta incursión nocturna que la vaga propuesta de Néstor. Recién hacia el final Odiseo parece recordar las palabras del anciano e interesarse por una respuesta al respecto.

[347] Con pocas diferencias se repiten los versos 412-3. Notoriamente Dolón responde con toda exactitud, creyendo que con ello se compra la supervivencia.

[348] Se nombran diversas tribus y pueblos, de origen preindoeuropeo, vecinos de Troya.

los arrogantes misios, los frigios, domadores de caballos, y los meonios, que combaten en carros. Mas ¿por qué me hacéis estas preguntas? Si deseáis entraros por el ejército teucro, los tracios recién venidos están ahí, en ese extremo, con su rey Reso, hijo de Eyoneo. He visto sus corceles, que son bellísimos, de gran altura, más blancos que la nieve y tan ligeros como el viento. Su carro tiene lindos adornos de oro y plata, y sus armas son de oro, magníficas, admirables, y más propias de los inmortales dioses que de hombres mortales[350]. Pero llevadme ya a las naves de ligero andar, o dejadme aquí, atado con recios lazos, para que vayáis y comprobéis si os hablé como debía.

[vv. 10.446 y ss.] Mirándole con torva faz le replicó el fuerte Diomedes: —No esperes escapar de esta, oh Dolón, aunque tus noticias son importantes, pues has caído en nuestras manos. Si te dejásemos libre o consintiéramos en el rescate, vendrías de nuevo a las veleras naves a espiar o a combatir contra nosotros, y si por mi mano pierdes la vida, no causarás más daño a los argivos.

[vv. 10.454 y ss.] Dijo: y Dolón iba como suplicante, a tocarle la barba con su robusta mano, cuando Diomedes, de un tajo en el cuello, le rompió ambos tendones; y la cabeza cayó en el polvo, mientras el troyano hablaba todavía.[351] Quitáronle el morrión de piel de comadreja, la piel de lobo, el flexible arco y la ingente lanza; y el divino Odiseo, cogiéndolo todo con la mano, levantolo para ofrecerlo a Atenea, que preside a los aqueos, y oró diciendo:

[vv. 10.462, 463 y 464.] —Huélgate de esta ofrenda, ¡oh diosa! Serás tú la primera a quien invocaremos entre las deidades del Olimpo. Y ahora guíanos hacia los corceles y las tiendas de los tracios.

[vv. 10.465 y ss.] Dichas estas palabras, apartó de sí los despojos y los colgó de un tamarisco, cubriéndolos con cañas y frondosas ramas del

---

[349] Estrabón (13.35) informa que Timbria se encuentra cerca de la primitiva fundación de Troya, en la confluencia del río Timbrio con el Escamandro, donde se halla el santuario de Apolo Timbreo. Este santuario se encontraba en un bosquecillo, hasta el cual, antes del inicio de la *Ilíada*, Aquiles habría perseguido y dado muerte a Troilo; y, según algunas versiones tardías de la leyenda, en ese mismo templo también, más adelante, iba a ser asesinado Aquiles.

[350] Cfr. 5.719 y ss., nota.

[351] A pesar de los planes de Dolón, basados en las tranquilizadoras palabras de Odiseo, el razonamiento de Diomedes es implacable: un traidor siempre será un traidor, o sea, un serio peligro. Si bien Odiseo le había dado esperanzas, Diomedes no tenía ningún compromiso con él, y lo ejecuta.

árbol, que fueran una señal visible para que no les pasaran inadvertidos, al regresar durante la rápida y oscura noche. Luego, pasaron adelante por encima de las armas y de la negra sangre, y llegaron al escuadrón de los tracios que, rendidos de fatiga, dormían dispuestos en tres filas con las armas en el suelo y un par de caballos junto a cada guerrero. Reso descansaba en el centro, y tenía los ligeros corceles atados con correas a un extremo del carro[352]. Odiseo viole el primero y lo mostró a Diomedes:

[vv. 10.477 y ss.] —Ese es el hombre, Diomedes, y esos los corceles de que nos habló Dolón, a quien matamos. Ea, muestra tu impetuoso valor y no tengas ociosas las armas. Desata los caballos, o bien mata hombres y yo me encargaré de aquellos.

[vv. 10.482 y ss.] Tal dijo, y Atenea, la de los brillantes ojos, infundió valor a Diomedes, que comenzó a matar a diestro y a siniestro: sucedianse los horribles gemidos de los que daban la vida a los golpes de la espada, y su sangre enrojecía la tierra. Como un mal intencionado león acomete al rebaño de cabras o de ovejas, cuyo pastor esta ausente; así el hijo de Tideo se abalanzaba a los tracios, hasta que mató a doce. A cuantos aquel hería con la espada, Odiseo, asiéndolos por el pie, los apartaba del camino, para que luego los corceles de hermosas crines pudieran pasar fácilmente y no se asustasen de pisar cadáveres, a lo cual no estaban acostumbrados. Llegó el hijo de Tideo adonde yacía el rey, fue este el décimotercero a quien privó de la dulce vida[353], mientras daba un suspiro; pues en

---

[352] El campamento de los tracios tiene una compleja distribución espacial, parece compuesto de tres filas configuradas de tal forma que cada guerrero descansa junto a dos caballos; en medio —en la posición central, que habitualmente corresponde al caudillo— está descansando Reso, el jefe de los tracios, pero sus dos caballos están sujetos al carro.

[353] Es muy notable el interés que se pone en dar cuenta de los ejecutados por Diomedes, detallando que a Reso lo mata en decimotercer lugar. El hecho de que esto se registre con tal precisión nos induce a pensar que el autor lo considera como algo especialmente significativo. De acuerdo con la explicación del texto, Diomedes mata a los doce guerreros para llegar hasta Reso y en la misma medida, por su accionar conjunto con Odiseo, se libera el camino para facilitar la salida de los caballos de Reso. Sin embargo, como el objetivo principal es llegar hasta Reso y sus caballos, que, como previamente se ha indicado, se encuentran en una posición central, el número doce estaría acompañando la idea de dirigirse al centro y el trece a la idea de alcanzarlo, apoderándose de esa posición, y con ello, además de la muerte de los enemigos, obtener como recompensa los preciados caballos.

aquella noche el nieto de Eneo aparecíase en desagradable ensueño a Reso, por orden de Atenea[354]. Durante este tiempo, el paciente Odiseo desató los solípedos caballos, los ligó a entrambos con las riendas y los sacó del ejército aguijándolos con el arco, porque se le olvidó tomar el magnífico látigo que había en el labrado carro. Y en seguida silbó, haciendo seña al divino Diomedes.

[vv. 10.503 y ss.] Mas este, quedándose aún, pensaba qué podría hacer que fuese muy arriesgado: si se llevaría el carro con las labradas armas, ya tirando del timón, ya levantándolo en alto, o quitaría la vida a más tracios. En tanto que revolvía tales pensamientos en su espíritu, presentose Atenea[355] y habló así al divino Diomedes:

[vv. 10.509, 510 y 511] —Piensa ya en volver a las cóncavas naves, hijo del magnánimo Tideo. No sea que hayas de llegar huyendo, si algún otro dios despierta a los teucros.

[vv. 10.512, 513 y 514] Así habló. Diomedes, conociendo la voz de la diosa, montó sin dilación a caballo; Odiseo subió al suyo, aguijoles con el arco y ambos volaron hacia las veleras naves aqueas.

[vv. 10.515 y ss.] Apolo, que lleva arco de plata, estaba en acecho desde que advirtió que Atenea acompañaba al hijo de Tideo, e indignado contra ella, entrose por el ejército de los teucros y despertó a Hipocoonte, valeroso caudillo tracio y sobrino de Reso. Como Hipocoonte, recordando del sueño, viera vacío el lugar que ocupaban los caballos y a los hombres horriblemente heridos y palpitantes todavía, comenzó a lamentarse y a llamar por su nombre al querido compañero. Y pronto se promovió gran clamoreo e inmenso tumulto entre los teucros, que acudían en tropel y admiraban la peligrosa aventura a que unos hombres habían dado cima, regresando luego a las cóncavas naves.

[vv. 10.526 y ss.] Cuando ambos héroes llegaron al sitio en que mataran al espía de Héctor, Odiseo, caro a Zeus, detuvo los veloces caballos;

En el camino de ida al centro Diomedes ha escogido la tarea del ejecutor, en tanto que Odiseo se ocupa de preparar la vía de escape y el robo de los corceles.

[354] El sueño enviado por Atenea es una precognición: Reso despierta, de repente, de su pesadilla, para ver que esta se cumple en la realidad.

[355] Habiendo alcanzado a su decimotercera víctima, y liberados los caballos, Diomedes se ha quedado sin función, porque Odiseo se está ocupando del resto del objetivo. Entonces Diomedes, que no desea permanecer inactivo o inútil, vacila entre realizar un robo mayor o tomar más víctimas. Esto parece que implica un exceso, lo cual fuerza la intervención de Atenea.

185

y el Tidida, apeándose, tomó los cruentos despojos, que puso en las manos de su amigo, volvió a montar y picó a los corceles. Estos[356] volaron gozosos hacia las cóncavas naves, pues a ellas deseaban llegar. Néstor fue el primero que oyó las pisadas de los caballos, y dijo:

[vv. 10.533 y ss.] —¡Amigos, capitanes y príncipes de los argivos! ¿Me engañaré o será verdad lo que voy a decir? El corazón me ordena hablar. Oigo pisadas de caballos de pies ligeros. Ojalá Odiseo y el fuerte Diomedes trajeran del campo troyano solípedos corceles; pero mucho temo que a los más valientes argivos les haya ocurrido algún percance en el ejército teucro.

[vv. 10.540, 541, 542 y 543] Aún no había acabado de pronunciar estas palabras, cuando aquellos llegaron y echaron pie a tierra. Todos los saludaban alegremente con la diestra y con afectuosas palabras. Y Néstor, caballero gerenio, les preguntó el primero:

[vv. 10.544 y ss.] —¡Ea, dime, célebre Odiseo, gloria insigne de los aqueos! ¿Cómo hubisteis estos caballos: penetrando en el ejército teucro o recibiéndolos de un dios que os salió al camino? Muy semejantes son a los rayos del sol. Siempre entro por las filas de los teucros, pues aunque anciano no me quedo en las naves, y jamás he visto ni advertido tales corceles. Supongo que los habréis recibido de algún dios que os salió al encuentro, pues a entrambos os aman Zeus, que amontona las nubes y su hija Atenea, la de los brillantes ojos.

[vv. 10.554 y ss.] Respondiole el ingenioso Odiseo: —¡Néstor Nélida, gloria insigne de los aqueos! Fácil le sería a un dios, si quisiera, dar caballos mejores aún que estos, pues su poder es muy grande. Los corceles por los que preguntas, anciano, llegaron recientemente y son tracios: el valiente Diomedes mató al dueño y a doce de sus compañeros, todos aventajados, y cerca de las naves dimos muerte al décimotercero[357], que era un espía enviado por Héctor y otros teucros ilustres a explorar este campamento.

---

[356] Ambos jinetes.

[357] El número trece aquí se compone de manera inversa: otorgando el primer lugar al líder de la tropa —el rey Reso—, y luego a los doce, que constituían su acompañamiento. Sin embargo, surge una anomalía en el cálculo de las muertes porque Odiseo suma a Dolón, pero en vez de consignarlo por separado, lo suma a los doce del acompañamiento de Reso. El problema es que, si contamos a Reso, Dolón nunca puede ser la décimotercera víctima. A este respecto se ha propuesto

[vv. 10.564 y ss.] De este modo habló; y muy ufano, hizo que los solípedos caballos pasaran el foso, y los aqueos siguiéronle alborozados. Cuando estuvieron en la hermosa tienda del Tidida, ataron los corceles con bien cortadas correas al pesebre, donde los caballos de Diomedes comían el trigo dulce como la miel. Odiseo dejó en la popa de su nave los cruentos despojos de Dolón, para guardarlos hasta que ofrecieran un sacrificio a Atenea. Los dos héroes entraron en el mar y se lavaron el abundante sudor de sus piernas, cuello y muslos. Cuando las olas les hubieron limpiado el sudor del cuerpo y recreado el corazón, metiéronse en pulimentadas pilas y se bañaron. Lavados ya y ungidos con craso aceite, sentáronse a la mesa; y sacando de una cratera vino dulce como la miel, en honor de Atenea lo libaron.

---

desde antiguo la corrección de "decimotercero" por "decimocuarto" (Cfr. Leaf, *The Iliad*, vol. I, 2nd. ed., London - N. York, Macmillan, 1900, p. 463, 561n; Willcock, *A Companion to the Iliad*, Chicago, University of Chicago Press, 1976, p. 122; Hainsworth, B. *The Iliad: A Commentary*. Vol. III: books 9-12. pág. 208). Sin embargo, no consideramos que esta corrección resuelva el problema, sino que, por el contrario, lo profundiza. En efecto, desde ese punto de vista, tampoco Reso sería el decimotercero como asegura el verso 495, sino el decimocuarto, porque Dolón habría sido el primero. Es demasiado raro que el poeta se haya equivocado —¡no una, sino dos veces!— al hacer la cuenta; una cuenta que, de por sí, ya es bastante raro que deba detallarse dos veces —como para que no quede ninguna duda. En realidad tenemos dos personajes, un traidor y un rey, a los cuales conocemos por su nombre: Dolón y Reso; a ellos se suman doce guerreros muertos, configurados de la siguiente forma: 1+12+1. Pero el número catorce nunca se menciona en este episodio —en realidad no se lo menciona en ningún verso de toda la *Ilíada*— y, en cambio, en ambos casos, se emplea el número trece. En el caso de Reso el número trece se identifica con el centro, lugar que corresponde al rey por su puesto de liderazgo. En el segundo caso Dolón viene a completar el número de las víctimas innominadas que ha causado su traición. En el recorrido de ida (339b-511) la configuración es igual a la del relato de la vuelta (512-571), esto es: 1+ (12+1). Reso y Dolón son dos polos opuestos, cada uno de los cuales remata una configuración con un acompañamiento de doce personajes anónimos; uno es el noble rey, y el otro, el espía que deviene en traidor. El botín del rey se corresponde con el valor de los héroes; los despojos del traidor, fruto de la astucia, son tributados a la sabia Atenea. Otra configuración numérica espejada ya la hemos señalado en nota a 7.191.

187

RAPSODIA XI

PRINCIPALÍA DE AGAMENÓN

Al comenzar el día, y vistiendo su resplandeciente armadura, Agamenón se lanza al combate en las primeras filas. Produce grandes hazañas y gran mortandad entre los teucros, hasta que, herido, debe retirarse del combate. Animados por Héctor, los troyanos hacen retroceder a los aqueos hacia las naves. Aquiles entonces envía a Patroclo con Néstor para enterarse de los últimos sucesos. Néstor pide a Patroclo que interceda ante Aquiles.

[vv. 11.1 y ss.] La Aurora se levantaba del lecho, dejando al bello Titonio, para llevar la luz a los dioses y a los hombres[358], cuando enviada por Zeus se presentó en las veleras naves aqueas la cruel Discordia con la señal del combate en la mano. Subió la diosa a la ingente nave negra de Odiseo, que estaba en medio de todas, para que le oyeran por ambos lados hasta las tiendas de Áyax Telamonio y de Aquiles; los cuales habían puesto sus bajeles en los extremos, porque confiaban en su valor y en la fuerza de sus brazos. Desde allí daba aquella grandes, agudos y horrendos gritos, y ponía mucha fortaleza en el corazón de todos, a fin de que pelearan y combatieran sin descanso. Y pronto les fue más agradable batallar que volver a la patria tierra en las cóncavas naves.

[vv. 11.15 y ss.] El Atrida alzó la voz mandando que los argivos se apercibiesen, y el mismo vistió la armadura de luciente bronce. Púsose en torno de las piernas hermosas grebas sujetas con broches de plata, y cubrió su pecho con la coraza que Ciniras le diera como presente de hospitalidad. Porque hasta Chipre había llegado la noticia de que los aqueos se embarcaban para Troya, y Ciniras, deseoso de complacer al rey, le dio esta coraza, que tenía diez filetes de pavonado acero, doce de oro y veinte de estaño, y tres cerúleos dragones erguidos hacia el cuello y semejantes al iris que el Crónida fija en las nubes como señal para los hombres dotados de palabra[359].

---

[358] Inicia el día 26 de nuestro cómputo.

[359] La descripción de la coraza de Agamenón es sumamente llamativa. Pero si bien, junto con todas las armas de Agamenón, se nos aparece con un lujo deslumbrante, por más que contamos con algunos detalles, carecemos de muchos otros como para llegar a tener una idea precisa de su apariencia. Sí, sin embargo, se advierte el valor del objeto, la riqueza de su trabajo y el tornasolado de su

Luego, el rey colgó del hombro la espada, en la que relucían áureos clavos, con su vaina de plata sujeta por tirantes de oro. Embrazó después el labrado escudo, fuerte y hermoso, de la altura de un hombre, que presentaba diez círculos de bronce en el contorno, tenía veinte bollos de blanco estaño y en el centro uno de negruzco acero, y lo coronaba la Medusa, de ojos horrendos y torva vista, con el Terror y la Fuga a los lados. Su correa era argentada, y sobre la misma enroscábase cerúleo dragón de tres cabezas entrelazadas, que nacían de un solo cuello.[360] Cubrió en seguida su cabeza con un casco de doble cimera, cuatro abolladuras y penacho de crines de caballo, que al ondear en lo alto causaba pavor, y asió dos fornidas lanzas de aguzada broncínea punta, cuyo brillo llegaba hasta el cielo. Y Atenea y Hera tronaron en las alturas para honrar al rey de Micenas, rica en oro.[361]

---

colorido. En los filetes de la armadura intervienen tres colores: el azul —κύανος, palabra de la cual proviene nuestro *cian*, y que aquí se traduce como "acero pavonado", porque el *kuanos* ha sido oscurecido—, el dorado de los filetes de oro, y el plateado del estaño. No se indica la dirección, disposición o distribución de estas bandas o filetes, pero se nos da una suerte de proporción indicándonos sus cantidades: diez, doce y veinte, respectivamente. Sobre este dato se pueden calcular diversas combinaciones armoniosas. A modo de ejemplo presentamos la siguiente secuencia dispuesta en bloques de a tres para observar el efecto espejado de los patrones en dos series: OEK EOE KEO EKE OEK EOE KEO || OEK EOE KEO EKE OEK EOE KEO donde: O = oro (doce), E = estaño (veinte), y K = kuanos (diez). Estas alternancias acaso pudieran producir un efecto tornasolado semejante al arco iris que se invoca en el poema. Finalmente, también podría suponerse que los filetes estarían dibujando los tres dragones. (Cfr. Leaf, *The Iliad*, vol. I, 2nd. ed., London - N. York, Macmillan, 1900, p. 468 y s, 24n; Willcock, *A Companion to the Iliad*, Chicago, University of Chicago Press, 1976, p. 124; Hainsworth, B. *The Iliad: A Commentary*. Vol. III: books 9-12. pág. 218 y s.)

[360] Ese detalle parece estar en relación con el que se describe en la coraza. El dragón suele ser símbolo de fuerza y poder y el número tres, que aquí se refiere a las cabezas que proceden de un solo cuerpo, podría estar indicando alguna relación con la justicia, ya que tradicionalmente la tercera posición suele referirse al centro entre dos extremos.

[361] La descripción del héroe al revestirse con su armadura habitualmente precede a su *aristeia*. En este caso, sin embargo, se suma el hecho de que Agamenón quiere incitar a los aqueos a combatir denodadamente, como si se tratase de la última batalla. Para ello se muestra resplandeciente y poderoso. Tanto su luminosidad, esplendor e, incluso, la mención del cielo, parecen configurarlo con el poder de Zeus. Y entonces se escucha el sonido del trueno. ¡Algo totalmente inédito, porque

[vv. 11.47 y ss.] Cada cual mandó entonces a su auriga que tuviera dispuestos el carro y los corceles junto al foso; salieron todos a pie y armados, y levantose inmenso vocerío antes que la aurora despuntara. Delante del foso ordenáronse los infantes, y a estos siguieron de cerca los que combatían en carros. Y el Crónida promovió entre ellos funesto tumulto y dejó caer desde el éter sanguinoso rocío porque había de precipitar al Hades a muchas y valerosas almas[362].

[vv. 11.56 y ss.] Los teucros pusiéronse también en orden de batalla en una eminencia de la llanura, alrededor del gran Héctor, del eximio Polidamante, de Eneas, honrado como un dios por el pueblo troyano, y de los tres Antenóridas: Polibo, el divino Agenor y el joven Acamante, que parecía un inmortal. Héctor, armado de un escudo liso, llegó con los primeros combatientes. Cual astro funesto, que unas veces brilla en el cielo y otras se oculta detrás de las pardas nubes; así Héctor, ya aparecía entre los delanteros, ya se mostraba entre los últimos, siempre dando órdenes y brillando como el relámpago del padre Zeus, que lleva la égida.

[vv. 11.67 y ss.] Como los segadores caminan en direcciones opuestas por los surcos de un campo de trigo o de cebada de un hombre opulento, y los manojos de espigas caen espesos; de la misma manera, teucros y aqueos se acometían y mataban, sin pensar en la perniciosa fuga. Igual andaba la pelea, y como lobos se embestían. Gozábase en verlos la luctuosa Discordia, única deidad que se hallaba entre los combatientes; pues los demás dioses permanecían quietos en sus palacios construidos en los valles del Olimpo y acusaban al Crónida, el dios de las sombrías nubes, porque quería conceder la victoria a los teucros. Mas el padre no se cuidaba de ellos; y, sentado aparte, ufano de su gloria, contemplaba la ciudad troyana, las naves aqueas, el brillo del bronce, a los que mataban y a los que la muerte recibían.

[vv. 11.84 y ss.] Al amanecer y mientras iba aumentando la luz del sagrado día, los tiros alcanzaban por igual a unos y a otros y los hombres caían. Cuando llegó la hora en que el leñador prepara el almuerzo en la espesura del monte, porque tiene los brazos cansados de cortar grandes árboles y su corazón apetece la agradable comida,

---

no es de Zeus de donde procede, sino de Hera y Atenea! Es como una picardía de las diosas contra el poder del Crónida.

[362] Repite con pocas variantes 1.3

los dánaos, exhortándose mutuamente por las filas y peleando con bravura, rompieron las falanges teucras. Agamenón, que fue el primero en arrojarse a ellas, mató a Bianor, pastor de hombres, y a su compañero Oileo, hábil jinete. Este se había apeado del carro para sostener el encuentro, pero el Atrida le hundió en la frente la aguzada pica, que atravesó el casco —a pesar de ser de duro bronce— y el hueso, conmoviole el cerebro y postró al guerrero cuando contra aquel arremetía. Después de quitarles a entrambos la coraza, Agamenón, rey de hombres, dejolos allí, con el pecho al aire, y fue a dar muerte a Iso y a Antifo, hijos bastardo y legítimo, respectivamente, de Príamo, que iban en el mismo carro. El bastardo guiaba y el ilustre Antifo combatía. En otro tiempo Aquiles, habiéndolos sorprendido en un bosque del Ida, mientras apacentaban ovejas, atolos con tiernos mimbres; y luego, pagado el rescate, los puso en libertad. Mas entonces el poderoso Agamenón Atrida le envasó a Iso la lanza en el pecho, sobre la tetilla, y a Antifo le hirió con la espada en la oreja y le derribó del carro. Y al ir presuroso a quitarles las magníficas armaduras, los reconoció, pues los había visto en las veleras naves cuando Aquiles, el de los pies ligeros, se los llevó del Ida. Bien así como un león penetra en la guarida de una ágil cierva, se echa sobre los hijuelos y despedazándolos con los fuertes dientes les quita la tierna vida, y la madre no puede socorrerlos, aunque esté cerca, porque le da un gran temblor, y atraviesa, azorada y sudorosa, selvas y espesos encinares, huyendo de la acometida de la terrible fiera; tampoco los teucros pudieron librar a aquellos de la muerte, porque a su vez huían ante los argivos.

[vv. 11.122 y ss.] Alcanzó luego el rey Agamenón a Pisandro y al intrépido Hipóloco, hijos del aguerrido Antímaco (este, ganado por el oro y los espléndidos regalos de Alejandro, se oponía a que Helena fuese devuelta al rubio Menelao[363]): ambos iban en un carro, y desde su sitio procuraban guiar los veloces corceles, pues habían dejado caer las lustrosas riendas y estaban aturdidos. Cuando el Atrida arremetió contra ellos, cual si fuese un león, arrodilláronse en el carro y así le suplicaron:

---

[363] Cuando Menelao, acompañado por Odiseo, se presentó en Troya para tratar pacíficamente la devolución de su esposa, Antímaco, amigo de Paris —habiendo aceptado soborno de aquel—, preparó un atentado contra los embajadores, del cual fueron salvados por Antenor (Cfr. Tzetzes, *Antehomerica*, 155 y ss).

[vv. 11.131 y ss.] —Haznos prisioneros, hijo de Atreo, y recibirás digno rescate. Muchas cosas de valor tiene en su casa Antímaco: bronce, oro, hierro labrado; con ellas nuestro padre te pagaría inmenso rescate, si supiera que estamos vivos en las naves aqueas.

[vv. 11.136 y 137] Con tan dulces palabras y llorando, hablaban al rey; pero fue amarga la respuesta que escucharon:

[vv. 11.138 y ss.] —Pues si sois hijos del aguerrido Antímaco, que aconsejaba en la junta de los troyanos matar a Menelao y no dejarle volver a los aqueos, cuando vino a título de embajador con el deiforme Odiseo, ahora pagaréis la insolente injuria que nos infirió vuestro padre.

[vv. 11.143 y ss.] Dijo, y derribó del carro a Pisandro; diole una lanzada en el pecho y le tumbó de espaldas. De un salto apeose Hipóloco, y ya en tierra, Agamenón le cercenó con la espada los brazos y la cabeza, que tiró, haciéndola rodar como un mortero, por entre las filas. El Atrida dejo a estos, y seguido de otros aqueos de hermosas grebas, fue derecho al sitio donde más falanges, mezclándose en montón confuso, combatían. Los infantes mataban a los infantes, que se veían obligados a huir, los que combatían desde el carro hacían perecer con el bronce a los enemigos que así peleaban, y a todos los envolvía la polvareda que en la llanura levantaban con sus sonoras pisadas los caballos. Y el rey Agamenón iba siempre adelante, matando teucros y animando a los argivos. Como al estallar voraz incendio en un boscaje, el viento hace oscilar las llamas y lo propaga por todas partes, y los arbustos ceden a la violencia del fuego y caen con sus mismas raíces; de igual manera caían las cabezas de los teucros puestos en fuga por Agamenón Atrida, y muchos caballos de erguido cuello arrastraban con estrépito por el campo los carros vacíos y echaban de menos a los eximios conductores, pero estos, tendidos en tierra, eran ya más gratos a los buitres que a sus propias esposas.

[vv. 11.163 y ss.] A Héctor, Zeus le sustrajo de los tiros, el polvo, la matanza, la sangre y el tumulto; y el Atrida iba adelante, exhortando vehementemente a los dánaos. Los teucros corrían por la llanura, deseosos de refugiarse en la ciudad, y ya habían dejado a su espalda el sepulcro del antiguo Ilo Dardánida y el cabrahigo; y el Atrida les seguía el alcance, vociferando, con las invictas manos llenas de polvo y sangre. Los que primero llegaron a las puertas Esceas y a la encina, detuviéronse para aguardar a sus compañeros, los cuales huían por la llanura como vacas aterrorizadas por un león que, presentándose en la oscuridad de la noche, da cruel muerte a una de ellas, rompiendo su cerviz con los fuertes dientes y tragando su sangre y sus entrañas; del mismo modo el rey Agamenón Atrida perseguía a los teucros, matando al que se rezagaba, y ellos huían espantados. El Atrida, manejando la lanza con gran furia, hizo caer a muchos, ya de pechos, ya de espaldas, de sus respectivos carros. Mas cuando le faltaba poco para llegar al alto muro de la ciudad, el padre de los hombres y de los dioses bajó del cielo con el relámpago en la mano, se sentó en una de las cumbres, y llamó a Iris, la de doradas alas, para que le sirviese de mensajera:

[vv. 11.186 y ss.] —¡Anda, ve, rápida Iris! Dile a Héctor estas palabras: Mientras vea que Agamenón, pastor de hombres, se agita entre los combatientes delanteros y destroza filas de hombres, retírese y ordene al pueblo que combata con los enemigos en la sangrienta batalla. Mas así que aquel, herido de lanza o de flecha, suba al carro, les daré fuerzas para matar enemigos hasta que llegue a las naves de muchos bancos, se ponga el sol y comience la sagrada noche.

[vv. 11.195 y ss.] Dijo, y la veloz Iris, de pies ligeros como el viento, no dejó de obedecerle. Descendió de los montes ideos a la sagrada Ilión, y hallando al divino Héctor, hijo del belicoso Príamo, de pie en el sólido carro, se detuvo a su lado, y le habló de esta manera:

[vv. 11.200 y ss.] —¡Héctor, hijo de Príamo, que en prudencia igualas a Zeus! El padre Zeus me manda para que te diga lo siguiente: Mientras veas que Agamenón, pastor de hombres, se agita entre los combatientes delanteros y destroza sus filas, retírate de la lucha y ordena al pueblo que combata con los enemigos en la sangrienta batalla. Mas así que aquel, herido de lanza o de flecha, suba al carro, te dará fuerzas para matar enemigos hasta que llegues a las naves de muchos bancos, se ponga el sol y comience la sagrada noche.

[vv. 11.210 y ss.] Cuando Iris, la de los pies ligeros, hubo dicho esto, se fue. Héctor saltó del carro al suelo sin dejar las armas; y blandiendo afiladas picas, recorrió el ejército, animole a luchar y promovió una terrible pelea. Los teucros volvieron la cara a los aqueos para embestirlos; los argivos cerraron las filas de las falanges; reanudose el combate, y Agamenón acometió el primero, porque deseaba adelantarse a todos en la batalla.

[vv. 11.218, 219 y 220] Decidme ahora, Musas que poseéis olímpicos palacios, cuál fue el primer troyano o aliado ilustre que a Agamenón se opuso.

[vv. 11.221 y ss.] Fue Ifidamante Antenórida valiente y alto de cuerpo, que se había criado en la fértil Tracia, madre de ovejas. Era todavía niño cuando su abuelo materno Ciseo, padre de Teano, la de hermosas mejillas, le acogió en su casa; y así que hubo llegado a la gloriosa edad juvenil, le conservó a su lado, dándole a su hija en matrimonio[364]. Apenas casado, Ifidamante tuvo que dejar el tálamo para ir a guerrear contra los aqueos: llegó por mar hasta Percote[365], dejó allí las doce corvas naves que mandaba y se encaminó por tierra a Ilión. Tal era quien salió al encuentro de Agamenón Atrida. Cuando los dos héroes se hallaron frente a frente, acometiéronse y el Atrida erró el tiro, porque la lanza se le desvió; Ifidamante dio con la pica un bote en la cintura de Agamenón, más abajo de la coraza, y aunque empujó el astil con toda la fuerza de su brazo, no logró atravesar el labrado tahalí, pues la punta al chocar con la lámina de plata se torció como plomo. Entonces el poderoso Agamenón asió de la pica, y tirando de ella con la furia de un león, la arrancó de las manos de Ifidamante, a quien hirió en el cuello con la espada, dejándole sin vigor los miembros. De este modo cayó el desventurado para dormir el sueño de bronce[366], mientras auxiliaba a los troyanos, lejos de su joven y legítima esposa, cuya gratitud no llegó a conocer después que tanto le diera: habíale regalado cien bueyes y prometido mil cabras y mil ovejas de las innumerables que sus pastores apacentaban. El Atrida Agamenón le quitó la magnífica armadura y se la llevó abriéndose paso por entre los aqueos.

[vv. 11.248 y ss.] Advirtiolo Coón, varón preclaro e hijo primogénito de Antenor, y densa nube de pesar cubrió sus ojos por la muerte del hermano. Púsose al lado de Agamenón sin que este lo notara, diole una lanzada en medio del brazo, en el codo, y se lo atravesó con la punta de la reluciente pica. Estremeciose el rey de hombres Agamenón, mas no por esto dejó de luchar ni de combatir; sino que arremetió con la impetuosa lanza a Coón, el cual se apresuraba a retirar, asiéndole por el pie, el cadáver de Ifidamante, su hermano de padre, y a voces pedía auxilio a los más valientes. Mientras arrastraba el cadáver a través de la turba, cubriéndole con el abollonado escudo, Agamenón le envasó la broncínea lanza, dejó sin vigor sus miembros, y le cortó la cabeza sobre el mismo Ifidamante.

---

[364] La esposa de Ifidamante era su tía.

[365] Cfr. 2.835, *n.*

[366] χάλκεον ὕπνον, *el sueño de bronce* —por la muerte en combate—, es una metáfora que recuerda aquellas *kenningar* de la poesía germánica de los escaldos. Luego Virgilio, en su *Eneida (*10.745 y s.*)*, acuñará el *ferreus somnus*, acaso siguiendo este modelo.

Y ambos hijos de Antenor, cumpliéndose su destino, acabaron la vida a manos del Atrida y descendieron a la morada de Hades.

[vv. 11.264 y ss.] Entrose luego Agamenón por las filas de otros guerreros, y combatió con la lanza, la espada y grandes piedras mientras la sangre caliente brotaba de la herida; mas así que esta se secó y la sangre dejó de correr, agudos dolores debilitaron sus fuerzas. Como los dolores agudos y acerbos que a la parturiente envían las Ilitías, hijas de Zeus, las cuales presiden los alumbramientos y disponen de los terribles dolores del parto; tales eran los agudos dolores que debilitaron las fuerzas del Atrida.[367] De un salto subió al carro; con el corazón afligido mandó al auriga que le llevase a las cóncavas naves, y gritando fuerte dijo a los dánaos:

[vv. 11.276 y ss.] —¡Amigos, capitanes y príncipes de los argivos! Apartad vosotros de las naves, que atraviesan el ponto, el funesto combate; pues a mí el próvido Zeus no me permite combatir todo el día con los teucros.

[vv. 11.280 y ss.] Así dijo. El auriga picó con el látigo a los caballos de hermosas crines, dirigiéndolos a las cóncavas naves; ellos volaron gozosos, con el pecho cubierto de espuma, y envueltos en una nube de polvo sacaron del campo de la batalla al fatigado rey.

[vv. 11.284 y ss.] Héctor, al notar que Agamenón se ausentaba, con penetrantes gritos animó a los troyanos y a los licios:[368]

[vv. 11.286 y s.] —¡Troyanos, licios, dárdanos que cuerpo a cuerpo combatís! Sed hombres, amigos, y mostrad vuestro impetuoso valor. El guerrero más valiente se ha ido, y Zeus Crónida me concede una gran victoria. Pero dirigid los solípedos caballos hacia los fuertes dánaos y la gloria que alcanzaréis será mayor.

[vv. 11.291 y ss.] Con estas palabras les excitó a todos el valor y la fuerza. Como un cazador azuza a los perros de blancos dientes contra un montaraz jabalí o contra un león; así Héctor Priámida, igual a Ares, funesto a los mortales, incitaba a los magnánimos teucros contra los aqueos. Muy alentado, abriose paso por los

---

[367] Concluye así la *aristeia* de Agamenón. Se relatan y dan nombres de ocho guerreros que mató, detallados en cuatro escenas de dos muertes cada una, y en dos secuencias más se alude a otras muertes indicadas masivamente y sin detalle, pero que terminarán de destacar su hazaña. La que lo saca del combate es la herida a traición, que Coon le produjera en el brazo.

[368] Héctor sigue las instrucciones dadas en 186 y ss.

combatientes delanteros, y cayó en la batalla como tempestad que viene de lo alto y alborota el violáceo ponto.

[vv. 11.299 y s.] ¿Cual fue el primero, cuál el último de los que entonces mató Héctor Priámida cuando Zeus le dio gloria?

[vv. 11.301 y ss.] Aseo, el primero, y después Autónoo, Opites, Dólope, Clítida, Ofeltio, Agelao, Esimno, Oro y el bravo Hipónoo. A tales caudillos dánaos dio muerte, y además a muchos hombres del pueblo.[369] Como el Céfiro agita y se lleva en furioso torbellino las nubes que el veloz Noto reuniera y gruesas olas se levantan y la espuma llega a lo alto por el soplo del errabundo viento; de esta manera caían ante Héctor muchas cabezas de hombres plebeyos.

[vv. 11.310 y ss.] Entonces gran estrago e irreparables males se hubieran producido, y los aqueos, dándose a la fuga no habrían parado hasta las naves, si Odiseo no hubiese exhortado a Diomedes Tidida:

[vv. 11.313 y ss.] —¡Tidida! ¿Por qué no mostramos nuestro impetuoso valor? Ea, ven aquí, amigo; ponte a mi lado.[370] Vergonzoso fuera que Héctor, de tremolante casco, se apoderase de las naves.

[vv. 11.316 y ss.] Respondiole el fuerte Diomedes: —Yo me quedaré y resistiré, aunque será poco el provecho que obtendremos; pues Zeus, que amontona las nubes, quiere conceder la victoria a los teucros y no a nosotros.

[vv. 11.320 y ss.] Dijo, y derribó del carro a Timbreo, envasándole la pica en la tetilla izquierda; mientras Odiseo hería al escudero del

---

[369] Se nombra en rápida sucesión a los nueve caudillos que fueron víctimas de Héctor —uno más de los que se han nombrado para Agamenón, pero sin dar detalle de sus muertes—; sin embargo, a los que mató del pueblo, se los tiene por una cantidad grande, pero indefinida. Si bien no creemos que el público de Homero estuviera llevando el cómputo de las muertes, eso no quiere decir que el poeta no lo hiciera con una cierta intencionalidad; así, cada una de ambas series —la de Agamenón y la de Héctor— implican un número y luego una cantidad indefinida; lo cual hace pensar que existe una suerte de paralelismo entre ambas y que, acaso por tener una víctima más en el detalle, la de Héctor sea algo mayor; lo que colabora para justificar la alarma de Odiseo en 310 y ss.

[370] Odiseo llama a Diomedes para detener entre ambos el ataque troyano. Es la situación inversa a la de 8.92-98, donde Diomedes era quien pedía la ayuda de Odiseo. Sin embargo, este pasaba sin detenerse, porque aparentemente no lo había escuchado. Con todo, aquí no se hace ninguna referencia a ese anterior pasaje. Incluso recordemos que Diomedes ha elegido a Odiseo para ser su compañero en la incursión nocturna de la décima rapsodia.

mismo rey, a Molión[371], igual a un dios. Dejáronlos tan pronto como los pusieron fuera de combate y penetrando por la turba causaron confusión y terror, como dos embravecidos jabalíes que acometen a perros de caza. Así, habiendo vuelto a combatir, mataban a los teucros; en tanto los aqueos, que huían de Héctor, pudieron respirar placenteramente.

[vv. 11.328 y ss.] Dieron también alcance a dos hombres que eran los más valientes de su pueblo y venían en un mismo carro, a los hijos de Mérope el Percosio[372]: este conocía como nadie el arte adivinatoria, y no quería que sus hijos fuesen a la homicida guerra; pero ellos no le obedecieron, impelidos por el hado que a la negra muerte los arrastraba. Diomedes Tidida, famoso por su lanza, les quitó la vida y les despojó de las magníficas armaduras. Odiseo mató a Hipódamo y a Hipéroco.

[vv. 11.336 y ss.] Entonces el Crónida, que desde el Ida contemplaba la batalla, igualó el combate en que teucros y aqueos se mataban. El hijo de Tideo dio una lanzada en la cadera al héroe Agástrofo Peónida, que por no tener cerca los corceles no pudo huir, y esta fue la causa de su desgracia: el escudero tenía el carro algo distante, y él se revolvía furioso entre los combatientes delanteros, hasta que perdió la vida. Atisbó Héctor a Odiseo y a Diomedes, los arremetió gritando, y pronto siguieron tras él las falanges troyanas. Al verle, se estremeció el valeroso Diomedes y dijo a Odiseo, que estaba a su lado:

[vv. 11.347 y 348] —Contra nosotros viene esa calamidad, el impetuoso Héctor. Ea, aguardémosle a pie firme y cerremos con él.

[vv. 11.349 y ss.] Dijo, y apuntando a la cabeza de Héctor, blandió y arrojó la ingente lanza, que fue a dar en la cima del yelmo; pero el bronce rechazó al bronce, y la punta no llegó al hermoso cutis por impedírselo el casco de tres dobleces y agujeros a guisa de ojos, regalo de Febo Apolo. Héctor retrocedió un buen trecho, y penetrando por la turba, cayó de rodillas, apoyó la robusta mano en el suelo y obscura noche cubrió sus ojos. Mientras el Tidida atravesaba las primeras filas para recoger la lanza que en el suelo se clavara, Héctor tornó en su sentido, subió de un salto al carro, y

---

[371] Tanto del caudillo teucro Timbreo, como de Molión, su auriga, es la única mención que se hace en el poema.

[372] Los versos 329-32 repiten exactamente 2.831-34.

dirigiéndolo por en medio de la multitud evitó la negra muerte. Y el fuerte Diomedes, que lanza en mano le perseguía, exclamó:

[vv. 11.362 y ss.] —¡Otra vez te has librado de la muerte, perro! Muy cerca tuviste la perdición, pero te salvó Febo Apolo, a quien debes de rogar cuando sales al campo antes de oír el estruendo de los dardos. Yo acabaré contigo si más tarde te encuentro y un dios me ayuda. Y ahora perseguiré a los demás que se me pongan al alcance.

[vv. 11.368 y ss.] Dijo; y empezó a despojar el cadáver del Peónida, famoso por su lanza. Alejandro, esposo de Helena, la de hermosa cabellera, que se apoyaba en una columna del sepulcro del antiguo rey Ilo Dardánida, antiguo anciano honrado por el pueblo, armó el arco y la asestó al hijo de Tideo, pastor de hombres. Y mientras este quitaba al cadáver del valeroso Agástrofo la labrada coraza, el versátil escudo de debajo de la espalda y el pesado casco, aquel disparó y el tiro no fue errado; la flecha atravesole al héroe el empeine del pie derecho y se clavó en tierra. Alejandro salió de su escondite, y con grande y regocijada risa se gloriaba diciendo:

[vv. 11.380 y ss.] —Herido estás, no se perdió el tiro. Ojalá que, acertándote en un ijar, te hubiese quitado la vida. Así los teucros tendrían un respiro en sus males, pues te temen como al león las baladoras cabras.

[vv. 11.384 y ss.] Sin turbarse le respondió el fuerte Diomedes: —¡Flechero, insolente, únicamente experto en manejar el arco, mirón de doncellas! Si frente a frente midieras conmigo las armas, no te valdría el arco ni las abundantes flechas. Ahora te alabas sin motivo, pues solo me rasguñaste el empeine del pie. Tanto me cuido de la herida como si una mujer o un insipiente niño me la hubiese causado, que poco duele la flecha de un hombre vil y cobarde. De otra clase es el agudo dardo que yo arrojo: por poco que penetre deja exánime al que lo recibe, y la mujer del muerto desgarra sus mejillas, sus hijos quedan huérfanos, y el cadáver se pudre enrojeciendo con su sangre la tierra y teniendo a su alrededor más aves de rapiña que mujeres.

[vv. 11.396 y ss.] Así dijo. Odiseo, famoso por su lanza, acudió y se le puso delante. Diomedes se sentó, arrancó del pie la aguda flecha y un dolor terrible recorrió su cuerpo. Entonces subió al carro y con el corazón afligido mandó al auriga que le llevase a las cóncavas naves.

[vv. 11.401, 402 y 403] Odiseo, famoso por su lanza, se quedó solo; ningún aqueo permaneció a su lado, porque el terror los poseía a todos. Y gimiendo, a su magnánimo espíritu así le hablaba:

[vv. 11.404 y ss.] —¡Ay de mí! ¿Qué me ocurrirá? Muy malo es huir, temiendo a la muchedumbre, y peor aún que me cojan, quedándome solo, pues a los demás dánaos el Crónida los puso en fuga. Mas ¿por qué en tales cosas me hace pensar el corazón? Sé que los cobardes huyen del combate, y quien descuella en la batalla debe mantenerse firme, ya sea herido, ya a otro hiera.[373]

[vv. 11.414 y ss.] Mientras revolvía tales pensamientos en su mente y en su corazón, llegaron las huestes de los escudados teucros, y rodeándole, su propio mal entre ellos encerraron. Como los perros y los florecientes mozos cercan y embisten a un jabalí que sale de la espesa selva aguzando en sus corvas mandíbulas los blancos colmillos, y aunque la fiera cruja los dientes y aparezca terrible, resisten firmemente; así los teucros acometían entonces por todos lados a Odiseo, caro a Zeus. Mas él dio un salto y clavó la aguda pica en un hombro del eximio Deyopites; mató luego a Toón y Eunomo; alanceó en el ombligo por debajo del cóncavo escudo a Quersidamante, que se apeaba del carro y cayó en el polvo y cogió el suelo con las manos; y dejándolos a todos, envasó la lanza a Cárope Hipásida, hermano carnal del noble Soco. Este, que parecía un dios, vino a defenderle, y deteniéndose cerca de Odiseo, hablole de este modo:

[vv. 11.430 y ss.] —¡Célebre Odiseo, varón incansable en urdir engaños y en trabajar! Hoy o podrás gloriarte de haber muerto y despojado de las armas a ambos Hipásidas, o perderás la vida, herido por mi lanza.

[vv. 11.434 y ss.] Cuando esto hubo dicho, le dio un bote en el liso escudo: la fornida lanza atravesó la luciente rodela, clavose en la labrada coraza y levantó la piel del costado, pero Palas Atenea no permitió que llegara a las entrañas del héroe. Comprendió Odiseo que, por el sitio, la herida no era mortal, y retrocediendo, dijo a Soco estas palabras:

[vv. 11.441 y ss.] —¡Ah infortunado! Grande es la desgracia que sobre ti ha caído. Lograste que cesara de luchar con los teucros, pero yo te

---

[373] La *Ilíada* presenta cuatro soliloquios donde el héroe, solo y apartado de sus compañeros, se ve en la necesidad de enfrentar una situación de extremo peligro. Este de Odiseo es el primero de ellos. En 17.91-105, se encuentra el de Menelao; en 21.553-70, el de Agenor; y en 22.99-131, el de Héctor. El de Odiseo es el más breve de los cuatro, y presenta el frío razonamiento de una mente prudente —como es la de Odiseo— sopesando, muy escuetamente, las ventajas y desventajas de la cobardía y el valor.

digo que la perdición y la negra muerte te alcanzarán hoy, y vencido por mi lanza me darás gloria, y a Hades, el de los famosos corceles, el alma.

[vv. 11.446 y ss.] Dijo; y como Soco se volviera para huir, clavole la lanza en el dorso, entre los hombros, y le atravesó el pecho. El guerrero cayó con estrépito, y el divino Odiseo se jactó de su obra:

[vv. 11.450 y ss.] —¡Oh Soco, hijo del aguerrido Hipaso, domador de caballos! Te sorprendió la muerte antes de que pudieses evitarla. ¡Ah mísero! A ti, una vez muerto, ni el padre ni la veneranda madre te cerrarán los ojos, sino que te desgarrarán las carnívoras aves cubriéndote con sus tupidas alas; mientras que a mí, cuando me muera, los divinos aqueos me harán honras fúnebres.

[vv. 11.456 y ss.] Dichas estas palabras, arrancó de su cuerpo y del abollonado escudo la ingente lanza que Soco le arrojara; brotó la sangre y afligiose el héroe. Los magnánimos teucros, al ver la sangre, se exhortaron mutuamente entre la turba y embistieron todos a Odiseo; y este retrocedió, llamando a voces a sus compañeros. Tres veces gritó cuanto un varón puede hacerlo a voz en cuello; tres veces Menelao, caro a Ares, le oyó[374], y al punto dijo a Áyax, que estaba a su lado:

[vv. 11.465 y ss.] —¡Áyax Telamonio, del linaje de Zeus, príncipe de hombres! Oigo la voz del paciente Odiseo como si los teucros, habiéndole aislado en la terrible lucha, lo estuviesen acosando. Acudámosle, abriéndonos calle por la turba, pues lo mejor es llevarle socorro. Temo que a pesar de su valentía, le suceda alguna desgracia solo entre los teucros, y que después los dánaos lo echen muy de menos.

[vv. 11.472 y ss.] Así diciendo partió y siguiole Áyax, varón igual a un dios. Pronto dieron con Odiseo, caro a Zeus, a quien los teucros acometían por todos lados como los rojizos chacales circundan en el

---

[374] Cfr. nota a 5.436-37. Los tres gritos de Odiseo, tienen por contrapartida las tres veces que lo escucha Menelao. Las repeticiones del tres al principio del verso crean un efecto de eco o resonancia, como los tres llamados de Odiseo; y denotan la urgente e imperiosa necesidad de socorro. El héroe se ve superado por el número. En rápida sucesión ha dado muerte a seis, pero los enemigos lo rodean. Es un pedido de auxilio desesperado; como las tres veces que Roland hace sonar el olifante (*Chanson de Roland*, CXXXIII, 1753 y ss.). Los tres gritos bastan para que llegue la ayuda; no hay demora, ni hay cuarto intento; esta vez el auxilio no proviene de los dioses, sino de sus propios compañeros.

monte a un cornígero ciervo herido por la flecha que un hombre le tirara con el arco —salvose el ciervo, merced a sus pies, y huyó en tanto que la sangre estuvo caliente y las rodillas ágiles; postrolo luego la veloz saeta, y cuando carnívoros chacales lo despedazaban en la espesura de un monte, trajo el azar un voraz león que, dispersando a los chacales, devoró a aquel—; así entonces muchos y robustos teucros arremetían al aguerrido y sagaz Odiseo, y el héroe, blandiendo la pica, apartaba de sí la cruel muerte. Pero llegó Áyax con su escudo como una torre[375], se puso al lado de Odiseo y los teucros se espantaron y huyeron a la desbandada. El belígero Menelao, asiendo por la mano al héroe, sacole de la turba mientras el escudero acercaba el carro.

[vv. 11.489 y ss.] Áyax, acometiendo a los teucros, mató a Doriclo, hijo bastardo de Príamo, e hirió a Pándoco, Lisandro, Píraso y Pilartes. Como el hinchado torrente que acreció la lluvia de Zeus baja por los montes a la llanura, arrastra muchos pinos y encinas secas, y arroja al mar gran cantidad de cieno; así el ilustre Áyax desordenaba y perseguía por el campo a los enemigos y destrozaba corceles y guerreros. Héctor no lo había advertido, porque peleaba en la izquierda de la batalla, cerca de la orilla del Escamandro: allí las cabezas caían en mayor número, y un inmenso vocerío se dejaba oír alrededor del gran Néstor y del bizarro Idomeneo. Entre todos revolvíase Héctor, que, haciendo arduas proezas con su lanza y su habilidad ecuestre, destruía las falanges de jóvenes guerreros. Y los aqueos no retrocedieran aún si Alejandro, esposo de Helena, la de hermosa cabellera, no hubiese puesto fuera de combate a Macaón, mientras descollaba en la pelea, hiriéndole en la espalda derecha con trifurcada saeta. Los aqueos, aunque respiraban valor, temieron que la lucha se inclinase, y aquel fuera muerto y al punto habló Idomeneo al divino Néstor:

[vv. 11.511 y ss.] —¡Oh Néstor Nélida, gloria insigne de los aqueos! Ea, sube al carro, póngase Macaón junto a ti, y dirige presto a las naves los solípedos corceles. Pues un médico vale por muchos hombres, por su pericia en arrancar flechas y aplicar drogas calmantes.

[vv. 11.516 y ss.] Dijo; y Néstor, caballero gerenio, no dejó de obedecerle. Subió al carro y tan pronto como Macaón, hijo del eximio médico Asclepio, le hubo seguido, picó con el látigo a los

---

[375] Verso formulario, repite 7.219.

caballos y estos volaron de su grado hacia las cóncavas naves, pues les gustaba volver a ellas.

|vv. 11.521 y 522| Cebriones, que acompañaba a Héctor en el carro, notó que los teucros eran derrotados, y dijo al hermano:

|vv. 11.523 y ss.| —¡Héctor! Mientras nosotros combatimos con los dánaos en un extremo de la batalla horrísona, los demás teucros son desbaratados y se agitan en confuso tropel hombres y caballos. Áyax Telamonio es quien los desordena; bien le conozco por el ancho escudo que cubre sus espaldas. Enderecemos a aquel sitio los corceles del carro, que allí es más empeñada la pelea, mayor la matanza de peones y de los que combaten en carros, e inmensa la gritería que se levanta.

|vv. 11.531 y ss.| Habiendo hablado así, azotó con el sonoro látigo a los caballos de hermosas crines. Sintieron estos el golpe y arrastraron velozmente por entre teucros y dánaos el ligero carro, pisando cadáveres y escudos; el eje tenía la parte inferior cubierta de sangre y los barandales estaban salpicados de sanguinolentas gotas que los cascos de los corceles y las llantas de las ruedas despedían. Héctor, deseoso de penetrar y deshacer aquel grupo de hombres, promovía gran tumulto entre los dánaos, no dejaba la lanza quieta, recorría las filas de aquellos y peleaba con la lanza, la espada y grandes piedras; solamente evitaba el encuentro con Áyax Telamonio, [*porque Zeus se irritaba contra él siempre que combatía con un guerrero más valiente*].376

|vv. 11.544 y ss.| El padre Zeus, que tiene su trono en las alturas, infundió temor en Áyax y este se quedó atónito, se echó a la espalda el escudo, formado por siete boyunos cueros, paseó su mirada por la turba como una fiera, y retrocedió volviéndose con frecuencia y andando a paso lento. Como los canes y pastores ahuyentan del boíl a un tostado león, y vigilando toda la noche, no le dejan llegar a los pingües bueyes; y el león, ávido de carne, acomete furioso y nada consigue, porque caen sobre él multitud de venablos arrojados por robustas manos y encendidas teas que le dan miedo, y cuando

---

376 Este último verso, que no figura en la gran mayoría de los testimonios, y es ignorado por los *scholia*, aparece, sin embargo, citado por Aristóteles (*Rhetorica*, 1387a35), también recogido por Plutarco (*Moralia*, 24C) y la *Vita Homeri, 132,* de pseudo-Plutarco. Su interpolación estaría tratando de explicar la razón por la cual Héctor evita enfrentar a Áyax (Cfr. Hainsworth, B., *The Iliad: A Comentary, III...* pág. 282).

empieza a clarear el día se marcha la fiera con ánimo afligido; así Áyax se alejaba entonces de los teucros, contrariado y con el corazón entristecido, porque temía mucho por las naves aqueas. De la suerte que un tardo asno se acerca a un campo, y venciendo la resistencia de los niños que rompen en sus espaldas muchas varas, penetra en él y destroza las crecidas mieses; los muchachos lo apalean; pero, como su fuerza es poca, solo consiguen echarlo con trabajo, después que se ha hartado de comer; de la misma manera los animosos troyanos y sus auxiliares, reunidos en gran número, perseguían al gran Áyax, hijo de Telamón, y le golpeaban el escudo con las lanzas. Áyax, unas veces mostraba su impetuoso valor y revolviendo detenía las falanges de los teucros, domadores de caballos; otras, tornaba a huir; y moviéndose con furia entre los teucros y los aqueos, conseguía que los enemigos no se encaminasen a las naves. Las lanzas que manos audaces despedían, se clavaban en el gran escudo o caían en el suelo delante del héroe, codiciosas de su carne.

[vv. 11.575 y ss.] Cuando Eurípilo, preclaro hijo de Evemón, vio que Áyax estaba tan abrumado por los tiros, se colocó a su lado, arrojó la reluciente lanza y se la clavó en el hígado, debajo del diafragma, a Apisaón Fausíada, pastor de hombres, dejándole sin vigor las rodillas. Corrió en seguida hacia él y se puso a quitarle la armadura. Pero advirtiolo Alejandro, y disparando el arco contra Eurípilo, logró herirle en el muslo derecho: la caña de la saeta se rompió, quedó colgando y apesgaba el muslo del guerrero. Este retrocedió al grupo de sus amigos para evitar la muerte; y dando grandes voces, decía a los dánaos:

[vv. 11.587 y ss.] —¡Oh amigos, capitanes y príncipes de los argivos! Deteneos, volved la cara al enemigo, y librad de la muerte a Áyax, que está abrumado por los tiros y no creo que escape con vida del horrísono combate. Rodead al gran Áyax, hijo de Telamón. [377]

[vv. 11.592 y ss.] Tales fueron las palabras de Eurípilo al sentirse herido, y ellos se colocaron junto al mismo con los escudos sobre los hombros y las picas levantadas. Áyax, apenas se juntó con sus

---

[377] Agamenón, al igual que Diomedes, hace rato ya, dejaron el combate a causa de sus heridas. Luego, Menelao llevando a Odiseo, y Néstor, a Macaón, también lo abandonaron. Euripilo ha sido alcanzado por la flecha de Alejandro y no tardará en retirarse de la lid. Áyax permanece, pero terriblemente asediado por los troyanos, tal como poco antes se encontraba Odiseo. Lo que en esta rapsodia comenzó para los aqueos con una rutilante esperanza de victoria, amenaza convertirse en decisiva derrota.

compañeros, detúvose y volvió la cara a los teucros. Y siguieron combatiendo con el ardor de encendido fuego.

[vv. 11.597 y ss.] En tanto, las yeguas de Neleo, cubiertas de sudor, sacaban del combate a Néstor y a Macaón, pastor de pueblos. Reconoció al último el divino Aquiles, el de los pies ligeros, que desde lo alto de la ingente nave contemplaba la gran derrota y deplorable fuga, y en seguida llamó, desde allí mismo, a Patroclo, su compañero: oyole este, y, parecido a Ares, salió de la tienda. Tal fue el origen de su desgracia³⁷⁸. El esforzado hijo de Menetio habló el primero, diciendo:

[vv. 11.606 y 607] —¿Por qué me llamas, Aquiles? ¿Necesitas de mí? Respondió Aquiles, el de los pies ligeros:

[vv. 11.608 y ss.] —¡Noble hijo de Menetio, carísimo a mi corazón! Ahora espero que los aqueos vendrán a suplicarme y se postrarán a mis plantas,³⁷⁹ porque no es llevadera la necesidad en que se hallan. Pero ve, Patroclo, caro a Zeus, y pregunta a Néstor quién es el herido que saca del combate. Por la espalda tiene gran parecido con Macaón, hijo de Asclepio, pero no le vi el rostro; pues las yeguas, deseosas de llegar cuanto antes, pasaron rápidamente por mi lado.

[vv. 11.616 y 617] Dijo. Patroclo obedeció al amado compañero y se fue corriendo a las tiendas y naves aqueas.

[vv. 11.618 y ss.] Cuando aquellos hubieron llegado a la tienda del Nélida, descendieron del carro al almo suelo, y Eurimedonte, servidor del anciano, desunció los corceles. Néstor y Macaón dejaron secar el sudor que mojaba sus corazas, poniéndose al soplo del viento en la orilla del mar; y penetrando luego en la tienda, se sentaron en sillas. Entonces les preparó una mixtura Hecamede, la de hermosa cabellera, hija del magnánimo Arsínoo, que el anciano se

---

³⁷⁸ Homero, con sus anticipaciones, crea una expectativa y cautiva al público: como los oyentes conocen la historia, se demora mostrando cómo los nudos corredizos de la trama se cierran en torno del destino de Patroclo. Igualmente conviene recordar que quien ha iniciado todo este asunto desde el primer nudo, con el pedido que su madre llevara a Zeus, es Aquiles —y él lo sabe—, de allí que luego el héroe se sienta tan culpable por la muerte de su amigo.

³⁷⁹ Irónicamente, en la medida que Aquiles se aproxima al logro de su objetivo, esto es, que los aqueos se vean en tal aprieto que acudan a postrarse a sus pies, a la vez se acerca más y más a la pérdida de su más querido compañero. La moraleja homérica es que el deseo de un mal para los otros, conlleva también, como precio, un mal para sí mismo.

había llevado de Ténedos cuando Aquiles entró a saco esta ciudad: los aqueos se la adjudicaron a Néstor, que a todos superaba en el consejo. Hecamede acercó una mesa magnífica de pies de acero, pulimentada; y puso encima una fuente de bronce con cebolla, manjar propio para la bebida, miel reciente y sacra harina de flor, y una bella copa guarnecida de áureos clavos que el anciano se llevara de su palacio y tenía cuatro asas —entre cada una, dos palomas de oro picoteaban— y dos sustentáculos.[380] A otro anciano le hubiese sido difícil mover esta copa cuando después de llenarla se ponía en la mesa, pero Néstor la levantaba sin esfuerzo. En ella la mujer, que parecía una diosa, les preparó la bebida: echó vino de Pramnio, raspó queso de cabra con un rallo de bronce, espolvoreó la mezcla con

---

[380] Se ha discutido la identificación de esta copa con otra hallada en una excavación de Micenas (Cfr. Webster, T. B. L. *From Mycenae To Homer : A study in early Greek literature and art* London - New York, Routledge, 1958/2014, p. 33). Sin embargo, su inclusión en este pasaje parece obedecer simplemente a motivos artísticos. La principal diferencia con aquella de Micenas es el motivo de las palomas, que en grupos de a dos picotean la comida. En la copa micénica los pájaros son aves rapaces, específicamente, halcones; lo que quiere decir que, si Homero hubiera sabido de ésta, u otra copa semejante, igualmente la habría adaptado a sus propósitos. Parece obvio que a la de Néstor, Homero quiso darle un sentido totalmente opuesto al que tenía la ornamentación de la copa micénica, porque las palomas en la *Ilíada* son habitualmente "tímidas [o *temerosas*]" (5.778, 22.140, 23.853, 855, 874); todo lo contrario de los agresivos halcones. Esas palomas están comiendo, lo cual nos remite nuevamente a la concordia y la paz. Las pacíficas palomas, por parejas, a su vez se relacionan con las asas de la copa; y el hecho de que las asas sean cuatro, nos hablan de que está pensada para compartir, como también lo indican las palomas, al comer dispuestas a cada lado de las asas. Lo que comparten es una misma cosa representada por la copa, cuya singularidad se destaca por la importancia que le asigna Homero al describirla, acumulando sucesivamente detalles y números, destacando su peso, valor e importancia. Esta unidad se sustenta en una doble base, lo que también hace nueva referencia al peso, la importancia y al hecho de que todo ello sea también compartido. Todavía podría decirse mucho más sobre la síntesis simbólica que representa esta copa (de sus palomas, metales, colores y relaciones numéricas), pero estaríamos excediendo todos los límites que nos hemos fijado. Baste agregar por ahora que este símbolo refleja sintéticamente el espíritu de la escena que se está desarrollando, donde dos compañeros, abandonando el combate, se toman un respiro para compartir un momento de hospitalidad; y plantea un contraste con el crudo desarrollo de la guerra. Es significativo que se ponga tanta atención en esta copa y Néstor, a continuación, le ruegue a Patroclo que convenza a Aquiles de retornar a la lucha (Cfr. Griffin, J., *Homer on Life and Death*, Oxford, Clarendon, 1980, p. 18 y s.).

blanca harina[381] y les invitó a beber así que tuvo compuesta la mixtura. Ambos bebieron, y apagada la abrasadora sed, se entregaban al deleite de la conversación cuando Patroclo, varón igual a un dios, apareció en la puerta. Viole el anciano; y levantándose del vistoso asiento, le asió de la mano, le hizo entrar y le rogó que se sentara; pero Patroclo se excusó diciendo:

[vv. 11.648 y ss.] —No puedo sentarme, anciano alumno de Zeus; no lograrás convencerme. Respetable y temible es quien me envía a preguntar a cuál guerrero trajiste herido; pero ya lo sé, pues estoy viendo a Macaón, pastor de hombres. Voy a llevar, como mensajero, la noticia a Aquiles. Bien sabes tú, anciano alumno de Zeus, lo violento que es aquel hombre y cuán pronto culparía hasta un inocente.

[vv. 11.655 y ss.] Respondiole Néstor, caballero gerenio: —¿Cómo es que Aquiles se compadece de los aqueos que han recibido heridas? ¡No sabe en qué aflicción está sumido el ejército! Los más fuertes, heridos unos de cerca y otros de lejos, yacen en las naves. Con arma arrojadiza fue herido el poderoso Diomedes Tidida, con la pica, Odiseo, famoso por su lanza, y Agamenón; a Eurípilo flecháronle en el muslo[382], y acabo de sacar del combate a este otro, herido también por una saeta que el arco despidiera. Pero Aquiles, a pesar de su valentía, ni se cura de los dánaos ni se apiada de ellos. ¿Aguarda acaso que las veleras naves sean devoradas por el fuego enemigo en la orilla del mar, sin que los argivos puedan impedirlo, y que unos en pos de otros sucumbamos todos? Ya el vigor de mis ágiles miembros no es el de antes. ¡Ojalá fuese tan joven y mis fuerzas tan robustas como cuando, en la contienda surgida entre los eleos[383] y los pilios[384] por el robo de bueyes, maté a Itimoneo, hijo valiente de Hipéroco, que vivía en la Élide , y tomé represalias. Itimoneo defendía sus vacas, pero cayó en tierra entre los primeros, herido por el dardo que le arrojara mi mano, y los demás campesinos huyeron

---

[381] Básicamente, sin las drogas que la hechicera le adicionara, es el mismo brebaje que Circe prepara en *Od.* 10.234 y s.

[382] Al parecer este es otro de los pasajes donde Homero "se quedó dormido". El autor se olvida que Néstor salió del campo llevando a Macaón, antes de que Eurípilo recibiera la herida en el muslo, por lo cual no podía saberlo.

[383] Otro nombre por el que se conoce al pueblo de los epeos, habitantes de la antigua Élide o Elis.

[384] Habitantes de Pilos. Néstor, para la época de la *Ilíada*, ya se había convertido en el rey de ese pueblo, al heredarlo de su padre Neleo.

espantados. En aquel campo logramos un espléndido botín: cincuenta vacadas, otras tantas manadas de ovejas, otras tantas piaras de cerdos, otros tantos rebaños copiosos de cabras y ciento cincuenta yeguas bayas, muchas de ellas con sus potros. Aquella misma noche lo llevamos a Pilos, ciudad de Neleo, y este se alegró en su corazón de que me correspondiera una gran parte, a pesar de ser yo tan joven cuando fui al combate. Al alborear, los heraldos pregonaron con voz sonora que se presentaran todos aquellos a quienes se les debía algo en la divina Élide y los caudillos pilios repartieron el botín. Con muchos de nosotros estaban en deuda los epeos, pues como en Pilos éramos pocos, no ofendían; y en años anteriores había venido el fornido Heracles, que nos maltrató y dio muerte a los principales ciudadanos. De los doce hijos de Neleo, tan solo yo quedé con vida; todos los demás perecieron. Engreídos los epeos, de broncíneas corazas, por tales hechos, nos insultaban y urdían contra nosotros inicuas acciones. El anciano Neleo tomó entonces un rebaño de bueyes y otro de trescientas cabras con sus pastores por la gran deuda que tenía que cobrar en la divina Élide: había enviado cuatro corceles, vencedores en anteriores juegos, uncidos a un carro, para aspirar al premio de la carrera, el cual consistía en un trípode. Y Augías, rey de hombres, se quedó con ellos y despidió al auriga, que se fue triste por lo ocurrido. Airado por tales insultos y acciones, el anciano escogió muchas cosas y dio lo restante al pueblo, encargando que se distribuyera y que nadie se viese privado de su respectiva porción. Hecho el reparto, ofrecimos en la ciudad sacrificios a los dioses. Tres días después se presentaron muchos epeos con carros tirados por solípedos caballos, y toda la hueste reunida; y entre sus guerreros figuraban ambos Moliones[385], que entonces eran niños y no habían mostrado aún su impetuoso valor. Hay una ciudad llamada Trioesa, en la cima de un monte contiguo al Alfeo, en los confines de la arenosa Pilos: los epeos quisieron destruirla y la sitiaron. Mas así que hubieron atravesado la llanura,

---

[385] Los Moliones o Molionidas, son dos hermanos gemelos, Éurito y Ctéato. Estos gemelos guardan, por su origen, cierta similitud con Cástor y Pólux. Como aquellos tienen un padre humano, Áctor, hermano del rey de Élide, y un padre divino, Poseidón. Su madre es Molíone, hija de Molo, del cual proviene su nombre. Se dice que nacieron de un huevo de plata, semejante al que dio lugar a los hijos de Leda. Si bien algunos refieren que estaban unidos por la cintura formando un único ser monstruoso, aquí aparecen como hombres separados (Cfr. Grimal, P. *Diccionario de mitología griega y romana*, Buenos Aires, Paidós, 1981, n. MOLIÓNIDAS).

Atenea descendió presurosa del Olimpo, cual nocturna mensajera, para que tomáramos las armas, y no halló en Pilos un pueblo indolente pues todos sentíamos vivos deseos de combatir. A mí, Neleo no me dejaba vestir las armas y me escondió los caballos, no teniéndome por suficientemente instruido en las cosas de la guerra. Y con todo eso, sobresalí, siendo infante, entre los nuestros, que combatían en carros; pues fue Atenea la que me llevó al combate. Hay un río nombrado Minieo, que desemboca en el mar cerca de Arena: allí los caudillos de los pilios aguardamos que apareciera la divinal Aurora, y en tanto afluyeron los infantes. Reunidos todos y vestida la armadura, marchamos llegando al mediodía a la sagrada corriente del Alfeo. Hicimos hermosos sacrificios al prepotente Zeus, inmolamos un toro al Alfeo, otro a Poseidón y una gregal vaca a Atenea, la de los brillantes ojos; cenamos sin romper las filas, y dormimos con la armadura puesta, a orillas del río. Los magnánimos epeos estrechaban el cerco de la ciudad, deseosos de destruirla, pero antes de lograrlo se les presentó una gran acción de guerra. Cuando el resplandeciente sol apareció en lo alto, trabamos la batalla, después de orar a Zeus y a Atenea. Y en la lucha de los pilios con los epeos fui el primero que mató a un hombre, al belicoso Mulio, cuyos solípedos corceles me llevé. Era este guerrero yerno de Augías, por estar casado con la rubia Agamede, la hija mayor, que conocía cuantas drogas produce la vasta tierra. Y acercándome a él, le envasé la broncínea lanza, le derribé en el polvo, salté a su carro y me coloqué entre los combatientes delanteros. Los magnánimos epeos huyeron en desorden, aterrorizados de ver en el suelo al hombre que mandaba a los que combatían en carros y tan fuerte era en la batalla. Lanceme a ellos cual oscuro torbellino, tomé cincuenta carros, venciendo con mi lanza y haciendo morder la tierra a los dos guerreros que en cada uno venían; y hubiera matado a entrambos Moliones Actóridas, si su padre, el poderoso Poseidón, que conmueve la tierra, no los hubiese salvado, envolviéndolos en espesa niebla y sacándolos del combate. Entonces Zeus concedió a los pilios una gran victoria. Perseguimos a los eleos por la espaciosa llanura, matando hombres y recogiendo magníficas armas hasta que nuestros corceles nos llevaron a Buprasio, la roca Olenia y Alesio, al sitio llamado *la colina*, donde Atenea hizo que el ejército se volviera. Allí dejé tendido al último hombre que maté. Cuando desde Buprasio dirigieron los aqueos los rápidos corceles a Pilos, todos daban gracias a Zeus entre los dioses y a Néstor entre los hombres. Tal era yo entre los guerreros, si todo no ha sido un sueño. Pero del valor de Aquiles solo se aprovechará él mismo, y creo que ha de ser grandísimo su llanto cuando el ejército perezca. ¡Oh amigo! Menetio te hizo un encargo el día en que te envió desde Ptía a Agamenón; estábamos en el palacio con el divino Odiseo y oímos cuanto aquel te dijo. Nosotros, que entonces reclutábamos tropas en la fértil Acaya, habíamos llegado al palacio de Peleo, que abundaba de gente, donde encontramos al héroe Menetio, a ti y a Aquiles. Peleo, el anciano jinete, quemaba dentro del patio pingües muslos de buey en honor de Zeus, que se complace en lanzar rayos; y con una copa de oro vertía el negro vino en la ardiente llama, mientras vosotros preparabais la carne de los bueyes. Nos detuvimos en el vestíbulo, Aquiles se levantó sorprendido, y cogiéndonos de la mano nos introdujo, nos hizo sentar y nos ofreció presentes de hospitalidad, como se acostumbra a hacer con los forasteros. Satisficimos de bebida y de comida al apetito, y empecé a exhortaros para que os vinierais con nosotros; ambos lo anhelabais y vuestros padres os daban muchos consejos. El anciano Peleo recomendaba a su hijo Aquiles que descollara siempre y sobresaliera entre los demás, y a su vez Menetio, hijo de Áctor, te aconsejaba así: "¡Hijo mío! Aquiles te aventaja por su abolengo, pero tú le superas en edad; aquel es mucho más fuerte, pero hazle prudentes advertencias, amonéstale e instrúyele y te obedecerá para su propio bien". Así te aconsejaba el anciano, y tu lo olvidas. Pero aún podrías recordárselo al aguerrido Aquiles y quizás lograras persuadirle. ¿Quién sabe si con la ayuda de algún dios conmoverías su corazón? Gran fuerza tiene la exhortación de un amigo. Y si se abstiene de combatir por algún vaticinio que su madre, enterada por Zeus, le ha revelado, que a lo menos te envíe a ti con los demás mirmidones, por si llegas a ser la aurora de salvación de los dánaos, y te permita llevar en el combate su magnífica armadura para que los teucros te confundan con él y cesen de pelear; los belicosos aqueos, que tan abatidos están se reanimen, y la batalla tenga su tregua, aunque sea por breve tiempo. Vosotros, que no os halláis extenuados de fatiga, rechazaríais fácilmente de las naves y tiendas hacia la ciudad a esos hombres, que de pelear están cansados.[386]

---

[386] Este largo relato de Néstor sobre la lucha de los pilios contra los epeos ha tenido dos propósitos: primero, avalar su propia autoridad, de quien ha enfrentado valerosamente un enemigo poderoso en condiciones muy poco favorables y, segundo, influenciar el ánimo de Patroclo para decidirlo a intervenir en el combate, ya sea convenciendo a Aquiles, o procurando asumir él mismo la conducción de los mirmidones, para salvar a los aqueos.

[vv. 11.804 y ss.] Dijo, y conmoviole el corazón. Patroclo fuese corriendo por entre las naves para volver a la tienda de Aquiles Eácida. Mas cuando llegó a los bajeles del divino Odiseo —allí se celebraban las juntas y se administraba justicia ante los altares erigidos a los dioses—, regresaba del combate cojeando, el noble Eurípilo Evemónida, que había recibido un flechazo en el muslo: abundante sudor corría por su cabeza y sus hombros, y la negra sangre brotaba de la grave herida, pero su inteligencia permanecía firme. Viole el esforzado hijo de Menetio, se compadeció de él, y suspirando dijo estas aladas palabras:

[vv. 11.816 y ss.] —¡Ah infelices caudillos y príncipes de los dánaos! ¡Así debíais en Troya, lejos de los amigos y de la patria, saciar con vuestra blanca grasa a los ágiles perros! Pero dime, héroe Eurípilo, alumno de Zeus: ¿Podrán los aqueos sostener el ataque del ingente Héctor, o perecerán vencidos por su lanza?

[vv. 11.822 y ss.] Respondiole Eurípilo herido: —¡Patroclo, del linaje de Zeus! Ya no hay defensa para los aqueos, que corren a refugiarse en las negras naves. Cuantos fueron hasta aquí los más valientes, yacen en sus bajeles, heridos unos de cerca y otros de lejos por los teucros, cuya fuerza va en aumento. Pero, ¡sálvame! Llévame a la negra nave, arráncame la flecha del muslo, lava con agua tibia la negra sangre que fluye de la herida y ponme en ella drogas calmantes y salutíferas, que, según dicen, te dio a conocer Aquiles, instruido por Quirón, el más justo de los Centauros. Pues de los dos médicos, Podalirio y Macaón, el uno creo que está herido en su tienda, y a su vez necesita de un buen médico, y el otro sostiene vivo combate en la llanura troyana.

[vv. 11.837 y ss.] Contestó el esforzado hijo de Menetio: —¿Cómo acabará esto? ¿Qué haremos, héroe Eurípilo? Iba a decir al aguerrido Aquiles lo que Néstor gerenio, protector de los aqueos, me encargó; pero no te dejaré así, abrumado por el dolor.

[vv. 11.842 y ss.] Dijo; y cogiendo al pastor de hombres por el pecho, llevolo a la tienda. El escudero, al verlos venir, extendió en el suelo pieles de buey. Patroclo recostó en ellas a Eurípilo y sacó del muslo, con la daga, la aguda y acerba flecha; y después de lavar con agua tibia la negra sangre, espolvoreó la herida con una raíz amarga y calmante que previamente había desmenuzado con la mano. La raíz calmo el dolor, secose la herida y la sangre dejó de correr.[387]

---

[387] Llama la atención que no se le practique ningún vendaje.

RAPSODIA XII

COMBATE EN LA MURALLA

Los troyanos asaltan con éxito la muralla y el foso del campamento aqueo. Héctor, con una gran piedra, derriba una puerta de entrada al campamento y abre una vía de acceso para sus tropas.

[vv. 12.1 y ss.] En tanto el fuerte hijo de Menecio curaba, dentro de la tienda, la herida de Eurípilo, acometíanse confusamente argivos y teucros. Ya no había de contener a estos ni el foso ni el ancho muro que al borde del mismo construyeron los dánaos, sin ofrecer a los dioses hecatombes perfectas, para que los defendiera a ellos con las veleras naves y el mucho botín que dentro se guardaba. Levantado el muro contra la voluntad de los inmortales dioses, no debía subsistir largo tiempo. [388]

[vv. 12.10 y ss.] Mientras vivió Héctor, estuvo Aquiles irritado y la ciudad del rey Príamo no fue expugnada, la gran muralla de los aqueos se mantuvo firme. Pero cuando hubieron muerto los más valientes teucros, de los argivos, unos perecieron y otros se salvaron, la ciudad de Príamo fue destruida en el décimo año, y los argivos se embarcaron para regresar a su patria; Poseidón y Apolo decidieron arruinar el muro con la fuerza de los ríos que corren de los montes ideos[389] al mar: el Reso, el Heptáporo, el Careso, el Rodio, el

---

[388] A diferencia de los muros de Troya, que por nueve años permanecieron fuertes e imbatibles, el muro de los helenos, debido a su falta de sacralidad, se constituye en el punto débil de su capacidad defensiva. No obstante, los versos que siguen aportan un matiz contradictorio: se dice que Troya caerá tras la muerte de Héctor, y que este muro aqueo aun seguiría en pie hasta que los aqueos se marchen. Pero, que la muralla se mantenga no parece tan exacto si tenemos en cuenta la arremetida de los troyanos en esta misma rapsodia (12.398-471), ni cuando Néstor sale a ver lo que sucede y ve que ha sido destruida (14.15b; y luego, más claramente, 14.55) y más adelante, en 15.361-366, cuando el mismo Apolo derriba una sección entera, con la misma facilidad que un niño aplasta en la playa un castillo de arena. En este sentido deberíamos interpretar que solo algunas partes de este muro permanecerían indemnes, para ser finalmente derribadas por la acción de los elementos, cuando los aqueos se hayan retirado.

[389] Desde las cumbres del Ida.

212

Gránico, el Esepo, el divino Escamandro y el Símois [390], en cuya ribera cayeron al polvo muchos cascos, escudos de boyuno cuero y la generación de los hombres semidioses. Febo Apolo desvió el curso de los ríos y dirigió sus corrientes a la muralla por espacio de nueve días, y Zeus no cesó de llover para que más presto se sumergiese en el mar. Iba al frente de aquellos el mismo Poseidón que bate la tierra, con el tridente en la mano, y tiró a las olas los cimientos de troncos y piedras que con tanta fatiga echaron los aqueos, arrasó la orilla del Helesponto de rápida corriente, enarenó la gran playa en que estuvo el destruido muro, y volvió los ríos a los cauces por donde discurrían sus cristalinas aguas.

[vv. 12.34 y ss.] De tal modo Poseidón y Apolo debían obrar más tarde. Entonces ardía el clamoroso combate al pie del bien labrado muro, y las vigas de las torres resonaban al chocar de los dardos. Los argivos, vencidos por el azote de Zeus, encerrábanse en el cerco de las cóncavas naves por miedo a Héctor, cuya valentía les causaba la derrota, y este seguía peleando y parecía un torbellino. Como un jabalí o un león se revuelve, orgulloso de su fuerza, entre perros y cazadores que agrupados le tiran muchos venablos —la fiera no siente en su ánimo audaz ni temor ni espanto, y su propio valor la mata—, y va de un lado a otro, probando, y se apartan aquellos hacia los que se dirige; de igual modo agitábase Héctor entre la turba y exhortaba a sus compañeros a pasar el foso. Los corceles, de pies ligeros, no se atrevían a hacerlo, y parados en el borde relinchaban, porque el ancho foso les daba horror. No era fácil, en efecto, salvarlo ni atravesarlo, pues tenía escarpados precipicios a uno y otro lado y en su parte alta grandes y puntiagudas estacas, que los aqueos clavaron espesas para defenderse de los enemigos. Un caballo tirando de un carro de hermosas ruedas difícilmente hubiera entrado en el foso y los peones meditaban si podrían realizarlo. Entonces llegose Polidamante al audaz Héctor, y dijo:

[vv. 12.61 y ss.] —¡Héctor y demás caudillos de los troyanos y sus auxiliares! Dirigimos imprudentemente los caballos al foso, y este es muy difícil de pasar, porque está erizado de agudas estacas y a lo

---

[390] Los primeros cinco ríos son mencionados aquí únicamente. El Esepo corre por las tierras gobernadas por Pándaro (Cfr. 2.825 y ss., y 4.89 y ss.); y el Símois y el Escamandro tendrán una participación protagónica en el combate contra Aquiles en la rapsodia 21. No obstante, todos estos ocho ríos de la Tróade figuran en la *Teogónia* de Hesíodo (337-45) —junto con otros de Europa, Asia y África—, en el catálogo de los engendrados por Tetis y el Océano.

largo de él se levanta el muro de los aqueos. Allí no podríamos apearnos del carro ni combatir, pues se trata de un sitio estrecho donde temo que pronto seríamos heridos. Si Zeus altisonante, meditando males contra los aqueos, quiere destruirlos completamente para favorecer a los teucros, deseo que lo realice cuanto antes y que aquellos perezcan sin gloria en esta tierra, lejos de Argos. Pero si los aqueos se volviesen, y viniendo de las naves nos obligaran a repasar el profundo foso, me figuro que ni un mensajero podría retornar a la ciudad, huyendo de los aqueos que nuevamente entraran en combate. Ea, obremos todos como voy a decir. Los escuderos tengan los caballos en la orilla del foso y nosotros sigamos a Héctor a pie, con armas y en batallón cerrado, pues los aqueos no resistirán el ataque si sobre ellos pende la ruina.

[vv. 12.80 y ss.] Así habló Polidamante, y su prudente consejo plugo a Héctor, el cual en seguida y sin dejar las armas, saltó del carro a tierra. Los demás teucros tampoco permanecieron en sus carros; pues así que vieron que el divino Héctor lo dejaba, apeáronse todos, mandaron a los aurigas que pusieran los caballos en línea junto al foso, y agrupándose formaron cinco batallones que, regidos por sus respectivos jefes, emprendieron la marcha.

[vv. 12.88 y ss.] Iban con Héctor y Polidamante los más y mejores, que anhelaban romper el muro y pelear cerca de las cóncavas naves; su tercer jefe era Cebriones, porque Héctor había dejado a otro auriga inferior para cuidar del carro. De otro batallón eran caudillos Paris, Alcátoo y Agenor. El tercero lo mandaban Heleno y el deiforme Deífobo, hijos de Príamo, y el héroe Asio Hirtácida, que había venido de Arisbe, de las orillas del río Seleente, en un carro tirado por altos y fogosos corceles. El cuarto lo regía Eneas, valiente hijo de Anquises, y con él Arquéloco y Acamante, hijos de Antenor, diestros en toda suerte de combates. Por último, Sarpedón se puso al frente de los ilustres aliados, eligiendo por compañeros a Glauco y al belígero Asteropeo, a quienes tenía por los más valientes después de sí mismo, pues él descollaba entre todos.[391] Tan pronto como

---

[391] Esta disposición de combate no se da en otras partes del poema. Por otra parte, esta formación queda bastante diluida en la narración del ataque, lo que hace pensar que probablemente se agregara para dar un toque de color a los preparativos. Los cinco escuadrones, con tres comandantes a la cabeza de cada uno, hacen suponer que se intentará atacar simultáneamente cinco puntos a lo largo de la muralla. Acaso para que cada batallón asediara una puerta, pero nunca se nos define el número de puertas que tenía la muralla de los helenos. Ni siquiera

hubieron embrazado los fuertes escudos y cerrado las filas, marcharon animosos contra los dánaos; y esperaban que estos, lejos de oponer resistencia, se refugiarían en las negras naves.

[vv. 12.108 y ss.] Todos los troyanos y sus auxiliares venidos de lejas tierras, siguieron el consejo del eximio Polidamante, menos Asio Hirtácida, príncipe de hombres, que negándose a dejar el carro y al auriga, se acercó con ellos a las veleras naves. ¡Insensato! No había de librarse de la funesta muerte, ni volver, ufano de sus corceles y de su carro, de las naves a la ventosa Ilión; porque su hado infausto le hizo morir atravesado por la lanza del ilustre Idomeneo Deucálida. Fuese, pues, hacia la izquierda de las naves, al sitio por donde los aqueos solían volver de la llanura con los caballos y carros; hacia aquel lugar dirigió los corceles, y no halló las puertas cerradas y aseguradas con el gran cerrojo, porque unos hombres las tenían abiertas, con el fin de salvar a los compañeros que, huyendo del combate, llegaran a las naves. A aquel paraje enderezó los caballos, y los demás le siguieron dando agudos gritos, porque esperaban que los aqueos, en vez de oponer resistencia, se refugiarían en las negras naves. ¡Insensatos! En las puertas encontraron a dos valentísimos guerreros, hijos gallardos de los belicosos lapitas: el esforzado Polipetes hijo de Pirítoo, y Leonteo, igual a Ares, funesto a los mortales. Ambos estaban delante de las altas puertas, como encinas de elevada copa, que, fijas al suelo por raíces gruesas y extensas, desafían constantemente el viento y la lluvia; de igual manera aquellos, confiando en sus manos y en su valor, aguardaron la llegada del gran Asio y no huyeron. Los teucros se encaminaron con gran alboroto al bien construido muro, levantando los escudos de secas pieles de buey, mandados por el rey Asio, Yámeno, Orestes, Adamante Asíada, Toón y Enomao. Polipetes y Leonteo hallábanse dentro e instigaban a los aqueos, de hermosas grebas, a pelear por las naves; mas así que vieron a los teucros atacando la muralla y a los dánaos en clamorosa fuga[392], salieron presurosos a combatir delante de las puertas, semejantes a montaraces jabalíes que en el monte son

---

sabemos con seguridad que hubiera cinco. Pero, basados en el verso 12.175, cabe suponer la existencia de tres o más.

[392] Los dánaos *en clamorosa fuga* son aquellos que volvían de combatir en el llano y, perseguidos por los teucros, corrían hacia las naves para buscar refugio en la muralla. Mientras tanto, Polipetes y Leonteo mantienen las puertas abiertas y protegidas y, desde las torres, los guardias del muro se preparan para repeler el ataque.

objeto de la acometida de hombres y canes, y en curva carrera tronchan y arrancan de raíz las plantas de la selva, dejando oír el crujido de sus dientes, hasta que los hombres, tirándoles venablos, les quitan la vida; de parecido modo resonaba el luciente bronce en el pecho de los héroes a los golpes que recibían, pues peleaban con gran denuedo, confiando en los guerreros de encima de la muralla y en su propio valor. Desde las torres bien construidas los aqueos tiraban piedras para defenderse a sí mismos, las tiendas y las naves de ligero andar. Como caen al suelo los copos de nieve que impetuoso viento, agitando las pardas nubes, derrama en abundancia sobre la fértil tierra, así llovían los dardos que arrojaban aqueos y teucros, y los cascos y abollonados escudos sonaban secamente al chocar con ellos las ingentes piedras. Entonces Asio Hirtácida, dando un gemido y golpeándose el muslo exclamó indignado:

[vv. 12.164 y ss.] —¡Padre Zeus! Muy falaz te has vuelto, pues yo no esperaba que los héroes aqueos opusieran resistencia a nuestro valor e invictas manos. Como las abejas o las flexibles avispas que han anidado en fragoso camino y no abandonan su hueca morada al acercarse los cazadores, sino que luchan por los hijuelos; así aquellos, con ser dos solamente, no quieren retirarse de las puertas mientras no perezcan, o la libertad no pierdan.

[vv. 12.173 y 174] Tal dijo; pero sus palabras no cambiaron la mente de Zeus, que deseaba conceder tal gloria a Héctor.

[vv. 12.175 y ss.] Otros peleaban delante de otras puertas, y me sería difícil, no siendo un dios, contarlo todo. Por doquiera ardía el combate al pie del lapídeo muro; los argivos, aunque llenos de angustia, veíanse obligados a defender las naves; y estaban apesarados todos los dioses que en la guerra protegían a los dánaos. Entonces fue cuando los lapitas empezaron el combate y la refriega.

[vv. 12.182 y ss.] El fuerte Polipetes, hijo de Pirítoo, hirió a Dámaso con la lanza a través del casco de broncíneas carrilleras: el casco de bronce no detuvo a aquella, cuya punta de bronce también, rompió el hueso; conmoviose el cerebro, y el guerrero sucumbió mientras combatía con denuedo. Aquel mató luego a Pilón y a Ormeno. Leonteo, hijo de Antímaco y vástago de Ares, arrojó un dardo a Hipómaco y se lo clavó junto al ceñidor; luego desenvainó la aguda espada, y acometiendo por en medio de la muchedumbre a Antífates, le hirió y le tumbó de espaldas; y después derribó sucesivamente a Menón, Yámeno y Orestes, que fueron cayendo al almo suelo.

[vv. 12.195 y ss.] Mientras ambos héroes quitaban a los muertos las lucientes armas, adelantaron la marcha con Polidamante y Héctor los más y más valientes de los jóvenes, que sentían un vivo deseo de romper el muro y pegar fuego a las naves. Pero detuviéronse indecisos en la orilla del foso, cuando ya se disponían a atravesarlo, por haber aparecido encima de ellos y a su derecha un ave agorera: un águila de alto vuelo, llevando en las garras un enorme dragón sangriento, vivo, palpitante, que no había olvidado la lucha, pues encorvándose hacia atrás hiriola en el pecho, cerca del cuello. El águila, penetrada de dolor, dejó caer el dragón en medio de la turba y chillando, voló con la rapidez del viento. Los teucros estremeciéronse al ver la manchada sierpe, prodigio de Zeus, que lleva la égida. Entonces, acercose Polidamante al audaz Héctor, y le dijo:

[vv. 12.211 y ss.] —¡Héctor! Siempre me increpas en las juntas, aunque lo que proponga sea bueno; mas no es decoroso que un ciudadano hable en las reuniones o en la guerra contra lo debido, solo para acrecentar tu poder. También ahora he de manifestar lo que considero conveniente. No vayamos a combatir con los dánaos cerca de las naves. Creo que nos ocurrirá lo que diré si vino realmente para los teucros, cuando deseaban atravesar el foso, esta ave agorera: un águila de alto vuelo, a la derecha, llevando en las garras un enorme dragón sangriento y vivo, que hubo de soltar pronto antes de llegar al nido y darlo a los polluelos. De semejante modo, si con gran ímpetu rompemos ahora las puertas y el muro, y los aqueos retroceden, luego no nos será posible volver de las naves en buen orden por el mismo camino; y dejaremos a muchos teucros tendidos en el suelo, a los cuales los aqueos, combatiendo en defensa de sus naves, habrán matado con las broncíneas armas.[393] Así lo interpretaría un augur que, por ser muy entendido en prodigios, mereciera la confianza del pueblo.

[vv. 12.230 y ss.] Encarándole la torva vista, respondió Héctor, de tremolante casco: —¡Polidamante! No me place lo que propones y podías haber pensado algo mejor. Si realmente hablas con seriedad, los mismos dioses te han hecho perder el juicio; pues me aconsejas que, olvidando las promesas que Zeus tonante me hizo y ratificó

---

[393] Polidamante se caracteriza por dar muy buenos consejos que, aunque poco heroicos (como en 12.61 y ss; 13.726 y ss. y 18.254 y ss.), buscan salvaguardar al pueblo troyano. En el campo de batalla se constituye, para Héctor, en una figura equivalente a la de Antenor en el consejo de Príamo. Por lo tanto, sus razonables consejos son desoídos con bastante frecuencia.

luego, obedezca a las aves aliabiertas, de las cuales no me cuido ni en ellas paro mientes, sea que vayan hacia la derecha por donde aparecen la Aurora y el Sol, sea que se dirijan a la izquierda, al tenebroso ocaso. Confiemos en las promesas del gran Zeus, que reina sobre todos, mortales e inmortales. El mejor agüero es este: combatir por la patria. ¿Por qué te dan miedo el combate y la pelea? Aunque los demás fuéramos muertos en las naves argivas, no debieras temer por tu vida: pues ni tu corazón es belicoso, ni te permite aguardar a los enemigos. Y si dejas de luchar, o con tus palabras logras que otro se abstenga, pronto perderás la vida, herido por mi lanza.

[vv. 12.251 y ss.] Dijo, y echó a andar. Siguiéronle todos con fuerte gritería, y Zeus, que se complace en lanzar rayos, enviando desde los montes ideos un viento borrascoso, levantó gran polvareda en las naves, abatió el ánimo de los aqueos, y dio gloria a los teucros y a Héctor, que fiados en las prodigiosas señales del dios y en su propio valor, intentaban romper la gran muralla aquea. Arrancaban las almenas de las torres, demolían los parapetos y derribaban los zócalos salientes que los aqueos habían hecho estribar en el suelo para que sostuvieran las torres. También tiraban de estas, con la esperanza de romper el muro de los aqueos. Mas los dánaos no les dejaban libre el camino; y protegiendo los parapetos con boyunas pieles, herían desde allí a los enemigos que al pie de la muralla se encontraban.

[vv. 12.265 y ss.] Los dos Ayaces recorrían las torres, animando a los aqueos y excitando su valor; a todas partes iban, y a uno le hablaban con suaves palabras y a otro le reñían con duras frases porque flojeaba en el combate:

[vv. 12.269 y ss.] —¡Oh amigos, ya entre los argivos seáis los preeminentes, los mediocres o los peores, pues no todos los hombres son iguales en la guerra! Ahora el trabajo es común a todos y vosotros mismos lo conocéis. Que nadie se vuelva atrás, hacia los bajeles, por oír las amenazas de un teucro; id adelante y animaos mutuamente por si Zeus olímpico, fulminador, nos permite rechazar el ataque y perseguir a los enemigos hasta la ciudad.

[vv. 12.277 y ss.] Dando tales voces animaban a los aqueos para que combatieran. Cuan espesos caen los copos de nieve cuando en el invierno Zeus decide nevar, mostrando sus armas a los hombres, y adormeciendo a los vientos, nieva incesantemente hasta que cubre las cimas y los riscos de los montes más altos, las praderas cubiertas de loto y los fértiles campos cultivados por el hombre, y la nieve se

218

extiende por los puertos y playas del espumoso mar, y únicamente la detienen las olas, pues todo lo restante queda cubierto cuando arrecia la nevada de Zeus: así, tan espesas, volaban las piedras por ambos lados, las unas hacia los teucros y las otras de estos a los aqueos y el estrépito se elevaba sobre todo el muro.[394]

[vv. 12.290 y ss.] Mas los teucros y el esclarecido Héctor no habrían roto aún las puertas de la muralla y el gran cerrojo, si el próvido Zeus no hubiese incitado a su hijo Sarpedón contra los argivos, como a un león contra bueyes de retorcidos cuernos. Sarpedón levantó el escudo liso, hermoso, protegido por planchas de bronce obra de un broncista, que sujetó muchas pieles de buey con varitas de oro prolongadas por ambos lados hasta el borde circular; alzando, pues, la rodela y blandiendo un par de lanzas, se puso en marcha como el montaraz león que en mucho tiempo no ha probado la carne y su ánimo audaz le impele a acometer un rebaño de ovejas yendo a la alquería sólidamente construida; y aunque en ella encuentre hombres que, armados con venablos y provistos de perros, guardan las ovejas, no quiere que lo echen del establo sin intentar el ataque, hasta que saltando dentro, o consigue hacer presa o es herido por un venablo que ágil mano le arroja; del mismo modo, el deiforme Sarpedón se sentía impulsado por su ánimo a asaltar el muro y destruir los parapetos. Y en seguida dijo a Glauco, hijo de Hipóloco:

[vv. 12.310 y ss.] —¡Glauco! ¿Por qué a nosotros nos honran en la Licia con asientos preferentes, manjares y copas de vino, y todos nos miran como a dioses, y poseemos campos grandes y magníficos a orillas del Janto, con viñas y tierras de pan llevar? Preciso es que ahora nos sostengamos entre los más avanzados y nos lancemos a la ardiente pelea, para que diga alguno de los licios, armados de fuertes corazas: "No sin gloria imperan nuestros reyes en la Licia; y si comen pingües ovejas y beben exquisito vino, dulce como la miel, también son esforzados, pues combaten al frente de los licios". ¡Oh amigo! Ojalá que huyendo de esta batalla, nos libráramos de la vejez y de la muerte, pues ni yo me batiría en primera fila, ni te llevaría a la lid, donde los varones adquieren gloria; pero como son muchas las muertes que penden sobre los mortales, sin que estos puedan huir de

---

[394] Con una forma más elaborada y extensa, el poeta insiste en el símil de la tormenta de nieve empleado en 156 y ss. Al repetirlo, pormenorizando sus detalles, el autor consigue transmitir la sensación de un colosal incremento del tumulto.

ellas ni evitarlas, vayamos y daremos gloria a alguien, o alguien nos la dará a nosotros.

[vv. 12.329 y s.] Así dijo; y Glauco ni retrocedió ni fue desobediente. Ambos fueron adelante en línea recta, siguiéndoles la numerosa tropa de los licios.

[vv. 12.331 y ss.] Estremeciose al advertirlo Menesteo, hijo de Peteo, pues se encaminaban hacia su torre llevando consigo la ruina. Ojeó la cohorte de los aqueos, por si divisaba a algún jefe que librara del peligro a los compañeros, y distinguió a entreambos Ayaces, incansables en el combate, y a Teucro, recién salido de la tienda[395], que se hallaban cerca. Pero no podía hacerse oír por más que gritara, porque era tanto el estrépito, que el ruido de los escudos al parar los golpes, el de los cascos guarnecidos con crines de caballo, y el de las puertas llegaba al cielo; todas las puertas se hallaban cerradas, y los teucros, detenidos por las mismas, intentaban penetrar rompiéndolas a viva fuerza. Y Menesteo decidió enviar a Tootes, el heraldo para que llamase a Áyax:

[vv. 12.343 y ss.] —Ve, divino Tootes, y llama corriendo a Áyax, o mejor a los dos, esto sería preferible, pues pronto habrá aquí gran estrago. ¡Tal carga dan los caudillos licios, que siempre han sido sumamente impetuosos en las encarnizadas peleas! Y si también allí se ha promovido recio combate venga por lo menos el esforzado Áyax Telamonio y sígale Teucro, excelente arquero.

[vv. 12.351, 352 y 353] Tal dijo; y el heraldo oyole y no desobedeció. Fuese corriendo a lo largo del muro de los aqueos, de broncíneas corazas; se detuvo cerca de los Ayaces, y les habló en estos términos:

[vv. 12.354 y ss.] —¡Ayaces, jefes de los argivos, de broncíneas corazas! El caro hijo de Peteo, alumno de Zeus, os ruega que vayáis a tomar parte en la refriega, aunque sea por breve tiempo. Que fuerais los dos sería preferible, pues pronto habrá allí gran estrago. ¡Tal carga dan los caudillos licios, que siempre han sido sumamente impetuosos en las encarnizadas peleas! Y si también aquí se ha promovido recio combate, vaya por lo menos el esforzado Áyax Telamonio y sígale Teucro, excelente arquero.

[vv. 12.364 y ss.] Así habló; y el gran Áyax Telamonio no fue desobediente. En el acto dijo al de Oileo estas aladas palabras:

---

[395] Teucro, herido por Héctor, había salido del combate en 8.325 y ss.

[vv. 12.366 y ss.] —¡Áyax! Vosotros, tú y el fuerte Licomedes, seguid aquí y alentad a los dánaos para que peleen con denuedo. Yo voy allá, combatiré con aquellos, y volveré tan pronto como los haya socorrido.

[vv. 12.370 y ss.] Dichas estas palabras, Áyax Telamonio partió, acompañado de Teucro, su hermano de padre, y de Pandión, que llevaba el corvo arco de Teucro. Llegaron a la torre del magnánimo Menesteo, y penetrando en el muro, se unieron a los defensores, que ya se veían acosados; pues los caudillos y esforzados príncipes de los licios asaltaban los parapetos como un oscuro torbellino. Trabose el combate y se produjo gran vocerío.

[vv. 12.378 y ss.] Fue Áyax Telamonio el primero que mató a un hombre, al magnánimo Epicles, compañero de Sarpedón, arrojándole una piedra grande y áspera que había en el muro cerca del parapeto. Difícilmente habría podido sospesarla con ambas manos uno de los actuales jóvenes, y aquel la levantó y tirándola desde lo alto a Epicles, rompiole el casco de cuatro abolladuras y aplastole los huesos de la cabeza; el teucro cayó de la elevada torre como salta un buzo, y el alma separose de sus miembros. Teucro, desde lo alto de la muralla, disparó una flecha a Glauco, esforzado hijo de Hipóloco, que valeroso acometía; y dirigiéndola adonde vio que el brazo aparecía desnudo, le puso fuera de combate. Saltó Glauco y se alejó del muro, ocultándose para que ningún aqueo, al advertir que estaba herido, profiriera jactanciosas palabras. Apesadumbrose Sarpedón al notarlo; mas no por esto se olvidó de la pelea, pues habiendo alcanzado a Alcmaón Testórida[396], le envasó la lanza que al punto volvió a sacar: el guerrero dio de ojos en el suelo, y las broncíneas labradas armas resonaron. Después, cogiendo con sus robustas manos un parapeto, tiró del mismo y lo arrancó entero[397]; quedó el muro desguarnecido en su parte superior y con ello se abrió camino para muchos.

[vv. 12.400 y ss.] Pero, en el mismo instante, Áyax y Teucro le acertaron a Sarpedón; Teucro atravesó con una flecha el lustroso correón del gran escudo, cerca del pecho; mas Zeus apartó de su hijo la muerte, para que no sucumbiera junto a las naves; Áyax,

---

[396] A este hijo de Testor solamente se lo menciona en esta ocasión, para su muerte.

[397] Este parapeto o superestructura defensiva debería ser de una sola pieza para que fuera arrancada, tal como lo hace Sarpedón. Hasta ahora todo indicaba que la pared era de piedras, pero acaso se hayan empleado también maderas.

arremetiendo, dio un bote de lanza en el escudo, penetró en este la punta e hizo vacilar al héroe cuando se disponía para el ataque. Apartose Sarpedón del parapeto; pero no se retiró, porque en su ánimo deseaba alcanzar gloria. Y volviéndose a los licios, iguales a los dioses, les exhortó diciendo:

[vv. 12.409, 410, 411 y 412] —¡Oh licios! ¿Por qué se afloja tanto vuestro impetuoso valor? Difícil es que yo solo, aunque haya roto la muralla y sea valiente, pueda abrir camino hasta las naves. Ayudadme todos, pues la obra de muchos siempre resulta mejor.

[vv. 12.413 y ss.] Tales fueron sus palabras. Los licios, temiendo la reconvención del rey, junto con este y con mayores bríos que antes, cargaron a los argivos; quienes, a su vez, cerraron las filas de las falanges dentro del muro, porque era grande la acción que se les presentaba. Y ni los bravos licios a pesar de haber roto el muro de los dánaos, lograban abrirse paso hasta las naves; ni los belicosos dánaos podían rechazar de la muralla a los licios desde que a la misma se acercaron. Como dos hombres altercan, con la medida en la mano, sobre los lindes de campos contiguos y se disputan un pequeño espacio; así, licios y dánaos estaban separados por los parapetos, y por encima de los mismos hacían chocar ante los pechos las rodelas de boyuno cuero y los ligeros broqueles.

[vv. 12.427 y ss.] Ya muchos combatientes habían sido heridos con el cruel bronce, unos en la espalda, que al volverse dejaron indefensa, otros a través del mismo escudo. Por doquiera torres y parapetos estaban regados con sangre de teucros y aqueos. Mas ni aun así los teucros hacían volver la espalda a los aqueos. Como una honrada obrera coge un peso y lana y los pone en los platillos de una balanza equilibrándolos hasta que quedan iguales para llevar a sus hijos el miserable salario[398]; así el combate y la pelea andaban iguales para unos y otros, hasta que Zeus quiso dar excelsa gloria a Héctor Priámida, el primero que asaltó el muro aqueo. El héroe, con pujante voz, gritó a los teucros:

[vv. 12.440 y 441] —¡Acometed, teucros domadores de caballos! Romped el muro de los argivos y arrojad a las naves el fuego abrasador.

---

[398] Este símil momentáneamente nos aleja de la guerra y nos mete en una escena de la vida cotidiana. Se evalúa el trabajo de una obrera y su salario. Una vida que apenas si recibe alguna que otra rápida mirada, siempre marginal, en el beligerante contexto de la *Ilíada*.

[vv. 12.442, 443 y 444] De tal suerte habló para excitarlos. Escucháronle todos; y reunidos, fuéronse derechos al muro, subieron y pasaron por encima de las almenas, llevando siempre en las manos las afiladas lanzas.

[vv. 12.445 y ss.] Héctor cogió entonces una piedra de ancha base y aguda punta que había delante de la puerta: dos de los más forzudos hombres del pueblo, tales como son hoy, con dificultad hubieran podido cargarla en un carro: pero aquel la manejaba fácilmente, porque el hijo del artero Cronos la volvió liviana. Bien así como el pastor lleva en una mano el vellón de un carnero, sin que el peso le fatigue; Héctor, alzando la piedra, la conducía hacia las tablas que fuertemente unidas formaban las dos hojas de la alta puerta y estaban aseguradas por dos cerrojos puestos en dirección contraria, que abría y cerraba una sola llave. Héctor se detuvo delante de la puerta, separó los pies, y, estribando en el suelo para que el golpe no fuese débil, arrojó la piedra al centro de aquella: rompiéronse ambos quiciales, cayó la piedra dentro por su propio peso, recrujieron las tablas, y como los cerrojos no ofrecieron bastante resistencia, desuniéronse las hojas y cada una se fue por su lado, al impulso de la piedra. [399] El esclarecido Héctor, que por su aspecto a la rápida noche semejaba, saltó al interior: el bronce relucía de un modo terrible en torno de su cuerpo, y en la mano llevaba dos lanzas.[400]

---

[399] La estructura de la puerta y su destrucción entrañan una reiteración del dos, y de un tres implícito en varios elementos. La puerta está conformada por dos tablas, aseguradas por dos cerrojos, los cuales —ambos— se abren con una sola llave. A su vez, Héctor, un solo hombre que cuenta con la ayuda de Zeus, manipula una pesadísima piedra que dos forzudos hombres no podrían subir a un carro sin grandísima dificultad. Así, tanto la puerta como los cerrojos, en su función de obstaculizar la entrada de los troyanos, se asocia con el número dos. La apertura de la puerta, sin embargo, se asocia al número uno, presente en la llave, la gran piedra y la fortaleza de Héctor, que supera la de los dos hombres. La apertura, aquí el desbaratamiento de la puerta, sobreviene cuando ese uno, en este caso representado concretamente por la piedra lanzada por Héctor, se aplica en el centro de los elementos binarios.

[400] Héctor, habiendo vencido la resistencia del dos, —presente en las dos tablas de la puerta y los dos cerrojos— por medio de la fuerza del uno —la piedra, que no es más que una proyección de su propia unicidad de héroe, aquí bajo el auspicio de Zeus—, se ha adueñado de la situación, quebrantando la resistencia aquea, y en sus manos, para consumar su ataque, porta ahora la fuerza del dos, asumida en las dos lanzas. Dicho de manera más esquemática: el dos, representante de la multiplicidad, escindido por la unidad, ya no puede oponerse a una múltiple penetración en el campamento aqueo.

Nadie, a no ser un dios, hubiera podido salirle al encuentro y detenerle cuando traspuso la puerta. Sus ojos brillaban como el fuego.[401] Y volviéndose a la tropa, alentaba a los teucros para que pasaran la muralla. Obedecieron, y mientras unos asaltaban el muro, otros afluían a las bien construidas puertas. Los dánaos refugiáronse en las cóncavas naves y se promovió un gran tumulto.

---

[401] El progresivo enardecimiento de Héctor hará que se vaya identificando directamente con el fuego y, como una metáfora viviente, él mismo sea el "fuego" que procurará incendiar las naves de los aqueos. Esta reiterada identificación se verifica de dos formas: o bien directamente en 12.466, 15.623 y 17.560, o bien, aplicando reiteradamente a Héctor el símil $\varphi\lambda o\gamma\grave{i}\ \varepsilon\ddot{i}\kappa\varepsilon\lambda o\varsigma$, fórmula que significa "semejante a una llama", en 13.53, 13.688, 18.154 y 20.423.

RAPSODIA XIII

BATALLA JUNTO A LAS NAVES

Zeus, cuya voluntad dirigía los acontecimientos, se distrae momentáneamente de la guerra, y Poseidón aprovecha la circunstancia para organizar la resistencia de los aqueos. El caudillo cretense Idomeneo se destaca en el combate, poniendo en fuga a los troyanos. Sin embargo, alentados por Héctor, los teucros se reorganizan y vuelven al ataque.

[vv. 13.1 y ss.] Cuando Zeus hubo acercado a Héctor y los teucros a las naves, dejó que sostuvieran el trabajo y la fatiga de la batalla; y desviando de los mismos los ojos refulgentes, miraba a lo lejos la tierra de los tracios, diestros jinetes; de los misios, que combaten de cerca; de los ilustres hipomolgos[402], que se alimentan con leche; y de los abios[403], los más justos de los hombres. Y ya no volvió a poner los brillantes ojos en Troya, porque su corazón no temía que inmortal alguno fuera a socorrer ni a los teucros ni a los dánaos.

[vv. 13.10 y ss.] Pero no en vano el poderoso Poseidón, que bate la tierra, estaba al acecho en la cumbre más alta de la selvosa Samotracia, contemplando la lucha y la pelea. Desde allí se divisaba todo el Ida, la ciudad de Príamo y las naves aqueas. En aquel sitio habíase sentado Poseidón al salir del mar, y compadecía a los aqueos, vencidos por los teucros, a la vez que cobraba gran indignación contra Zeus.

[vv. 13.17 y ss.] Pronto Poseidón bajó del escarpado monte con ligera planta; las altas colinas y las selvas temblaban bajo los pies inmortales, mientras el dios iba andando. Dio tres pasos, y al cuarto arribó al término de su viaje,[404] a Egas[405]; allí en las profundidades

---

[402] Tribus tártaras, que acostumbraban beber leche de yeguas.

[403] Tribus escitas del norte, nómadas de las zonas boreales más allá del mar Negro (Cfr. Esteban de Bizancio, *Ethnika. v.* ΆΒΙΟΙ)

[404] En este contexto el número cuatro —implícito en el cuarto paso de Poseidón—, se identifica con la idea de completar algo; como lo es alcanzar el destino de un viaje. En cambio, cuando se plantea un impedimento para alcanzar la cuarta instancia, como ocurre en 5.438 y ss., 16.705 y ss., 16.786 y ss., 20.447 y ss., 21.177 y ss., observamos que la tarea queda incompleta. De modo que la imposibilidad de llegar al cuarto intento funciona de manera similar a la que se encuentra en las menciones del número nueve, como ocurre con los nueve años

del mar, tenía palacios magníficos, de oro, resplandecientes e indestructibles. Luego que hubo llegado, unció al carro un par de corceles de cascos de bronce y áureas crines que volaban ligeros; y seguidamente envolvió su cuerpo en dorada túnica, tomó el látigo de oro hecho con arte, subió al carro y lo guió por encima de las olas. Debajo saltaban los cetáceos, que salían de sus escondrijos, reconociendo al rey; el mar abría, gozoso, sus aguas, y los ágiles caballos, con apresurado vuelo, sin dejar que el eje de bronce se mojara, conducían a Poseidón hacia las naves aqueas.

[vv. 13.32 y ss.] Hay una vasta gruta en lo hondo del profundo mar entre Ténedos y la escabrosa Imbros; y al llegar a la misma, Poseidón, que bate la tierra, detuvo los bridones, desunciolos del carro, les dio a comer un pasto divino, púsoles en los pies trabas de oro indestructibles e indisolubles, para que sin moverse de aquel sitio aguardaran su regreso, y se fue al ejército de los aquivos.

---

durante los cuales Troya no pudo ser tomada, que acompaña la idea de lo no completo, deficiente, imperfecto y, por extensión, frustrado. Alcanzar el cuarto, por el contrario, estaría señalando la plena realización de la acción iniciada, y así tiene un sentido equivalente al que se asigna al diez, como en el caso de que Troya será tomada en el décimo año. Para quienes se pregunten, sin embargo, qué relación puede existir entre el cuatro y el diez, podemos referir aquella que se conoce desde los orígenes de la ciencia de los números, y que tuvo amplia difusión, y gran cantidad de connotaciones, durante toda la Antigüedad y la Edad Media; y es que $1+2+3+4 = 10$. Esto es, que el diez está contenido, de alguna forma, en los primeros cuatro números. Dicho de otra forma, diez es el número triangular de cuatro.

<pre>
        *
      *   *
    *   *   *
  *   *   *   *
</pre>

[405] Con esta mención nos enfrentamos a la dificultad de la identificación del topónimo, aunque la ciudad mencionada probablemente sea la colonia integrante de la dodecápolis eolia nombrada por Heródoto, 1.149.1 (sobre esta locación y su arqueología, vease: Mogens, H. H., Nielsen, T. H. *An Inventory of Archaic and Classical Poleis*, Oxford University Press, 2005, pp. 1038 y s.). Si bien este topónimo existe en Eubea, Acaya y Anatolia, no parece probable que el autor se refiriera ni a la Egas de Eubea, ni la de Acaya, porque la de Anatolia es la más próxima a las otras referencias dadas por el texto en 13.33, esto es, a Imbros y Ténedos.

[vv. 13.39 y ss.] Los teucros, semejantes a una llama o a una tempestad y poseídos de marcial furor, seguían apiñados a Héctor Priámida con alboroto y vocerío; y tenían esperanzas de tomar las naves y matar entre las mismas a todos los aqueos.

[vv. 13.43 y ss.] Mas Poseidón, que ciñe y bate la tierra, asemejándose a Calcante en el cuerpo y en la voz infatigable, incitaba a los argivos desde que salió del profundo mar, y dijo a los Ayaces, que ya estaban deseosos de combatir:

[vv. 13.47 y ss.] —¡Ayaces! Vosotros salvaréis a los aqueos si os acordáis de vuestro valor y no de la fuga horrenda. No me ponen en cuidado las audaces manos de los teucros, que asaltaron en tropel la gran muralla, pues a todos resistirán los aqueos, de hermosas grebas; pero es de temer, y mucho, que padezcamos algún daño en esta parte donde aparece a la cabeza de los suyos el rabioso Héctor, semejante a una llama, el cual blasona de ser hijo del prepotente Zeus. Una deidad levante el ánimo en vuestro pecho para resistir firmemente y exhortar a los demás; con esto podríais rechazar a Héctor de las naves, de ligero andar, por furioso que estuviera y aunque fuese el mismo Olímpico quien le instigara.

[vv. 13.59 y ss.] Dijo así Poseidón, que ciñe y bate la tierra, y tocando a entrambos con el cetro[406], llenoles de fuerte vigor y les volvió ágiles todos los miembros, y especialmente los pies y las manos. Y como el gavilán de ligeras alas se arroja desde altísima y abrupta peña, enderezando el vuelo a la llanura para perseguir a un ave; de aquel modo apartose de ellos Poseidón, que bate la tierra. El primero que le reconoció fue el ágil Áyax de Oileo quien dijo al momento a Áyax, hijo de Telamón:

[vv. 13.68 y ss.] —¡Áyax! Un dios del Olimpo nos instiga, transfigurado en adivino, a pelear cerca de las naves; pues ese no es Calcante, el inspirado augur: he observado las huellas que dejan sus plantas y su andar, y a los dioses se les reconoce fácilmente[407]. En

---

[406] La vara de Poseidón actúa de la misma forma que una varita mágica para comunicar el efecto deseado; de manera similar al empleo que Hermes le da a su cetro en 24.343 y s.

[407] No queda en claro cuál es la peculiaridad de las huellas, de las piernas o del andar que le permiten a Áyax reconocer a los dioses. Sabemos, sí, por otros textos, que los dioses tienen mayor estatura, peso y belleza, y que su andar es más elegante. Acaso alguno de esos detalles no se oculte al asumir la apariencia de un mortal, y sus huellas sean más profundas, o más grandes, o algo de su porte divino no se disimule en el momento en que, al retirarse, se los observa de espaldas. En

227

mi pecho el corazón siente un deseo más vivo de luchar y combatir, y mis manos y pies se mueven con impaciencia. [408]

[vv. 13.76 y ss.] Respondió Áyax Telamonio: —También a mí se me enardecen las audaces manos en torno de la lanza y mi fuerza aumenta y mis pies saltan y deseo batirme con Héctor Priámida, cuyo furor es insaciable.

[vv. 13.81 y s.] Así éstos conversaban, alegres por el bélico ardor que una deidad puso en sus corazones.

[vv. 13.83 y ss.] En tanto, Poseidón, que ciñe la tierra, animaba a los aqueos de las últimas filas, que junto a las veleras naves reparaban las fuerzas. Tenían los miembros relajados por el penoso cansancio, y se les llenó el corazón de pesar cuando vieron que los teucros asaltaban en tropel la gran muralla: lo contemplaban con ojos arrasados por las lágrimas, y no creían escapar de aquel peligro. Pero Poseidón, que bate la tierra, intervino y reanimó fácilmente las esforzadas falanges. Fue primero a incitar a Teucro, Leito, el héroe Penéleo, Toante, Deípiro, Meriones y Antíloco, aguerridos campeones; y para alentarlos, les dijo estas aladas palabras:

[vv. 13.95 y ss.] —¡Qué vergüenza, argivos, jóvenes adolescentes! Figurábame que peleando conseguiríais salvar las naves; pero si cejáis en el funesto combate, ya luce el día en que sucumbiremos a manos de los teucros. ¡Oh dioses! Veo con mis ojos un prodigio grande y terrible que jamás pensé que llegara a realizarse. ¡Venir los troyanos a nuestros bajeles! Antes se parecían a las medrosas ciervas que vagan por el monte, débiles y sin fuerza para la lucha, y son el pasto de chacales, panteras y lobos; semejantes a ellas, nunca querían los teucros afrontar a los aqueos, ni osaban resistir su valor y sus manos. Y ahora pelean lejos de la ciudad junto a los bajeles, por la culpa del jefe y la indolencia de los hombres, que, no obrando de acuerdo con él, se niegan a defender los navíos, de ligero andar, y reciben la muerte cerca de los mismos. Mas, aunque el poderoso Agamenón sea el verdadero culpable de todo, porque ultrajó al Pelida de pies ligeros, en modo alguno nos es lícito dejar de combatir. Remediemos con presteza el mal, que la mente de los buenos es aplacable. No es decoroso que decaiga vuestro impetuoso

---

todo caso, tanto Homero como su público parecen estar al tanto de este tipo de reconocimientos, porque no se detiene a dar más explicaciones.

[408] Parece que Áyax también reconoce el encuentro con un dios por el cambio físico y psíquico que se ha operado en su disposición y en su fuerza.

valor, siendo como sois los más valientes del ejército. Yo no increparía a un hombre tímido porque se abstuviera de pelear, pero contra vosotros se enciende en ira mi corazón. ¡Oh cobardes! Con vuestra indolencia, haréis que pronto se agrave el mal. Poned en vuestros pechos vergüenza y pundonor, ahora que se promueve esta gran contienda. Ya el fuerte Héctor, valiente en la pelea, batalla cerca de las naves y ha roto las puertas y el gran cerrojo.

[vv. 13.125 y ss.] Con tales amonestaciones, el que ciñe la tierra instigó a los aqueos. Rodeaban a los Ayaces fuertes falanges que hubieran declarado irreprochables Ares y Atenea, que enardece a los guerreros, si por ellas se hubiesen entrado. Los tenidos por más valientes aguardaban a los teucros y al divino Héctor y las astas y los escudos se tocaban en las cerradas filas: la rodela apoyábase en la rodela, el yelmo en otro yelmo, cada hombre en su vecino, y chocaban los penachos de crines de caballo y los lucientes conos de los cascos cuando alguien inclinaba la cabeza. ¡Tan apiñadas estaban las filas! Cruzábanse las lanzas, que blandían audaces manos, y ellos deseaban arremeter a los enemigos y trabar la pelea.

[vv. 13.136 y ss.] Los teucros acometieron unidos, siguiendo a Héctor, que deseaba ir en derechura a los aqueos. Como la piedra insolente que cae de una cumbre y lleva consigo la ruina, porque se ha desgajado, cediendo a la fuerza de torrencial avenida causada por la mucha lluvia, y desciende dando tumbos con ruido que repercute en el bosque, corre segura hasta el llano, y allí se detiene, a pesar de su ímpetu; de igual modo, Héctor amenazaba con atravesar fácilmente por las tiendas y naves aqueas, matando siempre, y no detenerse hasta el mar; pero encontró las densas falanges, y tuvo que hacer alto después de un violento choque. Los aqueos le afrontaron; procuraron herirle con las espadas y lanzas de doble filo y apartáronle de ellos; de suerte que fue rechazado, y tuvo que retroceder. Y con voz penetrante, gritó a los teucros:

[vv. 13.150 y ss.] —¡Troyanos, licios, dárdanos, que cuerpo a cuerpo peleáis! Persistid en el ataque, pues los aqueos no resistirán largo tiempo, aunque se hayan formado en columna cerrada; y creo que mi lanza les hará retroceder pronto, si verdaderamente me impulsa el dios más poderoso, el tonante esposo de Hera.

[vv. 13.155 y ss.] Con estas palabras les excitó a todos el valor y la fuerza. Entre los teucros iba muy ufano Deífobo Priámida, que se adelantaba ligero y se cubría con el liso escudo. Meriones le arrojó una reluciente lanza y no erró el tiro: acertó a dar en la rodela hecha de pieles de toro, sin conseguir atravesarla, porque aquélla se rompió

229

en la unión del asta con el hierro. Deífobo apartó de sí el escudo, temiendo la lanza del aguerrido Meriones; y este héroe retrocedió al grupo de sus amigos, muy disgustado, así por la victoria perdida, como por la rotura del arma, y luego se encaminó a las tiendas y naves aqueas para tomar otra de las que en su bajel tenía.

[vv. 13.169 y ss.] Los demás combatían, y una vocería inmensa se dejaba oír. Teucro Telamonio fue el primero que mató a un hombre, al belígero Imbrio, hijo de Méntor, rico en caballos. Antes de llegar los aquivos, Imbrio moraba en Pedeo con su esposa Medesicasta, hija bastarda de Príamo; mas cuando las corvas naves de los dánaos aportaron en Ilión, volvió a la ciudad, descolló entre los teucros y vivió en el palacio de Príamo, que le honraba como a sus propios hijos. Entonces el hijo de Telamón hiriole debajo de la oreja con la gran lanza, que retiró en seguida; y el guerrero cayó como el fresno nacido en una cumbre que desde lejos se divisa, cuando es cortado por el bronce y vienen al suelo sus tiernas hojas. Así cayó Imbrio, y sus armas, de labrado bronce, resonaron. Teucro acudió corriendo, movido por el deseo de quitarle la armadura; pero Héctor le tiró una reluciente lanza; y violo aquél y hurtó el cuerpo, y la broncínea punta se clavó en el pecho de Anfímaco, hijo de Ctéato Actorión, que acababa de entrar en combate. El guerrero cayó con estrépito, y sus armas resonaron. Héctor fue presuroso a quitarle al magnánimo Anfímaco el casco que llevaba adaptado a las sienes; Áyax levantó, a su vez, la reluciente lanza contra Héctor, y si bien no pudo hacerla llegar a su cuerpo, protegido todo por horrendo bronce, diole un bote en medio del escudo y rechazó al héroe con gran ímpetu, éste dejó los cadáveres y los aqueos los retiraron. Estiquio y el divino Menesteo, caudillos atenienses, llevaron a Anfímaco al campamento aqueo; y los dos Ayaces, que siempre anhelaban la impetuosa pelea, levantaron el cadáver de Imbrio. Como dos leones que habiendo arrebatado una cabra de los agudos dientes de los perros, la llevan en la boca por los espesos matorrales en alto, levantada de la tierra; así los belicosos Ayaces, alzando el cuerpo de Imbrio, lo despojaron de las armas; y el hijo de Oileo, irritado por la muerte de Anfímaco, le separó la cabeza del tierno cuello y la hizo rodar por entre la turba, cual si fuese una bola, hasta que cayó en el polvo a los pies de Héctor.

[vv. 13.206 y ss.] Entonces Poseidón, airado en el corazón porque su nieto[409] había sucumbido en la terrible pelea, se fue hacia las tiendas y naves de los aqueos para reanimar a los dánaos y causar males a los teucros. Encontrose con él Idomeneo, famoso por su lanza, que volvía de acompañar a un amigo a quien sacaron del combate porque los teucros le habían herido en la corva con el agudo bronce. Idomeneo, una vez lo hubo confiado a los médicos, se encaminaba a su tienda, con intención de volver a la batalla. Y el poderoso Poseidón, que bate la tierra, díjole, tomando la voz de Toante, hijo de Adremón, que en Pleurón entera y en la excelsa Calidón reinaba sobre los etolos y era honrado por el pueblo cual si fuese un dios:

[vv. 13.219 y s.] —¡Idomeneo, príncipe de los cretenses! ¿Qué se hicieron las amenazas que los aqueos hacían a los teucros?

[vv. 13.221 y ss.] Respondió Idomeneo, caudillo de los cretenses: — ¡Oh Toante! No creo que ahora se pueda culpar a ningún guerrero, porque todos sabemos combatir y nadie está poseído del exánime terror, ni deja por flojedad la funesta batalla; sin duda debe de ser grato al prepotente Cronida que los aqueos perezcan sin gloria en esta tierra, lejos de Argos. Mas, oh Toante, puesto que siempre has sido belicoso y sueles animar al que ves remiso, no dejes de pelear y exhorta a los demás.

[vv. 13.231 y ss.] Contestó Poseidón, que bate la tierra: — ¡Idomeneo! No vuelva desde Troya a su patria y venga a ser juguete de los perros quien en el día de hoy deje voluntariamente de lidiar. Ea, toma las armas y ven a mi lado; apresurémonos, por si, a pesar de estar solos, podemos hacer algo provechoso. Nace una fuerza de la unión de los hombres, aunque sean débiles; y nosotros somos capaces de luchar con los valientes.

[vv. 13.239 y ss.] Dichas estas palabras, el dios se entró de nuevo por el combate de los hombres; e Idomeneo yendo a la bien construida tienda, vistió la magnífica armadura. tomó un par de lanzas y volvió a salir, semejante al encendido relámpago que el Cronida agita en su mano desde el resplandeciente Olimpo para mostrarlo a los hombres como señal: tanto centelleaba el bronce en el pecho de Idomeneo

---

[409] Se decía que Ctéato, padre de Anfímaco, era en realidad hijo de Poseidón, y no de Áctor.

mientras éste corría.[410] Se encontró con él, no muy lejos de la tienda, el valiente escudero Meriones que iba en busca de una lanza; y el fuerte Diomedes dijo:

[vv. 13.249 y ss.] —¡Meriones, hijo de Molo, el de los pies ligeros, mi compañero más querido! ¡Por qué vienes, dejando el combate y la pelea? ¿Acaso estás herido y te agobia puntiaguda flecha? ¿Me traes, quizá, alguna noticia? Pues no deseo quedarme en la tienda, sino pelear.

[vv. 13.254 y ss.] Respondiole el prudente Meriones: —¡Idomeneo, príncipe de los cretenses, de broncíneas corazas! Vengo por una lanza, si la hay en tu tienda; pues la que tenía se ha roto al dar un bote en el escudo del feroz Deífobo.

[vv. 13.259 y ss.] Contestó Idomeneo, caudillo de los cretenses: —Si la deseas, hallarás, en la tienda, apoyadas en el lustroso muro, no una, sino veinte lanzas, que he quitado a los teucros muertos en la batalla; pues jamás combato a distancia del enemigo. He aquí por qué tengo lanzas, escudos abollonados, cascos y relucientes corazas.[411]

[vv. 13.266 y ss.] Replicó el prudente Meriones: —También poseo en la tienda y en la negra nave muchos despojos de los teucros, mas no están cerca para tomarlos; que nunca me olvido de mi valor, y en el combate, donde los hombres se hacen ilustres, aparezco siempre entre los delanteros desde que se traba la batalla. Quizá algún otro de los aqueos de broncíneas corazas no habrá fijado su atención en mi persona cuando peleo, pero no dudo que tú me has visto.

[vv. 13.274 y ss.] Idomeneo, caudillo de los cretenses, díjole entonces: —Sé cuán grande es tu valor. ¿Por qué me refieres estas cosas? Si los más señalados nos reuniéramos junto a las naves para armar una celada, que es donde mejor se conoce la bravura de los hombres y

---

[410] Homero se vale de todos estos signos —el revestirse de la relampagueante armadura y el símil con el Cronida— para ir anunciándonos la *aristeia* de Idomeneo.

[411] La enrevesada explicación de Idomeneo entraña una justificación. Idomeneo le dice a Meriones que podrá encontrar abundante cantidad de lanzas en su tienda, y que tiene tantas lanzas, porque prefiere el combate cuerpo a cuerpo, esto es, que no se desprende de su lanza empleándola como arma arrojadiza. Más aún: como trofeo se lleva del campo de batalla las lanzas de aquellos a quienes ha vencido. Sin embargo, para que no se dude de su valor —esto es, que se lleva cualquier lanza que encuentra abandonada— aclara que también tiene los escudos, corazas y yelmos. De este modo la conversación va derivando de la simple búsqueda de una lanza de repuesto, al de la valentía del guerrero en el combate.

donde fácilmente se distingue al cobarde del animoso el cobarde se pone demudado, ya de un modo ya de otro, y como no sabe tener firme ánimo en el pecho, no permanece tranquilo, sino que dobla las rodillas y se sienta sobre los pies, y el corazón le da grandes saltos por el temor de la muerte y los dientes le crujen; y el animoso no se inmuta ni tiembla, una vez se ha emboscado, sino que desea que cuanto antes principie el funesto combate, ni allí podrían reprocharse tu valor y la fuerza de tus brazos. Y si peleando te hirieran de cerca o de lejos, no sería en la nuca o en la espalda, sino en el pecho o en el vientre, mientras fueras hacia adelante con los guerreros más avanzados. Mas, ea, no hablemos de estas cosas, permaneciendo ociosos como unos simples[412]; no sea que alguien nos increpe duramente. Ve a la tienda y toma la fornida lanza.

[vv. 13.295 y ss.] Así dijo, y Meriones, igual al veloz Ares, entrando en la tienda, cogió una broncínea lanza y fue en seguimiento de Idomeneo, muy deseoso de volver al combate. Como va a la guerra Ares, funesto a los mortales, acompañado del Terror, su hijo querido, fuerte e intrépido, que hasta al guerrero valeroso causa espanto; y los dos se arman y saliendo de la Tracia enderezan sus pasos hacia los éfiros y los magnánimos flegias[413], y no escuchan los ruegos de ambos pueblos, sino que dan la victoria a uno de ellos; de la misma manera, Meriones e Idomeneo, caudillos de hombres, se encaminaban a la batalla, armados de luciente bronce. Y Meriones fue el primero que habló, diciendo:

[vv. 13.307 y ss.] —¡Deucálida! ¿Por dónde quieres que penetremos en la turba? ¿Por la derecha del ejército, por en medio o por la izquierda? Pues no creo que los aqueos, de larga cabellera, dejen de pelear en parte alguna.

[vv. 13.311 y ss.] Respondiole Idomeneo, caudillo de los cretenses: — Hay en el centro quienes defiendan los navíos: los dos Ayaces y Teucro, el más diestro arquero aquivo y esforzado también en el combate a pie firme; ellos se bastan para rechazar a Héctor Priámida por fuerte que sea y por incitado que esté a la batalla. Difícil será, aunque tenga muchos deseos de batirse, que triunfando del valor y de las manos invictas de aquéllos, llegue a incendiar los bajeles; a no

---

[412] Parece que, de pronto, el autor advirtiese que toda esta tediosa palabrería constituye un anticlímax a todo lo que se ha planteado en los versos 239 a 245, y entonces, retoma la acción.

[413] Éfiros y flegias son dos tribus de Tesalia.

233

ser que el mismo Cronida arroje una tea encendida en las veleras naves. El gran Áyax Telamonio no cedería a ningún hombre mortal que coma el fruto de Deméter y pueda ser herido con el bronce o con grandes piedras; ni siquiera se retiraría ante Aquiles, que rompe las filas de los guerreros, en un combate a pie firme; pues en la carrera Aquiles no tiene rival. Vayamos, pues, a la izquierda del ejército, para ver si presto daremos gloria a alguien, o alguien nos la dará a nosotros.

[vv. 13.328 y ss.] Tal dijo; y Meriones, igual al veloz Ares, echó a andar hasta que llegaron al ejército por donde Idomeneo le indicara.

[vv. 13.330 y ss.] Cuando los teucros vieron a Idomeneo, que por su impetuosidad parecía una llama, y a su escudero, ambos revestidos de labradas armas, animáronse unos a otros por entre la turba y arremetieron todos contra aquél. Y se trabó una refriega, sostenida con igual tesón por ambas partes, junto a las popas de los navíos. Como aparecen de repente las tempestades, suscitadas por los sonoros vientos en ocasión en que los caminos están muy secos y se levantan nubes de polvo; así entonces unos y otros vinieron a las manos deseando en su corazón matarse recíprocamente con el agudo bronce por entre la turba. La batalla, destructora de hombres, se presentaba horrible con las largas y afiladas picas que los guerreros manejaban; cegaba los ojos el resplandor del bronce de los lucientes cascos, de las corazas recientemente bruñidas y de los escudos refulgentes de cuantos iban a encontrarse; y hubiera tenido corazón muy audaz quien al contemplar aquella acción se hubiese alegrado en vez de afligirse.

[vv. 13.345 y ss.] Los dos poderosos hijos de Cronos, disintiendo en el modo de pensar, preparaban deplorables males a los héroes. Zeus quería que triunfaran Héctor y los teucros para glorificar a Aquiles, el de los pies ligeros, mas no por eso deseaba que el ejército aqueo pereciera totalmente delante de Ilión, pues sólo se proponía honrar a Tetis y a su hijo, de ánimo esforzado. Poseidón había salido ocultamente del espumoso mar, recorría las filas y animaba a los argivos; porque le afligía que fueran vencidos por los teucros, y se indignaba mucho contra Zeus. Igual era el origen de ambas deidades y uno mismo su linaje, pero Zeus había nacido primero y sabía más; por esto Poseidón evitaba el socorrer abiertamente a aquéllos; y transfigurado en hombre, discurría, sin darse a conocer por el ejército y le amonestaba. Y los dioses inclinaban alternativamente en favor de unos y de otros la reñida pelea y el indeciso combate; y tendían sobre ellos una cadena irrompible e indisoluble que a muchos les quebró las rodillas. [414]

[vv. 13.361 y ss.] Entonces Idomeneo, aunque ya semicano, animó a los dánaos, arremetió contra los teucros, llenándoles de pavor, y mató a Otrioneo. Este había acudido de Cabeso a Ilión cuando tuvo noticia de la guerra y pedido en matrimonio a Casandra, la más hermosa de las hijas de Príamo, sin obligación de dotarla; pero ofreciendo una gran cosa: que echaría de Troya a los aqueos. El anciano Príamo accedió y consintió en dársela; y el héroe combatía, confiando en la promesa. Tirole Idomeneo la reluciente lanza y lo hirió mientras se adelantaba con arrogante paso: la coraza de bronce no resistió, clavose aquélla en medio del vientre, cayó el guerrero con estrépito, e Idomeneo dijo con jactancia:

[vv. 13.374 y ss.] —¡Otrioneo! Te ensalzaría sobre todos los mortales si cumplieras lo que ofreciste a Príamo Dardánida cuando te prometió a su hija. También nosotros te haremos promesas con intención de cumplirlas: traeremos de Argos la más bella de las hijas del Atrida y te la daremos por mujer, si junto con los nuestros destruyes la populosa ciudad de Ilión. Pero sígueme, y en las naves que atraviesan el ponto nos pondremos de acuerdo sobre el casamiento; que no somos malos suegros.

[vv. 13.383 y ss.] Hablole así el héroe Idomeneo, mientras le asía de un pie y le arrastraba por el campo de la dura batalla; y Asio se adelantó para vengarle, presentándose como peón delante de su carro, cuyos corceles, gobernados por el auriga, sobre los mismos hombros del guerrero resoplaban. Asio deseaba en su corazón herir a Idomeneo; pero anticipósele éste y le hundió la pica en la garganta, debajo de la barba, hasta que salió al otro lado. Cayó el teucro como en el monte la encina, el álamo o el elevado pino que unos artífices cortan con afiladas hachas para convertirlo en mástil de navío; así yacía aquél, tendido delante de los corceles y del carro, rechinándole los dientes y cogiendo con las manos el polvo ensangrentado. Turbose el escudero, y ni siquiera se atrevió a torcer la rienda a los caballos para escapar de las manos de los enemigos. Y el belígero Antíloco se llegó a él y le atravesó con la lanza, pues la broncínea coraza no pudo evitar que se la clavara en el vientre. El auriga, jadeante, cayó del bien construido carro; y Antíloco, hijo del magnánimo Néstor,

---

[414] Imagen metafórica bastante compleja: la actividad de los dioses enardece a uno y otro bando, de forma que a muchos les ocasiona la muerte.

sacó los caballos de entre lo teucros y se los llevó hacia los aqueos, de hermosas grebas.

[vv. 13.402 y ss.] Deífobo, irritado por la muerte de Asio, se acercó mucho a Idomeneo y le arrojó la reluciente lanza. Mas Idomeneo advirtiólo y burló el golpe encogiéndose debajo de su rodela, la cual era lisa y estaba formada por boyunas pieles y una lámina de bruñido bronce con dos abrazaderas: la broncínea lanza resbaló por la superficie del escudo, que sonó roncamente, y no fue lanzada en balde por el robusto brazo de aquél, pues fue a clavarse en el hígado, debajo del diafragma de Hipsenor Hipásida, pastor de hombres, haciéndole doblar las rodillas. Y Deífobo se jactaba así, dando grandes voces:

[vv. 13.414 y ss.] —Asio yace en tierra, pero ya está vengado. Figúrome que al descender a la morada de sólidas puertas del terrible Hades, se holgará su espíritu de que le haya proporcionado un compañero.

[vv. 13.417 y ss.] Así habló. Sus jactanciosas frases apesadumbraron a los argivos y conmovieron el corazón del belicoso Antíloco, pero éste, aunque afligido, no abandonó a su compañero, sino que corriendo se puso junto a él y le cubrió con la rodela. E introduciéndose por debajo de dos amigos fieles, Mecisteo, hijo de Equio, y el divino Alástor, llevaron a Hipsenor, que daba hondos suspiros hacia las cóncavas naves.

[vv. 13.424 y ss.] Idomeneo no dejaba que desfalleciera su gran valor y deseaba siempre o sumir a algún teucro en tenebrosa noche, o caer él mismo con estrépito, librando de la ruina a los aqueos. Poseidón dejó que sucumbiera a manos de Idomeneo el hijo querido del noble Esietes, el héroe Alcátoo (era yerno de Anquises y tenía por esposa a Hipodamia, la hija primogénita, a quien el padre y la veneranda madre amaban cordialmente en el palacio porque sobresalía en hermosura, destreza y talento entre todas las de su edad y a causa de esto casó con ella el hombre más ilustre de la vasta Troya): el dios ofuscole los brillantes ojos y paralizó sus hermosos miembros, y el héroe no pudo huir ni evitar la acometida de Idomeneo, que le envasó la lanza en medio del pecho, mientras estaba inmóvil como una columna o un árbol de alta copa, y le rompió la coraza que siempre le había salvado de la muerte, y entonces produjo un sonido ronco al quebrarse por el golpe de la lanza. El guerrero cayó con estrépito; y como la lanza se había clavado en el corazón, movíanla las palpitaciones de éste; pero pronto el arma impetuosa perdió su fuerza. E Idomeneo con gran jactancia y a voz en grito exclamó:

[vv. 13.446 y ss.] —¡Deífobo! Ya que tanto te glorias, ¿no te parece que es una buena compensación haber muerto a tres, por uno que perdimos? Ven hombre admirable, ponte delante y verás quién es el descendiente de Zeus que aquí ha venido; porque Zeus engendró a Minos, protector de Creta; Minos fue padre del eximio Deucalión, y de éste nací yo que reino sobre muchos hombres en la vasta Creta y vine a las naves para ser una plaga para ti, para tu padre y para los demás teucros.

[vv. 13.455 y ss.] Así dijo; y Deífobo vacilaba[415] entre retroceder para que se le juntara alguno de los magnánimos teucros o atacar él solo a Idomeneo. Pareciole lo mejor ir en busca de Eneas, y le halló entre los últimos; pues siempre estaba irritado con el divino Príamo, que no le honraba como por su bravura merecía. Y deteniéndose a su lado, le dijo estas aladas palabras:

[vv. 13.463 y ss.] —¡Eneas, príncipe de los teucros! Es preciso que defiendas a tu cuñado, si te tomas algún interés por los parientes. Sígueme y vayamos a combatir por tu cuñado Alcátoo, que te crió cuando eras niño y ha muerto a manos de Idomeneo, famoso por su lanza.

[vv. 13.468 y ss.] Así dijo. Eneas sintió que en el pecho se le conmovía el corazón, y llegose hacia Idomeneo con grandes deseos de pelear. Este no se dejó vencer del temor, cual si fuera un niño; sino que le aguardó como el jabalí que confiando en su fuerza, espera en un paraje desierto del monte el gran tropel de hombres que se avecina, y con las cerdas del lomo erizadas y los ojos brillantes como ascuas aguza los dientes y se dispone a rechazar la acometida de perros y cazadores; de igual manera Idomeneo, famoso por su lanza, aguardaba sin arredrarse a Eneas, ágil en la lucha, que le salía al encuentro; pero llamaba a sus compañeros, poniendo los ojos en Ascálafo, Afareo, Delpiro, Meriones y Antíloco, aguerridos campeones, y los exhortaba con estas aladas palabras:

[vv. 13.481 y ss.] —Venid, amigos, y ayudadme; pues estoy solo y temo mucho a Eneas, ligero de pies, que contra mí arremete. Es muy vigoroso para matar hombres en el combate, y se halla en la flor de la juventud, cuando mayor es la fuerza. Si con el ánimo que tengo, fuésemos de la misma edad, pronto le daría ocasión para alcanzar una gran victoria o él me la proporcionaría a mí.

---

[415] Deífobo, tal como Paris, siempre está dispuesto a demostrarnos su falta de coraje.

[vv. 13.487 y ss.] Así dijo; y todos con el mismo ánimo en el pecho y los escudos en los hombros, se pusieron a la vera de Idomeneo. También Eneas exhortaba a sus amigos, echando la vista a Deífobo, Paris y el divino Agenor, que eran asimismo capitanes de los teucros. Inmediatamente marcharon las tropas detrás de los jefes, como las ovejas siguen al carnero cuando después del pasto van a beber, y el pastor se regocija en el alma; así se alegró el corazón de Eneas en el pecho al ver el grupo de hombres que tras él seguía.

[vv. 13.496 y ss.] Pronto trabaron alrededor del cadáver de Alcátoo un combate cuerpo a cuerpo, blandiendo grandes picas; y el bronce resonaba de horrible modo en los pechos al darse botes de lanza los unos a los otros. Dos hombres belicosos y señalados entre todos, Eneas e Idomeneo, iguales a Ares, deseaban herirse recíprocamente con el cruel bronce. Eneas arrojó él primero la lanza a Idomeneo; pero como éste la viera venir, evitó el golpe: la broncínea punta clavose en tierra, vibrando, y el arma fue echada en balde por el robusto brazo. Idomeneo hundió la suya en el vientre de Enomao y el bronce rompió la concavidad de la coraza y desgarró las entrañas: el teucro, caído en el polvo, asió el suelo con las manos. Acto continuo Idomeneo arrancó del cadáver la ingente lanza, pero no le pudo quitar de los hombros la magnífica armadura porque estaba abrumado por los tiros. Como ya no tenía seguridad en sus pies para recobrar la lanza que arrojara, ni para librarse de la que le tiraran, evitaba la cruel muerte combatiendo a pie firme; y no pudiendo tampoco huir con ligereza, retrocedía paso a paso. Deífobo, que constantemente le odiaba, le tiró la lanza reluciente y erró el golpe, pero hirió a Ascálafo, hijo de Ares; la impetuosa lanza se clavó en la espalda, y el guerrero, caído en el polvo, asió el suelo con las manos. Y el ruidoso y furibundo Ares no se enteró de que su hijo hubiese sucumbido en el duro combate porque se hallaba detenido en la cumbre del Olimpo, debajo de áureas nubes, con otros dioses inmortales a quienes Zeus no permitía que intervinieran en la batalla.

[vv. 13.526 y ss.] La pelea cuerpo a cuerpo se encendió entonces en torno de Ascálafo, a quien Deífobo logró quitar el reluciente casco; pero Meriones, igual al veloz Ares, dio a Deífobo una lanzada en el brazo y le hizo soltar el casco con agujeros a guisa de ojos, que cayó al suelo produciendo ronco sonido. Meriones, abalanzándose a Deífobo con la celeridad del buitre arrancole la impetuosa lanza de la parte superior del brazo y retrocedió hasta el grupo de sus amigos. A Deífobo sacole del horrísono combate su hermano carnal Polites: abrazándole por la cintura, le condujo adonde tenía los rápidos corceles con el labrado carro, que estaban algo distantes de la batalla, gobernados por un auriga. Ellos llevaron a la ciudad al héroe, que se sentía agotado, daba hondos suspiros y le manaba sangre de la herida que en el brazo acababa de recibir.

[vv. 13.540 y ss.] Los demás combatían y alzaban una gritería inmensa. Eneas, acometiendo a Afareo Caletórida, el que contra él venía, hiriole en la garganta con la aguda lanza: la cabeza se inclinó a un lado, arrastrando el casco y el escudo, y la muerte destructora rodeó al guerrero. Antíloco, como advirtiera que Toón volvía pie atrás, arremetió contra él y le hirió: cortole la vena que, corriendo por el dorso, llega hasta el cuello, y el teucro cayó de espaldas en el polvo y tendía los brazos a los compañeros queridos. Acudió Antíloco y le despojó de la armadura, mirando a todos lados, mientras los teucros iban cercándole e intentaban herirle; mas el ancho y labrado escudo paró los golpes, y ni aun consiguieron rasguñar la tierna piel del héroe, porque Poseidón, que bate la tierra, defendió al hijo de Néstor contra los muchos tiros. Antíloco no se apartaba nunca de los enemigos, sino que se agitaba en medio de ellos; su lanza, jamás ociosa, siempre vibrante, se volvía a todas partes, y él pensaba en su mente si la arrojaría a alguien, o acometería de cerca.

[vv. 13.560 y ss.] No se le ocultó a Adamante Asiada lo que Antíloco meditaba en medio de la turba; y acercándosele, le dio con el agudo bronce un bote con el escudo. Pero Poseidón, el de cerúlea cabellera[416], no permitió que quitara la vida a Antíloco e hizo vano el golpe rompiendo la lanza en dos partes, una de las cuales quedó clavada en el escudo, como estaca consumida por el fuego, y la otra cayó al suelo. Adamante retrocedió hacia el grupo de sus amigos para evitar la muerte; pero Meriones corrió tras él y arrojole la lanza, que penetró por entre el ombligo y el pubis, donde son muy peligrosas las heridas que reciben en la guerra los míseros mortales. Allí, pues, se hundió la lanza, y Adamante, cayendo encima de ella, se agitaba como un buey a quien los pastores han atado en el monte con recias cuerdas y llevan contra su voluntad; así aquél, al sentirse herido, se agitó algún tiempo, que no fue largo porque Meriones se

---

[416] Esta expresión traduce κυανοχαῖτα, epíteto de Poseidón. Kuanos (κύανος), como ya dijimos con antelación, es uno de los pocos colores que menciona la *Ilíada* en su pobreza cromática, y es el origen etimológico de nuestro *cian* o celeste profundo con algún matiz turquesa. Representa al color del cielo reflejado en el mar y, referido al cabello de Poseidón, es el azul oscuro de las olas.

le acercó arrancole la lanza del cuerpo, y las tinieblas velaron los ojos del guerrero.

[vv. 13.576 y ss.] Heleno dio a Deípiro un tajo en una sien con su gran espada tracia y le rompió el casco. Este, sacudido por el golpe, cayó al suelo, y rodando fue a parar a los pies de un guerrero aquivo que lo alzó de tierra. A Deípiro, tenebrosa noche le cubrió los ojos.

[vv. 13.581 y ss.] Gran pesar sintió por ello el Atrida Menelao, valiente en el combate, y blandiendo la lanza, arremetió, amenazador, contra el héroe y príncipe Heleno, quien, a su vez, armó el arco. Ambos fueron a encontrarse deseosos el uno de alcanzar al contrario con la aguda lanza, y el otro de herir a su enemigo con la flecha que el arco despidiera. El Priámida dio con la saeta en el pecho de Menelao, donde la coraza presentaba una concavidad; pero la cruel flecha fue rechazada y voló a otra parte. Como en la espaciosa era saltan del bieldo las negruzcas habas o los garbanzos al soplo sonoro del viento y al impulso del aventador; de igual modo, la amarga flecha, repelida por la coraza del glorioso Menelao, voló a lo lejos. Por su parte Menelao Atrida, valiente en la pelea hirió a Heleno en la mano en que llevaba el pulimentado arco; la broncínea lanza atravesó la palma y penetró en el arco. Heleno retrocedió hasta el grupo de sus amigos, para evitar la muerte; y su mano, colgando, arrastraba el asta de fresno. El magnánimo Agenor se la arrancó y le vendó la mano con una honda de lana de oveja bien tejida, que les facilitó el escudero del pastor de hombres.

[vv. 13.601 y ss.] Pisandro embistió al glorioso Menelao. El hado funesto le llevaba al fin de su vida, empujándole para que fuese vencido por ti, oh Menelao[417], en la terrible pelea. Así que entrambos se hallaron frente a frente, acometiéronse, y el Atrida erró el golpe porque la lanza se le desvió; Pisandro dio un bote en la rodela del glorioso Menelao, pero no pudo atravesar el bronce: resistió el ancho escudo y quebrose la lanza por el asta cuando aquél se regocijaba en su corazón con la esperanza de salir victorioso. Pero el Atrida desnudó la espada guarnecida de argénteos clavos y asaltó a Pisandro; quien, cubriéndose con el escudo, aferró una hermosa hacha, de bronce labrado, provista de un largo y liso mango de madera de olivo. Acometiéronse, y Pisandro dio un golpe a Menelao en la cimera del yelmo, adornado con crines de caballo, debajo del

---

[417] Tal como en 7.104, Homero interviene directamente para dirigir un nuevo apóstrofe a Menelao, y demostrarle, acaso, una cierta familiaridad o simpatía.

penacho; y Menelao hundió su espada en la frente del teucro, encima de la nariz: crujieron los huesos, y los ojos, ensangrentados, cayeron en el polvo, a los pies del guerrero, que se encorvó y vino a tierra. El Atrida, poniéndole el pie en el pecho, le despojó de la armadura; y blasonando del triunfo dijo:

[vv. 13.620 y ss.] —¡Así dejaréis las naves de los dánaos, de ágiles corceles, oh teucros soberbios e insaciables de la pelea horrenda! No os basta haberme inferido una vergonzosa afrenta, infames perros, sin que vuestro corazón temiera la ira terrible del tonante Zeus hospitalario, que algún día destruirá vuestra ciudad excelsa. Os llevasteis, además de muchas riquezas, a mi legítima esposa, que os había recibido amigablemente; y ahora deseáis arrojar el destructor fuego en las naves que atraviesan el ponto, y dar muerte a los héroes aqueos; pero quizás os hagamos renunciar al combate, aunque tan enardecidos os mostréis. ¡Padre Zeus! Dicen que superas en inteligencia a los demás dioses y hombres, y todo esto procede de ti. ¿Cómo favoreces a los teucros, a esos hombres insolentes, de espíritu siempre perverso, y que nunca se hartan de la guerra, a todos tan funesta? De todo llega el hombre a saciarse: del sueño, del amor, del dulce canto y de la agradable danza, cosas más apetecibles que la pelea, pero los teucros no se cansan de combatir.

[vv. 13.640 y ss.] En diciendo esto, el eximio Menelao le quitó al cadáver la ensangrentada armadura; y entregándola a sus amigos, volvió a batallar entre los combatientes delanteros.

[vv. 13.643 y ss.] Entonces le salió al encuentro Harpalión, hijo del rey Pilémenes, que fue a Troya con su padre a pelear y no había de volver a la patria tierra: el teucro dio un bote de lanza en medio del escudo del Atrida, pero no pudo atravesar el bronce y retrocedió hacia el grupo de sus amigos para evitar la muerte, mirando a todos lados; no fuera alguien a herirle con el bronce. Mientras él se iba, Meriones le asestó el arco, y la broncínea saeta se hundió en la nalga derecha del teucro, atravesó la vejiga por debajo del hueso y salió al otro lado. Y Harpalión, cayendo allí en brazos de sus amigos, dio el alma y quedó tendido en el suelo como un gusano; de su cuerpo fluía negra sangre que mojaba la tierra[418]. Pusiéronse a su alrededor los

---

[418] La imagen es tanto más desagradable cuando pensamos que la palabra σκώληξ, que aquí se traduce como "gusano", significa también la "larva" de las moscas. Pero, como los gusanos no tienen sangre, se agrega que la sangre de Harpalión

magnánimos paflagones, y colocando el cadáver en un carro, lleváronlo, afligidos, a la sagrada Ilión; el padre iba con ellos derramando lágrimas, y ninguna venganza pudo tomar de aquella muerte[419].

[vv. 13.660 y ss.] Paris, muy irritado en su espíritu por la muerte de Harpalión, que era su huésped en la populosa Paflagonia, arrojó una broncínea flecha[420]. Había un cierto Euquenor, rico y valiente, que era vástago del adivino Poliido, habitaba en Corinto y se embarcó para Troya, no obstante saber la funesta suerte que allí le aguardaba. El buen anciano Poliido habíale dicho repetidas veces que moriría de penosa dolencia en el palacio o sucumbiría a manos de los teucros en las naves aqueas; y él, queriendo evitar los reproches de los aquivos y la enfermedad odiosa con sus dolores, decidió ir a Ilión. A éste, pues, Paris le clavó la flecha por debajo de la quijada y de la oreja: la vida huyó de los miembros del guerrero, y la oscuridad horrible le envolvió.

[vv. 13.673 y ss.] Así combatían, con el ardor de encendido fuego. Héctor, caro a Zeus, aún no se había enterado, e ignoraba por completo que sus tropas fuesen destruidas por los argivos a la izquierda de las naves. Pronto la victoria hubiera sido de éstos. ¡De tal suerte Poseidón, que ciñe y sacude la tierra, los alentaba y hasta los ayudaba con sus propias fuerzas! Estaba Héctor en el mismo lugar adonde llegara después que pasó las puertas y el muro y rompió las cerradas filas de los escudados dánaos. Allí, en la playa del espumoso mar, habían sido colocadas las naves de Áyax y Protesilao; y se había levantado para defenderlas un muro bajo,

---

regaba la tierra (Cfr. Janko, R. & Kirk, G. S. *The Iliad: A Commentary. Vol. IV, Books 13-16*, Cambridge University Press, 1994, pp. 126 y s.).

[419] Pilémenes, el padre de Harpalión, seguramente no iba a poder vengarse, porque murió a manos de Menelao en 5.576. A menos que el que acompaña el cadáver del hijo fuera el fantasma del padre, se trataría de una de las más notables "distracciones" de Homero, la cual ha sido observada y discutida por los críticos de todos los tiempos (Cfr. Leaf, W. *Companion to the Iliad*, London, Macmillan, 1892, p 123 y s., 576*n*). Lo más curioso es que si no se tratara de un fantasma, sino tan solo de un error del poeta, el padre todavía podría vengar la muerte del hijo; pero el texto no parece dejar lugar a esa opción, y no se dice nada más a este respecto.

[420] Pareciera que la intención del autor es dejar constancia, por medio del furor de Paris, que él —sintiéndose obligado por la *dike*— se hace cargo, en lugar de Pilémenes, de la venganza de Harpalión.

porque los hombres y corceles acampados con aquel paraje eran muy valientes en la guerra.

[vv. 13.685 y ss.] Los beocios, los yáones, de larga vestidura; los locros, los ptiotas y los ilustres epeos detenían al divino Héctor, que, semejante a una llama, porfiaba en su empeño de ir hacia las naves; pero no conseguían que se apartase de ellos. Los atenienses habían sido designados para las primeras filas y los mandaba Menesteo, hijo de Peteo, a quien seguían Fidas, Estiquio y el valeroso Biante. De los epeos eran caudillos Meges Filida, Anfión y Dracio[421]. Al frente de los ptiotas estaban Medonte y el belígero Podarces[422]; aquél era hijo bastardo del divino Oileo y hermano de Áyax, y vivía en Fílace, lejos de su patria, por haber dado muerte a un hermano de Eriopis, su madrastra y mujer de Oileo; y el otro era hijo de Ificlo Filácida. Ambos combatían al frente de los ptiotas y en unión con los beocios para defender las naves.

[vv. 13.701 y ss.] El ágil Áyax de Oileo no se apartaba un instante de Áyax Telamonio: como en tierra noval dos negros bueyes tiran con igual ánimo del sólido arado, abundante sudor brota en torno de sus cuernos, y sólo los separa el pulimentado yugo mientras andan por los surcos para abrir el hondo seno de la tierra; así, tan cercanos el uno del otro estaban los Ayaces. Al Telamonio seguíanle muchos y valientes hombres, que tomaban su escudo cuando la fatiga y el sudor llegaban a las rodillas del héroe. Mas al talentoso hijo de Oileo no le acompañaban los locros, porque no podían sostener una lucha a pie firme: no llevaban broncíneos cascos, adornados con crines de caballo, ni tenían rodelas ni lanzas de fresno; habían ido a Ilión, confiando en sus arcos y en sus hondas de lana de ovejas retorcidas, y con las mismas destrozaban las falanges teucras. Aquéllos peleaban con Héctor y los suyos; éstos ocultos detrás, disparaban; y los teucros apenas pensaban en combatir, porque las flechas los ponían en desorden.

---

[421] Curiosamente ninguno de los tres figura en el catálogo como caudillo de los epeos. Meges, por el contrario, pertenece al contingente de Duliquio y las islas Equinas según 2.627. Esta es la única mención de Anfión y Dracio en todo el poema.

[422] Si bien Ptía es el lugar de procedencia de Aquiles, parece que abarcaba una amplia región de Tesalia y aquí estaría participando con otro contingente, distinto del de los mirmidones, que era dirigido por Medonte y Podarces (Cfr. Janko, R. *The Iliad: A Commentary. Vol. IV, Books 13-16*, Cambridge University Press, 1994, p. 133).

[vv. 13.723 y ss.] Entonces los teucros hubieran vuelto en deplorable fuga de las naves y tiendas a la ventosa Ilión, si Polidamante no se hubiese acercado al audaz Héctor para decirle:

[vv. 13.726 y ss.] —¡Héctor! Eres reacio en seguir los pareceres ajenos. Porque un dios te ha dado esa superioridad en las cosas de la guerra, ¿crees que aventajas a los demás en prudencia? No es posible que tú solo lo reúnas todo. La divinidad, a uno le concede que sobresalga en las acciones bélicas, a otro en la danza, al de más allá en la cítara y el canto; y el longividente Zeus pone en el pecho de algunos un espíritu prudente que aprovecha a gran número de hombres, salva las ciudades y lo aprecia particularmente quien lo posee. Te diré lo que considero más conveniente. Alrededor de ti arde la pelea por todas partes; pero de los magnánimos teucros que pasaron la muralla, unos se han retirado con sus armas, y otros, dispersos por las naves, combaten con mayor número de hombres. Retrocede y llama a los más valientes caudillos para deliberar si nos conviene arrojarnos a las naves, de muchos bancos, por si un dios nos da la victoria, o alejarnos de las mismas antes que seamos heridos. Temo que los aqueos se desquiten de lo de ayer, porque en las naves hay un varón incansable en la pelea, y me figuro que no se abstendrá de combatir.

[vv. 13.748 y ss.] Así habló Polidamante, y su prudente consejo plugo a Héctor, que saltó en seguida del carro a tierra, sin dejar las armas, y le dijo estas aladas palabras:

[vv. 13.751 y ss.] —¡Polidamante! Reúne tú a los más valientes caudillos, mientras voy a la otra parte de la batalla y vuelvo tan pronto como haya dado las convenientes órdenes.

[vv. 13.754 y ss.] Dijo; y semejante a un monte cubierto de nieve, partió volando y profiriendo gritos por entre los troyanos y sus auxiliares. Todos los caudillos se encaminaron hacia el bravo Polidamante Pantoida así que oyeron las palabras de Héctor. Este buscaba en los combatientes delanteros a Deífobo, al robusto rey Heleno, a Adamante Asíada, y a Asio, hijo de Hirtaco; pero no los halló ilesos ni a todos salvados de la muerte: los unos yacían, muertos por los argivos, junto a las naves aqueas; y los demás, heridos, quién de cerca, quién de lejos, estaban dentro de los muros de la ciudad. Pronto se encontró, en la izquierda de la batalla luctuosa, con el divino Alejandro, esposo de Helena, la de hermosa cabellera, que animaba a sus compañeros y les incitaba a pelear; y deteniéndose a su lado, díjole estas injuriosas palabras:

[vv. 13.769 y ss.] —¡Miserable Paris, el de más hermosa figura, mujeriego, seductor! ¿Dónde están Deífobo, el robusto rey Heleno,

244

Adamante Asíada y Asio, hijo de Hirtaco? ¿Qué es de Otrioneo? Hoy la excelsa Ilión se arruina desde la cumbre, y horrible muerte te aguarda.

[vv. 13.774 y ss.] Respondiole el deiforme Paris: —¡Héctor! Ya que tienes intención de culparme sin motivo, quizá otras veces fui más remiso en la batalla, aunque no del todo pusilánime me dio a luz mi madre. Desde que al frente de los compañeros promoviste el combate junto a las naves, peleamos sin cesar contra los dánaos. Los amigos por quienes preguntas han muerto, menos Deífobo y el robusto rey Heleno, los cuales, heridos en el brazo por ingentes lanzas, se fueron, y el Cronida les salvó la vida. Llévanos adonde el corazón y el ánimo te ordenen; te seguiremos presurosos, y no dejaremos de mostrar todo el valor compatible con nuestras fuerzas. Más allá de lo que éstas permiten, nada es posible hacer en la guerra, por enardecido que uno esté.

[vv. 13.788 y ss.] Así diciendo, cambió el héroe la mente de su hermano. Enderezaron al sitio donde era más ardiente el combate y la pelea; allí estaban Cebriones, el eximio Polidamante, Falces, Orteo, Polifetes igual a un dios, Palmis, Ascanio[423] y Moris, hijos los dos últimos de Hipotión, todos los cuales habían llegado el día anterior de la fértil Ascania, y entonces Zeus les impulsó a combatir. A la manera que un torbellino de vientos impetuosos desciende a la llanura, acompañado del trueno de Zeus, y al caer en el mar con ruido inmenso levanta grandes y espumosas olas que se van sucediendo; así los teucros seguían en filas cerradas a los jefes, y el bronce de las armas relucía. Iba a su frente Héctor Priámida, cual si fuese Ares, funesto a los mortales: llevaba por delante un escudo liso, formado por muchas pieles de buey y una gruesa lámina de bronce, y el refulgente casco temblaba en sus sienes. Movíase Héctor, defendiéndose con la rodela, y probaba por todas partes si las falanges cedían; pero no logró turbar el ánimo en el pecho de los aqueos. Entonces Áyax adelantose con ligero paso y provocole con estas palabras:

[vv. 13.810 y ss.] —¡Varón admirable! ¡Acércate! ¿Por qué quieres amedrentar de este modo a los argivos? No somos inexpertos en la guerra, sino que los aqueos sucumben bajo el cruel azote de Zeus. Tú esperas quemar las naves, pero nosotros tenemos los brazos

---

[423] Otra de las distracciones homéricas: menciona a Ascanio como recién llegado, cuando ya nos ha presentado su contingente en 2.864 y ss.

prontos para defenderlas; y mucho antes que lo consigas, vuestra populosa ciudad será tomada y destruida por nuestras manos. Yo te aseguro que está cerca el momento en que tú mismo, puesto en fuga, pedirás al padre Zeus y a los demás inmortales que tus corceles sean más veloces que los gavilanes; y los caballos te llevarán a la ciudad, levantando gran polvareda en la llanura.

[vv. 13.821 y ss.] Así que acabó de hablar, pasó por encima de ellos, hacia la derecha, un águila de alto vuelo, y los aquivos gritaron animados por el agüero. El esclarecido Héctor respondió:

[vv. 13.824 y ss.] —¡Áyax lenguaz y fanfarrón! ¿Qué dijiste? Así fuera yo hijo de Zeus, que lleva la égida, y me hubiese dado a luz la venerable Hera y gozara de los mismos honores que Atenea o Apolo, como este día será funesto para todos los argivos. Tú también morirás si tienes la osadía de aguardar mi larga pica: ésta te desgarrará el delicado cuerpo; y tú, cayendo junto a las naves aqueas, saciarás de carne y grasa a los perros y aves de la comarca troyana.

[vv. 13.833 y ss.] En diciendo esto, pasó adelante; los otros capitanes le siguieron con vocerío inmenso; y detrás las tropas gritaban también. Los argivos promovían por su parte gran alboroto y, sin olvidarse de su valor, aguardaban la acometida de los más valientes teucros. Y el estruendo que producían ambos ejércitos llegaba al éter y a la morada resplandeciente de Zeus.

RAPSODIA XIV

ENGAÑO DE ZEUS

Enfrentándose a una derrota total, Agamenón propone botar los barcos y emprender la fuga. Odiseo lo retiene y, reprendiéndolo, lo convence de reorganizar las tropas. En tanto Hera, ejecuta un plan para engañar a Zeus, apartarlo de la lucha y conseguir que caiga rendido por el sueño. Poseidón, a la cabeza de los aqueos, los dirige contra los troyanos. Áyax consigue dejar fuera de combate a Héctor, y los troyanos se retiran más allá del muro y el foso que rodean el campamento aqueo.

[vv. 14.1 y 2] Néstor, aunque estaba bebiendo, no dejó de advertir la gritería; y hablando al descendiente de Asclepio[424], pronunció estas aladas palabras:

[vv. 14.3 y ss.] —¡Oh divino Macaón! ¿Cómo te parece que acabarán estas cosas? Junto a las naves crece el vocerío de los robustos jóvenes. Tú, sentado aquí, bebe el negro vino, mientras Hecamede, la de hermosas trenzas, pone a calentar el agua del baño y te lava después la sangrienta herida, y yo, en el ínterin subiré a un altozano para ver lo que ocurre.

[vv. 14.9 y ss.] Así dijo; y después de embrazar el labrado escudo de reluciente bronce, que su hijo Trasimedes, domador de caballos, dejara allí por haberse llevado el del anciano, asió la fuerte lanza de broncínea punta y salió de la tienda. Pronto se detuvo ante el vergonzoso espectáculo que se ofreció a sus ojos: los aqueos eran derrotados por los feroces teucros y la gran muralla aquea estaba destruida. Como el piélago inmenso empieza a rizarse con sordo ruido y purpúrea, presagiando la rápida venida de los sonoros vientos, pero no mueve las olas hasta que Zeus envía un viento determinado; así el anciano hallábase perplejo entre encaminarse a la turba de los dánaos de ágiles corceles, o enderezar sus pasos hacia el Atrida Agamenón, pastor de hombres. Pareciole que sería lo mejor ir en busca del Atrida, y así lo hizo; mientras los demás, combatiendo, se mataban unos a otros, y el duro bronce resonaba alrededor de sus cuerpos a los golpes de las espadas y de las lanzas de doble filo.

---

[424] Macaón, caudillo de los tesalios (Cfr. 2.731 y s.), a quien Néstor ha llevado a su tienda en 11.618 y ss.

[vv. 14.27 y ss.] Encontráronse con Néstor los reyes, alumnos de Zeus, que antes fueron heridos con el bronce—el Tidida, Odiseo y Agamenón, hijo de Atreo—, y entonces venían de sus naves. Estas habían sido colocadas lejos del campo de batalla, en la orilla del espumoso mar: sacáronlas a la llanura las primeras, y labraron un muro delante de las popas. Porque la ribera, con ser vasta, no podía contener todos los bajeles en una sola fila, y por esto los pusieron escalonados y llenaron con ellos el gran espacio de costa que limitaban altos promontorios.[425] Los reyes iban juntos, con el ánimo abatido, apoyándose en las lanzas, porque querían presenciar el combate y la clamorosa pelea; y cuando vieron venir al anciano, se les sobresaltó el corazón en el pecho. Y el rey Agamenón, dirigiéndole la palabra, exclamó:

[vv. 14.42 y ss.] —¡Oh Néstor Nélida, gloria insigne de los aqueos! ¿Por qué vienes, dejando la homicida batalla? Temo que el impetuoso Héctor cumpla la amenaza que me hizo en su arenga a los teucros: Que no regresaría a Ilión antes de pegar fuego a las naves y matar a los aqueos. Así decía, y todo se va cumpliendo. ¡Oh dioses! Los aqueos, de hermosas grebas, tienen, como Aquiles, el ánimo poseído de ira contra mí y no quieren combatir junto a los bajeles.

[vv. 14.52 y ss.] Respondió Néstor, caballero gerenio: —Patente es lo que dices, y ni el mismo Zeus altitonante puede modificar lo que ya ha sucedido. Derribado está el muro que esperábamos fuese indestructible reparo para las veleras naves y para nosotros mismos; y junto a ellas los teucros sostienen vivo e incesante combate. No conocerías por más que lo miraras, hacia qué parte van los aqueos acosados y puestos en desorden: en montón confuso reciben la

---

[425] La distribución de las naves varadas en la playa entre los dos promontorios no queda suficientemente clara y es susceptible de varias interpretaciones. Las naves, por ser tantas, se las ha dispuesto, al parecer, en varias filas, con la popa orientada hacia la muralla que los aqueos levantaron para protegerlas. No sabemos el número de filas ni la distancia que media entre cada navío, pero imaginamos que este será el suficiente para dejar paso a las tropas, las provisiones y los carros. Ignoramos también si las naves de los jefes se encuentran más cercanas a la muralla o más próximas al mar. En cuanto a las dimensiones de la playa, según Leaf, los dos promontorios que la limitan serían el Sigeo y el Reteo, y la distancia entre ambos la calcula en unas 5 millas (Cfr. *The Iliad*, vol. 2, 2nd. ed., London - N. York, Macmillan, 1902, pp. 66 y s., 31-36n). En este sentido, un millar de embarcaciones, si cada una ocupase unos veinte metros teniendo en cuenta los espacios laterales para transitar, requeriría —al menos— de tres filas por todo el ancho de la playa.

muerte, y la gritería llega hasta el cielo. Deliberemos sobre lo que puede ocurrir, por si damos con alguna idea provechosa; y no propongo que entremos en combate porque es imposible que peleen los que están heridos.

[vv. 14.64 y ss.] Díjole el rey de hombres Agamenón: —¡Néstor! Puesto que ya los teucros combaten junto a las popas de las naves y de ninguna utilidad ha sido el muro con su foso que los dánaos construyeron con tanta fatiga, esperando que fuese indestructible reparo para los barcos y para ellos mismos; sin duda debe de ser grato al prepotente Zeus que los aqueos perezcan sin gloria aquí, lejos de Argos. Antes yo veía que el dios auxiliaba, benévolo, a los dánaos; mas al presente da gloria a los teucros, cual si fuesen dioses bienaventurados, y encadena nuestro valor y nuestros brazos. Ea, obremos todos como voy a decir. Arrastremos las naves que se hallan más cerca de la orilla, echémoslas al mar divino y que estén sobre las anclas hasta que venga la noche inmortal; y si entonces los teucros se abstienen de combatir, podremos botar las restantes. No es reprensible evitar una desgracia, aunque sea durante la noche. Mejor es librarse huyendo, que dejarse coger.

[vv. 14.82 y ss.] El ingenioso Odiseo, mirándole con torva faz, exclamó: —¡Atrida! ¿Qué palabras se escaparon de tus labios? ¡Hombre funesto! Debieras estar al frente de un ejército de cobardes y no mandarnos a nosotros, a quienes Zeus concedió llevar al cabo arriesgadas empresas bélicas desde la juventud a la vejez, hasta que perezcamos. ¿Quieres que dejemos la ciudad troyana de anchas calles, después de haber padecido por ella tantas fatigas? Calla y no oigan los aqueos esas palabras, las cuales no saldrían de la boca de ningún varón que supiera hablar con espíritu prudente, llevara cetro y fuera obedecido por tantos hombres cuantos son los argivos sobre quienes imperas. Repruebo completamente la proposición que hiciste: sin duda nos aconsejas que botemos al mar las naves de muchos bancos durante el combate y la pelea, para que más presto se cumplan los deseos de los teucros, ya al presente vencedores, y nuestra perdición sea inminente. Porque los aqueos no sostendrán el combate si las naves son echadas al mar; sino que, volviendo los ojos adonde puedan huir, cesarán de pelear, y tu consejo, príncipe de hombres, habrá sido dañoso.

[vv. 14.103 y ss.] Contestó el rey de hombres Agamenón: —¡Oh Odiseo! Tu duro reproche me ha llegado al alma; pero yo no mandaba que los aqueos arrastraran al mar, contra su voluntad, las naves de muchos bancos. Ojalá que alguien, joven o viejo, propusiera una cosa mejor, pues le oiría con gusto.

[vv. 14.109 y ss.] Y entonces les dijo Diomedes, valiente en la pelea: —Cerca tenéis a tal hombre —no habremos de buscarle mucho, si os halláis dispuestos a obedecer; y no me vituperéis ni os irritéis contra mí, recordando que soy más joven que vosotros, pues me glorío de haber tenido por padre al valiente Tideo, cuyo cuerpo está enterrado en Tebas. Engendró Porteo tres hijos ilustres que habitaron en Pleurón y en la excelsa Calidón: Agrio, Melas y el caballero Eneo, mi abuelo paterno, que era el más valiente. Eneo quedose en su país, pero mi padre, después de vagar algún tiempo, se estableció en Argos porque así lo quisieron Zeus y los demás dioses, casó con una hija de Adrasto y vivió en una casa abastada de riqueza: poseía muchos trigales, no pocas plantaciones de árboles en los alrededores de la población, y copiosos rebaños; y aventajaba a todos los aqueos en el manejo de la lanza. Tales cosas las habréis oído referir como ciertas que son. No sea que, figurándoos quizás que por mi linaje he de ser cobarde y débil, despreciéis lo bueno que os diga. Ea, vayamos a la batalla, no obstante estar heridos, pues la necesidad apremia; pongámonos fuera del alcance de los tiros para no recibir lesiones sobre lesiones, animemos a los demás y hagamos que entren en combate cuantos, cediendo a su ánimo indolente, permanecen alejados y no pelean[426].

[vv. 14.133 y 134] Así se expresó, y ellos le escucharon y obedecieron. Echaron a andar, y el rey de hombres Agamenón iba delante.

[vv. 14.135 y ss.] El ilustre Poseidón, que sacude la tierra, estaba al acecho; y transfigurándose en un viejo, se dirigió a los reyes, tomó la diestra de Agamenón Atrida y le dijo estas aladas palabras:

[vv. 14.139 y ss.] —¡Atrida! Aquiles, al contemplar la matanza y la derrota de los aqueos, debe de sentir que en el pecho se le regocija el corazón pernicioso, porque está falto de juicio. ¡Así pereciera y una deidad le cubriese de ignominia! Pero los bienaventurados dioses no se hallan irritados contigo, y los caudillos y príncipes de los teucros serán puestos en fuga y levantarán nubes de polvo en la llanura

---

[426] Diomedes se anima a recomendar la propuesta que Néstor dejara de lado en 14.62 y s. Para eso el hijo de Tideo ha debido apoyarse en su valeroso linaje, a fin de concitar el apoyo de los jefes, y así moverlos a unirse al combate, alentando y asistiendo a los que deben luchar en las primeras filas.

espaciosa; tú mismo los verás huir desde las tiendas y naves a la ciudad.

[vv. 14.147 y ss.] Cuando así hubo hablado, dio un gran alarido y empezó a correr por la llanura. Cual es la gritería de nueve o diez mil[427] guerreros al trabarse la marcial contienda, tan pujante fue la voz que el soberano Poseidón, que bate la tierra, hizo salir de su pecho. Y el dios infundió valor en el corazón de todos los aqueos para que lucharan y combatieran sin descanso.

[vv. 14.153 y ss.] Hera, la de áureo trono, mirando desde la cima del Olimpo, conoció a su hermano y cuñado, y regocijose en el alma[428]; pero vio a Zeus sentado en la más alta cumbre del Ida, abundante en manantiales, y se le hizo odioso en su corazón. Entonces Hera veneranda, la de ojos de novilla, pensaba cómo podría engañar a Zeus, que lleva la égida. Al fin pareciole que la mejor resolución sería ataviarse bien y encaminarse al Ida, por si Zeus, abrasándose en amor, quería dormir a su lado y ella lograba derramar sobre los párpados y el prudente espíritu del dios, dulce y placentero sueño. Sin perder un instante, fuese a la habitación labrada por su hijo Hefesto —la cual tenía una sólida puerta con cerradura oculta que ninguna otra deidad sabía abrir—, entró, y habiendo entornado la puerta, lavose con ambrosía el cuerpo encantador y lo untó con un aceite craso, divino, suave y tan oloroso que, al moverlo en el palacio de Zeus, erigido sobre bronce, su fragancia se difundió por el cielo y la tierra. Ungido el hermoso cutis, se compuso el cabello, y con sus propias manos formó los rizos lustrosos, bellos, divinales, que colgaban de la cabeza inmortal. Echose en seguida el manto divino, adornado con muchas bordaduras, que Atenea le hiciera; y

---

[427] El grito divino tiene una magnitud descomunal. Tanto si se articula, como en este caso, por un llamado a la batalla (11.10 y s.), o si se trata de un grito de dolor, como el de Ares al ser herido por Diomedes (5.860). Se trata de una cuantificación aproximada (nueve mil o diez mil) porque tiende a superar toda medida. La voz de Poseidón y la potencia de su grito comunican y participan un poder: inflaman de fuerza y valor el corazón de los aqueos. Por eso dice que sale de su pecho y se infunde en el de ellos.

[428] Aunque no existe un acuerdo previo ni confabulación entre ambos (Cfr. 15.41 y s.), el plan de Hera es una acción colaborativa con la intervención de Poseidón. Uno y otro, independientemente, configuran un movimiento conjunto y articulado por el cual, mientras uno actúa, el otro distrae. Si consideramos en su conjunto los preparativos de Hera —su arreglo personal, el engaño de Afrodita y los tratos con el Sueño—, vemos cómo se gesta una jocosa conspiración, pasando de la épica a la comedia.

sujetolo al pecho con broche de oro. Púsose luego un ceñidor que tenía cien borlones, y colgó de las perforadas orejas unos pendientes de tres piedras preciosas grandes como ojos, espléndidas, de gracioso brillo. Después, la divina entre las diosas se cubrió con un velo hermoso, nuevo, tan blanco como el sol; y calzó sus nítidos pies con bellas sandalias. Y cuando hubo ataviado su cuerpo con todos los adornos, salió de la estancia; y llamando a Afrodita aparte de los dioses, hablole en estos términos:

[vv. 14.190 y ss.] —¡Hija querida! ¿Querrás complacerme en lo que te diga, o te negarás, irritada en tu ánimo, porque yo protejo a los dánaos y tú a los teucros?

[vv. 14.193 y ss.] Respondiole Afrodita, hija de Zeus: —¡Hera, venerable diosa, hija del gran Cronos! Di qué quieres; mi corazón me impulsa a realizarlo, si puedo y es hacedero.

[vv. 14.197 y ss.] Contestole dolosamente la venerable Hera: —Dame el amor y el deseo con los cuales rindes a todos los inmortales y a los mortales hombres. Voy a los confines de la fértil tierra para ver a Océano, padre de los dioses, y a la madre Tetis, los cuales me recibieron de manos de Rea y me criaron y educaron en su palacio, cuando el longividente Zeus puso a Cronos debajo de la tierra y del mar estéril. Iré a visitarlos para dar fin a sus rencillas. Tiempo ha que se privan del amor y del tálamo, porque la cólera anidó en sus corazones. Si apaciguara con mis palabras su ánimo y lograra que reanudasen el amoroso consorcio, me llamarían siempre querida y venerable.

[vv. 14.211 y ss.] Respondió de nuevo la risueña Afrodita: —No es posible ni sería conveniente negarte lo que pides pues duermes en los brazos del poderosísimo Zeus.

[vv. 14.214 y ss.] Dijo; y desató del pecho el cinto bordado, de variada labor, que encerraba todos los encantos: hallábanse allí el amor, el deseo, las amorosas pláticas y el lenguaje seductor que hace perder el juicio a los más prudentes. Púsolo en las manos de Hera, y pronunció estas palabras:

[vv. 14.219, 220 y 221] —Toma y esconde en tu seno el bordado ceñidor donde todo se halla. Yo te aseguro que no volverás sin haber logrado lo que te propongas.

[vv. 14.222 y ss.] Así habló. Sonriose Hera veneranda, la de ojos de novilla; y sonriente aún, escondió el ceñidor en el seno. Afrodita, hija de Zeus, volvió a su morada. Hera dejó en raudo vuelo la cima del Olimpo, y pasando por la Pieria y la deleitosa Ematia, salvó las altas y nevadas cumbres de las montañas donde viven los jinetes tracios, sin que sus pies tocaran la tierra; descendió por el Atos al fluctuoso ponto y llegó a Lemnos, ciudad del divino Toante. Allí se encontró con Sueño, hermano de la Muerte; y asiéndole de la diestra, le dijo estas palabras:

[vv. 14.233 y ss.] —¡Oh Sueño, rey de todos los dioses y de todos los hombres! Si en otra ocasión escuchaste mi voz, obedéceme también ahora, y mi gratitud será perenne. Adormece los brillantes ojos de Zeus debajo de sus párpados, tan pronto como, vencido por el amor, se acueste conmigo. Te daré como premio un trono hermoso, incorruptible, de oro; y mi hijo Hefesto, el cojo de ambos pies, te hará un escabel que te sirva para apoyar las nítidas plantas, cuando asistas a los festines.

[vv. 14.242 y ss.] Respondiole el dulce Sueño: —¡Hera, venerable diosa, hija del gran Cronos! Fácilmente adormecería a cualquiera otro de los sempiternos dioses y aun a las corrientes del río Océano, que es el padre de todos ellos, pero no me acercaré ni adormeceré a Zeus Crónida, si él no lo manda. Me hizo cuerdo tu mandato el día en que el animoso hijo de Zeus se embarcó en Ilión, después de destruir la ciudad troyana. Entonces sumí en grato sopor la mente de Zeus, que lleva la égida, difundiéndome suave en torno suyo; y tú, que te proponías causar daño a Heracles, conseguiste que los vientos impetuosos soplaran sobre el ponto y lo llevaran a la populosa Cos, lejos de sus amigos. Zeus despertó y encendiose en ira: maltrataba a los dioses en el palacio, me buscaba a mí, y me hubiera hecho desaparecer, arrojándome del éter al ponto, si la Noche, que rinde a los dioses y a los hombres, no me hubiese salvado; llegueme a ella, y aquel se contuvo, aunque irritado, porque temió hacer algo que a la rápida Noche desagradara. Y ahora me mandas realizar otra cosa peligrosísima.

[vv. 14.263 y ss.] Respondiole Hera veneranda, la de ojos de novilla: —¡Sueño! ¿Por qué en la mente revuelves tales cosas? ¿Crees que el longividente Zeus favorecerá tanto a los teucros, como, en la época en que se irritó, protegía a su hijo Heracles? Ea, ve y prometo darte, para que te cases con ella y lleve el nombre de esposa tuya, la más joven de las Gracias [429].

---

[429] Algunos textos añaden el verso 269: "Pasitea, cuya posesión constantemente anhelas".

[vv. 14.270 y ss.] Así habló. Alegrose Sueño, y respondió diciendo: — Jura por el agua sagrada de la Estix, tocando con una mano la fértil tierra y con la otra el brillante mar, para que sean testigos los dioses subtartáreos que están con Cronos, que me darás la más joven de las Gracias[430], Pasitea, cuya posesión constantemente anhelo.

[vv. 14.277 y ss.] Así dijo. No desobedeció Hera, la diosa de los níveos brazos, y juró como se le pedía, nombrando a todos los dioses subtartáreos, llamados Titanes. Prestado el juramento, partieron ocultos en una nube, dejaron atrás a Lemnos y la ciudad de Imbros, y siguiendo con rapidez el camino, llegaron a Lecto, en el Ida, abundante en manantiales y criador de fieras; allí pasaron del mar a tierra firme, y anduvieron haciendo estremecer bajo sus pies la cima de los árboles de la selva. Detúvose Sueño, antes que los ojos de Zeus pudieran verle, y encaramándose en un abeto altísimo que naciera en el Ida y por el aire llegaba al éter, se ocultó entre las ramas como la montaraz ave canora llamada por los dioses *calcis* y por los hombres *cymindis*.[431]

[vv. 14.292 y ss.] Hera subió ligera al Gárgaro, la cumbre más alta del Ida; Zeus, que amontona las nubes, la vio venir; y apenas la distinguió, enseñoreose de su prudente espíritu el mismo deseo que cuando gozaron las primicias del amor, acostándose a escondidas de sus padres. Y así que la tuvo delante, le habló diciendo:

[vv. 14.298 y 299] —¡Hera! ¿A dónde vas, que tan presurosa vienes del Olimpo, sin los caballos y el carro que podrían conducirte?

---

[430] Sin embargo, según Hesíodo (*Teogonía,* 246) Pasitea es una de las nereidas.

[431] El κύμινδις es el chotacabras europeo, ave nocturna a la que —como a muchas otras aves— las creencias populares atribuyen funciones de psicopompo, o sea, que acompaña a las almas en su paso al otro mundo. Todo lo cual es muy conveniente para que esta ave sea la elegida por el Sueño —hermano de la Muerte— en su transformación. En relación con el sueño y la conducción de las almas estaría propiamente Hermes. En la *Odisea* 24.1 y ss. lo vemos desempeñando la tarea de psicopompo, al conducir las almas de los pretendientes al Hades. En la *Ilíada* encontramos a Hermes en 24.445 sumiendo en un profundo sueño a los guardias del campamento aqueo para que la visita de Príamo pase desapercibida. Por otra parte conviene considerar el hecho de que Homero, al ofrecernos el nombre divino del pájaro, pone de manifiesto indirectamente la autoridad del poeta para conocer el lenguaje de los dioses. La creencia en un lenguaje divino —e incluso en el origen divino del lenguaje— se encuentra en muchas tradiciones. A propósito del origen de ese presunto conocimiento, no olvidemos que es la Musa la que inspira sus versos.

[vv. 14.300 y ss.] Respondiole dolosamente la venerable Hera: —Voy a los confines de la fértil tierra, a ver a Océano, padre de los dioses, y a la madre Tetis, que me recibieron de manos de Rea y me criaron y educaron en su palacio. Iré a visitarlos para dar fin a sus rencillas. Tiempo ha que se privan del amor y del tálamo, porque la cólera anidó en sus corazones. Tengo al pie del Ida los corceles que me llevarán por tierra y por mar, y vengo del Olimpo a participártelo; no fuera que te enfadaras si me encaminase, sin decírtelo, al palacio del Océano, de profunda corriente.

[vv. 14.312 y ss.] Contestó Zeus, que amontona las nubes: —¡Hera! Allá se puede ir más tarde. Ea, acostémonos y gocemos del amor. Jamás la pasión por una diosa o por una mujer se difundió por mi pecho, ni me avasalló[432] como ahora: nunca he amado así, ni a la esposa de Ixión, que parió a Paritoo, consejero igual a los dioses; ni a Dánae, la de bellos talones, hija de Acrisio, que dio a luz a Perseo, el más ilustre de los hombres, ni a la celebrada hija de Fénix, que fue madre de Minos y de Radamantis, igual a un dios; ni a Semele, ni a Alcmena en Tebas, de la que tuve a Heracles, de ánimo valeroso, y de Semele a Dioniso, alegría de los mortales; ni a Deméter, la soberana de hermosas trenzas, ni a la gloriosa Leto, ni a ti misma: con tal ansia te amo en este momento y tan dulce es el deseo que de mí se apodera.

[vv. 14.329 y ss.] Replicole dolosamente la venerable Hera: —¡Terribilísimo Crónida! ¡Qué palabras proferiste! ¡Quieres acostarte y gozar del amor en las cumbres del Ida, donde todo es patente! ¿Qué ocurriría si alguno de los sempiternos dioses nos viese dormidos y lo manifestara a todas las deidades? Yo no volvería a tu palacio al levantarme del lecho; vergonzoso fuera. Mas si lo deseas y a tu corazón es grato, tienes la cámara que tu hijo Hefesto labró cerrando la puerta con sólidas tablas que encajan en el marco. Vamos a acostarnos allí, ya que el lecho apeteces.

[vv. 14.341 y ss.] Respondiole Zeus, que amontona las nubes: —¡Hera! No temas que nos vea ningún dios ni hombre: te cubriré con una nube dorada que ni el Sol, con su luz, que es la más penetrante de todas, podría atravesar para mirarnos.[433]

---

[432] Zeus, sin anticiparlo, sufre un verdadero asedio, y sucumbe, dominado (ἐδάμασσεν). Metáfora muy común en la épica.

[433] La nube dorada de Zeus es una manifestación de su propio poder, que supera el de todos los demás seres, tal como quedó expreso en 8.5-27. Sin embargo, las

[vv. 14.346 y ss.] Dijo el Crónida, y estrechó en sus brazos a la esposa. La tierra produjo verde hierba, loto fresco, azafrán y jacinto espeso y tierno para levantarlos del suelo. Acostáronse allí y cubriéronse con una hermosa nube dorada, de la cual caían lucientes gotas de rocío.

[vv. 14.352 y ss.] Tan tranquilamente dormía el padre sobre el alto Gárgaro, vencido por el sueño y el amor y abrazado con su esposa. El dulce Sueño corrió hacia las naves aqueas para llevar la noticia a Poseidón, que ciñe la tierra, y deteniéndose cerca de él, pronunció estas aladas palabras:

[vv. 14.357, 358, 359 y 360] —¡Oh Poseidón! Socorre pronto a los dánaos y dales gloria, aunque sea breve, mientras duerme Zeus, a quien he sumido en dulce letargo, después que Hera, engañándole, logró que se acostara para gozar del amor.

[vv. 14.361, 362 y 363] Dicho esto, fuese hacia las ínclitas tribus de los hombres. Y Poseidón, más incitado que antes a socorrer a los dánaos, saltó en seguida a las primeras filas y les exhortó diciendo:

[vv. 14.364 y ss.] —¡Argivos! ¿Cederemos nuevamente la victoria a Héctor Priámida, para que se apodere de los bajeles y alcance gloria? así se lo figura él y de ello se jacta, porque Aquiles permanece en las cóncavas naves con el corazón irritado. Pero Aquiles no hará gran falta, si los demás procuramos auxiliarnos mutuamente. Ea, obremos todos como voy a decir. Embrazad los escudos mayores y más fuertes que haya en el ejército, cubríos la cabeza con el refulgente casco, coged las picas más largas, y pongámonos en marcha: yo iré delante, y no creo que Héctor Priámida, por enardecido que esté, se atreva a esperarnos. Y el varón que, siendo bravo, tenga un escudo pequeño para proteger sus hombros, déselo al menos valiente y tome otro mejor.[434]

[vv. 14.378 y ss.] En tales términos habló, y ellos le escucharon y obedecieron. Los mismos reyes —el Tidida, Odiseo y Agamenón Atrida—, Sin embargo, de estar heridos, formaban el escuadrón; y recorriendo las hileras, hacían el cambio de las marciales armas. El esforzado tomaba las más fuertes y daba las peores al que le era

---

doradas nubes (13.523) que deberían impedir la vista de los acontecimientos de Troya a los dioses que Zeus hace permanecer en el Olimpo, no han impedido que su esposa viese lo que hacía Poseidón en el campamento aqueo (14.153 y ss.), animándose a intervenir, para colaborar con él.

[434] Porque él irá a luchar en las primeras filas y necesitará más protección, a la vez que protege a los menos valientes que se ubican en las filas posteriores.

inferior. Tan pronto como hubieron vestido el luciente bronce, se pusieron en marcha; precedíales Poseidón, que sacude la tierra, llevando en la robusta mano una espada terrible, larga y puntiaguda, que parecía un relámpago; y a nadie le era posible luchar con el dios en el funesto combate, porque el temor se lo impedía a todos. [435]

[vv. 14.388 y ss.] Por su parte, el esclarecido Héctor puso en orden a los teucros. Y Poseidón, el de cerúlea cabellera[436], y el preclaro Héctor, auxiliando este a los teucros y aquel a los argivos, extendieron el campo de la terrible pelea. El mar, agitado, llegó hasta las tiendas y naves de los argivos, y los combatientes se embistieron con gran alboroto. No braman tanto las olas del mar cuando, levantadas por el soplo terrible del Bóreas, se rompen en la tierra; ni hace tanto estrépito el ardiente fuego[437] en la espesura del monte, al quemarse una selva; ni suena tanto el viento en las altas copas de las encinas, si arreciando muge; cuanta fue la grita de teucros y aqueos en el momento en que, vociferando de un modo espantoso, vinieron a las manos.

[vv. 14.402 y ss.] El preclaro Héctor arrojó él primero la lanza a Áyax, que contra él arremetía, y no le erró; pero acertó a dar en el sitio en que se cruzaban la correa del escudo y el tahalí de la espada, guarnecida con argénteos clavos, y ambos protegieron el delicado cuerpo. Irritose Héctor porque la lanza había sido arrojada inútilmente por su mano, y retrocedió hacia el grupo de sus amigos para evitar la muerte. El gran Áyax Telamonio, al ver que Héctor se retiraba, cogió una de las muchas piedras que servían para calzar las naves[438] y rodaban entonces entre los pies de los combatientes, y con

---

[435] La presencia del poder divino se corporiza en esa impresionante espada que representa a su vez el valor de los aqueos al enfrentar a los troyanos, y el temor de estos al ver como los helenos se recuperan preparándose para una feroz contraofensiva. Todo ello también explica por qué Héctor no arroja su lanza a Poseidón, sino a Áyax en 14.402.

[436] Cfr. 13.563 nota.

[437] El peligro del fuego y el incendio de las naves, que tienen por delante con la irrupción de los troyanos, se junta aquí con el del mar que se halla detrás de ellos, y los empuja a luchar con mayores ímpetus. Justamente las olas y el fuego también están presentes en la comparación que usa el poeta para describir el feroz griterío que surge de ambos bandos.

[438] Para enderezar las naves varadas se han usado piedras, o grupos de piedras de diverso tamaño, a modo de cuñas. Las piedras —sobre todo las de gran tamaño— son armas terribles en manos de los héroes más fuertes de ambos bandos. Héctor, con una de ellas, ha logrado quebrantar la puerta del muro en 12.445 y ss.; y, por

ella le hirió en el pecho, por encima del escudo, junto a la garganta; la piedra lanzada con ímpetu, giraba como un torbellino. Como viene a tierra la encina arrancada de raíz por el rayo de Zeus, despidiendo un fuerte olor de azufre; y el que se halla cerca desfallece, pues el rayo del gran Zeus es formidable; de igual manera, el robusto Héctor dio consigo en el suelo y cayó en el polvo: la pica se le fue de la mano, quedaron encima de él escudo y casco, y la armadura de labrado bronce resonó en torno del cuerpo. Los aqueos corrieron hacia Héctor, dando recias voces, con la esperanza de arrastrarlo a su campo; mas, aunque arrojaron muchas lanzas, no consiguieron herir al pastor de hombres, ni de cerca, ni de lejos, porque fue rodeado por los más valientes teucros —Polidamante, Eneas, el divino Agenor, Sarpedón, caudillo de los licios, y el eximio Glauco[439]—, y los otros tampoco le abandonaron, pues se pusieron delante con sus rodelas. Los amigos de Héctor levantáronle en brazos, condujéronle adonde tenía los ágiles corceles con el labrado carro y el auriga, y se lo llevaron hacia la ciudad, mientras daba profundos suspiros.

[vv. 14.433 y ss.] Mas, al llegar al vado del voraginoso Janto, río de hermosa corriente que el inmortal Zeus engendró, bajaron a Héctor del carro y le rociaron el rostro con agua: el héroe cobró los perdidos espíritus, miró a lo alto, y poniéndose de rodillas, tuvo un vómito de negra sangre; luego cayó de espaldas, y la noche obscura cubrió sus ojos, porque aún tenía débil el ánimo a consecuencia del golpe recibido.

[vv. 14.440 y ss.] Los argivos, cuando vieron que Héctor se ausentaba, arremetieron con más ímpetu a los teucros, y solo pensaron en

---

dar otro ejemplo de los muchos que hay, recordemos que en el combate singular los contendientes se sirven también de piedras para herir e incapacitar a su contrario, como ocurre en 7.264 y ss.

[439] Al parecer se ha perdido el orden que en principio tenían los cinco batallones (12.88 y ss.) y aquí, mezclados, se mencionan líderes de cuatro de ellos: Héctor y Polidamante pertenecían al primero, Agenor, al segundo —Paris debe hallarse en algún otro sitio—, Eneas, era del cuarto, y Sarpedón y Glauco, del quinto, capitaneando a los licios. Los del tercero ya estaban todos heridos o muertos. La configuración defensiva es equivalente a la de los caudillos aqueos en torno de Menelao en 4.212 y s., cuando fuera herido por Pándaro. La preocupación de los jefes también es similar a la de los aqueos en aquella oportunidad, porque —además de ser el líder supremo— presienten que de la supervivencia de Héctor depende el curso de la guerra (Cfr. 12.10 y ss.).

combatir. Entonces, el veloz Áyax de Oileo fue el primero que, acometiendo con la puntiaguda lanza, hirió a Satnio[440] Enópida, a quien una náyade había tenido de Enope, mientras este apacentaba rebaños a orillas del Sátniois: Áyax de Oileo, famoso por su lanza, llegose a él, le hirió en el ijar y le tumbó de espaldas; y en torno del cadáver, teucros y dánaos trabaron un duro combate. Fue a vengarle Polidamante, hábil en blandir la lanza, e hirió en el hombro derecho a Protoenor[441], hijo de Areilico: la impetuosa lanza atravesó el hombro, y el guerrero, cayendo en el polvo, cogió el suelo con sus manos. Y Polidamante exclamó con gran jactancia y a voz en grito:

[vv. 14.454 y ss.] —No creo que el brazo robusto del valeroso hijo de Pántoo haya despedido la lanza en vano; algún argivo la recibió en su cuerpo y me figuro que le servirá de báculo para apoyarse en ella y descender a la morada de Hades.

[vv. 14.458 y ss.] Así habló. Sus jactanciosas palabras apesadumbraron a los argivos y conmovieron el corazón del aguerrido Áyax Telamonio, a cuyo lado cayó Protoenor. En el acto arrojó Áyax una reluciente lanza a Polidamante, que ya se retiraba; este dio un salto oblicuo y evitola, librándose de la negra muerte; pero en cambio la recibió Arquéloco, hijo de Antenor, a quien los dioses habían destinado a morir: la lanza se clavó en la unión de la cabeza con el cuello, en la primera vértebra, y cortó ambos ligamentos; cayó el guerrero, y cabeza, boca y narices llegaron al suelo antes que las piernas y las rodillas. Y Áyax, vociferando, al eximio Polidamante le decía:

[vv. 14.470 y ss.] —Reflexiona, oh Polidamante, y dime sinceramente: ¿La muerte de ese hombre no compensa la de Protoenor? No parece vil, ni de viles nacidos, sino hermano o hijo de Antenor, domador de caballos pues tiene el mismo aire de familia.

[vv. 14.475 y ss.] Así dijo, porque le conocía bien; y a los teucros se les llenó el corazón de pesar. Entonces Acamante, que se hallaba junto al cadáver de su hermano para protegerlo, envasó la lanza a Prómaco, el beocio, cuando este cogía por los pies al muerto e

---

[440] Es bastante común que un recién nacido reciba el nombre del río junto al cual nació, en este caso, se suma el hecho de que el niño habría nacido de una náyade que habitaba sus corrientes. Sin ir más lejos, en la Vida de Homero de pseudo-Heródoto (cfr. Apéndice 1, § 3) se nos dice que Homero originariamente recibió el nombre de Melesígenes por haber nacido junto al río Meles.

[441] Protoenor figura entre los caudillos beocios en 2.495.

intentaba llevárselo. Y enseguida, jactose grandemente, dando recias voces:

[vv. 14.479 y ss.] —¡Argivos, que solo con el arco sabéis combatir y nunca os cansáis de proferir amenazas! El trabajo y los pesares no han de ser solamente para nosotros, y algún día recibiréis la muerte de este mismo modo. Mirad a Prómaco, que yace en el suelo, vencido por mi pica, para que la venganza por la muerte de un hermano no sufra dilación. Por esto el hombre que es víctima de alguna desgracia anhela dejar un hermano que pueda vengarle.

[vv. 14.486 y ss.] Así se expresó. Sus jactanciosas frases apesadumbraron a los argivos y conmovieron el corazón del aguerrido Penéleo, que arremetió contra Acamante; pero este no aguardó la acometida. Penéleo hirió a Ilióneo, hijo único que a Forbante —hombre rico en ovejas y amado sobre todos los teucros por Hermes, que le dio muchos bienes— su esposa le pariera: la lanza, penetrando por debajo de una ceja, le arrancó la pupila, le atravesó el ojo y salió por la nuca, y el guerrero vino al suelo con los brazos abiertos. Penéleo, desnudando la aguda espada, le cercenó la cabeza, que cayó a tierra con el casco, y como la fornida lanza seguía clavada en el ojo, cogiola, levantó la cabeza cual si fuese una flor de adormidera, la mostró a los teucros, y blasonando del triunfo, dijo:

[vv. 14.501 y ss.] —¡Teucros! Decid en mi nombre a los padres del ilustre Ilióneo que le lloren en su palacio; ya que tampoco la esposa de Prómaco Alegenórida recibirá con alegre rostro a su marido cuando, embarcándonos en Troya, volvamos a nuestra patria.

[vv. 14.506 y ss.] Así habló. A todos les temblaban las carnes de miedo, y cada cual buscaba a donde huir para librarse de una muerte espantosa.

[vv. 14.508 y ss.] Decidme ahora, Musas, que poseéis olímpicos palacios, cuál fue el primer aqueo que alzó del suelo cruentos despojos cuando el ilustre Poseidón, que bate la tierra, inclinó el combate en favor de los aqueos.

[vv. 14.511 y ss.] Áyax Telamonio, el primero, hirió a Hirtio Girtíada; Antíloco hizo perecer a Falces y a Mérmero, despojándolos luego de las armas; Meriones mató a Moris e Hipotión[442]; Teucro quitó la

---

[442] De acuerdo con 13.792 Meriones habría matado a padre e hijo al mismo tiempo.

vida a Protoón y Perifetes; y el Atrida[443] hirió en el ijar a Hiperenor, pastor de hombres: el bronce atravesó los intestinos, el alma salió presurosa por la herida, y la oscuridad cubrió los ojos del guerrero. Y el veloz Áyax, hijo de Oileo, mató a muchos; porque nadie le igualaba en perseguir a los guerreros aterrorizados, cuando Zeus los ponía en fuga.

---

[443] Se trata de Menelao, porque Agamenón había salido del combate desde 11.272, a causa de las heridas recibidas.

RAPSODIA XV

NUEVA OFENSIVA DESDE LAS NAVES

Los troyanos son violentamente rechazados hasta donde se hallan sus caballos y sus carros. Zeus, despertando de su sueño, y tras amonestar a Hera por su ardid, vuelve a ordenar a los dioses que se abstengan de intervenir en la contienda. A continuación, ordena a Apolo que disuada a los aqueos y restablezca a Héctor de sus heridas. Con la intervención de Apolo, los troyanos recuperan la ventaja y vuelven a cruzar el foso para atacar las naves. Patroclo, al observar el avance de los troyanos, corre a avisar a Aquiles. Héctor, al llegar a la proa de una de las naves, se prepara para incendiarlas. Y la rapsodia termina con Áyax defendiendo las naves a punta de lanza.

[vv. 15.1 y ss.] Cuando los teucros hubieron atravesado en su huída el foso y la estacada, muriendo muchos a manos de los dánaos, llegaron al sitio donde tenían los corceles e hicieron alto, amedrentados y pálidos de miedo. En aquel instante despertó Zeus en la cumbre del Ida, al lado de Hera, la de áureo trono. Levantose y vio a los teucros perseguidos por los aqueos, que los ponían en desorden; y entre estos, al soberano Poseidón. Vio también a Héctor tendido en la llanura y rodeado de amigos, jadeante, privado de conocimiento, vomitando sangre; que no fue el más débil de los aqueos quien le causó la herida. El padre de los hombres y de los dioses, compadeciéndose de él miró con torva y terrible faz a Hera, y así le dijo:

[vv. 15.14 y ss.] —Tu engaño, Hera maléfica e incorregible, ha hecho que Héctor dejara de combatir y que sus tropas se dieran a la fuga. No sé si castigarte con azotes, para que seas la primera en gozar de tu funesta astucia. ¿Por ventura no te acuerdas de cuando estuviste colgada en lo alto y puse en tus pies sendos yunques, y en tus manos áureas e irrompibles esposas? Te hallabas suspendida en medio del éter y de las nubes, los dioses del vasto Olimpo te rodeaban indignados, pero no podían desatarte —si entonces llego a coger a alguno, le arrojo de estos umbrales y llega a la tierra casi sin vida—, y yo no lograba echar del corazón el continuo pesar que sentía por el divino Heracles, a quien tú, produciendo una tempestad con el auxilio del Bóreas arrojaste con perversa intención al mar estéril y llevaste luego a la populosa Cos, allí le libré de los peligros y le conduje nuevamente a la Argólide, criadora de caballos, después que hubo padecido muchas fatigas. Te lo recuerdo[444] para que pongas fin a tus engaños y sepas si te será provechoso haber venido de la mansión de los dioses a burlarme con los goces del amor.

[vv. 15.34 y 35] Así se expresó. Estremeciose Hera veneranda, la de ojos de novilla, y pronunció estas aladas palabras:

[vv. 15.36 y ss.] —Sean testigos la Tierra y el anchuroso Cielo y el agua de la Estix, de subterránea corriente —que es el juramento mayor y más terrible para los bienaventurados dioses—, y tu cabeza sagrada y nuestro tálamo nupcial, por el que nunca juraría en vano. No es por mi consejo que Poseidón, el que sacude la tierra, daña a los teucros y a Héctor y auxilia a los otros; su mismo ánimo debe de impelerle y animarle, o quizás se compadece de los aqueos al ver que son derrotados junto a las naves. Mas yo aconsejaría a Poseidón que fuera por donde tú, el de las sombrías nubes, le mandaras.

[vv. 15.47 y 48] Así dijo. Sonriose el padre de los hombres y de los dioses, y respondió con estas aladas palabras:

[vv. 15.49 y ss.] —Si tú, Hera veneranda, la de ojos de novilla, cuando te sientas entre los inmortales estuvieras de acuerdo conmigo, Poseidón, aunque otra cosa deseara, acomodaría muy pronto su modo de pensar al nuestro. Pero si en este momento hablas franca y sinceramente, ve a la mansión de los dioses y manda venir a Iris y a Apolo famoso por su arco; para que aquella, encaminándose al ejército de los aqueos, de corazas de bronce, diga al soberano Poseidón que cese de combatir y vuelva a su palacio; y Febo Apolo incite a Héctor a la pelea, le infunda valor y le haga olvidar los dolores que le oprimen el corazón, a fin de que rechace nuevamente a los aqueos, los cuales llegarán en cobarde fuga a las naves de muchos bancos del Pelida Aquiles. Este enviará a la lid a su compañero Patroclo que morirá, herido por la lanza del preclaro Héctor, cerca de Ilión, después de quitar la vida a muchos jóvenes, y entre ellos al ilustre Sarpedón, mi hijo. Irritado por la muerte de Patroclo, el divino Aquiles matará a Héctor. Desde aquel instante haré que los teucros sean perseguidos continuamente desde las

---

[444] Como en tantas otras oportunidades, Homero es su propio comentarista y, para quienes no lo recuerdan, intercala el relato del incidente mitológico. Sin embargo, debe justificar la inclusión del relato, así es que Zeus se lo vuelve a contar a Hera para que haga memoria, por si ya lo ha olvidado.

naves, hasta que los aqueos tomen la excelsa Ilión.[445] Y no cesará mi enojo, ni dejaré que ningún inmortal socorra a los dánaos, mientras no se cumpla el voto del Pelida, como lo prometí, asintiendo con la cabeza, el día en que Tetis abrazó mis rodillas y me suplicó que honrase a Aquiles, asolador de ciudades.

[vv. 15.78 y ss.] De tal suerte habló. Hera, la diosa de los níveos brazos, no fue desobediente, y pasó de los montes ideos al vasto Olimpo. Como corre veloz el pensamiento del hombre que habiendo viajado por muchas tierras, las recuerda en su reflexivo espíritu, y dice: estuve aquí o allí, y revuelve en la mente muchas cosas; tan rápida y presurosa volaba la venerable Hera,[446] y pronto llegó al excelso Olimpo. Los dioses inmortales, que se hallaban reunidos en el palacio de Zeus, levantáronse al verla y le ofrecieron copas de néctar. Y Hera aceptó la que le presentaba Temis[447], la de hermosas mejillas, que fue la primera que corrió a su encuentro, y le dijo estas aladas Palabras:

[vv. 15.90 y s.] —¡Hera! ¿Por qué vienes con esa cara de espanto? Sin duda te atemorizó tu esposo, el hijo de Cronos.

[vv. 15.92 y ss.] Respondiole Hera, la diosa de los níveos brazos: —No me lo preguntes, diosa Temis; tú misma sabes cuán soberbio y despiadado es el ánimo de Zeus. Preside tú en el palacio el festín de los dioses, y oirás con los demás inmortales qué desgracias anuncia Zeus; figúrome que nadie, sea hombre o dios, se regocijará en el alma por más alegre que esté en el banquete.

[vv. 15.100 y ss.] Dichas estas palabras, sentose la venerable Hera. Afligiéronse los dioses en la morada de Zeus. Aquella, aunque con la sonrisa en los labios, no mostraba alegría en la frente, sobre las negras cejas.[448] E indignada exclamó:

---

[445] Homero nos anticipa toda la trama. El interés y el placer artístico no está en saber qué sucederá sino en cómo será relatado en cada una de sus incidencias.

[446] El movimiento de los dioses es tan veloz como el pensamiento. El vuelo o el uso de carruajes es una simple imagen alegórica, también para Homero. Basta un movimiento de su voluntad para trasladar a Hera a donde quiera.

[447] Themis es la diosa que regula las relaciones familiares y preside la armonía familiar, por eso sale a su encuentro en primer lugar, y Hera toma la copa que le ofrece.

[448] Pareciera que Hera apenas tiene control de sí misma, por la furia que le produce la impotencia.

[vv. 15.104 y ss.] —¡Cuán necios somos los que tontamente nos irritamos contra Zeus! Queremos acercarnos a él y contenerle con palabras o por medio de la violencia; y él, sentado aparte, ni nos hace caso, ni se preocupa, porque dice que en fuerza y poder es muy superior a todos los dioses inmortales. Por tanto, sufrid los infortunios que respectivamente os envíe. Creo que al impetuoso Ares le ha ocurrido ya una desgracia, pues murió en la pelea Ascálafo, a quien amaba sobre todos los hombres y reconocía por su hijo.

[vv. 15.113 y 114] Así habló. Ares bajó los brazos, golpeose los muslos, y suspirando dijo:

[vv. 15.115, 116, 117 y 118] —No os irritéis conmigo, vosotros los que habitáis olímpicos palacios, si voy a las naves aqueas para vengar la muerte de mi hijo; iría aunque el destino hubiese dispuesto que me cayera encima el rayo de Zeus, dejándome tendido con los muertos, entre sangre y polvo.

[vv. 15.119 y ss.] Dijo, y mandó al Terror y a la Fuga que uncieran los caballos mientras vestía las refulgentes armas. Mayor y más terrible hubiera sido entonces el enojo y la ira de Zeus contra los inmortales; pero Atenea, temiendo por todos los dioses se levantó del trono, salió por el vestíbulo, y quitándole a Ares de la cabeza el casco, de la espalda el escudo y de la robusta mano la pica de bronce, que apoyó contra la pared, dirigió al impetuoso dios estas palabras:

[vv. 15.128 y ss.] —¡Loco, insensato! ¿Quieres perecer? En vano tienes oídos para oír, o has perdido la razón y la vergüenza. ¿No oyes lo que dice Hera, la diosa de los níveos brazos, que acaba de ver a Zeus olímpico? ¿O deseas, acaso, tener que regresar al Olimpo a viva fuerza, triste y habiendo padecido muchos males, y causar gran daño a los otros dioses? Porque Zeus dejará en seguida a los altivos teucros y a los aqueos, vendrá al Olimpo a promover tumulto entre nosotros, y castigará, así al culpable como al inocente. Por esta razón te exhorto a templar tu enojo por la muerte del hijo. Algún otro superior a él en valor y fuerza ha muerto o morirá, porque es difícil conservar todas las familias de los hombres y salvar a todos los individuos.

[vv. 15.142 y ss.] Dicho esto, condujo a su asiento al furibundo Ares. Hera llamó afuera del palacio a Apolo y a Iris, la mensajera de los inmortales dioses, y les dijo estas aladas palabras:

[vv. 15.146, 147 y 148] —Zeus os manda que vayáis al Ida lo antes posible; y cuando hubiereis llegado a su presencia haced lo que os encargue y ordene.

[vv. 15.149 y ss.] La venerable Hera, apenas acabó de hablar, volvió al palacio y se sentó en su trono. Ellos bajaron en raudo vuelo al Ida, abundante en manantiales y criador de fieras, y hallaron al longividente Crónida sentado en la cima del Gárgaro, debajo de olorosa nube. Al llegar a la presencia de Zeus, que amontona las nubes, se detuvieron; y Zeus al verlos, no se irritó, porque habían obedecido con presteza las órdenes de Hera. Y hablando primero con Iris, profirió estas aladas palabras:

[vv. 15.158 y ss.] —¡Anda, ve, rápida Iris! Anuncia esto al soberano Poseidón y no seas mensajera falaz. Mándale que, cesando de pelear y combatir, se vaya a la mansión de los dioses o al mar divino. Y si no quiere obedecer mis palabras y las desprecia, reflexione en su mente y en su corazón si, aunque sea poderoso, se atreverá a esperarme cuando me dirija contra él; pues le aventajo mucho en fuerza y edad, por más que en su ánimo se crea igual a mí, a quien todos temen.

[vv. 15.168 y ss.] De este modo habló. La veloz Iris, de pies veloces como el viento, no desobedeció; y bajó de los montes ideos a la sagrada Ilión. Como cae de las nubes la nieve o el helado granizo, a impulso del Bóreas, nacido en el éter; tan rápida y presurosa volaba la ligera Iris; y deteniéndose cerca del ínclito Poseidón, así le dijo:

[vv. 15.174 y ss.] —Vengo, oh Poseidón, el de cerúlea cabellera[449], a traerte un mensaje de parte de Zeus, que lleva la égida. Te manda que, cesando de pelear y combatir, te vayas a la mansión de los dioses o al mar divino. Y si no quieres obedecer sus palabras y las desprecias, te amenaza con venir a luchar contigo y te aconseja que evites sus manos; porque dice que te supera mucho en fuerza y edad, por más que en tu ánimo te creas igual a él, a quien todos temen.

[vv. 15.184 y ss.] Respondiole muy indignado el ínclito Poseidón, que bate la tierra: —¡Oh dioses! Con soberbia habla, aunque sea valiente, si dice, que me sujetará por fuerza y contra mi querer, a mí, que disfruto de sus mismos honores. Tres somos los hermanos nacidos de Rea y de Cronos: Zeus, yo y el tercero Hades, que reina en los infiernos. El universo se dividió en tres partes para que cada cual imperase en la suya. Yo obtuve por suerte habitar siempre en el espumoso y agitado mar, tocáronle a Hades las tinieblas sombrías, correspondió a Zeus el anchuroso cielo en medio del éter y las

---

[449] Cfr. 13.563 n.

nubes; pero la tierra y el alto Olimpo son de todos. Por tanto, no obraré según lo decida Zeus; y este, aunque sea poderoso, permanezca tranquilo en la tercia parte que le pertenece. No pretenda asustarme con sus manos como si tratase con un cobarde. Mejor fuera que con esas vehementes palabras riñese a los hijos e hijas que engendró, pues estos tendrían que obedecer necesariamente lo que les ordenare.

[vv. 15.200 y ss.] Replicó la veloz Iris, de pies veloces como el viento: —¿He de llevar a Zeus, oh Poseidón, el de cerúlea cabellera, una respuesta tan dura y fuerte? ¿No querrías modificarla? La mente de los sensatos es flexible. Ya sabes que las Erinies[450] se declaran siempre por los de más edad.

[vv. 15.205 y ss.] Contestó Poseidón, que sacude la tierra: —¡Diosa Iris! Muy oportuno es cuanto acabas de decir. Bueno es que el mensajero comprenda lo que es conveniente. Pero el pesar me llega al corazón y al alma, cuando aquel quiere increpar con iracundas voces a quien el hado hiciera su igual en suerte y destino. Ahora cederé, aunque estoy irritado. Mas te diré otra cosa y haré una amenaza: si a despecho de mí, de Atenea, que impera en las batallas, de Hera, de Hermes y del rey Hefesto, conservare la excelsa Ilión e impidiere que, destruyéndola, alcancen los argivos una gran victoria, sepa que nuestra ira será implacable.

[vv. 15.218 y ss.] Cuando esto hubo dicho, el dios que bate la tierra desamparó a los aqueos y se sumergió en el mar; pronto los héroes aqueos le echaron de menos. Entonces Zeus, que amontona las nubes, dijo a Apolo:

[vv. 15.221 y ss.] —Ve ahora querido Febo Apolo, a encontrar a Héctor, el de broncíneo casco. Ya Poseidón, que ciñe y bate la tierra, se fue al mar divino, para librarse de mi terrible cólera; pues hasta los dioses que están en torno de Cronos, debajo de la tierra, hubieran oído el estrépito de nuestro combate. Mucho mejor es para mí y para él que, temeroso haya cedido a mi fuerza, porque no sin sudor se hubiera efectuado la lucha. Ahora, toma en tus manos la égida floqueada, agítala, y espanta a los héroes aqueos; y luego cuídate, oh tú, que hieres de lejos, del esclarecido Héctor e infúndele gran vigor hasta que los aqueos lleguen, huyendo, a las naves y al Helesponto.

---

[450] Porque a los ancianos se les debe particular respeto.

Entonces pensaré lo que fuere conveniente hacer o decir para que los aqueos respiren de sus cuitas.

[vv. 15.236 y ss.] Tal dijo, y Apolo no desobedeció a su padre. Descendió de los montes Ideos, semejante al gavilán que mata a las palomas y es la más veloz de las aves, halló al divino Héctor, hijo del belicoso Príamo, ya no postrado en el suelo, sino sentado: iba cobrando ánimo y aliento, y reconocía a los amigos que le circundaban, porque la anhelación y el sudor habían cesado desde que Zeus decidiera animar al héroe. Apolo, el que hiere de lejos, se detuvo a su vera, y le dijo:

[vv. 15.244 y 245] —¡Héctor, hijo de Príamo! ¿Por qué te encuentro sentado, lejos de los demás y desfallecido? ¿Te abruma algún pesar?

[vv. 15.246 y ss.] Con lánguida voz respondiole Héctor, de tremolante casco: —¿Quién eres tú, oh el mejor de los dioses, que vienes a mi presencia y me interrogas? ¿No sabes que Áyax, valiente en la pelea, me hirió en el pecho con una piedra, mientras yo mataba a sus compañeros junto a las naves de los aqueos, e hizo desfallecer mi impetuoso valor? Figurábame que vería hoy mismo a los muertos y la morada de Hades porque ya iba a exhalar el alma.

[vv. 15.253 y ss.] Contestó el soberano Apolo, que hiere de lejos: —Cobra ánimo. El Crónida te manda desde el Ida como defensor, para asistirte y ayudarte, a Febo Apolo, el de la áurea espada; a mí que ya antes protegía tu persona y tu excelsa ciudad. Ea, ordena a tus muchos caudillos que guíen los veloces caballos hacia las cóncavas naves; y yo, marchando a su frente, allanaré el camino a los corceles y pondré en fuga a los héroes aqueos.

[vv. 15.262 y ss.] Dijo, e infundió un gran vigor al pastor de hombres. Como el corcel avezado a bañarse en la cristalina corriente de un río, cuando se ve atado en el establo come la cebada del pesebre, y rompiendo el ronzal sale trotando por la llanura, yergue orgulloso la cerviz, ondean las crines sobre su cuello y ufano de su lozanía mueve ligero las rodillas encaminándose al sitio donde los caballos pacen; tan ligeramente movía Héctor pies y rodillas, exhortando a los capitanes, después que oyó la voz de Apolo. Así como, cuando perros y pastores persiguen a un cornígero ciervo o a una cabra montes que se refugia en escarpada roca o umbría selva, porque no estaba decidido por el hado que el animal fuese cogido; si atraído por la gritería, se presenta un melenudo león, a todos los pone en fuga a pesar de su empeño; así también los dánaos avanzaban en tropel, hiriendo a sus enemigos con espadas y lanzas de doble filo;

mas al notar que Héctor recorría las hileras de los suyos, turbáronse y se les cayó el alma a los pies.

[vv. 15.281 y ss.] Entonces Toante, hijo de Andremón y el más señalado de los etolos —era diestro en arrojar el dardo, valiente en el combate a pie firme y pocos aqueos vencíanle en las juntas cuando los jóvenes contendían sobre la elocuencia—, benévolo les arengó diciendo:

[vv. 15.286 y ss.] —¡Oh dioses! Grande es el prodigio que a mi vista se ofrece. ¡Cómo Héctor, librándose de la muerte, se ha vuelto a levantar! Gran esperanza teníamos de que hubiese sido muerto por Áyax Telamonio, pero algún dios protegió y salvó nuevamente a Héctor, que ha quebrado las rodillas de muchos dánaos, como ahora lo hará también, pues no sin la voluntad de Zeus tonante aparece tan resuelto al frente de sus tropas. Ea, obremos todos como voy a decir. Ordenemos a la muchedumbre que vuelva a las naves, y cuantos nos gloriamos de ser los más valientes, permanezcamos aquí y rechacémosle, yendo a su encuentro con las picas levantadas. Creo que por embravecido que tenga el corazón, temerá penetrar por entre los dánaos.

[vv. 15.300 y ss.] Así habló, y ellos le escucharon y obedecieron. Áyax, el rey Idomeneo, Teucro, Meriones y Meges, igual a Ares, llamando a los más valientes, los dispusieron para la batalla contra Héctor y los troyanos; y la turba se retiró a las naves aqueas.

[vv. 15.306 y ss.] Los teucros acometieron apiñados, siguiendo a Héctor, que marchaba con arrogante paso. Delante del héroe iba Febo Apolo, cubierto por una nube, con la égida[451] impetuosa,

---

[451] El uso de la égida y su efecto son un poco confusos. Por los datos que se ofrecen en estos versos, se trata del escudo que empuña Atenea en 2.447 —y no del manto protector o la armadura que aparece en 18.204—. Sin embargo, en este caso no es empuñada por Zeus ni por Atenea, sino por Apolo, obedeciendo el mandato de Zeus. El propósito de su empleo sería el de causar espanto y abrir paso a los troyanos entre las filas de los aqueos. Pero no queda claro si el espanto lo causa su visión, o simplemente su presencia; aunque en primera instancia parece que el efecto se basa en la visión de la Medusa, grabada por Hefesto en el escudo. En ese caso surge una segunda dificultad, porque Apolo se reviste con una niebla —presuntamente para impedir que lo vean—, pero esta misma niebla, si cubriese la égida, no sería visible, ni causaría el efecto terrorífico deseado; por lo tanto, cabe suponer que, o bien la égida estaría antecediendo a esta niebla —o sobresaliendo de ella—; o, por el contrario, que no fuera su visión, sino su simple presencia la que misteriosamente bastara para hacer surgir el temor en el ánimo de los aqueos.

terrible, hirsuta, magnífica que Hefesto, el broncista, diera a Zeus para que llevándola amedrentara a los hombres. Con ella en la mano, Apolo guiaba a las tropas.

[vv. 15.312 y ss.] Los argivos, apiñados también, resistieron el ataque. Levantose en ambos ejércitos aguda gritería, las flechas saltaban de las cuerdas de los arcos y audaces manos arrojaban buen número de lanzas, de las cuales unas pocas se hundían en el cuerpo de los jóvenes poseídos de marcial furor, y las demás clavábanse en el suelo entre los dos campos, antes de llegar a la blanca carne de que estaban codiciosas. Mientras Febo Apolo tuvo la égida inmóvil, los tiros alcanzaban por igual a unos y a otros, y los hombres caían. Mas así que la agitó frente a los dánaos, de ágiles corceles, dando un fortísimo grito, debilitó el ánimo en los pechos de los aqueos y logró que se olvidaran de su impetuoso valor[452]. Como ponen en desorden una vacada o un hato de ovejas dos fieras que se presentan muy entrada la oscura noche, cuando el guardián está ausente; de la misma manera, los aqueos huían espantados, porque Apolo les infundió terror y dio gloria a Héctor y a los teucros.

[vv. 15.328 y ss.] Entonces, ya extendida la batalla, cada caudillo teucro mató a un hombre.[453] Héctor dio muerte a Estiquio y a Arcesilao: este era caudillo de los beocios, de broncíneas corazas; el otro, compañero fiel del magnánimo Menesteo. Eneas hizo perecer a Medonte y a Yaso; de los cuales, el primero era hijo bastardo del divino Oileo y hermano de Áyax y habitaba en Fílace, lejos de su patria, por haber muerto a un hermano de su madrastra Eriopis, y Yaso, caudillo de los atenienses, era conocido como hijo de Esfelo Bucólida. Polidamante quitó la vida a Mecisteo, Polites a Equio al trabarse el combate, y el divino Agenor a Clonio. Y Paris arrojó su

---

[452] Este grito de Apolo parece la contrapartida del de Poseidón en 14.147 y ss. Si aquel puso en el corazón de los aqueos el valor y la fuerza para luchar; este otro, el de Apolo, los debilita y vuelve temerosos.

[453] La fórmula ((ἔνθα δ' ἀνὴρ ἕλεν ἄνδρα κεδασθείσης ὑσμίνης, *entonces abierta la batalla cada hombre se hizo cargo de otro*) no se cumple con exactitud. Seis jefes troyanos dan muerte a ocho caudillos de los aqueos. Porque, Héctor y Eneas matan a dos caudillos cada uno. A las víctimas de Héctor y Eneas se les brinda especial atención, y se las destaca hablando brevemente de su linaje. Pero este verso formulario se repetirá más adelante en 16.306, solo que en esa oportunidad, se usa para señalar el computo de los jefes aqueos cuando rechazan a los troyanos. En esa ocasión la serie no es de ocho muertes, sino de nueve; acaso para marcar algún tipo de supremacía de los helenos.

lanza a Deyoco, que huía por entre los combatientes delanteros; le hirió en la extremidad del hombro, y el bronce salió al otro lado.

[vv. 15.343, 344, 345 y 346] En tanto los teucros despojaban de las armas a los muertos, los aqueos, arrojándose al foso y a la estacada, huían por todas partes y penetraban en el muro, constreñidos por la necesidad. Y Héctor exhortaba a los teucros, diciendo a voz en grito:

[vv. 15.347 y ss.] —Arrojaos a las naves y dejad los cruentos despojos. Al que encuentre lejos de los bajeles, allí mismo le daré muerte, y luego sus hermanos y hermanas no le entregarán a las llamas, sino que le despedazarán los perros fuera de la ciudad[454].

[vv. 15.352 y ss.] En diciendo esto, azotó con el látigo el lomo de los caballos; y mientras atravesaba las filas, animaba a los teucros. Estos, dando amenazadores gritos, guiaban los corceles de los carros con fragor inmenso; y Febo Apolo, que iba delante, holló con sus pies las orillas del foso profundo, echó la tierra dentro y formó un camino largo y tan ancho como la distancia que mediaba entre el hombre que arroja una lanza para probar su fuerza y el sitio donde la misma cae. Por allí se extendieron en buen orden; y Apolo, que con la égida preciosa iba a su frente, derribaba el muro de los aqueos, con la misma facilidad con que un niño, jugando en la playa, desbarata con los pies y las manos lo que de arena había construido. Así tú, Febo Apolo, que hieres de lejos, destruías la obra que había costado a los aqueos muchos trabajos y fatigas, y a ellos los ponías en fuga.[455]

[vv. 15.367 y ss.] Los aqueos no pararon hasta las naves, y allí se animaban unos a otros, y con los brazos alzados, profiriendo grandes voces, imploraban el auxilio de las deidades. Y especialmente Néstor gerenio, protector de los aqueos, oraba levantando las manos al estrellado cielo:

[vv. 15.372 y ss.] —¡Padre Zeus! Si alguien en Argos, abundante en trigales, quemó en tu obsequio pingües muslos de buey o de oveja, y te pidió que lograra volver a su patria, y tú se lo prometiste asintiendo; acuérdate de ello, Zeus Olímpico, aparta de nosotros el día funesto, y no permitas que los aqueos sucumban a manos de los teucros.

---

[454] Amenaza semejante a la dada por Agamenón en 2.390 y ss.

[455] Contradice lo anunciado en 12.10 y ss., esto es, que el muro iba a permanecer hasta que se retirasen los aqueos.

[vv. 15.377 y 378] Tal fue su plegaria. El próvido Zeus atendió las preces del anciano Nélida, y tronó fuertemente.

[vv. 15.379 y ss.] Los teucros, al oír el trueno de Zeus, que lleva la égida, arremetieron con más furia a los argivos, y solo en combatir pensaron.[456] Como las olas del vasto mar salvan el costado de una nave y caen sobre ella, cuando el viento arrecia y las levanta a gran altura; así los teucros pasaron el muro, e introduciendo los carros, peleaban junto a las popas con lanzas de doble filo; mientras los aqueos, subidos en las negras naves,[457] se defendían con pértigas largas, fuertes, de punta de bronce, que para los combates navales llevaban en aquellas.

[vv. 15.390 y ss.] En cuanto aqueos y teucros combatieron cerca del muro, lejos de las veleras naves, Patroclo permaneció en la tienda del bravo Eurípilo, entreteniéndole con la conversación y curándole la grave herida con drogas que mitigan los acerbos dolores. Mas, al ver que los teucros asaltaban con ímpetu el muro y se producía clamoreo y fuga entre los dánaos, gimió; y bajando los brazos, golpeose los muslos[458], suspiró y dijo:

[vv. 15.399 y ss.] —¡Eurípilo! Ya no puedo seguir aquí, aunque me necesites, porque se ha trabado una gran batalla. Te cuidará el escudero, y yo volveré presuroso a la tienda de Aquiles, para incitarle a pelear. ¿Quién sabe si con la ayuda de algún dios conmoveré su ánimo? Gran fuerza tiene la exhortación de un compañero.

[vv. 15.405 y ss.] Dijo, y salió. Los aqueos sostenían firmemente la acometida de los teucros; pero, aunque estos eran menos, no podían rechazarlos de las naves; y tampoco los teucros lograban romper las falanges de los dánaos y entrar en sus tiendas y bajeles. Como la plomada nivela el mástil de un navío en manos del hábil constructor que conoce bien su arte por habérselo enseñado Atenea; de la misma

---

[456] El trueno de Zeus, en vez de servir de ayuda a los aqueos, aporta mayor confusión, y los troyanos lo toman como un signo de apoyo a su victorioso avance.

[457] Los aqueos se ven ceñidos a su último reducto. Aquí, cuando se refiere a las popas de las naves se alude particularmente a las que se encontraban más cercanas a la muralla, y no a las de aquellos barcos que estaban varados más cerca del mar.

[458] Es el mismo gesto de pesar e impaciencia realizado por Ares en 15.113 y s; también por Asio, en 12.162, para denotar su amargura; o Aquiles en 16.125, cuando ve que el fuego llega a las naves.

manera andaba igual el combate y la pelea, y unos pugnaban en torno de unas naves y otros alrededor de otras.

[vv. 15.415 y ss.] Héctor fue a encontrar al glorioso Áyax; y luchando los dos por un navío, ni Héctor conseguía arredrar a Áyax y pegar fuego a los bajeles, ni Áyax lograba rechazar a Héctor desde que un dios lo acercara al campamento. Entonces el esclarecido Áyax dio una lanzada en el pecho a Calétor, hijo de Clitio[459], que iba a echar fuego en un barco: el teucro cayó con estrépito y la tea desprendiose de su mano. Y Héctor, como viera que su primo caía en el polvo delante de la negra nave, exhortó a troyanos y licios, diciendo a grandes voces.

[vv. 15.425 y ss.] —¡Troyanos, licios, dárdanos, que cuerpo a cuerpo peleáis! No dejéis de combatir en esta angostura; defended el cuerpo del hijo de Clitio, que cayó en la pelea junto a las naves, para que los aqueos no lo despojen de las armas.

[vv. 15.429 y ss.] Dichas estas palabras, arrojó a Áyax la luciente pica y erró el tiro; pero, en cambio hirió a Licofrón de Citera, hijo de Mástor y escudero de Áyax, en cuyo palacio vivía desde que en aquella ciudad matara a un hombre: el agudo bronce penetró en la cabeza por encima de una oreja; y el guerrero, que se hallaba junto a Áyax, cayó de espaldas desde la nave al polvo de la tierra, y sus miembros quedaron sin vigor. Estremeciose Áyax, y dijo a su hermano:

[vv. 15.437 y ss.] —¡Querido Teucro! Nos han muerto al Mastórida, el compañero fiel a quien honrábamos en el palacio como a nuestros padres, desde que vino de Citera. El magnánimo Héctor le quito la vida. Pero ¿dónde tienes las mortíferas flechas y el arco que te dio Febo Apolo?

[vv. 15.442 y ss.] Así se expresó. Oyole Teucro y acudió corriendo, con el flexible arco y el carcaj lleno de flechas; y una vez a su lado, comenzó a disparar saetas contra los teucros. E hirió a Clito, preclaro hijo de Pisenor y compañero del ilustre Polidamante Pantoida, que con las riendas en la mano dirigía los corceles adonde más falanges en montón confuso se agitaban, para congraciarse con Héctor y los teucros; pero pronto ocurriole una desgracia, de que nadie, por más que lo deseara, pudo librarle: la acerba flecha se le clavó en el

---

[459] Según 20.238, Clitio era hijo de Laomedonte y hermano de Príamo; es uno de los ilustres personajes que se hallaban en la muralla cuando subió Helena (3.147).

273

cuello, por detrás; el guerrero cayó del carro, y los corceles retrocedieron arrastrando con estrépito el carro vacío. Al notarlo Polidamante, su dueño, se adelantó y los detuvo; entregolos a Astínoo, hijo de Protiaón, con el encargo de que los tuviera cerca, y se mezcló de nuevo con los combatientes delanteros.

[vv. 15.458 y ss.] Teucro sacó otra flecha para tirarla a Héctor, armado de bronce; y si hubiese conseguido herirle y quitarle la vida mientras peleaba valerosamente, con ello diera fin al combate que junto a las naves aqueas se sostenía. Mas no dejó de advertirlo en su mente el próvido Zeus, y salvó la vida de Héctor, a la vez que privaba de gloria a Teucro, rompiéndole a este la cuerda del magnífico arco cuando lo tendía: la flecha que el bronce hacía poderosa, torció su camino, y el arco cayó de las manos del guerrero. Estremeciose Teucro, y dijo a su hermano:

[vv. 15.467, 468, 469 y 470] —¡Oh dioses! Alguna deidad que quiere frustrar nuestros medios de combate, me quitó el arco de la mano y rompió la cuerda recién torcida que até esta mañana para que pudiera despedir, sin romperse, multitud de flechas.[460]

[vv. 15.471 y ss.] Respondiole el gran Áyax Telamonio: —¡Oh amigo! Deja quieto el arco con las abundantes flechas, ya que un dios lo inutilizó por odio a los dánaos; toma una larga pica y un escudo que cubra tus hombros, pelea contra los teucros y anima a la tropa. Que aun siendo vencedores, no tomen sin trabajo las naves, de muchos bancos. Solo en combatir pensemos.

[vv. 15.478 y ss.] Así dijo. Teucro dejó el arco en la tienda, colgó de sus hombros un escudo formado por cuatro pieles, cubrió la robusta cabeza con un labrado casco, cuyo penacho de crines de caballo ondeaba terriblemente en la cimera, asió una fuerte lanza de aguzada broncínea punta, salió y volvió corriendo al lado de Áyax.

[vv. 15.484 y 485] Héctor, al ver que las saetas de Teucro quedaban inútiles, exhortó a los troyanos y a los licios, gritando recio:

[vv. 15.486 y ss.] —¡Troyanos, licios, dárdanos, que cuerpo a cuerpo combatís! Sed hombres, amigos, y mostrad vuestro impetuoso valor junto a las cóncavas naves; pues acabo de ver con mis ojos que Zeus ha dejado inútiles las flechas de un eximio guerrero. El influjo de Zeus lo reconocen fácilmente, así los que del dios reciben excelsa

---

[460] Las palabras de Teucro acumulan detalles y buscan dar base a un hecho que resulta inexplicable sin la intervención divina.

gloria, como aquellos a quienes abate y no quiere socorrer: ahora amilana a los argivos y nos favorece a nosotros. Combatid en escuadrón cerrado, junto a los bajeles; y quien sea herido mortalmente, de cerca o de lejos, cumpliéndose su destino, muera; que será honroso para él morir combatiendo por la patria, y su esposa e hijos se verán salvos, y su casa y hacienda no sufrirán menoscabo, si los aqueos regresan en las naves a su patria tierra.

[vv. 15.500 y 501] Con estas palabras les excitó a todos el valor y la fuerza. Áyax exhortó también a sus compañeros:

[vv. 15.502 y ss.] —¡Qué vergüenza, argivos! Ya llegó el momento de morir o de salvarse rechazando de las naves a los teucros. ¿Esperáis acaso volver a pie a la patria tierra, si Héctor, de tremolante casco, toma los bajeles? ¿No oís cómo anima a todos los suyos y desea quemar los navíos? No les manda que vayan a un baile, sino que peleen. No hay mejor pensamiento o consejo para nosotros que este: combatir cuerpo a cuerpo y valerosamente con el enemigo. Es preferible morir de una vez o asegurar la vida, a dejarse matar paulatina e infructuosamente en la terrible contienda, junto a los barcos, por guerreros que nos son inferiores.

[vv. 15.514 y ss.] Con estas palabras les excitó a todos el valor y la fuerza. Entonces Héctor mató a Esquedio, hijo de Perimedes y caudillo de los focenses; Áyax quitó la vida a Laodamante, hijo ilustre de Antenor, que mandaba los peones; y Polidamante acabó con Oto de Cilene, compañero de Meges Filida y jefe de los magnánimos epeos. Meges, al verlo, arremetió con la lanza a Polidamante; pero este hurtó el cuerpo —Apolo no quiso que el hijo de Panto sucumbiera entre los combatientes delanteros—, y aquel hirió en medio del pecho a Cresmo, que cayó con estrépito, y el aqueo le despojo de la armadura que cubría sus hombros. En tanto, Dólope Lampétida, hábil en manejar la lanza (habíalo engendrado Lampo Laomedontíada, que fue el más valiente de los hombres y estuvo dotado de impetuoso valor), arrancó contra Meges y acometiéndole de cerca, diole un bote en el centro del escudo; pero el Filida se salvó, gracias a una fuerte coraza que protegía su cuerpo, la cual había sido regalada en otro tiempo a Fileo en Efira, a orillas del río Seleente, por su huésped el rey Eufetes, para que en la guerra le defendiera de los enemigos, y entonces libró de la muerte a su hijo Meges. Este, a su vez, dio una lanzada a Dólope en la parte inferior de la cimera del broncíneo casco, rompiola e hizo caer en el polvo el penacho recién teñido de vistosa púrpura. Y mientras Dólope seguía combatiendo con la esperanza de vencer, el belígero Menelao fue a ayudar a Meges; y poniéndose a su lado sin ser visto, envasó la lanza en la espalda de aquel: la punta impetuosa salió por el pecho, y el guerrero cayó de bruces. Ambos caudillos corrieron a quitarle la broncínea armadura de los hombros y Héctor exhortaba a todos sus deudos e increpaba especialmente al esforzado Melanipo Hicetaónida; el cual, antes de presentarse los enemigos, apacentaba bueyes, de tornátiles pies, en Percote[461], y, cuando llegaron los dánaos en las encorvadas naves, fuese a Ilión, sobresalió entre los troyanos y habitó el palacio de Príamo, que le honraba como a sus hijos. A Melanipo, pues, le reprendía Héctor, diciendo:

[vv. 15.553 y ss.] —¿Seremos tan indolentes, Melanipo? ¿No te conmueve el corazón la muerte del primo? ¿No ves cómo tratan de llevarse las armas de Dólope? Sígueme; que ya es necesario combatir de cerca con los argivos, hasta que los destruyamos o arruinen ellos la excelsa Ilión desde su cumbre y maten a los ciudadanos.

[vv. 15.559 y 560] Habiendo hablado así, echó a andar, y siguiole el varón, que parecía un dios. A su vez, el gran Áyax Telamonio exhortó a los argivos:

[vv. 15.561, 562, 563 y 564] —¡Oh amigos! ¡Sed hombres, mostrad que tenéis un corazón pundonoroso, y avergonzaos de parecer cobardes en el duro combate! De los que sienten este temor, son más los que se salvan que los que mueren; los que huyen, ni alcanzan gloria ni entre sí se ayudan.

[vv. 15.565, 566, 567 y 568] Así dijo; y ellos, que ya antes deseaban derrotar al enemigo, pusieron en su corazón aquellas palabras y cercaron las naves con un muro de bronce. Zeus incitaba a los teucros contra los aqueos. Y Menelao, valiente en la pelea, exhortó a Antíloco:

[vv. 15.569, 570, y 571] —¡Antíloco! Ningún aqueo de los presentes es más joven que tú, ni más ligero de pies, ni tan fuerte en el combate. Si arremetieses a los teucros e hirieras a alguno...

[vv. 15.572 y ss.] Así dijo, y alejose de nuevo. Antíloco, animado, saltó más allá de los combatientes delanteros; y revolviendo el rostro a todas partes arrojó la luciente lanza. Al verle huyeron los teucros. No fue vano el tiro, pues hirió en el pecho, cerca de la tetilla, a Melanipo, animoso hijo de Hicetaón, que acababa de entrar en

---

[461] Cfr. 2.835, *n*.

combate: el teucro cayó con estrépito, y la oscuridad cubrió sus ojos. Como el perro se abalanza al cervato herido por una flecha que al saltar de la madriguera le tira un cazador, dejándole sin vigor los miembros; así el belicoso Antíloco se arrojó a ti, oh Melanipo, para quitarte la armadura. Mas no pasó inadvertido para el divino Héctor; el cual, corriendo a través del campo de batalla, fue al encuentro de Antíloco; y este, aunque era luchador brioso, huyó sin esperarle, parecido a la fiera que causa algún daño, como matar a un perro o a un pastor junto a sus bueyes, y huye antes que se reúnan muchos hombres; así huyó el Nestórida; y sobre él, los teucros y Héctor, promoviendo inmenso alboroto, hacían llover acerbos tiros. Y Antíloco, tan pronto como llegó a juntarse con sus compañeros, se detuvo y volvió la cara al enemigo.

[vv. 15.592 y ss.] Los teucros, semejantes a carniceros leones, asaltaban las naves y cumplían los designios de Zeus, el cual les infundía continuamente gran valor y les excitaba a combatir, y al propio tiempo abatía el ánimo de los argivos, privándoles de la gloria del triunfo, porque deseaba en su corazón dar gloria a Héctor Priámida, a fin de que este arrojase el abrasador y voraz fuego en las corvas naves, y se realizara, de todo en todo, la funesta súplica de Tetis. El próvido Zeus solo aguardaba ver con sus ojos el resplandor de una nave encendida,[462] pues desde aquel instante haría que los teucros fuesen perseguidos desde las naves y daría la victoria a los dánaos. Pensando en tales cosas, el dios incitaba a Héctor Priámida, ya de por sí muy enardecido, a encaminarse hacia las cóncavas naves. Como se enfurece Ares blandiendo la lanza, o se embravece el pernicioso fuego en la espesura de poblada selva, así se enfurecía Héctor: su boca estaba cubierta de espuma, los ojos le centelleaban debajo de las torvas cejas y el casco se agitaba terriblemente en sus sienes mientras peleaba. Y desde el éter, Zeus protegía únicamente a Héctor, entre tantos hombres, y le daba honor y gloria; porque el héroe debía vivir poco, y ya Palas Atenea apresuraba la llegada del día fatal en que había de sucumbir a manos del Pelida. Héctor deseaba romper las filas de los combatientes, y probaba por donde veía mayor turba y mejores armas; mas, aunque ponía gran empeño, no pudo conseguirlo, porque los dánaos, dispuestos en columna

---

[462] Claramente se expresa entonces el punto de quiebre y el cambio del curso de la acción, marcado por el incendio de las naves; una amenaza que viene creciendo, como vimos, desde 8.181 y ss.

cerrada, hicieron frente al enemigo. Cual un peñasco escarpado y grande, que en la ribera del espumoso mar resiste el ímpetu de los sonoros vientos y de las ingentes olas que allí se rompen; así los dánaos aguardaban a pie firme a los teucros y no huían.

[vv. 15.623 y ss.] Y Héctor, resplandeciente como el fuego,[463] saltó al centro de la turba como la ola impetuosa levantada por el viento cae desde lo alto sobre la ligera nave, llenándola de espuma mientras el soplo terrible del huracán brama en las velas y los marineros tiemblan amedrentados porque se hallan muy cerca de la muerte; de tal modo vacilaba el ánimo en el pecho de los aqueos. Como dañino león acomete un rebaño de muchas vacas que pacen a orillas del extenso lago y son guardadas por un pastor que, no sabiendo luchar con las fieras para evitar la muerte de alguna vaca de retorcidos cuernos, va siempre con las primeras o con las últimas reses; y el león salta al centro, devora una vaca y las demás huyen espantadas: así los aqueos todos fueron puestos en fuga por Héctor y el padre Zeus[464], pero Héctor mató a uno solo, a Perifetes de Micenas, hijo de aquel Copreo que llevaba los mensajes del rey Euristeo[465] al fornido Heracles. De este padre oscuro nació tal hijo, que superándole en toda clase de virtudes, en la carrera y en el combate, figuró por su talento entre los primeros ciudadanos de Micenas y entonces dio a Héctor gloria excelsa. Pues al volverse, tropezó con el borde del escudo que le cubría de pies a cabeza y que llevaba para defenderse de los tiros; y enredándose con él, cayó de espaldas, y el casco resonó de un modo horrible en torno de las sienes. Héctor lo advirtió en seguida, acudió corriendo, metió la pica en el pecho de Perifetes y

---

[463] Esta identificación de Héctor con el fuego es muy próxima a la expresión metafórica φλογὶ εἴκελος, o sea, *semejante a una llama* que se le aplica en reiteradas oportunidades (13.53, 13.688, 18.154 y 20.423).

[464] Héctor sobresale de forma particularmente gloriosa; hasta el punto que en 15.637 su potestad parece identificarse —casi parece que se superpone— con la de Zeus.

[465] Cuando Heracles se presentó en la corte de Euristeo con la cabeza del león de Nemea, demostrando que había cumplido con el primer trabajo, el rey quedó tan lleno de temor ante la fuerza y valentía del héroe que le prohibió la entrada a la ciudad, y comisionó a Copreo, un hijo de Pélope al que había purificado, para llevarle las órdenes de los posteriores trabajos. Para Homero el trabajo de Copreo es el de un sirviente de un rey indigno y cobarde, por ello lo menosprecia, y en cambio, rinde homenaje a su hijo Perifetes por haber dado a su vida un curso tan honroso y diverso del de su padre.

lo mató cerca de sus mismos compañeros, que, aunque afligidos, no pudieron socorrerle pues temían mucho al divino Héctor.

[vv. 15.653 y ss.] Por fin llegaron a las naves. Defendíanse los argivos detrás de las que se habían sacado primero a la playa, y los teucros fueron a perseguirlos. Aquellos, al verse obligados a retroceder, se colocaron apiñados cerca de las tiendas, sin dispersarse por el ejército, porque la vergüenza y el temor se lo impedían, y mutua e incesantemente se exhortaban. Y especialmente Néstor, protector de los aqueos, dirigíase a todos los guerreros, y en nombre de sus padres así les suplicaba:

[vv. 15.661 y ss.] —¡Oh amigos! Sed hombres y mostrad que tenéis un corazón pundonoroso ante los demás varones. Acordaos de los hijos, de las esposas, de los bienes, y de los padres, vivan aún o hayan fallecido. En nombre de estos ausentes os suplico que resistáis firmemente y no os entreguéis a la fuga.

[vv. 15.667 y ss.] Con estas palabras les excitó a todos el valor y la fuerza. Entonces Atenea les quitó de los ojos la densa nube que los cubría[466], y apareció la luz por ambos lados, en los navíos y en la lid sostenida por los dos ejércitos con igual tesón. Vieron a Héctor, valiente en la pelea, y a sus propios compañeros, así a cuantos estaban detrás de los bajeles y no combatían, como a los que junto a las veleras naves daban batalla al enemigo.

[vv. 15.674 y ss.] No le era grato al corazón del magnánimo Áyax permanecer donde los demás aqueos se habían retirado; y el héroe, andando a paso largo, iba de nave en nave con una gran percha de combate naval que medía veintidós codos[467] y estaba reforzada con clavos. Como un diestro cabalgador escoge cuatro caballos entre muchos, los guía desde la llanura a la gran ciudad por la carretera, muchos hombres y mujeres le admiran, y él salta continuamente y con seguridad del uno al otro, mientras los corceles vuelan; así

---

[466] Hay alguna dificultad para comprender esta acción de Atenea. Parece que no se ha hecho ninguna mención previa de esta niebla o de una nube que impidiera la visión, por lo cual sorprende lo que hace Atenea. Sin embargo, pudiera tratarse de algo similar a cuando aclara la visión de Diomedes para que distinga a los dioses y a los hombres en 5.127 y s.; o —más probablemente— puede que Homero se estuviera refiriendo a que Atenea disipó la nube con que se cubría Febo Apolo, al andar delante de los troyanos portando la égida en 15.307 y s.

[467] Aproximadamente diez metros de longitud. Dado que se trata justamente del doble del largo de la lanza que lleva Héctor en 6.319 y 8.494, no parece que se trate de un detalle casual.

Áyax, andando a paso tirado, recorría las cubiertas de muchas naves y su voz llegaba al éter. Sin cesar daba horribles gritos, para exhortar a los dánaos a defender naves y tiendas. Tampoco Héctor permanecía en la turba de los teucros, armados de fuertes corazas: como el águila negra se echa sobre una bandada de alígeras aves — gansos, grullas o cisnes cuellilargos—, que están comiendo a orillas de un río; así Héctor corría en derechura a una nave de negra proa, empujado por la mano poderosa de Zeus, y el dios incitaba también a la tropa para que le acompañara.

[vv. 15.696 y ss.] De nuevo se trabó un reñido combate al pie de los bajeles. Hubieras dicho que sin estar cansados ni fatigados, comenzaban entonces a pelear. ¡Con tal denuedo batallaban! He aquí cuáles eran sus respectivos pensamientos: los aqueos no creían escapar de aquel desastre, sino perecer; los teucros esperaban en su corazón incendiar las naves y matar a los héroes aqueos. Y con estas ideas, asaltábanse unos a otros.

[vv. 15.704 y ss.] Héctor llegó a tocar la popa de una hermosa nave de ligero andar; aquella en que Protesilao[468] llegó a Troya y que luego no había de llevarle otra vez a la patria tierra. Por esta nave se mataban los aqueos y los teucros: sin aguardar desde lejos los tiros de flechas y dardos, combatían de cerca y con igual ánimo, valiéndose de agudas hachas, segures, grandes espadas y lanzas de doble filo. Muchas hermosas dagas, de obscuro recazo, provistas de mango, cayeron al suelo, ya de las manos, ya de los hombros de los combatientes; y la negra tierra manaba sangre. Héctor, desde que cogió la popa, no la soltaba; y teniendo entre sus manos la parte superior de la misma, animaba a los teucros:

[vv. 15.718 y ss.] —¡Traed fuego, y dispuestos en escuadrón cerrado, trabad la batalla! Zeus nos concede un día que lo compensa todo, pues, vamos a tomar las naves que vinieron contra la voluntad de los dioses y nos han ocasionado muchas calamidades por la cobardía de los viejos, que no me dejaban pelear cerca de aquellas y detenían al

---

[468] La nave de Protesilao ya estaba marcada por Homero para su destrucción desde 13.681-3 al indicar que en ese lugar el muro era más bajo (Cfr. Janko, R. *The Iliad: A Commentary. Vol. IV, Books 13-16*, Cambridge University Press, 1994, p. 304); así también es de suponer que, si Protesilao fue el primero en pisar tierra troyana, su nave fuera de las que se habían varado en primer término, y más alejada de la orilla.

ejército. Mas si entonces el longividente Zeus ofuscaba nuestra razón, ahora él mismo nos impele y anima.

[vv. 15.726 y ss.] Así dijo; y ellos acometieron con mayor ímpetu a los argivos. Áyax ya no resistió, porque estaba abrumado por los tiros: temiendo morir, dejó la cubierta, retrocedió hasta un banco de remeros que tenía siete pies, púsose a vigilar, y con la pica apartaba del navío a cuantos llevaban el voraz fuego, en tanto que exhortaba a los dánaos con espantosos gritos:

[vv. 15.733 y ss.] —¡Amigos, héroes dánaos, ministros de Ares! Sed hombres y mostrad vuestro impetuoso valor. ¿Creéis, por ventura, que hay a nuestra espalda otros defensores o un muro más sólido que libre a los hombres de la muerte? Cerca de aquí no existe ciudad alguna defendida con torres que nos proporcione refugio y cuyo pueblo nos dé auxilio para alcanzar una ulterior victoria; sino que nos hallamos en la llanura de los troyanos, de fuertes corazas, a orillas del mar y lejos de la patria. La salvación, por consiguiente, está en los puños; no en ser flojos en la pelea.

[vv. 15.742 y ss.] Dijo, y acometió furioso con la aguda lanza. Y cuantos teucros, movidos por las excitaciones de Héctor, quisieron llevar ardiente fuego a las cóncavas naves, a todos los mató Áyax con su larga pica. Doce fueron los que hirió de cerca, delante de los bajeles. [469]

---

[469] El número doce, de los heridos por Áyax, nos transmite la idea de cómo se defiende valientemente, rodeado de enemigos, pero triunfando sobre todos ellos. Quienes establecieron aquí el final de esta rapsodia seguramente quisieron destacar la figura de Áyax, triunfando con denodado esfuerzo y falto de ayuda. Por otra parte, recordemos que en 8.224 y ss. se nos decía que Áyax y Aquiles, siendo los más valientes, protegían a los demás colocando sus tiendas a uno y otro extremo del campamento; aquí Áyax sigue actuando como muro protector de los aqueos.

RAPSODIA XVI

PATROCLEA

Patroclo le ruega a Aquiles que se una a la batalla para rechazar a los troyanos. Viendo que no puede persuadirlo, le ruega que al menos le preste sus armas y le permita dirigir a los mirmidones. Aquiles acepta, pero le aconseja que vuelva cuando los haya rechazado de las naves, pues el destino no le tiene reservada la gloria de tomar Troya. Pero Patroclo, enardecido por sus hazañas, entre ellas la de matar a Sarpedón, hijo de Zeus, persigue a los troyanos por la llanura hasta que Apolo le suelta la coraza. Euforbo lo hiere y Héctor lo mata.

[vv. 16.1 y ss.] Así peleaban por la nave de muchos bancos. Patroclo se presentó a Aquiles, pastor de hombres, derramando ardientes lágrimas como fuente profunda que vierte sus aguas sombrías por escarpada roca. Tan pronto como le vio el divino Aquiles, el de los pies ligeros, compadeciose de él y le dijo estas aladas palabras:

[vv. 16.7 y ss.] —¿Por qué lloras, Patroclo, como una niña que va con su madre y deseando que la tome en brazos, le tira del vestido, la detiene a pesar de que está de prisa y la mira con ojos llorosos para que la levante del suelo? Como ella, oh Patroclo, derramas tiernas lágrimas. ¿Vienes a participarnos algo a los mirmidones o a mí mismo? ¿Supiste tú solo alguna noticia de Ptía? Dicen que Menetio, hijo de Áctor, existe aún; vive también Peleo entre los mirmidones; y es la muerte de aquel o de este lo que más nos podría afligir. ¿O lloras quizás porque los argivos perecen, cerca de las cóncavas naves, por la injusticia que cometieron? Habla, no me ocultes lo que piensas para que ambos lo sepamos.

[vv. 16.20 y ss.] Dando profundos suspiros, respondiste así, caballero Patroclo: —¡Oh Aquiles, hijo de Peleo, el más valiente de los aqueos! No te enfades, porque es muy grande el pesar que los abruma. Los más fuertes, heridos unos de cerca y otros de lejos, yacen en los bajeles —con arma arrojadiza fue herido el poderoso Diomedes Tidida; con la pica, Odiseo, famoso por su lanza, y Agamenón; a Eurípilo flechándronle en el muslo—, y los médicos, que conocen muchas drogas, ocúpanse en curarles las lesiones. Tú Aquiles, eres implacable. ¡Jamás se apodere de mí un rencor como el que guardas! ¡Oh tú, que tan mal empleas el valor! ¿A quién podrás ser útil más tarde, si ahora no salvas a los argivos de una muerte indigna? ¡Despiadado!, no fue tu padre el jinete Peleo, ni Tetis tu

283

madre; el glauco mar o las escarpadas rocas debieron de engendrarte, porque tu espíritu es cruel. Si te abstienes de combatir por algún vaticinio que tu madre, enterada por Zeus, te haya revelado, envíame a mí con los demás mirmidones, por si llego a ser la aurora de la salvación de los dánaos; y permite que cubra mis hombros con tu armadura para que los teucros me confundan contigo y cesen de pelear, los belicosos dánaos, que tan abatidos están, se reanimen y la batalla tenga su tregua, aunque sea por breve tiempo. Nosotros, que no nos hallamos extenuados de fatiga, rechazaríamos fácilmente de las naves y de las tiendas hacia la ciudad a esos hombres que de pelear están cansados.

[vv. 16.46 y ss.] Así le suplicó el gran insensato; y con ello llamaba a la terrible muerte y a la Parca. Aquiles, el de los pies ligeros, le contestó muy indignado:

[vv. 16.49 y ss.] —¡Ay de mí, Patroclo, del linaje de Zeus, qué dijiste! No me abstengo por ningún vaticinio que sepa y tampoco la veneranda madre me dijo nada de parte de Zeus, sino que se me oprime el corazón y el alma cuando un hombre, porque tiene más poder, quiere privar a su igual de lo que le corresponde y le quita la recompensa. Tal es el gran pesar que tengo, a causa de las contrariedades que mi ánimo ha sufrido. La moza que los aqueos me adjudicaron como recompensa y que había conquistado con mi lanza, al tomar una bien murada ciudad, el rey Agamenón me la quitó como si yo fuera un miserable advenedizo. Mas dejemos lo pasado; no es posible guardar siempre la ira en el corazón, aunque me había propuesto no deponer la cólera hasta que la gritería y el combate llegaran a mis bajeles. Cubre tus hombros con mi magnífica armadura, ponte al frente de los mirmidones, y llévalos a la pelea[470]; pues negra nube de teucros cerca ya las naves con gran ímpetu y los argivos, acorralados en la orilla del mar, solo disponen de un corto espacio. Sobre ellos cargan confiadamente todos los de Troya, porque no ven mi reluciente casco. Pronto huirían llenando de muertos los fosos si el rey Agamenón fuera justo conmigo; mientras que ahora combaten alrededor de nuestro ejército. Ya la mano de Diomedes Tidida no blande furiosamente la lanza para librar a los dánaos de la muerte, ni he oído un solo grito que viniera de la odiosa cabeza del Atrida; solo resuena la voz de Héctor, matador de hombres, animando a los teucros, que con vocerío ocupan toda la

---

[470] Con la aceptación de Aquiles, se sella el destino fatal de Patroclo.

llanura y vencen en la batalla a los aqueos. Pero tú, Patroclo, échate impetuosamente sobre ellos y aparta de las naves esa peste; no sea que, pegando ardiente fuego a los bajeles, nos priven de la deseada vuelta. Haz cuanto te voy a decir, para que me proporciones mucha honra y gloria ante todos los dánaos, y estos me devuelvan la hermosa joven y me hagan además espléndidos regalos. Tan luego como los alejes de los barcos vuelve atrás; y aunque el tonante esposo de Hera te dé gloria, no quieras lidiar sin mí contra los belicosos teucros, pues contribuirías a mi deshonra. Y tampoco, estimulado por el combate y la pelea, te encamines matando enemigos, a Ilión; no sea que alguno de los sempiternos dioses baje del Olimpo, pues a los troyanos les protege mucho Apolo, el que hiere de lejos. Retrocede tan pronto como hayas librado del peligro a los barcos, y deja que peleen en la llanura. Ojalá, ¡padre Zeus, Atenea, Apolo!, ninguno de los teucros ni de los argivos escape de la muerte, y librándonos de ella nosotros dos, derribemos las sacras almenas de Troya.[471]

[vv. 16.101 y ss.] Así estos hablaban. Áyax ya no resistía: vencíanle el poder de Zeus y los animosos teucros que le arrojaban dardos, su refulgente casco resonaba de un modo horrible en torno de las sienes, golpeado continuamente en las hermosas abolladuras, y el héroe tenía cansado el hombro derecho de sostener con firmeza el versátil escudo; pero no lograban hacerle mover de su sitio por más tiros que le enderezaban. Áyax estaba anhelante, copioso sudor corría de todos sus miembros y apenas podía respirar: por todas partes a una desgracia sucedía otra.

[vv. 16.112 y s.] Decidme, Musas que poseéis olímpicos palacios, cómo por vez primera cayó el fuego en las naves aqueas.[472]

[vv. 16.114 y ss.] Héctor, que se hallaba cerca de Áyax le dio con la gran espada un golpe en la pica de fresno[473] y se la quebró por la

---

[471] Willamowitz ha notado que el destino final de los aqueos es un asunto bastante secundario para el propio Aquiles; sin embargo, irónicamente, ni Patroclo, ni Aquiles llegarán a presenciar la caída de Troya (Cfr. Wilamowitz-Moellendorff, U. *Die Ilias und Homer*, Berlin, Weidmannsche Buchhandlung, 1916, p. 122).

[472] Este detalle es de singular importancia porque Zeus, como ya nos había anticipado en sus propias palabras (15.597 y ss.), completaría el acuerdo con Tetis, y podría volverse en favor de los aqueos.

[473] Aunque no existe indicación que lo avale, esa pica probablemente fuera la que empuñaba en 15.677 y ss. Sin embargo, en este momento las grandes dimensiones de la lanza de Áyax no se mencionan y, por el contrario, sí se destaca el gran

juntura del asta con el hierro. Quiso Áyax blandir la truncada pica, y la broncínea punta cayó a lo lejos con gran ruido. Entonces reconoció el eximio Áyax la intervención de los dioses, estremeciose porque Zeus altitonante les frustraba todos los medios de combate y quería dar la victoria a los teucros, y se puso fuera del alcance de los tiros. Los teucros arrojaron voraz fuego a la velera nave, y pronto se extendió por la misma una llama inextinguible[474].

[vv. 16.124 y s.] Así que el fuego rodeó la popa, Aquiles golpeándose el muslo, dijo a Patroclo:

[vv. 16.126 y ss.] —¡Anda,[475] Patroclo, del linaje de Zeus, hábil jinete! Ya veo en las naves la impetuosa llama del fuego destructor: no sea que se apoderen de ellas y ni medios para huir tengamos. Apresúrate a vestir las armas, y yo en tanto reuniré la gente.

[vv. 16.130 y ss.] Dijo, y Patroclo vistió la armadura de luciente bronce: púsose en las piernas elegantes grebas, ajustadas con broches de plata; protegió su pecho con la coraza labrada, refulgente, del Eácida, de pies ligeros; colgó del hombro una espada, guarnecida de argénteos clavos; embrazó el grande y fuerte escudo; cubrió la cabeza con un hermoso casco, cuyo terrible penacho, de crines de caballo, ondeaba en la cimera, y asió dos lanzas fuertes que su mano pudiera blandir. Solamente dejó la lanza ponderosa, grande y fornida del eximio Eácida, porque Aquiles era el único aqueo capaz de manejarla:[476] había sido cortada de un fresno de la cumbre del Pelión

---

tamaño de la espada con la que Héctor la trunca. Parece como si se hubiera realizado una transferencia de la importancia de un objeto al otro; o mejor dicho, del poderío que Áyax demostraba manejando aquella lanza, al que ahora desarrolla Héctor, actuando con semejante espada. En todo caso lo que hace Héctor es despuntar la lanza de Áyax, y con ello, destruir mayormente su capacidad ofensiva. Es sin duda una de las mayores proezas de Héctor, porque no solamente se enfrenta al más duro combatiente de los aqueos, sino también logra imponérsele cuando empleaba un armamento de mayor tamaño. Esto es lo que convence a Áyax de que los dioses están en su contra.

[474] Este incendio lo apagará Patroclo en 293. Sin embargo, nos parece que el carácter *inextinguible* ($\check{\alpha}\sigma\beta\varepsilon\sigma\tau o\varsigma$) de este fuego representa la irrevocable serie de hechos y acontecimientos que constituyen el destino, que esta llama ha desencadenado. Por eso, a renglón seguido, viene la decisión de Aquiles.

[475] Cambiamos la interjección por el imperativo. Esto parece más apropiado y comprensible para el lector actual que la interjección "¡Sus!" elegida originariamente por el traductor.

[476] El revestirse con las armas de Aquiles ya nos anuncia la *aristeia* de Patroclo. Sin embargo, se superpone también el tema de la suplantación. Porque el propósito

y regalada por Quirón al padre de Aquiles, para que con ella matara héroes. Luego, Patroclo mandó a Automedonte —el amigo a quien más honraba después de Aquiles, destructor de hombres, y el más fiel en resistir a su lado la acometida del enemigo en las batallas— que enganchara los caballos. Automedonte unció bajo el yugo a Janto y Balio, corceles ligeros que volaban como el viento y tenían por madre a la harpía Podarga, la cual paciendo en una pradera junto al Océano los concibió del Céfiro. Y con ellos puso al excelente Pédaso, que Aquiles se llevara de la ciudad de Eetión cuando la tomó, corcel que, no obstante su condición de mortal, seguía a los caballos inmortales.

[vv. 16.155 y ss.] Aquiles, recorriendo las tiendas, hacía tomar las armas a todos los mirmidones. Como carniceros lobos dotados de una fuerza inmensa despedazan en el monte un grande cornígero ciervo que han matado y sus mandíbulas aparecen rojas de sangre; luego van en tropel a lamer con las tenues lenguas el agua de un profundo manantial, eructando por la sangre que han bebido, y su vientre se dilata, pero el ánimo permanece intrépido en el pecho; de igual manera, los jefes y príncipes de los mirmidones se reunían presurosos alrededor del valiente servidor del Eácida, de pies ligeros. Y en medio de todos, el belicoso Aquiles animaba, así a los que combatían en carros, como a los peones armados de escudos.

[vv. 16.168 y ss.] Cincuenta fueron las veleras naves en que Aquiles, caro a Zeus, condujo a Ilión sus tropas[477]; en cada una embarcáronse cincuenta hombres; y el héroe nombró cinco jefes para que los rigieran[478], reservándose el mando supremo. Del primer cuerpo era

---

es que Patroclo aparezca como el propio Aquiles. El detalle de la lanza sirve a los efectos de subrayar que, sin embargo, Patroclo nunca será Aquiles. Es como en *Macbeth*, cuando las ropas quedan grandes. Podríamos recordar aquí que en el resumen de la guerra de Troya realizado por Tzetzes, ya muerto Aquiles (*Posthomerica,* 545-568), Neoptólemo hace como Patroclo y viste las armas de su padre, y al salir al combate, causa gran espanto entre los teucros, porque piensan que Aquiles ha retornado al mundo de los vivos. Pero el caso de Neoptólemo es totalmente distinto al de Patroclo, debido a que se trata de su propio hijo y se quiere ver en él, verdaderamente, a "otro Aquiles".

[477] Coincide con lo dicho en el catálogo de las naves (2.685), pero se aportan más detalles.

[478] Si tomamos literalmente las cantidades mencionadas, los mirmidones suman dos mil quinientos y cada sección o *batallón* tendría unos quinientos combatientes —o sea, la cantidad equivalente a la tripulación de diez navíos—. Esta división en

caudillo Menestio[479], el de labrada coraza, hijo del río Esperquio que las celestiales lluvias alimentan: habíale dado a luz la bella Polidora, hija de Peleo, que siendo mujer se acostó con la deidad del Esperquio; aunque se creyera que lo había tenido de Boro, hijo de Perieres, el cual se desposó públicamente con la misma y le constituyó una gran dote. Mandaba la segunda sección el belicoso Eudoro, nacido de una soltera, de la hermosa Polimela, hija de Filante; de la tal enamorose el poderoso Argifontes al verla entre las que danzaban al son del canto en un coro de Artemisa, la diosa que lleva el arco de oro y ama el bullicio de la caza: el benéfico Hermes subió en seguida al aposento de la moza, uniéronse clandestinamente y ella le dio un hijo ilustre, Eudoro, ligero en el correr y belicoso. Cuando Ilitia, que preside los partos, sacó a luz al infante y este vio los rayos del Sol, el fuerte Equecles Actórida la tomó [480] por esposa, constituyéndole una gran dote y el anciano Filante crió y educó al niño con tanto amor como si fuese hijo suyo. Estaba al frente de la tercera división Pisandro Memálida, que, después del compañero de Aquiles, era entre todos los mirmidones quien descollaba más en combatir con la lanza. El cuarto escuadrón obedecía las órdenes de Fénix, aguijador de caballos; y el quinto tenía por jefe al eximio Alcimedonte, hijo de Laerces. Cuando Aquiles los hubo puesto a todos en orden de batalla con sus respectivos capitanes, les dijo con voz pujante:

[vv. 16.200 y ss.] —¡Mirmidones! Ninguno de vosotros olvide las amenazas que en las veleras naves dirigíais a los teucros mientras duró mi cólera, ni las acusaciones con que todos me acriminabais: "¡Inflexible hijo de Peleo! Sin duda tu madre te nutrió con hiel. ¡Despiadado, pues retienes a tus compañeros en los navíos contra su

---

cinco secciones también la encontramos en 12.86 y ss., con la organización del ejército troyano para el ataque de la muralla.

[479] Ni Menestio, que comanda el primero, ni Pisandro Memálida, que se ocupa del tercero, volverán a ser mencionados en la obra. Todo lo cual hace pensar que esta presentación de los jefes de las divisiones, con algunas referencias a su linaje, simplemente sirve para aportar algo de color a los preparativos del combate que dirigirá Patroclo al frente de los mirmidones.

[480] Corregimos el texto que se encuentra en todas las versiones de esta traducción y que pasó a todas sus ediciones. D. Luis Segalá y Estalella tradujo: "el fuerte Equecles Actórida tomó a Filomela por esposa", lo cual es un error editorial porque, cotejado el original griego, vemos que no se menciona a Filomela, sino que todo lo dicho se refiere a Polimela, hija de Filante.

voluntad! Embarquémonos en los bajeles que atraviesan el ponto y volvamos a la patria, ya que la cólera funesta anidó en tu corazón". Así acostumbrabais hablarme cuando os reuníais. Pues a la vista tenéis la gran empresa del combate que tanto habéis anhelado. Y ahora cada uno pelee con valeroso corazón contra los teucros.

[vv. 16.210 y ss.] Con estas palabras les excitó a todos el valor y la fuerza; y ellos, al oírlas, cerraron más las filas. Como el obrero junta grandes piedras al construir la pared de una elevada casa, para que resista el ímpetu de los vientos; así, tan unidos estaban los cascos y los abollonados escudos: la rodela se apoyaba en la rodela, el yelmo en el yelmo, cada hombre en su vecino, y los penachos de crines de caballo y los lucientes conos de los cascos se juntaban cuando alguien inclinaba la cabeza. ¡Tan apretadas eran las filas! Delante de todos se pusieron dos hombres armados, Patroclo y Automedonte; los cuales tenían igual ánimo y deseaban combatir al frente de los mirmidones. Aquiles entró en su tienda y alzó la tapa de un arca hermosa y labrada que Tetis, la de argentados pies, colocara en la nave del héroe después de llenarla de túnicas y mantos, que le abrigasen contra el viento, y de afelpados cobertores. Allí tenía una copa de primorosa labor que no usaba nadie para beber vino ni para ofrecer libaciones a otro dios que al padre Zeus. Sacola del arca, y purificándola primero con azufre,[481] la limpió con agua cristalina[482]; acto continuo lavose las manos, llenó la copa y puesto en medio[483] con los ojos levantados al cielo libó el negro vino y oró a Zeus que se complace en lanzar rayos, sin que al dios le pasara inadvertido:

[vv. 16.233 y ss.] —¡Zeus soberano, Dodoneo, Pelásgico, que vives lejos y reinas en Dodona, de frío invierno, donde moran los selos, tus intérpretes, que no se lavan los pies y duermen en el suelo! Escuchaste mis palabras cuando te invoqué, y para honrarme oprimiste duramente al pueblo aqueo. Pues ahora, cúmpleme este voto: Yo me quedo en el recinto de las naves y mando al combate a mi compañero con muchos mirmidones: haz que le siga la victoria,

---

[481] Quemando azufre se produce dióxido de azufre o anhídrido sulfuroso, gas que todavía se sigue usando para purificar barricas y toneles. El procedimiento de quemar azufre para purificar también lo encontramos en la *Odisea* (22.481 y s.) para limpiar la casa luego de la matanza de los pretendientes.

[482] El anhídrido sulfuroso es soluble en agua, por ello completa la limpieza con agua cristalina, y se lava las manos.

[483] Aquiles hace la libación y eleva su plegaria a Zeus desde la posición central como líder supremo de los mirmidones.

longividente Zeus, e infúndele valor en el corazón para que Héctor vea si mi escudero sabe pelear solo, o si sus manos invictas únicamente se mueven con furia cuando va conmigo a la marcial contienda. Y cuando haya apartado de los bajeles la gritería y la pelea, vuelva incólume con todas las armas y con los compañeros que de cerca combaten.

[vv. 16.249 y ss.] Tal fue su plegaria. El próvido Zeus le oyó; y de las dos cosas, le otorgó una: concediole que apartase de las naves el combate y la pelea, y negole que volviera ileso de la batalla.[484] Hecha la libación y la rogativa al padre Zeus, entró Aquiles en la tienda, dejó la copa en el arca, y salió otra vez, porque deseaba en su corazón presenciar la terrible pugna de teucros y aqueos.

[vv. 16.257 y ss.] Los mirmidones seguían con armas y en buen orden al magnánimo Patroclo, hasta que alcanzaron a los teucros y les arremetieron con grandes bríos, esparciéndose como las avispas que moran en el camino, cuando los muchachos, siguiendo su costumbre de molestarlas, las irritan y consiguen con su imprudencia que dañen a buen número de personas, pues, si algún caminante pasa por allí, y sin querer las mueve, vuelan y defienden con ánimo valeroso a sus hijuelos; con un corazón y ánimo semejantes, se esparcieron los mirmidones desde las naves, y levantose una gritería inmensa. Y Patroclo exhortaba a sus compañeros, diciendo con voz recia:

[vv. 16.269 y ss.] —¡Mirmidones, compañeros del Pelida Aquiles! Sed hombres, amigos, y mostrad vuestro impetuoso valor para que honremos al Pelida, que es el más valiente de cuantos argivos hay en las naves, como lo son también sus guerreros, que de cerca combaten; y comprenda el poderoso Agamenón Atrida la falta que cometió no honrando al mejor de los aqueos.

[vv. 16.275 y ss.] Con estas palabras les excitó a todos el valor y la fuerza. Los mirmidones cayeron apiñados sobre los teucros y en las naves resonaban de un modo horrible los gritos de los aqueos.

[vv. 16.278 y ss.] Cuando los teucros vieron al esforzado hijo de Menetio y a su escudero, ambos con lucientes armaduras, a todos se les conturbó el ánimo y sus falanges se agitaron. Figurábanse que el Pelida, ligero de pies, había renunciado a su cólera y volvía a ser

---

[484] Homero adelanta aquí el detalle de la muerte de Patroclo, que su público ya conoce.

amigo de Agamenón. Y cada uno miraba adónde podría huir para librarse de una muerte terrible.

[vv. 16.284 y ss.] Patroclo fue el primero que tiró la reluciente lanza allí donde más hombres se agitaban en confuso montón, junto a la nave del magnánimo Protesilao; e hirió a Pirecmes, que había conducido desde Amidón, sita en la ribera del Axio, de ancha corriente, a los peonios que combatían en carros: la lanza se clavó en el hombro derecho; el guerrero, dando un gemido, cayó de espaldas en el polvo, y los demás peonios huyeron, porque Patroclo les infundió pavor al matar a su jefe, que tanto sobresalía en el combate. De este modo Patroclo los echó de los bajeles y apagó el ardiente fuego. El navío quedo allí medio quemado, los teucros huyeron con gran alboroto, los dánaos se dispersaron por las cóncavas naves, y se produjo un gran tumulto. Como Zeus fulminador quita una densa nube de la elevada cumbre de una montaña y se descubren los promontorios, cimas y valles, porque en el cielo se ha abierto la vasta región etérea; así los dánaos respiraron un poco después de librar a las naves del fuego destructor; pero no por eso hubo tregua en el combate. Porque los teucros no huían a carrera abierta, perseguidos por los belicosos aqueos; sino que aún resistían, y solo cediendo a la necesidad se retiraban de las naves.

[vv. 16.306 y ss.] Entonces, ya extendida la batalla, cada jefe mató a un hombre: El esforzado hijo de Menetio, el primero, hirió con la aguda lanza a Areilico, que había vuelto la espalda para huir: el bronce atravesó el muslo y rompió el hueso, y el teucro dio de ojos en el suelo. El belígero Menelao hirió a Toante en el pecho, donde este quedaba sin defensa al lado del escudo, y dejó sin vigor sus miembros. El Filida,[485] observando que Anficlo iba a acometerle, se le adelantó y logró envasarle la pica en la parte superior de la pierna, donde más grueso es el músculo; la punta desgarró los nervios, y la oscuridad cubrió los ojos del guerrero.

[vv. 16.317 y ss.] De los Nestóridas, Antíloco traspasó con la broncínea lanza a Atimnio, clavándosela en el ijar, y el teucro cayó de pechos en el suelo; el hermano de este, Maris, irritado por tal muerte, se le puso delante y arremetió con la lanza a Antíloco; entonces el otro Nestórida, Trasimedes, igual a un dios, se le anticipó y le hirió en la espalda: la punta desgarró el tendón de la parte superior del brazo y rompió el hueso; el guerrero cayó con estrépito, y la oscuridad

---

[485] Eudoro (16.186), quien acaudillaba la segunda sección de los mirmidones.

cubrió sus ojos. De tal suerte, estos dos esforzados compañeros de Sarpedón, hábiles tiradores, e hijos de Amisodaro,[486] el que crió la indomable Quimera, causa de males para muchos hombres, fueron vencidos por los dos hermanos y descendieron al Erebo.[487]

[vv. 16.329 y ss.] Áyax de Oileo acometió y cogió vivo a Cleóbulo, atropellado por la turba; y le quitó la vida, hiriéndole en el cuello con la espada provista de empuñadura: la hoja entera se calentó con la sangre, y la purpúrea muerte y el hado cruel velaron los ojos del guerrero. Penéleo y Liconte fueron a encontrarse, y habiendo arrojado sus lanzas en vano, pues ambos erraron el tiro, se acometieron con las espadas: Liconte dio a su enemigo un tajo en la cimera del casco, que adornaban crines de caballo; pero la espada se le rompió junto a la empuñadura; Penéleo hundió la suya en el cuello de Liconte, debajo de la oreja, y se lo cortó por completo: la cabeza cayó a un lado, sostenida tan solo por la piel, y los miembros perdieron su vigor.

[vv. 16.342 y ss.] Meriones dio alcance con sus ligeros pies a Acamante, cuando subía al carro, y le hirió en el hombro derecho; el teucro cayó al suelo, y las tinieblas cubrieron sus ojos. A Erimante metiole Idomeneo el cruel bronce por la boca: la lanza atravesó la cabeza por debajo del cerebro, rompió los blancos huesos y conmovió los dientes; los ojos llenáronse con la sangre que fluía de las narices y de la boca abierta, y la muerte, cual si fuese obscura nube, envolvió al guerrero.

[vv. 16.351 y ss.] Cada uno de estos caudillos dánaos mató, pues, a un hombre.[488] Como los voraces lobos acometen a corderos o cabritos,

---

[486] Tal como el nombre de Pándaro, el de Amisodaro es de origen licio, como atestigua su terminación (-daros). La quimera —descripta en 6.179 y ss.— fue criada por Amisodaro, el rey de Caria. Y el rey Iobantes le ordenó a Belerofonte que la matase porque asolaba su territorio.

[487] El Erebo son las tinieblas del inframundo; significa literalmente: la oscuridad. Se hallaría por encima del Hades, pero en ocasiones se lo toma como sinónimo de él.

[488] Contando como primera muerte la de Pirecmes a manos de Patroclo, son diez hasta la de Erimante por la lanza de Idomeneo. En cambio, si contamos a partir del verso 306 (ἔνθα δ' ἀνὴρ ἕλεν ἄνδρα κεδασθείσης ὑσμίνης), las muertes son nueve. Si las repeticiones en Homero son significativas, porque ponen en marcha ciertos mecanismos de la memoria, tenemos que advertir que la formula del verso 306 solamente se encuentra en dos oportunidades en todo el poema. La otra ocurrencia corresponde al verso 15.328, esto es, cuando se producía la avanzada de los teucros; en esa oportunidad la cuenta llegaba a ocho muertes; una menos

arrebatándolos de un hato que se dispersa en el monte por la impericia del pastor, pues así que aquellos los ven se los llevan y despedazan por tener los últimos un corazón tímido; así los dánaos cargaban sobre los teucros, y estos pensando en la fuga horrísona, olvidábanse de mostrar su impetuoso valor.

[vv. 16.358 y ss.] El gran Áyax deseaba constantemente arrojar su lanza a Héctor, armado de bronce; pero el héroe, que era muy experto en la guerra, cubriendo sus anchos hombros con un escudo de pieles de toro, estaba atento al silbo de las flechas y al ruido de los dardos. Bien conocía que la victoria se inclinaba del lado de los enemigos pero resistía aún y procuraba salvar a sus compañeros queridos.

[vv. 16.364 y ss.] Como se va extendiendo una nube desde el Olimpo al cielo, después de un día sereno, cuando Zeus prepara una tempestad; así los teucros huyeron de las naves, dando gritos, y ya no fue con orden como repasaron el foso. A Héctor le sacaron de allí, con sus armas, los corceles de ligeros pies, y el héroe desamparó la turba de los teucros, a quienes detenía, mal de su grado, el profundo foso. Muchos veloces corceles rompiendo los carros de los caudillos por el extremo del timón, los dejaron en el mismo.[489] Patroclo iba

---

que en este caso. Dado que una vez el verso se usa referido a los teucros y otra para la réplica de los aqueos, estaríamos autorizados a suponer que acaso el poeta quisiera establecer una suerte de comparación entre ambas situaciones, indicando tal vez una supremacía de los aqueos respecto de los troyanos. Sin embargo, debido a que ambos números están implícitos, parece poco probable que —aun existiendo la intencionalidad del autor— el público estuviera llevando la cuenta de los muertos mientras escuchaba el recitado, dado que no hay en esos versos un numeral que recoja la suma. Pero la repetición de ese verso sí podría haber jugado un efecto más general en la memoria del público, como el que produce una imagen reflejada, a la manera de: "así como antes hicieron los teucros; luego, tanto hicieron los aqueos". En cualquier caso, lo importante es que el mismo verso formulario que introduce la situación del bando troyano, luego se repite, en sentido contrario, para el bando aqueo. Pero el nueve que logran los aqueos, dando muerte cada uno a un jefe troyano, tendría el valor de lo inacabado porque a continuación se presenta la oportunidad del décimo a manos de Áyax: su objetivo era nada menos que el propio Héctor (358 y ss.) pero este no le da chance. El relato de la intencionalidad de Áyax y de cómo se frustra, pareciera tener un único objetivo: mostrar que el último, el décimo, no se pudo alcanzar y que la serie quedó incompleta.

[489] Esto había sido anticipado por Polidamante en 12.61 y ss. Pero Héctor, que en principio había hecho caso de su sabio consejo, enceguecido por el furor bélico, y contando con la ayuda de Apolo, hizo cruzar los carros en 15.352 y ss., para realizar un ataque definitivo contra los aqueos. A juzgar por el desastre que se

adelante, exhortando vehementemente a los dánaos y pensando en causar daño a los teucros; los cuales, una vez puestos en desorden, llenaban todos los caminos huyendo con gran clamoreo; la polvareda llegaba a lo alto debajo de las nubes y los solípedos caballos volvían a la ciudad desde las naves y las tiendas.

[vv. 16.377 y ss.] Patroclo, donde veía a los enemigos más desordenados, allí se encaminaba vociferando; los guerreros caían de bruces debajo de los ejes de sus carros, y estos volcaban con gran estruendo. Al llegar al foso, los caballos inmortales que los dioses dieran a Héctor como espléndido presente, lo salvaron de un salto, deseosos de seguir adelante; y cuando a Patroclo el ánimo le llevó hacia Héctor para herirle, ya los veloces corceles se le habían llevado. Como en el otoño descarga una tempestad sobre la negra tierra, cuando Zeus hace caer violenta lluvia, irritado contra los hombres que en el foro dan sentencias inicuas y echan a la justicia, no temiendo la venganza de los dioses; y los ríos salen de madre y los torrentes cortan muchas colinas, braman al correr desde lo alto de las montañas al mar purpúreo y destruyen las labores del campo; de semejante modo corrían las yeguas troyanas dando lastimeros relinchos.

[vv. 16.394 y ss.] Patroclo, cuando hubo separado de los demás enemigos a los que formaban las últimas falanges, les obligó a volver hacia los bajeles, en vez de permitirles que subiesen a Troya; y acometiéndoles entre las naves, el río y el alto muro, los mataba para vengar a muchos de los suyos. Entonces envasole a Prónoo la lanza en el pecho, donde este quedaba sin defensa al lado del escudo, y le dejó sin vigor los miembros: el teucro cayó con estrépito. Luego acometió a Téstor, hijo de Enope, que se hallaba encogido en el lustroso asiento y en su turbación había dejado que las riendas se le fuesen de la mano: clavole desde cerca la lanza en la mejilla derecha, se la hizo pasar a través de los dientes y lo levantó por encima del barandal. Como el pescador sentado en la roca saca del mar un pez enorme, valiéndose de la cuerda y del anzuelo, así Patroclo, alzando la reluciente lanza, sacó del carro a Téstor con la boca abierta y le arrojó de cara al suelo; el teucro, al caer, perdió la vida. Después hirió de una pedrada en medio de la cabeza a Erilao, que a

---

produce, o bien Apolo no había allanado suficientemente el terreno como se dice en 15.355 y ss., o el poeta se olvidó de lo realizado por Apolo, que parece lo más probable.

acometerle venía, y se la partió en dos dentro del fuerte casco: el teucro dio de manos en el suelo, y le envolvió la destructora muerte. Y sucesivamente fue derribando en la fértil tierra a Erimante, Anfótero, Epaltes, Tlepólemo Danastórida, Equio, Piris, Ifeo, Evipo y Polimelo Argéada.[490]

[vv. 16.419, 420 y 421] Sarpedón, al ver que sus compañeros, de corazas sin cintura, sucumbían a manos de Patroclo Menetíada, increpó a los deiformes licios:

[vv. 16.422, 423, 424 y 425] —¡Qué vergüenza, oh licios! ¿A dónde huís? Sed esforzados. Yo saldré al encuentro de ese hombre, para saber quién es el que así vence y tantos males causa a los teucros, pues ya a muchos valientes les ha quebrado las rodillas.

[vv. 16.426 y ss.] Dijo, y saltó del carro al suelo sin dejar las armas. A su vez Patroclo, al verlo, se apeó del suyo. Como dos buitres de corvas uñas y combado pico riñen, dando chillidos, sobre elevada roca, así aquellos se acometieron vociferando. Violos el hijo del artero Cronos, y compadecido, dijo a Hera, su hermana y esposa:

[vv. 16.433 y ss.] —¡Ay de mí! El hado dispone que Sarpedón, a quien amo sobre todos los hombres, sea muerto por Patroclo Menetíada. Entre dos propósitos vacila en mi pecho el corazón: ¿lo arrebataré vivo de la luctuosa batalla, para dejarlo en el opulento pueblo de la Licia, o dejaré que sucumba a manos del Menetíada?

[vv. 16.439 y ss.] Respondiole Hera veneranda, la de los ojos grandes: —¡Terribilísimo Crónida, qué palabras proferiste! ¿Una vez más quieres librar de la muerte horrísona a ese hombre mortal, a quien

---

[490] Si bien se ha observado aquí una rápida sucesión de nueve muertes, y se ha querido ver en ello un reflejo de lo inacabado presente en el uso simbólico del número nueve en contextos bélicos (Cfr. Brügger, C. *Homer's Iliad: The Basel Commentary, Book XVI*, Ed. by A. Bierl and J. Latacz, Boston-Berlin, De Gruyter, 2018. p. 145), conviene advertir que esas nueve muertes vienen a sumarse a las de Prónoo, Téstor y Erilao, comentadas con mayor detalle, pero que forman parte de la misma secuencia —el ataque a los troyanos que se ha producido para evitar su fuga en 394 y s.—, y conforman un total de doce. En algún sentido esta hazaña es comparable a la proeza de Áyax en 15.746, donde él también da cuenta de doce enemigos; y parece que se busca alguna semejanza en el escenario, porque ahora a los troyanos se los ataca poniéndolos de espaldas al mar y a las popas de las naves aqueas, en un aprieto semejante al que, hasta hace poco, estaban siendo sometidos los aqueos. Esta suerte de imagen espejada seguiría la tendencia de contraponer el rechazo de los aqueos a la avanzada troyana, señalada al comentar los versos 16.351 y ss.

tiempo ha que el hado condenó a morir? Hazlo, pero no todos los dioses te lo aprobaremos. Otra cosa voy a decirte que fijarás en la memoria: Piensa que si a Sarpedón le mandas vivo a su palacio, algún otro dios querrá sacar a su hijo del duro combate pues muchos hijos de los inmortales pelean en torno de la gran ciudad de Príamo, y harás que sus padres se enciendan en terrible ira. Pero si Sarpedón te es caro y tu corazón le compadece, deja que muera a manos de Patroclo en reñido combate; y cuando el alma y la vida le abandonen, ordena a la Muerte y al dulce Sueño que lo lleven a la vasta Licia, para que sus hermanos y amigos le hagan exequias y le erijan un túmulo y un cipo, que tales son los honores debidos a los muertos.

[vv. 16.458 y ss.] Así dijo. El padre de los hombres y de los dioses no desobedeció, e hizo caer sobre la tierra sanguinolentas gotas para honrar al hijo amado, a quien Patroclo había de matar en la fértil Troya, lejos de su patria.

[vv. 16.462 y ss.] Cuando ambos héroes se hallaron frente a frente, Patroclo arrojó la lanza, y acertando a dar en el bajo vientre del ilustre Trasidemo, escudero valeroso del rey Sarpedón, dejole sin vigor los miembros. Sarpedón acometió a su vez; y despidiendo la reluciente lanza, erró el tiro, pero hirió en el hombro derecho al corcel Pédaso, que relinchó mientras perdía el vital aliento. El caballo cayó al polvo, y el espíritu abandonó su cuerpo. Forcejearon los otros dos bridones por separarse, crujió el yugo y enredáronse las riendas a causa de que el caballo lateral yacía en el polvo. Pero Automedonte, famoso por su lanza, hallo el remedio: desenvainando la espada de larga punta que llevaba junto al fornido muslo, cortó apresuradamente los tirantes del caballo lateral, y los otros dos se enderezaron y obedecieron a las riendas. Y los héroes volvieron a acometerse con roedor encono.

[vv. 16.477 y ss.] Entonces Sarpedón arrojó otra reluciente lanza y erró el tiro, pues aquella pasó por encima del hombro izquierdo de Patroclo sin herirle. Patroclo despidió la suya y no en balde; ya que acertó a Sarpedón y le hirió en el tejido que al denso corazón envuelve. Cayó el héroe como la encina, el álamo o el elevado pino que en el monte cortan con afiladas hachas los artífices para hacer un mástil de navío; así yacía aquel, tendido delante de los corceles y del carro, rechinándole los dientes y cogiendo con las manos el polvo ensangrentado. Como el rojizo y animoso toro, a quien devora un león que se ha presentado en la vacada, brama al morir entre las mandíbulas de la fiera; así el caudillo de los licios escudados, herido de muerte por Patroclo, se enfurecía, y llamando al compañero, le hablaba de este modo:

[vv. 16.492 y ss.] —¡Caro Glauco, guerrero afamado! Ahora debes portarte como fuerte y audaz luchador; ahora te ha de causar placer la batalla funesta, si eres valiente. Ve por todas partes, exhorta a los capitanes licios a que combatan en torno de Sarpedón y defiéndeme tú mismo con la pica. Seré para ti motivo constante de vergüenza y oprobio si, sucumbiendo en el recinto de las naves, los aqueos me despojan de la armadura. ¡Pelea, pues, denodadamente y anima a todo el ejército!

[vv. 16.502 y ss.] Así dijo, y el velo de la muerte se extendió por sus ojos y su rostro. Patroclo, sujetándole el pecho con el pie, le arrancó el asta; con ella siguió el corazón, y salieron a la vez la punta de la lanza y el alma del guerrero. Y los mirmidones detuvieron los corceles de Sarpedón, los cuales anhelaban y querían huir desde que quedó vacío el carro de sus dueños.

[vv. 16.508 y ss.] Glauco sintió hondo pesar al oír la voz de Sarpedón; se le turbó el ánimo porque no podía socorrerle; y apretándose con la mano el brazo herido por una flecha que Teucro le tirara, cuando él asaltaba el muro y el aqueo defendía a los suyos, oró de esta suerte a Apolo, el que hiere de lejos:

[vv. 16.514 y ss.] —Óyeme, oh soberano, ya te halles en la opulenta Licia, ya te encuentres en Troya; pues desde cualquier lugar puedes atender al que está afligido, como lo estoy ahora. Tengo esta grave herida, padezco agudos dolores en el brazo y la sangre no se seca; el hombro se entorpece, y me es imposible manejar firmemente la lanza y pelear con los enemigos. Ha muerto un hombre fortísimo, Sarpedón, hijo de Zeus que ya ni a su prole defiende. Cúrame, oh soberano, la grave herida, adormece mis dolores y dame fortaleza para que mi voz anime a los licios a batallar y yo mismo luche en defensa del cadáver.

[vv. 16.527 y ss.] Tal fue su plegaria. Oyole Febo Apolo y en seguida calmó los dolores, secó la negra sangre de la grave herida e infundió valor en el ánimo del teucro. Glauco, al notarlo, se holgó de que el gran dios hubiese escuchado su ruego. En seguida fue por todas partes y exhortó a los capitanes licios para que combatieran en torno de Sarpedón. Después encaminose a paso largo hacia los troyanos; buscó a Polidamante Pantoida, al divino Agenor, a Eneas y a Héctor armado de bronce; y deteniéndose cerca de los mismos, dijo estas aladas palabras:

[vv. 16.538 y ss.] —¡Héctor! Te olvidas completamente de los aliados que por ti pierden la vida lejos de los amigos y de la patria y ni socorrerles quieres. Yace en tierra Sarpedón, el rey de los licios escudados, que con su justicia y su valor gobernaba la Licia. El férreo Ares lo ha matado con la lanza de Patroclo. Oh amigos, venid e indignaos en vuestro corazón: no sea que los mirmidones le quiten la armadura e insulten el cadáver, irritados por la muerte de los dánaos a quienes hicieron perecer nuestras picas junto a las veleras naves.

[vv. 16.548 y ss.] Así se expresó. Los troyanos sintieron grande e inconsolable pena porque Sarpedón, aunque forastero, era un baluarte para la ciudad, había llevado a la misma muchos hombres y en la pelea los superaba a todos. Con grandes bríos dirigiéronse aquellos contra los dánaos, y a su frente marchaba Héctor, irritado por la muerte de Sarpedón. Y Patroclo Menetíada, de corazón valiente, animó a los aqueos; y dijo a los Ayaces, que ya de combatir estaban deseosos:

[vv. 16.556 y ss.] —¡Ayaces! Poned empeño en rechazar al enemigo y mostraos tan valientes como habéis sido hasta aquí o más aún. Yace en tierra Sarpedón, el que primero asaltó nuestra muralla. ¡Ah, si apoderándonos del cadáver pudiésemos ultrajarle, quitarle la armadura de los hombros y matar con el cruel bronce a alguno de sus compañeros que lo defienden!...

[vv. 16.562 y ss.] En tales términos les habló, aunque ellos ya deseaban derrotar al enemigo. Y troyanos y licios por una parte y mirmidones y aqueos por otra, cerraron las falanges, vinieron a las manos y empezaron a pelear con horrenda gritería en torno del cadáver. Crujían las armaduras de los guerreros, y Zeus cubrió con una dañosa obscuridad la reñida contienda, para que produjese mayor estrago el combate que por el cuerpo de su hijo se empeñaba.

[vv. 16.569 y ss.] En un principio, los teucros rechazaron a los aqueos, de ojos vivos, porque fue herido un varón que no era ciertamente el más cobarde de los mirmidones: el divino Epigeo, hijo de Agacles magnánimo; el cual reinó en otro tiempo en la populosa Budío; luego, por haber dado muerte a su valiente primo, se presentó como suplicante a Peleo y a Tetis, la de argentados pies, y ellos le enviaron con Aquiles a Ilión, abundante en hermosos corceles, para que combatiera contra los troyanos. Epigeo echaba mano al cadáver cuando el esclarecido Héctor le dio una pedrada en la cabeza y se la partió en dos dentro del fuerte casco: el guerrero cayó boca abajo sobre el cuerpo de Sarpedón, y la destructora muerte lo envolvió.

Apesadumbrose Patroclo por la pérdida del compañero y atravesó al instante las primeras filas, como el veloz gavilán persigue a unos grajos o estorninos; de la misma manera acometiste, oh hábil jinete Patroclo, a los licios y troyanos, airado en tu corazón por la muerte del amigo. Y cogiendo una piedra, hirió en el cuello a Estenelao, hijo querido de Itémenes, y le rompió los tendones. Retrocedieron los combatientes delanteros y el esclarecido Héctor. Cuanto espacio recorre el dardo que lanza un hombre, ya en el juego para ejercitarse, ya en la guerra contra los enemigos que la vida quitan; otro tanto se retiraron los teucros, cediendo al empuje de los aqueos.

[vv. 16.593 y ss.] Glauco, capitán de los escudados licios, fue el primero que volvió la cara y mató al magnánimo Baticles, hijo amado de Calcón, que tenía su casa en la Hélade y se señalaba entre los mirmidones por sus bienes y sus riquezas: escapábase Glauco, y Baticles iba a darle alcance, cuando aquel se volvió repentinamente y le hundió la pica en medio del pecho. Baticles cayó con estrépito; los aqueos sintieron hondo pesar por la muerte del valiente guerrero, y los teucros, muy alegres, rodearon en tropel el cadáver; pero los aqueos no dejaron de mostrar su impetuoso valor y arremetieron denodadamente al enemigo.

[vv. 16.603 y ss.] Entonces Meriones mató a un combatiente teucro, a Laógono, esforzado hijo de Onétor y sacerdote de Zeus Ideo, a quien el pueblo veneraba como a un dios: hiriole debajo de la quijada y de la oreja, la vida huyó de los miembros del guerrero y la obscuridad horrible le envolvió. Eneas arrojó la broncínea lanza, con el propósito de herir a Meriones, que se adelantaba protegido por el escudo. Pero Meriones la vio venir y evitó el golpe inclinándose hacia adelante: la ingente lanza se clavó en el suelo detrás de él y el regatón temblaba; pero pronto la impetuosa arma perdió su fuerza. Penetró, pues, la vibrante punta en la tierra, y la lanza fue echada en vano por el robusto brazo. Eneas, con el corazón irritado, dijo:

[vv. 16.617 y 618] —¡Meriones! Aunque eres un ágil saltador, mi lanza te habría apartado para siempre del combate si te hubiese herido.

[vv. 16.619 y ss.] Respondiole Meriones, célebre por su lanza: —¡Eneas! Difícil te será, aunque seas valiente, aniquilar la fuerza de cuantos salgan a pelear contigo. También tú eres mortal. Si lograra herirte en medio del cuerpo con el agudo bronce, en seguida, a pesar de tu vigor y de la confianza que tienes en tu brazo, me darías gloria y a Hades, el de los famosos corceles, el alma.

[vv. 16.626 y ss.] Así dijo; y el valeroso hijo de Menetio le reprendió, diciendo: —¡Meriones! ¿Por qué, siendo valiente, te entretienes en hablar así? ¡Oh amigo! Con palabras injuriosas no lograremos que los teucros dejen el cadáver; preciso será que alguno de ellos baje antes al seno de la tierra. Las batallas se ganan con los puños y las palabras sirven en las juntas. Conviene, pues, no hablar, sino combatir.

[vv. 16.632 y ss.] Dijo, echó a andar y siguiole Meriones, varón igual a un dios. Bien así como el estruendo que se produce en la espesura de un monte y se deja oír a lo lejos, cuando los hombres hacen leña, tal era el estrépito que se elevaba de la tierra espaciosa al ser golpeados el bronce, el cuero y los escudos de pieles de buey por las espadas y las lanzas de doble filo.

[vv. 16.638 y ss.] Y ya ni un hombre perspicaz hubiera conocido al divino Sarpedón, pues los dardos, la sangre y el polvo lo cubrían desde los pies a la cabeza. Agitábanse todos alrededor del cadáver como en la primavera zumban las moscas en el establo por encima de las escudillas, cuando los tarros rebosan de leche: de igual manera bullían aquellos en torno al muerto. Zeus no apartaba los refulgentes ojos de la dura contienda: y contemplando a los guerreros, revolvía en su ánimo muchas cosas acerca de la muerte de Patroclo: vacilaba entre si el esclarecido Héctor debería matar con el bronce a Patroclo sobre Sarpedón, igual a un dios, y quitarle la armadura de los hombros, o convendría extender la terrible pelea. Y considerando como lo más conveniente que el bravo escudero de Aquiles Pelida hiciera arredrar a los teucros y a Héctor, armado de bronce, hacia la ciudad y quitara la vida a muchos guerreros, comenzó por infundir timidez en Héctor, el cual subió al carro, se puso en fuga y exhortó a los demás teucros a que huyeran, porque había conocido hacia qué lado se inclinaba la balanza sagrada de Zeus. Tampoco los fuertes licios osaron resistir, y huyeron todos al ver a su rey herido en el corazón y echado en un montón de cadáveres, pues cayeron muchos hombres a su alrededor cuando el Crónida avivó el duro combate. Los aqueos quitáronle a Sarpedón la reluciente armadura de bronce y el esforzado hijo de Menetio la entregó a sus compañeros para que la llevaran a las cóncavas naves. Y entonces Zeus, que amontona las nubes, dijo a Apolo:

[vv. 16.667 y ss.] —¡Ea, querido Febo Apolo! Ve y después de sacar a Sarpedón de entre los dardos, límpiale la negra sangre; condúcele a un sitio lejano y lávale en la corriente de un río, úngele con ambrosía, ponle vestiduras divinas y entrégalo a los veloces conductores y hermanos gemelos: el Sueño y la Muerte. Y estos transportándolo con presteza, lo dejarán en el rico pueblo de la vasta

300

Licia. Allí sus hermanos y amigos le harán exequias y le erigirán un túmulo y un cipo, que tales son los honores debidos a los muertos[491].

[vv. 16.676 y ss.] Así dijo, y Apolo no desobedeció a su padre. Descendió de los montes ideos a la terrible batalla y en seguida, levantó al divino Sarpedón de entre los dardos, y conduciéndole a un sitio lejano, lo lavó en la corriente de un río, ungiolo con ambrosía, púsole vestiduras divinas y entregolo a los veloces conductores y hermanos gemelos: el Sueño y la Muerte. Y estos, transportándolo con presteza, lo dejaron en el rico pueblo de la vasta Licia.

[vv. 16.684 y ss.] Patroclo animaba a los corceles y a Automedonte y perseguía a los troyanos y licios, y con ello se atrajo un gran infortunio. ¡Insensato! Si se hubiese atenido a la orden del Pelida, se hubiera visto libre de la funesta Parca, de la negra muerte. Pero siempre el pensamiento de Zeus es más eficaz que el de los hombres (aquel dios pone en fuga al varón esforzado y le quita fácilmente la victoria, aunque él mismo le haya incitado a combatir), y entonces alentó el ánimo en el pecho de Patroclo.

[vv. 16.692 y 693] ¿Cuál fue el primero, y cuál el último que mataste, oh Patroclo, cuando los dioses te llamaron a la muerte?

[vv. 16.694, 695, 696 y 697] Fueron primeramente Adrasto, Antónoo, Equeclo, Périmo Mégada, Epístor y Melanipo; y después Elaso, Mulio y Pilartes. Mató a estos, y los demás se dieron a la fuga. [492]

[vv. 16.698 y ss.] Entonces los aqueos habrían tomado a Troya, la de altas puertas, por las manos de Patroclo, que manejaba con gran furia la lanza, si Febo Apolo no se hubiese colocado en la bien construida torre para dañar a aquel y ayudar a los teucros. Tres veces encaminose Patroclo a un ángulo de la elevada muralla, tres veces rechazole Apolo, agitando con sus manos inmortales el refulgente

---

[491] 682 y s. están repitiendo a 456 y s.

[492] Esta secuencia de nueve caudillos a los que Patroclo da muerte, queda segmentada por la pregunta que Homero hace a la musa. La respuesta implicaría que primero fueron seis y luego tres más, porque los demás se dieron a la fuga. No obstante, cuando se refiere al "último" parece que se alude solamente al de esta serie, porque luego, Patroclo mata a Cebriones, auriga de Héctor (738 y s.), y luego, a tres series de nueve hombres (784 y s.), a todos los cuales no se menciona por sus nombres.

escudo.[493] Y cuando, semejante a un dios, atacaba por cuarta vez, increpole la deidad con aterradoras voces:

|vv. 16.707, 708 y 709| —¡Retírate, Patroclo del linaje de Zeus! El hado no ha dispuesto que la ciudad de los altivos troyanos sea destruida por tu lanza, ni por Aquiles, que tanto te aventaja.

|vv. 16.710 y 711| Así dijo, y Patroclo retrocedió un gran trecho, para no atraerse la cólera de Apolo, el que hiere de lejos.

|vv. 16.712 y ss.| Héctor se hallaba con el carro y los corceles en las puertas Esceas, y estaba indeciso entre guiarlos de nuevo hacia la turba y volver a combatir, o mandar a voces que las tropas se refugiasen en el muro. Mientras reflexionaba sobre esto, presentósele Febo Apolo que tomó la figura del valiente joven Asio[494], el cual era tío materno de Héctor, domador de caballos, hermano carnal de Hécuba e hijo de Dimante, y habitaba en la Frigia junto a la corriente del Sangario. Así transfigurado, exclamó Apolo hijo de Zeus:

|vv. 16.721 y ss.| —¡Héctor! ¿Por qué te abstienes de combatir? No debes hacerlo. Ojalá te superara tanto en bravura, cuanto te soy

---

[493] Este caso de doble ocurrencia del numeral multiplicativo τρὶς (=tres veces, o el triple) repite un esquema similar al de 5.436-37 (ver nota a estos versos). Aquí Patroclo es quien ataca, esta vez a la muralla de Troya por tres veces consecutivas, y en los tres intentos nuevamente es Apolo quien, con su escudo, lo rechaza. Al arremeter por cuarta vez, como en el caso anterior de Diomedes, Apolo lo recrimina y lo obliga a retirarse invocando que el hado no lo permite. El problema entonces no está en los primeros tres intentos y sus tres rechazos sino en el cuarto. Porque de acuerdo a lo que ya hemos señalado al comentar el verso 13.20, en una serie de cuatro instancias se ve que las primeras tres se asimilan a lo imperfecto o inacabado, en cambio la cuarta es la que se refiere a lo perfecto y completo. En este sentido parece que Homero nos quiere decir que si Patroclo hubiera concretado su cuarto ataque: "los aqueos habrían tomado Troya (…) por las manos de Patroclo" y, por esta razón, Apolo le dice: "¡Retírate (…)! El hado no ha dispuesto que la ciudad (…) sea destruida por tu lanza". Y ese es un curso de acción contrario a la trama del destino que el dios debe evitar a toda costa. De la misma forma, podemos suponer que Eneas —o tal vez, Diomedes— hubiera muerto en la quinta rapsodia si hubiese llegado a atacar por cuarta vez.

[494] Asio es un nombre bastante común en el poema. Se aplica a dos personajes: al hijo de Hírtaco, caudillo al mandó uno de los cinco batallones en que Héctor dividió el ejercito para el ataque de la muralla y, negándose a dejar el carro para atacar a los aqueos, termina luego muriendo a manos de Idomeneo (13.387 y s.); y, en segundo lugar, es el de este homónimo, del cual Apolo toma su apariencia para aconsejar a Héctor. Pero con él se alude, por los patronímicos, a otros dos teucros también llamados Asio: el padre de Adamante (12.140) y el padre de Fénope (17.583).

302

inferior: entonces te sería funesto el retirarte de la batalla. Mas, ea, guía los corceles de duros cascos hacia Patroclo, por si puedes matarlo y Apolo te da gloria.

[vv. 16.726 y ss.] El dios, cuando esto hubo dicho, volvió a la batalla. El esclarecido Héctor mandó a Cebriones que picara a los corceles y los dirigiese a la pelea; y Apolo, entrándose por la turba, suscitó entre los dánaos funesto tumulto y dio gloria a Héctor y a los teucros. Héctor dejó entonces a los demás dánaos, sin que intentara matarlos, y enderezó a Patroclo los caballos de duros cascos. Patroclo, a su vez, saltó del carro a tierra con la lanza en la izquierda; cogió con la diestra una piedra blanca y erizada de puntas que le llenaba la mano; y estribando en el suelo, la arrojó hiriendo en seguida a un combatiente, pues el tiro no resultó vano: dio la pedrada en la frente de Cebriones, auriga de Héctor, que era hijo bastardo del ilustre Príamo y entonces gobernaba las riendas de los caballos. La piedra se llevó ambas cejas; el hueso tampoco resistió; los ojos cayeron en el polvo a los pies de Cebriones, y este, cual si fuera un buzo, cayó del asiento bien construido, porque la vida huyó de sus miembros. Y burlándote de él, oh caballero Patroclo, exclamaste:

[vv. 16.745 y ss.] —¡Oh dioses! ¡Muy ágil es el teucro! ¡Cuán fácilmente salta a lo buzo! Si se hallara en el ponto, en peces abundante, ese hombre saltaría de la nave aunque el mar estuviera tempestuoso y podría saciar a muchas personas con las ostras[495] que pescara. ¡Con tanta facilidad ha dado la voltereta del carro a la llanura! Es indudable que también los troyanos tienen buzos.

[vv. 16.751 y ss.] Dijo, y corrió hacia el héroe con la impetuosidad de un león que devasta los establos hasta que es herido en el pecho y su mismo valor le mata; de la misma manera, oh Patroclo, te arrojaste enardecido sobre Cebriones. Héctor, por su parte, saltó del carro al suelo sin dejar las armas. Y entrambos luchaban en torno de

---

[495] Los escoliastas han notado que esta es la única vez que en la *Ilíada* se menciona la posibilidad de incluir un alimento marino en la dieta cotidiana (Cfr. Paley, F. A. *The Iliad of Homer,* vol. II, p. 159, n747). Al parecer este alimento era considerado propia de clases más bajas, así en la *Odisea* (4.369 y 12.331) solo cuando no tienen otras viandas a las que echar mano, se resignan entonces a los productos del mar (Cfr. Gil, L.; Rodríguez Adrados, F.; et al. *Introducción a Homero.* Madrid, Ediciones Guadarrama, 1963. p. 403). Esto, junto con las acrobacias del buzo, debía ser sumamente injurioso para los troyanos, porque Patroclo los trata de pobres consumidores de pescado y cómicos acróbatas en el momento de la muerte.

Cebriones como dos hambrientos leones que en el monte pelean furiosos por el cadáver de una cierva; así los dos aguerridos campeones Patroclo Menetíada y el esclarecido Héctor, deseaban herirse el uno al otro con el cruel bronce. Héctor había cogido al muerto por la cabeza y no lo soltaba; Patroclo lo asía de un pie, y los demás teucros y dánaos sostenían encarnizado combate.

[vv. 16.765 y ss.] Como el Euro y el Noto contienden en la espesura de un monte, agitando la poblada selva, y las largas ramas de los fresnos, encinas y cortezudos cornejos chocan entre sí con inmenso estrépito, y se oyen los crujidos de las que se rompen; de semejante modo teucros y aqueos se mataban, sin acordarse de la perniciosa fuga. Alrededor de Cebriones se clavaron en tierra muchas agudas lanzas y aladas flechas que saltaban de los arcos; buen número de grandes piedras herían los escudos de los combatientes; y el héroe yacía en el suelo, sobre un gran espacio, envuelto en un torbellino de polvo y olvidado del arte de guiar los carros.

[vv. 16.777 y ss.] Hasta que el sol hubo recorrido la mitad del cielo, los tiros alcanzaban por igual a unos y a otros y los hombres caían. Cuando aquel se encaminó al ocaso, los aqueos eran vencedores, contra lo dispuesto por el destino; y habiendo arrastrado el cadáver del héroe Cebriones fuera del alcance de los dardos y del tumulto de los teucros, le quitaron la armadura de los hombros.

[vv. 16.783 y ss.] Patroclo acometió furioso a los teucros: tres veces los atacó cual otro Ares, dando horribles voces; tres veces mató nueve hombres.[496] Y cuando, semejante a un dios, arremetiste, oh Patroclo, por cuarta[497] vez, viose claramente que ya llegabas al término de tu

---

[496] La furia de Patroclo se descarga en una explosión beligerante asociada a los números tres y nueve. Como ya señalamos al comentar los versos 13.20 y 16.698-06, las series de cuatro instancias se relacionan con la idea de la tarea inacabada o incompleta. Llevar a cabo la cuarta instancia implica el éxito, o lo que es igual, haber completado la tarea o propósito. En este sentido la furia de Patroclo parece estar reflejando la frustración que le han impuesto los tres fracasos en sus respectivos intentos de forzar las murallas, y la orden de retirarse por parte del dios Apolo (16.702 y ss.). Esta decepción culminará cuando Apolo nuevamente le salga al encuentro; esta vez para propiciarle la muerte.

[497] Aquí comprobamos que el número cuatro está fuertemente asociado con la conclusión. Por eso Homero dice: "viose claramente que ya llegabas al término de tu vida". El cuarto intento fuerza la intervención de Apolo, para evitar que el destino se desvíe de su curso.

304

vida, pues el terrible Febo Apolo salió a tu encuentro en el duro combate. Mas Patroclo no vio al dios, el cual, cubierto por densa nube, atravesó la turba, se le puso detrás, y alargando la mano, le dio un golpe en la espalda y en los anchos hombros. Al punto los ojos del héroe sufrieron vértigos. Febo Apolo le quitó de la cabeza el casco con agujeros a guisa de ojos, que rodó con estrépito hasta los pies de los caballos; y el penacho se manchó de sangre y polvo. Jamás aquel casco, adornado con crines de caballo, se había manchado cayendo en el polvo, pues protegía la cabeza y hermosa frente del divino Aquiles. Entonces Zeus permitió también que lo llevara Héctor, porque ya la muerte se iba acercando a este caudillo. A Patroclo se le rompió en la mano la pica larga, ponderosa, grande, fornida, armada de bronce; el ancho escudo y su correa cayeron al suelo, y Apolo desató la coraza que aquel llevaba.[498] El estupor se apoderó del espíritu del héroe[499], y sus hermosos miembros perdieron la fuerza. Patroclo se detuvo atónito,[500] y entonces clavole aguda lanza en la espalda entre los hombros el dárdano Euforbo Pantoida; el cual aventajaba a todos los de su edad en el manejo de la pica, en el arte de guiar un carro y en la veloz carrera, y la primera vez que se presentó con su carro para aprender a combatir, derribó a veinte guerreros de sus carros respectivos. Este fue, oh caballero Patroclo, el primero que contra ti despidió su lanza, pero aún no te hizo sucumbir. Euforbo arrancó la lanza de fresno; y retrocediendo, se mezcló con la turba, sin esperar a Patroclo, aunque le viera desarmado; mientras este, vencido por el golpe del dios y la lanzada, retrocedía al grupo de sus compañeros para evitar la muerte.

[vv. 16.818 y ss.] Cuando Héctor advirtió que el magnánimo Patroclo se alejaba y que lo habían herido con el agudo bronce, fue en su seguimiento por entre las filas, y le envasó la lanza en la parte inferior del vientre, que el bronce pasó de parte a parte; y el héroe cayó con estrépito, causando gran aflicción al ejército aqueo. Como

---

[498] Apolo lo sorprende por detrás, como la mano del destino; y al despojarlo de las armas, se ve que ninguna de ellas sirve al mortal cuando le ha llegado la hora.

[499] El estupor de Patroclo es de alguien que recién entonces comprende la finitud de lo humano, frente a la inexorabilidad del destino. Así, al menos en parte, su sorpresa proviene de la comprensión.

[500] En ese estado de confusión, e indefensión —sin armas—, Euforbo Pantoida alcanza a Patroclo con su lanza por la espalda. El que lo mate por la espalda y que, aun cuando lo viera desarmado, se aleje y mezcle en la turba, acentúan su baja heroicidad.

el león acosa en la lucha al indómito jabalí cuando ambos pelean arrogantes en la cima de un monte por un escaso manantial donde quieren beber, y el león vence con su fuerza al jabalí, que respira anhelante; así Héctor Priámida privó de la vida, hiriéndole con la lanza, al esforzado hijo de Menetio, que a tantos había dado muerte: Y blasonando del triunfo, profirió estas aladas palabras:

[vv. 16.830 y ss.] —¡Patroclo! Sin duda esperabas destruir nuestra ciudad, hacer cautivas a las mujeres troyanas y llevártelas en los bajeles a tu patria. ¡Insensato! Los veloces caballos de Héctor vuelan al combate para defenderlas; y yo, que en manejar la pica sobresalgo entre los belicosos teucros, aparto de los míos el día de la servidumbre; mientras que a ti te comerán los buitres. ¡Ah infeliz! Ni Aquiles, con ser valiente, te ha socorrido. Cuando saliste de las naves, donde él se ha quedado, debió de hacerte muchas recomendaciones, y hablarte de este modo:

[vv. 16.839 y ss.] «—No vuelvas a las cóncavas naves, caballero Patroclo, antes de haber roto la coraza que envuelve el pecho de Héctor, teñida en sangre. Así te dijo, sin duda; y tú, oh necio, te dejaste persuadir.

[vv. 16.843 y ss.] «Con lánguida voz le respondiste, caballero Patroclo: —¡Héctor! Jáctate ahora con altaneras palabras, ya que te han dado la victoria Zeus Crónida y Apolo; los cuales me vencieron fácilmente, quitándome la armadura de los hombros. Si veinte[501] guerreros como tú me hubiesen hecho frente, todos habrían muerto vencidos por mi lanza. Matome el hado funesto valiéndose de Leto y de Euforbo entre los hombres; y tú llegas el tercero, para despojarme de las armas.[502] Otra cosa voy a decirte, que fijarás en la memoria.

---

[501] Estos veinte guerreros se contraponen a los veinte guerreros derrotados por Euforbo (810). Solo que en este caso se establece una diferencia: son veinte guerreros de la valía de Héctor, no de la de Euforbo. La repetición del numeral veinte (ἐείκοσι) en tan breve intervalo —treinta y siete versos— debe haber resonado en la memoria del público. Más aun cuanto el mismo no es de uso tan frecuente y, de las dieciseis ocurrencias que se encuentran en el poema, solamente estas dos, a las cuales aquí hacemos referencia, se usan como número de guerreros oponentes en una situación de combate. Todos los demás casos, excepto la dotación de remeros de la nave que llevará a Odiseo para restituir a Criseida (1.309) y alguna medida temporal, se refieren a posesiones (sea de objetos, animales o cautivos).

[502] Los tres ataques que le ocasionan la muerte a Patroclo son de baja heroicidad. De eso se lamenta el héroe. De un destino que lo ha privado, tanto de la gloria de la victoria, como de una muerte honrosa, digna de su valía como guerrero.

Tampoco tú has de vivir largo tiempo, pues la muerte y el hado cruel se te acercan, y sucumbirás a manos del eximio Aquiles, descendiente de Eaco».[503]

[vv. 16.855, 856, 857 y 858] Apenas acabó de hablar, la muerte le cubrió con su manto: el alma voló de los miembros y descendió al Hades, llorando su suerte porque dejaba un cuerpo vigoroso y joven. Y el esclarecido Héctor le dijo, aunque ya muerto le viera:

[vv. 16.859, 860 y 861] —¡Patroclo! ¿Por qué me profetizas una muerte terrible? ¿Quién sabe si Aquiles, hijo de Tetis, la de hermosa cabellera, no perderá antes la vida, herido por mi lanza?

[vv. 16.862 y ss.] Dichas estas palabras, puso un pie sobre el cadáver, arrancó la broncínea lanza, y lo tumbó de espaldas. Inmediatamente dirigiose, lanza en mano, hacia Automedonte, el deiforme servidor del Eácida, de pies ligeros; pero los veloces caballos inmortales que a Peleo dieran los dioses como espléndido presente, lo sacaban ya de la batalla.[504]

---

[503] En el umbral de la muerte Patroclo tiene clara visión del destino reservado a Héctor.

[504] El logro de Héctor también está incompleto; podrá tener las armas —aunque no las merezca—, pero no podrá apoderarse del carro y los caballos. La mención de Automedonte saliendo del campo de batalla podría hacernos presumir que se dirigiría a las tiendas de Aquiles, preanunciando la venganza del hijo de Peleo, pero esto se pospondrá en razón de lo que sucederá en 17.426 y ss.

RAPSODIA XVII

PRINCIPALÍA DE MENELAO

Se desata una feroz batalla entre aqueos y troyanos sobre el cadáver de Patroclo para apoderarse de las armas. Finalmente, Menelao y Meriones, protegidos por los dos Áyax, llevan el cuerpo de Patroclo de vuelta al campamento.

[vv. 17.1 y ss.] No dejó de advertir el Atrida Menelao, caro a Ares, que Patroclo había sucumbido en la lid a manos de los teucros; y, armado de luciente bronce, se abrió camino por los combatientes delanteros y empezó a moverse en torno del cadáver para defenderlo. De la suerte que la vaca primeriza da vueltas alrededor de su becerrillo, mugiendo tiernamente, como no acostumbrada a parir; de la misma manera bullía el rubio Menelao cerca de Patroclo. Y colocándose delante del muerto, enhiesta la lanza y embrazado el escudo, aprestábase a matar a quien se le opusiera. Tampoco Euforbo, el hábil lancero hijo de Panto, se descuidó al ver en el suelo al eximio Patroclo, sino que se detuvo a su vera y dijo a Menelao, caro a Ares:

[vv. 17.12 y ss.] —Menelao Atrida, alumno de Zeus, príncipe de hombres! Retírate, suelta el cadáver y desampara estos sangrientos despojos; pues, en la reñida pelea, ninguno de los troyanos ni de los auxiliares ilustres envasó su lanza a Patroclo antes que yo lo hiciera. Déjame alcanzar inmensa gloria entre los teucros. No sea que, hiriéndote, te quite la dulce vida.

[vv. 17.18 y ss.] Respondiole muy indignado el rubio Menelao: —¡Padre Zeus! No es bueno que nadie se vanaglorie con tanta soberbia. Ni la pantera, ni el león, ni el dañino jabalí, que tienen gran ánimo en el pecho y están orgullosos de su fuerza, se presentan tan osados como los hábiles lanceros hijos de Panto. Pero el fuerte Hiperenor, domador de caballos, no siguió gozando de su juventud cuando me aguardó, después de injuriarme diciendo que yo era el más cobarde de los guerreros dánaos; [505] y no creo que haya podido

---

[505] En el poema no se registra este insulto hacia Menelao (Cfr. 14.516). Curiosamente Hiperenor significa *arrogante*, lo que parece ser un rasgo común de los Pantoidas (Hiperenor era el hermano de Euforbo). Por esta razón Menelao juega con esa idea diciéndole que "no se vanaglorie con tanta soberbia".

volver con sus pies a la patria, para regocijar a su esposa y a sus venerandos padres. Del mismo modo te quitaré la vida a ti, si osas afrontarme, y te aconsejo que vuelvas a tu ejército y no te pongas delante; pues el necio solo conoce el mal cuando ha llegado.

[vv. 17.33 y ss.] Así habló, sin persuadir a Euforbo, que contestó diciendo: —¡Menelao, alumno de Zeus, ahora pagarás la muerte de mi hermano de que tanto te jactas. Dejaste viuda a su mujer en el reciente tálamo; causaste a nuestros padres llanto y dolor profundo. Yo conseguiría que aquellos infelices cesaran de llorar, si llevándome tu cabeza y tus armas, las pusiera en las manos de Panto y de la divina Frontis. Pero no se diferirá mucho tiempo el combate, ni quedará sin decidir quién haya de ser el vencedor y quien el vencido.

[vv. 17.43 y ss.] Dicho esto, dio un bote en el escudo liso del Atrida; pero no pudo romper el bronce, porque la punta se torció al chocar con el fuerte escudo. Menelao Atrida acometió, a su vez, con la pica, orando al padre Zeus; y al ir Euforbo a retroceder, se la clavó en la parte inferior de la garganta, empujó el asta con la robusta mano y la punta atravesó el delicado cuello. Euforbo cayó con estrépito, resonaron sus armas y se mancharon de sangre sus cabellos, semejantes a los de las Gracias, y los rizos, que llevaba sujetos con anillos de oro y plata. Cual frondoso olivo que, plantado por el labrador en un lugar solitario donde abunda el agua, crece hermoso, es mecido por vientos de toda clase y se cubre de blancas flores[506]; y viniendo de repente el huracán, lo arranca de la tierra y lo tiende en el suelo; así Menelao Atrida dio muerte a Euforbo, hijo de Panto y hábil lancero, y en seguida comenzó a quitarle la armadura.

[vv. 17.61 y ss.] Como un montaraz león, confiado en su fuerza, coge del rebaño que está paciendo la mejor vaca, le rompe la cerviz con los fuertes dientes, y despedazándola, traga la sangre y las entrañas; y así los perros como los pastores gritan mucho a su alrededor, pero de lejos, sin atreverse a ir contra la fiera porque el pálido temor los domina; de la misma manera ninguno tuvo ánimo para salir al encuentro del glorioso Menelao. Y el Atrida se habría llevado fácilmente las magníficas armas de Euforbo, si no lo hubiese

---

[506] El símil que acompaña a Euforbo en la figura del árbol florido guarda relación con la etimología de su nombre. Euforbo quiere decir *bien florido, cultivado con esmero,* o, en un sentido moral, *bien educado.*

309

impedido Febo Apolo; el cual, tomando la figura de Mentes[507], caudillo de los cicones, suscitó contra aquel a Héctor, igual al veloz Ares, con estas aladas palabras:

[vv. 17.75 y ss.] —¡Héctor! Tú corres ahora tras lo que no se puede alcanzar: los corceles del aguerrido Eácida. Difícil es que nadie los sujete y sea por ellos llevado, fuera de Aquiles, que tiene una madre inmortal. Y en tanto, el belígero Menelao Atrida, que defiende el cadáver de Patroclo, ha muerto a uno de los más esforzados teucros, a Euforbo, hijo de Panto, acabando con el impetuoso valor de este caudillo.

[vv. 17.82 y ss.] El dios, habiendo hablado así volvió a la batalla. Héctor sintió profundo dolor en las negras entrañas, ojeó las hileras y vio en seguida al Atrida, que despojaba de la armadura a Euforbo, y a este tendido en el suelo y vertiendo sangre por la herida. Acto continuo, armado como se hallaba de luciente bronce y dando agudos gritos, abriose paso por los combatientes delanteros cual si fuese una llama inextinguible encendida por Hefesto. El hijo de Atreo gimió al oír las voces y su magnánimo espíritu así dijo:

[vv. 17.91 y ss.] —¡Ay de mí! Si abandono estas magníficas armas y a Patroclo, que por vengarme yace aquí tendido, temo que se irritará cualquier dánao que lo presencie. Y si por vergüenza peleo con Héctor y los teucros, como ellos son muchos y yo estoy solo, quizás me cerquen; pues Héctor, de tremolante casco, trae aquí a todos los troyanos. Mas ¿por qué el corazón me hace pensar en tales cosas? Cuando, oponiéndose a la divinidad, el hombre lucha con un guerrero protegido por algún dios, pronto le sobreviene grave daño. Así, pues, los dánaos no se irritarán conmigo porque me vean ceder a Héctor, que combate amparado por las deidades. Pero si a mis oídos llegara la voz de Áyax, valiente en la pelea, volvería aquí con él y solo pensaríamos en lidiar, aunque fuese contra un dios, para ver

---

[507] Según 2.846 el caudillo de los cicones no era Mentes, sino Eufemo, hijo de Treceno Céada. Si bien cabe la posibilidad de que se tratase de un subalterno, conviene considerar otras posibilidades, porque esta es la única mención que se hace de este personaje en el poema. Muchos han recordado que Mentes, caudillo de los tafios —no de los cicones—, era la personalidad que asumía Atenea al comienzo de la *Odisea*, en 1.105. Se ha pensado que su mención en este caso fuera simplemente un error, o porque se lo asociaba con el personaje de aquel otro poema (Cfr. Willcock, *A Companion to the Iliad*, Chicago, University of Chicago Press, 1976, p. 193 y s.; Edwards, M. *The Iliad: A Commentary*. Vol. V: books 17-20. Cambridge University Press, 1991, pág. 70).

si lográbamos arrastrar el cadáver y entregarlo al Pelida Aquiles. Sería esto lo mejor para hacer llevaderos los presentes males.⁵⁰⁸

[vv. 17.106 y ss.] Mientras tales pensamientos revolvía en su mente y en su corazón, llegaron las huestes de los teucros, capitaneadas por Héctor. Menelao dejó el cadáver y retrocedió, volviéndose de cuando en cuando. Como el melenudo león a quien alejan del establo los canes y los hombres con gritos y venablos, siente que el corazón audaz se le encoge y abandona de mala gana al redil; de la misma suerte apartábase de Patroclo el rubio Menelao; quien, al juntarse con sus amigos, se detuvo, volvió la cara a los teucros y buscó con los ojos al gran Áyax, hijo de Telamón. Pronto le distinguió a la izquierda de la batalla, donde animaba a sus compañeros y les incitaba a pelear, pues Febo Apolo les había infundido un gran terror. Corrió a encontrarle; y poniéndose a su lado, le dijo estas palabras:

[vv. 17.120 y ss.] —¡Áyax! Ven, amigo; apresurémonos a combatir por Patroclo muerto, y quizás podamos llevar a Aquiles el cadáver desnudo, pues las armas las tiene Héctor, de tremolante casco.

[vv. 17.123 y ss.] Así dijo; y conmovió el corazón del aguerrido Áyax que atravesó al momento las primeras filas junto con el rubio Menelao. Héctor había despojado a Patroclo de las magníficas armas y se lo llevaba arrastrado, para separarle con el agudo bronce la cabeza de los hombros y entregar el cadáver a los perros de Troya. Pero acercósele Áyax con su escudo como una torre; y Héctor, retrocediendo, llegó al grupo de sus amigos, saltó al carro y entregó las magníficas armas a los troyanos para que las llevaran a la ciudad, donde habían de proporcionarle inmensa gloria. Áyax cubrió con su gran escudo al hijo de Menetio y se mantuvo firme. Como el león anda en torno de sus cachorros cuando llevándolos por el bosque le salen al encuentro los cazadores, y haciendo gala de su fuerza, baja los párpados y cierra los ojos; de aquel modo corría Áyax alrededor del héroe Patroclo. En la parte opuesta hallábase Menelao caro a Ares, en cuyo pecho el dolor iba creciendo.

---

⁵⁰⁸ Este es el segundo soliloquio en que un héroe se enfrenta solo —y con gran peligro de muerte—, a un enemigo que lo supera. Los pensamientos de Menelao siguen el modelo del soliloquio de Odiseo en 11.404 y ss. Pero su razonamiento acaba centrándose en la voluntad de cumplir con el deber, haciendo frente a un enemigo que lo supera en número, fuerza y ayuda divina. Su determinación de buscar la ayuda de sus compañeros no es la más heroica, pero sí la más lógica y prudente, si quiere llegar a retener las armas y el cadáver de Patroclo.

[vv. 17.140 y s.] Glauco, hijo de Hipóloco, caudillo de los licios, dirigió entonces la torva faz a Héctor, y le increpó con estas palabras:

[vv. 17.142 y ss.] —¡Héctor, el de más hermosa figura, muy falto estás del valor que la guerra exige! Inmerecida es tu buena fama, cuando solamente sabes huir. Piensa cómo en adelante defenderás la ciudad y la ciudadela, solo y sin más auxilio que los hombres nacidos en Ilión. Ninguno de los licios ha de pelear ya con los dánaos en favor de la ciudad, puesto que para nada se agradece el batallar siempre y sin descanso contra el enemigo. ¿Cómo, oh cruel, salvarás en la turba a un obscuro combatiente, si dejas que Sarpedón, huésped y amigo tuyo, llegue a ser presa y botín de los argivos? Mientras estuvo vivo, prestó grandes servicios a la ciudad y a ti mismo; y ahora no te atreves a apartar de su cadáver a los perros. Por esto, si los licios me obedecieren, volveríamos a nuestra patria, y la ruina más espantosa amenazaría a Troya. Mas, si ahora tuvieran los troyanos el valor audaz e intrépido que suelen mostrar los que por la patria sostienen contiendas y luchas con los enemigos, pronto arrastraríamos el cadáver de Patroclo hasta Ilión. Y en seguida que el cuerpo de este fuera retirado del campo y conducido a la gran ciudad de Príamo, los argivos nos entregarían, para rescatarlo, las hermosas armas de Sarpedón, y también podríamos llevar a Troya el cadáver del héroe;[509] pues Patroclo fue escudero del argivo más valiente que hay en las naves, como asimismo lo son sus tropas, que combaten cuerpo a cuerpo. Pero tú no osaste esperar al magnánimo Áyax, ni resistir su mirada en la lucha, ni pugnar con él, porque te aventaja en fortaleza.

[vv. 17.169 y ss.] Mirándole con torva faz, respondió Héctor, de tremolante casco: —¡Glauco! ¿Por qué, siendo cual eres, hablas con tanta soberbia? ¡Oh dioses! Te tenía por el hombre de más seso de cuantos viven en la fértil Licia, y ahora he de reprenderte por lo que pensaste y dijiste al asegurar que no puedo sostener la acometida del ingente Áyax. Nunca me espantó la batalla, ni el ruido de los caballos; pero siempre el pensamiento de Zeus, que lleva la égida, es más eficaz que el de los hombres; y el dios pone en fuga al varón

---

[509] La idea de un intercambio de armas y cadáveres no tiene precedentes en la *Ilíada*; de hecho es el único caso que se plantea en la obra. Por otra parte, se ve con claridad cómo Homero juega a la ironía, pues el público no ignora —como sí lo ignora Glauco—, que el cadáver de Sarpedón no está en poder de los aqueos, sino que ha sido llevado por Apolo a Licia, para que allí reciba adecuada sepultura.

312

esforzado y le quita fácilmente la victoria, aunque él mismo le haya incitado a combatir. Mas ea ven acá, amigo, ponte a mi lado, contempla mis hechos, y verás si seré cobarde en la batalla, aunque dure todo el día, o si haré que alguno de los dánaos, no obstante su ardimiento y valor, cese de defender el cadáver de Patroclo.

[vv. 17.183 y ss.] Cuando así hubo hablado, exhortó a los teucros, dando grandes voces: —¡Troyanos, licios, dárdanos, que cuerpo a cuerpo peleáis! Sed hombres, amigos, y mostrad vuestro impetuoso valor, mientras visto las armas del eximio Aquiles, de que despojé al fuerte Patroclo después de matarle.

[vv. 17.188 y ss.] Dichas estas palabras, Héctor, de tremolante casco, salió de la funesta lid, y corriendo con ligera planta, alcanzó pronto y no muy lejos a sus amigos, que llevaban hacia la ciudad las magníficas armas del hijo de Peleo. Allí, fuera del luctuoso combate, se detuvo y cambió de armadura: entregó la propia a los belicosos troyanos, para que la dejaran en la sacra Ilión, y vistió las armas divinas de Aquiles, que los dioses dieran a Peleo, y este, ya anciano, cedió a su hijo quien no había de usarlas tanto tiempo que llevándolas llegara a la vejez.

[vv. 17.198, 199 y 200] Cuando Zeus, que amontona las nubes, vio que Héctor vestía las armas del divino Pelida, moviendo la cabeza, habló consigo mismo y dijo:

[vv. 17.201 y ss.] —¡Ah mísero! No piensas en la muerte, que ya se halla cerca de ti, y vistes las armas divinas de un hombre valentísimo a quien todos temen. Has muerto a su amigo, tan bueno como fuerte, y le has quitado ignominiosamente[510] la armadura de la cabeza y de

---

[510] La razón que Zeus esgrime como causa de su enojo contra Héctor es que se ha apoderado de la armadura *οὐ κατὰ κόσμον*, es decir: "no conforme a lo que corresponde" o "fuera de lo establecido". Esta fórmula, en función del contexto, puede traducirse como "indecorosamente", cuando se han traspasado los límites de lo caballeresco, o como "ignominiosamente", cuando se supone una apropiación ilegítima. Recientemente V. du Sablon supone otra perspectiva: dado que estas armas son de origen divino, solamente podrían ser usadas por un semidios, como es el caso de Aquiles; en este sentido, tanto Patroclo como Héctor habrían usado esta armadura inapropiadamente y por ello también habrían recibido la muerte (Cfr. "Sur le sens de la formule *κατὰ κόσμον* chez Homère". En: *Revue des Études Grecques*, CXXV, 2, Juillet-décembre 2012. pp. 365-395). Para nosotros los argumentos de Du Sablon no son sufiecientemente convincentes, y contradicen otros pasajes del texto. La indignación de Zeus y el uso de esta fórmula (*οὐ κατὰ κόσμον*) indica la apropiación de algo de forma inmerecida, porque Euforbo ha aprovechado la confusión en que Apolo sumió a Patroclo, conmocionándolo y

los hombros. Mas todavía dejaré que alcances una gran victoria como compensación de que Andrómaca no recibirá de tus manos, volviendo tú del combate, las magníficas armas del hijo de Peleo.

[vv. 17.209 y ss.] Dijo el Crónida, y bajó las negras cejas en señal de asentimiento. La armadura de Aquiles le vino bien a Héctor;[511] apoderose de este un terrible furor bélico, y sus miembros se vigorizaron y fortalecieron; y el héroe, dando recias voces, enderezó sus pasos a los aliados ilustres y se les presentó con las resplandecientes armas del magnánimo Pelida. Acercándose a cada uno de sus capitanes para animarlos —a Mestles, Glauco, Medonte, Tersíloco, Asteropeo, Disenor, Hipótoo, Forcis, Cromio y el augur Enomo—, los instigó con estas aladas palabras:

[vv. 17.220 y ss.] —¡Oíd, innumerables tribus de aliados que habitáis alrededor de Troya! No ha sido por el deseo ni por la necesidad de reunir una muchedumbre por lo que os he traído de vuestras ciudades; sino para que defendáis animosamente de los belicosos aqueos a las esposas y a los tiernos infantes de los troyanos. Con esta idea abrumo a mi pueblo y le exijo dones y víveres para excitar vuestro valor. Ahora cada uno haga frente y embista al enemigo, ya muera, ya se salve; que tales son los lances de la guerra. Al que arrastre el cadáver de Patroclo hasta las filas de los troyanos, domadores de caballos, y haga ceder a Áyax, le daré la mitad de los despojos, reservándome la otra mitad, y su gloria será tan grande como la mía.

[vv. 17.233 y ss.] Así habló. Todos arremetieron con las picas levantadas y cargaron sobre los dánaos, pues tenían grandes esperanzas de arrancar el cuerpo de Patroclo de las manos de Áyax Telamonio. ¡Insensatos! Sobre el mismo cadáver, Áyax hizo perecer

---

quitándole las armas, y Héctor, en tercer término, se limitó a rematarlo cuando el héroe estaba inerme. Pero esas armas tampoco eran de Patroclo sino de Aquiles, quien no las perdió en combate, sino por prestarlas a su amigo. Lucir las armas, como pretende Héctor, implica haber obtenido la victoria sobre su dueño, y entonces, ellas vendrían a ser una manifestación de la *areté* o virtud guerrera. Pero Héctor ni ha derrotado a Aquiles, ni ha obtenido siquiera una victoria muy honorable sobre Patroclo, que las llevaba en préstamo.

[511] Subyace la idea de que si Zeus no hubiera intervenido y consentido, la armadura no le hubiera calzado bien, esto es, que lo "inapropiado" (οὐ κατὰ κόσμον) del v. 205 se hubiera hecho evidente. Pero debe notarse al mismo tiempo que, al vestirlas Patroclo, no se necesitó de este concurso divino.

a muchos de ellos. Y este héroe dijo entonces a Menelao, valiente en la pelea:

[vv. 17.238 y ss.] —¡Oh amigo, oh Menelao, alumno de Zeus! Ya no espero que salgamos con vida de esta batalla. Ni temo tanto por el cadáver de Patroclo, que pronto saciará en Troya a los perros y aves de rapiña, cuanto por tu cabeza y por la mía: pues el nublado de la guerra, Héctor, todo lo cubre, y a nosotros nos espera una muerte cruel. Ea, llama a los más valientes dánaos, por si alguno te oye.

[vv. 17.246 y 247] Así se expresó. Menelao, valiente en la pelea, no fue desobediente; y alzando recio la voz, dijo a los dánaos:

[vv. 17.248 y ss.] —¡Oh amigos, capitanes y príncipes de los argivos, los que bebéis en la tienda de los Atridas Agamenón y Menelao el vino que el pueblo paga, mandáis las tropas y os viene de Zeus el honor y la gloria! Me es difícil ver a cada uno de los caudillos. ¡Tan grande es el combate que aquí se ha empeñado! Pero acercaos vosotros, indignándoos en vuestro corazón de que Patroclo llegue a ser juguete de los perros troyanos.

[vv. 17.256 y ss.] Tales fueron sus palabras. Oyole en seguida el veloz Áyax de Oileo, y acudió antes que nadie, corriendo a través del campo. Siguiéronle Idomeneo y su escudero Meriones, igual al homicida Ares. ¿Y quién podría retener en la memoria y decir los nombres de cuantos aqueos fueron llegando para reanimar la pelea?

[vv. 17.262 y ss.] Los teucros acometieron apiñados, con Héctor a su frente. Como en la desembocadura de un río que las celestiales lluvias alimentan, las ingentes olas chocan bramando contra la corriente del mismo, refluyen al mar y las altas orillas resuenan en torno; con una gritería tan grande marchaban los teucros. Mientras tanto, los aqueos permanecían firmes alrededor del cadáver del hijo de Menetio, conservando el mismo ánimo y defendiéndose con los escudos de bronce, y Zeus rodeó de espesa niebla sus relucientes cascos, porque nunca había aborrecido al hijo de Menetio mientras vivió y fue servidor de Aquiles, y entonces veía con desagrado que el cadáver pudiera llegar a ser juguete de los perros troyanos. Por esto el dios incitaba a los compañeros a que lo defendieran.

[vv. 17.274 y ss.] En un principio, los teucros rechazaron a los aqueos, de ojos vivos, y estos, desamparando al muerto, huyeron espantados. Y si bien los altivos teucros no consiguieron matar con sus lanzas a ningún aqueo, como deseaban, empezaron a arrastrar el cadáver. Poco tiempo debían los aqueos permanecer alejados de este, pues los hizo volver Áyax; el cual, así por su figura, como por sus obras, era el mejor de los dánaos, después del eximio Pelida. Atravesó el héroe las primeras filas, y parecido por su bravura al jabalí que en el monte dispersa fácilmente, dando vueltas por los matorrales, a los perros y a los florecientes mancebos; de la misma manera el esclarecido Áyax, hijo del ilustre Telamón, acometió y dispersó las falanges de troyanos que se agitaban en torno de Patroclo con el decidido propósito de llevarlo a la ciudad y alcanzar gloria.

[vv. 17.288 y ss.] Hipótoo, hijo preclaro del pelasgo Leto, había atado una correa a un tobillo de Patroclo, alrededor de los tendones; y arrastraba el cadáver por el pie, a través del reñido combate, para congraciarse con Héctor y los teucros. Pronto le ocurrió una desgracia, de que nadie, por más que lo deseara, pudo librarle. Pues el hijo de Telamón, acometiéndole por entre la turba, le hirió de cerca a través del casco, de broncíneas carrilleras: el casco, guarnecido de un penacho de crines de caballo, se quebró al recibir el golpe de la gran lanza manejada por la robusta mano; el cerebro fluyó sanguinolento por la herida, a lo largo del asta; el guerrero perdió las fuerzas, dejó escapar de sus manos al suelo el pie del longánimo Patroclo, y cayó de pechos, junto al cadáver, lejos de la fértil Larisa; y así no pudo pagar a sus progenitores la crianza, ni fue larga su vida porque sucumbió vencido por la lanza del magnánimo Áyax.

[vv. 17.304 y ss.] —Héctor arrojó, a su vez, la reluciente lanza; pero Áyax, al notarlo, hurtó el cuerpo, y la broncínea arma alcanzó a Esquedio, hijo del magnánimo Ifites y el más valiente de los focenses, que tenía su casa en la célebre Pánope y reinaba sobre muchos hombres: clavose la punta debajo de la clavícula y, atravesándola, salió por el hombro, El guerrero cayó con estrépito, y sus armas resonaron.

[vv. 17.312 y ss.] —Áyax, hirió en medio del vientre al aguerrido Forcis, hijo de Fénope, que defendía el cadáver de Hipótoo; y el bronce rompió la cavidad de la coraza y desgarró las entrañas: el teucro, caído en el polvo, cogió el suelo con las manos. Arredráronse los combatientes delanteros y el esclarecido Héctor; y los argivos dieron grandes voces, retiraron los cadáveres de Forcis y de Hipótoo, y quitaron de sus hombros las respectivas armaduras.

[vv. 17.319 y ss.] Entonces los teucros hubieran vuelto a entrar en Ilión, acosados por los belicosos aqueos y vencidos por su cobardía, y los aqueos hubiesen alcanzado gloria, contra la voluntad de Zeus, por su fortaleza y su valor. Pero Apolo instigó a Eneas, tomando la figura del heraldo Perifante Epítida, que había envejecido ejerciendo de pregonero en la casa del padre del héroe y sabía dar saludables consejos. Así transfigurado, habló Apolo, hijo de Zeus, diciendo:

[vv. 17.327 y ss.] —¡Eneas! ¿De qué modo podríais salvar la excelsa Ilión, hasta si un dios se opusiera? Como he visto hacerlo a otros varones que confiaban en su fuerza y vigor, en su bravura y en la muchedumbre de tropas formadas por un pueblo intrépido. Mas al presente, Zeus desea que la victoria quede por vosotros y no por los dánaos; y vosotros huís temblando y renunciáis a combatir.

[vv. 17.333 y 334] De tal suerte habló. Eneas, como viera delante de sí a Apolo, el que hiere de lejos, reconociole, y a grandes voces dijo a Héctor:

[vv. 17.335 y ss.] —¡Héctor y demás caudillos de los troyanos y sus aliados! Es una vergüenza que entremos en Ilión acosados por los belicosos aqueos y vencidos por nuestra cobardía. Una deidad ha venido a decirme que Zeus, el árbitro supremo, será aún nuestro auxiliar en la batalla. Marchemos, pues, en derechura a los dánaos, para que no se lleven tranquilamente a las naves el cadáver de Patroclo.

[vv. 17.342 y ss.] Así habló; y saltando mucho más allá de los combatientes delanteros, se detuvo. Los teucros volvieron la cara y afrontaron a los aqueos. Entonces Eneas dio una lanzada a Leócrito, hijo de Arisbante y compañero valiente de Licomedes. Al verle derribado en tierra, compadeciose Licomedes, caro a Ares; y parándose muy cerca del enemigo arrojó la reluciente lanza, hirió debajo del diafragma a Apisaón Hipásida, pastor de hombres, y le dejó sin vigor las rodillas: este guerrero procedía de la fértil Peonia, y era, después de Asteropeo, el que más descollaba en el combate.

[vv. 17.352 y ss.] Viole caer el belígero Asteropeo, y apiadándose, corrió hacia él, dispuesto a pelear con los dánaos. Mas no le fue posible; pues cuantos rodeaban por todas partes a Patroclo, se cubrían con los escudos y calaban las lanzas. Áyax recorría las filas y daba muchas órdenes: mandaba que ninguno retrocediese, abandonando el cadáver; ni combatiendo se adelantara a los demás aqueos, sino que todos circundaran al muerto y pelearan de cerca. Así se lo encargaba el ingente Áyax. La tierra estaba regada de purpúrea sangre y morían, unos en pos de otros, muchos troyanos poderosos auxiliares, y dánaos; pues estos últimos no peleaban sin derramar sangre, aunque perecían en mucho menor número porque cuidaban siempre de defenderse recíprocamente en medio de la turba, para evitar la cruel muerte.

[vv. 17.366 y ss.] Así combatían, con el ardor del fuego. No hubieras dicho que aún subsistiesen el sol y la luna; pues hallábanse cubiertos por la niebla todos los guerreros ilustres que pugnaban alrededor del cadáver de Patroclo. Los restantes teucros y aqueos de hermosas grebas libres de la oscuridad, lidiaban bajo el cielo sereno: los vivos rayos del sol herían el campo, sin que apareciera ninguna nube sobre la tierra ni en las montañas, y ellos batallaban y descansaban alternativamente hallándose a gran distancia unos de otros y procurando librarse de los tiros que les dirigían los contrarios. Y en tanto, los del centro padecían muchos males a causa de la niebla y del combate, y los más valientes estaban dañados por el cruel bronce. Dos varones insignes, Trasimedes y Antíloco, ignoraban aún que el eximio Patroclo hubiese muerto y creían que luchaba con los teucros en la primera fila. Ambos, aunque se daban cuenta de que sus compañeros eran muertos o derrotados, peleaban separadamente de los demás; que así se lo ordenara Néstor, cuando desde las negras naves los envió a la batalla.

[vv. 17.384 y ss.] Todo el día sostuvieron la gran contienda y el cruel combate. Cansados y sudosos tenían los pies, las piernas y las rodillas, y manchados de polvo los ojos y las manos, cuantos peleaban en torno del valiente servidor del Eácida, de pies ligeros. Como un hombre da a los obreros, para que la estiren, una piel grande de toro cubierta de grasa; y ellos, cogiéndola, se distribuyen a su alrededor, y tirando todos sale la humedad, penetra la grasa y la piel queda perfectamente extendida por todos lados; de la misma manera, tiraban aquellos del cadáver acá y allá, en un reducido espacio,[512] y tenían grandes esperanzas de arrastrarlo los teucros hacia Ilión, y los aqueos a las cóncavas naves. Un tumulto feroz se producía alrededor del muerto; y ni Ares, que enardece a los guerreros, ni Atenea, por airada que estuviera, habrían hallado nada que reprocharle, si lo hubiesen presenciado.

[vv. 17.400 y ss.] Tan funesto combate de hombres y caballos suscitó Zeus aquel día sobre el cadáver de Patroclo. El divino Aquiles ignoraba aún la muerte del héroe, porque la pelea se había empeñado

---

[512] Este símil estaría reproduciendo una escena de la vida cotidiana de la Grecia arcaica acerca del curado de un cuero de toro. Al estirar la piel engrasada, la humedad natural sale por los poros y entra la grasa. Este procedimiento se realiza mediante un tironeo, donde se establece un equilibrio tal de fuerzas, que el objeto no se mueve de su lugar. Lo grotesco es que, en este caso, el cuero del toro es en realidad el cadáver de Patroclo, tironeado con violencia por ambos bandos.

318

lejos de las veleras naves, al pie del muro de Troya. No se figuraba que hubiese muerto, sino que después de acercarse a las puertas volvería vivo; porque tampoco esperaba que llegara a tomar la ciudad, ni solo ni con él mismo. Así se lo había oído muchas veces a su madre cuando, hablándole separadamente de los demás, le revelaba el pensamiento del gran Zeus. Pero entonces la diosa no le anunció la gran desgracia que acababa de ocurrir: la muerte del compañero a quien más amaba.

[vv. 17.412, 413 y 414] Los combatientes, blandiendo afiladas lanzas, se acometían continuamente alrededor del cadáver; y unos a otros se mataban. Y hubo quien entre los aqueos, de broncíneas corazas, habló de esta manera:

[vv. 17.415 y ss.] —¡Oh amigos! No sería para nosotros una acción gloriosa la de volver a las cóncavas naves. Antes la negra tierra se nos trague a todos; que preferible fuera si hemos de permitir a los troyanos, domadores de caballos, que arrastren el cadáver a la ciudad y alcancen gloria.

[vv. 17.420, 421 y 422] Y a su vez alguno de los magnánimos teucros así decía: —¡Oh amigos! Aunque el destino haya dispuesto que sucumbamos todos junto a ese hombre, nadie abandone la batalla.

[vv. 17.423, 424 y 425] Con tales palabras excitaban el valor de sus compañeros. Seguía el combate y el férreo[513] estrépito llegaba al cielo de bronce[514], a través del infecundo éter[515].

[vv. 17.426 y ss.] Los corceles de Aquiles lloraban[516], fuera del campo de la batalla, desde que supieron que su auriga había sido postrado en el polvo por Héctor, matador de hombres. Por más que Automedonte, hijo valiente de Diores, los aguijaba con el flexible látigo y les dirigía palabras, ya suaves, ya amenazadoras; ni querían volver atrás, a las naves y al vasto Helesponto, ni encaminarse hacia

---

[513] En realidad la palabra empleada es σιδήρειος, o sea, [hecho] de acero, acerado.

[514] Epíteto de cielo, el cual se concebía como un domo de bronce (Cfr. Leaf, W. Companion to the Iliad, London, Macmillan, 1892, p. 293).

[515] En esta imagen intervienen tres elementos: el sonido producido por el choque de los aceros; el éter, que sin contaminarlo ni contaminarse, lo transmite; y el bronce del domo celeste, que lo recibe. Una visión poética de cómo los dioses contemplan el drama de los hombres.

[516] Janto y Balio, corceles inmortales nacidos de los amores del Céfiro y la arpía Podarge, muestran sentimientos humanos en este y otro pasaje del poema (19.404 y ss.) donde Hera les confiere momentáneamente la posibilidad de hablar.

los aqueos que estaban peleando. Como la columna se mantiene firme sobre el túmulo de un varón difunto o de una matrona, tan inmóviles permanecían aquellos con el magnífico carro. Inclinaban la cabeza al suelo; de sus párpados se desprendían ardientes lágrimas con que lloraban la pérdida del auriga, y las lozanas crines estaban manchadas y caídas a ambos lados del yugo.

[vv. 17.441 y 442] Al verlos llorar, el Crónida se compadeció de ellos, movió la cabeza, y hablando consigo mismo, dijo:

[vv. 17.443 y ss.] —¡Ah infelices! ¿Por qué os entregamos[517] al rey Peleo, a un mortal, estando vosotros exentos de la vejez y de la muerte? ¿Acaso para que tuvieseis penas entre los míseros mortales? Porque no hay un ser más desgraciado que el hombre, entre cuantos respiran y se mueven sobre la tierra. Héctor Priámida no será llevado por vosotros en el hermoso carro; no lo permitiré. ¿Por ventura no es bastante que se haya apoderado de las armas y se gloríe de esta manera? Daré fuerza a vuestras rodillas y a vuestro espíritu, para que llevéis salvo a Automedonte desde la batalla a las cóncavas naves; y concederé gloria a los teucros, los cuales seguirán matando hasta que lleguen a las naves de muchos bancos, se ponga el sol y la sagrada oscuridad sobrevenga.[518]

[vv. 17.456 y ss.] Tal dijo, e infundió gran vigor a los caballos: sacudieron estos el polvo de las crines y arrastraron velozmente el ligero carro hacia los teucros y los aqueos. Automedonte, aunque afligido por la suerte de su compañero, quería combatir desde el carro, y con los corceles se echaba sobre los enemigos como el buitre sobre los ánsares; y con la misma facilidad huía del tumulto de los teucros, que arremetía a la gran turba de ellos para seguirles el alcance. Pero no mataba hombres cuando se lanzaba a perseguir, porque, estando solo en la silla, no le era posible acometer con la lanza y sujetar al mismo tiempo los veloces caballos. Viole al fin su compañero Alcimedonte[519], hijo de Laerces Hemónida; y poniéndose detrás del carro, dijo a Automedonte:

---

[517] En realidad no los entregó Zeus, sino Poseidón, a Peleo y Tetis, como regalo de bodas. Pero Zeus habla por todos los dioses.

[518] El 17.454 y s. son versos formularios que adaptan a los 11.198 y s., y 208 y s. Cabe notar también que este día ha sido inusitadamente extenso, teniendo en cuenta que para el verso 16.779 ya se encaminaba hacia el ocaso, y todavía Patroclo continuaba con sus hazañas.

[519] Caudillo de los mirmidones, a las órdenes de Aquiles (Cfr. 16.197).

[vv. 17.469 y ss.] —¡Automedonte! ¿Qué dios te ha sugerido tan inútil propósito dentro del pecho y te ha privado de tu buen juicio? ¿Por qué, estando solo, combates con los teucros en la primera fila? Tu compañero recibió la muerte, y Héctor se vanagloria de cubrir sus hombros con las armas del Eácida.

[vv. 17.474 y ss.] Respondiole Automedonte, hijo de Diores: —¡Alcimedonte! ¿Cuál otro aqueo podría sujetar o aguijar estos caballos inmortales mejor que tú si no fuera Patroclo, consejero igual a los dioses, mientras estuvo vivo? Pero ya la muerte y el destino le alcanzaron. Recoge el látigo y las lustrosas riendas, y yo bajaré del carro para combatir.

[vv. 17.481, 482, 483 y 484] Así habló. Alcimedonte, subiendo en seguida al veloz carro, tomó el látigo y las riendas, y Automedonte saltó a tierra. Advirtiolo el esclarecido Héctor; y al momento dijo a Eneas, que a su vera estaba:

[vv. 17.485 y ss.] —¡Eneas, consejero de los teucros, de broncíneas corazas! Advierto que los corceles del Eácida, ligero de pies, aparecen nuevamente en la lid guiados por aurigas débiles. Y creo que me apoderaría de los mismos, si tú quisieras ayudarme; pues arremetiendo nosotros a los aurigas, estos no se atreverán a resistir ni a pelear frente a frente.

[vv. 17.491 y ss.] Dijo; y el valeroso hijo de Anquises no dejó de obedecerle. Ambos pasaron adelante, protegiendo sus hombros con sólidos escudos de pieles secas de buey, cubiertas con gruesa capa de bronce. Siguiéronles Cromio y el deiforme Areto, que tenían grandes esperanzas de matar a los aurigas y llevarse los corceles de erguido cuello. ¡Insensatos! No sin derramar sangre habían de escapar de Automedonte. Este, orando al padre Zeus, llenó de fuerza y vigor las negras entrañas; y en seguida dijo a Alcimedonte, su fiel compañero:

[vv. 17.501 y ss.] —¡Alcimedonte! No tengas los caballos lejos de mí; sino tan cerca, que sienta su resuello sobre mi espalda. Creo que Héctor Priámida no calmará su ardor hasta que suba al carro de Aquiles y gobierne los corceles de hermosas crines, después de darnos muerte a nosotros y desbaratar las filas de los guerreros argivos; o él mismo sucumba, peleando con los combatientes delanteros.

[vv. 17.507 y ss.] Cuando esto hubo dicho, llamó a los dos Ayaces y a Menelao: —¡Ayaces, caudillos de los argivos! ¡Menelao! Dejad a los más fuertes el cuidado de rodear al muerto y defenderle, rechazando los haces enemigos; y venid a librarnos del día cruel a nosotros que aún vivimos pues se dirigen a esta parte corriendo a través del luctuoso combate, Héctor y Eneas, que son los más valientes de los teucros. En la mano de los dioses está lo que haya de ocurrir. Yo arrojaré mi lanza, y Zeus se cuidará del resto.

[vv. 17.516 y ss.] Dijo, y blandiendo la ingente lanza, acertó a dar en el escudo liso de Areto, que no logró detener a aquella; atravesolo la punta de bronce, y rasgando el cinturón se clavó en el bajo vientre del guerrero. Como un joven hiere con afilada segur a un buey montaraz por detrás de las astas, le corta el nervio y el animal da un salto y cae; de esta manera el teucro saltó y cayó boca arriba, y la lanza aguda, vibrando aún en sus entrañas, dejole sin vigor los miembros. Héctor arrojó la reluciente lanza contra Automedonte; pero este, como la viera venir, evitó el golpe inclinándose hacia adelante: la fornida lanza se clavó en el suelo detrás de él, y el regatón temblaba; pero pronto la impetuosa arma perdió su fuerza. Y se atacaran de cerca con las espadas, si no les hubiesen obligado a separarse los dos Ayaces; los cuales, enardecidos, abriéronse paso por la turba y acudieron a las voces de su amigo. Temiéronlos Héctor, Eneas y el deiforme Cromio, y, retrocediendo, dejaron a Areto, que yacía en el suelo con el corazón traspasado. Automedonte, igual al veloz Ares, despojole de las armas; y gloriándose pronunció estas palabras:

[vv. 17.538 y 539] —El pesar de mi corazón por la muerte del hijo de Menetio, se ha aliviado un poco, aunque le es inferior el varón a quien he dado muerte.

[vv. 17.540, 541 y 542] Esto dicho, tomó y puso en el carro los sangrientos despojos; y en seguida subió al mismo, con los pies y las manos ensangrentadas como el león que ha devorado un toro.

[vv. 17.543 y ss.] De nuevo se trabó una pelea encarnizada, funesta, luctuosa, en torno de Patroclo. Excitó la lid Atenea, que vino del cielo, enviada a socorrer a los dánaos por el longividente Zeus, cuya mente había cambiado. De la suerte que Zeus tiende en el cielo el purpúreo arco iris, como señal de una guerra o de un invierno tan frío que obliga a suspender las labores del campo y entristece a los rebaños; de este modo la diosa, envuelta en purpúrea nube, penetró por las tropas aqueas y animó a cada guerrero. Primero enderezó sus pasos hacia el fuerte Menelao, hijo de Atreo, que se hallaba cerca; y tomando la figura y voz infatigable de Fénix, le exhortó diciendo:

[vv. 17.556, 557, 558 y 559] —Sería para ti, oh Menelao, motivo de vergüenza y de oprobio que los veloces perros despedazaran bajo el muro de Troya el cadáver de quien fue compañero fiel del ilustre Aquiles ¡Combate denodadamente y anima a todo el ejército!

[vv. 17.560 y ss.] Respondiole Menelao, valiente en la pelea: —¡Padre Fénix, anciano respetable! Ojalá Atenea me infundiese vigor y me librase del ímpetu de los tiros. Yo quisiera ponerme al lado de Patroclo y defenderle, porque su muerte conmovió mucho mi corazón; pero Héctor tiene la terrible fuerza de una llama, y no cesa de matar con el bronce, protegido por Zeus, que le da gloria.

[vv. 17.567 y ss.] Así se expresó. Atenea, la diosa de los brillantes ojos, holgándose de que aquel la invocara la primera entre todas las deidades, le vigorizó los hombros y las rodillas, e infundió en su pecho la audacia de la mosca, la cual, aunque sea ahuyentada repetidas veces, vuelve a picar porque la sangre humana le es agradable; de una audacia semejante llenó la diosa las negras entrañas del héroe. Encaminose Menelao hacia el cadáver de Patroclo y despidió la reluciente lanza. Hallábase entre los teucros Podes, hijo de Eetión,[520] rico y valiente, a quien Héctor honraba mucho en la ciudad porque era su compañero querido en los festines; a este, que ya emprendía la fuga, Menelao atravesolo con la broncínea lanza, que se clavó en el ceñidor, y el teucro cayó con estrépito. Al punto, Menelao Atrida arrastró el cadáver desde los teucros adonde se hallaban sus amigos.

[vv. 17.582, 583, 584 y 585] Apolo incitó a Héctor, poniéndose a su lado después de tomar la figura de Fénope Asíada; este tenía la casa en Abido, y era para el héroe el más querido de sus huéspedes. Así transfigurado, dijo Apolo, el que hiere de lejos:

[vv. 17.586 y ss.] —¡Héctor! ¿Cuál otro aqueo te temerá, cuando huyes temeroso ante Menelao, que siempre fue guerrero débil y ahora él solo ha levantado y se lleva fuera del alcance de los teucros el cadáver de tu fiel amigo, a quien mató, del que peleaba con denuedo entre los combatientes delanteros, de Podes, hijo de Eetión?

[vv. 17.591 y ss.] Tales fueron sus palabras y negra nube de pesar envolvió a Héctor, que en seguida atravesó las primeras filas, cubierto de reluciente bronce. Entonces el Crónida tomó la esplendorosa égida, floqueada, cubrió de nubes el Ida, relampagueó y tronó fuertemente, agitó la égida, y dio la victoria a los teucros, poniendo en fuga a los aqueos.

---

[520] Este Eetión no debe ser confundido con su homónimo, el rey de la Tebas de Hipoplacia, padre de Andrómaca, que fuera muerto por Aquiles durante la toma de la ciudad (1.366). Por otra parte recordemos que, según 6.421, todos los hermanos de Andrómaca ya están muertos.

[vv. 17.597 y ss.] El primero que huyó fue Penéleo, el beocio, por haber recibido, vuelto siempre de cara a los teucros, una herida leve en el hombro: Polidamante, acercándose a él, le arrojó la lanza, que desgarró la piel y llegó hasta el hueso.—Héctor, a su vez, hirió en la muñeca y dejó fuera de combate a Leito, hijo del magnánimo Alectrión; el cual huyó espantado y mirando en torno suyo, porque ya no esperaba que con la lanza en la mano pudiese combatir con los teucros. —Contra Héctor, que perseguía a Leito, arrojó Idomeneo su lanza y le dio un bote en el peto de la coraza, junto a la tetilla; pero rompiose aquella en la unión del asta con el hierro, y los teucros gritaron. Héctor despidió su lanza contra Idomeneo Deucálida, que iba en un carro, y por poco no acertó a herirle, pero el bronce se clavó en Cérano, escudero y auriga de Meriones, a quien acompañaba desde que partieron de la bien construida Licto. Idomeneo salió aquel día de las corvas naves al campo, como infante; y hubiera proporcionado a los teucros un gran triunfo, si no hubiese llegado Cérano guiando los veloces corceles: este fue su salvador porque le libró del día cruel al perder la vida a manos de Héctor, matador de hombres. A Cérano, pues, hiriole Héctor debajo de la quijada y de la oreja: la punta de la lanza hizo saltar los dientes y atravesó la lengua. El guerrero cayó del carro, y dejó que las riendas vinieran al suelo. Meriones, inclinándose, recogiolas, y dijo a Idomeneo:

[vv. 17.622 y 623] —Aguija con el látigo los caballos hasta que llegues a las veleras naves; pues ya tú mismo conoces que no serán los aqueos quienes alcancen la victoria.

[vv. 17.624 y 625] Así habló; e Idomeneo fustigó los corceles de hermosas crines, guiándolos hacia las cóncavas naves porque el temor había entrado en su corazón.

[vv. 17.626, 627 y 628] No les pasó inadvertido al magnánimo Áyax y a Menelao que Zeus otorgaba a los teucros la inconstante victoria. Y el gran Áyax Telamonio fue el primero en decir:

[vv. 17.629 y ss.] —¡Oh dioses! Ya hasta el más simple conocería que el padre Zeus favorece a los teucros. Los tiros de todos ellos, sea cobarde o valiente el que dispara, no yerran el blanco, porque Zeus los encamina; mientras que los nuestros caen al suelo sin dañar a nadie. Ea, pensemos como nos será más fácil sacar el cadáver y volvernos, para regocijar a nuestros amigos; los cuales deben de afligirse mirando hacia acá, y sin duda piensan que ya no podemos resistir la fuerza y las invictas manos de Héctor, matador de hombres, y pronto tendremos que refugiarnos en las negras naves.

Ojalá algún amigo avisara al Pelida, pues no creo que sepa la infausta nueva de que ha muerto su compañero amado. Pero no puedo distinguir entre los aqueos a nadie capaz de hacerlo, cubiertos como están por densa niebla hombres y caballos. ¡Padre Zeus! Libra de la espesa niebla a los aqueos, serena el cielo, concede que nuestros ojos vean, y destrúyenos en la luz, ya que así te place.

[vv. 17.648, 649, 650 y 651] Tal dijo; y el padre, compadecido de verle derramar lágrimas, disipó en el acto la obscuridad y apartó la niebla. Brilló el sol y toda la batalla quedó alumbrada. Y entonces dijo Áyax a Menelao, valiente en la pelea:

[vv. 17.652, 653, 654 y 655] —Mira ahora, Menelao, alumno de Zeus, si ves a Antíloco, hijo del magnánimo Néstor, vivo aún; y envíale para que vayan corriendo a decir al aguerrido Aquiles que ha muerto su compañero más amado.

[vv. 17.656 y ss.] Tales fueron sus palabras; y Menelao, valiente en la pelea, obedeció y se fue. Como se aleja del establo un león, después de irritar a los canes y a los hombres que, vigilando toda la noche, no le han dejado comer los pingües bueyes —el animal, ávido de carne, acometía, pero nada consiguió porque audaces manos le arrojaron muchos venablos y teas encendidas que le hicieron temer, aunque estaba enfierecido—; y al despuntar la aurora, se va con el corazón afligido: de tan mala gana, Menelao, valiente en la pelea, se apartaba de Patroclo; porque sentía gran temor de que los aqueos, vencidos por el fuerte miedo, lo dejaran y fuera presa de los enemigos. Y se lo recomendó mucho a Meriones y a los Ayaces diciéndoles:

[vv. 17.669, 670, 671 y 672] —¡Ayaces, caudillos de los argivos! ¡Meriones! Acordaos ahora de la mansedumbre del mísero Patroclo, el cual supo ser amable con todos mientras gozó de vida. Pero ya la muerte y el destino le alcanzaron.

[vv. 17.673 y ss.] Dicho esto, el rubio Menelao partió volviendo los ojos por todas partes como el águila (el ave, según dicen, de vista más perspicaz entre cuantas vuelan por el cielo), a la cual, aun estando en las alturas, no le pasa inadvertida una liebre de pies ligeros echada debajo de un arbusto frondoso, y se abalanza a ella y en un instante la coge y le quita la vida; del mismo modo, oh Menelao[521], alumno de Zeus, tus brillantes ojos dirigíanse a todos

---

[521] Nuevo apóstrofe en que el poeta, con dulzura y cortesía, se dirige a Menelao. Este tipo de interrupciones las realiza en siete oportunidades: al ser herido por Pándaro en 4.127 y 146; al responder al desafío de Héctor en 7.103; al enfrentar a

lados, por la turba numerosa de los compañeros, para ver si podrías hallar vivo al hijo de Néstor. Pronto le distinguió a la izquierda del combate, donde animaba a sus compañeros y les incitaba a pelear. Y deteniéndose a su lado, hablole así el rubio Menelao:

[vv. 17.685 y ss.] —¡Ea, ven aquí, Antíloco, alumno de Zeus, y sabrás una infausta nueva que ojalá no debiera darte! Creo que tú mismo conocerás, con solo tender la vista, que un dios nos manda la derrota a los dánaos y que la victoria se decide por los teucros. Ha muerto el más valiente aqueo, Patroclo, y los dánaos le echan muy de menos. Corre hacia las naves aqueas y anúncialo a Aquiles; por si, dándose prisa en venir, puede llevar a su bajel el cadáver desnudo, pues las armas las tiene Héctor, el de tremolante casco.

[vv. 17.694 y ss.] Así dijo. Estremeciose Antíloco al oírle, estuvo un buen rato sin poder hablar, llenáronse de lágrimas sus ojos y la voz sonora se le cortó. Mas no por esto descuidó de cumplir la orden de Menelao: entregó las armas a Laódoco, el eximio compañero que a su lado regía los solípedos caballos, echó a correr, y salió del combate, llorando, para dar al Pelida Aquiles la triste noticia.

[vv. 17.702 y ss.] No quisiste, oh Menelao, alumno de Zeus, quedarte allí para socorrer a los fatigados compañeros de Antíloco; aunque los pilios echaban muy de menos a su jefe. Menelao les envió el divino Trasimedes; y volviendo a la carrera hacia el cadáver de Patroclo, se detuvo junto a los Ayaces, y les dijo:

[vv. 17.708 y ss.] —Ya he enviado a aquel a las veleras naves, para que se presente a Aquiles, el de los pies ligeros; pero no creo que Aquiles venga en seguida, por más airado que esté con el divino Héctor, porque sin armas no podrá combatir con los troyanos. Pensemos nosotros mismos como nos será más fácil sacar el cadáver y librarnos, en la lucha con los teucros, de la muerte y el destino.

[vv. 17.715 y ss.] Respondiole el gran Áyax: Telamonio: —Oportuno es cuanto dijiste, ínclito Menelao. Tú y Meriones introducíos prontamente, levantad el cadáver y sacadlo de la lid. Y nosotros dos, que tenemos igual ánimo, llevamos el mismo nombre y siempre hemos sostenido juntos el vivo combate, os seguiremos peleando a vuestra espalda con los teucros y el divino Héctor.

Pisandro en 13.603; en este caso y en 702, mostrándose renuente a abandonar el cadáver de Patroclo; la séptima y última cuando el hijo de Néstor, Antíloco, lo elogia y reconoce su valía en 23.600.

[vv. 17.722 y ss.] Así dijo. Aquellos cogieron al muerto y alzáronlo muy alto; y gritó el ejército teucro al ver que los aqueos levantaban el cadáver. Arremetieron los teucros como los perros que, adelantándose a los jóvenes cazadores, persiguen al jabalí herido: así como estos corren detrás del jabalí y anhelan despedazarle, pero cuando el animal, fiado en su fuerza, se vuelve, retroceden y espantados se dispersan; del mismo modo, los teucros seguían en tropel y herían a los aqueos con las espadas y lanzas de doble filo, pero cuando los Ayaces volvieron la cara y se detuvieron, a todos se les mudó el color del semblante y ninguno osó adelantarse para disputarles el cadáver.

[vv. 17.735 y ss.] De tal manera ambos caudillos llevaban presurosos el cadáver desde la liza hacia las cóncavas naves. Tras ellos suscitose feroz combate: como el fuego que prende en una ciudad, se levanta de pronto y resplandece, y las casas se arruinan entre grandes llamas, que el viento, enfurecido, mueve; de igual suerte, un horrísono tumulto de caballos y guerreros acompañaban a los que se iban retirando. Así como unos mulos vigorosos sacan del monte y arrastran por áspero camino una viga o un gran tronco destinado a mástil de navío, y apresuran el paso, pero su ánimo está abatido por el cansancio y el sudor; de la misma manera, ambos caudillos transportaban animosamente el cadáver. Detrás de ellos, los Ayaces contenían a los teucros como el valladar selvoso extendido por gran parte de la llanura refrena las corrientes perjudiciales de los ríos de curso arrebatado, les hace torcer el camino y les señala el cauce por donde todos han de correr y jamás los ríos pueden romperlo con la fuerza de sus aguas; de semejante modo, los Ayaces apartaban a los teucros que seguían peleando, especialmente Eneas, hijo de Anquises, y el preclaro Héctor. Como vuela una bandada de estorninos o grajos, dando horribles chillidos, cuando ven al gavilán, que trae la muerte a los pajarillos; así entonces los aqueos, perseguidos por Eneas y Héctor, corrían chillando horriblemente y se olvidaban de combatir. Muchas armas hermosas de los dánaos fugitivos cayeron en el foso o en sus orillas, y la batalla continuaba sin intermisión alguna.

RAPSODIA XVIII

FABRICACIÓN DE LAS ARMAS

Antíloco lleva a Aquiles la noticia de la muerte de Patroclo. La falta de sus armas, que Héctor tomó del cadáver de Patroclo, impide que salga de inmediato al combate para tomar venganza. Tetis acude a consolarlo y se compromete a proporcionarle una nueva armadura fabricada por Hefesto, pero le pide que no intervenga en la lucha hasta que tenga sus nuevas armas. Mientras tanto se produce una nueva arremetida de los teucros. Hera y Atenea hacen que Aquiles, desde la orilla del foso, fuera del muro, se presente revestido con la égida e iluminado con una nube de luz, ordenando al enemigo, con voz atronadora, que se retiren. El efecto es tal, y causa tal espanto, que la lucha de ese día concluye con la atropellada fuga de los teucros. Tetis encuentra a Hefesto en su palacio y le ruega por la fabricación de una armadura para su hijo. La rapsodia concluye con una detallada descripción de la obra que el divino orfebre entregara a Tetis.

[vv. 18.1 y ss.] Mientras los teucros y los aqueos combatían con el ardor de abrasadora llama, Antíloco, mensajero de veloces pies, fue en busca de Aquiles. Hallole junto a las naves, de altas popas, y ya el héroe presentía lo ocurrido; pues, gimiendo, a su magnánimo espíritu así le hablaba:

[vv. 18.6 y ss.] —¡Ay de mí! ¿Por qué los aqueos de larga cabellera vuelven a ser derrotados, y corren aturdidos por la llanura con dirección a las naves? Temo que los dioses me hayan causado la desgracia cruel para mi corazón, que me anunció mi madre diciendo que el más valiente de los mirmidones dejaría de ver la luz del sol, a manos de los teucros, antes de que yo falleciera. Sin duda ha muerto el esforzado hijo de Menetio. ¡Infeliz! Yo le mandé que tan pronto como apartase el fuego enemigo, regresara a los bajeles y no quisiera pelear valerosamente con Héctor.

[vv. 18.15, 16 y 17] Mientras tales pensamientos revolvía en su mente y en su corazón, llegó el hijo del ilustre Néstor; y derramando ardientes lágrimas, diole la triste noticia:

[vv. 18.18, 19, 20 y 21] —¡Ay de mí, hijo del aguerrido Peleo! Sabrás una infausta nueva, una cosa que no hubiera de haber ocurrido. Patroclo yace en el suelo, y teucros y aqueos combaten en torno del cadáver desnudo, pues Héctor, el de tremolante casco, tiene la armadura.

[vv. 18.22 y ss.] Así dijo, y negra nube de pesar envolvió a Aquiles. El héroe cogió ceniza con ambas manos y derramándola sobre su cabeza,[522] afeó el gracioso rostro y manchó la divina túnica; después se tendió en el polvo, ocupando un gran espacio, y con las manos se arrancaba los cabellos. Las esclavas que Aquiles y Patroclo cautivaran, salieron afligidas; y dando agudos gritos, rodearon a Aquiles; todas se golpeaban el pecho y sentían desfallecer sus miembros. Antíloco también se lamentaba, vertía lágrimas y tenía de las manos a Aquiles, cuyo gran corazón deshacíase en suspiros, por el temor de que se cortase la garganta con el hierro. Dio Aquiles un horrendo gemido; oyole su veneranda madre, que se hallaba en el fondo del mar, junto al padre anciano,[523] y prorrumpió en sollozos, y cuantas diosas nereidas había en aquellas profundidades, todas se congregaron a su alrededor. Allí estaban Glauce, Talía, Cimódoce, Nesea, Espio, Toe, Halia, la de ojos de novilla, Cimótoe, Actea, Limnorea, Melita, Yera, Anfítoe, Agave, Doto, Proto, Ferusa, Dinámene, Dexámene, Anfínome, Calianira, Doris, Pánope, la célebre Galatea, Nemertes, Apseudes, Calianasa, Climene, Yanira, Yanasa, Mera, Oritía, Amatía, la de hermosas trenzas, y las restantes nereidas que habitan en lo hondo del mar.[524] La blanquecina gruta se llenó de ninfas, y todas se golpeaban el pecho. Y Tetis, dando principio a los lamentos, exclamó:

[vv. 18.52 y ss.] —Oíd, hermanas nereidas, para que sepáis cuantas penas sufre mi corazón. ¡Ay de mí, desgraciada! ¡Ay de mí, madre infeliz de un valiente! Parí un hijo ilustre, fuerte e insigne entre los héroes, que creció semejante a un árbol; le crié como a una planta en terreno fértil y lo mandé a Ilión en las corvas naves para que combatiera con los teucros, y ya no le recibiré otra vez, porque no volverá a mi casa, a la mansión de Peleo. Mientras vive y ve la luz del sol está angustiado, y no puedo, aunque a él me acerque, llevarle socorro. Iré a verle y me dirá qué pesar le aflige ahora que no interviene en las batallas.

---

[522] Los versos 18.22-24a emplean exactamente las mismas palabras que se usan para describir lo que siente y hace Laertes al creer que su hijo, Odiseo, ha muerto (*Od.* 24.315-317a).

[523] Se refiere a Nereo, dios del mar, padre de Tetis.

[524] Por sus nombres se enumeran treinta y tres nereidas, acompañado por otro número indefinido, pero que abarca la totalidad. Si las nereidas, como se creyó alguna vez, son las olas del mar (Cfr. Tzetzes, *La guerra de Troya*, En Arjé, 2020, p.167, n.), su número no es infinito, pero sí indefinidamente grande.

[vv. 18.65 y ss.] Dijo, y salió de la gruta; las nereidas la acompañaron llorosas, y las olas del mar se rompían en torno de ellas. Cuando llegaron a la fértil Troya, subieron todas a la playa donde las muchas naves de los mirmidones habían sido colocadas a ambos lados de la del veloz Aquiles. La veneranda madre se acercó al héroe, que suspiraba profundamente; y rompiendo el aire con agudos clamores abrazole la cabeza, y en tono lastimero pronunció estas aladas palabras:

[vv. 18.73 y ss.] —¡Hijo! ¿Por qué lloras? ¿Qué pesar te ha llegado al alma? Habla; no me lo ocultes. Zeus ha cumplido lo que tú, levantando las manos, le pediste: que los aqueos fueran acorralados junto a las naves, y padecieran vergonzosos desastres. ⁵²⁵

[vv. 18.78 y ss.] Exhalando profundos suspiros, contestó Aquiles, el de los pies ligeros: —¡Madre mía! El Olímpico, efectivamente, lo ha cumplido, pero ¿qué placer puede producirme, habiendo muerto Patroclo, el fiel amigo a quien apreciaba sobre todos los compañeros y tanto como a mi propia cabeza? Lo he perdido, y Héctor, después de matarlo, le despojó de las armas prodigiosas, admirables, magníficas, que los dioses regalaron a Peleo, como espléndido presente, el día en que te colocaron en el tálamo de un hombre mortal. Ojalá hubieras seguido habitando en el mar con las inmortales ninfas, y Peleo hubiese tomado esposa mortal. Mas no sucedió así, para que sea inmenso el dolor de tu alma cuando muera tu hijo, a quien ya no recibirás en tu casa, de vuelta de Troya; pues mi ánimo no me incita a vivir, ni a permanecer entre los hombres, si Héctor no pierde la vida, atravesado por mi lanza, y recibe de este modo la condigna pena por la muerte de Patroclo Menetíada.⁵²⁶

[vv. 18.94, 95 y 96] Respondiole Tetis, derramando lágrimas: —Breve será tu existencia, a juzgar por lo que dices; pues la muerte te aguarda así que Héctor perezca.

[vv. 18.97 y ss.] Contestó muy afligido Aquiles, el de los pies ligeros: —Muera yo en el acto, ya que no pude socorrer al amigo cuando le

---

⁵²⁵ Para el estado de ánimo de Aquiles esto es como decirle que él, a causa de su pedido, ha sido, finalmente, quien, en alguna medida, ha ocasionado la muerte de su amigo. Esta culpa gravitará en el alma de Aquiles hasta el final.
⁵²⁶ En realidad la frase del verso 18.93: *Πατρόκλοιο δ' ἕλωρα* [...] *ἀποτίσῃ* tiene el sentido de: (...) "y pague por haber convertido en presa a Patroclo". Lo cual incluiría no solamente su muerte, sino también la expoliación y el vejamen que sufrió su cadáver.

mataron: ha perecido lejos de su país y sin tenerme al lado para que le librara de la desgracia. Ahora, puesto que no he de volver a la patria, ni he salvado a Patroclo, ni a los muchos amigos que murieron a manos del divino Héctor, permanezco en las naves cual inútil peso de la tierra; siendo tal en la batalla como ninguno de los aqueos, de broncíneas corazas, pues en la junta otros me superan. Ojalá pereciera la discordia para los dioses y para los hombres, y con ella la ira, que vuelve cruel hasta al hombre sensato cuando más dulce que la miel se introduce en el pecho y va creciendo como el humo. Así me irritó el rey de hombres Agamenón. Pero dejemos lo pasado, aunque afligidos, pues es preciso refrenar el furor del pecho. Iré a buscar al matador del amigo querido, a Héctor; y sufriré la muerte cuando lo dispongan Zeus y los demás dioses inmortales. Pues ni el fornido Heracles pudo librarse de ella, con ser carísimo al soberano Zeus Crónida, sino que el hado y la cólera funesta de Hera le hicieron sucumbir. Así yo, si he de tener igual suerte, yaceré en la tumba cuando muera; mas ahora ganaré gloria, fama y haré que algunas de las matronas troyanas o dardanias, de profundo seno, den fuertes suspiros y con ambas manos se enjuguen las lágrimas de sus tiernas mejillas. Conozcan que hace días que me abstengo de combatir. Y tú, aunque me ames, no me prohíbas que pelee, pues no lograrás persuadirme.

[vv. 18.127 y ss.] Respondiole Tetis, la de los argentados pies: —Sí, hijo, es justo, y no puede reprobarse que libres a los afligidos compañeros de una muerte terrible; pero tu magnífica armadura de luciente bronce la tienen los teucros, y Héctor, el de tremolante casco, se vanagloria de cubrir con ella sus hombros. Con todo eso, me figuro que no durará mucho su jactancia, pues ya la muerte se le avecina. Tú no entres en combate hasta que con tus ojos me veas volver, y mañana al romper el alba, vendré a traerte una hermosa armadura fabricada por Hefesto.

[vv. 18.138 y 139] Cuando así hubo hablado, dejó a su hijo; y volviéndose a las nereidas, sus hermanas, les dijo:

[vv. 18.140 y ss.] —Bajad vosotras al anchuroso seno del mar, id al alcázar del anciano padre y contádselo todo; y yo subiré al elevado Olimpo para que Hefesto, el ilustre artífice, dé a mi hijo una magnífica y reluciente armadura.

[vv. 18.145, 146 y 147] Así habló. Las nereidas se sumergieron prestamente en las olas del mar, y Tetis, la diosa de los argentados pies, enderezó sus pasos al Olimpo para proporcionar a su hijo las magníficas armas.

[vv. 18.148 y ss.] Mientras la diosa se encaminaba al Olimpo, los aqueos, de hermosas grebas, huyendo con gritería inmensa ante Héctor, matador de hombres, llegaron a las naves y al Helesponto; y ya no podían sacar fuera de los tiros el cadáver de Patroclo, escudero de Aquiles, porque de nuevo los alcanzaron los teucros con sus carros y Héctor, hijo de Príamo, que por su vigor parecía una llama. Tres veces el esclarecido Héctor asió a Patroclo por los pies e intentó arrastrarlo, exhortando con horrendos gritos a los teucros; tres veces los Ayaces, revestidos de impetuoso valor, le rechazaron[527]. Héctor, confiando en su fuerza, unas veces se arrojaba a la pelea otras se detenía y daba grandes voces; pero nunca se retiraba por completo. Como los pastores pasan la noche en el campo y no consiguen apartar de la presa a un fogoso león muy hambriento; de semejante modo, los belicosos Ayaces no lograban ahuyentar del cadáver a Héctor Priámida. Y este lo arrastrara, consiguiendo inmensa gloria, si no se hubiese presentado al Pelida, para aconsejarle que tomase las armas, la veloz Iris, de pies ligeros como el viento; a la cual enviaba Hera, sin que lo supieran Zeus ni los demás dioses. Colocose la diosa cerca de Aquiles y pronunció estas aladas palabras:

[vv. 18.170 y ss.] —¡Anda, Pelida, el más portentoso de los hombres! Ve a defender a Patroclo, por cuyo cuerpo se ha trabado un vivo combate cerca de las naves. Mátanse allí, los aqueos defendiendo el cadáver, y los teucros, acometiendo con el fin de arrastrarlo a la ventosa Ilión. Y el que más empeño tiene en llevárselo es el esclarecido Héctor, porque su ánimo le incita a cortarle la cabeza del tierno cuello para clavarla en una estaca. Levántate, no yazgas más; avergüéncese tu corazón de que Patroclo llegue a ser juguete de los perros troyanos; pues será para ti motivo de afrenta que el cadáver reciba algún ultraje.

[vv. 18.181 y 182] Respondiole el divino Aquiles, el de los pies ligeros: —¡Diosa Iris! ¿Cuál de las deidades te envía como mensajera?

---

[527] Cfr. nota a 5.436-37. En este caso la doble ocurrencia del numeral τρὶς (=tres veces, o el triple) cumple con el esquema básico, pero Héctor y los teucros que lo siguen no están dispuestos a renunciar a su objetivo, por lo tanto amenaza la realización del cuarto intento, el cual esta vez será rechazado por la intervención del propio Aquiles en 18.203 y ss.

[vv. 18.183, 184, 185 y 186] Díjole la veloz Iris, de pies ligeros como el viento: —Me manda Hera,[528] la ilustre esposa de Zeus, sin que lo sepan el excelso Crónida ni los demás dioses inmortales que habitan el nevado Olimpo.

[vv. 18.187 y ss.] Replicole Aquiles, el de los pies ligeros: —¿Cómo puedo ir a la batalla? Los teucros tienen mis armas, y mi madre no me permite entrar en combate hasta que con estos ojos la vea volver, pues aseguró que me traería una hermosa armadura fabricada por Hefesto. Y en tanto, no sé de cuál guerrero podría vestir las armas, a no ser que tomase el escudo de Áyax Telamonio; pero creo que este se encuentra entre los combatientes delanteros y pelea con la lanza por el cadáver de Patroclo.

[vv. 18.196 y ss.] Contestole la veloz Iris, de pies ligeros como el viento: —Bien sabemos nosotros que aquellos tienen tu magnífica armadura, pero muéstrate a los teucros en la orilla del foso para que, temiéndote, cesen de pelear; los belicosos aqueos, que tan abatidos están, se reanimen, y la batalla tenga su tregua, aunque sea por breve tiempo.

[vv. 18.202 y ss.] En diciendo esto, fuese Iris ligera de pies. Aquiles, caro a Zeus, se levantó, y Atenea cubriole los fornidos hombros con la égida floqueada y circundole la cabeza con áurea nube, en la cual ardía resplandeciente llama. Como se ve desde lejos el humo que, saliendo de una isla donde se halla una ciudad sitiada por los enemigos, llega al éter, cuando sus habitantes, después de combatir todo el día en horrenda batalla, al ponerse el sol encienden muchos fuegos, cuyo resplandor sube a lo alto, para que los vecinos los vean, se embarquen y les libren del apuro; de igual modo el resplandor de la cabeza de Aquiles llegaba al éter. Y acercándose a la orilla del foso, fuera de la muralla, se detuvo, sin mezclarse con los aqueos, porque respetaba el prudente mandato de su madre. Allí dio recias voces y a alguna distancia. Palas Atenea vociferó también y suscitó un inmenso tumulto entre los teucros. Como se oye la voz sonora de la trompeta cuando vienen a cercar la ciudad enemigos que la vida quitan; tan sonora fue entonces la voz del Eácida. Cuando se dejó oír la voz de bronce del héroe, a todos se les conturbó el corazón, y los caballos, de hermosas crines, volvíanse hacia atrás con los carros

---

[528] Esta es la única ocasión en que Iris actúa como mensajera de Hera. Homero siempre la emplea como mensajera de Zeus, pero aquí Hera está actuando a espaldas de su marido.

333

porque en su ánimo presentían desgracias. Los aurigas se quedaron atónitos al ver el terrible e incesante fuego que en la cabeza del magnánimo Pelida hacía arder Atenea, la diosa de los brillantes ojos. Tres veces el divino Aquiles gritó a orillas del foso, y tres veces se turbaron los troyanos y sus ínclitos auxiliares, y doce de los más valientes guerreros murieron atropellados por sus carros y heridos por sus propias lanzas.[529] Y los aqueos muy alegres, sacaron a Patroclo fuera del alcance de los tiros y colocáronlo en un lecho. Los amigos le rodearon llorosos, y con ellos iba Aquiles, el de los pies ligeros, derramando ardientes lágrimas, desde que vio al fiel compañero desgarrado por el agudo bronce y tendido en el féretro. Habíale mandado a la batalla con su carro y sus corceles, y ya no podía recibirle, porque de ella no tornaba vivo.

[vv. 18.239, 240, 241 y 242] Hera veneranda, la de ojos de novilla, obligó al Sol infatigable a hundirse, mal de su grado, en la corriente del Océano.[530] Y una vez puesto, los divinos aqueos suspendieron la enconada pelea y el general combate.

---

[529] Cfr. notas a 5.436-37 y 18.155-57. En 5.437b-38 y 16.703-05 fue Apolo quien intervino para evitar el cuarto intento. Aquí, sin embargo, con la asistencia de Hera, Iris y Atenea, es el propio Aquiles quien rechazará a los teucros. Como se halla sin armas, y se ha comprometido a no luchar hasta recibir las nuevas, debe imponerse con su sola presencia. Atenea lo dota de una apariencia sobrehumana. Tal como unas rapsodias atrás Apolo empleaba la égida de Zeus para rechazar a Diomedes y a Patroclo, Atenea usa, en esta ocasión, la otra versión de la égida, la que parece ser un manto, para investir a Aquiles —recordemos que parece haber dos égidas: la de Zeus, que es un escudo con la piel de cabra y diversos emblemas que causan terror (2.447 y ss., 5.738 y 15.318), y la de Atenea, una piel de cabra que cubre sus hombros y con la cual aparece revestida en muchas estatuas (Heródoto, 4.189)—. La diosa también envuelve su cabeza en un nimbo de luz. Pero allí no terminan los "efectos especiales" provistos por Atenea, sino que también amplifica la voz del héroe con la suya propia al momento de gritar ordenando a los troyanos que se retiren. El efecto es devastador y se lo hace constar por varios elementos. Uno de ellos es el uso del número doce, referido a los guerreros que perecen en el tumulto —recordemos que el cuarto intento indica, en algunos casos, la advertencia terminante, y en otros, la muerte. En las rapsodias precedentes, este uso del doce en contexto de victoria sobre el enemigo, ya lo encontramos en 10.488, 15.746 e implícito en la serie de los que mata Patroclo al impedirles volver a cruzar el foso en 16.394 y ss. Observamos que el poeta incluso trata de remarcar la hazaña al indicar que esos doce guerreros muertos eran de los más valientes.

[530] La interferencia en el curso normal del sol es un motivo tradicional de la épica (*Chanson de Roland*, CLXXX; *Josué* 10, 12-14; indexado como F961.1. en: Thompson, s. *Motif-Index of Folk-Literature*, Bloomington, Indiana, 1955-1958,).

[vv. 18.243 y ss.] Los teucros, por su parte, retirándose de la dura contienda, desuncieron de los carros los veloces corceles y celebraron junta antes de preparar la cena. En ella estuvieron de pie y nadie osó sentarse, pues a todos les hacía temblar el que Aquiles se presentara después de haber permanecido tanto tiempo apartado del funesto combate. Fue el primero en arengarles Polidamante Pantoida, el único que conocía lo futuro y lo pasado; era amigo de Héctor, y ambos nacieron en la misma noche; pero Polidamante superaba a Héctor en la elocuencia, y este descollaba mucho más en el manejo de la lanza. Y arengándoles benévolo, así les dijo:

[vv. 18.254 y ss.] —Pensadlo bien, amigos, pues yo os exhorto a volver a la ciudad en vez de aguardar a la divinal Aurora en la llanura, junto a las naves, y tan lejos del muro como al presente nos hallamos. Mientras ese hombre estuvo irritado con el divino Agamenón, fue más fácil combatir contra los aqueos; y también yo gustaba de pernoctar junto a las veleras naves, esperando que acabáramos por tomarlas. Ahora temo mucho al Pelida, de pies ligeros, que con su ánimo arrogante no se contentará con quedarse en la llanura donde teucros y aqueos sostienen el furor de Ares, sino que batallará para apoderarse de la ciudad y de las mujeres. Volvamos a la población; seguid mi consejo, antes de que ocurra lo que voy a decir. La noche inmortal ha detenido al Pelida, de pies ligeros; pero si mañana nos acomete armado y nos encuentra aquí, conoceréis quién es y llegará gozoso a la sagrada Ilión el que logre escapar, pues a muchos se los comerán los perros y los buitres. ¡Ojalá que tal noticia nunca llegue a mis oídos! Si, aunque estéis afligidos, seguís mi consejo, tendremos el ejército reunido en el ágora durante la noche, pues la ciudad queda defendida por las torres y las altas puertas con sus tablas grandes labradas, sólidamente unidas. Por la mañana, al apuntar la aurora, subiremos armados a las torres; y si aquel viniere de las naves a combatir con nosotros al pie del muro, peor para él, pues habrá de volverse después de cansar a los caballos de erguido cuello, con carreras de todas clases, llevándolos errantes en torno de la ciudad. Pero no tendrá ánimo para entrar en ella, y nunca podrá destruirla; antes se lo comerán los veloces perros.

[vv. 18.284 y ss.] Mirándole con torva faz, exclamó Héctor, el de tremolante casco: —¡Polidamante! No me place lo que propones de

---

En la *Ilíada* únicamente se encuentra este caso. Por el contrario, en la *Odisea* 23.241 y ss., Atenea demora la aparición del sol para prolongar la noche.

volver a la ciudad y encerrarnos en ella. ¿Aún no os cansáis de vivir dentro de los muros? Antes todos los hombres dotados de palabra llamaban a la ciudad de Príamo rica en oro y en bronce, pero ya las hermosas joyas desaparecieron de las casas: muchas riquezas han sido llevadas a la Frigia y a la Meonia para ser vendidas, desde que Zeus se irritó contra nosotros. Y ahora que el hijo del artero Cronos me ha concedido alcanzar gloria junto a las naves y acorralar contra el mar a los aqueos, no des, ¡oh necio!, tales consejos al pueblo. Ningún troyano te obedecerá, porque no lo permitiré. Ea, obremos todos como voy a decir. Cenad en el campamento, sin romper las filas; acordaos de la guardia y vigilad todos. Y el troyano que sienta gran temor por sus bienes, júntelos y entréguelos al pueblo para que en común se consuman, pues es mejor que los disfrute este que no los aqueos. Mañana, al apuntar la aurora, vestiremos la armadura y suscitaremos un reñido combate junto a las cóncavas naves. Y si verdaderamente el divino Aquiles se propone salir del campamento, le pesará tanto más, cuanto más se arriesgue, porque me propongo no huir de él, sino afrontarle en la batalla horrísona; y alcanzará una gran victoria, o seré yo quien la consiga. Que Ares es a todos común y suele causar la muerte del que matar deseaba.

[vv. 18.310 y ss.] Así se expresó Héctor, y los teucros le aclamaron, ¡oh necios!, porque Palas Atenea les quitó el juicio. ¡Aplaudían todos a Héctor por sus funestos propósitos y ni uno siquiera a Polidamante, que les daba un buen consejo! Tomaron, pues, la cena en el campamento; y los aqueos pasaron la noche dando gemidos y llorando a Patroclo. El Pelida, poniendo sus manos homicidas sobre el pecho del amigo, dio comienzo a las sentidas lamentaciones, mezcladas con frecuentes sollozos. Como el melenudo león a quien un cazador ha quitado los cachorros en la poblada selva, cuando vuelve a su madriguera se aflige y, poseído de vehemente cólera, recorre los valles en busca de aquel hombre; de igual modo, y despidiendo profundos suspiros, dijo Aquiles entre los mirmidones:

[vv. 18.324 y ss.] —¡Oh dioses! Vanas fueron las palabras que pronuncié en el palacio para tranquilizar al héroe Menetio, diciendo que a su ilustre hijo le llevaría otra vez a Opunte tan pronto como, tomada Ilión, recibiera su parte de botín. Zeus no les cumple a los hombres todos sus deseos; y el hado ha dispuesto que nuestra sangre enrojezca una misma tierra, aquí en Troya; porque ya no me recibirán en su palacio ni el anciano caballero Peleo, ni Tetis, mi madre; sino que esta tierra me contendrá en su seno. Ya que he de morir, oh Patroclo, después que tú, no te haré las honras fúnebres hasta que traiga las armas y la cabeza de Héctor, tu magnánimo matador. Degollaré ante la pira, para vengar tu muerte, doce[531] hijos de ilustres troyanos, y en tanto permanezcas tendido junto a las corvas naves, te rodearán, llorando noche y día, las troyanas y dardanias de profundo seno que conquistamos con nuestro valor y la ingente lanza, al entrar a saco opulentas ciudades de hombres de voz articulada.

[vv. 18.343 y ss.] Cuando esto hubo dicho, el divino Aquiles mandó a sus compañeros que pusieran al fuego un gran trípode para que cuanto antes le lavaran a Patroclo las manchas de sangre. Y ellos colocaron sobre el ardiente fuego una caldera propia para baños, sostenida por un trípode; llenáronla de agua, y metiendo leña debajo la encendieron; el fuego rodeó la caldera y calentó el agua. Cuando esta hirvió en la caldera de bronce reluciente, lavaron el cadáver, ungiéronlo con pingüe aceite y taparon las heridas con un ungüento que tenía nueve años; después, colocándolo en el lecho, lo envolvieron desde la cabeza hasta los pies en fina tela de lino y lo cubrieron con un velo blanco. Los mirmidones pasaron la noche alrededor de Aquiles, el de los pies ligeros, dando gemidos y llorando a Patroclo. Y Zeus habló de este modo a Hera, su hermana y esposa:

[vv. 18.357, 358 y 359] —Lograste al fin, Hera veneranda, la de ojos de novilla, que Aquiles, ligero de pies, volviera a la batalla. Sin duda nacieron de ti los aqueos de larga cabellera.

[vv. 18.360 y ss.] Respondió Hera veneranda, la de ojos de novilla: —¡Terribilísimo Crónida! ¡Qué palabras proferiste! Si un hombre, no obstante su condición de mortal y no saber tanto, puede realizar su propósito contra otro hombre, ¿cómo yo, que me considero la primera de las diosas por mi abolengo y por llevar el nombre de esposa tuya, de ti que reinas sobre los inmortales todos, no había de causar males a los teucros estando irritada contra ellos?

---

[531] La promesa de Aquiles está en el orden de las que se hallan en contextos de victoria sobre el enemigo, marcadas por el uso del número doce (10.488, 15.746, el implícito en versos 16.394 y ss. y 18.230), pero cabe notar que a estos los piensa degollar frente a la pira, a modo de acompañamiento fúnebre o corte de muertos que acompañen a Patroclo en el Hades. Este número doce implica un décimo tercer lugar central —posición de liderazgo del héroe victorioso— para Patroclo. Su corte se completa con un coro de lloronas, cautivas de las campañas realizadas.

[vv. 18.368 y ss.] Así estos conversaban. Tetis, la de los argentados pies, llegó al palacio imperecedero de Hefesto, que brillaba como una estrella, lucía entre los de las deidades, era de bronce y había lo edificado el Cojo en persona. Halló al dios bañado en sudor y moviéndose en torno de los fuelles, pues fabricaba veinte trípodes que debían permanecer arrimados a la pared del bien construido palacio y tenían ruedas de oro en los pies para que de propio impulso pudieran entrar donde los dioses se congregaban y volver a la casa.[532] ¡Cosa admirable! Estaban casi terminados, faltándoles tan solo las labradas asas, y el dios preparaba los clavos para pegárselas. Mientras hacía tales obras con sabia inteligencia, llegó Tetis, la diosa de los argentados pies. La bella Caris, que llevaba luciente diadema y era esposa del ilustre Cojo,[533] viola venir, salió a recibirla, y, asiéndola por la mano, le dijo:

[vv. 18.385, 386 y 387] —¿Por qué, oh Tetis, la de largo peplo, venerable y cara, vienes a nuestro palacio? Antes no solías frecuentarlo. Pero sígueme, y te ofreceré los dones de la hospitalidad.

[vv. 18.388 y ss.] Dichas estas palabras, la divina entre las diosas introdujo a Tetis y la hizo sentar en un hermoso trono labrado, tachonado con clavos de plata y provisto de un escabel para los pies. Y llamando a Hefesto, ilustre artífice, le dijo: —¡Hefesto! Ven acá, pues Tetis te necesita.

[vv. 18.393 y ss.] Respondió el ilustre Cojo de ambos pies: — Respetable y veneranda es la diosa que ha venido a este palacio. Fue mi salvadora cuando me tocó padecer, pues vine arrojado del cielo y caí a lo lejos por la voluntad de mi insolente madre, que me quería ocultar a causa de la cojera. Entonces mi corazón hubiera tenido que soportar terribles penas, si no me hubiesen acogido en el seno del

---

[532] Estas creaciones de Hefesto no son simplemente máquinas, sino propiamente autómatas —o una especie de robots—, por los que Homero se convertiría en un precursor de la ciencia-ficción. Del mismo tipo son las puertas automáticas del Olimpo (5.749 y 8.393). A estas creaciones se sumarían los canes inmortales que cuidaban las puertas del palacio de Alcínoo en la *Odisea* 7.91.

[533] Entre la *Ilíada* y la *Odisea* existen varias disparidades respecto de los personajes divinos, sus relaciones y funciones. Caris como esposa de Hefesto, es una de ellas. En la *Odisea* (8.269 y s.), la esposa de Hefesto es Afrodita; en Hesíodo (*Teog.* 945), la esposa es Aglaya, la más joven y hermosa de las Gracias. En cualquier caso, las esposas de Hefesto poseen una presencia esplendente y agraciada, que contrasta con el aspecto contrahecho del marido.

mar Tetis y Eurínome, hija del refluente Océano. Nueve años viví con ellas fabricando muchas piezas de bronce —broches, redondos brazaletes, sortijas y collares— en una cueva profunda, rodeada por la inmensa murmurante y espumosa corriente del Océano. De todos los dioses y los mortales hombres solo lo sabían Tetis y Eurínome, las mismas que antes me salvaron. Hoy que Tetis, la de hermosas trenzas, viene a mi casa, tengo que pagarle el beneficio de haberme conservado la vida. Sírvele hermosos presentes de hospitalidad, mientras yo recojo los fuelles y demás herramientas.

|vv. 18.410 y ss.| Dijo; y levantose de cabe al yunque el gigantesco e infatigable numen, que al andar cojeaba arrastrando sus gráciles piernas. Apartó de la llama los fuelles y puso en un arcón de plata las herramientas con que trabajaba; enjugose con una esponja el sudor del rostro, de las manos, del vigoroso cuello y del velludo pecho; vistió la túnica, tomó el fornido cetro, y salió cojeando, apoyado en dos estatuas de oro que eran semejantes a vivientes jóvenes, pues tenían inteligencia, voz y fuerza, y hallábanse ejercitadas en las obras propias de los inmortales dioses[534]. Ambas sostenían cuidadosamente a su señor, y este, andando, se sentó en un trono reluciente cerca de Tetis, asió la mano de la deidad, y le dijo:

|vv. 18.424, 425, 426 y 427| —¿Por qué, oh Tetis, la de largo peplo, venerable y cara, vienes a nuestro palacio? Antes no solías frecuentarlo. Di qué deseas; mi corazón me impulsa a realizarlo, si puedo y es hacedero.

|vv. 18.428 y ss.| Respondiole Tetis, derramando lágrimas: —¡Oh Hefesto! ¿Hay alguna entre las diosas del Olimpo que haya sufrido en su ánimo tantos y tan graves pesares como a mí me ha enviado el Zeus Crónida? De las ninfas del mar, únicamente a mí me sujetó a un hombre, a Peleo Eácida, y tuve que tolerar, contra toda mi voluntad, el tálamo de un mortal que yace en el palacio rendido a la triste vejez. Ahora me envía otros males: concediome que pariera y alimentara a un hijo insigne entre los héroes que creció semejante a un árbol, le crié como a una planta en terreno fértil y lo mandé a Ilión en las corvas naves para que combatiera con los teucros y ya no le recibiré otra vez porque no volverá a mi casa, a la mansión de Peleo. Mientras vive y ve la luz del sol está angustiado, y no puede,

---

[534] Estas jóvenes parecen ser los autómatas más complejos entre los realizados por Hefesto, dado que semejan a los mortales por estar dotados de voz (¿estaría soñando Homero con una forma de inteligencia artificial?).

aunque a él me acerque, llevarle socorro. Los aqueos le habían asignado como recompensa una moza y el rey Agamenón se la quitó de las manos. Apesadumbrado por tal motivo, consumía su corazón; pero los teucros acorralaron a los aqueos junto a los bajeles y no les dejaban salir del campamento, y los próceres argivos intercedieron con Aquiles y le ofrecieron espléndidos regalos. Entonces, aunque se negó a librarles de la ruina, hizo que vistiera sus armas Patroclo y enviolo a la batalla con muchos hombres. Combatieron todo el día en las puertas Esceas; y los aqueos hubieran tomado la ciudad, a no haber sido por Apolo, el cual mató entre los combatientes delanteros al esforzado hijo de Menetio, que tanto estrago causara, y dio gloria a Héctor. Y yo vengo a abrazar tus rodillas por si quieres dar a mi hijo, cuya vida ha de ser breve, escudo, casco, hermosas grebas ajustadas con broches, y coraza; pues las armas que tenía las perdió su fiel amigo al morir a manos de los teucros, y Aquiles yace en tierra con el corazón afligido.

[vv. 18.462 y ss.] Contestole el ilustre Cojo de ambos pies: —Cobra ánimo y no te preocupes por las armas. Ojalá pudiera ocultarlo a la muerte horrísona cuando la terrible Parca se le presente, como tendrá una hermosa armadura que admirarán cuantos la vean.

[vv. 18.468 y ss.] Así habló; y dejando a la diosa, encaminose a los fuelles, los volvió hacia la llama y les mandó que trabajasen. Estos soplaban en veinte hornos, despidiendo un aire que avivaba el fuego y era de varias clases: unas veces fuerte, como lo necesita el que trabaja de prisa, y otras al contrario, según Hefesto lo deseaba y la obra lo requería.[535] El dios puso al fuego duro bronce, estaño, oro precioso y plata; colocó en el tajo el gran yunque, y cogió con una mano el pesado martillo y con la otra las tenazas.[536]

[vv. 18.478 y ss.] Hizo lo primero de todo un escudo grande y fuerte, de variada labor, con triple cenefa[537] brillante y reluciente, provisto de

---

[535] Por los fuelles vemos que su trabajo también está automatizado —o al menos en parte— y se activa o cumple labores respondiendo a comandos verbales.

[536] Estos versos sirven de introducción para la parte central de esta rapsodia que antiguamente fue conocida como Ὁπλοποιία (fabricación de las armas). La descripción de las armas de Aquiles establece por si misma, una tácita comparación con la de las armas de Agamenón dada en 11.15 y ss. Ambas descripciones restablecen en la memoria del público la tensión que ha subsistido, durante todo este lapso de la guerra, entre ambos caudillos.

[537] Aro que hace de borde y filo del escudo.

una abrazadera de plata. Cinco capas tenía el escudo, y en la superior grabó el dios muchas artísticas figuras, con sabia inteligencia.[538]

[vv. 18.483 y ss.] Allí puso la tierra, el cielo, el mar, el sol infatigable y la luna llena; allí las estrellas que el cielo coronan, las Pléyades, las Híades, el robusto Orión y la Osa, llamada por sobrenombre el Carro, la cual gira siempre en el mismo sitio, mira a Orión y es la única que deja de bañarse en el Océano.

[vv. 18.490 y ss.] Allí representó también dos ciudades de hombres dotados de palabra. En la una se celebraban bodas y festines: las novias salían de sus habitaciones y eran acompañadas por la ciudad a la luz de antorchas encendidas, oíanse repetidos cantos de himeneo, jóvenes danzantes formaban ruedos, dentro de los cuales sonaban flautas y cítaras, y las matronas admiraban el espectáculo desde los vestíbulos de las casas. Los hombres estaban reunidos en el foro, pues se había suscitado una contienda entre dos varones acerca de la multa que debía pagarse por un homicidio: el uno declarando ante el pueblo, afirmaba que ya la tenía satisfecha; el otro, negaba haberla recibido, y ambos deseaban terminar el pleito presentando testigos. El pueblo se hallaba dividido en dos bandos que aplaudían sucesivamente a cada litigante; los heraldos aquietaban a la muchedumbre, y los ancianos, sentados sobre pulimentadas piedras en sagrado círculo, tenían en las manos los cetros de los heraldos, de voz potente, y levantándose uno tras otro publicaban el juicio que habían formado. En el centro estaban los dos talentos de oro que debían darse al que mejor demostrara la justicia de su causa.

[vv. 18.509 y ss.] La otra ciudad aparecía cercada por dos ejércitos cuyos individuos, revestidos de lucientes armaduras, no estaban acordes; los del primero deseaban arruinar la plaza y los otros querían dividir en dos partes cuantas riquezas encerraba la hermosa población. Pero los ciudadanos aún no se rendían, y preparaban secretamente una emboscada. Mujeres, niños y ancianos, subidos en la muralla, la defendían. Los sitiados marchaban, llevando al frente a Ares y a Palas Atenea, ambos de oro y con áureas vestiduras, hermosos, grandes, armados y distinguidos, como dioses; pues los hombres eran de estatura menor. Luego, en el lugar escogido para la emboscada, que era a orillas de un río y cerca de un abrevadero que

---

[538] Los grabados del escudo de Aquiles son una representación del cosmos y la vida de los hombres. Es el arte visual como síntesis simbólica de la realidad, trasladado a un discurso poético-narrativo.

utilizaba todo el ganado, sentábanse, cubiertos de reluciente bronce, y ponían dos centinelas avanzados para que les avisaran la llegada de las ovejas y de los bueyes de retorcidos cuernos. Pronto se presentaban los rebaños con dos pastores que se recreaban tocando la zampoña, sin presentir la asechanza. Cuando los emboscados los veían venir, corrían a su encuentro, se apoderaban de los rebaños de bueyes y de los magníficos hatos de blancas ovejas y mataban a los guardianes. Los sitiadores, que se hallaban reunidos en junta, oían el vocerío que se alzaba en torno de los bueyes, y montando ágiles corceles, acudían presurosos. Pronto se trababa a orillas del río una batalla, en la cual heríanse unos a otros con broncíneas lanzas. Allí se agitaban la Discordia, el Tumulto y la funesta Parca, que a un tiempo cogía a un guerrero con vida aún, pero recientemente herido, dejaba ileso a otro y arrastraba, asiéndole de los pies, por el campo de la batalla a un tercero que la muerte recibiera; y el ropaje que cubría su espalda estaba teñido de sangre humana. Movíanse todos como hombres vivos, peleaban y retiraban los muertos.

[vv. 18.541 y ss.] Representó también una blanda tierra noval, un campo fértil y vasto que se labraba por tercera vez: acá y allá muchos labradores guiaban las yuntas, y al llegar al confín del campo, un hombre les salía al encuentro y les daba una copa de dulce vino; y ellos volvían atrás, abriendo nuevos surcos, y deseaban llegar al otro extremo del noval profundo. Y la tierra que dejaban a su espalda negreaba y parecía labrada, siendo toda de oro; lo cual constituía una singular maravilla.

[vv. 18.550 y ss.] Grabó asimismo un campo de crecidas mieses que los jóvenes segaban con hoces afiladas: muchos manojos caían al suelo a lo largo del surco, y con ellos formaban gavillas los atadores. Tres eran estos y unos rapaces cogían los manojos y se los llevaban abrazados. En medio, de pie en un surco, estaba el rey sin desplegar los labios, con el corazón alegre y el cetro en la mano. Debajo de una encina, los heraldos preparaban para el banquete un corpulento buey que habían matado. Y las mujeres aparejaban la comida de los trabajadores haciendo abundantes puches de blanca harina.

[vv. 18.561 y ss.] También entalló una hermosa viña de oro cuyas cepas, cargadas de negros racimos, estaban sostenidas por rodrigones de plata. Rodeábanla un foso de negruzco acero y un seto de estaño, y conducía a ella un solo camino por donde pasaban los acarreadores ocupados en la vendimia. Doncellas y mancebos pensando en cosas tiernas, llevaban el dulce fruto en cestos de mimbre; un muchacho tañía suavemente la armoniosa cítara y entonaba con tenue voz el hermoso canto de Lino, y todos le acompañaban cantando profiriendo voces de júbilo y golpeando con los pies el suelo.

[vv. 18.573 y ss.] Representó luego un rebaño de vacas de erguida cornamenta: los animales eran de oro y estaño y salían del establo mugiendo, para pastar a orillas de un sonoro río junto a un flexible cañaveral. Cuatro pastores de oro guiaban a las vacas y nueve canes de pies ligeros los seguían. Entre las primeras vacas, dos terribles leones habían sujetado y conducían a un toro que daba fuertes mugidos. Perseguíanlos mancebos y perros. Pero los leones lograban desgarrar la piel del animal y tragaban los intestinos y la negra sangre; mientras los pastores intentaban, aunque inútilmente, estorbarlo, y azuzaban a los ágiles canes: estos se apartaban de los leones sin morderlos, ladraban desde cerca: rehuían el encuentro de las fieras.

[vv. 18.587, 588 y 589] Hizo también el ilustre Cojo de ambos pies un gran prado en hermoso valle, donde pacían las cándidas ovejas, con establos, chozas techadas y apriscos.

[vv. 18.590 y ss.] El ilustre Cojo de ambos pies puso luego una danza como la que Dédalo concertó en la vasta Cnoso en obsequio de Ariadna, la de lindas trenzas. Mancebos y doncellas hermosas, cogidos de las manos, se divertían bailando: estas llevaban vestidos de sutil lino y bonitas guirnaldas, y aquellos, túnicas bien tejidas y algo lustrosas, como frotadas con aceite, y sables de oro suspendidos de argénteos tahalíes. Unas veces, moviendo los diestros pies, daban vueltas a la redonda con la misma facilidad con que el alfarero aplica su mano al torno y lo prueba para ver si corre, y en otras ocasiones se colocaban por hileras y bailaban separadamente. Gentío inmenso rodeaba el baile, y se holgaba en contemplarlo. Un divino aedo cantaba, acompañándose con la cítara; y en cuanto se oía el preludio, dos saltadores hacían cabriolas en medio de la muchedumbre.

[vv. 18.607 y 608] En la orla del sólido escudo representó la poderosa corriente del río Océano. [539]

---

[539] El escudo esquemáticamente aparece descrito desde el centro hacia el borde externo. En la primera escena, en el medio, están los astros. En segunda instancia está el mundo citadino: el de la ciudad en paz y el de la ciudad asediada. Luego se presenta el mundo campesino con tres escenas de la agricultura: el arado de la tierra, la siembra y la cosecha; y tres escenas del mundo pastoril o ganadero: la cría de vacunos, el pastar de los ovinos y la fiesta de los pastores con sus danzas.

343

[vv. 18.609 y ss.] Después que construyó el grande y fuerte escudo, hizo para Aquiles una coraza más reluciente que el resplandor del fuego; un sólido casco, hermoso, labrado, de áurea cimera, que a sus sienes se adaptara, y unas grebas de dúctil estaño. [540]

[vv. 18.614 y ss.] Cuando el ilustre Cojo de ambos pies hubo fabricado las armas, entregolas a la madre de Aquiles. Y Tetis saltó, como un gavilán, desde el nevado Olimpo, llevando la reluciente armadura que Hefesto había construido.

Por último: el borde externo del escudo; allí está el Océano, que todo lo circunda. El aedo se incluye como en un autorretrato, aportando la música en la fiesta y la danza; la sitúa en Cnoso, tierra de toros y acrobacias.

[540] Curiosamente, siguiendo el pedido de Tetis en 18.458-60, Hefesto fabrica para Aquiles solamente armas defensivas. No forja ninguna de las ofensivas; ni una espada, ni una lanza. Bien sabemos que Patroclo no llevó la lanza de Peleo porque Aquiles era el único capaz de manejarla (16.140 y s.). En este sentido, y de acuerdo con Leaf, pensamos que la palabra ὅπλον, se usa en el sentido de "armas defensivas" o "armadura" (Cfr. *The Iliad*, vol. I, 2nd. ed., London - N. York, Macmillan, 1900, p. 336 y s, 55n). Esta sería también la razón por la cual, al entregarlas, Tetis le dice a su hijo que lo *protegerán* como ninguna otra armadura (19.10 y s.). Al momento de armarse, las armas ofensivas tienen otra procedencia. Se dice que toma una espada de bronce guarnecida con clavos de plata —tal como la que tomara Patroclo— pero que, salvo por su guarnición no parece tener otra particularidad, es decir, que probablemente fuera de gran valor, pero una entre varias; por el contrario, sí se detiene en la elección de la lanza, que es la de Peleo; justamente la que Patroclo dejara de lado, y se conservaba en su estuche (Cfr. 19.372 y ss.). De este modo su madre le aporta lo que lo defiende, y de su padre procede la principal arma ofensiva. Probablemente los seguidores de Freud encontraran, detrás de todo esto, interesantes símbolos.

RAPSODIA XIX

RENUNCIAMIENTO DE LA CÓLERA

Aquiles recibe de su madre Tetis las armas creadas por Hefesto. Renuncia a su cólera y se reconcilia con Agamenón. Briseida lamenta la muerte de Patroclo. Aquiles, ya revestido de su armadura y en su carro de guerra, se dispone para la batalla junto con el ejército aqueo.

[vv. 19.1 y ss.] La Aurora, de azafranado velo, se levantaba de la corriente del Océano para llevar la luz a los dioses y a los hombres[541], cuando Tetis llegó a las naves con la armadura que Hefesto le entregara. Halló al hijo querido reclinado sobre el cadáver de Patroclo, llorando ruidosamente, y en torno suyo a muchos amigos que derramaban lágrimas. La divina entre las diosas se puso en medio, asió la mano de Aquiles, y hablole de este modo:

[vv. 19.8, 9, 10 y 11] —¡Hijo mío! Aunque estamos afligidos, dejemos que ese yazga, ya que sucumbió por la voluntad de los dioses; y tú recibe la armadura fabricada por Hefesto, tan excelente y bella como jamás varón alguno la haya llevado para proteger sus hombros.

[vv. 19.12 y ss.] La diosa, apenas acabó de hablar, colocó en el suelo delante de Aquiles las labradas armas, y estas resonaron. A todos los mirmidones les sobrevino temblor, y sin atreverse a mirarlas de frente, huyeron espantados. Mas Aquiles, así que las vio, sintió que se le recrudecía la cólera; los ojos le centellearon terriblemente, como una llama, debajo de los párpados; y el héroe se gozaba teniendo en las manos el espléndido presente de la deidad. Y cuando hubo deleitado su ánimo con la contemplación de la labrada armadura, dirigió a su madre estas aladas palabras.

[vv. 19.21 y ss.] —¡Madre mía! El dios te ha dado unas armas como es natural que sean las obras de los inmortales y como ningún hombre mortal las hiciera. Ahora me armaré, pero temo que en el entretanto penetren las moscas por las heridas que el bronce causó al esforzado hijo de Menetio, engendren gusanos, desfiguren el cuerpo —pues le falta la vida— y corrompan todo el cadáver.

---

[541] Día 27 de nuestro cómputo.

[vv. 19.28 y ss.] Respondiole Tetis, la diosa de los argentados pies: —
Hijo, no te preocupe el ánimo tal pensamiento. Yo procuraré apartar
los importunos enjambres de moscas, que se ceban en la carne de los
varones muertos en la guerra. Y aunque estuviera tendido un año
entero, su cuerpo se conservaría igual o mas fresco que ahora. Tú
convoca a junta a los héroes aqueos, renuncia a la cólera contra
Agamenón, pastor de pueblos, ármate en seguida para el combate y
revístete de valor.

[vv. 19.37, 38 y 39] Dicho esto, infundiole fortaleza y audacia, y echó
unas gotas de ambrosía y rojo néctar en la nariz de Patroclo, para que
el cuerpo se hiciera incorruptible.[542]

[vv. 19.40 y ss.] El divino Aquiles se encaminó a la orilla del mar, y
dando horribles voces, convocó a los héroes aqueos. Y cuantos
solían quedarse en el recinto de las naves y hasta los pilotos que las
gobernaban y como despenseros distribuían los víveres, fueron
entonces a la junta; porque Aquiles se presentaba, después de
haberse abstenido de combatir durante mucho tiempo. El intrépido
Tidida y el divino Odiseo, ministros de Ares, acudieron cojeando,
apoyándose en el arrimo de la lanza —aún no tenían curadas las
graves heridas[543]— y se sentaron delante de todos. Agamenón, rey
de hombres, llegó el último y también estaba herido, pues Coón
Antenórida habíale clavado su broncínea pica[544]. Cuando todos los
aqueos se hubieron congregado, levantándose entre ellos, dijo
Aquiles, el de los pies ligeros:

[vv. 19.56 y ss.] —¡Atrida! Mejor hubiera sido para entrambos
continuar unidos que sostener, con el corazón angustiado, roedora
disputa por una muchacha. Así la hubiese muerto Artemisa en las
naves con una de sus flechas el mismo día que la cautivé al tomar a
Lirneso; y no habrían mordido el anchuroso suelo tantos aqueos
como sucumbieron a manos del enemigo mientras duró mi cólera.
Para Héctor y los troyanos fue el beneficio, y me figuro que los

---

[542] El néctar y la ambrosía tienen variados efectos en los cuerpos mortales. En
términos generales confieren propiedades de la inmortalidad. La incorruptibilidad
es una de ellas, y con tal propósito se usa en el cuerpo de Sarpedón (16.680), en el
de Patroclo (19.38) y el de Héctor (24.410 y ss.). En otras ocasiones (14.170 y
19.353) reaniman y embellecen, o suministran la fuerza necesaria para el
sostenimiento del cuerpo, saciando el hambre y quitando la fatiga.
[543] Cfr. 11.377 y 437, respectivamente.
[544] Cfr. 11.251 y s.

346

aqueos se acordarán largo tiempo de nuestra disputa. Mas dejemos lo pasado, aunque nos hallemos afligidos, puesto que es preciso refrenar el furor del pecho. Desde ahora depongo la cólera, que no sería razonable estar siempre irritado. Mas ea, incita a los aqueos, de larga cabellera, a que peleen; y veré, saliendo al encuentro de los troyanos, si querrán pasar la noche junto a los bajeles. Creo que con gusto se entregará al descanso el que logre escapar del feroz combate, puesto en fuga por mi lanza.

[vv. 19.74, 75, 76 y 77] Así habló; y los aqueos, de hermosas grebas, holgáronse de que el magnánimo Pelida renunciara a la cólera. Y el rey de hombres Agamenón les dijo desde su asiento, sin levantarse en medio del concurso:

[vv. 19.78 y ss.] —¡Oh amigos, héroes dánaos, ministros de Ares! Bueno será que escuchéis sin interrumpirme, pues lo contrario molesta aun al que está ejercitado en el hablar. ¿Cómo se podría oír o decir algo en medio del tumulto producido por muchos hombres? Hasta un orador, elocuente se turbaría. Yo me dirigiré al Pelida; pero vosotros, los demás argivos, prestadme atención y cada uno comprenda bien mis palabras. Muchas veces los aqueos me han increpado por lo ocurrido, y yo no soy el culpable, sino Zeus, el Hado y la Furia, que vaga en las tinieblas; los cuales hicieron padecer a mi alma, durante la junta, cruel ofuscación el día en que le arrebaté a Aquiles la recompensa. Mas ¿qué podía hacer? La divinidad es quien lo dispone todo. Hija veneranda de Zeus es la perniciosa Ate, a todos tan funesta: sus pies son delicados y no los acerca al suelo, sino que anda sobre las cabezas de los hombres, a quienes causa daño, y se apodera de uno, por lo menos, de los que contienden. En otro tiempo fue aciaga para el mismo Zeus, que es tenido por el más poderoso de los hombres y de los dioses; pues Hera, no obstante ser hembra, le engañó cuando Alcmena había de parir al fornido Heracles en Tebas, ceñida de hermosas murallas. El dios, gloriándose, dijo así ante todas las deidades: "Oídme todos, dioses y diosas, para que os manifieste lo que en el pecho mi corazón me dicta. Hoy Ilitia, la que preside los partos, sacará a luz un varón que, perteneciendo a la familia de los hombres engendrados de mi sangre, reinará sobre todos sus vecinos". Y hablándole con astucia le replicó la venerable Hera: "Mentirás, y no llevarás a cabo lo que dices. Y si no, ea, Olímpico, jura solemnemente que reinará sobre todos sus vecinos el niño que, perteneciendo a la familia de los hombres engendrados de tu sangre, caiga hoy a los pies de una mujer". Así dijo; Zeus, no sospechando el dolo, prestó el gran juramento que tan funesto le había de ser. Hera dejó en raudo vuelo la cima del Olimpo, y pronto llegó a Argos de Acaya, donde vivía la esposa ilustre de Esténelo Perseida. Y como esta se hallara encinta de siete meses cumplidos, la diosa sacó a luz el niño, aunque era prematuro, y retardó el parto de Alcmena, deteniendo a las Ilitias. Y en seguida participóselo a Zeus Crónida, diciendo: "¡Padre Zeus, fulminador! Una noticia tengo que darte. Ya nació el noble varón que reinará sobre los argivos: Euristeo, hijo de Esténelo Perseida, descendiente tuyo. No es indigno de reinar sobre aquellos". Así dijo y un agudo dolor penetró el alma del dios, que, irritado en su corazón, cogió a Ate por los nítidos cabellos y prestó solemne juramento de que Ate, tan funesta a todos, jamás volvería al Olimpo y al cielo estrellado. Y volteándola con la mano, la arrojó del cielo. En seguida llegó Ate a los campos cultivados por los hombres. Y Zeus gemía por causa de ella, siempre que contemplaba a su hijo realizando los penosos trabajos que Euristeo le iba imponiendo. Por esto, cuando el gran Héctor, de tremolante casco, mataba a los argivos junto a las popas de las naves, yo no podía olvidarme de Ate, cuyo funesto influjo había experimentado. Pero ya que falté y Zeus me hizo perder el juicio, quiero aplacarte y hacerte muchos regalos, y tú marcha al combate y anima a los demás guerreros. Voy a darte cuanto ayer[545] te ofreció en tu tienda el divino Odiseo. Y si quieres, aguarda, aunque estés impaciente por combatir, y mis servidores traerán de la nave los presentes para que veas si son capaces de apaciguar tu ánimo los que te brindo.

[vv. 19.145 y ss.] Respondiole Aquiles, el de los pies ligeros: —¡Atrida glorisísimo, rey de hombres Agamenón! Luego podrás regalarme estas cosas, como es justo, o retenerlas. Ahora pensemos solamente en la batalla. Preciso es que no perdamos el tiempo hablando, ni difiramos la acción —la gran empresa está aún por acabar— para que vean nuevamente a Aquiles entre los combatientes delanteros, aniquilando con su broncínea lanza las falanges teucras. Y vosotros pensad también en combatir con los enemigos.

[vv. 19.154 y ss.] Contestó el ingenioso Odiseo: —Aunque seas valiente, deiforme Aquiles, no exhortes a los aqueos a que peleen en

---

[545] La embajada a Aquiles y los ofrecimientos se hicieron por la noche del día 25, y durante esa misma noche ocurrió lo de Dolón; los eventos del día 26 ocupan las rapsodias de la 11 a la 18 inclusive. En ese momento se encuentran en el día 27, por lo tanto Agamenón se confunde; no es "ayer", sino "anteayer".

ayunas con los teucros, cerca de Ilión, que no durará poco tiempo la batalla cuando las falanges vengan a las manos y la divinidad excite el valor de ambos ejércitos. Ordénales, por el contrario, que en las veleras naves se sacien de manjares y vino, pues esto da fuerza y valor. Estando en ayunas no puede el varón combatir todo el día, hasta la puesta del sol, con el enemigo: aunque su corazón lo desee, los miembros se le entorpecen, le rinden el hambre y la sed, y las rodillas se le doblan al andar. Pero el que pelea todo el día con los enemigos saciado de vino y de manjares tiene en el pecho un corazón audaz y sus miembros no se cansan antes que todos se hayan retirado de la lid. Ea, despide las tropas y manda que preparen el desayuno; el rey de hombres Agamenón traiga los regalos en medio de la junta para que los vean todos los aqueos con sus propios ojos y te regocijes en el corazón; jure el Atrida, de pie entre los argivos, que nunca subió al lecho de Briseida ni yació con la misma, como es costumbre, oh rey, entre hombres y mujeres; y tú, Aquiles, procura tener en el pecho un ánimo benigno. Que luego se te ofrezca en el campamento un espléndido banquete de reconciliación, para que nada falte de lo que se te debe.[546] Y el Atrida sea en adelante más justo con todos, pues no se puede reprender que se apacigüe a un rey a quien primero se injuriara.

[vv. 19.184 y ss.] Dijo entonces el rey de hombres Agamenón: —Con agrado escuché tus palabras, Laertíada, pues en todo lo que narraste y expusiste has sido oportuno. Quiero hacer el juramento: mi ánimo me lo aconseja, y no será para un perjurio mi invocación a la divinidad. Aquiles aguarde, aunque esté impaciente por combatir, y los demás continuad reunidos aquí hasta que traigan de mi tienda los presentes y consagremos con un sacrificio nuestra fiel amistad. A ti mismo te lo encargo y ordeno: escoge entre los jóvenes aqueos los

---

[546] Este verso está signado por el concepto de *dike* (*δίκη*). El hombre noble en los poemas homéricos es *δίκαιος*, es decir, que se rige por la *dike*. La *dike* es el comportamiento establecido, correcto y apropiado, para proceder en cada situación, y se manifiesta en el trato con cada persona. En tanto que la *themis* (*θέμις*) regula el comportamiento, deberes y obligaciones dentro de la familia; la *dike*, en cambio, fija las costumbres, formas y modales para conducirse en las relaciones extrafamiliares. Quien obra observándola es considerado sabio, justo y prudente; y buena parte de la educación de los jóvenes se dirige a que obren de acuerdo con ella. Acerca de su concepto y aplicación, véanse: Míguez Barciela, A. "Hacia una interpretación de la Odisea, I" en: *Laguna*, XXXII (2013), p. 14 y ss.; y, Benveniste, E., *Vocabulario de las instituciones indoeuropeas*. Madrid, Taurus, 1983. pp. 301-303.

más principales; y encaminándoos a mi nave, traed cuanto ayer ofrecimos a Aquiles, sin dejar las mujeres. Y Taltibio, atravesando el anchuroso campamento aqueo, vaya a buscar y prepare un jabalí para inmolarlo a Zeus y Helios.

[vv. 19.198 y ss.] Replicó Aquiles, el de los pies ligeros: —¡Atrida gloriosísimo, rey de hombres Agamenón! Todo esto debierais hacerlo cuando se suspenda el combate y no sea tan grande el ardor que inflama mi pecho. ¡Yacen insepultos los que hizo sucumbir Héctor Priámida cuando Zeus le dio gloria, y vosotros nos aconsejáis que comamos! Yo mandaría a los aqueos que combatieran en ayunas, sin tomar nada, y que a la puesta del sol, después de vengar la afrenta, celebraran un gran banquete. Hasta entonces no han de entrar en mi garganta ni manjares ni bebidas, porque mi compañero yace en la tienda, atravesado por el agudo bronce, con los pies hacia el vestíbulo y rodeado de amigos que le lloran. Por esto, ni regalos ni banquetes interesan a mi espíritu, sino tan solo la matanza, la sangre y el triste gemir de los guerreros.

[vv. 19.215 y ss.] Respondiole el ingenioso Odiseo: —¡Oh Aquiles, hijo de Peleo, el más valiente de todos los aqueos! Eres más fuerte que yo y me superas no poco en el manejo de la lanza; pero te aventajo mucho en el pensar, porque nací antes y mi experiencia es mayor. Acceda, pues, tu corazón a lo que voy a decir. Pronto se cansan los hombres de pelear, si, haciendo caer el bronce muchas espigas al suelo, la mies es escasa porque Zeus, el árbitro de la guerra humana, inclina al otro lado la balanza. No es justo que los aqueos lloren al muerto con el vientre, pues siendo tantos los que sucumben unos en pos de otros todos los días, ¿cuándo podríamos respirar sin pena? Se debe enterrar con ánimo firme al que muere y llorarle un día, y luego cuantos hayan escapado del combate funesto piensen en comer y beber para vestir otra vez el indomable bronce y pelear continuamente y con más tesón aun contra los enemigos. Ningún guerrero deje de salir aguardando otra exhortación, que para su daño la esperará quien se quede junto a las naves argivas. Vayamos todos juntos y excitemos al cruel Ares contra los teucros, domadores de caballos.

[vv. 19.238 y ss.] Dijo, mandó que le siguiesen los hijos de Néstor,[547] Meges Filida,[548] Toante,[549] Meriones,[550] Licomedes Creontíada y

---

[547] Antíloco y Trasimedes.
[548] Caudillo al que seguían los de Duliquio.

Melanipo, y encaminose con ellos a la tienda de Agamenón Atrida.⁵⁵¹ Y apenas hecha la proposición, ya estaba cumplida. Lleváronse de la tienda los siete trípodes que el Atrida había ofrecido, veinte calderas relucientes y doce caballos; e hicieron salir siete mujeres, diestras en primorosas labores, y a Briseida, la de hermosas mejillas, que fue la octava. Al volver, Odiseo iba delante con los diez talentos de oro que él mismo había pesado, y le seguían los jóvenes aqueos con los presentes. Pusiéronlo todo en medio de la junta, y alzose Agamenón, teniendo a su lado a Taltibio, cuya voz parecía la de una deidad, sujetando con la mano a un jabalí. El Atrida sacó el cuchillo que llevaba colgado junto a la gran vaina de la espada, cortó por primicias algunas cerdas del jabalí⁵⁵² y oró, levantando las manos a Zeus; y todos los argivos, sentados en silencio y en buen orden, escuchaban las palabras del rey. Este alzando los ojos al anchuroso cielo hizo esta plegaria:

[vv. 19.258 y ss.] —Sean testigos Zeus, el más excelso y poderoso de los dioses, y luego la Tierra, el Sol y las Erinies⁵⁵³ que debajo de la Tierra castigan a los muertos que fueron perjuros, de que jamás he puesto la mano sobre la moza Briseida para yacer con ella ni para otra cosa alguna; sino que en mi tienda ha permanecido intacta. Y si en algo perjurare, envíenme los dioses los muchísimos males con que castigan al que, jurando, contra ellos peca.

[vv. 19.266 y ss.] Dijo; y con el cruel bronce degolló al jabalí, que Taltibio arrojó, haciéndole dar vueltas, al gran abismo del espumoso

---

⁵⁴⁹ Caudillo de los etolos.

⁵⁵⁰ Jefe cretense, hijo de Molo.

⁵⁵¹ Odiseo se asegura un acompañamiento bien variado, tanto para dar representatividad del consejo aqueo en todo este procedimiento, como para evidenciar su transparencia.

⁵⁵² En esta primera parte del sacrificio se cortan algunos pelos del animal, los cuales, si el sacrificio va a ser consumido, se arrojan al fuego, pero si no se consume, como en este caso, se retienen como signo del compromiso que se asume; en esta oportunidad, como el compromiso es únicamente de Agamenón, es él quien retiene las cerdas de la víctima.

⁵⁵³ Agamenón primero jura por los dioses olímpicos, pero luego también jura por los dioses de la antigua religión preolímpica: la Tierra, el Sol y las Erinies, mostrando cómo conviven ambas creencias.

351

mar para pasto de los peces.[554] Y Aquiles, levantándose entre los belicosos argivos habló en estos términos:

[vv. 19.270 y ss.] —¡Padre Zeus! Grandes son los infortunios que mandas a los hombres. Jamás el Atrida me hubiera suscitado el enojo en el pecho, ni hubiese tenido poder para arrebatarme la moza contra mi voluntad; pero sin duda quería Zeus que muriesen muchos aqueos. Ahora id a comer para que luego trabemos el combate.

[vv. 19.276 y ss.] Así se expresó, y al momento disolvió la junta. Cada uno volvió a su respectiva nave. Los magnánimos mirmidones se hicieron cargo de los presentes, y llevándolos hacia el bajel del divino Aquiles, dejáronlos en la tienda, dieron sillas a las mujeres, y servidores ilustres guiaron a los caballos al sitio en que los demás estaban.

[vv. 19.282 y ss.] Briseida, que a la dorada Afrodita se asemejaba, cuando vio a Patroclo atravesado por el agudo bronce, se echó sobre el mismo y prorrumpió en fuertes sollozos, mientras con las manos se golpeaba el pecho, el delicado cuello y el lindo rostro. Y llorando, aquella mujer semejante a una diosa, así decía:

[vv. 19.287 y ss.] —¡Oh Patroclo, amigo carísimo al corazón de esta desventurada! Vivo te dejé al partir de la tienda, y te encuentro difunto al volver, oh príncipe de hombres. ¡Cómo me persigue una desgracia tras otra! Vi al hombre a quien me entregaron mi padre y mi venerable madre, atravesado por el agudo bronce al pie de los muros de la ciudad; y los tres hermanos queridos que mi padre me diera, murieron también. Pero tú, cuando el ligero Aquiles mató a mi esposo y tomó la ciudad del divino Mines, no me dejabas llorar, diciendo que lograrías que yo fuera la mujer legítima del divino Aquiles, que este me llevaría en su nave a Ptía y que allí, entre los mirmidones, celebraríamos el banquete nupcial. Y ahora que has muerto, no me cansaré de llorar por ti, que siempre has sido afable.

[vv. 19.301, 302, 303 y 304] Así dijo llorando, y las mujeres sollozaron, aparentemente por Patroclo, y en realidad por sus propios males. Los caudillos aqueos se reunieron en torno de Aquiles y le suplicaron que comiera; pero él se negó, dando suspiros:

---

[554] Este despeñar a la víctima para que cayese al mar y fuera pasto de los peces está simbolizando la pena que se atraería Agamenón si mintiera en este juramento (Cfr. Willcock, M. *A companion...*, p. 220).

[vv. 19.305, 306, 307 y 308] —Yo os ruego, si es que alguno de mis compañeros quiere obedecerme aún, que no me invitéis a saciar el deseo de comer o de beber; porque un grave dolor se apodera de mí. Aguardaré hasta la puesta del sol y soportaré la fatiga.

[vv. 19.309 y ss.] Cuando esto hubo dicho, despidió a los reyes, y solo se quedaron los dos Atridas, el divino Odiseo, Néstor, Idomeneo y el anciano Fénix para distraer a Aquiles, que estaba profundamente afligido. Pero nada podía alegrar el corazón del héroe, mientras no entrara en sangriento combate. Y acordándose de Patroclo, daba hondos y frecuentes suspiros y así decía:

[vv. 19.315 y ss.] —En otro tiempo, tú, infeliz, el más amado de los compañeros,[555] me servías en esta tienda, diligente y solícito, el agradable desayuno cuando los aqueos se daban prisa por trabar el luctuoso combate con los teucros, domadores de caballos. Y ahora yaces, atravesado por el bronce, y yo estoy ayuno de comida y de bebida, a pesar de no faltarme, por la soledad que de ti siento. Nada peor me puede ocurrir: ni que supiera que ha muerto mi padre, el cual quizás llora allá en Ptía por no tener a su lado un hijo como yo, mientras peleo con los teucros en país extranjero a causa de la odiosa Helena; ni que falleciera mi hijo amado, que se cría en Esciros, si el deiforme Neoptólemo vive todavía. Antes, el corazón abrigaba en mi pecho la esperanza de que solo yo perecería en Troya, y de que tú, volviendo a Ptía, irías en una veloz nave negra a Esciros, recogerías a mi hijo y le mostrarías todos mis bienes: las posesiones, los esclavos y el palacio de elevado techo. Porque me figuro que Peleo ya no existe, y si le queda un poco de vida, estará afligido, se verá abrumado por la odiosa vejez y temerá siempre recibir la triste noticia de mi muerte.

[vv. 19.338, 339, 340 y 341] Así dijo, llorando, y los caudillos gimieron, porque cada uno se acordaba de aquellos a quienes había dejado en su respectivo palacio. El Crónida, al verlos sollozar, se compadeció de ellos, y al instante dirigió a Atenea estas aladas palabras:

[vv. 19.342 y ss.] —¡Hija mía! Desamparas de todo en todo a ese eximio varón. ¿Acaso tu espíritu ya no se cuida de Aquiles? Hállase junto a las naves de altas popas, llorando a su compañero amado; los

---

[555] Repite la expresión de 17.411 y 17.655. No existen bases para llegar a suponer que la amistad entre ambos incluyera una relación homosexual. Según Clarke, sí habría un evidente homoerotismo (Cfr. Clarke, W. M. "Achilles and Patroclus in Love", en: *Hermes*, CVI, 1978, pp. 381–396).

demás se fueron a comer, y él sigue en ayunas y sin probar bocado. Ea, ve y derrama en su pecho un poco de néctar y ambrosía para que el hambre no le atormente.

[vv. 19.349 y ss.] Con tales palabras instigole a hacer lo que ella misma deseaba. Atenea emprendió el vuelo, cual si fuese un halcón de anchas alas y aguda voz, desde el cielo, a través del éter. Ya los aqueos se armaban en el ejército, cuando la diosa derramó en el pecho de Aquiles un poco de néctar y de ambrosía deliciosa, para que el hambre molesta no hiciera flaquear las rodillas del héroe, regresando en seguida al sólido palacio del prepotente padre. Los guerreros afluyeron a un lugar algo distante de las veleras naves. Cuán numerosos caen los copos de nieve que envía Zeus y vuelan helados al impulso del Bóreas, nacido en el éter; en tan gran número veíase salir del recinto de las naves los refulgentes cascos, los abollonados escudos, las fuertes corazas y las lanzas de fresno. El brillo llegaba hasta el cielo; toda la tierra se mostraba risueña por los rayos que el bronce despedía, y un gran ruido se levantaba de los pies de los guerreros. Armábase entre estos el divino Aquiles: rechinándole los dientes, con los ojos centelleantes como encendida llama[556] y el corazón traspasado por insoportable dolor, lleno de ira contra los teucros, vestía el héroe la armadura regalo del dios Hefesto, que la había fabricado. Púsose en las piernas elegantes grebas ajustadas con broches de plata: protegió su pecho con la coraza; colgó del hombro una espada de bronce guarnecida con argénteos clavos, y embrazó el grande y fuerte escudo, cuyo resplandor semejaba desde lejos al de la Luna. Como aparece el fuego encendido en sitio solitario de la cumbre de un monte a los navegantes que vagan por el mar, abundante en peces, porque las tempestades los alejaron de sus amigos; de la misma manera, el resplandor del hermoso y labrado escudo de Aquiles llegaba al éter. Cubrió después la cabeza con el fornido yelmo que brillaba como un astro;[557] y a su alrededor ondearon las áureas y espesas crines que

---

[556] La fogosidad y la llama que se ha observado en Héctor, está aquí también puesta de manifiesto en Aquiles, solo que en él se mezcla con el intenso dolor que le ha producido la pérdida de Patroclo. La ira que le ocasionara Agamenón se vuelve ahora de lleno contra Héctor y todos los troyanos.

[557] Como en otras oportunidades, la descripción del héroe revistiéndose de sus armas, anuncia su *aristeia*; en este caso, la de Aquiles. Sin embargo, esta resalta de las anteriores descripciones, y ello se debe en gran parte a la extraordinaria concentración de palabras vinculadas al brillo y a la luz que se encuentra entre los

Hefesto había colocado en la cimera. El divino Aquiles probó si la armadura se le ajustaba, y si, llevándola puesta, movía con facilidad los miembros; y las armas vinieron a ser como alas que levantaban al pastor de hombres. Sacó del estuche la lanza paterna, ponderosa, grande y robusta que, entre todos los aqueos, solamente él podía manejar: había sido cortada de un fresno de la cumbre del Pelión y regalada por Quirón al padre de Aquiles para que con ella matara héroes. En tanto, Automedonte y Álcimo[558] se ocupaban en uncir los caballos: sujetáronlos con hermosas correas, les pusieron el freno en la boca y tendieron las riendas hacia atrás, atándolas a la fuerte silla. Sin dilación cogió Automedonte el magnífico látigo y saltó al carro. Aquiles, cuya armadura relucía el como el fúlgido Sol, subió también y exhortó con horribles voces a los caballos de su padre:

[vv. 19.400, 401, 402 y 403] —¡Janto y Balio, ilustres hijos de Podarga! Cuidad de traer salvo al campamento de los dánaos al que hoy os guía; y no lo dejéis muerto en la liza como a Patroclo.

[vv. 19.404, 405, 406 y 407] Y Janto, el corcel de ligeros pies, bajó la cabeza —sus crines, cayendo en torno de la extremidad del yugo, llegaban al suelo—, y habiéndole dotado de voz Hera, la diosa de los níveos brazos, respondió de esta manera:

[vv. 19.408 y ss.] —Hoy te salvaremos aún, impetuoso Aquiles; pero está cercano el día de tu muerte, y los culpables no seremos nosotros, sino un dios poderoso y el hado cruel. No fue por nuestra lentitud ni por nuestra pereza por lo que los teucros quitaron la armadura de los hombros de Patroclo; sino que el dios fortísimo, a quien parió Leto, la de hermosa cabellera, matole entre los

---

versos 366 a 383. Las ocurrencias de este "vocalulario de la luz" son las siguientes: σέλας = brillo, esplendor (366, 374, 375 y 379), λάμπω = dar luz, brillar (366), καίω = arder, alumbrar (376 x2), ἀπολάμπω = ser resplandeciente, brillante (381); πῦρ = fuego, llama (366 y 376), ἀστήρ = astro, estrella (381), μήνη = luna (374), αἰθήρ = el aire más puro y más brillante (379); ἀργυρόηλος = de plata, plateados (370 y 372), χρύσεος = de oro, dorados (386).

[558] Álcimo es una forma acortada del nombre Alcimedonte. Richard Janko piensa que la creación de Alcimedonte es una reduplicación de personaje realizada en base al de Automedonte (Cfr. Janko, R. *The Iliad: A Commentary. Vol. IV, Books 13-16*, Cambridge University Press, 1994, pp. 344, n.193-7). Lo cierto es que Automedonte y Álcimo funcionan como un personaje doble —que cubre, como un duplicado, las mismas tareas— en 19.392, 24.474 y 574; y en todos estos casos se emplea la forma acortada "Álcimo" seguramente por motivos de sonoridad y métrica.

combatientes delanteros y dio gloria a Héctor. Nosotros correríamos tan veloces como el soplo del Céfiro, que es tenido por el más rápido. Pero también tú estás destinado a sucumbir a manos de un dios y de un mortal.[559]

[vv. 19.418 y 419] Dichas estas palabras, las Erinies le cortaron la voz[560]. Y muy indignado, Aquiles, el de los pies ligeros, así le habló:

[vv. 19.420, 421, 422 y 423] —¡Janto! ¿Por qué me vaticinas la muerte? Ninguna necesidad tienes de hacerlo. Ya sé que mi destino es perecer aquí, lejos de mi padre y de mi madre; mas con todo eso, no he de descansar hasta que harte de combate a los teucros.

[vv. 19.424] Dijo; y dando voces, dirigió los solípedos caballos por las primeras filas.

---

[559] Este episodio de los caballos parlantes es sumamente sorprendente e inusitado; porque no solo se da la maravilla de que los caballos sean habilitados para hablar y aclaren lo sucedido con Patroclo, sino que además profeticen la muerte de Aquiles. Este signo es mucho más portentoso que el dragón devorando a los polluelos (2.308 y ss.) o el águila arrojando el cervatillo (8.247 y ss). El que la divinidad dote de voz a un animal, y que este conozca y dé a conocer eventos futuros, es un motivo folklórico del cual se tienen testimonios también en leyendas y cuentos populares medievales y contemporáneos. Así ocurre en varios cuentos del folklore bretón. En el cuento popular de *Les Pierres de Plouhhinec* a un buey y un asno se les permite conversar en la víspera de Navidad en honor a que sus antepasados asistieron al nacimiento de Cristo, y ellos revelan varios eventos que habrán de ocurrir aquella medianoche (Souvestre, E. *Le foyer breton,1,* Paris, 1858, pp. 185 y s.); o, más cercano aún a este caso, el de *L'intersigne des boeufs*, donde los bueyes, cuando el amo se queja de ellos, le revelan la proximidad inminente de su muerte (Cfr. Le Braz, A., *La légende de la mort chez les bretons armoricains,* Paris, Champion, 1923, to. 1, pp. 22-30).

[560] El que los caballos hablen es tan contrario a las leyes naturales que obliga a las Erinies a una intervención inmediata.

RAPSODIA XX

COMBATE DE LOS DIOSES

Debido a que Aquiles volverá a participar en la contienda, Zeus convoca una asamblea de los dioses y les permite ayudar al bando que prefieran. Aquiles lucha contra Eneas, pero este último termina ileso rescatado por Poseidón. Aquiles mata a Polidoro, hermano menor de Héctor. Cuando este lo ve, se dirige desafiante al encuentro de Aquiles, pero Atenea y Apolo evitan el combate singular. Aquiles, entonces, dando rienda suelta a su furor bélico, en una verdadera *aristeia* del héroe, desencadena una tremenda matanza entre los troyanos.

|vv. 20.1, 2 y 3| Mientras los aqueos se armaban junto a los corvos bajeles alrededor de ti, oh hijo de Peleo, incansable en la batalla, los teucros se apercibían también para el combate en una eminencia de la llanura.

|vv. 20.4 y ss.| Zeus ordenó a Temis que, partiendo de las cumbres del Olimpo, en valles abundante, convocase la junta de los dioses; y ella fue de un lado para otro y a todos les mandó que acudieran al palacio de Zeus. De los ríos solo faltó el Océano[561]; y de cuantas ninfas habitan los amenos bosques, las fuentes de los ríos y los herbosos prados, ninguna dejó de presentarse. Tan luego como llegaban al palacio de Zeus, acomodábanse en asientos de piedra pulimentada que para el padre Zeus había construido Hefesto con sabia inteligencia.

|vv. 20.13, 14 y 15| Allí, pues, se reunieron. Poseidón tampoco desobedeció a la diosa; y dirigiéndose desde el mar a la junta, se sentó en medio y exploró la voluntad de Zeus:

---

[561] Tal como se ha visto representado en el escudo de Aquiles (18.607-08), el Océano es tenido por un río que circunvala el mundo en los confines de la tierra (14.200-01), y lo contiene. En este sentido se ha creído que el Océano no podría abandonar su puesto sin que hubiera un descomunal cataclismo y una consecuente perturbación del orden del mundo. De manera semejante a Hestia —identificada con la tierra— que, en *Fedro* 247a, debe quedarse quieta y sola, sin participar en la marcha de los dioses. Por otra parte, el Océano no formaría parte de la corte de Zeus por pertenecer a una generación de dioses más antiguos. En este sentido llama también la atención la presencia de las ninfas y los ríos; pero esto podría explicarse por la ulterior participación de varios de ellos en la contienda.

[vv. 20.16, 17 y 18] —¿Por qué, oh tú que lanzas encendidos rayos, convocas de nuevo la junta de los dioses? ¿Acaso tienes algún propósito acerca de los teucros y de los aqueos? El combate y la pelea volverán a encenderse muy pronto entre ambos pueblos.

[vv. 20.19 y ss.] Respondiole Zeus que amontona las nubes: — Comprendiste, Poseidón, que bates la tierra, el designio que encierra mi pecho y por el cual os he reunido. Me curo de ellos, aunque van a perecer. Yo me quedaré sentado en la cumbre del Olimpo y recrearé mi espíritu contemplando la batalla; y los demás idos hacia los teucros y los aqueos, y cada uno auxilie a los que quiera. Pues si Aquiles, el de los pies ligeros, combatiese solo con los teucros, estos no resistirían ni un instante la acometida del hijo de Peleo. Ya antes huían espantados al verle; y temo que ahora, que tan enfurecido tiene el ánimo por la muerte de su compañero, destruya el muro de Troya contra la decisión del hado.

[vv. 20.31 y ss.] El Crónida habló en estos términos y promovió una gran batalla. Los dioses fueron al combate divididos en dos bandos: encamináronse a las naves Hera, Palas Atenea, Poseidón, que ciñe la tierra, el benéfico Hermes, de prudente espíritu, y con ellos Hefesto, que, orgulloso de su fuerza, cojeaba arrastrando sus gráciles piernas; y enderezaron sus pasos a los teucros Ares, de tremolante casco, el intenso Febo Apolo, Artemisa, que se complace en tirar flechas, Leto, el Janto y la risueña Afrodita.

[vv. 20.41 y ss.] En cuanto los dioses se mantuvieron alejados de los hombres, mostráronse los aqueos muy ufanos porque Aquiles volvía a la batalla después de largo tiempo en que se había abstenido de tener parte en la triste guerra; y los teucros se espantaron y un fuerte temblor les ocupó los miembros, tan pronto como vieron al Pelida, ligero de pies, que con su reluciente armadura semejaba al dios Ares, funesto a los mortales. Mas así que las olímpicas deidades penetraron por entre la muchedumbre de los guerreros, levantose la terrible Discordia, que enardece a los varones; Atenea daba fuertes gritos, unas veces a orillas del foso cavado al pie del muro, y otras en los altos y sonoros promontorios; y Ares, que parecía un negro torbellino, vociferaba también y animaba vivamente a los teucros, ya desde el punto más alto de la ciudad, ya corriendo por la llamada Colina hermosa, a orillas del Símois.

[vv. 20.54 y ss.] De este modo los felices dioses, instigando a unos y a otros, les hicieron venir a las manos y promovieron una reñida contienda. El padre de los hombres y de los dioses tronó horriblemente en las alturas; Poseidón, por debajo, sacudió la

358

inmensa tierra y las excelsas cumbres de los montes; y retemblaron, así las laderas y las cimas del Ida, abundante en manantiales, como la ciudad troyana y las naves aqueas. Asustose Hades, rey de los infiernos, y saltó del trono gritando; no fuera que Poseidón abriese la tierra y se hicieran visibles las mansiones horrendas y tenebrosas que las mismas deidades aborrecen. ¡Tanto estrépito se produjo cuando los dioses entraron en combate![562] Al soberano Poseidón le hizo frente Febo Apolo con sus aladas flechas; a Ares, Atenea, la diosa de los brillantes ojos; a Hera, Artemisa, que lleva arco de oro, ama el bullicio de la caza, se complace en tirar saetas y es hermana del que hiere de lejos; a Leto, el poderoso y benéfico Hermes; y a Hefesto, el gran río de profundos vórtices, llamado por los dioses Janto y por los hombres Escamandro[563].

[vv. 20.75 y ss.] Así los dioses salieron al encuentro los unos de los otros. Aquiles deseaba romper por el gentío en derechura, a Héctor Priámida, pues el ánimo le impulsaba a saciar con la sangre del héroe a Ares infatigable luchador. Mas Apolo, que enardece a los guerreros, movió a Eneas a oponerse al Pelida, infundiéndole gran valor y hablándole así después de tomar la voz y la figura de Licaón, hijo de Príamo:

[vv. 20.83, 84 y 85] —¡Eneas, consejero de los teucros! ¿Qué son de aquellas amenazas hechas por ti en los banquetes de los caudillos troyanos, de que saldrías a combatir con el Pelida Aquiles?

[vv. 20.86 y ss.] Respondiole Eneas: —¡Priámida! ¿Por qué me ordenas que luche, sin desearlo mi voluntad, con el animoso Pelida? No fuera la primera ocasión que me viese frente a Aquiles, el de los pies ligeros: en otro tiempo, cuando vino adonde pacían nuestras vacas y tomó a Lirneso y a Pédaso, persiguiome por el Ida con su lanza; y Zeus me salvó, dándome fuerzas y agilitando mis rodillas. Sin su ayuda hubiese sucumbido a manos de Aquiles y de Atenea, que le precedía, le daba la victoria y le animaba a matar léleges[564] y

---

[562] Estas hiperbólicas imágenes fueron destacadas por Longino, en su tratado *De lo Sublime* IX, 6, como especialmente conmovedoras.

[563] Notablemente, como el número de los dioses de ambos bandos no es el mismo —en uno se cuentan seis, y en el otro, siete—, Afrodita queda "libre", sin oponente.

[564] Tribu de Dardania de la zona de Lirneso y Pédaso. Todo este pasaje alude a la campaña contra Tebas, donde Aquiles venció a Eetión y a Mines, capturando, entre tanto, a Briseida.

troyanos con la broncínea lanza. Por eso ningún hombre puede combatir con Aquiles, porque a su lado asiste siempre alguna deidad que le libra de la muerte. En cambio, su lanza vuela recta y no se detiene hasta que ha atravesado el cuerpo de un enemigo. Si un dios igualara las condiciones del combate, Aquiles no me vencería fácilmente; aunque se gloriase de ser todo de bronce.

[vv. 20.103 y ss.] Replicole el soberano Apolo hijo de Zeus: —¡Héroe! Ruega tú también a los sempiternos dioses, pues dicen que naciste de Afrodita, hija de Zeus, y aquel es hijo de una divinidad inferior. La primera desciende de Zeus, esta tuvo por padre al anciano del mar. Levanta el indomable bronce y no te arredres por oír palabras duras o amenazas.

[vv. 20.110 y ss.] Apenas acabó de hablar, infundió grandes bríos al pastor de hombres; y este, que llevaba una reluciente armadura de bronce, se abrió paso por los combatientes delanteros. Hera, la de los níveos brazos, no dejó de advertir que el hijo de Anquises atravesaba la muchedumbre para salir al encuentro del Pelida; y llamando a otros dioses les dijo:

[vv. 20.115 y ss.] —Considerad en vuestra mente, Poseidón y Atenea, cómo esto acabará; pues Eneas, armado de reluciente bronce, se encamina en derechura al Pelida por excitación de Febo Apolo. Ea, hagámosle retroceder, o alguno de nosotros se ponga junto a Aquiles, le infunda gran valor y no deje que su ánimo desfallezca; para que conozca que le acorren los inmortales más poderosos, y que son débiles los dioses que en el combate y la pelea protegen a los teucros. Todos hemos bajado del Olimpo a intervenir en esta batalla, para que Aquiles no padezca hoy ningún daño de parte de los teucros: y luego sufrirá lo que la Parca dispuso, hilando el lino, cuando su madre lo dio a luz. Si Aquiles no se entera por la voz de los dioses, sentirá temor cuando en el combate le salga al encuentro alguna deidad: pues los dioses, en dejándose ver, son terribles.

[vv. 20.132 y ss.] Respondiole Poseidón, que sacude la tierra: —¡Hera! No te irrites más de lo razonable, que no es decoroso. Ni yo quisiera que nosotros, que somos los más fuertes, promoviéramos la contienda entre los dioses. Vayamos a sentarnos en aquella altura, y de la batalla cuidarán los hombres. Y si Ares o Febo Apolo dieren principio a la pelea o detuvieren a Aquiles y no le dejaren combatir, iremos en seguida a luchar con ellos, y me figuro que pronto tendrán que retirarse y volver al Olimpo, a la reunión de los demás dioses vencidos por la fuerza de nuestros brazos.

[vv. 20.144 y ss.] Dichas estas palabras, el dios de los cerúleos cabellos llevolos al alto terraplén que los troyanos y Palas Atenea habían levantado en otro tiempo para que el divino Heracles se librara de la ballena cuando, perseguido por esta, pasó de la playa a la llanura.[565] Allí Poseidón y los otros dioses se sentaron, extendiendo en derredor de sus hombros una impenetrable nube y al otro lado, en la cima de la Colina hermosa, en torno de ti, oh Febo, que hieres de lejos, y de Ares, que destruye las ciudades, acomodáronse las deidades protectoras de los teucros.

[vv. 20.153, 154 y 155] Así unos y otros sentados en dos grupos, deliberaban y no se decidían a empezar el funesto combate. Y Zeus desde lo alto les incitaba a comenzarlo.

[vv. 20.156 y ss.] Todo el campo, lleno de hombres y caballos, resplandecía con el lucir del bronce; y la tierra retumbaba debajo de los pies de los guerreros que a lidiar salían. Dos varones, señalados entre los más valientes, deseosos de combatir, se adelantaron a los suyos para afrontarse entre ambos ejércitos: Eneas, hijo de Anquises, y el divino Aquiles. Presentose primero Eneas, amenazador, tremolando el sólido casco: protegía el pecho con el fuerte escudo y vibraba broncínea lanza. Y el Pelida desde el otro lado fue a oponérsele como un voraz león, para matar al cual se reúnen los hombres de todo un pueblo; y el león, al principio sigue su camino despreciándolos; mas, así que uno de los belicosos jóvenes le hiere con un venablo, se vuelve hacia él con la boca abierta, muestra los dientes cubiertos de espuma, siente gemir en su pecho el corazón valeroso, se azota con la cola muslos y caderas para animarse a pelear, y con los ojos centelleantes arremete fiero hasta que mata a alguien o él mismo perece en la primera fila; así le instigaban a

---

[565] Cuando Laomedonte rehusó pagar a Poseidón y Apolo por sus trabajos para levantar las murallas de Troya (Cfr. 21.442 y ss.), Apolo les envió una peste y Poseidón hizo surgir de las profundidades un monstruo que asolaba las costas y arrebataba hombres del llano cuando subía la marea. El oráculo indicó que esto cesaría cuando Laomedonte ofreciera a su hija Hesíone amarrada a las rocas costeras para que el cetáceo la devorase. Heracles, volviendo de su campaña con las amazonas, al pasar por las costas de la Tróade, vio a Hesíone y se comprometió a salvarla si le daban a cambio las yeguas que Zeus había entregado, a modo de compensación, por el rapto de Ganimedes. Laomedonte accedió y Heracles mató al monstruo usando como protección el muro aquí mencionado. Pero Laomedonte volvió a incumplir su palabra. Así, más adelante, Heracles volvió a Troya, la saqueó, mató a Laomedonte y entregó a Hesíone como parte del botín a su compañero Telamón.

Aquiles su valor y ánimo esforzado a salir al encuentro del magnánimo Eneas. Y tan pronto como se hallaron frente a frente, el divino Aquiles, el de los pies ligeros habló diciendo:

[vv. 20.178 y ss.] —¡Eneas! ¿Por qué te adelantas tanto a la turba y me aguardas? ¿Acaso el ánimo te incita a combatir conmigo por la esperanza de reinar sobre los troyanos, domadores de caballos, con la dignidad de Príamo? Si me matases, no pondría Príamo en tu mano tal recompensa; porque tiene hijos, conserva entero el juicio y no es insensato.[566] ¿O quizás te han prometido los troyanos acotarte un hermoso campo de frutales y sembradío que a los demás aventaje, para que puedas cultivarlo, si me quitas la vida? Me figuro que te será difícil conseguirlo. Ya otra vez te puse en fuga con mi lanza. ¿No recuerdas que te eché de los montes ideos, donde estabas solo pastoreando los bueyes, y te perseguí corriendo con ligera planta? Entonces huías sin volver la cabeza. Luego te refugiaste en Lirneso y yo tomé la ciudad con la ayuda de Atenea y del padre Zeus y me llevé las mujeres haciéndolas esclavas; mas a ti te salvaron Zeus y los demás dioses. No creo que ahora te guarden, como espera tu corazón; y te aconsejo que vuelvas a tu ejército y no te quedes frente a mí, antes que padezcas algún daño; que el necio solo conoce el mal cuando ha llegado.

[vv. 20.199 y ss.] Eneas respondiole diciendo: —¡Pelida! No creas que con esas palabras me asustaras como a un niño, pues también sé proferir injurias y baldones. Conocemos el linaje de cada uno de nosotros y cuáles fueron nuestros respectivos padres, por haberlo oído contar a los mortales hombres; que ni tú viste a los míos, ni yo a los tuyos. Dicen que eres prole del eximio Peleo y tienes por madre a Tetis, ninfa marina de hermosas trenzas; mas yo me glorío de ser hijo del magnánimo Anquises y mi madre es Afrodita: aquellos o estos tendrán que llorar hoy la muerte de su hijo, pues no pienso que nos separemos, sin combatir, después de dirigirnos pueriles insultos. Si deseas saberlo, te diré cuál es mi linaje, de muchos conocido. Primero Zeus, que amontona las nubes, engendró a Dárdano, y este

---

[566] Homero aprovecha el tedioso discurso de Eneas para recordarnos la genealogía de los dardánidas. Los celos, faltas de consideración y tiranteces entre las dos ramas de la casa real de los teucros, ya se podían percibir en 13.460. Las palabras de Aquiles dan pie para introducir aquí el tema de la supervivencia de los dardánidas, cuando sobrevenga la caída de Troya y el fin del linaje de Príamo —resumido y anticipado proféticamente en los versos 307 y s. de esta misma rapsodia.

fundó la Dardania al pie del Ida, en manantiales abundoso; pues aún la sacra Ilión, ciudad de hombres de voz articulada, no había sido edificada en la llanura. Dárdano tuvo por hijo al rey Erictonio, que fue el más opulento de los mortales hombres: poseía tres mil yeguas que, ufanas de sus tiernos potros, pacían junto a un pantano. El Bóreas enamorose de algunas de las que vio pacer, y transfigurado en caballo de negras crines, hubo de ellas doce potros que en la fértil tierra saltaban por encima de las mieses sin romper las espigas y en el ancho dorso del espumoso mar corrían sobre las mismas olas. Erictonio fue padre de Tros, que reinó sobre los troyanos; y este dio el ser a tres hijos irreprensibles: Ilo, Asáraco y el deiforme Ganimedes, el más hermoso de los hombres, a quien arrebataron los dioses a causa de su belleza para que escanciara el néctar a Zeus y viviera con los inmortales. Ilo engendró al eximio Laomedonte, que tuvo por hijos a Titonio, Príamo, Lampo, Clitio e Hicetaón, vástago de Ares. Asáraco engendró a Capis, cuyo hijo fue Anquises. Anquises me engendró a mí y Príamo al divino Héctor. Tal alcurnia y tal sangre me glorío de tener. Pero Zeus aumenta o disminuye el valor de los guerreros como le place, porque es el más poderoso. Ea, no nos digamos más palabras como si fuésemos niños, parados así en medio del campo de batalla. Fácil nos sería inferirnos tantas injurias, que una nave de cien bancos de remeros no podría llevarlas. Es voluble la lengua de los hombres, y de ella salen razones de todas clases; hállanse muchas palabras acá y allá, y cual hablares, tal oirás la respuesta. Mas ¿qué necesidad tenemos de altercar, disputando e injuriándonos, como mujeres irritadas, las cuales, movidas por el roedor encono, salen a la calle y se zahieren diciendo muchas cosas, verdaderas unas y falsas otras, que la cólera les dicta? No lograrás con tus palabras que yo, estando deseoso de combatir, pierda el valor antes de que con el bronce y frente a frente peleemos. Ea, acometámonos en seguida con las broncíneas lanzas.

[vv. 20.259 y ss.] Dijo, y arrojando la fornida lanza, clavola en el terrible y horrendo escudo de Aquiles, que resonó en torno de la misma. El Pelida, temeroso, apartó el escudo con la robusta mano, creyendo que la luenga lanza del magnánimo Eneas lo atravesaría fácilmente: ¡Insensato! No pensó en su mente ni en su espíritu que los presentes de los dioses no pueden ser destruidos con facilidad por los mortales hombres, ni ceder a sus fuerzas. Y así la ponderosa lanza de Eneas no perforó entonces la rodela, por haberlo impedido la lámina de oro que el dios puso en medio, sino que atravesó dos capas y dejó tres intactas, porque eran cinco las que el dios cojo

363

había reunido: las dos de bronce, dos interiores de estaño, y una de oro, que fue donde se detuvo la lanza de fresno.[567]

[vv. 20.273 y ss.] Aquiles despidió luego la ingente lanza, y acertó a dar en el borde del liso escudo de Eneas, sitio en el que el bronce era más delgado y el boyuno cuero más tenue: el fresno del Pelión atravesolo, y todo el escudo resonó. Eneas, amedrentado, se encogió y levantó el escudo; la lanza, deseosa de proseguir su curso, pasole por encima del hombro, después de romper los dos círculos de la rodela, y se clavó en el suelo; y el héroe, evitado ya el golpe, quedose inmóvil y con los ojos muy espantados de ver que aquella había caído tan cerca. Aquiles desnudó la aguda espada; y profiriendo grandes y horribles voces, arremetió contra Eneas, y este, a su vez, cogió una gran piedra que dos de los hombres actuales no podrían llevar y que él manejaba fácilmente. Y acaso Eneas tirara la piedra a Aquiles y le acertara en el casco o en el escudo que habría apartado del héroe la triste muerte, o quizá Aquiles hubiera privado de la vida a Eneas, hiriéndolo de cerca con la espada, si al punto no lo hubiese advertido Poseidón, que sacude la tierra, el cual dijo entre los dioses inmortales:

[vv. 20.293 y ss.] —¡Oh dioses! Me causa pesar el magnánimo Eneas, que pronto, sucumbiendo a manos del Pelida, descenderá al Hades

---

[567] El escudo de Aquiles es un símbolo muy complejo desde muchos aspectos. Aquí nos interesa destacar el número cinco de sus capas. Estas se conforman según la secuencia 2 (bronce) +1 (oro) +2 (estaño), destacando que la capa de oro es la del centro y que en ella se detiene la lanza, esto es, que no la atraviesa. El oro, de los tres metales, es el más noble y es el que, usualmente en el poema, se asimila a lo divino. Esto no es un detalle menor por dos razones: la primera es que se sabe bien que el oro no es un metal de los más duros y resistentes, lo que nos hace pensar que acaso se lo ha puesto por una razón de orden simbólico; en segundo término, está el hecho de que ocupa una posición central, la cual, según hemos advertido en diversos contextos del poema, es una posición de poder —afín con la unidad—, y relacionada con el oro en cuanto símbolo de la deidad. Esa unidad separa dos metales signados por la dualidad. Dicha dualidad es más frágil y puede ser escindida y atravesada, como sucede aquí con las dos capas exteriores. Ellas, signadas por el número dos, son susceptibles de muy diversas interpretaciones; porque, donde se usa el escudo siempre hay un conflicto entre opuestos. Esos principios opuestos —y también complementarios— están representados en este caso por los dos metales separados por el oro, los cuales también presentan aspectos dobles. Con todo esto no pretendemos ser, en modo alguno, exhaustivos, sino simplemente plantear algunas consideraciones generales acerca de la construcción del escudo y dar razones, a otro nivel del texto, por las cuales la lanza no logra atravesar la tercera capa.

por haber obedecido las palabras de Apolo, que hiere de lejos. ¡Insensato! El dios no le librará de la triste muerte. Mas ¿por qué ha de padecer, sin ser culpable, las penas que otros merecen, habiendo ofrecido siempre gratos presentes a los dioses que habitan el anchuroso cielo? Ea, librémosle de la muerte, no sea que Zeus se enoje si Aquiles lo mata, pues el destino quiere que se salve a fin de que no perezca ni se extinga el linaje de Dárdano, que fue amado por el Crónida con preferencia a los demás hijos que tuvo de mujeres mortales. Ya Zeus aborrece a los descendientes de Príamo,[568] pero el fuerte Eneas reinará sobre los troyanos, y luego los hijos de sus hijos que sucesivamente nazcan.[569]

[vv. 20.310 y ss.] Respondiole Hera veneranda, la de ojos de novilla: — ¡Poseidón! Resuelve tú mismo si has de salvar a Eneas o permitir que, no obstante su valor, sea muerto por el Pelida Aquiles. Pues así Palas Atenea como yo hemos jurado repetidas veces ante los inmortales todos que jamás libraríamos a los teucros del día funesto, aunque Troya entera fuese pasto de las voraces llamas por haberla incendiado los belicosos aqueos.

[vv. 20.318 y ss.] Cuando Poseidón, que sacude la tierra, oyó estas palabras fuese, y andando por la liza, entre el estruendo de las lanzas, llegó adonde estaban Eneas y el ilustre Aquiles. Al, momento cubrió de niebla los ojos del Pelida Aquiles, arrancó del escudo del magnánimo Eneas la lanza de fresno con punta de bronce, que depositó a los pies de aquel, y arrebató al teucro alzándolo de la tierra. Eneas, sostenido por la mano del dios, pasó por encima de muchas filas de héroes y caballos hasta llegar al otro extremo del impetuoso combate, donde los caucones se armaban para pelear[570].

---

[568] El aborrecimiento provendría de la ruptura de los juramentos (cfr. 4.157-168a). Antes de ese hecho Zeus profesaba un gran amor por los troyanos (cfr. 4.44-47).

[569] Esta idea vuelve a encontrarse en el *Himno V, A Afrodita,* vv. 196-97. Antiguamente se asignó a estas palabras un valor profético acerca del nacimiento y expansión del imperio romano. Bien puede ser, sin embargo, que constituyeran el germen de la leyenda de la perpetuación del linaje de Eneas luego de la destrucción de Troya; leyenda luego retomada por la *Eneida.* De hecho, estas mismas palabras serían traducidas por Virgilio e incluidas en ella en 3.97 y s: *hic domus Aeneae cunctis dominabitur oris, // et nati natorum, et qui nascentur ab illis.*

[570] La importancia de salvar al héroe y su linaje es tal, que Poseidón, instigado por Hera —a pesar de que uno y otro son enemigos declarados de los teucros— momentáneamente dejan de lado sus favoritismos, para abocarse al auxilio de Eneas.

Y entonces Poseidón, que sacude la tierra, se le presentó, y le dijo estas aladas palabras:

[vv. 20.332 y ss.] —¡Eneas! ¿Cuál de los dioses te ha ordenado que cometieras la locura de luchar cuerpo a cuerpo con el animoso Pelida, que es más fuerte que tú y más caro a los inmortales? Retírate cuantas veces lo encuentres, no sea que te haga descender a la morada de Hades antes de lo dispuesto por el hado. Mas cuando Aquiles haya muerto, por haberse cumplido su destino, pelea confiadamente entre los combatientes delanteros, que no te matará ningún otro aqueo.

[vv. 20.340 y ss.] Tales fueron sus palabras. Dejó a Eneas allí, después que le hubo amonestado, y apartó la obscura niebla de los ojos de Aquiles. Este volvió a ver con claridad, y, gimiendo, a su magnánimo espíritu le decía:

[vv. 20.344 y ss.] —¡Oh dioses! Grande es el prodigio que a mi vista se ofrece: esta lanza yace en el suelo y no veo al varón contra quien la arrojé, con intención de matarle. Ciertamente a Eneas le aman los inmortales dioses; ¡y yo creía que se jactaba de ello vanamente! Váyase, pues; que no tendrá ánimo para medir de nuevo sus fuerzas conmigo quien ahora huyó gustoso de la muerte. Exhortaré a los belicosos dánaos y probaré el valor de los demás enemigos, saliéndoles al encuentro.

[vv. 20.353 y ss.] Dijo; y saltando por entre las filas, animaba a los guerreros: —¡No permanezcáis alejados de los teucros, divinos aqueos! Ea, cada hombre embista a otro y sienta anhelo por pelear. Difícil es que yo solo, aunque sea valiente, persiga a tantos guerreros y con todos lidie; y ni a Ares, que es un dios inmortal, ni a Atenea, les sería posible recorrer un campo de batalla tan vasto y combatir en todas partes. En lo que puedo hacer con mis manos, mis pies o mi fuerza no me muestro remiso. Entraré por todos lados en las hileras de las falanges enemigas, y me figuro que no se alegrarán los teucros que a mi lanza se acerquen.

[vv. 20.364 y 365] Con estas palabras los animaba. También el esclarecido Héctor exhortaba a los teucros, dando gritos, y aseguraba que saldría al encuentro de Aquiles:

[vv. 20.366 y ss.] —¡Animosos teucros! ¡No temáis al Pelida! Yo de palabra combatiría hasta con los inmortales; pero es difícil hacerlo con la lanza, siendo, como son, mucho más fuertes. Aquiles no llevará al cabo todo cuanto dice, sino que en parte lo cumplirá y en parte lo dejará a medio hacer. Iré a encontrarle, aunque por sus manos sea semejante a la llama; sí, aunque por sus manos se parezca a la llama, y por su fortaleza al reluciente hierro.

[vv. 20.373, 374 y 375] Con tales voces los excitaba. Los teucros calaron las lanzas; trabose el combate y se produjo gritería, y entonces Febo Apolo se acercó a Héctor y le dijo:

[vv. 20.376, 377 y 378] —¡Héctor! No te adelantes para luchar con Aquiles; espera su acometida mezclado con la muchedumbre, confundido con la turba. No sea que consiga herirte desde lejos con arma arrojadiza, o de cerca con la espada.

[vv. 20.379 y ss.] Así habló. Héctor se fue, amedrentado, por entre la multitud de guerreros apenas acabó de oír las palabras del dios. Aquiles, con el corazón revestido de valor y dando horribles gritos, arremetió a los teucros, y empezó por matar al valeroso Ifitión Otrintida, caudillo de muchos hombres, a quien una ninfa náyade había tenido de Otrinteo, asolador de ciudades, en el opulento pueblo de Hida, al pie del nevado Tmolo: el divino Aquiles acertó a darle con la lanza en medio de la cabeza, cuando arremetía contra él, y se la dividió en dos partes. El teucro cayó con estrépito, y el divino Aquiles se glorió diciendo:

[vv. 20.389, 390, 391 y 392] —¡Yaces en el suelo, Otrintida, el más portentoso de todos los hombres! En este lugar te sorprendió la muerte; a ti, que habías nacido a orillas del lago Gigeo, donde tienes la heredad paterna, junto al Hilo, abundante en peces, y el Hermo voraginoso.

[vv. 20.393 y ss.] Tan jactanciosamente habló. Las tinieblas cubrieron los ojos de Ifitión y los carros de los aqueos lo despedazaron con las llantas de sus ruedas en el primer reencuentro. Aquiles hirió, después, en la sien, atravesándole el casco de broncíneas carrilleras, a Demoleonte, valiente adalid en el combate; y el casco no detuvo la lanza, pues la punta entró y rompió el hueso, conmoviose interiormente el cerebro, y el teucro sucumbió cuando peleaba con ardor.

[vv. 20.401 y ss.] Luego, como Hipodamante saltara del carro y se diese a la fuga, le envasó la pica en la espalda: aquel exhalaba el aliento y bramaba como el toro que los jóvenes arrastran a los altares del soberano Heliconio y el dios que sacude la tierra se goza al verlo; así bramaba Hipodamante cuando el alma valerosa dejó sus miembros. Seguidamente acometió con la lanza al deiforme Polidoro Priámida, a quien su padre no permitía que fuera a las batallas porque era el menor y el predilecto de sus hijos. Nadie vencía a Polidoro en la carrera; y entonces, por pueril petulancia, haciendo gala de la ligereza de sus pies, agitábase el troyano entre los combatientes delanteros, hasta que perdió la vida: al verle pasar, el divino Aquiles, ligero de pies, hundiole la lanza en medio de la espalda, donde los anillos de oro sujetaban el cinturón y era doble la coraza, y la punta salió al otro lado cerca del ombligo; el joven cayó de rodillas dando lastimeros gritos; obscura nube le envolvió; e inclinándose procuraba sujetar con sus manos los intestinos, que le salían por la herida.

[vv. 20.419 y ss.] Tan pronto como Héctor vio a su hermano Polidoro cogiéndose las entrañas y encorvado hacia el suelo, se le puso una nube ante los ojos y ya no pudo combatir a distancia; sino que, blandiendo la aguda lanza e impetuoso como una llama, se dirigió al encuentro de Aquiles. Y este, al advertirlo, saltó hacia él, y dijo muy ufano estas palabras:

[vv. 20.425, 426 y 427] —Cerca está el hombre que ha inferido a mi corazón la más grave herida, el que mató a mi compañero amado. Ya no huiremos asustados, el uno del otro, por los senderos del combate.

[vv. 20.428 y 429] Dijo; y mirando con torva faz al divino Héctor, le gritó: —¡Acércate para que pronto llegues de tu perdición al término!

[vv. 20.430 y ss.] Sin turbarse le respondió Héctor, el de tremolante casco: —¡Pelida! No esperes amedrentarme con palabras como a un niño; también yo sé proferir injurias y baldones. Reconozco que eres valiente y que estoy por muy debajo de ti. Pero en la mano de los dioses está si yo, siendo inferior, te quitaré la vida con mi lanza; pues también tiene afilada punta.

[vv. 20.438 y ss.] En diciendo esto, blandió y arrojó la ingente lanza; pero Atenea con un tenue soplo apartola del glorioso Aquiles, y el arma volvió hacia el divino Héctor y cayó a sus pies. Aquiles acometió, dando horribles gritos, a Héctor, con intención de matarle; pero Apolo arrebató al troyano, haciéndolo con gran facilidad por ser dios, y lo cubrió con densa niebla. Tres veces el divino Aquiles, ligero de pies, atacó con la broncínea lanza; tres veces dio el golpe en el aire. Y cuando, semejante a un dios, arremetía por cuarta vez[571], increpó el héroe a Héctor con voz terrible, dirigiéndole estas aladas palabras:

[vv. 20.449 y ss.] —¡Otra vez te has librado de la muerte, perro! Muy cerca tuviste la perdición, pero te salvó Febo Apolo, a quien debes de rogar cuando sales al campo antes de oír el estruendo de los dardos. Yo acabaré contigo si más tarde te encuentro y un dios me ayuda[572]. Y ahora perseguiré a los demás que se me pongan al alcance.

[vv. 20.455 y ss.] Así dijo; y con la lanza hirió en medio del cuello a Dríope, que cayó a sus pies. Dejole, y al momento detuvo a Demuco Filetórida, a quien pinchó con la lanza en una rodilla, y luego quitole la vida con la gran espada. Después acometió a Laógono y a Dárdano, hijos de Biante: habiéndolos derribado del carro en que iban, a aquel le hizo perecer arrojándole la lanza, y a este hiriéndole de cerca con la espada.

[vv. 20.463 y ss.] También mató a Tros Alastórida, que vino a abrazarle las rodillas por si, compadeciéndose de él, que era de la misma edad del héroe, en vez de matarle le hacía prisionero y le dejaba vivo. ¡Insensato! No comprendió que no podría persuadirle, pues Aquiles no era hombre de condición benigna y mansa, sino muy violento. Ya aquel le tocaba las rodillas con intención de suplicarle, cuando le hundió la espada en el hígado: derramose este, llenando de negra sangre el pecho, y las tinieblas cubrieron los ojos del teucro, que quedó exánime. Inmediatamente, Aquiles se acercó a Mulio; y metiéndole la lanza en una oreja, la broncínea punta salió por la otra. Más tarde, hirió en medio de la cabeza a Equeclo, hijo de Agenor, con la espada provista de empuñadura: la hoja entera se calentó con la sangre, y la purpúrea muerte y el hado cruel velaron los ojos del guerrero.

[vv. 20.478 y ss.] Posteriormente, atravesó con la broncínea lanza el brazo de Deucalión, en el sitio donde se juntan los tendones del codo; y el teucro esperole, con la mano entorpecida y viendo que la muerte se le acercaba: Aquiles le cercenó de un tajo la cabeza, que

---

[571] He aquí otro caso del triple ataque —también en esta oportunidad, estorbado por Apolo—, pero al llegar al cuarto intento, que no puede ser consumado, quien vocifera no es el dios (como en 5.437 y ss., y 16.706 y ss.) sino Aquiles contra Héctor, por haberse escabullido.

[572] Estas palabras obran a la manera de una profecía (Cfr. 22.216 y ss.).

con el casco arrojó a lo lejos, la médula salió de las vértebras y el guerrero quedó tendido en el suelo.

[vv. 20.484 y ss.] Dirigiose acto seguido contra Rigmo, ilustre hijo de Píroo, que había llegado de la fértil Tracia, y le hirió en medio del cuerpo: clavole la broncínea lanza en el pulmón, y le derribó del carro. Y como viera que su escudero Areítoo torcía la rienda a los caballos, envasole la aguda lanza en la espalda, y también le hizo caer a tierra, mientras los corceles huían espantados.[573]

[vv. 20.490 y ss.] De la suerte que al estallar abrasador incendio en los hondos valles de árida montaña, arde la poblada selva, y el viento mueve las llamas que giran a todos lados; de la misma manera, Aquiles se revolvía furioso con la lanza, persiguiendo, cual una deidad, a los que estaban destinados a morir; y la negra tierra manaba sangre. Como uncidos al yugo dos bueyes de ancha frente para que trillen la blanca cebada en una era bien dispuesta, se desmenuzan presto las espigas bajo los pies de los mugientes bueyes; así los solípedos corceles, guiados por Aquiles, hollaban a un mismo tiempo cadáveres y escudos; el eje del carro tenía la parte inferior cubierta de sangre y los barandales estaban salpicados de sanguinolentas gotas que los cascos de los corceles y las llantas de las ruedas despedían.[574] Y el Pelida deseaba alcanzar gloria y tenía las invictas manos manchadas de sangre y polvo.[575]

---

[573] En esta rapsodia se detalla la muerte de catorce caudillos teucros a manos de Aquiles y de otros dos que salvan la vida por intervención de los dioses: Eneas, con el auxilio de Poseidón, y Héctor, por la intromisión de Apolo. Las víctimas se dan en dos grupos. El primero, de cuatro: Ifitión (384 y ss.), Demoleonte (395 y ss.), Hipodamante (401 y ss.) y Polidoro (407 y ss.). Luego de la evasión de Héctor se inicia el segundo grupo, con diez muertes: Dríope (455 y s.), Demuco Filetórida (457 y s.), Laógono y Dárdano (460 y ss.), Tros Alastórida (463 y ss.), Mulio (472 y ss.), Equeclo (474 y ss.), Deucalión (478 y ss.), Rigmo (484 y ss.) y Areitoo (487 y ss.).

[574] Con mínima variante repite 11.534-537a.

[575] El baño de sangre testimonia la gloria épica del héroe. Es comparable a la famosa fórmula del *Mio Cid*: "e por el cobdo ayuso la sangre destellando" (*CMC*, 502). Esta glorificación sangrienta en realidad festeja brutalmente la matanza perpetrada y la *aristeia* del guerrero. Y, si bien se han salvado Eneas y Héctor, Aquiles logra dos series de muertes, tal como se ha señalado en nota anterior: una de cuatro caudillos, y otra de diez, números que suelen acompañar el logro y coronación de una proeza. Y, si bien es poco probable que el común del público llevase la cuenta del número de muertes, este número, sin embargo, establece un ritmo de victoria y muerte —todas relatadas con un cierto detalle—, donde la

cantidad menor viene a continuación del combate con Eneas, y el número mayor sigue al enfrentamiento con Héctor, acompañando con un *crescendo* la espectacular hazaña.

RAPSODIA XXI

BATALLA JUNTO AL RÍO

Las corrientes del Janto se tiñen de sangre debido a la cantidad de cadáveres arrojados a sus aguas. Aquiles mata a Licaón. El propio río, dispuesto a favor de los troyanos, intenta ahogar a Aquiles, pero Poseidón y Atenea lo salvan. Incluso el Janto pide ayuda al Símois, uno de sus ríos tributarios, para detener a Aquiles. Hefesto, a petición de Hera, acude en auxilio del héroe, haciendo retroceder al Janto. Los dioses luchan por uno u otro bando. Apolo pone en marcha un ardid que entretiene a Aquiles mientras muchos de los troyanos consiguen refugiarse tras los muros de Troya.

[vv. 21.1 y ss.] Así que los teucros llegaron al vado del voraginoso Janto, río de hermosa corriente a quien el inmortal Zeus engendrara, Aquiles los dividió en dos grupos. A los del primero, echolos el héroe por la llanura hacia la ciudad, por donde los aqueos huían espantados el día anterior, cuando el esclarecido Héctor se mostraba furioso; por allí derramáronse entonces los teucros en su fuga, y Hera, para detenerlos, los envolvió en una densa niebla. Los otros rodaron al caudaloso río de argentados vórtices, y cayeron en él con gran estrépito; resonaba la corriente, retumbaban ambas orillas y los teucros nadaban acá y allá, gritando, mientras eran arrastrados en torno de los remolinos.[576]

[vv. 21.12 y ss.] Como las langostas, acosadas por la violencia de un fuego que estalla de repente, vuelan hacia el río y se echan medrosas en el agua: de la misma manera, la corriente sonora del Janto de profundos vórtices, se llenó, por la persecución de Aquiles, de hombres y caballos que en el mismo caían confundidos.

[vv. 21.17 y ss.] Aquiles, vástago de Zeus, dejó su lanza arrimada a un tamarisco de la orilla; saltó al río, cual si fuese una deidad, con solo la espada y meditando en su corazón acciones crueles, y comenzó a herir a diestro y a siniestro: al punto levantose un horrible clamoreo de los que recibían los golpes, y el agua bermejeó con la sangre.

---

[576] La estrategia de Aquiles, dividiendo al enemigo en dos, guarda semejanza con la de Patroclo (16.394 y ss.), cuando, a unos los dejó que huyeran hacia la ciudad, mientras que a los demás los arrinconó contra las popas de los navíos y la orilla del mar. Y en este caso, en lugar de las olas del mar, tenemos los vórtices de las corrientes del Janto, que suman dramatismo a la escena.

Como los peces huyen del ingente delfín, y, temerosos, llenan los senos del hondo puerto, porque aquel devora a cuantos coge; de la misma manera, los teucros iban por la impetuosa corriente del río y se refugiaban, temblando, debajo de las rocas. Cuando Aquiles tuvo las manos cansadas de matar, cogió vivos, dentro del río, a doce mancebos para inmolarlos más tarde en expiación de la muerte de Patroclo Menetíada[577]. Sacolos atónitos como cervatos, les ató las manos por detrás con las correas bien cortadas que llevaban en las flexibles túnicas[578] y encargó a los amigos que los condujeran a las cóncavas naves. Y el héroe acometió de nuevo a los teucros, para hacer en ellos gran destrozo.

[vv. 21.31 y ss.] Allí se encontró Aquiles con Licaón, hijo de Príamo Dardánida, el cual, huyendo, iba a salir del río. Ya anteriormente habíale hecho prisionero encaminándose de noche a un campo de Príamo: Licaón cortaba con el agudo bronce los ramos nuevos de un cabrahigo para hacer los barandales de un carro, cuando Aquiles, presentándose cual imprevista calamidad, se lo llevó mal de su grado. Transportole luego en una nave a la bien construida Lemnos, y allí lo puso en venta: el hijo de Jasón[579] pagó el precio. Después Eetión de Imbros,[580] que era huésped del troyano, dio por él un cuantioso rescate y enviolo a la divina Arisbe.[581] Escapose[582] Licaón, y volviendo a la casa paterna, estuvo celebrando con sus amigos durante once días su regreso de Lemnos; mas, al duodécimo,[583] un

---

[577] Ya nos prepara para 23.22 y 23.175.

[578] Estas correas debían ser las que usaban para ceñir las túnicas a la cintura.

[579] Este hijo de Jasón es Euneo, quien en 7.468 y ss., desde Lemnos les proveía de vino a los aqueos.

[580] Eetión de Imbros no debe ser confundido con el otro Eetión, rey de Tebas, padre de Andrómaca, que fuera muerto por Aquiles.

[581] Arisbe es una ciudad de la Tróade, frente al Helesponto, al noreste de Troya.

[582] Parece que Eetión retenía a Licaón bajo su custodia para mantenerlo a salvo de la guerra, pero el hijo de Príamo, escapando subrepticiamente y en secreto, se fue a la casa de su padre.

[583] En el duodécimo día el destino alcanza a Licaón. El número doce es uno de los que representan la idea de un ciclo completo por su relación matemática con la circunferencia y diversos ciclos temporales. Aquí el doce se asocia al lapso temporal en que Licaón debe afrontar lo inexorable. Cabe advertir, a la vez, la función asignada al número once dentro de esta configuración, ya que durante once días Licaón celebra, es decir los dedica al ocio mientras que fuera de las murallas se desarrolla la guerra. Esa despreocupación también se manifiesta en el estado en que Aquiles lo encuentra: desarmado y en posición desventajosa,

dios le hizo caer nuevamente en manos de Aquiles, que debía mandarle al Hades, sin que Licaón lo deseara. Como el divino Aquiles, el de los pies ligeros, le viera inerme —sin casco, escudo ni lanza, porque todo lo había tirado al suelo— y que salía del río con el cuerpo abatido por el sudor y las rodillas vencidas por el cansancio, sorprendiose, y a su magnánimo espíritu así le habló:

[vv. 21.54 y ss.] —¡Oh dioses! Grande es el prodigio que a mi vista se ofrece. Ya es posible que los teucros a quienes maté resuciten de las sombrías tinieblas; cuando este, librándose del día cruel, ha vuelto de la divina Lemnos donde fue vendido, y las olas del espumoso mar, que a tantos detienen, no han impedido su regreso. Mas, ea, haré que pruebe la punta de mi lanza para ver y averiguar si volverá nuevamente o se quedará en el seno de la fértil tierra, que hasta a los fuertes retiene[584].

[vv. 21.64 y ss.] Pensando en tales cosas Aquiles continuaba inmóvil. Licaón, asustado, se le acercó a tocarle las rodillas; pues en su ánimo sentía vivo deseo de librarse de la triste muerte y de su negro destino. El divino Aquiles levantó en seguida la enorme lanza con intención de herirle, pero Licaón se encogió y corriendo le abrazó las rodillas; y aquella, pasándole por encima del dorso, se clavó en el suelo, codiciosa de cebarse en el cuerpo de un hombre. En tanto, Licaón suplicaba a Aquiles; y abrazando con una mano sus rodillas y sujetando con la otra la aguda lanza, estas aladas palabras le decía:

[vv. 21.74 y ss.] —Te lo ruego abrazado a tus rodillas, Aquiles; respétame y apiádate de mí. Has de tenerme, oh alumno de Zeus, por

---

saliendo de las aguas del río. Tal como Polidoro —que corría entre las primeras filas haciendo gala de su velocidad— Licaón no parece tomar muy en serio la gravedad de la situación hasta que se enfrenta cara a cara con la inminencia de la muerte. Y, aún en esa circunstancia, cree que podrá salvarse, como en la ocasión anterior, por medios económicos. La caracterización general del personaje recuerda la de algunos de los ricos e indolentes nobles que pretendían a Penélope en la *Odisea*.

[584] En todo el parlamento de Aquiles se acumulan las ideas de pervivencia, vuelta, regreso y de recomenzar algo que ya se daba por finalizado. Todas estas ideas son las que tienen que ver con el simbolismo implícito en el número once. En efecto, si el diez es el número en que se da terminación y cumplimiento, el once, sin embargo, marca un intento de recomenzar lo que ya se creía concluido o terminado. La sorpresa y el disgusto de Aquiles se centra en esta posibilidad de un "eterno retorno" del enemigo, lo cual rechaza, y lo obliga a optar por un final más drástico y poner un término al ciclo —esto es, dando muerte a Licaón—; lo cual hace en el duodécimo día.

un suplicante digno de consideración, pues comí en tu tienda el fruto de Deméter[585] el día en que me hiciste prisionero en el campo bien cultivado y llevándome lejos de mi padre y de mis amigos, me vendiste en Lemnos; cien bueyes te valió mi persona. Ahora te daría el triple para rescatarme. Doce días ha que, habiendo padecido mucho, volví a Ilión, y otra vez el hado funesto me pone en tus manos. Debo de ser odioso al padre Zeus, cuando nuevamente me entrega a ti. Para darme una vida corta, me parió Laótoe, hija del anciano Altes, que reina sobre los belicosos léleges y posee la excelsa Pédaso junto al Sátniois. A la hija de aquel la tuvo Príamo por esposa con otras muchas: de la misma nacimos dos varones y a entrambos nos habrás dado muerte. Ya hiciste sucumbir entre los infantes delanteros a Polidoro, hiriéndole con la aguda pica; y ahora la desgracia llegó a mí, pues no espero escapar de tus manos después que un dios me ha echado en ellas. Otra cosa te diré que fijarás en la memoria: No me mates; pues no nací del mismo vientre que Héctor, el que dio muerte a tu dulce y valiente amigo.[586]

[vv. 21.97 y 98] Con tales palabras el preclaro hijo de Príamo suplicaba a Aquiles pero fue amarga la respuesta que escuchó:

[vv. 21.99 y ss.] —¡Insensato! No me hables del rescate, ni lo menciones siquiera. Antes que a Patroclo le llegara el día fatal, me era grato de abstenerme de matar a los teucros y fueron muchos los que cogí vivos y vendí luego; mas ahora ninguno escapará de la muerte, si un dios lo pone en mis manos delante de Ilión y especialmente si es hijo de Príamo. Por tanto, amigo, muere tú también. ¿Por qué te lamentas de este modo? Murió Patroclo, que tanto te aventajaba. ¿No ves cuan gallardo y alto de cuerpo soy yo, a quien engendró un padre ilustre y dio a luz una diosa? Pues también me aguardan la muerte y el hado cruel. Vendrá una mañana, una

---

[585] La mención de Deméter, diosa de la agricultura, nos reporta al *cereal*, y al *pan* que se hace con él. Por esta comida Licaón puede apelar al derecho de protección que corresponde al huésped de parte de su anfitrión.

[586] Para salvar su vida Licaón apela conjuntamente a tres recursos: el primero, como ya dijimos en una nota anterior, es el económico —un cuantioso rescate—, el segundo, apelar como suplicante a los lazos de la hospitalidad, bajo el amparo directo de Zeus, y el tercero, a la divergencia de su parentesco con Héctor, del que no es hermano, sino hermanastro, porque no han nacido de la misma madre. Sin embargo, traer a colación el recuerdo de la muerte de Patroclo, es decididamente contraproducente para su causa, aunque todo parece indicar que la resolución ya estaba tomada.

tarde o un mediodía en que alguien me quitará la vida en el combate, hiriéndome con la lanza o con una flecha despedida por el arco.

[vv. 21.114 y ss.] Así dijo. Desfallecieron las rodillas y el corazón del teucro que, soltando la lanza, se sentó y tendió ambos brazos. Aquiles puso mano a la tajante espada e hirió a Licaón en la clavícula, junto al cuello: metiole dentro toda la hoja de dos filos, el troyano dio de ojos por el suelo y su sangre fluía y mojaba la tierra. El héroe cogió el cadáver por el pie, arrojolo al río para que la corriente se lo llevara, y profirió con jactancia estas aladas palabras:

[vv. 21.122 y ss.] —Yaz ahí entre los peces que tranquilos te lamerán la sangre de la herida. No te colocará tu madre en un lecho para llorarte; sino que serás llevado por el voraginoso Escamandro al vasto seno del mar. Y algún pez, saliendo de las olas a la negruzca y encrespada superficie, comerá la blanca grasa de Licaón. Así perezcáis los demás teucros hasta que lleguemos a la sacra ciudad de Ilión, vosotros huyendo y yo detrás haciendo gran riza. No os salvará ni siquiera el río de hermosa corriente y argénteos remolinos, a quien desde antiguo sacrificáis muchos toros y en cuyos vórtices echáis solípedos caballos. Así y todo, pereceréis miserablemente unos en pos de otros, hasta que hayáis expiado la muerte de Patroclo y el estrago y la matanza que hicisteis en los aqueos junto a las naves, mientras estuve alejado de la lucha.

[vv. 21.136 y ss.] Habló de esta manera. El río, con el corazón irritado, revolvía en su mente cómo haría cesar a Aquiles de combatir y libraría de la muerte a los troyanos. En tanto, el hijo de Peleo dirigió su ingente lanza a Asteropeo, hijo de Pelegón, con ánimo de matarle. A Pelegón le habían engendrado el Axio, de ancha corriente, y Peribea, la hija mayor de Acesameno; que con esta se unió aquel río de profundos remolinos. Encaminose, pues, Aquiles hacia Asteropeo, el cual salió a su encuentro llevando dos lanzas; y el Janto, irritado por la muerte de los jóvenes a quienes Aquiles había hecho perecer sin compasión en la misma corriente, infundió valor en el pecho del troyano. Cuando ambos guerreros se hallaron frente a frente, el divino Aquiles, el de los pies ligeros fue el primero en hablar, y dijo:

[vv. 21.150 y 151.] —¿Quién eres tú y de dónde, que osas salirme al encuentro? Infelices de aquellos cuyos hijos se oponen a mi furor.

[vv. 21.152 y ss.] Respondiole el preclaro hijo de Pelegón: — ¡Magnánimo Pelida ¿Por qué sobre el abolengo me interrogas? Soy de la fértil Peonia que está lejos; vine mandando a los peonios, que combaten con largas picas, y hace once días[587] que llegué a Ilión. Mi linaje trae su origen del anchuroso Axio, que esparce su hermosísimo raudal sobre la tierra: Axio engendró a Pelegón, famoso por su lanza, y de este dicen que he nacido. Pero peleemos ya, esclarecido Aquiles.

[vv. 21.161 y ss.] De tal modo habló, en son de amenaza. El divino Aquiles levantó el fresno del Pelión, y el héroe Asteropeo, que era ambidextro, tirole a un tiempo las dos lanzas: la una dio en el escudo, pero no lo atravesó porque la lámina de oro que el dios puso en el mismo la detuvo; la otra rasguñó el brazo derecho del héroe, junto al codo, del cual brotó negra sangre; mas el arma pasó por encima y se clavó en el suelo, codiciosa de la carne. Aquiles arrojó entonces la lanza, de recto vuelo, a Asteropeo con intención de matarle, y erró el tiro: aquella cayó en la elevada orilla y se hundió hasta la mitad del palo. El Pelida, desnudando la aguda espada que llevaba junto al muslo, arremetió enardecido a Asteropeo, quien con la mano robusta intentaba arrancar del escarpado borde la lanza de Aquiles: tres veces la meneó para arrancarla, y otras tantas tuvo que desistir de su propósito. Y cuando, a la cuarta vez,[588] quiso doblar y romper la lanza de fresno del Eácida, acercósele Aquiles y con la espada le quitó la vida: hiriole en el vientre, junto al ombligo, derramáronse los intestinos, y las tinieblas cubrieron los ojos del teucro, que cayó anhelante. Aquiles se abalanzó a su pecho, le quitó la armadura; y blasonando del triunfo, dijo estas palabras:

[vv. 21.184 y ss.] —Yaz ahí. Difícil era que tú, aunque engendrado por un río, pudieses disputar la victoria a los hijos del prepotente

---

[587] Asteropeo, al llegar once días atrás, parece estar repitiendo la secuencia temporal de Licaón, quien al día siguiente, en el duodécimo, murió.

[588] La lanza de Aquiles, por su tamaño, es tan difícil de maniobrar que solo él, entre los aqueos, puede empuñarla (16.142); en este sentido, puede decirse que la captura de la lanza que se propone Asteropeo, es un símbolo de aspirar a aquello a lo cual no se está destinado. A la vez, la doble ocurrencia del numeral τρὶς —la última de las que se encuentran en el poema (ver nota a 5.436-37)—, se aplica a los tres intentos de Asteropeo por hacerse con la lanza de Aquiles, los cuales sucesivamente fracasan. Al sobrevenir el cuarto intento para sacarla o destruirla — seguramente un nuevo fracaso—, el troyano encuentra la muerte (sobre la relación del cuarto intento con la muerte véanse notas a 16.702-03 y 784-85).

Crónida. Dijiste que tu linaje procede de un anchuroso río; mas yo me jacto de pertenecer al del gran Zeus. Engendrome un varón que reina sobre muchos mirmidones, Peleo, hijo de Eaco; y este último era hijo de Zeus. Y como Zeus es más poderoso que los ríos, que corren al mar, así también los descendientes de Zeus son más fuertes que los de los ríos. A tu lado tienes uno grande[589], si es que puede auxiliarte. Mas no es posible combatir con Zeus Crónida. A este no le igualan ni el fuerte Aqueloo, ni el grande y poderoso Océano de profunda corriente, del que nacen todos los ríos, mares, fuentes y pozos; pues también el Océano teme al rayo del gran Zeus y el espantoso trueno, que hace retumbar el cielo.

[vv. 21.200 y ss.] Dijo, arrancó del escarpado borde la broncínea lanza y abandonó a Asteropeo allí, tendido en la arena, tan pronto como le hubo quitado la vida: el agua turbia bañaba el cadáver, y anguilas y peces acudieron a comer la grasa que cubría los riñones. Aquiles se fue para los peonios, que peleaban en carros; los cuales huían por las márgenes del voraginoso río, desde que vieron que el más fuerte caía en el duro combate, vencido por las manos y la espada del Pelida. Este mató entonces a Tersíloco, Midón, Astipilo, Mneso, Trasio, Enio y Ofelestes. Y a más peonios diera muerte el veloz Aquiles, si el río de profundos remolinos, irritado y transfigurado en hombre, no le hubiese dicho desde uno de los vórtices:

[vv. 21.214 y ss.] —¡Oh Aquiles! Superas a los demás hombres, lo mismo en el valor que en la comisión de acciones nefandas; porque los propios dioses te prestan constantemente su auxilio. Si el hijo de Cronos te ha concedido que destruyas a todos los teucros, apártalos de mí y ejecuta en el llano tus proezas. Mi hermosa corriente está llena de cadáveres que obstruyen el cauce y no me dejan verter el agua en la mar divina; y tú sigues matando de un modo atroz. Pero, ea, cesa ya; pues me tienes asombrado, oh príncipe de hombres.

[vv. 21.222 y ss.] Respondiole Aquiles, el de los pies ligeros: —Se hará, oh Escamandro, alumno de Zeus, como tú lo ordenas; pero no me abstendré de matar a los altivos teucros hasta que los encierre en la ciudad y, peleando con Héctor, él me mate a mí o yo acabe con él.

[vv. 21.227 y 228] Esto dicho, arremetió a los teucros, cual si fuese un dios. Y entonces el río de profundos remolinos dirigiose a Apolo:

---

[589] Recordemos que están a orillas del Escamandro.

[vv. 21.229, 230, 231 y 232] —¡Oh dioses! Tú, el del arco de plata, hijo de Zeus, no cumples las órdenes del Crónida, el cual te encargó muy mucho que socorrieras a los teucros y les prestaras tu auxilio hasta que, llegada la tarde, se pusiera el sol y quedara a oscuras el fértil campo.

[vv. 21.233 y ss.] Dijo. Aquiles, famoso por su lanza, saltó desde la escarpada orilla al centro del río. Pero este le atacó enfurecido: hinchó sus aguas, revolvió la corriente, y arrastrando muchos cadáveres de hombres muertos por Aquiles, que había en el cauce, arrojolos a la orilla mugiendo como un toro; y en tanto salvaba a los vivos dentro de la corriente, ocultándolos en los profundos y anchos remolinos. Las turbias olas rodeaban a Aquiles, la corriente caía sobre su escudo y le empujaba, y el héroe ya no se podía tener en pie. Asiose entonces con ambas manos a un olmo corpulento y frondoso; pero este, arrancado de raíz, rompió el borde escarpado, oprimió la corriente con sus muchas ramas, cayó entero al río y se convirtió en un puente. Aquiles, amedrentado, dio un salto, salió del abismo y voló con un pie ligero por la llanura. Mas no por esto el gran dios desistió de perseguirle, sino que lanzó tras él olas de sombría cima con el propósito de hacer cesar al divino Aquiles de combatir y librar de la muerte a los troyanos.

[vv. 21.250 y ss.] El Pelida salvó cerca de un tiro de lanza, dando un brinco con la impetuosidad de la rapaz águila negra, que es la más forzuda y veloz de las aves; parecido a ella, el héroe corría y el bronce resonaba horriblemente sobre su pecho. Aquiles procuraba huir, desviándose a un lado; pero la corriente se iba tras él y le perseguía con gran ruido. Como el fontanero conduce el agua desde el profundo manantial por entre las plantas de un huerto y con un azadón en la mano quita de la reguera los estorbos; y la corriente sigue su curso, y mueve las piedrecitas, pero al llegar a un declive murmura, acelera la marcha y pasa delante del que la guía; de igual modo, la corriente del río alcanzaba continuamente a Aquiles, porque los dioses son más poderosos que los hombres. Cuantas veces el divino Aquiles, el de los pies ligeros, intentaba esperarla para ver si le perseguían todos los inmortales que tienen su morada en el espacioso cielo, otras tantas, las grandes olas del río le azotaban los hombros. El héroe, afligido en su corazón, saltaba; pero el río, siguiéndole con la rápida y tortuosa corriente, le cansaba las rodillas y le robaba el suelo allí donde ponía los pies. Y el Pelida, levantando los ojos al vasto cielo, gimió y dijo:

[vv. 21.273 y ss.] —¡Padre Zeus! ¿Cómo no viene ningún dios a salvarme a mí, miserando, de la persecución del río; y luego sufriré cuanto sea preciso? Ninguna de las deidades del cielo tiene tanta culpa como mi madre que me halagó con falsas predicciones: dijo que me matarían al pie del muro de los troyanos, armados de coraza, las veloces flechas de Apolo.[590] ¡Ojalá me hubiese muerto Héctor, que es aquí el más bravo! Entonces un valiente hubiera muerto y despojado a otro valiente. Mas ahora quiere el destino que yo perezca de miserable muerte, cercado por un gran río; como el niño porquerizo a quien arrastran las aguas invernales del torrente que intentaba atravesar.

[vv. 21.284, 285, 286 y 287] Así se expresó. En seguida, Poseidón y Atenea, con figura humana, cogiéronle en medio y le asieron de las manos mientras le animaban con palabras. Poseidón, que sacude la tierra, fue el primero en hablar y dijo:

[vv. 21.288 y ss.] —¡Pelida! No tiembles, ni te asustes. ¡De tal manera vamos a ayudarte con la venia de Zeus yo y Palas Atenea! Porque no dispone el hado que seas muerto por el río, y este dejará pronto de perseguirte, como verás tú mismo. Te daremos un prudente consejo por si quieres obedecer. No descanse tu brazo en la batalla funesta hasta haber encerrado dentro de los ínclitos muros de Ilión a cuantos teucros logren escapar. Y cuando hayas privado de la vida a Héctor, vuelve a las naves; que nosotros te concedemos que alcances gloria.

[vv. 21.298 y ss.] Dichas estas palabras, ambas deidades fueron a reunirse con los demás inmortales. Aquiles, impelido por el mandato de los dioses, enderezó sus pasos a la llanura inundada por el agua del río, en la cual flotaban cadáveres y hermosas armas de jóvenes muertos en la pelea. El héroe caminaba derechamente, saltando por el agua, sin que el anchuroso río lograse detenerlo; pues Atenea le había dado muchos bríos. Pero el Escamandro no cedía en su furor; sino que irritándose aún más contra el Pelida, hinchaba y levantaba a lo alto sus olas y a gritos llamaba al Símois:

[vv. 21.308 y ss.] —¡Hermano querido! Juntémonos para contener la fuerza de ese hombre, que pronto tomará la gran ciudad del rey Príamo, pues los teucros no le resistirán en la batalla. Ven al momento en mi auxilio; aumenta tu caudal con el agua de las

---

[590] Si bien la muerte de Aquiles no se halla dentro del encuadre de la *Ilíada*, Homero se vale de estas predicciones para incluir en su poema algunas de las circunstancias de su muerte.

fuentes, concita a todos los arroyos, levanta grandes olas y arrastra con estrépito troncos y piedras, para que anonademos a ese feroz guerrero que ahora triunfa y piensa en hazañas propias de los dioses. Creo que no le valdrán ni su fuerza, ni su hermosura, ni sus magníficas armas, que han de quedar en el fondo de este lago cubiertas de cieno. A él le envolveré en abundante arena, derramando en torno suyo mucho cascajo; y ni siquiera sus huesos podrán ser recogidos por los aqueos: tanto limo amontonaré encima. Y tendrá su túmulo allí mismo, y no necesitará que los aqueos se lo erijan cuando le hagan las exequias.

[vv. 21.324 y ss.] Dijo; y, revuelto, arremetió contra Aquiles, alzándose furioso y mugiendo con la espuma, la sangre y los cadáveres. Las purpúreas ondas del río, que las celestiales lluvias alimentan, se mantenían levantadas y arrastraban al Pelida. Pero Hera, temiendo que el gran río derribara a Aquiles, gritó, y dijo en seguida a Hefesto su hijo amado:

[vv. 21.331 y ss.] —¡Anda, Hefesto, hijo querido!; pues creemos que el Janto voraginoso es tu igual[591] en el combate. Socorre pronto a Aquiles haciendo aparecer inmensa llama. Voy a suscitar con el Céfiro y el veloz Noto[592] una gran borrasca, para que viniendo del mar extienda el destructor incendio y se quemen las cabezas y las armas de los teucros. Tú abrasa los árboles de las orillas del Janto, haz que arda el mismo río y no te dejes persuadir ni con palabras dulces ni con amenazas. No cese tu furia hasta que yo te lo diga gritando; y entonces apaga el fuego infatigable.

[vv. 21.342 y ss.] Tal fue su orden. Hefesto, arrojando una abrasadora llama, incendió primeramente la llanura y quemó muchos cadáveres de guerreros a quienes había muerto Aquiles; secose el campo, y el agua cristalina dejó de correr. Como el Bóreas seca en el otoño un campo recién inundado y se alegra el que lo cultiva; de la misma suerte, el fuego secó la llanura entera y quemó los cadáveres. Luego Hefesto dirigió al río la resplandeciente llama y ardieron, así los

---

[591] El juego de ideas y contrastes está dado por el elemento que cada uno de los dioses representa. El Escamandro, por ser un río, se identifica con el agua; en cambio, Hefesto representa al fuego. La idea es simple: Hera busca contrarrestar el poder del agua con el ardor del fuego. A su vez se apoya en el carácter "inflamable" de Aquiles, que en su furia combativa se identifica directamente con el fuego (Cfr. 19.366-83).

[592] Ambos vientos, el Noto, viento del sur cálido y seco, y el Céfiro, veloz viento del oeste, son tenidos por Homero como portadores de tormentas.

olmos, los sauces y los tamariscos, como el loto, el junco y la juncia que en abundancia habían crecido junto a la corriente hermosa. Anguilas y peces padecían y saltaban acá y allá, en los remolinos o en la corriente, oprimidos por el soplo del ingenioso Hefesto. Y el río, quemándose también, así hablaba:

|vv. 21.357, 358, 359 y 360| —¡Hefesto! Ninguno de los dioses te iguala y no quiero luchar contigo ni con tu llama ardiente. Cesa de perseguirme y en seguida el divino Aquiles arroje de la ciudad a los troyanos. ¿Qué interés tengo en la contienda ni en auxiliar a nadie?

|vv. 21.361 y ss.| Así habló, abrasado por el fuego; y la hermosa corriente hervía. Como en una caldera puesta sobre un gran fuego, la grasa de un puerco cebado se funde, hierve y rebosa por todas partes, mientras la leña seca arde debajo; así la hermosa corriente se quemaba con el fuego y el agua hervía, y no pudiendo ir hacia adelante, paraba su curso oprimida por el vapor que con su arte produjera el ingenioso Hefesto. Y el río, dirigiendo muchas súplicas a Hera, estas aladas palabras le decía:

|vv. 21.369 y ss.| —¡Hera! ¿Por qué tu hijo maltrata mi corriente, atacándome a mí solo entre los dioses? No debo de ser para ti tan culpable como todos los demás que favorecen a los teucros. Yo desistiré de ayudarlos, si tú lo mandas; pero que este cese también. Y juraré no librar a los troyanos del día fatal, aunque Troya entera llegue a ser pasto de las voraces llamas por haberla incendiado los belicosos aqueos.

|vv. 21.377 y 378| Cuando Hera, la diosa de los níveos brazos, oyó estas palabras, dijo en seguida a Hefesto, su hijo amado:

|vv. 21.379 y 380| —¡Hefesto, hijo ilustre! Cesa ya, pues no conviene que a causa de los mortales, a un dios inmortal atormentemos.

|vv. 21.381 y ss.| Tal dijo. Hefesto apagó la abrasadora llama, y las olas retrocedieron a la hermosa corriente y tan pronto como el Janto fue vencido, él y Hefesto cesaron de luchar; porque Hera, aunque irritada, los contuvo; pero una reñida y espantosa pelea se suscitó entonces entre los demás dioses: divididos en dos bandos, vinieron a las manos con fuerte estrépito;[593] bramó la vasta tierra, y el gran

---

[593] Esta rapsodia no puede ser separada de la anterior, con la cual forma verdaderamente una unidad. La batalla de los dioses, donde unos y otros contienden, se desarrolla aparte de la lid de los mortales. Pero al mismo tiempo existe una continuidad con aquella. Esta continuidad se manifiesta en la imagen

cielo resonó como una trompeta. Oyolo Zeus, sentado en el Olimpo, y con el corazón alegre reía al ver que los dioses iban a embestirse. Y ya no estuvieron separados largo tiempo; pues el primero, Ares, que horada los escudos, acometiendo a Atenea con la broncínea lanza, estas injuriosas palabras le decía:

[vv. 21.394 y ss.] —¿Por qué de nuevo, oh mosca de perro, promueves la contienda entre los dioses con insaciable audacia? ¿Qué poderoso afecto te mueve? ¿Acaso no te acuerdas de cuando incitabas a Diomedes Tidida a que me hiriese[594], y cogiendo tú misma la reluciente pica la enderezaste contra mí y me desgarraste el hermoso cutis?[595] Pues me figuro que ahora pagarás cuanto me hiciste.

[vv. 21.400 y ss.] Apenas acabó de hablar, dio un bote en el escudo floqueado, horrendo, que ni el rayo de Zeus rompería; allí acertó a dar Ares, manchado de homicidios, con la ingente lanza. Pero la diosa, volviéndose, aferró con su robusta mano una gran piedra negra y erizada de puntas que estaba en la llanura y había sido puesta por los antiguos como linde de un campo; e hiriendo con ella al furibundo Ares, dejole sin vigor los miembros. Vino a tierra el dios y ocupó siete yugadas[596], el polvo manchó su cabellera y las armas resonaron. Riose Palas Atenea; y gloriándose de la victoria, profirió estas aladas palabras:

[vv. 21.410 y ss.] —¡Necio! Aún no has comprendido que me jacto de ser mucho más fuerte y osas oponer tu furor al mío. Así padecerás cumpliéndose las imprecaciones de tu airada madre, que maquina males contra ti porque abandonaste a los aqueos y favoreces a los orgullosos teucros.

[vv. 21.415 y ss.] Cuando esto hubo dicho, volvió a otra parte los ojos refulgentes. Afrodita,[597] hija de Zeus, asió por la mano a Ares y le

---

del estruendo y la tierra bramando, que enlaza y nos devuelve a las de los versos de 20.54 y ss. como si ambas luchas, paralelas, en el clamor llegaran a unirse.

[594] Cfr. 5.827 y ss.

[595] Cfr. 5.858 y ss.

[596] Esta medida agraria —que traduce la palabra πλέθρον— corresponde a una superficie de 240 pies de largo por 120 de ancho, o sea, unos 3200 m². Se tenía como que esa parcela era la que araba una yunta de bueyes en una jornada. Parecerá exagerado, pero la superficie ocupada por el gigantesco Ares era siete veces mayor.

[597] En el recuento anterior de los pares de deidades que iban a contender (20.67 y ss.), Afrodita parecía quedar libre y sin opositor. Ahora vemos que a ella se la reservaba para luchar con Atenea, en reemplazo de Ares.

acompañaba; mientras el dios daba muchos suspiros y apenas podía recobrar el aliento.[598] Pero la vio Hera, la diosa de los níveos brazos, y al punto dijo a Atenea estas aladas palabras:

[vv. 21.420 y ss.] —¡Oh dioses! ¡Hija de Zeus que lleva la égida! ¡Indómita deidad! Aquella mosca de perro vuelve a sacar del dañoso combate, por entre el tumulto, a Ares, funesto a los mortales. ¡Anda tras ella!

[vv. 21.423 y ss.] De tal modo habló. Alegrósele el alma a Atenea, que corrió hacia Afrodita, y alzando la robusta mano descargole un golpe sobre el pecho. Desfallecieron las rodillas y el corazón de la diosa, y ella y Ares quedaron tendidos en la fértil tierra.[599] Y Atenea, vanagloriándose pronunció estas aladas palabras:

[vv. 21.428 y ss.] —¡Ojalá fuesen tales cuantos auxilian a los teucros en las batallas contra los argivos, armados de coraza; así tan audaces y atrevidos como Afrodita, que vino a socorrer a Ares desafiando mi furor; y tiempo ha que habríamos puesto fin a la guerra, con la toma de la bien construida ciudad de Ilión!

[vv. 21.434 y 435] Así se expresó. Sonriose Hera, la diosa de los níveos brazos. Y el soberano Poseidón, que sacude la tierra, dijo entonces a Apolo:

[vv. 21.436 y ss.] —¡Febo Apolo! ¿Por qué nosotros no luchamos también? No conviene abstenerse, una vez que los demás han dado principio a la pelea. Vergonzoso fuera que volviésemos al Olimpo, a la morada de Zeus erigida sobre bronce, sin haber combatido. Empieza tú, pues eres el menor en edad y no parecería decoroso que comenzara yo, que nací primero y tengo más experiencia. ¡Oh necio, y cuán irreflexivo es tu corazón! Ya no te acuerdas[600] de los muchos males que en torno de Ilión padecimos los dos, solos entre los dioses, cuando enviados por Zeus trabajamos un año entero para el soberbio Laomedonte; el cual, con la promesa de darnos el salario convenido, nos mandaba como señor. Yo cerqué la ciudad de los troyanos con un muro ancho y hermosísimo, para hacerla

---

[598] Si bien Afrodita es la esposa de Hefesto, secretamente es la amante de Ares (Cfr. *Odisea* 8.266 y ss.), acaso por esta razón viene en su ayuda.

[599] Ambas deidades también fueron derrotadas por Diomedes —con el auxilio de Atenea— en 5.335.

[600] Una vez más Homero emplea este recurso —con el pretexto de que Apolo parece haber olvidado lo ocurrido— para recordar al público la historia de la muralla troyana, que había mencionado al pasar en 7.452 y ss. y 20.145 y ss.

inexpugnable; y tú, Febo Apolo, pastoreabas los bueyes de tornátiles pies y curvas astas en los bosques y selvas del Ida, en valles abundoso. Mas cuando las alegres Horas trajeron el término del ajuste, el soberbio Laomedonte se negó a pagarnos el salario y nos despidió con amenazas. A ti te amenazó con venderte, atado de pies y manos, en lejanas islas; aseguraba además que con el bronce nos cortaría a entrambos las orejas; y nosotros nos fuimos pesarosos y con el ánimo irritado porque no nos dio la paga que había prometido. ¡Y todavía se lo agradeces, favoreciendo a su pueblo, en vez de procurar con nosotros que todos los troyanos perezcan de mala muerte con sus hijos y sus castas esposas!

[vv. 21.461 y ss.] Contestó el soberano Apolo, que hiere de lejos: —¡Batidor de la tierra! No me tendrías por sensato si combatiera contigo por los míseros mortales que, semejantes a las hojas, ya se hallan florecientes y vigorosos comiendo los frutos de la tierra, ya se quedan exánimes y mueren. Abstengámonos, pues, de combatir y peleen ellos entre sí.

[vv. 21.468, 469, 470 y 471] Así dijo, y le volvió la espalda; pues por respeto no quería llegar a las manos con el tío paterno[601]. Y su hermana, la campestre Artemisa, que de las fieras es señora, lo increpó duramente con injuriosas voces:

[vv. 21.472 y ss.] —¿Huyes ya, tú que hieres de lejos, y das la victoria a Poseidón, concediéndole inmerecida gloria? ¡Necio! ¿Por qué llevas ese arco inútil? No oiga yo que te jactes en el palacio de mi padre, como hasta aquí lo hiciste ante los inmortales dioses, de luchar cuerpo a cuerpo con Poseidón.

[vv. 21.478 y ss.] Así dijo, y Apolo, que hiere de lejos, nada respondió. Pero la venerable esposa de Zeus, irritada, increpó a Artemisa, que se complace en tirar flechas, con injuriosas voces:

[vv. 21.481 y ss.] —¿Cómo es que pretendes, perra atrevida, oponerte a mí? Difícil te será resistir mi fortaleza, aunque lleves arco y Zeus te haya hecho leona entre las mujeres y te permita matar a la que te plazca. Mejor es cazar en el monte fieras agrestes o ciervos, que luchar denodadamente con quienes son más poderosos. Y si quieres probar el combate, empieza, para que sepas bien cuánto más fuerte soy que tú; ya que contra mí quieres emplear tus fuerzas.

---

[601] La razón invocada por Apolo reside en que no desea incurrir en una falta contra la *themis*, contendiendo contra un familiar suyo, al cual debe respeto.

[vv. 21.489 y ss.] Dijo; asiola con la mano izquierda por ambas muñecas, quitole de los hombros, con la derecha, el arco y el carcaj, y riendo se puso a golpear con estos las orejas de Artemisa, que volvía la cabeza, ora a un lado, ora a otro, mientras las veloces flechas se esparcían por el suelo. Artemisa huyó llorando, como la paloma que perseguida por el gavilán vuela a refugiarse en el hueco de excavada roca, porque no había dispuesto el hado que aquel la cogiese. De igual manera huyó la diosa, vertiendo lágrimas y dejando allí arco y aljaba.

[vv. 21.497 y ss.] Y el mensajero Argifontes[602], dijo a Leto: —¡Leto! Yo no pelearé contigo, porque es arriesgado luchar con las esposas de Zeus, que amontona las nubes. Jáctate muy satisfecha, ante los inmortales dioses, de que me venciste con tu poderosa fuerza.

[vv. 21.502 y ss.] Tal dijo. Leto recogió el corvo arco y las saetas que habían caído acá y allá, en medio de un torbellino de polvo; y se fue en pos de la hija. Llegó esta al Olimpo, a la morada de Zeus, erigida sobre bronce, sentose llorando en las rodillas de su padre, y el divino velo temblaba alrededor de su cuerpo. El padre Crónida cogiola en el regazo; y sonriendo dulcemente, le preguntó:

[vv. 21.509 y 510] —¿Cuál de los celestes dioses, hija querida, de tal modo te ha maltratado, como si en su presencia hubieses cometido alguna falta?

[vv. 21.511, 512 y 513] Respondiole Artemisa, que se recrea con el bullicio de la caza y lleva en las sienes hermosa diadema: —Tu esposa Hera, la de los níveos brazos, me ha maltratado, padre; por ella la discordia y la contienda han surgido entre los inmortales.

[vv. 21.514 y ss.] Así estos conversaban. En tanto, Febo Apolo entró en la sagrada Ilión, temiendo por el muro de la bien edificada ciudad: no fuera que en aquella ocasión lo destruyesen los dánaos, contra lo ordenado por el destino[603]. Los demás dioses sempiternos volvieron al Olimpo, irritados unos y envanecidos otros por el triunfo; y se sentaron a la vera de Zeus, el de las sombrías nubes. Aquiles, persiguiendo a los teucros, mataba hombres y caballos. De la suerte que cuando una ciudad es presa de las llamas y llega el humo al anchuroso cielo, porque los dioses se irritaron contra ella, todos los

---

[602] Epíteto de Hermes también usado en 2.103 (ver nota).

[603] En los cuidados y el proceder de Apolo advertimos con claridad cómo los dioses llevan a cabo una función de guardianes del cumplimiento del destino.

habitantes trabajan y muchos padecen grandes males; de igual modo, Aquiles causaba a los teucros fatigas y daños.

[vv. 21.526 y ss.] El anciano Príamo estaba en la sagrada torre; y como viera al ingente Aquiles, y a los teucros puestos en confusión, huyendo espantados y sin fuerzas para resistirle, empezó a gemir y bajó de aquella para dar órdenes a los ínclitos varones que custodiaban las puertas de la muralla:

[vv. 21.531 y ss.] —Abrid las puertas y sujetadlas con la mano, hasta que lleguen a la ciudad los guerreros que huyen espantados. Aquiles es quien los estrecha y pone en desorden y temo que han de ocurrir desgracias. Mas, tan pronto como aquellos respiren, refugiados dentro del muro, entornad las hojas fuertemente unidas; pues estoy con miedo de que ese hombre funesto entre por el muro.

[vv. 21.537 y ss.] Tal fue su mandato. Abrieron las puertas, quitando los cerrojos, y a esto se debió la salvación de las tropas. Apolo saltó fuera del muro para librar de la ruina a los teucros. Estos, acosados por la sed y llenos de polvo, huían por el campo en derechura a la ciudad y su alta muralla. Y Aquiles los perseguía impetuosamente con la lanza, teniendo el corazón poseído de violenta rabia y deseando alcanzar gloria.

[vv. 21.544 y ss.] Entonces los aqueos hubieran tomado a Troya, la de altas puertas, si Febo Apolo no hubiese incitado al divino Agenor, hijo ilustre y valiente de Antenor, a esperar a Aquiles. El dios infundiole audacia en el corazón, y para apartar de él a las crueles Moiras, se quedó a su vera, recostado en una encina y cubierto de espesa niebla. Cuando Agenor vio llegar a Aquiles, asolador de ciudades, se detuvo, y en su agitado corazón vacilaba sobre el partido que debería tomar. Y gimiendo, a su magnánimo espíritu le decía:

[vv. 21.553 y ss.] —¡Ay de mí! Si huyo del valiente Aquiles por donde los demás corren espantados y en desorden me cogerá también y me matará sin que me pueda defender. Si dejando que estos sean derrotados por el Pelida, me fuese por la llanura troyana, lejos del muro, hasta llegar a los bosques del Ida y me escondiera en los matorrales, podría volver a Ilión por la tarde, después de tomar un baño en el río para refrescarme y quitarme el sudor. Mas ¿por qué en tales cosas me hace pensar el corazón? No sea que aquel advierta que me alejo de la ciudad por la llanura y persiguiéndome con ligera planta me dé alcance; y ya no podré evitar la muerte y el destino, porque Aquiles es el más fuerte de los hombres. Y si delante de la ciudad le salgo al encuentro... Vulnerable es su cuerpo por el agudo bronce,[604] hay en él una sola alma y dicen los hombres que el héroe es mortal; pero Zeus Crónida le da gloria.[605]

[vv. 21.571 y ss.] Esto, pues, se decía: y encogiéndose, aguardó a Aquiles, porque su corazón esforzado estaba impaciente por luchar y combatir. Como la pantera, cuando oye el ladrido de los perros, sale de la poblada selva y va al encuentro del cazador, sin que arrebaten su ánimo ni el miedo ni el espanto; y si aquel se le adelanta y la hiere, no deja de pugnar, aunque esté atravesada por la jabalina, hasta venir con él a las manos o sucumbir; de la misma suerte, el divino Agenor, hijo del preclaro Antenor, no quería huir antes de entrar en combate con Aquiles. Y cubriéndose con el liso escudo, le apuntaba la lanza mientras decía con fuertes voces:

[vv. 21.583 y ss.] —Grandes esperanzas concibe tu ánimo, esclarecido Aquiles, de tomar en el día de hoy la ciudad de los altivos troyanos. ¡Insensato! Buen número de males habrán de padecerse todavía por causa de ella. Estamos dentro muchos y fuertes varones que, peleando por nuestros padres, esposas e hijos, salvaremos a Troya; y tú recibirás aquí mismo la muerte, a pesar de ser un terrible y audaz guerrero.

[vv. 21.590 y ss.] Dijo. Con la robusta mano arrojó el agudo dardo, y no erró el tiro; pues acertó a dar en la pierna del héroe, debajo de la rodilla. La greba de estaño recién construida resonó horriblemente, y el bronce fue rechazado sin que lograra penetrar, porque lo impidió la armadura, regalo del dios. El Pelida arremetió a su vez con Agenor, igual a una deidad; pero Apolo no le dejó alcanzar gloria pues arrebatando al teucro, le cubrió de espesa niebla y le mandó a la ciudad para que saliera tranquilo de la batalla.

[vv. 21.599 y ss.] Luego el que hiere de lejos apartó a Aquiles del ejército, valiéndose de un engaño. Tomó la figura de Agenor, y se

---

[604] Las leyendas de invulnerabilidad de Aquiles son tardías y posteriores a Homero. De hecho, no se conoce ningún testimonio de esta leyenda anterior a Estacio (Cfr. *Aquileida*, I, 269 y s.; Ruiz de Elvira, A. *Mitología clásica*, 2da. ed. corregida, Madrid, Gredos, 1975/85. p. 343).

[605] El soliloquio de Agenor, si bien sigue el lineamiento general de los cuatro que presenta el poema, es mucho más largo y complejo que el de Odiseo (11.404-10). Se ocupa, en principio, de considerar las opciones para evitar un enfrentamiento directo con Aquiles. Pero, al concluir que sus posibilidades son casi nulas, decide heroicamente enfrentarse con él. A diferencia de la resolución de Menelao (17.91-105), Agenor opta por hacerlo solo y sin ayuda, debido a que ignora la presencia de Apolo.

puso delante del héroe, que se lanzó a perseguirle[606]. Mientras Aquiles iba tras de Apolo, por un campo paniego,[607] hacia el río Escamandro, de profundos vórtices, y corría muy cerca de él, pues el dios le engañaba con esta astucia a fin de que tuviera siempre la esperanza de darle alcance en la carrera, los demás teucros, huyendo en tropel, llegaron alegres a la ciudad, que se llenó con los que allí se refugiaron. Ni siquiera se atrevieron a esperarse los unos a los otros fuera de la ciudad y del muro, para saber quiénes habían escapado y quienes habían muerto en la batalla, sino que se entraron presurosos por la ciudad cuantos, merced a sus pies y a sus rodillas, lograron salvarse.

---

[606] El plan de Apolo tiene dos partes: la primera es hacer combatir a Agenor con Aquiles, de modo que Aquiles caiga en su trampa cuando ejecute la segunda parte del plan, esto es, sustituir a Agenor —al cual deja a salvo en Troya— mientras que él, poniéndose en fuga, hace que Aquiles lo persiga y dé tiempo a los troyanos, que huían por la llanura, para llegar a refugiarse en la ciudad.

[607] Trigal.

RAPSODIA XXII

MUERTE DE HÉCTOR

Pese a las súplicas de sus padres, Héctor espera a Aquiles ante las puertas de Troya. Pero cuando ve que Aquiles se acerca furibundo, Héctor opta por huir. Aquiles le persigue y dan tres vueltas a la ciudad. Zeus toma la balanza de oro y el destino se muestra contrario a Héctor, el cual, engañado por Atenea se detiene, y es derrotado y muerto por Aquiles. Éste lo ejecuta aún sabiendo que él mismo sucumbirá poco después de la muerte del líder troyano. La rapsodia concluye con los llantos y lamentos de Hécuba, Andrómaca y las demás mujeres de Troya.

[vv. 22.1 y ss.] Los teucros, refugiados en la ciudad como cervatos, se recostaban en los hermosos baluartes, refrigeraban el sudor y bebían para apagar la sed; y en tanto, los aqueos se iban acercando a la muralla, protegiendo sus hombros con los escudos. El hado funesto solo detuvo a Héctor para que se quedara fuera de Ilión, en las puertas Esceas.

[vv. 22.7 y ss.] Y Febo Apolo dijo al Pelida: —¿Por qué, oh hijo de Peleo, persigues en veloz carrera, siendo tú mortal, a un dios inmortal? Aún no conociste que soy una deidad, y no cesa tu deseo de alcanzarme. Ya no te cuidas de pelear con los teucros, a quienes pusiste en fuga; y estos han entrado en la población, mientras te extraviabas viniendo aquí. Pero no me matarás, porque el hado no me condenó a morir.

[vv. 22.14 y ss.] Muy indignado le respondió Aquiles, el de los pies ligeros: —¡Oh tú, que hieres de lejos, el más funesto de todos los dioses! Me engañaste, trayéndome acá desde la muralla, cuando todavía hubieran mordido muchos la tierra antes de llegar a Ilión. Me has privado de alcanzar una gloria no pequeña, y has salvado con facilidad a los teucros, porque no temías que luego me vengara. Y ciertamente me vengaría de ti, si mis fuerzas lo permitieran.

[vv. 22.21, 22, 23 y 24] Dijo, y muy alentado, se encaminó apresuradamente a la ciudad, como el corcel vencedor en la carrera de carros trota veloz por el campo; tan ligeramente movía Aquiles pies y rodillas.

[vv. 22.25 y ss.] El anciano Príamo fue el primero que con sus propios ojos le vio venir por la llanura, tan resplandeciente[608] como el astro que en el otoño se distingue por sus vivos rayos entre muchas estrellas durante la noche obscura y recibe el nombre de perro de Orión[609], el cual, con ser brillantísimo constituye una señal funesta, porque trae excesivo calor a los míseros mortales; de igual manera centelleaba el bronce sobre el pecho del héroe, mientras este corría. Gimió el viejo, golpeose la cabeza con las manos levantadas y profirió grandes voces y lamentos dirigiendo súplicas a su hijo. Héctor continuaba inmóvil ante las puertas y sentía vehemente deseo de combatir con Aquiles. Y el anciano, tendiéndole los brazos, le decía en tono lastimero:

[vv. 22.38 y ss.] —¡Héctor, hijo querido! No aguardes, solo y lejos de los amigos, a ese hombre, para que no mueras presto a manos del Pelida, que es mucho más vigoroso. ¡Cruel! Así fuera tan caro a los dioses como a mí: pronto se lo comerían, tendido en el suelo, los perros y los buitres, y mi corazón se libraría del terrible pesar. Me ha privado de muchos y valientes hijos matando a unos y vendiendo a otros en remotas islas. Y ahora que los teucros se han encerrado en la ciudad, no acierto a ver a mis dos hijos Licaón y Polidoro,[610] que parió Laótoe, ilustre entre las mujeres. Si están vivos en el ejército, los rescataremos con oro y bronce, que todavía lo hay en el palacio; pues a Laótoe la dotó espléndidamente su anciano padre, el ínclito Altes. Pero si han muerto y se hallan en la morada de Hades, el mayor dolor será para su madre y para mí, que los engendramos; porque el del pueblo durará menos, si no mueres tú, vencido por Aquiles. Ven adentro del muro, hijo querido, para que salves a los troyanos y a las troyanas, y no quieras proporcionar inmensa gloria al Pelida y perder tú mismo la existencia. Compadécete también de mí, de este infeliz y desgraciado que aún conserva la razón; pues el padre Crónida me hará perecer en la senectud y con aciaga suerte, después de presenciar muchas desventuras: muertos mis hijos,

---

[608] Es el resplandor del escudo y la brillante armadura de Aquiles.

[609] Se refiere al Can Mayor, *canícula* o *perro de Orión*, constelación cuya estrella más brillante y cercana a la tierra es *Sirio*. Antiguamente se creía que, al reaparecer como estrella visible en el cielo de la mañana, sumaba su calor al del sol, dando inicio a una temporada de calor excesivo. Hace 5000 años su aparición coincidía con el solsticio de verano en el hemisferio norte, pero con la precesión de los equinoccios ese momento se ha mudado a principios de septiembre.

[610] Ignora que han muerto en 20.407 y ss., y 21.116 y ss.

esclavizadas mis hijas, destruidos los tálamos, arrojados los niños por el suelo en el terrible combate y las nueras arrastradas por las funestas manos de los aqueos. Y cuando, por fin, alguien me deje sin vida los miembros, hiriéndome con el agudo bronce o con arma arrojadiza, los voraces perros que con comida de mi mesa crié en el palacio para que lo guardasen, despedazarán mi cuerpo en la parte exterior, beberán mi sangre, y saciado el apetito, se tenderán en el pórtico. Yacer en el suelo, habiendo sido atravesado en la lid por el agudo bronce, es decoroso para un joven, y cuanto de él pueda verse, todo es bello, a pesar de la muerte; pero que los perros destrocen la cabeza y la barba encanecidas y las vergüenzas de un anciano muerto en la guerra, es lo más triste de cuanto les puede ocurrir a los míseros mortales.

[vv. 22.77 y ss.] Así se expresó el anciano, y con las manos se arrancaba de la cabeza muchas canas, pero no logró persuadir a Héctor. La madre de este, que en otro sitio se lamentaba llorosa, desnudó el seno, mostrole el pecho, y derramando lágrimas, dijo estas aladas palabras:

[vv. 22.82 y ss.] —¡Héctor! ¡Hijo mío! Respeta este seno y apiádate de mí. Si en otro tiempo te daba el pecho para acallar tu lloro, acuérdate de tu niñez, hijo amado; y penetrando en la muralla, rechaza desde la misma a ese enemigo y no salgas a su encuentro. ¡Cruel! Si te mata, no podré llorarte en tu lecho, querido pimpollo a quien parí y tampoco podrá hacerlo tu rica esposa; porque los veloces perros te devorarán muy lejos de nosotras, junto a las naves argivas.

[vv. 22.90 y ss.] De esta manera Príamo y Hécuba hablaban a su hijo, llorando y dirigiéndole muchas súplicas, sin que lograsen persuadirle, pues Héctor seguía aguardando a Aquiles, que ya se acercaba. Como silvestre dragón que, habiendo comido hierbas venenosas, espera ante su guarida a un hombre y con feroz cólera echa terribles miradas y se enrosca en la entrada de la cueva; así Héctor, con inextinguible valor, permanecía quieto, desde que arrimó el terso escudo a la torre prominente. Y gimiendo, a su magnánimo espíritu le decía:

[vv. 22.99 y ss.] —¡Ay de mí! Si traspongo las puertas y el muro, el primero en dirigirme reproches será Polidamante, el cual me aconsejaba que trajera el ejército a la ciudad la noche en que Aquiles decidió volver a la pelea. Pero yo no me dejé persuadir —mucho mejor hubiera sido aceptar su consejo—, y ahora que he causado la ruina del ejército con mi imprudencia, temo a los troyanos y a las troyanas, de rozagantes peplos, y que alguien menos valiente que yo exclame:

[vv. 22.107 y ss.] «Héctor, fiado en su pujanza, perdió las tropas.» Así hablarán; y preferible fuera volver a la población después de matar a Aquiles, o morir gloriosamente ante la misma. ¿Y si ahora, dejando en el suelo el abollonado escudo y el fuerte casco y apoyando la pica contra el muro, saliera al encuentro de Aquiles, le dijera que permitía a los Atridas llevarse a Helena y las riquezas que Alejandro trajo a Ilión en las cóncavas naves, que esto fue lo que originó la guerra, y le ofreciera repartir a los aqueos la mitad de lo que la ciudad contiene; y más tarde tomara juramento a los troyanos de que, sin ocultar nada, formarían dos lotes con cuantos bienes existen dentro de esta hermosa ciudad? ... Mas ¿por qué en tales cosas me hace pensar el corazón? No, no iré a suplicarle; que, sin tenerme compasión ni respeto, me mataría inerme, como a una mujer, tan pronto como dejara las armas. Imposible es conversar con él desde lo alto de una encina o de una roca, como un mancebo y una doncella: sí, como un mancebo y una doncella suelen conversar. Mejor será empezar el combate, para que veamos pronto a quién el Olímpico concede la victoria.[611]

[vv. 22.131 y ss.] Tales pensamientos revolvía en su mente, sin moverse de aquel sitio, cuando se le acercó Aquiles, cual si fuese Ares[612], el

---

[611] Este es el cuarto y último soliloquio donde el héroe, que debe enfrentar en soledad una situación de sumo riesgo, reflexiona interiormente sobre el curso de acción que ha de tomar. Los tres anteriores son: el de Odiseo, en 11.404-13; el de Menelao, en 17.91-105; y el de Agenor, en 21.553-71. Sucesivamente cada uno de estos monólogos interiores es más extenso que el anterior. Y culminan en el de Héctor, el más largo de todos. Tal como en los precedentes, el héroe se halla en la situación de enfrentar solo a un enemigo que lo supera. Como en todos los otros, se presenta la disyuntiva entre huir, o permanecer haciendo frente al enemigo. En el caso particular de Héctor, él siente un cargo de conciencia, porque, con anterioridad, en materia de decisiones importantes que afectarían el curso de la guerra, se ha dejado llevar por su talante intrépido y temerario, sin hacer caso de los prudentes consejos de Polidamante. Lo cual se ha convertido en una terrible derrota para los teucros. Entonces su pensamiento vacila entre dos alternativas: si es peor soportar la reprobación de sus conciudadanos y salvar la vida, o arriesgarla en un combate con Aquiles, y perecer con gloria, o, si pudiera vencerlo, tapar sus yerros anteriores con una decisiva victoria.

[612] El texto en realidad no pone "Ares" sino "Enialio"; dice literalmente: "igual a Enialio" (ἴσος Ἐνυαλίῳ), el cual es un epíteto de Ares que significa *Belicoso*.

impetuoso luchador, con el terrible fresno del Pelión[613] sobre el hombro derecho y el cuerpo protegido por el bronce, que brillaba como el resplandor del encendido fuego o del sol naciente. Héctor, al verle, se echó a temblar y ya no pudo permanecer allí, sino que dejó las puertas y huyó espantado. Y el Pelida, confiando en sus pies ligeros, corrió en seguimiento del mismo. Como en el monte el gavilán, que es el ave más ligera, se lanza con fácil vuelo tras la tímida paloma: esta huye con tortuosos giros y aquel la sigue de cerca, dando agudos graznidos y acometiéndola repetidas veces, porque su ánimo le incita a cogerla: así Aquiles volaba[614] enardecido y Héctor movía las ligeras rodillas huyendo azorado en torno de la muralla de Troya. Corrían siempre por la carretera, fuera del muro, dejando a sus espaldas la atalaya y el lugar ventoso donde estaba el cabrahigo, y llegaron a los dos cristalinos manantiales, que son las fuentes del Janto voraginoso. El primero tiene el agua caliente y lo cubre el humo como si hubiera allí un fuego abrasador; el agua que del segundo brota es en el verano como el granizo, la fría nieve o el hielo.[615] Cerca de ambos hay unos lavaderos de piedra, grandes y hermosos, donde las esposas y las bellas hijas de los troyanos solían lavar sus magníficos vestidos en tiempo de paz, antes que llegaran los aqueos. Por allí pasaron, el uno huyendo y el otro persiguiéndole: delante, un valiente huía, pero otro más fuerte le perseguía con ligereza; porque la contienda no era sobre una víctima o una piel de buey, premios que suelen darse a los vencedores en la carrera, sino sobre la vida de Héctor, domador de caballos. Como los solípedos corceles que toman parte en los juegos en honor de un difunto, corren velozmente en torno de la meta donde se ha colocado como premio importante un trípode o una mujer; de semejante modo, aquellos dieron tres veces la vuelta a la ciudad de Príamo, corriendo

---

[613] La lanza de fresno que le diera Peleo (16.143 y s).

[614] Homero continúa la metáfora del símil de la persecución aérea, aplicándola a los veloces movimientos de Aquiles y dice que "volaba" ($\pi\acute{\varepsilon}\tau\varepsilon\tau o$), lo cual es mucho más inquietante porque, mientras tanto, Héctor simplemente corría.

[615] Inútilmente, a lo largo de los siglos, se ha intentado identificar a estos dos manantiales, afluentes del Janto, uno de aguas calientes y otro de aguas sumamente frías, sin ningún resultado positivo. Acaso se trate simplemente de un recurso poético, para sumar elementos duales y contrastantes que sirvan de marco a los oponentes. El terror del que escapa y el ardor, del que lo persigue; la paz y la guerra en el recuerdo de los lavaderos; los corredores que compiten por un premio: la esperanza de vida, para uno, la ansiada venganza, para el otro; gloria o muerte.

con ligera planta. Todas las deidades los contemplaban. Y Zeus, padre de los hombres y de los dioses, comenzó a decir:

[vv. 22.168 y ss.] —¡Oh dioses! Con mis ojos veo a un caro varón perseguido en torno del muro. Mi corazón se compadece de Héctor que tantos muslos de buey ha quemado en mi obsequio en las cumbres del Ida, en valles abundoso, y en la ciudadela de Troya[616]; y ahora el divino Aquiles le persigue con sus ligeros pies en derredor de la ciudad de Príamo. Ea, deliberad, oh dioses, y decidid si le salvaremos de la muerte o dejaremos que, a pesar de ser esforzado, sucumba a manos del Pelida Aquiles.

[vv. 22.177 y ss.] Respondiole Atenea, la diosa de los brillantes ojos: — ¡Oh padre, que lanzas el ardiente rayo y amontonas las nubes! ¿Qué dijiste? ¿De nuevo quieres librar de la muerte horrísona a ese hombre mortal, a quien tiempo ha que el hado condenó a morir? Hazlo, pero no todos los dioses te lo aprobaremos.

[vv. 22.182, 183, 184 y 185] Contestó Zeus, que amontona las nubes: — Tranquilízate, Tritogenia, hija querida. No hablo con ánimo benigno, pero contigo quiero ser complaciente. Obra conforme a tus deseos y no desistas.

[vv. 22.186 y 187] Con tales voces instigole a hacer lo que ella misma deseaba, y Atenea bajó en raudo vuelo de las cumbres del Olimpo.

[vv. 22.188 y ss.] En tanto, el veloz Aquiles perseguía y estrechaba sin cesar a Héctor. Como el perro va en el monte por valles y cuestas tras el cervatillo que levantó de la cama, y si este se esconde, azorado, debajo de los arbustos, corre aquel rastreando hasta que nuevamente lo descubre; de la misma manera, el Pelida, de pies ligeros, no perdía de vista a Héctor. Cuantas veces el troyano intentaba encaminarse a las puertas Dardanias, al pie de las torres bien construidas, por si desde arriba le socorrían disparando flechas, otras tantas Aquiles, adelantándosele, le apartaba hacia la llanura, y aquel volaba sin descanso cerca de la ciudad. Como en sueños ni el que persigue puede alcanzar al perseguido, ni este huir de aquel; de igual manera, ni Aquiles con sus pies podía dar alcance a Héctor, ni Héctor escapar de Aquiles. ¿Y cómo Héctor se hubiera librado entonces de la muerte que le estaba destinada si Apolo,

---

[616] Acerca del altar en el Gárgaro cfr. 8.48, y sobre las oraciones desde la ciudadela, 6.257.

acercándosele por la postrera y última vez, no le hubiese dado fuerzas y agilitado sus rodillas?

[vv. 22.205 y ss.] El divino Aquiles hacía con la cabeza señales negativas a los guerreros, no permitiéndoles disparar amargas flechas contra Héctor: no fuera que alguien alcanzara la gloria de herir al caudillo y él llegase el segundo. Mas cuando en la cuarta[617] vuelta llegaron a los manantiales, el padre Zeus tomó la balanza de oro, puso en la misma dos suertes —la de Aquiles y la de Héctor domador de caballos— para saber a quién estaba reservada la dolorosa muerte; cogió por el medio la balanza, la desplegó, y tuvo más peso el día fatal de Héctor que descendió hasta el Hades. Al instante Febo Apolo desamparó al troyano[618]. Atenea, la diosa de los brillantes ojos se acercó al Pelida, y le dijo estas aladas palabras:

[vv. 22.216 y ss.] —Espero, oh esclarecido Aquiles, caro a Zeus, que nosotros dos proporcionaremos a los aqueos inmensa gloria, pues al volver a las naves habremos muerto a Héctor, aunque sea infatigable en la batalla. Ya no se nos puede escapar, por más cosas que haga Apolo, el que hiere de lejos, postrándose a los pies del padre Zeus, que lleva la égida. Párate y respira; e iré a persuadir a Héctor para que luche contigo frente a frente.

[vv. 22.224 y ss.] Así habló Atenea. Aquiles obedeció, con el corazón alegre, y se detuvo en seguida, apoyándose en el arrimo de la pica de asta de fresno y broncínea punta. La diosa dejole y fue a encontrar al divino Héctor. Y tomando la figura y la voz infatigable de Deífobo, llegose al héroe y pronunció estas aladas palabras:

[vv. 22.229, 230 y 231] —¡Mi buen hermano! Mucho te estrecha el veloz Aquiles, persiguiéndote con ligero pie alrededor de la ciudad de Príamo. Ea, detengámonos y rechacemos su ataque.

[vv. 22.232 y ss.] Respondiole el gran Héctor de tremolante casco: —¡Deífobo! Siempre has sido para mí el hermano predilecto entre cuantos somos hijos de Hécuba y de Príamo; pero desde ahora me propongo tenerte en mayor aprecio, porque al verme con tus ojos osaste salir del muro y los demás han permanecido dentro.

---

[617] No habiendo podido lograr su propósito de escapar de Aquiles en las tres vueltas a la ciudad, al llegar a la cuarta su destino está sellado. Ocurre como con Patroclo en 16.786 o con Astropeo 21.177.

[618] Una vez más el texto nos permite observar con claridad la actividad de los dioses como guardianes del destino. Hasta ahora Apolo había protegido a Héctor para que llegase al momento en que la muerte debía de alcanzarlo.

[vv. 22.238 y ss.] Contestó Atenea, la diosa de los brillantes ojos: — ¡Mi buen hermano! El padre, la venerable madre y los amigos abrazábanme las rodillas y me suplicaban que me quedara con ellos —¡de tal modo tiemblan todos!— pero mi ánimo se sentía atormentado por grave pesar. Ahora peleemos con brío y sin dar reposo a la pica, para que veamos si Aquiles nos mata y se lleva nuestros sangrientos despojos a las cóncavas naves o sucumbe vencido por tu lanza.

[vv. 22.247, 248 y 249] Así diciendo, Atenea, para engañarle, empezó a caminar. Cuando ambos guerreros se hallaron frente a frente, dijo el primero el gran Héctor, de tremolante casco:

[vv. 22.250 y ss.] —No huiré más de ti, oh hijo de Peleo, como hasta ahora. Tres veces di la vuelta, huyendo, en torno de la gran ciudad de Príamo, sin atreverme nunca a esperar tu acometida. Mas ya mi ánimo me impele a afrontarte ora te mate, ora me mates tu. Ea, pongamos a los dioses por testigos, que serán los mejores y los que más cuidarán de que se cumplan nuestros pactos: Yo no te insultaré cruelmente, si Zeus me concede la victoria y logro quitarte la vida; pues tan luego como te haya despojado de las magníficas armas, oh Aquiles, entregaré el cadáver a los aqueos. Obra tú conmigo de la misma manera.

[vv. 22.260 y ss.] Mirándole con torva faz, respondió Aquiles, el de los pies ligeros: —¡Héctor, a quien no puedo olvidar! No me hables de convenios. Como no es posible que haya fieles alianzas entre los leones y los hombres, ni que estén de acuerdo los lobos y los corderos, sino que piensan continuamente en causarse daño unos a otros; tampoco puede haber entre nosotros ni amistad ni pactos, hasta que caiga uno de los dos y sacie de sangre a Ares, infatigable combatiente. Revístete de toda clase de valor, porque ahora te es muy preciso obrar como belicoso y esforzado campeón. Ya no te puedes escapar. Palas Atenea te hará sucumbir pronto, herido por mi lanza, y pagarás todos juntos los dolores de mis amigos, a quienes mataste cuando manejabas furiosamente la pica.

[vv. 22.273 y ss.] En diciendo esto, blandió y arrojó la fornida lanza. El esclarecido Héctor, al verla venir, se inclinó para evitar el golpe: clavose aquella en el suelo, y Palas Atenea la arrancó y devolvió a Aquiles, sin que Héctor, pastor de hombres, lo advirtiese. Y Héctor dijo al eximio Pelida:

[vv. 22.279 y ss.] —¡Erraste el golpe, deiforme Aquiles! Nada te había revelado Zeus acerca de mi destino como afirmabas: has sido un hábil forjador de engañosas palabras, para que, temiéndote, me olvidara de mi valor y de mi fuerza. Pero no me clavarás la pica en la espalda, huyendo de ti: atraviésame el pecho cuando animoso y frente a frente te acometa, si un dios te lo permite. Y ahora guárdate de mi broncínea lanza. ¡Ojalá que todo su hierro se escondiera en tu cuerpo! La guerra sería más liviana para los teucros si tú murieses, porque eres su mayor azote.

[vv. 22.289 y ss.] Así habló; y blandiendo la ingente lanza, despidiola sin errar el tiro; pues dio un bote en el escudo del Pelida. Pero la lanza fue rechazada por la rodela, y Héctor se irritó al ver que aquella había sido arrojada inútilmente por su brazo; parose, bajando la cabeza pues no tenía otra lanza de fresno y con recia voz llamó a Deífobo, el de luciente escudo, y le pidió una larga pica. Deífobo ya no estaba a su vera. Entonces Héctor comprendiolo todo, y exclamo:

[vv. 22.297 y ss.] —¡Oh! Ya los dioses me llaman a la muerte. Creía que el héroe Deífobo se hallaba conmigo, pero está dentro del muro, y fue Atenea quien me engañó. Cercana tengo la perniciosa muerte, que ni tardará ni puedo evitarla. Así les habrá placido que sea, desde hace tiempo, a Zeus y a su hijo, el que hiere de lejos; los cuales, benévolos para conmigo, me salvaban de los peligros. Cumpliose mi destino. Pero no quisiera morir cobardemente y sin gloria; sino realizando algo grande que llegara a conocimiento de los venideros.

[vv. 22.306 y ss.] Esto dicho, desenvainó la aguda espada, grande y fuerte, que llevaba al costado. Y encogiéndose, se arrojó como el águila de alto vuelo se lanza a la llanura, atravesando las pardas nubes, para arrebatar la tierna corderilla o la tímida liebre; de igual manera arremetió Héctor blandiendo la aguda espada. Aquiles embistiole, a su vez, con el corazón rebosante de feroz cólera: defendía su pecho con el magnífico escudo labrado, y movía el luciente casco de cuatro abolladuras, haciendo ondear las bellas y abundantes crines de oro que Hefesto colocara en la cimera. Como el Véspero, que es el lucero más hermoso de cuantos hay en el cielo, se presenta rodeado de estrellas en la obscuridad de la noche; de tal modo brillaba la pica de larga punta que en su diestra blandía Aquiles, mientras pensaba en causar daño al divino Héctor y miraba cuál parte del hermoso cuerpo del héroe ofrecería menos resistencia. Este lo tenía protegido por la excelente armadura que quitó a Patroclo después de matarle, y solo quedaba descubierto el lugar en que las clavículas separan el cuello de los hombros, la garganta, que es el sitio por donde más pronto sale el alma: por allí el divino Aquiles envasole la pica a Héctor, que ya le atacaba, y la punta, atravesando el delicado cuello, asomó por la nuca. Pero no le cortó el garguero con la pica de fresno que el bronce hacia ponderosa, para que pudiera hablar algo y responderle.[619] Héctor cayó en el polvo, y el divino Aquiles se jactó del triunfo, diciendo:

[vv. 22.331 y ss.] —¡Héctor! Cuando despojabas el cadáver de Patroclo, sin duda te creíste salvado y no me temiste a mí porque me hallaba ausente. ¡Necio! Quedaba yo como vengador, mucho más fuerte que él, en las cóncavas naves, y te he quebrado las rodillas. A ti los perros y las aves te despedazarán ignominiosamente, y a Patroclo los aqueos le harán honras fúnebres.

[vv. 22.337 y ss.] Con lánguida voz respondiole Héctor, el de tremolante casco: —Te lo ruego por tu alma, por tus rodillas y por tus padres: ¡No permitas que los perros me despedacen y devoren junto a las naves aqueas! Acepta el bronce y el oro que en abundancia te darán mi padre y mi veneranda madre, y entrega a los míos el cadáver para que lo lleven a mi casa, y los troyanos y sus esposas lo entreguen al fuego.

[vv. 22.344 y ss.] Mirándole con torva faz, le contestó Aquiles, el de los pies ligeros: —No me supliques, ¡perro!, por mis rodillas ni por mis padres. Ojalá el furor y el coraje me incitaran a cortar tus carnes y a comérmelas crudas. ¡Tales agravios me has inferido! Nadie podrá apartar de tu cabeza a los perros, aunque me den diez o veinte veces el debido rescate y me prometan más, aunque Príamo Dardánida ordene redimirte a peso de oro; ni aun así, la veneranda madre que te dio a luz te pondrá en un lecho para llorarte, sino que los perros y las aves de rapiña destrozarán tu cuerpo.

[vv. 22.355 y ss.] Contestó, ya moribundo, Héctor, el de tremolante casco: —Bien te conozco, y no era posible que te persuadiese, porque tienes en el pecho un corazón de hierro. Guárdate de que atraiga sobre ti la cólera de los dioses, el día en que Paris y Febo Apolo te harán perecer, no obstante tu valor, en las puertas Esceas.

[vv. 22.361, 362, 363 y 364] Apenas acabó de hablar, la muerte le cubrió con su manto: el alma voló de los miembros y descendió al Hades, llorando su suerte, porque dejaba un cuerpo vigoroso y joven. Y el divino Aquiles le dijo, aunque muerto le viera:

---

[619] La precisión quirúrgica de Aquiles viene a ser tan hiperbólica como increíble. Toda ella está dedicada a inhabilitar a Héctor y permitirle pronunciar sus últimas palabras en la agonía de la muerte.

[vv. 22.365 y 366] —¡Muere! Y yo perderé la vida cuando Zeus y los demás dioses inmortales dispongan que se cumpla mi destino.

[vv. 22.367 y ss.] Dijo; arrancó del cadáver la broncínea lanza y, dejándola a un lado, quitole de los hombros las ensangrentadas armas. Acudieron presurosos los demás aqueos, admiraron todos el continente y la arrogante figura de Héctor y ninguno dejó de herirle.[620] Y hubo quien, contemplándole, habló así a su vecino:

[vv. 22.373 y 374] —¡Oh dioses! Héctor es ahora mucho más blando en dejarse palpar que cuando incendió las naves con el ardiente fuego.

[vv. 22.375, 376 y 377] Así algunos hablaban, y acercándose le herían.[621] El divino Aquiles, ligero de pies, tan pronto como hubo despojado el cadáver, se puso en medio de los aqueos y pronunció estas aladas palabras:

[vv. 22.378 y ss.] —¡Oh amigos, capitanes y príncipes de los argivos! Ya que los dioses nos concedieron vencer a ese guerrero que causó mucho más daño que todos los otros juntos, ea, sin dejar las armas cerquemos la ciudad para conocer cuál es el propósito de los troyanos: si abandonarán la ciudadela por haber sucumbido Héctor, o se atreverán a quedarse todavía a pesar de que este ya no existe. Mas ¿por qué en tales cosas me hace pensar el corazón? En las naves yace Patroclo muerto, insepulto y no llorado; y no le olvidaré, en

---

[620] Este es uno de las escenas más vergonzosas de la obra. Se atreven con aquel que, estando con vida, nunca hubieran enfrentado sin gran temor. Según el acertado comentario del escoliasta citado por Jasper Griffin (Cfr. *Homer on Life and Dead*, Oxford, Clarendon Press, 1980, p. 47) el ataque de la turba no hace sino poner de manifiesto la grandeza del héroe muerto. Sin embargo, según Leaf, existen otras explicaciones posibles para esta brutal actitud. Una de ellas es que se hiciera a causa de la creencia supersticiosa de que la mutilación del cadáver hace que su fantasma, también mutilado, se vuelva inofensivo para sus enemigos. Otra opinión es que cada uno de los demás combatientes tuviera algún derecho de vengar las muertes de sus amigos y familiares ocasionadas por Héctor durante la guerra (Cfr. *The Iliad*, vol. II, 2nd. ed., London - N. York, Macmillan, 1902, p. 456, 370n).

[621] La segunda mención del ultraje del cadáver, precedida por la burla de 375-77, es un recurso del aedo para no dejar dudas acerca de la bajeza de este proceder infame. Si bien, el maltrato al que lo somete Aquiles es también brutal, no debiera ponérselo al mismo nivel. Aquiles se ha enfrentado con Héctor cuando era capaz de defenderse y atacar, y pretende vengar en el cuerpo de Héctor, no solo la muerte de Patroclo sino también las ofensas que sufriera, ya muerto, en el campo de batalla. Por otra parte, se pretende también amedrentar a los troyanos para forzarlos a rendirse a la victoria aquea.

tanto me halle entre los vivos y mis rodillas se muevan; y si en el Hades se olvida a los muertos, aun allí me acordaré del compañero amado. Ahora, ea, volvamos, cantando el peán, a las cóncavas naves, y llevémonos este cadáver. Hemos ganado una gran victoria: matamos al divino Héctor, a quien dentro de la ciudad los troyanos dirigían votos cual si fuese un dios.

[vv. 22.395 y ss.] Dijo; y para tratar ignominiosamente al divino Héctor, le horadó los tendones de detrás de ambos pies desde el tobillo hasta el talón; introdujo correas de piel de buey, y le ató al carro, de modo que la cabeza fuese arrastrando; luego, recogiendo la magnífica armadura, subió y picó a los caballos para que arrancaran, y estos volaron gozosos. Gran polvareda levantaba el cadáver mientras era arrastrado: la negra cabellera se esparcía por el suelo, y la cabeza, antes tan graciosa, se hundía en el polvo; porque Zeus la entregó entonces a los enemigos, para que allí, en su misma patria, la ultrajaran.

[vv. 22.405 y ss.] Así la cabeza de Héctor se manchaba de polvo. La madre, al verlo, se arrancaba los cabellos; y arrojando de sí el blanco velo, prorrumpió en tristísimos sollozos. El padre suspiraba lastimeramente, y alrededor de él y por la ciudad el pueblo gemía y se lamentaba. No parecía sino que la excelsa Ilión fuese desde su cumbre devorada por el fuego. Los guerreros apenas podían contener al anciano, que, excitado por el pesar, quería salir por las puertas Dardanias,[622] y revolcándose en el lodo, les suplicaba a todos llamándoles por sus respectivos nombres:

[vv. 22.416 y ss.] —Dejadme, amigos, por más intranquilos que estéis; permitid que, saliendo solo de la ciudad, vaya a las naves aqueas y ruegue a ese hombre pernicioso y violento: acaso respete mi edad y se apiade de mi vejez. Tiene un padre como yo, Peleo, el cual le engendró y crió para que fuese una plaga de los troyanos; pero es a mí a quien ha causado más pesares. ¡A cuántos hijos míos mató, que se hallaban en la flor de la juventud! Pero no me lamento tanto por ellos, aunque su suerte me haya afligido, como por uno cuya pérdida me causa el vivo dolor que me precipitará al Hades: por Héctor, que

---

[622] El hecho de que Príamo estuviera situado cerca de estas puertas queriendo salir, apoyaría la tesis de Aristarco de que el nombre de Dardanias habría sido otro por el que se conocía a las puertas Esceas, debido a que desde ese lugar de la muralla el anciano rey y Hécuba estaban observando los acontecimientos en 21.526 y ss., 22.33 y ss., y 22.77 y ss.; y desde allí le suplicaron que no aguardase a Aquiles.

hubiera debido morir en mis brazos, y entonces nos hubiésemos saciado de llorarle y plañirle la infortunada madre que le dio a luz y yo mismo.

[vv. 22.429 y 430] Así habló, llorando, y los ciudadanos suspiraron. Y Hécuba comenzó entre las troyanas el funeral lamento:

[vv. 22.431 y s.] —¡Oh hijo! ¡Ay de mí, desgraciada! ¿Por qué viviré después de padecer terribles penas y de haber muerto tú? Día y noche eras en la ciudad motivo de orgullo para mí y el baluarte de los troyanos y troyanas, que te saludaban como a un dios. Vivo, constituías una excelsa gloria para ellos, pero ya la muerte y el hado te alcanzaron.

[vv. 22.437 y ss.] Así dijo llorando. La esposa de Héctor nada sabía, pues ningún mensajero le llevó la noticia de que su marido se quedara fuera del muro; y en lo más hondo del alto palacio tejía una tela doble y purpúrea, que adornaba con labores de variado color. Había mandado a las esclavas de hermosas trenzas que pusieran al fuego un trípode grande para que Héctor se bañase en agua tibia al volver de la batalla[623]. ¡Insensata! Ignoraba que Atenea, la de brillantes ojos, le había hecho sucumbir lejos del baño a manos de Aquiles. Pero oyó gemidos y lamentaciones que venían de la torre, estremeciéronse sus miembros, y la lanzadera le cayó al suelo.[624] Y al instante dijo a las esclavas de hermosas trenzas:

---

[623] Las labores de Andrómaca, cuidadosamente detalladas, están cargadas de ironía. Los elementos que se detallan se refieren: 1) al tejido, el cual es doble (por él se alude a un sinnúmero de dualidades: las labores de la paz y los trabajos de la guerra, la suerte de ambos consortes, el destino de padres e hijos, los vivos y los muertos, el conocimiento de los troyanos y la ignorancia de Andrómaca, etc.) y, por otra parte, su color es púrpura, como la sangre derramada; y 2) los preparativos del agua para el baño del héroe, como la que habrá de usarse para lavar el cadáver en 24.582 y ss.

[624] La lanzadera es un elemento que forma parte del simbolismo del tejido. En este caso nos importa que, al pasar la hebra por los hilos verticales de la urdimbre con la lanzadera, se forma una realidad a partir de dos principios que colaboran para formar la tela. A su vez la lanzadera también solía manipularse de a dos, y en este sentido también simbolizaba una labor de equipo. Llevando a cabo esa tarea, es cuando Andrómaca escucha los sonidos que la alarman y, en realidad, le anuncian la muerte de su esposo. Ella se conmueve, la labor se interrumpe, y la lanzadera, por el hecho de haber caído de sus manos, va cargándose de significados: la pérdida de su compañero, una perspectiva incierta y un proyecto familiar trunco (Cfr. 484 y ss.).

[vv. 22.450 y ss.] —Venid, seguidme dos, voy a ver qué ocurre. Oí la voz de mi venerable suegra; el corazón me salta en el pecho hacia la boca y mis rodillas se entumecen: algún infortunio amenaza a los hijos de Príamo. ¡Ojalá que tal noticia nunca llegue a mis oídos! Pero mucho temo que el divino Aquiles haya separado de la ciudad a mi Héctor audaz, le persiga a él solo por la llanura y acabe con el funesto valor que siempre tuvo; porque jamás en la batalla se quedó entre la turba de los combatientes sino que se adelantaba mucho y en bravura a nadie cedía.

[vv. 22.460 y ss.] Dicho esto, salió apresuradamente del palacio como una loca, palpitándole el corazón; y dos esclavas la acompañaron. Mas, cuando llegó a la torre y a la multitud de gente que allí se encontraba, se detuvo, y desde el muro registró el campo: en seguida vio que los veloces caballos arrastraban cruelmente el cadáver de Héctor fuera de la ciudad, hacia las cóncavas naves de los aqueos; las tinieblas de la noche velaron sus ojos, cayó de espaldas y se le desmayó el alma. Arrancose de su cabeza los vistosos lazos, la diadema, la redecilla, la trenzada cinta y el velo que la dorada Afrodita le había dado el día en que Héctor se la llevó del palacio de Eetión, constituyéndole una gran dote[625]. A su alrededor hallábanse muchas cuñadas y concuñadas suyas, las cuales la sostenían aturdida como si fuera a perecer. Cuando volvió en sí y recobró el aliento, lamentándose con desconsuelo, dijo entre las troyanas:

[vv. 22.477 y ss.] —¡Héctor! ¡Ay de mí, infeliz! Ambos nacimos con la misma suerte, tú en Troya, en el palacio de Príamo; yo en Tebas, al pie del selvoso Placo, en el alcázar de Eetión el cual me crió cuando niña para que fuese desventurada como él. ¡Ojalá no me hubiera engendrado! Ahora tú desciendes a la mansión del Hades, en el seno de la tierra, y me dejas en el palacio viuda y sumida en triste duelo. Y el hijo, aún infante, que engendramos tú y yo infortunados... Ni tú serás su amparo, oh Héctor, pues has fallecido; ni él el tuyo. Si escapa con vida[626] de la luctuosa guerra de los aqueos tendrá siempre fatigas y pesares; y los demás se apoderarán de sus campos,

---

[625] El acto de arrancarse los regalos de Afrodita bien puede constituir una actitud simbólica plurivalente. Es justamente Afrodita quien ha originado la serie de eventos por los cuales ella ha perdido sucesivamente a sus hermanos, a su padre y a su marido. Nótese que en el mismo pensamiento se alude a la mayoría de estos personajes, interrelacionándolos.

[626] Cfr. 24.734 y s., n.

cambiando de sitio los mojones. El mismo día en que un niño queda huérfano, pierde todos los amigos; y en adelante va cabizbajo y con las mejillas bañadas en lágrimas. Obligado por la necesidad, dirígese a los amigos de su padre, tirándoles ya del manto ya de la túnica; y alguno, compadecido, le alarga un vaso pequeño con el cual mojará los labios, pero no llegará a humedecer la garganta. El niño que tiene los padres vivos le echa del festín, dándole puñadas e increpándolo con injuriosas voces: "¡Vete enhoramala! —le dice—, que tu padre no come a escote con nosotros". Y volverá a su madre viuda, llorando, el huérfano Astianacte, que en otro tiempo, sentado en las rodillas de su padre, solo comía médula y grasa pingüe de ovejas, y cuando se cansaba de jugar y se entregaba al sueño! dormía en blanda cama, en brazos de la nodriza, con el corazón lleno de gozo; mas ahora que ha muerto su padre, mucho tendrá que padecer Astianacte, a quien los troyanos llamaban así porque solo tú, oh Héctor, defendías las puertas y los altos muros. Y a ti, cuando los perros te hayan despedazado, los movedizos gusanos te comerán desnudo, junto a las corvas naves; habiendo en el palacio vestiduras finas y hermosas, que las esclavas hicieron con sus manos. Arrojaré todas estas vestiduras al ardiente fuego; y ya que no te aprovechen, pues no yacerás en ellas, constituirán para ti un motivo de gloria a los ojos de los troyanos y de las troyanas.

[v. 22.515] Así dijo llorando, y las mujeres gimieron.

RAPSODIA XXIII

JUEGOS EN HONOR DE PATROCLO

Aquiles celebra los funerales de Patroclo otorgando espléndidos premios para los vencedores de los juegos que realiza en honor de su amigo muerto.

[vv. 23.1 y ss.] Así gemían los teucros en la ciudad. Los aqueos, una vez llegados a las naves y al Helesponto, se fueron a sus respectivos bajeles[627]. Pero a los mirmidones no les permitió Aquiles que se dispersaran; y puesto en medio de los belicosos compañeros, les dijo:

[vv. 23.6 y ss.] —¡Mirmidones, de rápidos corceles, mis compañeros amados! No desatemos del yugo los solípedos bridones; acerquémonos con ellos y los carros a Patroclo, y llorémosle, que este es el honor que a los muertos se les debe[628]. Y cuando nos hayamos saciado de triste llanto, desunciremos los caballos y aquí mismo cenaremos todos.

[vv. 23.12 y ss.] Así habló. Ellos seguían a Aquiles y gemían con frecuencia. Y sollozando dieron tres vueltas alrededor del cadáver[629] con los caballos de hermoso pelo: Tetis se hallaba entre los guerreros y les excitaba el deseo de llorar. Regadas de lágrimas quedaron las arenas, regadas de lágrimas se veían las armaduras de los hombres[630]. ¡Tal era el héroe, causa de fuga para los enemigos, de quien entonces padecían soledad! Y el Pelida comenzó entre ellos el funeral lamento colocando sus manos homicidas sobre el pecho del difunto.

---

[627] El luto es doble. En dos días se han perdido dos grandes héroes; así los troyanos lloran a Héctor, mientras que Aquiles, los mirmidones, y los demás aqueos lloran a Patroclo.

[628] Aquiles quiere que todo el cuerpo de ejercito que dirige, incluidos los caballos y los carros, le rindan honores a Patroclo.

[629] El lugar central, que siempre ocupa Aquiles, ahora lo cede a Patroclo, en torno del cual gira toda esta ceremonia.

[630] La tierra y las armaduras que se tiñeron con sangre del combate, ahora son bañadas por las lágrimas de la pérdida.

[vv. 23.19 y ss.] —¡Alégrate, oh Patroclo, aunque estés en el Hades! Ya voy a cumplirte cuanto te prometiera: he traído arrastrando el cadáver de Héctor, que entregaré a los perros para que lo despedacen cruelmente; y degollaré ante tu pira a doce hijos de troyanos ilustres por la cólera que me causó tu muerte[631].

[vv. 23.24 y ss.] Dijo y para tratar ignominiosamente al divino Héctor, lo tendió boca abajo en el polvo,[632] cercano al lecho del hijo de Menetio. Quitáronse todos la luciente armadura de bronce, desuncieron los corceles, de sonoros relinchos, y sentáronse en gran número cerca de la nave de Eácida, el de los pies ligeros, que les dio un banquete funeral espléndido. Muchos bueyes blancos, ovejas y balantes cabras palpitaban al ser degollados con el hierro; gran copia de grasos puercos, de albos dientes, se asaban, extendidos sobre las brasas; y en torno del cadáver la sangre corría en abundancia por todas partes[633].

[vv. 23.35 y ss.] Los reyes aqueos llevaron al Pelida, de pies ligeros, que tenía el corazón afligido por la muerte del compañero, a la tienda de Agamenón Atrida, después de persuadirle con mucho trabajo; ya en ella, mandaron a los heraldos, de voz sonora, que pusieran al fuego un gran trípode por si lograban que aquel se lavase las manchas de sangre y polvo. Pero Aquiles se negó obstinadamente[634], e hizo, además, un juramento:

---

[631] Como en el caso de Reso (10.487-496a), donde los doce soldados muertos, con Reso sumaban trece para gloria de Diomedes, aquí también los doce acompañaran a Héctor sumando trece, para rendir homenaje en honor de Patroclo.

[632] De cara al suelo es la posición de sometimiento, sumisión y respeto, adoptada por el que se humilla; pero también es la de aquellos que han mordido el polvo, al caer en el combate, o la de los que escaparon, y terminaron muertos por la espalda.

[633] Esta profusión de sangre dedicada en honor del muerto no ha sido aclarada en el texto. Por una parte sabemos que el derramamiento de sangre hace a la gloria del guerrero cuando se trata de la de los enemigos en el campo de batalla (Cfr. 20.499b y ss), y a los dioses, cuando se la ofrece en los sacrificios. Por la *Odisea* (11.34 y ss.) conocemos, sin embargo, la creencia de que la sangre tiene el efecto de atraer al alma de los difuntos, que al beberla recuperan momentáneamente su memoria, y podrían ser capaces de comunicarse con los vivos.

[634] El espíritu de los Atridas, que han obtenido una gran victoria, es diverso del ánimo de Aquiles, que no halla consuelo ante la pérdida de su compañero. Consecuentemente, la resistencia de Aquiles es constante y respetuosa, pero inflexible. Forma parte de la misma actitud que ha manifestado en 19.146-153 y 200-214.

[vv. 23.43 y ss.] —¡No, por Zeus, que es el supremo y más poderoso de los dioses! No es justo que el baño moje mi cabeza hasta que ponga a Patroclo en la pira, le erija un túmulo y me corte la cabellera; porque un pesar tan grande jamás, en la vida, volverá a sentirlo mi corazón. Ahora celebremos el triste banquete; y cuando se descubra la aurora, manda, oh rey de hombres Agamenón, que traigan leña y la coloquen como conviene a un muerto que baja a la región sombría, para que pronto el fuego infatigable consuma y haga desaparecer de nuestra vista el cadáver de Patroclo, y los guerreros vuelvan a sus ocupaciones.

[vv. 23.54 y ss.] Así se expresó; y ellos le escucharon y obedecieron. Dispuesta con prontitud la cena, banquetearon, y nadie careció de su respectiva porción. Mas después que hubieron satisfecho de comida y de bebida al apetito, se fueron a dormir a sus tiendas. Quedose el hijo de Peleo con muchos mirmidones, dando profundos suspiros, a orillas del estruendoso mar, en un lugar limpio donde las olas bañaban la playa; pero no tardó en vencerle el sueño, que disipa los cuidados del ánimo, esparciéndose suave en torno suyo; pues el héroe había fatigado mucho sus fornidos miembros persiguiendo a Héctor alrededor de la ventosa Troya. Entonces vino a encontrarle el alma del mísero Patroclo, semejante en un todo a este cuando vivía, tanto por su estatura y hermosos ojos, como por las vestiduras que llevaba; y poniéndose sobre la cabeza de Aquiles[635], le dijo estas palabras:

[vv. 23.69 y ss.] —¿Duermes, Aquiles y me tienes olvidado? Te cuidabas de mí mientras vivía, y ahora que he muerto me abandonas. Entiérrame cuanto antes, para que pueda pasar las puertas del Hades[636]; pues las almas, que son imágenes de los difuntos, me

---

[635] Es la posición adoptada por las apariciones en sueños. Esta fórmula se reitera en 24.682, cuando Hermes advierte a Príamo; pero la primera mitad del hexámetro ya lo encontramos, con el sueño enviado por Zeus a Agamenón, en 2.20 y 56.

[636] Según la psicología homérica las almas de los muertos deambulan por el mundo mientras sus cuerpos permanecen insepultos. Cuando el hombre muere, el aliento o ψυχή —que es el principio vital que anima los miembros— se evade como el humo (23.100), dejando en este mundo simplemente "restos" —eso es el σῶμα o cuerpo, palabra que, para Homero, únicamente puede aplicarse al cadáver. En el Hades el alma llevará una existencia sombría; la de ser nada más que la imagen de aquel que fuera alguna vez (104). Es una supervivencia impotente y amnésica; lo que hace pensar que el alma, más que la vida, "parece representar el carácter mortal del hombre" (Cfr. Lasso de la Vega, J. S. "Psicología homérica", en: *Introducción a Homero*. Madrid, Guadarrama, 1963, p. 241 y ss., cita p. 242; y

rechazan y no me permiten que atraviese el río[637] y me junte con ellas; y de este modo voy errante por los alrededores del palacio, de anchas puertas, de Hades. Dame la mano, te lo pido llorando; pues ya no volveré del Hades cuando hayáis entregado mi cadáver al fuego. Ni ya, gozando de vida, conversaremos separadamente de los amigos; pues me devoró la odiosa muerte que el hado cuando nací me deparara. Y tu destino es también, oh Aquiles, semejante a los dioses, morir al pie de los muros de los nobles troyanos. Otra cosa te diré y encargaré, por si quieres complacerme. No dejes mandado, oh Aquiles, que pongan tus huesos separados de los míos: ya que juntos nos hemos criado en tu palacio, desde que Menetio me llevó desde Opunte a vuestra casa por un deplorable homicidio —cuando encolerizándome en el juego de la taba maté involuntariamente al hijo de Anfidamante—, y el caballero Peleo me acogió en su morada, me crió con regalo y me nombró tu escudero; así también, una misma urna, el ánfora de oro que te dio tu veneranda madre, guarde nuestros huesos.

[vv. 23.93 y ss.] Respondiole Aquiles, el de los pies ligeros: —¿Por qué, caro amigo, vienes a encargarme estas cosas? Te obedeceré y lo cumpliré todo como lo mandas. Pero acércate y abracémonos, aunque sea por breves instantes, para saciarnos de triste llanto.

[vv. 23.99 y ss.] En diciendo esto, le tendió los brazos, pero no consiguió asirlo: el alma se disipó cual si fuese humo y dando chillidos penetró en la tierra. Aquiles se levantó atónito, dio una palmada y exclamó con voz lúgubre:

[vv. 23.103 y ss.] —¡Oh dioses! Cierto es que en la morada de Hades queda el alma y la imagen de los que mueren, pero la fuerza vital desaparece por completo. Toda la noche ha estado cerca de mí el alma del mísero Patroclo, derramando lágrimas y despidiendo suspiros, para encargarme lo que debo hacer; y era muy semejante a él cuando vivía.

Míguez Barciela, A. *Problemas hermenéuticos en la lectura de la Ilíada*, Tesis doctoral, Universidad de Barcelona, 2004-2006, pp. 14 y s.). El alma de Patroclo, todavía deambulando cerca de sus restos mortales, probablemente convocada por la sangre derramada durante el sacrificio de 23.30-34 (véase la nota a estos versos), desea el descanso.

[637] Este río, del que no se da referencia, y que rodea al Hades separándolo del mundo de los vivos, podría ser el Estix de acuerdo con 8.369.

[vv. 23.108 y ss.] Tal dijo, y a todos les excitó el deseo de llorar. Todavía se hallaban alrededor del cadáver, sollozando lastimeramente, cuando despuntó la Aurora de rosados dedos[638]. Entonces el rey Agamenón mandó que de todas las tiendas saliesen hombres con mulos para ir por leña; y a su frente se puso Meriones, escudero del valeroso Idomeneo. Los mulos iban delante; tras ellos caminaban los hombres, llevando en sus manos hachas de cortar madera y sogas bien torcidas; y así subieron y bajaron cuestas, y recorrieron atajos y veredas. Mas, cuando llegaron a los bosques del Ida, abundante en manantiales, se apresuraron a cortar con el afilado bronce encinas de alta copa, que caían con estrépito. Los aqueos las partieron en rajas y las cargaron sobre los mulos. En seguida estos, batiendo con sus pies el suelo, volvieron atrás por los espesos matorrales, deseosos de regresar a la llanura. Todos los leñadores llevaban troncos, porque así lo había ordenado Meriones, escudero del valeroso Idomeneo. Y los fueron dejando sucesivamente en un sitio de la orilla del mar, que Aquiles indicó para que allí se erigiera el gran túmulo de Patroclo y de sí mismo[639].

[vv. 23.127 y ss.] Después que hubieron descargado la inmensa cantidad de leña, se sentaron todos juntos y aguardaron. Aquiles mandó a los belicosos mirmidones que tomaran las armas y uncieran los caballos; y ellos se levantaron, vistieron la armadura, y los caudillos y sus aurigas montaron en los carros. Iban estos al frente, seguíales la nube de la copiosa infantería, y en medio los amigos llevaban a Patroclo, cubierto de cabello que en su honor se habían cortado. El divino Aquiles sosteníale la cabeza, y estaba triste porque despedía para el Hades al eximio compañero.

[vv. 23.138 y ss.] Cuando llegaron al lugar que Aquiles les señaló, dejaron el cadáver en el suelo, y en seguida amontonaron abundante leña. Entonces, el divino Aquiles, el de los pies ligeros, tuvo otra idea: separándose de la pira, se cortó la rubia cabellera que conservaba espléndida para ofrecerla al río Esperquio; y exclamó, apenado, fijando los ojos en el vinoso ponto:

---

[638] Comienza el día 28 de nuestro cómputo.

[639] Aquiles, con esta disposición y con otras, como el hecho de cortar su propia cabellera (150 y s.), va anticipando sus propias exequias que no estarán incluidas en los cantos de la Ilíada. De este modo las honras fúnebres en honor de Patroclo vienen a ser también las suyas propias, dentro del poema.

[vv. 23.144 y ss.] —¡Oh Esperquio! En vano mi padre Peleo te hizo el voto de que yo, al volver a la tierra patria, me cortaría la cabellera en tu honor y te inmolaría una sacra hecatombe de cincuenta carneros cerca de tus fuentes, donde están el bosque y el perfumado altar a ti consagrados. Tal voto hizo el anciano, pero tú no has cumplido su deseo. Y ahora, como no he de volver a la tierra patria, daré mi cabellera al héroe Patroclo para que se la lleve consigo.

[vv. 23.152 y ss.] En diciendo esto puso la cabellera en las manos del amigo, y a todos les excitó el deseo de llorar. Y entregados al llanto los dejara el sol al ponerse, si Aquiles no se hubiese acercado a Agamenón para decirle:

[vv. 23.156 y ss.] —¡Oh Atrida! Puesto que los aqueos te obedecerán más que a nadie y tiempo habrá para saciarse de llanto, aparta de la pira a los guerreros y mándales que preparen la cena; y de lo que resta nos cuidaremos nosotros, a quienes corresponde de un modo especial honrar al muerto. Quédense tan solo los caudillos.

[vv. 23.161 y ss.] Al oírlo, el rey de hombres Agamenón despidió la gente para que volviera a las naves bien proporcionadas; y los que cuidaban del funeral amontonaron leña, levantaron una pira de cien pies por lado[640] y con el corazón afligido, pusieron en ella el cuerpo de Patroclo. Delante de la pira mataron y desollaron muchas pingües ovejas y bueyes de tornátiles pies y curvas astas, y el magnánimo Aquiles tomó la grasa de aquellas y de estos, cubrió con la misma el cadáver de pies a cabeza, y hacinó alrededor los cuerpos desollados. Llevó también a la pira dos ánforas, llenas respectivamente de miel y de aceite, y las abocó al lecho; y exhalando profundos suspiros, arrojó a la hoguera cuatro corceles de erguido cuello. Nueve perros tenía el rey que se alimentaban de su mesa, y degollando a dos, echolos igualmente en la pira. Siguiéronle doce hijos valientes de troyanos ilustres, a quienes mató con el bronce, pues el héroe meditaba en su corazón acciones crueles. Y entregando la pira a la violencia indomable del fuego para que la devorara, gimió y nombró al compañero amado:

---

[640] Las enormes dimensiones de la pira indican el gran honor que deseaba tributársele, y sirve de inicio y sustrato a los objetos y las víctimas que Aquiles desea sacrificarle. Por otra parte, ya hemos observado que el cien, uno de los números de gran magnitud, se emplea para dar relevancia a los dones, las ofrendas, los sacrificios y la gloria. La otra pira de gran tamaño es la de Héctor, para la cual se demoran nueve días en reunir la madera necesaria (24.784).

[vv. 23.179 y ss.] —¡Alégrate, oh Patroclo, aunque estés en el Hades! Ya te cumplo cuanto te prometiera. El fuego devora contigo a doce hijos valientes de troyanos ilustres; y a Héctor Priámida no le entregaré a la hoguera, sino a los perros para que lo despedacen.

[vv. 23.184 y ss.] Así dijo en son de amenaza. Pero los canes no se acercaron a Héctor. La diosa Afrodita, hija de Zeus, los apartó día y noche, y ungió el cadáver con un divino aceite rosado para que Aquiles no lo lacerase al arrastrarlo. Y Febo Apolo cubrió el espacio ocupado por el muerto con una sombría nube que hizo pasar del cielo a la llanura, a fin de que el ardor del sol no secara el cuerpo, con sus nervios y miembros[641].

[vv. 23.192 y ss.] En tanto, la pira en que se hallaba el cadáver de Patroclo no ardía. Entonces el divino Aquiles, el de los pies ligeros, tuvo otra idea: apartose de la pira, oró a los vientos Bóreas y Céfiro y votó ofrecerles solemnes sacrificios; y haciéndoles repetidas libaciones con una copa de oro, les rogó que acudieran para que la leña ardiese bien y los cadáveres fueran consumidos prestamente por el fuego. La veloz Iris oyó las súplicas, y fue a avisar a los vientos, que estaban reunidos celebrando un banquete en la morada del impetuoso Céfiro. Iris llegó corriendo y se detuvo en el umbral de piedra. Así que la vieron, levantáronse todos, y cada uno la llamaba a su lado. Pero ella no quiso sentarse, y pronunció estas palabras:

[vv. 23.205 y ss.] —No puedo sentarme; porque voy, por encima de la corriente del Océano, a la tierra de los etíopes, que ahora ofrecen hecatombes a los inmortales, para entrar a la parte en los sacrificios. Aquiles ruega al Bóreas y al estruendoso Céfiro, prometiéndoles solemnes sacrificios, que vayan y hagan arder la pira en que yace Patroclo, por el cual gimen los aqueos todos.

[vv. 23.212 y ss.] Habló así y fuese. Los vientos se levantaron con inmenso ruido esparciendo las nubes; pasaron por encima del ponto y las olas crecían al impulso del sonoro soplo; llegaron, por fin, a la fértil Troya, cayeron en la pira y el fuego abrasador bramó grandemente. Durante toda la noche, los dos vientos, soplando con agudos silbidos, agitaron la llama de la pira; durante toda la noche, el veloz Aquiles, sacando vino de una cratera de oro, con una copa doble, lo vertió y regó la tierra e invocó el alma del mísero Patroclo.

---

[641] Afrodita y Apolo, dioses protectores de los troyanos, le brindan cuidados, al cuerpo de Héctor, que surten un efecto equivalente al de la ambrosía en el cadáver de Sarpedón (16.680) y de Patroclo (19.37-9).

Como solloza un padre, quemando los huesos del hijo recién casado, cuya muerte ha sumido en el dolor a sus progenitores; de igual modo sollozaba Aquiles al quemar los huesos del amigo; y arrastrándose en torno de la hoguera, gemía sin cesar.

[vv. 23.226 y ss.] Cuando el lucero de la mañana apareció sobre la tierra, anunciando el día, y poco después la Aurora, de azafranado velo, se esparció por el mar[642], apagábase la hoguera y moría la llama. Los vientos regresaron a su morada por el ponto de Tracia, que gemía a causa de la hinchazón de las olas alborotadas, y el hijo de Peleo, habiéndose separado un poco de la pira, acostose rendido de cansancio, y el dulce sueño lo venció. Pronto los caudillos se reunieron en gran número alrededor del Atrida; y el alboroto y ruido que hacían al llegar, despertaron a Aquiles. Incorporose el héroe; y sentándose, les dijo estas palabras:

[vv. 23.236 y ss.] —¡Atrida y demás príncipes de los aqueos todos! Primeramente apagad con negro vino cuanto de la pira alcanzó la violencia del fuego; recojamos después los huesos de Patroclo Menetíada, distinguiéndolos bien —fácil será reconocerlos, porque el cadáver estaba en medio de la pira y en los extremos se quemaron confundidos hombres y caballos—, y pongámoslos en una urna de oro, cubiertos por doble capa de grasa,[643] donde se guarden hasta que yo descienda al Hades. Quiero que le erijáis un túmulo no muy grande, sino cual corresponde al muerto;[644] y más adelante, aqueos, los que estéis vivos en las naves de muchos bancos cuando yo muera, hacedlo anchuroso y alto.

[vv. 23.249 y ss.] Así dijo, y ellos obedecieron al Pelida, de pies ligeros. Primeramente, apagaron con negro vino la parte de la pira a que alcanzó la llama, y la ceniza cayó en abundancia; después recogieron, llorando, los blancos huesos del dulce amigo y los encerraron en una urna de oro, cubiertos por doble capa de grasa; dejaron la urna en la tienda, tendiendo sobre la misma un sutil velo;

---

[642] Día 29 de nuestro cómputo.

[643] La grasa se emplea para preservar los restos del deterioro que pueden producir tanto el aire como la humedad.

[644] Este túmulo parece ser simplemente un monumento conmemorativo de carácter provisional, ya que en él no se enterrará la urna con las cenizas, las cuales se dejan aparte (Cfr. 23.253). La tumba principal se levantará luego de la muerte de Aquiles, una vez que se depositen en ella sus cenizas, junto con las de Patroclo. Esa tumba será excelsa y servirá de homenaje a la gran amistad que los unía.

trazaron el ámbito del túmulo en torno de la pira; echaron los cimientos, e inmediatamente amontonaron la tierra que antes habían excavado. Y, erigido el túmulo, volvieron a su sitio. Aquiles detuvo al pueblo y le hizo sentar, formando un gran circo; y al momento sacó de las naves, para premio de los que vencieren en los juegos,[645] calderas, trípodes, caballos, mulos, bueyes de robusta cabeza, mujeres de hermosa cintura, y luciente hierro.

[vv. 23.262 y ss.] Empezó por exponer los premios destinados a los veloces aurigas: el que primero llegara, se llevaría una mujer diestra en primorosas labores y un trípode con asas de veintidós medidas; para el segundo ofreció una yegua de seis años, indómita, que llevaba en su vientre un feto de mulo; para el tercero, una hermosa caldera no puesta al fuego y luciente aún, cuya capacidad era de cuatro medidas; para el cuarto, dos talentos de oro; y para el quinto, un vaso con dos asas que la llama no tocara todavía.[646] Y estando en pie, dijo a los argivos:

[vv. 23.272 y ss.] —¡Atrida y demás aqueos de hermosas grebas! Estos premios, que en medio he colocado, son para los aurigas. Si los juegos se celebraran en honor de otro difunto, me llevaría a mi tienda los mejores. Ya sabéis cuánto mis caballos aventajan en ligereza a los demás, porque son inmortales: Poseidón se los regaló a Peleo, mi padre, y este me los ha dado a mí. Pero yo permaneceré quieto, y también los solípedos corceles, porque perdieron al ilustre y benigno auriga que tantas veces derramó aceite sobre sus crines, después de lavarlos con agua pura ¡Adelantaos los aqueos que confiéis en vuestros corceles y sólidos carros!

---

[645] Las competencias en honor de Patroclo ocupan la segunda parte de esta rapsodia. Los juegos representan, en tiempos de paz, la oportunidad de manifestar la viril *areté* o virtud caballeresca, y lograr la *aristeia* o supremacía entre pares, que convierte al guerrero en digno representante de su linaje. (Cfr. Jaeger, W., *Paideia: los ideales de la cultura griega*. [1933-1947]. México, Fondo de Cultura Económica, 1985. p. 26). El premio debe ser valioso porque representa tanto la gloria del ganador y su virtud guerrera, como la grandeza de quien lo otorga, en este caso Aquiles, en honor de su compañero Patroclo. Los contendientes compiten bajo el lema que el mismo Homero expresa —en 6.208 y s.— mediante las palabras de Glauco: "descollar y sobresalir entre todos y honrar así el linaje de los antepasados".

[646] No está claro cuantos competidores podían participar de esta competencia. Pero acaso el número de premios esté limitando el número de competidores, porque existe coincidencia entre uno y otro.

[vv. 23.287 y ss.] Así habló el Pelida, y los veloces aurigas se reunieron. Levantose mucho antes que nadie el rey de hombres Eumelo, hijo amado de Admeto, que descollaba en el arte de guiar el carro.[647] Presentose después el fuerte Diomedes Tidida, el cual puso el yugo a los corceles de Tros[648] que quitara a Eneas[649] cuando Apolo[650] salvó a este héroe. Alzose luego el rubio Menelao, noble hijo de Atreo, y unció al carro la corredora yegua Eta, propia de Agamenón, y su veloz caballo Podargo. Había dado la yegua a Agamenón, como presente, Equepolo, hijo de Anquises, por no seguirle a la ventosa Ilión y gozar tranquilo en la vasta Sición,[651] donde moraba, de la abundante riqueza que Zeus le concediera: esta fue la yegua que Menelao unció al yugo, la cual estaba deseosa de correr. Fue el cuarto en aparejar los corceles de hermoso pelo Antíloco, hijo ilustre del magnánimo rey Néstor Nélida: de su carro tiraban caballos de Pilos, de pies ligeros. Y su padre se le acercó y empezó a darle buenos consejos aunque no le faltaba inteligencia:

[vv. 23.306 y ss.] —¡Antíloco! Si bien eres joven, Zeus y Poseidón te quieren y te han enseñado todo el arte del auriga. No es preciso, por tanto que yo te instruya. Sabes perfectamente cómo los caballos deben dar la vuelta en torno de la meta; pero tus corceles son los más lentos en correr, y temo que algún suceso desagradable ha de ocurrirte. Empero, si otros caballos son más veloces, sus conductores no te aventajan en obrar sagazmente. Ea, pues, querido, piensa en emplear toda clase de habilidades para que los premios no se te escapen. El leñador más hace con la habilidad que con la fuerza; con su habilidad el piloto gobierna en el vinoso ponto la veloz nave combatida por los vientos; y con su habilidad puede un auriga vencer a otro. El que confía en sus caballos y en su carro, les hace dar vueltas imprudentemente acá y allá, y luego los corceles divagan en la carrera y no los puede sujetar; mas el que conoce los recursos del arte y guía caballos inferiores, clava los ojos continuamente en la

---

[647] Se dice que las yeguas de este caudillo de Feras eran las mejores y más veloces de todo el ejército heleno. Las había criado Apolo y, de tan veloces, parecían volar (Cfr. 2.763-767).

[648] Cfr. 5.265-272.

[649] Arrebatados por Esténelo en 5.319-327, mientras Diomedes perseguía a Eneas.

[650] El auxilio de Apolo se produce en 344-46, luego que fracasara la intervención de Afrodita.

[651] Antigua ciudad griega al norte del Peloponeso, establecida a unos 18 km al noroeste de Corinto.

meta, da la vuelta cerca de la misma, y no le pasa inadvertido cuándo debe aguijar a aquellos con el látigo de piel de buey: así, los domina siempre, a la vez que observa a quien le precede. La meta de ahora es muy fácil de conocer, y voy a indicártela para que no dejes de verla. Un tronco seco de encina o de pino, que la lluvia no ha podrido aún, sobresale un codo de la tierra; encuéntranse a uno y otro lado del mismo, cuando el camino acaba sendas piedras blancas; y luego el terreno es llano por todas partes y propio para las carreras de carros; el tronco debe de haber pertenecido a la tumba de un hombre que ha tiempo murió, o fue puesto como mojón por los antiguos; y ahora el divino Aquiles, el de los pies ligeros, lo ha elegido por meta. Acércate a esta y den la vuelta casi tocándola carro y caballos; y tú inclínate en la fuerte silla hacía la izquierda y anima con imperiosas voces al corcel del otro lado, aflojándole las riendas. El caballo izquierdo se aproxime tanto a la meta, que parezca que el cubo de la bien construida rueda haya de llegar al tronco, pero guárdate de chocar con la piedra: no sea que hieras a los corceles, rompas el carro y causes el regocijo de los demás y la confusión de ti mismo. Procura, oh querido, ser cauto y prudente. Pero si aguijando los caballos logras dar la vuelta a la meta, ya nadie se te podrá anticipar ni alcanzarte siquiera, aunque guíe al divino Arión —el veloz caballo de Adrasto, que descendía de un dios— o sea arrastrado por los corceles de Laomedonte, que se criaron aquí tan excelentes.

[vv. 23.349 y s.] Así dijo Néstor Nélida, y volvió a sentarse cuando hubo enterado a su hijo de lo más importante de cada cosa.

[vv. 23.351 y ss.] Meriones fue el quinto en aparejar los caballos de hermoso pelo. Subieron los aurigas a los carros y echaron suertes en un casco que agitaba Aquiles. Salió primero la de Antíloco Nestórida; después, la del rey Eumelo; luego, la de Menelao Atrida, famoso por su lanza; en seguida, la de Meriones, y por último la del Tidida, que era el más hábil. Pusiéronse en fila, y Aquiles les indicó la meta a lo lejos en el terreno llano; y encargó a Fénix, escudero de su padre, que se sentara cerca de aquella como observador de la carrera, a fin de que, reteniendo en la memoria cuanto ocurriese, la verdad luego les contara.

[vv. 23.362 y ss.] Todos a un tiempo levantaron el látigo, dejáronlo caer sobre los caballos y los animaron con ardientes voces. Y estos, alejándose de las naves, corrían por la llanura con suma rapidez: la polvareda que levantaban envolvíales el pecho como una nube o un torbellino y las crines ondeaban al soplo del viento. Los carros, unas veces tocaban el fértil suelo y otras daban saltos en el aire; los aurigas permanecían en las sillas con el corazón palpitante por el deseo de la victoria; cada cual animaba a sus corceles, y estos volaban, levantando polvo, por la llanura.

[vv. 23.373 y ss.] Mas, cuando los veloces caballos llegaron a la segunda mitad de la carrera y ya volvían hacia el espumoso mar, entonces se mostró la pericia de cada conductor, pues todos aquellos empezaron a galopar. Venían delante las yeguas, de pies ligeros, de Eumelo Feretíada. Seguíanlas los caballos de Diomedes, procedentes de los de Tros; y estaban tan cerca del primer carro, que parecía que iban a subir en él; con su aliento calentaban la espalda y anchos hombros de Eumelo, y volaban poniendo la cabeza sobre el mismo. Diomedes le hubiera pasado delante, o por lo menos hubiera conseguido que la victoria quedase indecisa si Febo Apolo, que estaba irritado con el hijo de Tideo, no le hubiese hecho caer de las manos el lustroso látigo.[652] Afligiose el héroe y las lágrimas humedecieron sus ojos al ver que las yeguas corrían más que antes, y en cambio sus caballos aflojaban, porque ya no sentían el azote. No le pasó inadvertido a Atenea que Apolo jugara esta treta al Tidida; y corriendo hacia el pastor de hombres, devolviole el látigo, a la vez que daba nuevos bríos a sus caballos. Y la diosa, irritada, se encaminó al momento hacia el hijo de Admeto y le rompió el yugo: cada yegua se fue por su lado, fuera de camino; el timón cayó a tierra, y el héroe vino al suelo, junto a una rueda; hiriose en los codos, boca y narices, se rompió la frente por encima de las cejas, se le arrasaron los ojos de lágrimas y la voz, vigorosa y sonora, se le cortó. [653] El Tidida guió los solípedos caballos, desviándolos un poco, y se adelantó un gran espacio a todos los demás; porque Atenea vigorizó sus corceles y le concedió a él la gloria del triunfo.

---

[652] Tal como en la guerra, los dioses intervienen en las acciones de los hombres, y ellos, en suma, decidirán buena parte del resultado de esta carrera.

[653] Willcock, al comentar este pasaje hace notar que, según parece, nada puede suceder por accidente en el mundo homérico; de tal forma, si a Diomedes se le cae el látigo, no es porque se resbalara de sus manos, sino por obra de Apolo que estaba enfurecido con él; y si se rompe el yugo del carro de Eumelo, es por intervención de Atenea. Sin embargo, lo que no podría explicarse por vía racional es que el látigo vuelva a las manos de Diomedes una vez que se ha caído, ni que la lanza de Aquiles vuelva a él, cuando no ha alcanzado a Héctor en 22.276-77 (Cfr. *Companion...* pp. 256 y s. n.382-97). Sobre todo este tema hemos dado cuenta en la *Introducción*.

Seguíale el rubio Menelao Atrida. E inmediato a él iba Antíloco, que animaba a los caballos de su padre:

[vv. 23.403 y ss.] —Corred y alargad el paso cuanto podáis. No os mando que rivalicéis con aquellos con los caballos del aguerrido Tidida; a los cuales Atenea dio ligereza, concediéndole a él la gloria del triunfo.[654] Mas alcanzad pronto a los corceles del Atrida y no os quedéis rezagados para que no os avergüence Eta con ser hembra. ¿Por qué os atrasáis, excelentes caballos? Lo que os voy a decir se cumplirá: Se acabaran para vosotros los cuidados en el palacio de Néstor, pastor de hombres, y este os matará en seguida con el agudo bronce si por vuestra desidia nos llevamos el peor premio.[655] Seguid y apresuraos cuanto podáis. Y yo pensaré cómo, valiéndome de la astucia, me adelanto en el lugar donde se estrecha el camino; no se me escapará la ocasión.

[vv. 23.417 y ss.] Así dijo. Los corceles, temiendo la amenaza de su señor, corrieron más diligentemente un breve rato.[656] Pronto el belicoso Antíloco alcanzó a descubrir el punto más estrecho del camino —había allí una hendidura de la tierra, producida por el agua estancada durante el invierno, la cual robó parte de la senda y cavó el suelo—, y por aquel sitio guiaba Menelao sus corceles, procurando evitar el choque con los demás carros. Pero Antíloco, torciendo la rienda a sus caballos, sacó el carro fuera del camino, y por un lado y de cerca seguía a Menelao. El Atrida temió un choque y le dijo gritando:

[vv. 23.426, 427 y 428] —¡Antíloco! De temerario modo guías el carro. Detén los corceles, que ahora el camino es angosto, y en seguida, cuando sea más ancho, podrás ganarme la delantera. No sea que choquen los carros y seas causa de que recibamos daño.

[vv. 23.429 y ss.] Así dijo. Pero Antíloco, como si no le oyese, hacia correr más a sus caballos picándolos con el aguijón. Cuanto espacio recorre el disco que tira un joven desde lo alto de su hombro para probar la fuerza, tanto aquellos se adelantaron. Las yeguas del Atrida

---

[654] Aristarco se ha preguntado cómo es que Antíloco sabe de la intervención de Atenea (Cfr. Leaf, *The Iliad*, vol. II, p. 501 n403).

[655] No es esta la primera vez que un héroe le habla a los caballos y los amenaza si no cumplen con sus expectativas: Héctor hizo otro tanto en 8.184 y ss.

[656] Sorprendentemente los corceles tienen la inteligencia para comprender las palabras de Antíloco y actuar en consecuencia. Así también parece ocurrir con los de Menelao porque usa la misma fórmula en 446-7a.

cejaron, y él mismo, voluntariamente, dejó de avivarlas; no fuera que los solípedos caballos, tropezando los unos con los otros, volcaran los fuertes carros, y ellos cayeran en el polvo por el anhelo de alcanzar la victoria.

[vv. 23.438, 439, 440 y 441] Y el rubio Menelao, reprendiendo a Antíloco, exclamo: —¡Antíloco! Ningún mortal es más funesto que tú. Ve enhoramala; que los aqueos no estábamos en lo cierto cuando te teníamos por sensato. Pero no te llevarás el premio sin que antes jures.

[vv. 23.442, 443, 444 y 445] En diciendo esto, animó a sus caballos con estas palabras. —No aflojéis el paso, ni tengáis el corazón afligido. A aquellos se les cansarán los pies y las rodillas antes que a vosotros, pues ya ambos pasaron de la edad juvenil.

[vv. 23.446 y 447] Así dijo. Los corceles, temiendo la amenaza de su señor, corrieron más diligentemente, y pronto se hallaron cerca de los otros.

[vv. 23.448 y ss.] Los argivos, sentados en el circo, no quitaban los ojos de los caballos, y estos volaban, levantando polvo por la llanura. Idomeneo, caudillo de los cretenses, fue quien antes distinguió los primeros corceles que llegaban; pues era el que estaba en el sitio más alto por haberse sentado en un altozano, fuera del circo. Oyendo desde lejos la voz del auriga que animaba a los corceles, la reconoció, y al momento vio que corría, adelantándose a los demás, un caballo magnífico, todo bermejo, con una mancha en la frente, blanca y redonda como la luna. Y poniéndose de pie, dijo estas palabras a los argivos:

[vv. 23.457 y ss.] —¡Oh amigos, capitanes y príncipes de los argivos! ¿Veo los caballos yo solo o también vosotros? Paréceme que no son los mismos de antes los que vienen delanteros, ni el mismo el auriga: deben de haberse lastimado en la llanura las yeguas que poco ha eran vencedoras. Las vi cuando doblaban la meta; pero ahora no puedo distinguirlas, aunque registro con mis ojos todo el campo troyano. Quizá las riendas se le fueron al auriga, y, siéndole imposible gobernar las yeguas al llegar a la meta, no dio felizmente la vuelta: me figuro que habrá caído, el carro estará roto y las yeguas, dejándose llevar por su ánimo enardecido, se habrán echado fuera del camino. Pero levantaos y mirad, pues yo no lo distingo bien: paréceme que el que viene delante es un varón etolo, el fuerte Diomedes, hijo de Tideo, domador de caballos, que reina sobre los argivos.

[vv. 23.473 y ss.] Y el veloz Áyax de Oileo increpole con injuriosas voces: —¡Idomeneo! ¿Por qué charlas antes de lo debido? Las voladoras yeguas vienen corriendo a lo lejos por la llanura espaciosa. Tú no eres el más joven de los argivos, ni tu vista es la mejor; pero siempre hablas mucho y sin sustancia. Preciso es que no seas tan gárrulo estando presentes otros que te son superiores. Esas yeguas que aparecen las primeras son las de antes, las de Eumelo, y él mismo viene en el carro y tiene las riendas.

[vv. 23.482 y ss.] El caudillo de los cretenses le respondió enojado: — Áyax, valiente en la injuria, detractor; pues en todo lo restante estás por debajo de los argivos a causa de tu espíritu perverso. Apostemos un trípode o una caldera y nombremos árbitro a Agamenón Atrida, para que manifieste cuales son las yeguas que vienen delante y tú lo aprendas perdiendo la apuesta.

[vv. 23.488, 489, 490 y 491] Así habló. En seguida el veloz Áyax de Oileo se alzó colérico para contestarle con palabras duras. Y la altercación se hubiera prolongado más si el propio Aquiles, levantándose no les hubiese dicho:

[vv. 23.492 y ss.] —¡Áyax e Idomeneo! No alterquéis con palabras duras y pesadas, porque no es decoroso; y vosotros mismos os irritaríais contra el que así lo hiciera. Sentaos en el circo y fijad la vista en los caballos, que pronto vendrán aquí por el anhelo de alcanzar la victoria, y sabréis cuales corceles argivos son los delanteros y cuáles los rezagados.

[vv. 23.499 y ss.] Así dijo; el Tidida, que ya se había acercado un buen trecho, aguijaba a los corceles, y constantemente les azotaba la espalda con el látigo y ellos, levantando en alto los pies, recorrían velozmente el camino y rociaban de tierra al auriga. El carro, guarnecido de oro y estaño, corría arrastrado por los veloces caballos y las llantas casi no dejaban huella en el tenue polvo. ¡Con tal ligereza volaban los corceles! Cuando Diomedes llegó al circo, detuvo el luciente carro; copioso sudor corría de la cerviz y del pecho de los bridones hasta el suelo, y el héroe, saltando a tierra, dejó el látigo colgado del yugo. Entonces no anduvo remiso el esforzado Esténelo, sino que al instante tomó el premio y lo entregó a los magnánimos compañeros; y mientras estos conducían la cautiva a la tienda y se llevaban el trípode con asas, desunció del carro a los corceles.

[vv. 23.514 y ss.] Después de Diomedes llegó Antíloco, descendiente de Neleo, el cual se había anticipado a Menelao por haber usado de fraude y no por la mayor ligereza de su carro; pero así y todo,

Menelao guiaba muy cerca de él los veloces caballos. Cuanto el corcel dista de las ruedas del carro en que lleva a su señor por la llanura (las últimas cerdas de la cola tocan la llanta y un corto espacio los separa mientras aquel corre por el campo inmenso): tan rezagado estaba Menelao del eximio Antíloco; pues si bien al principio se quedó a la distancia de un tiro de disco, pronto volvió a alcanzarle porque el fuerte vigor de la yegua de Agamenón, de Eta, de hermoso pelo, iba aumentando. Y si la carrera hubiese sido más larga, el Atrida se le habría adelantado, sin dejar dudosa la victoria.

[vv. 23.528, 529, 530 y 531] —Meriones, el buen escudero de Idomeneo, seguía al ínclito Menelao, como a un tiro de lanza; pues sus corceles, de hermoso pelo, eran más tardos y él muy poco diestro en guiar el carro en un certamen.

[vv. 23.532, 533, 534 y 535] Presentose, por último, el hijo de Admeto,[657] tirando de su hermoso carro y conduciendo por delante los caballos. Al verle, el divino Aquiles, el de los pies ligeros, se compadeció de él, y dirigió a los argivos estas aladas palabras:

[vv. 23.536, 537 y 538] —Viene el último con los solípedos caballos el varón que más descuella en guiarlos. Ea, démosle, como es justo, el segundo premio, y llévese el primero el hijo de Tideo.

[vv. 23.539, 540, 541 y 542] Así habló y todos aplaudieron lo que proponía. Y le hubiese entregado la yegua —pues los aqueos lo aprobaban—, si Antíloco, hijo del magnánimo Néstor, no se hubiera levantado para decir con razón al Pelida Aquiles:

[vv. 23.543 y ss.] —¡Oh Aquiles! Mucho me enfadaré contigo si llevas al cabo lo que dices. Vas a quitarme el premio, atendiendo a que recibieron daño su carro y los veloces corceles y él es esforzado;[658] pero tenía que rogar a los inmortales y no habría llegado el último de todos. Si le compadeces y es grato a tu corazón, como hay en tu tienda abundante oro y posees bronce, rebaños, esclavas y solípedos caballos, entrégale, tomándolo de estas cosas, un premio aun mejor que este, para que los aqueos te alaben. Pero la yegua no la daré, y pruebe de quitármela quien desee llegar a las manos conmigo.

---

[657] Eumelo, quien tuvo el accidente en 391 y ss.

[658] La queja de Antíloco es por demás justificada. El premio debe ser para quien se supo imponer a los restantes y representa la gloria y el honor de la victoria. En tal caso la privación del premio sería una injusticia del tipo de la que enfrentó a Aquiles con Agamenón al comienzo del poema (Cfr. Richardson, N. *The Iliad: A Commentary*, VI, Cambridge University Press, 1993 p. 224).

[vv. 23.555, 556 y 557] Así habló. Sonriose el divino Aquiles, el de los pies ligeros, holgándose de que Antíloco se expresara en tales términos, porque era amigo suyo; y en respuesta, díjole estas aladas palabras:

[vv. 23.558 y ss.] —¡Antíloco! Me ordenas que dé a Eumelo otro premio, sacándolo de mi tienda, y así lo haré. Voy a entregarle la coraza de bronce que quité a Asteropeo, la cual tiene en sus orillas una franja de luciente estaño, y constituirá para él un valioso presente.

[vv. 23.563, 564 y 565] Dijo, y mandó a Automedonte, el compañero querido, que la sacara de la tienda; fue este y llevósela, y Aquiles la puso en las manos de Eumelo, que la recibió alegremente.

[vv. 23.566 y ss.] Pero levantose Menelao, afligido en su corazón y muy irritado contra Antíloco. El heraldo le dio el cetro, y ordenó a los argivos que callaran. Y el varón igual a un dios habló diciendo:

[vv. 23.570 y ss.] —¡Antíloco! Tú que antes eras sensato, ¿qué has hecho? Desluciste mi habilidad y atropellaste mis corceles, haciendo pasar delante a los tuyos, que son mucho peores. ¡Ea, capitanes y príncipes de los argivos! Juzgadnos imparcialmente a entrambos; no sea que alguno de los aqueos, de broncíneas corazas, exclame:

[vv. 23.576 y ss.] Menelao, violentando con mentiras a Antíloco, ha conseguido llevarse la yegua, a pesar de la inferioridad de sus corceles, por ser más valiente y poderoso. Y si queréis, yo mismo lo decidiré; y creo que ningún dánao me podrá reprender, porque el fallo será justo. Ea, Antíloco, alumno de Zeus, ven aquí, y puesto, como es costumbre, delante de los caballos y el carro, teniendo en la mano el flexible látigo con que los guiabas y tocando los corceles, jura por Poseidón, el que ciñe la tierra, que si detuviste mi carro fue involuntariamente y sin dolo.

[vv. 23.586 y ss.] Respondiole el prudente Antíloco: —Perdóname oh rey Menelao, pues soy más joven y tú eres mayor y más valiente. No te son desconocidas las faltas que comete un mozo, porque su pensamiento es rápido y su juicio escaso. Apacígüese, pues, tu corazón: yo mismo te cedo la yegua que he recibido; y si de cuanto tengo me pidieras algo de más valor que este premio, preferiría dártelo en seguida, a perder para siempre tu afecto y ser culpable ante los dioses.

[vv. 23.596 y ss.] Así habló el hijo del magnánimo Néstor, y conduciendo la yegua adonde estaba el Atrida, se la puso en la mano. A este se le alegró el alma: como el rocío cae en torno de las espigas cuando las mieses crecen y los campos se erizan; del mismo modo, oh Menelao, tu espíritu se bañó en gozo. Y respondiéndole, pronunció estas aladas palabras:

[vv. 23.602 y ss.] —¡Antíloco! Aunque estaba irritado, seré yo quien ceda; porque hasta aquí no has sido imprudente ni ligero y ahora la juventud venció a la razón. Abstente en lo sucesivo de suplantar a los que te son superiores. Ningún otro aqueo me ablandaría tan pronto: pero has padecido y trabajado mucho por mi causa y tu padre y tu hermano también; accederé, pues, a tus súplicas y te daré la yegua, que es mía, para que estos sepan que mi corazón no fue nunca ni soberbio ni cruel.

[vv. 23.612 y ss.] Dijo; entregó a Noemón, compañero de Antíloco, la yegua para que se la llevara, y tomó la reluciente caldera. Meriones, que había llegado el cuarto, recogió los dos talentos de oro. Quedaba el quinto premio, el vaso con dos asas; y Aquiles levantolo, atravesó el circo, y lo ofreció a Néstor con estas palabras:

[vv. 23.618 y ss.] —Toma, anciano, sea tuyo este presente como recuerdo de los funerales de Patroclo, a quien no volverás a ver entre los argivos. Te doy el premio porque no podrás ser parte ni en el pugilato, ni en la lucha, ni en el certamen de los dardos ni en la carrera; que ya te abruma la vejez penosa.[659]

[vv. 23.624 y 625] Así diciendo, se lo puso en las manos. Néstor recibiolo con alegría, y respondió con estas aladas palabras:

[vv. 23.626 y ss.] —Sí, hijo, oportuno es cuanto acabas de decir. Ya mis miembros no tienen el vigor de antes; ni mis pies, ni mis brazos, que no se mueven ágiles a partir de los hombros. Ojalá fuese tan joven y mis fuerzas tan robustas como cuando los epeos enterraron en Buprasio al poderoso Amarinceo, y los hijos de este sacaron premios para los juegos que debían celebrarse en honor del rey. Allí ninguno de los epeos, ni de los pilios, ni de los magnánimos etolos, pudo igualarse conmigo. Vencí en el pugilato a Clitomedes, hijo de Enope, y en la lucha a Anceo Pleuronio, que osó afrontarme; en la carrera pasé delante de Ificlo, que era robusto; y en arrojar la lanza superé a Fileo y a Polidoro. Solo los hijos de Áctor me dejaron atrás con su carro porque eran dos; y me disputaron la victoria a causa de

---

[659] De alguna manera Néstor ha participado de esa prueba mediante los consejos dados a su hijo. Así Aquiles menciona las otras competencias, pero no la carrera de carros, porque sabe que en ella se ha hecho partícipe con su experiencia. Néstor, en cambio, lo recibirá como un homenaje a su pasada gloria.

haberse reservado los mejores premios para este juego. Eran aquellos hermanos gemelos, y el uno gobernaba con firmeza los caballos; sí, gobernaba con firmeza los caballos, mientras el otro con el látigo los aguijaba. Así era yo en aquel tiempo. Ahora los más jóvenes entren en las luchas; que ya debo ceder a la triste senectud, aunque entonces sobresaliera entre los héroes. Ve y continúa celebrando los juegos fúnebres de tu amigo. Acepto gustoso el presente, y se me alegra el corazón al ver que te acuerdas siempre del buen Néstor y no dejas de advertir con qué honores he de ser honrado entre los aqueos. Las deidades te concedan por ello abundantes gracias.

[vv. 23.651 y ss.] Así habló; y el Pelida, oído todo el elogio que de él hiciera el hijo de Neleo, fuese por entre la muchedumbre de los aqueos. En seguida sacó los premios del duro pugilato: condujo al circo y ató en medio de él una mula de seis años, cerril, difícil de domar, que había de ser sufridora del trabajo; y puso para el vencido una copa doble. Y estando en pie, dijo a los argivos:

[vv. 23.658 y ss.] —¡Atrida y demás aqueos de hermosas grebas! Invitemos a los dos varones que sean más diestros, a que levanten los brazos y combatan a puñadas por estos premios. Aquel a quien Apolo conceda la victoria, reconociéndolo así todos los aqueos, conduzca a su tienda la mula sufridora del trabajo; el vencido se llevará la copa doble.

[vv. 23.664, 665 y 666] Así habló. Levantose al instante un varón fuerte, alto y experto en el pugilato: Epeo, hijo de Panopeo. Y poniendo la mano sobre la mula paciente en el trabajo, dijo:

[vv. 23.667 y ss.] —Acérquese el que haya de llevarse la copa doble; pues no creo que ningún aqueo consiga la mula, si ha de vencerme en el pugilato. Me glorío de mantenerlo mejor que nadie. ¿No basta acaso que sea inferior a otros en la batalla? No es posible que un hombre sea diestro en todo. Lo que voy a decir se cumplirá: al campeón que se me oponga, le rasgaré la piel y le aplastaré los huesos; los que de él hayan de cuidar quédense aquí reunidos, para llevárselo cuando sucumba a mis manos.

[vv. 23.676 y ss.] Así se expresó. Todos enmudecieron y quedaron silenciosos. Y tan solo se levantó para luchar con él Euríalo, varón igual a un dios, hijo del rey Mecisteo Talayónida; el cual fue a Tebas cuando murió Edipo y en los juegos fúnebres venció a todos los cadmeos. El Tidida, famoso por su lanza, animaba a Euríalo con razones, pues tenía un gran deseo de que alcanzara la victoria, y le ayudaba a disponerse para la lucha: atole el cinturón y le dio unas bien cortadas correas de piel de buey salvaje. Ceñidos ambos contendientes, comparecieron en medio del circo, levantaron las robustas manos, acometiéronse y los fornidos brazos se entrelazaron. Crujían de un modo horrible las mandíbulas y el sudor brotaba de todos los miembros. El divino Epeo, arremetiendo, dio un golpe en la mejilla de su rival, que le espiaba; y Euríalo no siguió en pie largo tiempo, porque sus hermosos miembros desfallecieron. Como, encrespándose la mar al soplo del Bóreas, salta un pez en la orilla poblada de algas y las negras olas lo cubren en seguida; así Euríalo, al recibir el golpe, dio un salto hacia atrás. Pero el magnánimo Epeo, cogiéndole por las manos, lo levantó; rodeáronle los compañeros y se lo llevaron del circo —arrastraba los pies, escupía negra sangre y la cabeza se le inclinaba a un lado—; sentáronle entre ellos, desvanecido, y fueron a recoger la copa doble.

[vv. 23.700 y ss.] El Pelida sacó después otros premios para el tercer juego, la penosa lucha, y se los mostró a los dánaos: para el vencedor un gran trípode, apto para ponerlo al fuego, que los aqueos apreciaban en doce bueyes; para el vencido una mujer diestra en muchas labores y valorada en cuatro bueyes. Y estando en pie, dijo a los argivos:

[v. 23.707] —Levantaos, los que hayáis de entrar en esta lucha.

[vv. 23.708 y ss.] Así habló. Alzose en seguida el gran Áyax Telamonio y luego el ingenioso Odiseo, fecundo en ardides.[660] Puesto el ceñidor, fueron a encontrarse en medio del circo y se cogieron con los robustos brazos como se enlazan las vigas que un ilustre artífice une, al construir alto palacio, para que resistan el embate de los vientos. Sus espaldas crujían, estrechadas fuertemente por los vigorosos brazos; copioso sudor les brotaba de todo el cuerpo; muchos cruentos cardenales iban apareciendo en los costados y en

---

[660] Según algunas leyendas de las cuales se hace eco la *Odisea* 11.543-52 —y también la *Etiópida* y la *Pequeña Ilíada* (Cfr. Bernabé Pajares, *Fragmentos de épica griega arcaica*. Madrid, Gredos, 1979. pp. 143, 152 y 160)—, Áyax Telamonio y Odiseo son también quienes, más adelante, disputarán sobre la posesión de las armas de Aquiles; o, según otras, por la posesión del Paladión (Cfr. Malalas, Io. *Chronographia*, ed. Thurn, Berlín, de Gruyter, 2000, V, §12-15). En todos los casos siempre se trata de un enfrentamiento entre la superioridad física y la supremacía intelectual. En los juegos de Patroclo, Aquiles dictamina un empate, pero en los otros casos mencionados, Áyax casi no tiene oportunidad porque se trata de un duelo verbal, y la decisión favorece a Odiseo. En esas oportunidades, Áyax, al considerarse deshonrado por el dictamen, enloquece, y termina quitándose la vida.

las espaldas; y ambos contendientes anhelaban siempre alcanzar la victoria y con ella el bien construido trípode. Pero ni Odiseo lograba hacer caer y derribar por el suelo a Áyax, ni este a aquel, porque la gran fuerza de Odiseo se lo impedía. Y cuando los aqueos de hermosas grebas ya empezaban a cansarse de la lucha, dijo el gran Áyax Telamonio:

[vv. 23.723 y 724] —¡Laertíada, descendiente de Zeus, Odiseo, fecundo en ardides! Levántame, o te levantaré yo; y Zeus se cuidará del resto.

[vv. 23.725 y ss.] Dichas estas palabras, le hizo perder tierra; mas Odiseo no se olvidó de sus ardides, pues dándole por detrás un golpe en la corva, dejole sin vigor los miembros, le hizo venir al suelo, de espaldas, y cayó sobre su pecho: la muchedumbre quedó admirada y atónita al contemplarlo. Luego, el divino y paciente Odiseo alzó un poco a Áyax, pero no consiguió sostenerlo en vilo, porque se le doblaron las rodillas[661] y ambos cayeron al suelo, el uno cerca del otro, y se mancharon de polvo. Levantáronse, y hubieran luchado por tercera vez, si Aquiles, poniéndose en pie, no los hubiese detenido:

[vv. 23.735, 736 y 737] —No luchéis ya, ni os hagáis más daño. La victoria quedó por ambos. Recibid igual premio y retiraos para que entren en los juegos otros aqueos.

[vv. 23.738 y 739] Así habló. Ellos le escucharon y obedecieron; pues en seguida, después de haberse limpiado el polvo, vistieron la túnica.

[vv. 23.740 y ss.] El Pelida sacó otros premios para la velocidad en la carrera. Expuso primero una cratera de plata labrada, que tenía seis medidas de capacidad y superaba en hermosura a todas las de la tierra. Los sidonios, eximios artífices, la fabricaron primorosa; los fenicios después de llevarla por el sombrío ponto de puerto en puerto, se la regalaron a Toante; más tarde, Euneo Jasónida la dio al héroe Patroclo para rescatar a Licaón, hijo de Príamo, y entonces Aquiles la ofreció como premio, en honor del difunto amigo, al que fuese más veloz en correr con los pies ligeros. Para el que llegase el segundo señaló un buey corpulento y pingüe y para el último, medio talento de oro. Y estando en pie, dijo a los argivos:

[v. 23.753] —Levantaos, los que hayáis de entrar en esta lucha.

---

[661] La lección es simple: el ingenio y la habilidad intelectual puede ser decisiva pero no es suficiente para coronar la victoria. Eso determinará justamente tanto la caída de Troya, como la victoria sobre los pretendientes en la *Odisea*.

[vv. 23.754 y ss.] Así habló. Levantose al instante el veloz Áyax de Oileo, después el ingenioso Odiseo, y por fin Antíloco, hijo de Néstor que en la carrera vencía a todos los jóvenes. Pusiéronse en fila y Aquiles les indicó la meta. Empezaron a correr desde el sitio señalado, y el hijo de Oileo se adelantó a los demás, aunque el divino Odiseo le seguía de cerca. Cuanto dista del pecho el huso que una mujer de hermosa cintura revuelve en su mano, mientras devana el hilo de la trama, y tiene constantemente junto al seno; tan inmediato a Áyax corría Odiseo: pisaba las huellas de aquel antes de que el polvo cayera en torno de las mismas y le echaba el aliento a la cabeza, corriendo siempre con suma rapidez. Todos los aqueos aplaudían los esfuerzos que realizaba Odiseo por el deseo de alcanzar la victoria y le animaban con sus voces. Mas cuando les faltaba poco para terminar la carrera, Odiseo oró en su corazón a Atenea, la de los brillantes ojos:

[v. 23.770] —Óyeme, diosa, y ven a socorrerme propicia, dando a mis pies más ligereza.

[vv. 23.771 y ss.] Tal fue su plegaria. Palas Atenea le oyó, y agilitole los miembros todos y especialmente los pies y las manos. Ya iban a coger el premio, cuando Áyax, corriendo, dio un resbalón —pues Atenea quiso perjudicarle[662]— en el lugar que habían llenado de estiércol los bueyes mugidores sacrificados por Aquiles, el de los pies ligeros, en honor de Patroclo; y el héroe llenose de boñiga la boca y las narices. El divino y paciente Odiseo le pasó delante y se llevó la cratera[663]; y el preclaro Áyax se detuvo, tomó el buey silvestre y, asiéndolo por el asta, mientras escupía la bosta, habló así a los argivos:

[vv. 23.782 y 783] —¡Oh dioses! Una diosa me dañó los pies; aquella que desde antiguo acorre y favorece a Odiseo cual una madre.

---

[662] Áyax de Oileo, impío, arrogante, agresivo y pendenciero, es un personaje con el cual los dioses no simpatizan. Su irreverencia no se detendrá ante acciones sacrílegas, y su actitud confrontativa con la divinidad acabará llevándolo a la muerte (Cfr. Grimal, P. *Diccionario de mitología griega y romana*, Buenos Aires, Paidós, 1981, n. ÁYAX, I). En este caso, con la humillación a la que lo somete Atenea, es uno de los momentos aprovechados por Homero para introducir, momentáneamente, la comedia.

[663] Parece bastante increíble que Odiseo estuviera cojeando en 18.48 y s. —cuando Aquiles renunció a su cólera—, y poco después, en estos juegos, participe, contendiendo e igualando con Áyax en el torneo de lucha (23.708 y ss.), y aquí derrote a sus contrincantes en la carrera pedestre.

|vv. 23.784, 785 y 786| Así dijo, y todos rieron con gusto. Antíloco recibió, sonriente, el último premio; y dirigió estas palabras a los argivos:

|vv. 23.787 y ss.| —Os diré, argivos, aunque todos lo sabéis, que los dioses honran a los hombres de más edad, hasta en los juegos. Áyax es un poco mayor que yo; Odiseo, que pertenece a la generación precedente, a los hombres antiguos, es tenido por un anciano vigoroso, y contender con él en la carrera es muy difícil para cualquier aqueo que no sea Aquiles.

|vv. 23.793 y 794| Así dijo, ensalzando al Pelida, de pies ligeros. Aquiles respondiole con estas palabras:

|vv. 23.795 y 796| —¡Antíloco! No en balde me habrás elogiado, pues añado a tu premio medio talento de oro.

|vv. 23.797 y ss.| Dijo, se lo puso en la mano, y Antíloco lo recibió con alegría. Acto continuo, el Pelida sacó y colocó en el circo una larga pica, un escudo y un casco, que eran las armas que Patroclo quitara a Sarpedón. Y puesto en pie, dijo a los argivos:

|vv. 23.802 y ss.| —Invitemos a los dos varones que sean más esforzados a que, vistiendo las armas y asiendo el tajante bronce, pongan a prueba su valor ante el concurso. Al primero que logre tocar el cuerpo hermoso de su adversario, le rasguñe el vientre a través de la armadura y le haga brotar la negra sangre, darele esta magnífica espada tracia, tachonada con clavos de plata, que quité a Asteropeo. Ambos campeones se llevarán las restantes armas y serán obsequiados con un espléndido banquete.

|vv. 23.811 y ss.| Así habló. Levantose en seguida el gran Áyax Telamonio y luego el fuerte Diomedes Tidida. Tan pronto como se hubieron armado, separadamente de la muchedumbre, fueron a encontrarse en medio del circo, deseosos de combatir y mirándose con torva faz; y todos los aqueos se quedaron atónitos. Cuando se hallaron frente a frente, tres veces se acometieron y tres veces procuraron herirse de cerca. Áyax dio un bote en el escudo liso del adversario, pero no pudo llegar a su cuerpo porque la coraza lo impidió. El Tidida intentaba alcanzar con el hierro de la luciente lanza el cuello de aquel, por encima del gran escudo.[664] Y los

---

[664] Esto parece contradecir la propuesta de Aquiles en 806, de herir o hacer sangrar al contrario; pero he aquí que los competidores son los dos principales combatientes del ejército —si dejamos de lado a Aquiles—, y el ataque con el que Diomedes insiste, fácilmente podría ser mortal; por eso todos quieren que el

aqueos, temiendo por Áyax, mandaron que cesara la lucha y ambos contendientes se llevaran igual premio, pero el héroe dio al Tidida la gran espada, ofreciéndosela con la vaina y el bien cortado ceñidor.

[vv. 23.826 y ss.] Luego el Pelida sacó la bola de hierro sin bruñir que en otro tiempo lanzaba el forzudo Eetión: el divino Aquiles, el de los pies ligeros, mató a este príncipe y se llevó en las naves la bola con otras riquezas. Y puesto en pie, dijo a los argivos:

[vv. 23.831 y ss.] —¡Levantaos los que hayáis de entrar en esta lucha! La presente bola proporcionará al que venciere cuanto hierro necesite durante cinco años, aunque sean muy extensos sus fértiles campos; y sus pastores y labradores no tendrán que ir por hierro a la ciudad.[665]

[vv. 23.836 y ss.] Así habló. Levantose en seguida el intrépido Polipetes; después, el vigoroso Leonteo, igual a un dios; más tarde, Áyax Telamonio, y por fin, el divino Epeo. Pusiéronse en fila, y el divino Epeo cogió la bola[666] y la arrojó, después de voltearla; y todos los aqueos se rieron. La tiró el segundo, Leonteo, vástago de Ares. Áyax Telamonio la despidió también, con su robusta mano, y logró pasar las señales de los anteriores tiros. Tomola entonces el intrépido Polipetes y cuanta es la distancia a que llega el cayado cuando lo lanza el pastor y voltea por encima de la vacada, tanto pasó la bola el espacio del circo; aplaudieron los aqueos, y los amigos de Polipetes, levantándose, llevaron a las cóncavas naves el premio que su rey había ganado.

[vv. 23.850 y ss.] Luego sacó Aquiles azulado hierro para los arqueros, colocando en el circo diez hachas grandes y otras diez pequeñas. Clavó en la arena, a lo lejos, un mástil de navío después de atar en su punta, por el pie y con delgado cordel, una tímida paloma, e invitoles a tirarle saetas, diciendo: —El que hiera a la tímida paloma, llévese a

---

combate se interrumpa. Aquiles, en cambio, como alguien que suele asumir mayores riesgos, se identifica con la temeridad de Diomedes y le entrega el premio principal.

[665] Este es el único certamen que tiene un solo premio y un solo ganador. En todos los otros se han asignado tantos trofeos como participantes. Esta prueba parece, además, estar reemplazando la esperable competencia del lanzamiento del disco (práctica a la que ya se había aludido en esta misma rapsodia en los versos 431 y 523).

[666] La bola misma que sirve de premio es la que, según parece, se usa para ejecutar la prueba.

su casa las hachas grandes; el que acierte a dar en la cuerda sin tocar al ave, como más inferior, tomará las hachas pequeñas.

[vv. 23.859 y ss.] Así dijo. Levantose en seguida el robusto Teucro y luego Meriones, esforzado escudero de Idomeneo. Echaron dos suertes en un casco de bronce, y, agitándolas salió primero la de Teucro. Este arrojo al momento y con vigor una flecha, sin ofrecer a Apolo una hecatombe perfecta de corderos primogénitos; y si bien no tocó al ave —negóselo Apolo—, la amarga saeta rompió el cordel muy cerca de la pata por la cual se había atado a la paloma: esta voló al cielo, el cordel quedó colgando y los aqueos aplaudieron. Meriones arrebató apresuradamente el arco de las manos de Teucro, acercó a la cuerda la flecha que de antemano tenía preparada, votó a Apolo sacrificarle una hecatombe de corderos primogénitos; y viendo a la tímida paloma que daba vueltas allá en lo alto del aire, cerca de las nubes, disparó y le atravesó una de las alas.[667] La flecha vino al suelo, a los pies de Meriones;[668] y el ave, posándose en el mástil del navío de negra proa, inclinó el cuello y abatió las tupidas alas, la vida huyó veloz de sus miembros y aquella cayó del mástil a lo lejos. La gente lo contemplaba con admiración y asombro. Meriones tomó, por tanto, las diez hachas grandes, y Teucro se llevó a las cóncavas naves las pequeñas.

[vv. 23.884 y ss.] Luego el Pelida sacó y colocó en el circo una larga pica[669] y una caldera no puesta aún al fuego, que era del valor de un buey y estaba decorada con flores. Dos hombres diestros en arrojar la lanza se levantaron: el poderoso Agamenón Atrida, y Meriones, escudero esforzado de Idomeneo. Y el divino Aquiles, el de los pies ligeros, les dijo:

---

[667] Teucro es bien conocido por su destreza con el arco, en cambio Meriones, compañero de Idomeneo, es más conocido por su habilidad con la lanza. Sin embargo, el poeta quiere demostrarnos cómo es determinante la intervención divina.

[668] El detalle de la flecha que vuelve a los pies de Meriones, en recuerdo de 22.276-77, nos hace pensar en la intervención de un dios.

[669] Se ha creído que la pica no sería un premio, sino simplemente la lanza con la cual se realizaría la competencia, que luego se emplearía como premio consuelo para Meriones (Cfr. Leaf, *The Iliad*, II, 2nd. ed., London - N. York, Macmillan, 1902, p. 534, 884n). Sin embargo, al destacar su longitud se le otorga un especial valor, probablemente menor que el del caldero, pero de cualidad suficiente para calificar como segundo premio.

[vv. 23.890 y ss.] —¡Atrida! Pues sabemos cuánto aventajas a todos y que así en la fuerza como en arrojar la lanza eres el más señalado, toma este premio y vuelve a las cóncavas naves.[670] Y entregaremos la pica al héroe Meriones, si te place lo que te propongo.

[vv. 23.895 y ss.] Así habló. Agamenón, rey de hombres, no dejó de obedecerle. Aquiles dio a Meriones la pica de bronce, y el héroe Atrida tomó el magnífico premio y se lo entregó al heraldo Taltibio.

---

[670] Toda esta escena poco clara y carente del carácter épico de otras es, en realidad, un juego diplomático: Aquiles rápidamente ha advertido la incomodidad que podría surgir a causa de una derrota del Atrida, dada la posición que ocupa en el ejército —aunque el propio Agamenón, al exponerse, no parece haberse dado cuenta—; tanto más cuanto Meriones, a juzgar por su desempeño en el poema, tendría aun mayor habilidad con la lanza que con el arco, con el cual poco antes ha derrotado a Teucro. Por lo tanto, antes de que el juego se realice y surja alguna situación incómoda, Aquiles lo soluciona interrumpiendo la justa con elogios, y distribuyendo los premios según el rango. Prueba de que Agamenón ni siquiera se ha dado cuenta del riesgo, es que, sorprendido por esta inesperada intervención de Aquiles, se queda sin palabras para dar una respuesta elogiosa, como en su momento hiciera Néstor al recibir la copa (626 y ss.). Todos estos detalles nos llevan a admirar el talento artístico de Homero.

RAPSODIA XXIV

RESCATE DE HÉCTOR

Aquiles afligido y airado por la muerte de su compañero, maltrata día tras día el cadáver de Héctor: lo ata a su carro de guerra y lo arrastra tres veces en torno a la tumba de Patroclo. Los dioses se apiadan de Héctor. Zeus ordena a Tetis que visite a Aquiles, lo amoneste y le inste a devolver el cuerpo de Héctor. A su vez hace que Hermes acompañe a Príamo al campamento aqueo para rescatar el cuerpo de su hijo. Ante la conmovedora rogativa de Príamo, Aquiles se apiada, abandona sus amenazas, acepta el rescate y entrega el cuerpo de Héctor. Una vez transportados los restos a Troya, el funeral de su principal defensor se celebra con toda solemnidad.

[vv. 24.1 y ss.] Disolviose la junta y los guerreros se dispersaron por las naves, tomaron la cena y se regalaron con el dulce sueño. Aquiles lloraba, acordándose del compañero querido, sin que el sueño que todo lo rinde, pudiera vencerle: daba vueltas acá y allá, y con amargura traía a la memoria el vigor y gran ánimo de Patroclo, lo que de mancomún con él llevara al cabo y las penalidades que ambos habían padecido, ora combatiendo con los hombres, ora surcando las temibles ondas. Al recordarlo, prorrumpía en abundantes lágrimas, ya se echaba de lado, ya de espaldas, ya de pechos; y al fin, levantándose, vagaba triste por la playa. Nunca le pasaba inadvertido el despuntar de la Aurora sobre el mar y sus riberas; entonces uncía al carro los ligeros corceles, y atando al mismo el cadáver de Héctor, lo arrastraba hasta dar tres vueltas al túmulo del difunto Menetíada; acto continuo volvía a reposar en la tienda, y dejaba el cadáver tendido de cara al polvo. Mas Apolo, apiadándose del varón aun después de muerto, le libraba de toda injuria y lo protegía con la égida de oro[671] para que Aquiles no lacerase el cuerpo mientras lo arrastraba por el suelo.[672]

[vv. 24.22 y ss.] De tal manera Aquiles, enojado, insultaba al divino Héctor. Compadecidos de este los bienaventurados dioses,

---

[671] Conviene recordar que el oro en Homero es símbolo de lo divino y, debido a ello, de los elementos que se consideran indestructibles (Cfr. 5.724, 20.272 y 21.165). En este caso particular el oro está relacionado con una total protección divina para que el cuerpo de Héctor permanezca indemne e incorrupto.

[672] Ya en 23.184-91 los dioses protectores de Troya brindaban protección al cuerpo de Héctor.

instigaban al vigilante Argifontes[673] a que hurtase el cadáver. A todos les placía tal propósito, menos a Hera, a Poseidón y a la virgen de los brillantes ojos,[674] que odiaban como antes a la sagrada Ilión, a Príamo y a su pueblo por la injuria que Alejandro infiriera a las diosas cuando fueron a su cabaña y declaró vencedora a la que le había ofrecido funesta liviandad[675]. Cuando desde el día de la muerte de Héctor llegó la duodécima aurora[676], Febo Apolo dijo a los inmortales:

[vv. 24.33 y ss.] —Sois, oh dioses, crueles y maléficos. ¿Acaso Héctor no quemaba muslos de bueyes y cabras escogidas en honor vuestro? Ahora, que ha perecido, no os atrevéis a salvar el cadáver y ponerlo a la vista de su esposa, de su madre, de su hijo, de su padre Príamo y del pueblo, que al momento lo entregarían a las llamas y le harían honras fúnebres; por el contrario, oh dioses, queréis favorecer al pernicioso Aquiles, el cual concibe pensamientos no razonables, tiene en su pecho un ánimo inflexible y medita cosas feroces, como un león que dejándose llevar por su gran fuerza y espíritu soberbio, se encamina a los rebaños de los hombres para aderezarse un festín: de igual modo perdió Aquiles la piedad y ni siquiera conserva el pudor que tanto favorece o daña a los varones. Aquel a quien se le muere un ser amado, como el hermano carnal o el hijo, al fin cesa de llorar y lamentarse; porque las Moiras dieron al hombre un corazón paciente. Mas Aquiles, después que quitó al divino Héctor la dulce vida, ata el cadáver al carro y lo arrastra alrededor del túmulo de su compañero querido; y esto ni a aquel le aprovecha, ni es decoroso. Tema que nos irritemos contra él, aunque sea valiente, porque enfureciéndose insulta a lo que tan solo es ya insensible tierra.

[vv. 24.55 y ss.] Respondiole irritada Hera, la de los níveos brazos: — Sería como dices, oh tú que llevas arco de plata, si a Aquiles y a Héctor los tuvierais en igual estima. Pero Héctor fue mortal y diole

---

[673] Epíteto de Hermes, dios de los ladrones, los engaños y el comercio (sobre su origen cfr. n. al v. 2.103).

[674] Atenea.

[675] Referencia a la leyenda del juicio de Paris, que pondría en marcha los eventos que ocasionarían la guerra de Troya: Paris elige dar la manzana de la Discordia a Afrodita, quien le había prometido, a cambio, el amor de Helena. Sin embargo, la ira de Poseidón contra los troyanos tiene otro origen, como queda dicho en 21.441 y ss.

[676] Si consideramos que el día de la muerte de Héctor es el 28 de nuestro cómputo, Apolo dirigirá estas palabras a los dioses en el día 39.

el pecho una mujer; mientras que Aquiles es hijo de una diosa a quien yo misma alimenté y crié y casé luego con Peleo, varón cordialmente amado por los inmortales. Todos los dioses presenciasteis la boda; y tú pulsaste la cítara y con los demás tuviste parte en el festín, ¡oh amigo de los malos, siempre pérfido!

[vv. 24.64 y ss.] Replicó Zeus, que amontona las nubes: —¡Hera! No te irrites tanto contra las deidades. No será el mismo el aprecio en que los tengamos; pero Héctor era para los dioses, y también para mí, el más querido de cuantos mortales viven en Ilión, porque nunca se olvidó de dedicarnos agradables ofrendas. Jamás mi altar careció ni de libaciones ni de víctimas, que tales son los honores que se nos deben. Desechemos la idea de robar el cuerpo del audaz Héctor; es imposible que se haga a hurto de Aquiles, porque siempre, de noche y de día, le acompaña su madre. Mas si alguno de los dioses llamase a Tetis, yo le diría a esta lo que fuera oportuno para que Aquiles, recibiendo los dones de Príamo, restituyese el cadáver de Héctor.[677]

[vv. 24.77 y ss.] Así se expresó. Levantose Iris, de pies rápidos como el huracán, para llevar el mensaje; saltó al negro ponto entre la costa de Samos y la escarpada de Imbros, y resonó el estrecho. La diosa se lanzó a lo profundo, como desciende el plomo asido al cuerno[678] de un buey montaraz en que se pone el anzuelo y lleva la muerte a los voraces peces. En la profunda gruta halló a Tetis y a otras muchas

---

[677] El rescate del cadáver de Héctor comienza siendo una solución pacífica ideada por Zeus contra los censurables actos que reclamaban otros dioses. La relativa indulgencia de Zeus se justifica en la piadosa actitud del héroe. Su plan, como aquel del robo, también va a incluir a Hermes (24.334-9, 445-7, 457-9, 689-91); pero requiere de la colaboración y anuencia del propio Aquiles. Llamativamente, al enviar su mensaje a Tetis no dice, como en otras ocasiones, lo que Tetis debe hacer, sino que, en este caso, él va a decirle en persona "lo que fuera oportuno"; por esta razón es tan breve y perentorio el mensaje de Iris en 24.88. En realidad, la actitud de Aquiles ha disgustado a los dioses, y su *rencor,* ahora descargado en el cadáver de Héctor, viola todos los códigos de conducta establecidos. Al respecto Zeus hace que Héctor reciba protección, y encarga a Tetis la tarea de hacer entrar en razones a su hijo, porque como madre, era también su responsabilidad educarlo para proceder correctamente.

[678] En este aparejo de pesca la función del plomo y del anzuelo son claras, pero no lo es tanto la del cuerno de buey. Este, hueco y bien obturado, probablemente cumpla la función del flotador o boya como señalador del pique, cometido para el que, más recientemente, se usaría un corcho. No obstante, lo que parece importar en primer término es la plomada (en representación de Iris), que veloz y lejana lleva la línea, y con ella, el anzuelo para pescar al pez (¿Tetis?).

diosas marinas que la rodeaban: la ninfa, sentada en medio de ellas, lloraba por la suerte de su hijo, que había de perecer en la fértil Troya, lejos de la patria. Y acercándosele Iris, la de los pies ligeros. Así le dijo:

[v. 24.88] —Ven, Tetis, pues te llama Zeus, el conocedor de los eternales decretos.

[vv. 24.89, 90, 91 y 92] Respondiole Tetis, la diosa de los argentados pies: —¿Por qué aquel gran dios me ordena que vaya? Me da vergüenza juntarme con los inmortales, pues son muchas las penas que conturban mi corazón. Esto no obstante, iré, para que sus palabras no resulten vanas y sin efecto.

[vv. 24.93 y ss.] En diciendo esto, la divina entre las diosas tomó un velo tan obscuro que no había otro que fuese más negro[679]. Púsose en camino, precedida por la veloz Iris, de pies rápidos como el viento, y las olas del mar se abrían al paso de ambas deidades. Salieron estas a la playa, ascendieron al cielo y hallaron al longividente Crónida con los demás felices sempiternos dioses. Sentose Tetis al lado de Zeus, porque Atenea le cedió el sitio; y Hera le puso en la mano la copa de oro, que la ninfa devolvió después de haber bebido[680]. Y el padre de los hombres y de los dioses comenzó a hablar de esta manera:

[vv. 24.104 y ss.] —Vienes al Olimpo, oh diosa Tetis, afligida y con el ánimo agobiado por vehemente pesar. Lo sé. Pero, aun así y todo, voy a decirte por qué te he llamado. Hace nueve días[681] que se suscitó entre los inmortales una contienda referente al cadáver de

---

[679] El luto de Tetis no es solamente por la muerte de Patroclo, sino también por la proximidad de la muerte de su propio hijo. En efecto, como Aquiles no muere en la *Ilíada*, todas las lágrimas y lamentos fúnebres dedicados a él, se adelantan en las exequias de Patroclo, convirtiéndolas en un reflejo anticipado del dolor por la futura muerte de Aquiles.

[680] La recepción que Hera y Atenea proporcionan a Tetis no solo indica que se compadecen por su duelo, sino también el restablecimiento de la armonía familiar (no olvidemos que, según algunas versiones del mito, Hera es su madre), luego del distanciamiento que se provocó entre ellas por el pedido de Tetis a Zeus en 1.497-511 (Cfr. Brügger, C. *Homer's Iliad: The Basel Commentary, Book XXIV*, Boston-Berlin, De Gruyter, 2017. p. 58, n.100-102).

[681] Estos nueve días ya están asumidos en el cómputo que realizamos. Sin embargo, el numeral nos reporta a los plazos en los cuales no se ha obtenido un resultado en espera del décimo, momento en el cual la situación debe culminar exitosamente. De esta manera se nos está anticipando el cambio y el desenlace.

Héctor y a Aquiles asolador de ciudades, e instigaban al vigilante Argifontes a que hurtase el muerto; pero yo prefiero dar a Aquiles la gloria de devolverlo, y conservar así tu respeto y amistad. Ve en seguida al ejército y amonesta a tu hijo. Dile que los dioses están muy irritados contra él y yo más indignado que ninguno de los inmortales, porque enfureciéndose retiene a Héctor en las corvas naves y no permite que lo rediman; por si, temiéndome, consiente que el cadáver sea rescatado. Entonces enviaré a la diosa Iris al magnánimo Príamo para que vaya a las naves de los aqueos y redima a su hijo, llevando a Aquiles dones que aplaquen su enojo.

[vv. 24.120 y ss.] Así se expresó, y Tetis, la diosa de los argentados pies, no fue desobediente. Bajando en raudo vuelo de las cumbres del Olimpo llegó a la tienda de su hijo: este gemía sin cesar, y sus compañeros se ocupaban diligentemente en preparar la comida, habiendo inmolado una grande y lanuda oveja. La veneranda madre se sentó muy cerca del héroe, le acarició con la mano y hablole en estos términos:

[vv. 24.128 y ss.] —¡Hijo mío! ¿Hasta cuándo dejarás que el llanto y la tristeza roan tu corazón, sin acordarte ni de la comida ni del concúbito? Bueno es que goces del amor con una mujer, pues ya no vivirás mucho tiempo: la muerte y el hado cruel se te avecinan. Y ahora préstame atención, pues vengo como mensajera de Zeus. Dice que los dioses están muy irritados contra ti, y él más indignado que ninguno de los inmortales, porque enfureciéndote retienes a Héctor en las corvas naves y no permites que lo rediman. Ea, entrega el cadáver y acepta su rescate.

[vv. 24.138, 139 y 140] Respondiole Aquiles, el de los pies ligeros: — Sea así. Quien traiga el rescate se lleve el muerto; ya que, con ánimo benévolo, el mismo Olímpico lo ha dispuesto.

[vv. 24.141, 142 y 143] De este modo, dentro del recinto de las naves, pasaban de madre a hijo muchas aladas palabras. Y en tanto, el Crónida envió a Iris a la sagrada Ilión:

[vv. 24.144 y ss.] —¡Anda, ve, rápida Iris! Deja tu asiento del Olimpo, entra en Ilión y di al magnánimo Príamo[682] que se encamine a las

---

[682] Zeus es quien determina que el rescate lo realice Príamo, porque Aquiles, en 139, no pone este requisito para redimir al muerto. La estrategia de Zeus se basa en el respeto y la piedad que puede llegar a concitar un padre dolido y suplicante en el espíritu, también triste, del beligerante Aquiles. Llegados a este punto

naves de los aqueos y rescate al hijo, llevando a Aquiles dones que aplaquen su enojo; vaya solo y ningún troyano se le junte. Acompáñele un heraldo más viejo que él,[683] para que guíe los mulos y el carro de hermosas ruedas y conduzca luego a la población el cadáver de aquel a quien mató el divino Aquiles. Ni la idea de la muerte ni otro temor alguno conturbe su ánimo, pues le daremos por guía al Argifontes, el cual le llevara hasta muy cerca de Aquiles. Y cuando haya entrado en la tienda del héroe, este no le matará, e impedirá que los demás lo hagan. Pues Aquiles no es insensato, ni temerario, ni perverso; y tendrá buen cuidado de respetar a un suplicante.

[vv. 24.159 y ss.] Tal dijo. Levantose Iris, de pies rápidos como el huracán, para llevar el mensaje; y llegando al palacio de Príamo, oyó llantos y alaridos. Los hijos, sentados en el patio alrededor del padre, bañaban sus vestidos con lágrimas; y el anciano aparecía en medio, envuelto en un manto muy ceñido, y tenía en la cabeza y en el cuello abundante estiércol que al revolcarse por el suelo había recogido con sus manos. Las hijas y nueras se lamentaban en el palacio, recordando los muchos varones esforzados que yacían en la llanura por haber dejado la vida en manos de los argivos. La mensajera de Zeus se detuvo cerca de Príamo y hablándole quedo, mientras al anciano un temblor le ocupaba los miembros, así le dijo:

[vv. 24.171 y ss.] —Cobra ánimo, Príamo Dardánida, y no te espantes; que no vengo a presagiarte males, sino a participarte cosas buenas: soy mensajera de Zeus, que aun estando lejos, se interesa mucho por ti y te compadece. El Olímpico te manda rescatar al divino Héctor[684],

---

conviene aclarar que de acuerdo con el verso 88, el plan no es realmente de él, sino que pertenece al plan eterno (ἄφθιτα μήδεα), solamente conocido por él.

[683] La compañía del heraldo es habitual en las embajadas (9.170) y, por su función, gozan de la protección de Zeus (Cfr. Gil, L. "Los demiurgos", en: AAVV. *Introducción a Homero*, Madrid, Guadarrama, 1963. p. 432). Pero, llamativamente, en este caso el dios exige que el heraldo sea de una edad mayor a la de Príamo, y eso no parece que lo pida simplemente porque desee a alguien de experiencia y prudencia, dado que no pide que sea "viejo", sino "más viejo" (γεραίτερος) aun que el propio Príamo. Así se asegura Homero de que la edad de quienes van en esta embajada, se convierta en un detalle de importancia y de especial significación, acaso porque, además de concitar respeto, hace falta que no representen ningún peligro, ni despierten ningún tipo de susceptibilidad entre los aqueos.

[684] Los versos 24.175-187, salvo por el cambio de persona verbal siguen exactamente a 146-148.

llevando a Aquiles dones que aplaquen su enojo: ve solo y ningún troyano se te junte. Te acompañe un heraldo más viejo que tú, para que guíe los mulos y el carro de hermosas ruedas y conduzca luego a la población el cadáver de aquel a quien mató el divino Aquiles. Ni la idea de la muerte ni otro temor alguno conturbe tu ánimo, pues tendrás por guía al Argifontes, el cual te llevará hasta muy cerca de Aquiles. Y cuando hayas entrado en la tienda del héroe, este no te matará e impedirá que los demás lo hagan. Pues Aquiles no es ni insensato, ni temerario, ni perverso; y tendrá buen cuidado de respetar a un suplicante.

[vv. 24.188 y ss.] Cuando esto hubo dicho, fuese Iris, la de los pies ligeros. Príamo mandó a sus hijos que prepararan un carro de mulas, de hermosas ruedas, pusieran encima un arca y la sujetaran con sogas. Bajó después al perfumado tálamo, que era de cedro, tenía elevado techo y guardaba muchas preciosidades; y llamando a su esposa Hécuba, hablole en estos términos:

[vv. 24.194 y ss.] —¡Hécuba infeliz! La mensajera del Olimpo ha venido por orden de Zeus a encargarme que vaya a las naves de los aqueos y rescate al hijo, llevando a Aquiles dones que aplaquen su enojo. Ea, dime, ¿qué piensas acerca de esto? Pues mi mente y mi corazón me instigan a ir allá, hacia las naves, al campamento vasto de los aqueos.

[vv. 24.200 y ss.] Así dijo. La mujer prorrumpió en sollozos, y respondió diciendo: —¡Ay de mí! ¿Qué es de la prudencia que antes te hizo célebre entre los extranjeros y entre aquellos sobre los cuales reinas? ¿Cómo quieres ir solo a las naves de los aqueos y presentarte al hombre que te mató tantos y tan valientes hijos? De hierro tienes el corazón. Si ese guerrero cruel y pérfido llega a verte con sus propios ojos y te coge, ni se apiadará de ti, ni te respetará en lo mas mínimo. Lloremos a Héctor sentados en el palacio, a distancia de su cadáver; ya que cuando le parí, el hado poderoso hiló de esta suerte el estambre de su vida: que habría de saciar con su carne a los veloces perros, lejos de sus padres y junto al hombre violento cuyo hígado ojalá pudiera yo comer hincando en él los dientes. Entonces quedarían vengados los insultos que ha hecho a mi hijo; que este, cuando aquel le mató, no se portaba cobardemente, sino que a pie firme defendía a los troyanos y a las troyanas de profundo seno, no pensando ni en huir ni en evitar el combate[685].

[vv. 24.217 y ss.] Contestó el anciano Príamo, semejante a un dios: —No te opongas a mi resolución, ni seas para mí un ave de mal agüero en el palacio. No me persuadirás. Si me diese la orden uno de los que en la tierra viven, aunque fuera adivino, arúspice o sacerdote, la creeríamos falsa y desconfiaríamos aún más; pero ahora, como yo mismo he oído a la diosa y la he visto delante de mí, iré y no serán ineficaces sus palabras. Y si mi destino es morir en las naves de los aqueos de broncíneas túnicas, lo acepto: que me mate Aquiles tan luego como abrace a mi hijo y satisfaga el deseo de llorarle.[686]

[vv. 24.228 y ss.] Dijo; y levantando las hermosas tapas de las arcas, cogió doce magníficos peplos, doce mantos sencillos[687], doce tapetes, doce bellos palios y otras tantas túnicas. Pesó luego diez talentos de oro. Y por fin sacó dos trípodes relucientes, cuatro calderas y una magnífica copa que los tracios le dieron cuando fue, como embajador, a su país, y era un soberbio regalo; pues el anciano no quiso dejarla en el palacio a causa del vehemente deseo que tenía

---

[685] Si bien la consulta de Príamo a su esposa en 194-199 y la respuesta de aquella en 194-216 han parecido a algunos un elemento dilatorio dado que después Príamo tomará la resolución de seguir puntualmente las instrucciones de Zeus en 217-227 (Cfr. Brügger, C. ob. cit., p. 85, n.193-227), hay que considerar que todo esto funciona de manera similar a los cuatro soliloquios que hemos encontrado anteriormente, solo que aquí los pensamientos en pro y contra se dramatizan por medio del diálogo entre los esposos. Como en aquellos, se consideran las alternativas, y finalmente el héroe —en este caso el anciano Príamo— decide afrontar el peligro. La escena tiene varios elementos semejantes con las anteriores: a) el personaje masculino se encontrará en una situación con peligro de muerte, b) antes, como en alguno de los otros casos, se va a dar la presencia o compañía de un dios tutelar, c) el enfrentamiento propiamente dicho, lo hará en soledad, ya que Hermes no habrá de acompañarlo al interior de la tienda de Aquiles (y el heraldo no puede intervenir, e incluso es demasiado viejo), d) su oponente (Aquiles) lo supera en poder ampliamente, y por lo tanto debe confiar, por completo, en la palabra de Zeus.

[686] La resolución de Príamo es tan terminante como la de Héctor en 22.129 y s. El gran contraste es que Héctor decide arriesgar la vida, pero no suplicar, y Príamo, por el contrario, resuelve correr el riesgo para realizar la súplica. El oponente, en ambos casos, es el mismo.

[687] Que no son dobles, sino simples.

de rescatar a su hijo[688]. Y volviendo al pórtico, echó afuera a los troyanos, increpándolos con injuriosas palabras:

---

[688] Al presentarnos el escrutinio de los bienes que conforman el rescate de Héctor resulta evidente que Homero le concede una significativa importancia, y el detalle de las cantidades no parece casual. Tanto más cuando se reiteran varios números a los que el poeta parece haber asignado un significado específico en otros contextos. Tal es el caso del número doce, anáfora que se reitera en las cinco variedades de artículos textiles seleccionados: de este modo dice que de peplos, mantos, tapetes, palios y túnicas tomó doce de cada uno, esto es, sesenta objetos. Luego se adicionan diez talentos de oro; y después, dos variedades de utensilios que se usan con el fuego: dos trípodes y cuatro calderos. Por último, se agrega una copa. Si bien todos estos objetos son seleccionados por su gran valor, a la copa se la destaca como particularmente valiosa. Indirectamente se nos da a entender que, en cualquier otra circunstancia, el anciano hubiera dudado en sumarla al conjunto, pero en este caso no la quiere dejar debido al urgente deseo de rescatar a Héctor. Teme que, si la dejase, no se ajuste a lo indicado por Zeus, y de alguna forma el intercambio no llegue a concretarse. Esa necesidad y ese temor nos revelan el estado espiritual del corazón de Príamo, donde decide ser más generoso que avaro, y adicionar la copa que completa el rescate. Todo el rescate suma setenta y siete objetos (60+10+6+1= 77), con los cuales Príamo cree que esta completo y ha cumplido puntualmente con lo ordenado por Zeus. No es improbable que detrás de este cuidadoso ensamble de números exista un juego matemático y un cierto simbolismo numérico. El número doce es uno de los que se han aplicado frecuentemente en la poesía tradicional para expresar totalidad o ciclo completo; de este modo aparece asociado en diversos contextos de la *Ilíada* (1.425, 6.93, 24.781); y el número diez, aquí presente en la cantidad de talentos, ya hemos señalado en repetidas ocasiones, que tiene un uso bastante parecido en el poema; la mención del oro, al mismo tiempo, maximiza el sentido de la cantidad. El siete —resultante de la suma: 6 +1— es otro de los números que se relacionan con la idea de ciclo completo y de plenitud. Además de estar relacionado con el ciclo lunar, se ha hecho notar que el producto del tres y el cuatro que lo conforman, es doce, lo que muestra matemáticamente la relación existente entre estos números (Cfr. Lorenz, B. "Notizen zu Zwölf und Dreihundert im Märchen: Ausdruck bedeutungsvoller Grösse und abgegrenzter Bereiche", en: *Fabula*, XXVII, 1, Berlin, 1986, pp. 42-3). Por último, todo se centra en la unidad representada por la copa que termina de configurar el rescate. En muchas culturas la copa representa al corazón y hasta el ideograma de ambos a veces es el mismo (Cfr. Guénon, R. *Símbolos fundamentales de la ciencia sagrada*. 2da. ed. Buenos Aires, Eudeba, 1976. p. 17.; Chevalier, J. & Gheerbrant, A. *Dictionnaire des Symboles*. Ed. rev. Paris, Laffont/Jupiter, 1989, v. *COUPE*; Cirlot, J. E. *Diccionario de símbolos*, Labor, Barcelona, 1969, v. *CORAZÓN*). La copa, el corazón, el centro y el uno son ideas que aquí parecieran a punto de superponerse. ¿Habrá sido el propósito de Homero plantearnos que el anciano Príamo estaba dispuesto a entregar la copa para recuperar en su corazón a su amado hijo, el supremo protector de Troya? Imposible saberlo con seguridad. Lo que sí hemos podido observar es que, en las cantidades de todo este catálogo, considerado en cuatro grupos, esto es, las

[vv. 24.239 y ss.] —¡Idos enhoramala, hombres infames y vituperables! ¿Por ventura no hay llanto en vuestra casa, que venís a afligirme? ¿O creéis que son pocos los pesares que Zeus Crónida me envía, con hacerme perder un hijo valiente? También los probaréis vosotros. Muerto él, será mucho más fácil que los argivos os maten. Pero antes que con estos ojos vea la ciudad tomada y destruida, descienda yo a la mansión del Hades.

[vv. 24.247 y ss.] Dijo; y con el cetro echó a los hombres. Estos salieron, apremiados por el anciano. Y en seguida Príamo reprendió a sus hijos Heleno, Paris, Agatón divino, Pamón, Antífono, Polites, valiente en la pelea, Deífobo, Hipótoo y el fuerte Dio:[689] a los nueve[690] los increpó y dio órdenes, diciendo:

[vv. 24.253 y ss.] —¡Daos prisa, malos hijos ruines! Ojalá que en lugar de Héctor hubieseis muerto todos en las veleras naves. ¡Ay de mí, desventurado, que engendré hijos valentísimos en la vasta Troya, y ya puedo decir que ninguno me queda! Al divino Méstor, a Troilo, que combatía en carro, y a Héctor,[691] que era un dios entre los

---

prendas textiles, el oro, los utensilios para el fuego y la copa, puede observarse una correlación entre las decenas y las unidades, y es claramente visible en la suma: (60+10) + (6+1). Todo esto no puede ser casual; y debe tener un propósito.

[689] De los hijos aquí mencionados, a Paris y Deífobo los hemos encontrado en diversas acciones y enfrentamientos —y, a Paris en particular, también en actitudes bastante vergonzosas— a lo largo de la obra. Heleno, reconocido augur —según dice la leyenda tenía poderes semejantes a los de Casandra—, aparece en 6.76-101 aconsejando a Héctor para que vaya a la ciudad y mande realizar un sacrificio a Atenea; en 7.43 y ss. pide a Héctor que desafíe a los aqueos a un combate singular; en 12.94 lo encontramos junto a Deífobo para mandar uno de los cinco batallones que atacarán el muro; por último, antes de salir herido, lo hallamos en combate en 13.576 y 582. Polites (2.792 y ss.) era quien se sentaba en el túmulo de Esietes y avisaba cuando los aqueos se ponían en marcha para combatir; en 13.533 y s. es quien saca del campo de batalla a Deífobo al ser herido por Meriones, y en 15.359 da muerte a Equio. De los cinco hijos restantes esta es la única mención en todo el poema.

[690] El número nueve aparece asociado en esta ocasión con los hijos supérstites de Príamo, a los cuales se vitupera porque ninguno goza de la perfección de aquellos que ya están muertos. El número, que en otros contextos acompañaba a lo incompleto o no terminado, representa en esta oportunidad a lo imperfecto, defectuoso y despreciable.

[691] Méstor y Troilo habrían muerto a manos de Aquiles, en distintas circunstancias, tiempo antes del comienzo de la Ilíada (Cfr. Ruiz de Elvira, A. Mitología clásica, 2da. ed. corregida, Madrid, Gredos, 1975/85. pp. 421 y s). Por estos versos se puede juzgar que, justo antes de la muerte de Héctor, a Príamo le quedaban diez

hombres y no parecía hijo de un mortal, sino de una divinidad, Ares les hizo perecer; y restan los que son indignos, embusteros, danzarines, señalados únicamente en los coros y hábiles en robar al pueblo corderos y cabritos. Pero ¿no me prepararéis al instante el carro, poniendo en él todas estas cosas, para que emprendamos el camino?

[vv. 24.265 y ss.] Así les habló. Ellos, temiendo reconvención del padre, sacaron un carro de mulas, de hermosas ruedas, magnífico, recién construido; pusieron encima el arca, que ataron bien; descolgaron del clavo el corvo yugo de madera de boj, provisto de anillos, y tomaron una correa de nueve codos que servía para atarlo. Colocaron después el yugo sobre la parte anterior de la lanza, metieron el anillo en su clavija, y sujetaron a aquel, atándolo con la correa, a la cual hicieron dar tres vueltas a cada lado y cuyos extremos reunieron en un nudo. Luego fueron sacando de la cámara y acomodando en el carro los innumerables dones[692] para el rescate de Héctor; uncieron los mulos de tiro, de fuertes cascos, que en otro tiempo regalaron los misios a Príamo como espléndido presente, y acercaron al yugo los corceles, a los cuales el anciano en persona daba de comer en pulimentado pesebre.

[vv. 24.281 y ss.] Mientras el heraldo y Príamo, prudentes ambos, uncían los caballos en el alto palacio, acercóseles Hécuba, con ánimo abatido, llevando en su diestra una copa de oro llena de dulce vino para que hicieran la libación antes de partir; y deteniéndose ante el carro, dijo a Príamo:

[vv. 24.287 y ss.] —Toma, haz libación al padre Zeus y suplícale que puedas volver del campamento de los enemigos a tu casa; ya que tu ánimo te incita a ir a las naves contra mi deseo. Ruega, pues, a Zeus Ideo, el dios de las sombrías nubes, que desde lo alto contempla la ciudad de Troya, y pídele que haga aparecer a tu derecha su veloz mensajera, el ave que le es más cara y cuya fuerza es inmensa, para que en viéndola con tus propios ojos, vayas, alentado por el agüero, a las naves de los dánaos, de rápidos corceles. Y si el longividente Zeus no te enviara su mensajera, yo no te aconsejaría que fueras a las naves de los argivos por mucho que lo desees.

---

hijos, número que aparece como favorable para mantener a Troya a salvo, luego de la muerte de Héctor, el nueve es un anuncio de catástrofe.
[692] Cfr. 229 y ss.

[vv. 24.299, 300 y 301] Respondiole el deiforme Príamo: —¡Mujer! No dejaré de obrar como me recomiendas. Bueno es levantar las manos a Zeus para que de nosotros se apiade.

[vv. 24.302 y ss.] Dijo así el anciano, y mandó a la esclava despensera que le diese agua limpia a las manos.[693] Presentose la cautiva con una fuente y un jarro. Y Príamo, así que se hubo lavado, recibió la copa de manos de su esposa; oró, de pie, en medio del patio; libó el vino, alzando los ojos al cielo, y pronunció estas palabras:

[vv. 24.308 y ss.] —¡Padre Zeus, que reinas desde el Ida, gloriosísimo, máximo! Concédeme que al llegar a la tienda de Aquiles le sea grato y de mí se apiade; y haz que aparezca a mi derecha tu veloz mensajera, el ave que te es más cara y cuya fuerza es inmensa, para que después de verla con mis propios ojos vaya, alentado por el agüero, a las naves de los dánaos, de rápidos corceles.

[vv. 24.314 y ss.] Tal fue su plegaria. Oyola el próvido Zeus, y al momento envió la mejor de las aves agoreras, un águila rapaz de color obscuro, conocida con el nombre de *percnón*. Cuanta anchura suele tener en la casa de un rico la puerta de la cámara de alto techo, bien adaptada al marco y asegurada por un cerrojo; tanto espacio ocupaba con sus alas, desde el uno al otro extremo, el águila que apareció volando a la derecha por encima de la ciudad. Al verla todos se alegraron y la confianza renació en sus pechos.

[vv. 24.322 y ss.] El anciano subió presuroso al carro y lo guió a la calle, pasando por el vestíbulo y el pórtico sonoro. Iban delante los mulos que arrastraban el carro de cuatro ruedas, y eran gobernados por el prudente Ideo; seguían los caballos, que el viejo aguijaba con el látigo para que atravesaran prestamente la ciudad; y todos los amigos acompañaban al rey, derramando abundantes lágrimas, como si a la muerte caminara. Cuando hubieron bajado de la ciudad al campo, hijos y yernos regresaron a Ilión. Mas al atravesar Príamo y el heraldo la llanura, no dejó de advertirlo Zeus, que vio al anciano y se compadeció de él. Y llamando en seguida a su hijo Hermes, hablole de esta manera:

[vv. 24.334 y ss.] —¡Hermes! Puesto que te es grato acompañar a los hombres y oyes las súplicas del que quieres, anda, ve y conduce a

---

[693] Al menos en su sentido originario, el sacrificio, en este caso la libación, debe hacerse en un estado de pureza, de allí el ritual lavado de manos, que también es el que precede a la comida (Cfr. 1.449, 3.270, 9.171, 10.575-79, 16.230).

Príamo a las cóncavas naves aqueas, de suerte que ningún dánao le vea hasta que haya llegado a la tienda del Pelida.

[vv. 24.339 y ss.] Así habló. El mensajero Argifontes no fue desobediente: calzose al instante los áureos divinos talares que le llevaban sobre el mar y la tierra inmensa con la rapidez del viento, y tomó la vara con la cual adormece a cuantos quiere o despierta a los que duermen[694]. Llevándola en la mano, el poderoso Argifontes emprendió el vuelo, llegó muy pronto a Troya y al Helesponto, y echó a andar, transfigurado en un joven príncipe a quien comienza a salir el bozo y está graciosísimo en la flor de la juventud.

[vv. 24.349 y ss.] Cuando Príamo y el heraldo llegaron más allá del gran túmulo de Ilo, detuvieron los mulos y los caballos para que bebiesen en el río. Ya se iba haciendo noche sobre la tierra.[695] Advirtió el heraldo la presencia de Hermes, que estaba junto a él, y hablando a Príamo le dijo:

[vv. 24.354, 355, 356 y 357] —Atiende Dardánida, pues el lance que se presenta requiere prudencia. Veo a un hombre y me figuro que en seguida nos matará. Ea, huyamos en el carro, o supliquémosle, abrazando sus rodillas, para ver si se apiada de nosotros.

[vv. 24.358 y ss.] Esto dijo. Al anciano se le turbó la razón, sintió un gran terror, se le erizó el pelo en los flexibles miembros y quedó estupefacto. Entonces el benéfico Hermes se llegó al viejo, tomole por la mano y le interrogó diciendo:

[vv. 24.362 y ss.] —¿Adónde, padre mío, diriges estos caballos y mulos durante la noche divina, mientras duermen los demás mortales? ¿No temes a los aqueos, que respiran valor, los cuales te son malévolos y enemigos y se hallan cerca de nosotros? Si alguno de ellos te viera conducir tantas riquezas en esta obscura y rápida noche, ¿qué resolución tomarías? Tú no eres joven, este que te acompaña es también anciano, y no podrías rechazar a quien os ultrajara. Pero yo

---

[694] Este poder opuesto ya sea para "adormecer" o para "despertar", según se quiera, nos hace pensar en el simbolismo y los poderes del caduceo, bastón hermético donde se entrelazan dos serpientes, representativas de la dualidad de principios contrarios o complementarios (Cfr. Guénon, R. *Símbolos fundamentales…*, pp. 123 y 157).

[695] El hecho de que el encuentro entre Príamo y Aquiles sea nocturno favorecerá la posibilidad de mantenerlo en secreto.

no te causaré ningún daño, y además te defendería de cualquier hombre, porque te pareces a mi padre[696].

[vv. 24.372 y ss.] Respondiole el anciano Príamo, semejante a un dios: —Así es como dices, hijo querido[697]. Pero alguna deidad[698] extiende la mano sobre mí, cuando me hace salir al encuentro un caminante de tan favorable augurio como tú, que tienes cuerpo y aspecto dignos de admiración y espíritu prudente, y naciste de padres felices.

[vv. 24.378 y ss.] Díjole a su vez el mensajero Argifontes: —Sí, anciano, oportuno es cuanto acabas de decir. Pero, ea, habla y dime con sinceridad: ¿Mandas a gente extraña tantas y tan preciosas riquezas a fin de ponerlas en cobro; o ya todos abandonáis, amedrentados, la sagrada Ilión, por haber muerto el varón más fuerte, tu hijo, que a ninguno de los aqueos cedía en el combate?[699]

[vv. 24.386, 387 y 388] Contestole el anciano Príamo, semejante a un dios: —¿Quién eres, hombre excelente, y cuáles los padres de que naciste, que con tanta oportunidad has mencionado la muerte de mi hijo infeliz? [700]

[vv. 24.389 y ss.] Replicó el mensajero Argifontes: —Me quieres probar, oh anciano, y por eso me preguntas por el divino Héctor. Muchas veces le vieron estos ojos en la batalla donde los varones se hacen ilustres, y también cuando llegó a las naves matando argivos, a quienes hería con el agudo bronce. Nosotros le admirábamos sin movernos, porque Aquiles estaba irritado contra el Atrida y no nos dejaba pelear. Pues yo soy servidor de Aquiles, con quien vine en la misma nave bien construida; desciendo de mirmidones y tengo por padre a Políctor, que es rico y anciano como tú. Soy el más joven de

---

[696] Aparte del propósito de querer ganar la confianza del anciano, detrás de esta última frase parece existir una cierta ironía, porque Zeus es el padre Hermes.

[697] El trato filial de Hermes, es correspondido por Príamo y comienza a generarse una relación de confianza.

[698] Príamo es un hombre religioso e intuye que el encuentro no es casual; y ve en ello la mano de Zeus.

[699] Detrás de la pregunta de Hermes hay otra totalmente procedente: ¿qué hace el anciano rey de Troya, en compañía de otro mayor que él, transportando sus riquezas por el campo en medio de la noche? Esa es la pregunta que Príamo evita responder.

[700] Príamo de pronto ha advertido que el joven sabe de él, pero que él no sabe nada acerca de su interlocutor.

sus siete hijos[701] y, como lo decidiéramos por suerte, tocome a mí acompañar al héroe. Y ahora he venido de las naves a la llanura porque mañana los aqueos, de ojos vivos, presentarán batalla en los contornos de la ciudad; se aburren de estar ociosos, y los reyes aqueos no pueden contener su impaciencia por entrar en combate.

[vv. 24.405 y ss.] Respondiole el anciano Príamo, semejante a un dios: —Si eres servidor de Aquiles Pelida, ea, dime la verdad: ¿mi hijo yace aún cerca de las naves, o Aquiles lo ha desmembrado y entregado a sus perros?

[vv. 24.410 y ss.] Contestole el mensajero Argifontes: —¡Oh anciano! Ni los perros ni las aves lo han devorado, y todavía yace junto al bajel de Aquiles, dentro de la tienda. Doce días lleva de estar tendido, y ni el cuerpo se pudre, ni lo comen los gusanos que devoran a los hombres muertos en la guerra. Cuando apunta la divinal Aurora, Aquiles lo arrastra sin piedad alrededor del túmulo de su compañero querido; pero ni aun así lo desfigura, y tú mismo, si a él te acercaras, te admirarías de ver cuan fresco está: la sangre le ha sido lavada, no presenta mancha alguna, y cuantas heridas recibió —pues fueron muchos los que le envasaron el bronce—, todas se han cerrado. De tal modo los bienaventurados dioses cuidan de tu hijo aun después de muerto[702], porque era muy caro a su corazón.

[vv. 24.424 y ss.] Así se expresó. Alegrose el anciano, y respondió diciendo: —¡Oh hijo! Bueno es ofrecer a los inmortales los debidos dones. Jamás mi hijo, si no ha sido un sueño que haya existido, olvidó en el palacio a los dioses que moran en el Olimpo, y por esto se acordaron de él en el fatal trance de la muerte. Mas, ea, recibe de mis manos esta copa[703], para que la guardes, y guíame con el favor de los dioses hasta que llegue a la tienda del Pelida.

---

[701] El más joven de siete hermanos —que resulta ser el aventurero— es un motivo folklórico de la tradición oral, del cual Hermes se sirve para elaborar su falsa identidad. En cuanto al número, es notable como se remarca con dos numerales que su padre tuvo seis hijos y él es el séptimo, o sea, 6 + 1. El que se dé a conocer como uno de los mirmidones, si bien lo identifica como un enemigo, a su vez lo posiciona con proximidad y acceso a Aquiles, todo lo cual, para la misión de Príamo, representa una ayuda que puede ser de utilidad.

[702] Cfr. 24.18-21

[703] La única copa que formaba parte del rescate cargado en el carro es aquella, mencionada en 234 y ss., que fuera regalo de los tracios; fue el último objeto en ser seleccionado, y el que conformaba el número 77. Príamo le ofrece al joven este valioso objeto porque es vital que sea introducido a la presencia de Aquiles. Pero,

[vv. 24.432 y ss.] Díjole a su vez el mensajero Argifontes: —¡Oh anciano! quieres tentarme porque soy más joven; pero no me persuadirás con tus ruegos a que acepte el regalo sin saberlo Aquiles. Le temo y me da mucho miedo defraudarle: no fuera que después se me siguiese algún daño.[704] Pero te acompañaría cuidadosamente en una velera nave o a pie, aunque fuese hasta la famosa Argos; y nadie osaría atacarte, despreciando al guía.

[vv. 24.440 y ss.] Así habló el benéfico Hermes; y subiendo al carro, recogió al instante el látigo y las riendas e infundió gran vigor a los corceles y mulos. Cuando llegaron al foso y a las torres que protegían las naves, los centinelas comenzaban a preparar la cena, y el mensajero Argifontes los adormeció a todos; en seguida abrió la puerta, descorriendo los cerrojos,[705] e introdujo a Príamo y el carro que llevaba los espléndidos regalos. Llegaron, por fin, a la alta tienda que los mirmidones habían construido para el rey con troncos de abeto, techándola con frondosas cañas que cortaron en la pradera: rodeábala una gran cerca de muchas estacas y tenía la puerta asegurada por un barra de abeto que quitaban o ponían tres aqueos juntos, y solo Aquiles la descorría sin ayuda.[706] Entonces el benéfico Hermes abrió la puerta e introdujo al anciano y los presentes para el Pelida, el de los pies ligeros. Y apeándose del carro, dijo a Príamo:

[vv. 24.460 y ss.] —¡Oh anciano! Yo soy un dios inmortal, soy Hermes; y mi padre me envió para que fuese tu guía. Me vuelvo antes de llegar a la presencia de Aquiles, pues sería indecoroso que un dios inmortal se tomara públicamente tanto interés por los mortales. Entra

---

si Hermes aceptase el don, ese número, tan cuidadosamente configurado, se desarmaría.

[704] Hermes, justificándose en la fidelidad a Aquiles, rechaza el don. Pero todo este juego dialéctico, de ofrecimiento y rechazo de un bien tan claramente identificado, sirve a los efectos de confirmar la importancia que en el poema se asigna a la conformación del botín de rescate y a un misterioso valor simbólico que, según creemos, se está aplicando a la copa.

[705] Aparte del efecto de dormir a los guardias —previsto por Zeus en 337-8—, existe un segundo elemento sobrenatural consistente en el descorrimiento de los cerrojos, que se encuentran, seguramente, en el lado de las puertas que corresponde al interior del campamento.

[706] En el interior del campamento heleno los mirmidones han construido otro recinto cercado por una estacada; dentro de él, levantaron la residencia de Aquiles. Ese recinto cercado tiene también una puerta con tranca, y hasta el interior de este cerco es hasta donde Hermes habrá de acompañarlos, antes de regresar al Olimpo.

tú, abraza las rodillas del Pelida, y suplícale por su padre, por su madre de hermosa cabellera y por su hijo, a fin de que conmuevas su corazón.

[vv. 24.468 y ss.] Cuando esto hubo dicho, Hermes se encaminó al vasto Olimpo. Príamo saltó del carro a tierra, dejó a Ideo para que cuidase de los caballos y mulos, y fue derecho a la tienda en que moraba Aquiles, caro a Zeus. Hallole solo —sus amigos estaban sentados aparte—, y el héroe Automedonte y Álcimo, vástago de Ares, le servían, pues acababa de cenar, y si bien ya no comía ni bebía, aún la mesa continuaba puesta. El gran Príamo entró sin ser visto, y acercándose a Aquiles, abrazole las rodillas y besó aquellas manos terribles, homicidas, que habían dado muerte a tantos hijos suyos. Como quedan atónitos los que, hallándose en la casa de un rico, ven llegar a un hombre que tuvo la desgracia de matar en su patria a otro varón y ha emigrado a país extraño, de igual manera asombrose Aquiles de ver a Príamo, semejante a un dios, y los demás se sorprendieron también y se miraron unos a otros. Y Príamo suplicó a Aquiles, dirigiéndole estas palabras:

[vv. 24.486 y ss.] —Acuérdate de tu padre, oh Aquiles, semejante a los dioses, que tiene la misma edad que yo y ha llegado a los funestos umbrales de la vejez. Quizás los vecinos circunstantes le oprimen y no hay quien le salve del infortunio y la ruina; pero al menos aquel, sabiendo que tú vives, se alegra en su corazón y espera de día en día que ha de ver a su hijo, llegado de Troya. Mas yo, desdichadísimo, después que engendré hijos valientes en la espaciosa Ilión, puedo decir que de ellos ninguno me queda.[707] Cincuenta tenía cuando vinieron los aqueos[708]: diecinueve[709] eran de una misma madre; a los

---

[707] Se refiere tan solo a los valerosos, pues repite la queja de 24.253 y ss.

[708] El número cincuenta referido a los hijos de Príamo aparece en dos pasajes de la obra: aquí y en 6.244-46. Sobre este tema remitimos al Apéndice 3.

[709] El número diecinueve, que aquí se aplica a los hijos de una misma madre (figura asumida, lógicamente, por Hécuba), es sumamente raro. Se trata no solo de la única aparición de este número en la *Ilíada*, sino también en todas las demás obras atribuidas a Homero. Por lo cual, ya de por sí, merecería ser destacado. Para explicar este número se ha propuesto que es el resultado de la suma de 10 + 9; dos números muy usados en el poema (Cfr. Peppmüller, R. *Commentar des vierundzwanzigsten Buches der Ilias mit Einleitung: Als Beitrag zur Homerischen Frage*. Berlin, Weidmann, 1876, p. 238). Esta propuesta, que en principio parece arbitraria, tiene, sin embargo, bastante sustento. Por una parte es justamente la forma en que este número se concibe en griego, y de esta manera aparece en el texto: ἐννεακαίδεκα, o sea, "nueve y diez" o "nueve [más] diez". Lo que nos

restantes, diferentes mujeres los dieron a luz en el palacio. A los más el furibundo Ares les quebró las rodillas; y el que era único para mí y defendía la ciudad y a sus habitantes, a este tu lo mataste poco ha mientras combatía por la patria, a Héctor; por quien vengo ahora a las naves de los aqueos, con un cuantioso rescate, a fin de redimir su cadáver. Respeta a los dioses, Aquiles y apiádate de mí, acordándote de tu padre; yo soy aún más digno de compasión que él, puesto que me atreví a lo que ningún otro mortal de la tierra: a llevar a mis labios la mano del hombre matador de mis hijos.[710]

[vv. 24.507 y ss.] Así habló. A Aquiles le vino deseo de llorar por su padre; y cogiendo la mano de Príamo, apartole suavemente. Los dos lloraban afligidos por los recuerdos: Príamo acordándose de Héctor, matador de hombres, derramaba copiosas lágrimas postrado a los pies de Aquiles; este las vertía, unas veces por su padre y otras por Patroclo; y los gemidos de ambos resonaban en la tienda.[711] Mas así que el divino Aquiles estuvo saciado de llanto y el deseo de sollozar cesó en su corazón, alzose de la silla, tomó por la mano al viejo para que se levantara, y mirando compasivo la cabeza y la barba encanecidas, díjole estas aladas palabras:

[vv. 24.518 y ss.] —¡Ah infeliz! Muchos son los infortunios que tu ánimo ha soportado. ¿Cómo te atreviste a venir solo a las naves de los aqueos y presentarte al hombre que te mató tantos y tan valientes hijos? De hierro tienes el corazón. Mas, ea, toma asiento en esta

---

remite a su configuración interna, donde conviven el número diez, asociado a lo perfecto y completo, y el nueve, relacionado con lo falto, imperfecto, e incluso, despreciable. Cosa que ocurre precisamente respecto de los hijos de Hécuba. Así, en tanto que entre ellos se encuentra Héctor, el guerrero ideal, también se halla Paris, uno de los que hasta el propio Príamo pondrá en la lista de los inútiles en 24.249 y ss. Ambos son hijos de la misma madre: el que podría salvar al reino —en representación del diez— y el que trajo la destrucción —representante del nueve.

[710] El discurso de Príamo y sus argumentos son más breves de lo que podría haberse esperado. Llaman a la conmiseración, apelando a su situación comparativamente más desgraciada. A lo último hay una suerte de auto-ponderación de su propia humildad: Príamo se siente más digno porque, por recuperar los restos de su hijo, ha decidido renunciar a su dignidad.

[711] Ambos sienten lo mismo, pero ni Aquiles, ni Príamo logran salir por completo de su ensimismamiento: lo que ambos experimentan no es tanto conmiseración como autocompasión. Por eso, si bien entre ambos existe esa suerte de camaradería establecida por la *diké* entre el anfitrión y el suplicante, esta no llega mucho más allá, y la relación se mantiene en un frágil equilibrio (Cfr. 559 y ss.).

silla; y aunque los dos estamos afligidos, dejemos reposar en el alma las penas, pues el triste llanto para nada aprovecha. Los dioses condenaron a los míseros mortales a vivir en la tristeza, y solo ellos están descuitados. En los umbrales del palacio de Zeus hay dos toneles de dones que el dios reparte: en el uno están los azares y en el otro las suertes. Aquel a quien Zeus, que se complace en lanzar rayos, se los da mezclados, unas veces topa con la desdicha y otras con la buena ventura; pero el que tan solo recibe azares, vive con afrenta, una gran hambre le persigue sobre la divina tierra, y va de un lado para otro sin ser honrado ni por los dioses ni por los hombres. Así las deidades hicieron a Peleo grandes mercedes desde su nacimiento: aventajaba a los demás hombres en felicidad y riqueza, reinaba sobre los mirmidones, y siendo mortal, tuvo por mujer a una diosa; pero también le impusieron un mal: que no tuviese hijos que reinaran luego en el palacio. Tan solo uno engendró, a mí, cuya vida ha de ser breve, y no le cuido en su vejez, porque permanezco en Troya, lejos de la patria, para contristarte a ti y a tus hijos. Y dicen que también tú, oh anciano, fuiste dichoso en otro tiempo; y que en el espacio que comprende Lesbos, donde reinó Macar, y más arriba la Frigia hasta el Helesponto inmenso, descollabas entre todos por tu riqueza y por tu prole. Mas, desde que los dioses celestiales te trajeron esta plaga, sucédense alrededor de la ciudad las batallas y las matanzas de hombres. Súfrelo resignado y no dejes que se apodere de tu corazón un pesar continuo, pues nada conseguirás afligiéndote por tu hijo, ni lograrás que se levante; y quizás tengas que padecer una nueva desgracia.[712]

[vv. 24.552 y ss.] Respondió el anciano Príamo, semejante a un dios: — No me hagas sentar en esta silla, alumno de Zeus, mientras Héctor yace insepulto en la tienda. Entrégamelo para que lo contemple con mis ojos, y recibe el cuantioso rescate que te traemos. Ojalá puedas disfrutar de él y volver a tu patria, ya que ahora me has dejado vivir y ver la luz del sol.[713]

---

[712] Aquiles termina sintiendo pena por el anciano y, amablemente, en su discurso le ofrece una *consolación*, tópico de la retórica que induce a resignarse a lo que depare el destino (Cfr. Curtius, E. R., *Literatura europea y Edad Media latina*, México, FCE, [1948-1975], p. 123). Esta es en realidad la primera *consolatio* de la literatura occidental, género que luego ha tenido tantos desarrollos en la retórica como en la filosofía (Cfr. *ibid.*§ 1).

[713] Príamo, con su premura, rompe el protocolo de la hospitalidad del suplicante al rechazar la invitación de su anfitrión, esto originará un arranque de furia por parte

449

[vv. 24.559 y ss.] Mirándole con torva faz, le dijo Aquiles, el de los pies ligeros: —¡No me irrites más, oh anciano! Dispuesto estoy a entregarte el cadáver de Héctor, pues para ello Zeus envíome como mensajera la madre que me parió, la hija del anciano del mar. Comprendo también, y no se me oculta, que un dios te trajo a las veleras naves de los aqueos; porque ningún mortal, aunque estuviese en la flor de la juventud, se atrevería a venir al ejército, ni entraría sin ser visto por los centinelas, ni quitaría con facilidad la barra que asegura la puerta. Abstente, pues, de exacerbar los dolores de mi corazón; no sea que deje de respetarte, oh anciano, a pesar de que te hallas en mi tienda y eres un suplicante, y viole las órdenes de Zeus.

[vv. 24.571 y ss.] Tales fueron sus palabras. El anciano sintió temor y obedeció el mandato. El Pelida, saltando como un león, salió de la tienda;[714] y no se fue solo, pues le siguieron el héroe Automedonte y Álcimo, que eran los compañeros a quienes más apreciaba después del difunto Patroclo. En seguida desengancharon los caballos y los mulos, introdujeron al heraldo del anciano, haciéndole sentar en una silla, y quitaron del lustroso carro los cuantiosos presentes destinados al rescate de Héctor. Tan solo dejaron dos palios y una túnica bien tejida, para envolver el cadáver antes que Príamo se lo llevase al palacio. Aquiles llamó entonces a los esclavos y les mandó que lavaran y ungieran el cuerpo de Héctor, trasladándolo a otra parte para que Príamo no le advirtiese; no fuera que afligiéndose al ver a su hijo, no pudiese reprimir la cólera en su pecho e irritase el corazón de Aquiles, y este le matara, quebrantando las órdenes de Zeus. Lavado ya y ungido con aceite, las esclavas lo cubrieron con la túnica y el hermoso palio;[715] después el mismo Aquiles lo levantó y

---

de Aquiles. La descortesía de Príamo es sumamente grave. Indica que en realidad nada le importa de lo que pase por el ánimo de Aquiles, sino que lo único que le interesa es la recuperación del cadáver de Héctor, y que, conmover a su captor actuando como suplicante, no pasa de ser un mero trámite o postura para lograrlo.

[714] En realidad, los movimientos de Aquiles revelan que tampoco desea dilatar las negociaciones para dar cumplimiento a los deseos de Zeus. Pero no por ello va a saltarse las costumbres y cuidados establecidos por el protocolo de esta situación.

[715] Existe una disparidad entre lo dicho en los versos 580 y 588. Aquiles dispone que una parte del rescate se use para cubrir el cadáver de Héctor. Para ello destina tres prendas. Sin embargo, cuando se envuelve el cadáver, el palio y la túnica se mencionan en singular. La disparidad no recibe ninguna explicación. Pero, tal vez, podría ser que una de las túnicas se usara solamente como lecho (589) para apoyar el cadáver ya envuelto en las dos prendas restantes.

colocó en un lecho, y por fin los compañeros lo subieron al lustroso carro. Y el héroe suspiró y dijo, nombrando a su amigo:

[vv. 24.592, 593, 594 y 595] —No te enojes conmigo, oh Patroclo, si en el Hades te enteras de que he entregado el cadáver del divino Héctor al padre de este héroe; pues me ha traído un rescate digno, y consagraré a tus manes la parte que te es debida.[716]

[vv. 24.596, 597 y 598] Habló así el divino Aquiles y volvió a la tienda. Sentose en la silla labrada que antes ocupara, de espaldas a la pared, frente a Príamo, y hablole en estos términos:

[vv. 24.599 y ss.] —Tu hijo, oh anciano, rescatado está, como pedías: yace en un lecho, y cuando asome el día podrás verlo y llevártelo.[717] Ahora pensemos en cenar; pues hasta Níobe, la de hermosas trenzas, se acordó de tonar alimento cuando en el palacio murieron sus doce vástagos: seis hijas y seis hijos florecientes. A estos Apolo, airado contra Níobe, los mató disparando el arco de plata; a aquellas dioles muerte Artemisa, que se complace en tirar flechas, porque la madre osaba compararse con Leto, la de hermosas mejillas, y decía que esta solo había dado a luz dos hijos, y ella había parido muchos; y los de la diosa, no siendo más que dos, acabaron con todos los de Níobe. Nueve días permanecieron tendidos en su sangre, y no hubo quien los enterrara, porque el Crónida había convertido a los hombres en piedras; pero al llegar el décimo, los celestiales dioses los sepultaron[718]. Y Níobe, cuando se hubo cansado de llorar, pensó en

---

[716] Si Aquiles deshonrara o se mostrara injusto con Patroclo, su fantasma (o, racionalizando esta idea: la culpa) podría llegar a acosarlo. Por ello también le ofrendará la parte que le corresponda, como hacían cuando se trataba del reparto de un botín, mientras Patroclo estaba aún con vida.

[717] Aquiles, muy gentilmente se ha ocupado de cumplir con premura aquello que preocupaba sobremanera al anciano. Lo hace para demostrar su nobleza y buena intención, a pesar del comportamiento descortés que ha tenido Príamo; pero también busca que el anciano se relaje para poder recibir los dones de la hospitalidad, tal como marcan las normas.

[718] Con Homero tenemos la versión más temprana que se conserva de la leyenda de Níobe. La mayor diferencia con las versiones posteriores reside en el número de sus hijos; este, habitualmente, suele ser catorce, esto es, siete hijos y siete hijas. En todos los casos el número de hijos iguala al de las hijas. No resulta convincente dejar el tema encasillando al uso del doce simplemente como un número "típico", que también se usa para los hijos de Neleo en 11.692. Porque los desaires y provocaciones a Leto hicieron que, en venganza, Apolo matara a flechazos a los hijos de Níobe, y Artemisa, a todas sus hijas. De la oposición Niobe / Leto, surge la oposición de los hijos de ambas mujeres. Se establece así una relación entre los

el alimento. Hállase actualmente en las rocas de los montes yermos de Sipilo, donde, según dicen, están las grutas de las ninfas que bailan junto al Aqueloo; y aunque convertida en piedra, devora aún los dolores que las deidades le causaron. Mas, ea, cuidemos también nosotros de comer, y más tarde, cuando hayas transportado el hijo a Ilión, podrás hacer llanto sobre el mismo. Y será por ti muy llorado[719].

---

doce hijos de Níobe y los dos de Leto de forma que: 12 / 2 = 6, esto es, la cantidad que mata cada uno. Todo lo cual parece involucrar un simbolismo, pero a la hora de desentrañar su posible significado hay que tener en cuenta no solo a los hijos de Níobe sino también a los de Leto, y que Apolo y Artemisa representan, respectivamente, al sol y la luna, mientras que los hijos de Níobe por el número doce, harían referencia a algún tipo de ciclo temporal. De la mitad de ese ciclo se ocupará Apolo, y de la mitad restante, Artemisa. Si los seis muertos por Apolo corresponden al día, los seis de Artemisa corresponderían a la noche. Si en cambio, el ciclo fuera el anual, acaso podrían contarse seis meses cálidos y otros tanto de meses fríos, como se interpreta a los seis hijos y a las seis hijas de Eolo en la *Odisea* 10.5 y s. En este sentido Graves propone que el mito estaría explicando algún cambio de calendario, o del modo de medir el tiempo (Cfr. *Los mitos griegos*, I, Buenos Aires, Alianza, 2007, p. 345). Así, la matanza de los hijos de Níobe, estaría representando al calendario o el sistema que habría sido sustituido por un poder que se identifica con los dioses olímpicos. Son los dioses del Olimpo quienes también, luego de los nueve días que sus cadáveres permanecen insepultos, conmiserándose por ello, les dan sepultura. A su vez. con estos numerales que acompañan el plazo en que están insepultos y el momento de su sepultura, van anticipándose los plazos que luego se acordarán para los funerales de Héctor.

[719] Al insertar la historia de Níobe trata nuevamente de vencer las reticencias de Príamo a compartir la mesa con el enemigo y asesino de sus hijos. Una de las enseñanzas de este mito es que hay un momento para el llanto y otro en que uno debe alimentarse para seguir viviendo; es decir, en que la vida sigue su curso. Por otra parte, si Príamo se ha presentado como suplicante, debe comportarse como tal. No bastará con besar la mano de Aquiles y abrazar sus rodillas: debe sacrificar con él y compartir los dones de la mesa y el hospedaje; esto es, el rescate debe realizarse en un plano de amistad y concordia. Sin embargo, al comparar a Príamo con Níobe, nos parece que el héroe realiza una cierta crítica debido a que según el mito de Níobe, ella, a causa de su soberbia, incurrió en una seria falta contra los dioses. Soberbia de la cual se ha acusado a Príamo y sus hijos, cuyo desmedido orgullo y renovadas faltas, ocasionaron la guerra. La atmósfera de paz, que está exigiendo el rescate de Héctor, requeriría de un acto de contrición. No obstante, el simbolismo de la conversión en piedra podría estar indicando el carácter contumaz y obstinado de quien no cambia, pero, que aún así, debe seguir adelante con su existencia. Este parece ser el motivo oculto para la inclusión de la historia de Níobe; y el uso simbólico de la piedra resultaría evidente, porque si no ¿cómo iba a alimentarse Níobe una vez convertida en piedra?

[vv. 24.621 y ss.] Dijo el veloz Aquiles, y levantándose, degolló una cándida oveja: sus compañeros la desollaron y prepararon, la descuartizaron con arte; y cogiendo con pinchos los pedazos, los asaron cuidadosamente y los retiraron del fuego. Automedonte repartió pan en hermosas canastillas y Aquiles distribuyó la carne. Ellos alargaron la diestra a los manjares que tenían delante;[720] y cuando hubieron satisfecho el deseo de comer y de beber, Príamo Dardánida admiró la estatura y el aspecto de Aquiles, pues el héroe parecía un dios; y a su vez, Aquiles admiró a Príamo Dardánida, contemplando su noble rostro y escuchando sus palabras. Y cuando se hubieron deleitado, mirándose el uno al otro, el anciano Príamo, semejante a un dios, dijo el primero:[721]

[vv. 24.635 y ss.] —Permite, oh alumno de Zeus, que me acueste y disfrute del dulce sueño.[722] Mis ojos no se han cerrado desde que mi hijo murió a tus manos; pues continuamente gimo y devoro pesares innúmeros, revolcándome por el estiércol en el recinto del patio. Ahora he probado la comida y rociado con el negro vino la garganta, lo que desde entonces no había hecho.

[vv. 24.643 y ss.] Dijo. Aquiles mandó a sus compañeros y a las esclavas que pusieran camas debajo del pórtico, las proveyesen de hermosos cobertores de púrpura, extendiesen tapetes encima de ellos y dejasen afelpadas túnicas para abrigarse. Las esclavas salieron de la tienda llevando sendas hachas encendidas; y aderezaron diligentemente dos lechos.[723] Y Aquiles, el de los pies ligeros, dijo en tono burlón a Príamo:

---

[720] Versos semejantes a 9.214 y ss. Las fórmulas empleadas, sin embargo, intentan mostrar la exactitud con que se siguen todos los pasos, que corresponden al agasajo, de la manera correcta. Así, para la preparación de la oveja se usa la expresión adverbial κατὰ κόσμον para indicar que se realiza no solo *de la manera adecuada,* sino también *con la habilidad requerida,* involucrando en prefecta relación al objeto preparado y a aquel que lo prepara. En todo este acto subyace una búsqueda de la perfección.

[721] Finalmente, aquietado el ánimo del anciano por la perfección del acto y satisfacción de la cena, uno a otro se contemplan y aprecian noblemente.

[722] Se inicia la siguiente etapa: el hospedaje del huésped.

[723] Las tiendas de Aquiles parecen tener una distribución del espacio semejante a los palacios de los nobles. Las habitaciones del anfitrión son más amplias y retiradas, y existe un pórtico o antesala que precede a los salones. En el interior de ese pórtico, es donde se suele aderezar el lecho del invitado. En este caso, debido a las circunstancias especiales explicadas, deberán pernoctar en el exterior, fuera del

[vv. 24.650 y ss.] —Acuéstate fuera de la tienda, anciano querido; no sea que alguno de los caudillos aqueos venga, como suelen, a consultarme sobre sus proyectos; si alguno de ellos te viera durante la veloz y obscura noche, podría decirlo a Agamenón, pastor de pueblos, y quizás se diferiría la entrega del cadáver. Mas, ea, habla y dime con sinceridad cuantos días quieres para hacer honras al divino Héctor; y durante este tiempo permaneceré quieto y contendré al ejército[724].

[vv. 24.659 y ss.] Respondiole el anciano Príamo, semejante a un dios: —Si quieres que yo pueda celebrar los funerales del divino Héctor, obrando como voy a decirte, oh Aquiles, me dejarías complacido. Ya sabes que vivimos encerrados en la ciudad; la leña hay que traerla de lejos, del monte; y los troyanos tienen mucho miedo. Durante nueve días le lloraremos en el palacio, en el décimo le sepultaremos y el pueblo celebrará el banquete fúnebre, en el undécimo erigiremos un túmulo sobre el cadáver[725] y en el duodécimo volveremos a pelear, si necesario fuere.

[vv. 24.668, 669 y 670] Contestole el divino Aquiles el de los pies ligeros: —Se hará como dispones, anciano Príamo, y suspenderé el combate durante el tiempo que me pides.

[vv. 24.671 y ss.] Dichas estas palabras, estrechó la diestra del anciano para que no abrigara en su alma temor alguno. El heraldo y Príamo, prudentes ambos, se acostaron en el vestíbulo. Aquiles durmió en el

---

paso de acceso por el que pudieran venir los jefes a consultar a Aquiles durante la noche. Esto también facilitará la salida del campamento aqueo.

[724] Como Aquiles ya ha supuesto que su huésped lo dejará antes del amanecer —porque así sería más fácil salir sin ser visto—, antes de retirarse a descansar, se anticipa a ofrecer una tregua para las honras fúnebres de Héctor. Detalle este con que Aquiles remata sus actos de caballerosidad y nobleza. La seguridad que le brinda a Príamo acerca de "contener" al ejército demuestra, una vez más, el poder de conducción que tiene Aquiles.

[725] Se nos adelanta un cómputo de los días por venir hasta el fin del poema. Estos se cuentan desde que Príamo se lleva el cadáver de Héctor. Son once días a partir del día numero 40; en total serán 51 días, ya que el duodécimo, esto es el día número 52, ya no forma parte de la acción de la *Ilíada*.

interior[726] de la tienda sólidamente construida, y a su lado descansó Briseida, la de hermosas mejillas.[727]

[vv. 24.677 y ss.] Las demás deidades y los hombres que combaten en carros durmieron toda la noche, vencidos del dulce sueño; pero este no se apoderó del benéfico Hermes, que meditaba cómo sacaría del recinto de las naves a Príamo sin que lo advirtiesen los sagrados[728] guardianes de las puertas. Y poniéndose encima de la cabeza del rey,[729] así le dijo:

[vv. 24.683 y ss.] —¡Oh anciano! No te preocupa el peligro cuando así duermes en medio de los enemigos, después que Aquiles te ha respetado. Acabas de rescatar a tu hijo, dando muchos presentes; pero los otros hijos que dejaste en Troya tendrían que ofrecer tres veces más para redimirte vivo, si llegasen a descubrirte Agamenón Atrida y los aqueos todos.

[vv. 24.689, 690 y 691] Así habló. El anciano sintió temor, y despertó al heraldo. Hermes unció los caballos y los mulos y acto continuo los guió a través del ejército sin que nadie se percatara.

[vv. 24.692 y ss.] Mas, al llegar al vado del voraginoso Janto, río de hermosa corriente que el inmortal Zeus engendró, Hermes se fue al vasto Olimpo. La Aurora de azafranado velo se esparcía por toda la tierra[730] cuando ellos, gimiendo y lamentándose, guiaban los corceles hacia la ciudad, y les seguían los mulos con el cadáver. Ningún hombre ni mujer de hermosa cintura los vio llegar antes que Casandra, semejante a la dorada Afrodita; pues, subiendo a Pérgamo[731], distinguió el carro con su padre y el heraldo, pregonero de la ciudad, y vio detrás a Héctor, tendido en un lecho que los

---

[726] Al emplear μυχῷ (=*en el interior*) se recalca el constraste con la ubicación donde tienen sus lechos Príamo y el heraldo, los cuales ya no volverán a ver a Aquiles.

[727] Esta es la última imagen de Aquiles que nos deja la *Ilíada*: en reposo, junto a Briseida. Terminado el conflicto de la obra, semeja una vuelta a la normalidad. Ese reposo también preanuncia la proximidad de su muerte.

[728] Expresión de difícil interpretación; algunos piensan que se refiere a la tarea protectora de los guardias, sancionada por *Zeus Protector de los Hogares*; otros, sin embargo, piensan que existe una transferencia del epíteto referido a las murallas urbanas (Cfr. Brügger, C. *Homer's Iliad: The Basel Commentary, Book XXIV*, Boston-Berlin, De Gruyter, 2017. p. 248, n.681).

[729] Ubicación adoptada por las apariciones en sueños (= 23.68).

[730] Inicia el día 40 de nuestro cómputo.

[731] Cfr. 4.508, *n*.

mulos conducían[732]. En seguida prorrumpió en sollozos, y fue clamando por toda la población.

[vv. 24.704, y ss.] —Venid a ver a Héctor, troyanos y troyanas, si otras veces os alegrasteis de que volviese vivo del combate; porque era el regocijo de la ciudad y de todo el pueblo.

[vv. 24.707 y ss.] Tal dijo, y ningún hombre ni mujer se quedó dentro de los muros. Todos sintieron intolerable dolor y fueron a encontrar cerca de las puertas al que les traía el cadáver. La esposa querida y la veneranda madre, echándose las primeras sobre el carro de hermosas ruedas y tomando en sus manos la cabeza de Héctor, se arrancaban los cabellos; y la turba las rodeaba llorando. Y hubieran permanecido delante de las puertas todo el día, hasta la puesta del sol, derramando lágrimas por Héctor, si el anciano no les hubiese dicho desde el carro:

[vv. 24.716 y 717] —Haceos a un lado y dejad que pase con las mulas; y una vez lo haya conducido al palacio, os saciaréis de llanto.

[vv. 24.718 y ss.] Así habló; y ellos, apartándose, dejaron que pasara el carro. Dentro ya del magnífico palacio, pusieron el cadáver en un torneado lecho[733] e hicieron sentar a su alrededor cantores que entonaran el treno; estos cantaban con voz lastimera, y las mujeres respondían con gemidos. Y en medio de ellas Andrómaca, la de níveos brazos, que sostenía con las manos la cabeza de Héctor, matador de hombres, dio comienzo a las lamentaciones, exclamando:

[vv. 24.725 y ss.] —¡Esposo mío! Saliste de la vida cuando aún eras joven, y me dejas viuda en el palacio. El hijo que nosotros, ¡infelices!, hemos engendrado, es todavía infante y no creo que llegue a la juventud, antes será la ciudad arruinada desde su cumbre. Porque has muerto tú, que eras su defensor, el que la salvaba, el que protegía a las venerables matronas y a los tiernos infantes. Pronto se

---

[732] El hecho de que nadie los viera antes que Casandra, podría estar aludiendo al don profético que, según dicen las leyendas, poseían tanto ella como su hermano Heleno. Pero, por la indicación del punto desde el cual los había llegado a ver, parece que simplemente la hija de Príamo, llena de ansiedad por el regreso de su padre, oteaba el horizonte desde antes del amanecer, mientras los demás todavía dormían. Literalmente no dice que haya visto a Héctor (el cadáver estaba envuelto en la túnica y el palio) sino "a otro que yacía sobre un lecho en el carro tirado por las mulas", pero de acuerdo con lo que sigue, debemos pensar que de inmediato tuvo la certeza de que se trataba de Héctor.

[733] Probablemente un féretro artísticamente trabajado.

las llevarán en las cóncavas naves y a mí con ellas. Y tú, hijo mío, o me seguirás y tendrás que ocuparte en viles oficios, trabajando en provecho de un amo cruel; o algún aqueo te cogerá de la mano y te arrojará de lo alto de una torre[734], ¡muerte horrenda!, irritado porque Héctor le matara el hermano, el padre o el hijo; pues muchos aqueos mordieron la vasta tierra a manos de Héctor. No era blando tu padre en la funesta batalla, y por esto le lloran todos en la ciudad. ¡Oh Héctor! Has causado a tus padres llanto y dolor indecibles, pero a mí me aguardan las penas más graves. Ni siquiera pudiste, antes de morir, tenderme los brazos desde el lecho, ni hacerme saludables advertencias, que hubiera recordado siempre, de noche y de día, con lágrimas en los ojos.

[vv. 24.746 y 747] Esto dijo llorando, y las mujeres gimieron. Y entre ellas, Hécuba empezó a su vez el funeral lamento:

[vv. 24.748 y ss.] —¡Héctor, el hijo más amado de mi corazón! No puede dudarse de que en vida fueras caro a los dioses, pues no se olvidaron de ti en el trance fatal de tu muerte.[735] Aquiles, el de los pies ligeros, a los demás hijos míos que logró coger, vendiolos al otro lado del mar estéril, en Samos, Imbros o Lemnos, de escarpada costa; a ti, después de arrancarte el alma con el bronce de larga punta, te arrastraba muchas veces en torno del sepulcro de su compañero Patroclo, a quien mataste, mas no por esto resucitó a su amigo. Y ahora yaces en el palacio tan fresco como si acabaras de morir y semejante al que Apolo, el del argénteo arco, mata con sus suaves flechas.

---

[734] Si bien la *Ilíada* termina con los funerales de Héctor, Homero, por medio de anticipaciones, nos hace vislumbrar algunas instancias posteriores de la leyenda, y en este discurso de Andrómaca tenemos algunas imágenes del temido saqueo, su cautiverio y el fin de la vida de su hijo. Según los poemas perdidos del Ciclo Troyano, la muerte de Astianacte no es muy distinta de la que prevé su madre según Homero. Las diferencias residen en quién ejecuta la acción: en la *Pequeña Ilíada*, Neoptólemo lo arrojaba desde la muralla; en el *Saqueo de Troya* y en las *Ciprias* este rol lo cubría Odiseo (Cfr. *Fragmentos de épica griega arcaica*. Introducción, traducción y notas de A. Bernabé Pajares. Madrid, Gredos, 1979. pp. 126 y 168); en la continuación tardía de Quinto de Esmirna, el poeta no se compromete con ninguna de las dos versiones y consigna simplemente que los aqueos —sin especificar a ningún personaje— lo arrojaron desde la muralla (Cfr. *Posthomerica*, 12.255 y s).

[735] No se explica cómo Hécuba pudiera tener conocimiento de esto. Acaso Príamo le refiriera lo que le había dicho Hermes en 24.422-3.

[vv. 24.760 y 761] Así habló, derramando lágrimas, y excitó en todos vehemente llanto. Y Helena fue la tercera en dar principio al funeral lamento:

[vv. 24.762 y ss.] —¡Héctor, el cuñado más querido de mi corazón! Mi marido, el deiforme Alejandro, me trajo a Troya, ¡ojalá me hubiera muerto antes! y en los veinte años que van transcurridos desde que vine y abandoné la patria, jamás he oído de tu boca una palabra ofensiva o grosera; y si en el palacio me increpaba alguno de los cuñados, de las cuñadas o de las esposas de aquellos, o la suegra —pues el suegro fue siempre cariñoso como un padre—, contenías su enojo, aquietándolos con tu afabilidad y tus suaves palabras. Con el corazón afligido, lloro a la vez por ti y por mí, desgraciada; que ya no habrá en la vasta Troya quien me sea benévolo ni amigo, pues todos me detestan.[736]

[vv. 24.776 y 777] Así dijo llorando, y la inmensa muchedumbre prorrumpió en gemidos. Y el anciano Príamo dijo al pueblo:

[vv. 24.778 y ss.] —Ahora, troyanos, traed leña a la ciudad y no temáis ninguna emboscada por parte de los argivos; pues Aquiles, al despedirme en las negras naves, me prometió no causarnos daño hasta que llegue la duodécima aurora.

[vv. 24.782 y ss.] De este modo les habló. Pronto la gente del pueblo, unciendo a los carros bueyes y mulos, se reunió fuera de la ciudad. Por espacio de nueve días acarrearon abundante leña, y cuando por décima vez apuntó la Aurora[737], que trae la luz a los mortales,

---

[736] Con el de Helena culminan los tres parlamentos de las mujeres. El primero, de la esposa, doliéndose por el desamparo en que los deja; el segundo, el de la madre, alabando el cuidado que, en la vida y en muerte, le han prodigado los dioses; el tercero y último el de su cuñada, que vuelve sobre la protección que le significó y el desamparo en el que queda. Así, en su disposición, se observa una estructura anular (A – B – A).

[737] Se reitera el cómputo para que no queden dudas de lo que se ha querido expresar. Los funerales de Patroclo se expresan en los números nueve, diez, once y doce. El nueve corresponde a la preparación. El décimo a la incineración, donde se consume todo lo preparado y el cuerpo de Héctor, cumpliéndose la primera parte del rito funeral. El undécimo, corresponde a la sepultura, la honra con erección del túmulo y el banquete mortuorio. El doce señala que todo se ha cumplido y se iniciará un nuevo ciclo. Ahora bien, cambiando la escala y trasponiendo estas cuatro etapas a las del desarrollo de la guerra de Troya, tenemos los nueve primeros años de asedio; con la toma y el saqueo en el décimo. Luego una etapa de reparto del botín y sepultura de los muertos. Y, por último, la de los regresos a los respectivos hogares para iniciar un nuevo ciclo de sus vidas.

sacaron, con los ojos preñados de lágrimas, el cadáver del audaz Héctor, lo pusieron en lo alto de la pira, y le prendieron fuego.

[vv. 24.788 y ss.] Mas, así que se descubrió la hija de la mañana, la Aurora, de rosados dedos,[738] se congregó el pueblo en torno de la pira del ilustre Héctor. Y cuando todos se hubieron reunido, apagaron con negro vino la parte de la pira a que la llama había alcanzado; y seguidamente los hermanos y los amigos, gimiendo y corriéndoles las lágrimas por las mejillas, recogieron los blancos huesos y los colocaron en una urna de oro, envueltos en fino velo de púrpura. Depositaron la urna en el hoyo, que cubrieron con muchas y grandes piedras, amontonaron la tierra y erigieron el túmulo. Habían puesto centinelas por todos lados, para vigilar si los aqueos, de hermosas grebas, los atacaban.[739] Levantado el túmulo, se volvieron: y reunidos después en el palacio del rey Príamo, alumno de Zeus, celebraron el espléndido banquete fúnebre.

[v. 24.804] Así celebraron las honras de Héctor, domador de caballos.

---

[738] Comienza el día 51.

[739] Aunque existe el compromiso de Aquiles, los troyanos no quieren correr el riesgo de un ataque sorpresivo. Es una precaución muy justificada desde que el ejército aqueo es una coalición de jefes, y Aquiles no tiene un poder absoluto como para asegurar el cumplimiento de su arreglo con Príamo.

APÉNDICES

Apéndice 1
VIDA DE HOMERO (SEGÚN PSEUDO HERÓDOTO)

1. Cuando la antigua Cime eólica estaba siendo fundada llegaron diversas familias del pueblo helénico y, entre las que vinieron de Magnesia, se encontraba Melanopo, hijo de Itágenes, hijo a su vez de Cretón. No era un hombre rico, sino más bien de condición modesta. Este Melanopo desposó en Cime a la hija de Omires. De esa unión nació una niña a la que llamó Creteida. Cuando Melanopo y su esposa llegaron al fin de sus días, Melanopo dejó a su hija bajo la tutela de Cleanacte, un argivo a quien consideraba su amigo íntimo.

2. Tiempo después, la muchacha tuvo relaciones con un hombre y quedó encinta. Al principio el hecho pasó desapercibido, pero cuando Cleanacte lo advirtió, se irritó con ella. Trajo a Creteida a su lado y la puso a trabajar, pero, especialmente frente a sus conciudadanos, la vergüenza lo abrumaba. Por eso planeó lo siguiente: los cumanos estaban colonizando la parte más alejada del Golfo del Hermo; la ciudad recibía el nombre de Esmirna, sugerido a los colonos por Teseo que quería inmortalizar el nombre de su esposa (Esmirna). Teseo era uno de los tesalios fundadores de Cime; descendía de Eumelo, el hijo de Admeto y era un hombre muy poderoso. Fue ahí adonde Cleanacte envió a Creteida a vivir con Ismenias de Beocia, uno de los colonizadores designados y buen amigo de Cleanacte.

3. Tiempo después, Creteida, con otras mujeres, fue a un festival en las orillas del río Meles y, llegado el tiempo de parir, dio a luz a Homero, que no nació ciego; sino que veía. Le puso el nombre de Melesígenes, adoptando el nombre del río. En esa época Creteida permaneció en casa de Ismenias. Luego se marchó y decidió mantener a su hijo con su propio trabajo, aceptando diversas labores en distintos sitios, y educó a su hijo lo mejor que pudo.

4. En aquel tiempo había en Esmirna un hombre llamado Femio, que enseñaba a los niños a leer y escribir y la poesía de los aedas. Vivía solo y le pagaba a Creteida por algunos trabajos de hilado que esta le hacía con la lana que los niños le daban a Femio en pago de sus servicios. Cumplía bien con sus labores y se comportaba debidamente, lo cual agradaba mucho a Femio. Un día le propuso que vivieran juntos. La persuadió con varios argumentos, sirviéndose de todos aquellos que él pensó que podrían convencerla, especialmente sobre su hijo a quien —decía— él podía adoptar, el cual, siendo criado y educado por él, llegaría a ser un hombre notable, pues veía que el niño era inteligente y bien dotado. Finalmente la convenció.

5. El niño tenía un talento natural y, tan pronto como sus estudios y su educación comenzaron, se destacó de los demás alumnos. Llegado a la madurez y siendo ya hombre, demostró no ser inferior a Femio en todos sus conocimientos. Así, cuando Femio murió, le legó todos sus bienes. Poco tiempo después también murió su madre. Melesígenes se estableció como maestro, y como ahora vivía de su propio trabajo, mucha gente empezó a fijarse en él, y conquistó la admiración de los nativos y los extranjeros con los que trataba. Esmirna era un gran centro comercial exportador de grano, la mayor parte del cual provenía de los alrededores. En cuanto los viajeros terminaban su trabajo, paraban y descansaban en la escuela de Melesígenes.

6. En esa época tenía entre sus visitantes a un tal Mentes, hombre inteligente y educado de la región cercana a Léucade, dueño de un navío, que había llegado a Esmirna para adquirir productos. Convenció a Melesígenes para que cerrara la escuela y navegara con él, ofreciéndole un salario y todos los gastos. Le hizo ver las ventajas de viajar y conocer las ciudades y las tierras extranjeras, mientras fuera joven. Y creo que la idea de viajar le atrajo particularmente porque tal vez, ya entonces, pensaba dedicarse a la poesía. Así, después de cerrar la escuela, se embarcó con Mentes, y dondequiera que llegaba, trataba de conocer el país e interiorizarse preguntando. Es probable llevase anotaciones de todo esto.

7. Volviendo de regreso de Etruria e Iberia, llegaron a Ítaca. Y sucedió que Melesígenes, que sufría de una afección en los ojos, empeoró. Para ser tratado, Mentes, que ya debía zarpar para Léucade, lo dejó con su gran amigo Mentor, hijo de Álcimo, en Ítaca, encareciéndole que cuidara muy bien a Melesígenes. Le dijo que a la vuelta de su viaje le pagaría. Mentor lo cuidó con gran celo. Era un hombre bien acomodado y gozaba de una gran reputación en Ítaca por su justicia y su hospitalidad. Fue ahí cuando Melesígenes empezó a informarse e investigar acerca de Odiseo. Los itaquenses dicen que Melesígenes perdió la vista cuando estaba en esta isla, pero yo afirmo que se recuperó entonces y que fue más tarde, en Colofón, donde quedó ciego. Los habitantes de Colofón concuerdan conmigo sobre este punto.

8. Mentes, de regreso de Léucade, atracó en Ítaca y recogió a Melesígenes. Durante mucho tiempo navegó con él, pero, cuando llegaron a Colofón, volvió a enfermar de la vista y, no pudiendo superar la enfermedad, quedó ciego. Sumido en la ceguera, Melesígenes regresó a Esmirna y se dedicó a la poesía.

9. Tiempo después, carente de recursos para subsistir en Esmirna, decidió ir a Cime. Atravesando la llanura de Hermo, llegó a Nueva Fortaleza (Neonteicos), una colonia de Cime fundada ocho años después que aquella. Dicen que, al llegar allí, a una armería, recitó estos primeros versos (Epigrama 1):

> *Compadeced a quien ni recibe hospitalario acogimiento ni tiene casa,*
> *vosotros que habitáis la excelsa ciudad de Hera, la ninfa de amables ojos,*
> *en las últimas estribaciones del Sedena de poblada cima;*
> *y bebéis la divina agua del Hermo,*
> *río rojizo de hermosa corriente, a quien engendró el inmortal Zeus.*[1]

El monte Sedena se levanta sobre el río Hermo y Neonteicos. El nombre del armero era Tiquio ("Fortunato", o: Afortunado), y cuando oyó los versos, pensó que debía albergar al hombre, pues tuvo compasión del mendigo ciego. Le dijo que pasara a su cuarto de trabajo y le invitó a compartir lo que tenía. Sentado en el taller del armero, con otros que también estaban allí, recitó sus versos de *La expedición de Anfiarao a Tebas* y los himnos a los dioses que él había compuesto; pero cuando empezó a dar sus opiniones sobre lo que esas personas conversaban, Melesígenes sorprendió gratamente a todos los que lo escucharon.

10. Pasaba el tiempo y Melesígenes habitaba en Nueva Fortaleza, manteniéndose con su poesía. La gente de Neonteicos me ha mostrado, con gran reverencia, el lugar donde Homero se sentaba a declamar sus versos. Un chopo negro crece ahí y se dice que crece desde que Melesígenes llegó a la ciudad.

11. Tiempo después, pasando dificultades y casi no teniendo qué comer, Melesígenes decidió volver a Cime, para ver sí ahí le iba mejor. Casi al partir pronunció estos versos (Epigrama 2):

> *Llévenme en seguida mis pies a la ciudad de hombres venerables,*
> *Cuyo ánimo es benévolo y cuya paciencia, eximia.*

Fue desde Neonteicos y llegó a Cime, pasando por Larisa, porque ese un camino le resultaba más fácil. Dicen los de Cime que a pedido de sus parientes, con ocasión de una boda, compuso para Midas, rey de frigia, hijo de Gordio, este epigrama que aún está inscrito en la lápida de su tumba (Epigrama 3):

> *[Soy una virgen de bronce y yazgo sobre el sepulcro de Midas.]*
> *Mientras el agua mane, y los árboles reverdezcan, y salga el sol y alumbre,*
> *Y haga lo propio la brillante luna, y los ríos se llenen, y el mar bañe la costa;*
> *Permaneciendo en este mismo sitio, sobre su llorada tumba,*
> *Anunciaré a los caminantes que aquí yace sepultado Midas.*

---

[1] Para los textos de los epigramas atribuidos a Homero seguimos la traducción de Segalá y Estalella en las *Obras Completas*.

12. Melesígenes se sentó y, participando de las discusiones de los ancianos en la plaza de Cime, recitó unos versos que había compuesto. Tanto agradó con su discurso a todos los presentes que se volvieron sus admiradores. Dándose cuenta que su poesía gustaba a la gente de Cime y que disfrutaban escuchándolo, les hizo la siguiente propuesta: si la ciudad estaba dispuesta a patrocinarlo, haría de Cime la ciudad más famosa. La propuesta les agradó y le exhortaron que fuese al senado para proponerlo a los propios senadores, agregando que ellos también irían y le ayudarían. Convencido por ellos, cuando el senado se reunió, se dirigió a la casa del senado y le pidió a la persona encargada de tal oficio que lo condujera a la reunión. Este le prometió que lo haría y, en el momento apropiado, lo condujo. Melesígenes, de pie, frente a los ahí reunidos, presentó los argumentos sobre su manutención, que ya había expuesto con los asistentes a la plaza. Después de hablar, salió y se sentó.

13. Ellos deliberaron sobre lo que debían responderle. El hombre que lo condujo y otros senadores que antes lo habían escuchado en el pueblo, estaban ansiosos de respaldarlo. Pero se dice que uno de los magistrados se opuso a la petición, argumentando entre otras cosas que si bien parecía bueno proteger a los ciegos (*homeroi*), terminarían manteniendo [si se corría la voz] a una multitud de huéspedes grande y sin valor. Desde entonces, el nombre de Homero prevaleció sobre el de Melesígenes, ya que la gente de Cime llama a los ciegos *homeroi*. Y así, el hombre que antes era llamado Melesígenes pasó a ser llamado Homero.

14. Y los extranjeros han diseminado este nombre cada vez que se referían a él.

Finalmente, el argumento del magistrado acabó con el patrocinio de Homero, y el resto del senado estuvo de acuerdo. Saliendo de la reunión el líder del consejo, fue a sentarse junto a Homero y le hizo un relato de las diversas argumentaciones sobre su petición y resolución final que habían adoptado. Homero, al oír esto, se lamentó de su destino y compuso los siguientes versos (Epigrama 4):

> *¡De qué hado permitió Zeus que fuese yo presa cuando me criaba,*
> *todavía niño, en las rodillas de una madre venerable!*
> *A quien amurallaron en otro tiempo –por voluntad de Zeus que lleva la*
> *égida—*
> *los pueblos de Fricon, jinetes de veloces caballos, belicosos,*
> *que se dedican a las obras de Ares con el ardor del impetuoso fuego,*
> *a la eolia Esmirna, situada junto al mar, azotada por el ponto,*
> *a través de la cual fluye la límpida agua del sagrado Meles.*
> *Partiendo de allí, proponíanse las preclaras doncellas hijas de Zeus*
> *celebrar la divina tierra y la ciudad de los hombres;*
> *pero estos a causa de su insensatez,*
> *desdeñaron la sagrada voz, la fama del canto.*
> *Alguno de ellos, apesadumbrado, pensará nuevamente*
> *que tramó mi desgracia para su oprobio.*

Sufrirá la fortuna que la divinidad me asignó cuando nací,
soportando con ánimo paciente el incumplimiento de lo que deseaba;
pero mis miembros no me incitan a permanecer en las sagradas calles de
Cime,
y mi gran ánimo me impele a trasladarme a un pueblo de otro país,
aunque me encuentre débil.

15. Después de esto, se retiró de Cime a la Fócida, formulando esta imprecación: "que ningún poeta de fama nazca ahí, que pueda traerles gloria". Cuando llegó a la Fócida, vivió, del mismo modo, recitando sus poemas sentado frente al público. En aquella época vivía en la Fócida un tal Testórides que enseñaba a los niños a leer y escribir, pero que no era un hombre honesto. Cuando tuvo conocimiento de la poesía de Homero, se puso a conversar con él y le hizo la siguiente propuesta: que él podía acogerlo, cuidarlo y alimentarlo, siempre que le permitiera escribir lo que Homero había compuesto y tomar al dictado los nuevos versos que Homero compusiera.

16. Cuando lo hubo escuchado, Homero se decidió por aceptar la propuesta, pues carecía de los medios necesarios para su subsistencia y tenía urgencia de ser cuidado. Mientras permaneció con Testórides, compuso la *Ilíada Menor* (o *Pequeña Ilíada*), que empieza diciendo:

Canto a Ilión y Dardania, tierra de magníficos corceles
donde los Dánaos, servidores de Ares, sufrieron sin tregua.

Y también la épica llamada la *Foceida* que, según dicen los habitantes de este lugar, fue compuesta mientras Homero estuvo ahí. Cuando Testórides hubo copiado la Foceida y todo lo demás que Homero le dictó, decidió irse de la Fócida, porque quería presentar la poesía de Homero como suya. Tampoco se ocupó más de Homero como lo había hecho antes. Entonces el profirió los siguientes versos (Epigrama 5):

Oh Testórida, aunque las cosas obscuras son, para los mortales, en gran
número,
nada les resulta a los hombres tan difícil de conocer como su propia mente.

Testórides entonces dejó la Fócida rumbo a Quíos y donde estableció una escuela. Declamando la poesía de Homero como suya, fue largamente elogiado y sacó gran provecho de esto. Homero, mientras tanto, regresó a su anterior forma de vida en la Fócida, viviendo de su poesía.

17. No mucho tiempo después, unos mercaderes de Quíos llegaron a la Fócida y oyeron la poesía de Homero que le habían escuchado muchas veces a Testórides en Quíos. Le dijeron a Homero que había alguien en Quíos que decía los mismos versos, un maestro de letras que había sido muy elogiado por sus recitaciones. Homero pensó que este maestro debía ser Testórides y le nació un gran deseo en su corazón de ir a Quíos. Pero cuando bajara al puerto no pudo encontrar ninguna nave que zarpara hacia Quíos, aunque algunos hombres se disponían a zarpar hacia Eritrea en busca de madera. A Homero le gustó la idea de hacer el viaje pasando por Eritrea y se dirigió a los marineros, pidiéndoles que lo tomaran como pasajero. Llegó a convencerlos, persuadiéndolos con el encanto de su poesía, al punto que ellos decidieron llevarlo y lo invitaron a subir a la embarcación. Homero se mostró muy agradecido y embarcó. Después de sentarse les recitó estos versos (Epigrama 6):

> *¡Óyeme, vigoroso Poseidón, batidor de la tierra,*
> *que en el espacioso y divino Helicón ejerces tu imperio!*
> *Concede próspero viento y feliz vuelta a los marineros*
> *que son pilotos y capitanes de esta nave.*
> *Concédeme también que, al llegar al pie del escarpado Mimas,*
> *encuentre hombres venerables y justo, y pueda vengarme del varón que,*
> *engañando mi mente, ha ofendido a Zeus y a la hospitalaria musa.*

18. Habiendo tenido buen viaje y llegado a Eritrea, Homero pasó la noche en el barco, pero al día siguiente pidió a uno de los marineros que lo llevaran a la ciudad. Y ellos así lo hicieron. Cuando estaba de camino, se detuvo en un lugar escarpado y montañoso, y pronunció estos versos (Epigrama 7):

> *¡Venerable tierra, dadora de la dulce riqueza!*
> *¡Cuán fértil eres para algunos hombres,*
> *y cuán estéril y árida para aquellos contra quienes te irritas!*

Cuando llegaron a la ciudad, averiguó por un viaje a Quíos. Un hombre que lo había visto en la Fócida, lo saludó y lo abrazó. Homero le pidió que lo ayudase a encontrar un barco que lo llevara a Quíos.

19. Este hombre lo condujo donde había unos barcos de pescadores atracados, para ver si alguno estaba por navegar a Quíos. Fue a pedirle a unos, pero no le respondieron y se hicieron a la mar. Y Homero dijo los siguientes versos (Epigrama 8):

> *Marineros que atravesáis el ponto, semejantes a la odiosa Ate,*
> *llevando una vida que en lo mala rivaliza con la de los tímidos mergos;*
> *reverenciad la majestad de Zeus hospitalario que impera en lo alto,*
> *pues la venganza de Zeus hospitalario es terrible para quien le ofende.*

Cuando zarparon, se alzó un viento contrario y fueron llevados de vuelta al punto de partida. Encontraron a Homero sentado todavía en la playa. Cuando supo que habían vuelto, pronunció estas palabras (Epigrama 9):

> *A vosotros, oh forasteros, os ha sorprendido un viento contrario;*
> *Pero recibidme todavía ahora y os será posible la navegación.*

Los pescadores se mostraron arrepentidos por no haber aceptado antes y, diciendo que no lo dejarían en tierra si quisiese navegar con ellos, le insistían para que subiese a bordo. Y así, embarcándolo, zarparon. Más tarde fondearon en una península.

20. Los pescadores se ocuparon de su trabajo y Homero pasó aquella noche en la playa. Pero al día siguiente se puso en camino, y después de andar merodeando sin rumbo fijo llegó a un sitio llamado Pinar. Habiéndose quedado allí a pasar la noche, el fruto de un pino —de esa clase que algunos llaman estróbilos, y otros, piñas— cayó sobre él. Entonces Homero compuso los siguientes versos (Epigrama 10):

Cualquier otro árbol, oh pino, produce mejor fruto que tú
en las cumbres del ventoso Ida, de muchos valles.
Allí los terrestres hombres hallarán el hierro de Ares,
cuando los varones cebrenios lo ocupen.

En aquel tiempo la gente de Cime se preparaban para fundar Cebrenia cerca del monte Ida, donde se obtenía gran cantidad de hierro.

21. Homero se incorporó y se puso en camino siguiendo los sonidos de un rebaño de cabras que pastaban. Cuando los perros le ladraron, gritó. Al oír la voz de Homero, Glauco —que era el nombre del pastor— corrió rápidamente llamando a los perros, y los alejó de Homero. Durante largo rato quedó sorprendido de que un hombre ciego pudiera haber llegado sin ayuda hasta un lugar tan remoto, y se preguntaba qué era lo que podía querer. Acercándose, quiso saber quién era y cómo había llegado hasta aquel lugar solitario y sin caminos, y qué era lo que deseaba. Homero le contó todo lo que le aconteciera, causándole pena. Glauco —por lo que parece— no era insensible. Tomó a Homero y lo llevó a su cabaña y, después de encender el fuego, le preparó comida, la colocó frente a él y le pidió que comiese.

22. Pero como los perros andaban alrededor de la mesa y ladraban cada vez que comía —lo cual era habitual—, Homero dijo a Glauco los siguientes versos (Epigrama 11):

¡Glauco, guardián de los rebaños! Te pondré en la mente esta advertencia:
Ante todo da de comer al perro junto a la puerta del patio,
pues es quien primero oye al hombre que se acerca
y a la fiera que entra en el cercado.

Cuando Glauco oyó esto, se sintió complacido con el consejo y quedó admirado con el hombre. Después de comer se entretuvieron conversando. Homero le contó de sus andanzas y las ciudades que había conocido, y Glauco quedó impresionado. Al llegar la hora de dormir, dejaron la conversación.

23. Al día siguiente, Glauco decidió ir a ver a su patrón para informarlo acerca de Homero. Dejó a un esclavo pastoreando las cabras y partió, diciéndole a su huésped que pronto regresaría. Se dirigió a Bolisso, que está cerca de aquel lugar. Cuando pudo ver a su patrón, le contó toda la verdad sobre Homero, y expresándole su asombro por cómo había llegado hasta allí, le preguntó qué debía hacer con él. Su patrón no se interesó demasiado por la historia. Consideraba que Glauco era un tonto al acoger inválidos y cuidar de ellos. No obstante, le ordenó a Glauco que trajera al extranjero.

24. A su regreso Glauco le describió a Homero lo que había sucedido, y le dijo que tenía que ir con su patrón porque ahí prosperaría. Homero aceptó hacer el viaje. Así, Glauco lo llevó a verlo. Cuando este habló con Homero, vio que tenía conocimientos y experiencia en muchas cosas. Le pidió que se quedara y que se hiciera cargo de la educación de sus hijos, que aún eran pequeños. Mientras estuvo con el patrón en Bolisso, compuso los *Cércopes*, la *Batraquiomaquia*, la *Psaromaquia*, la *Heptapáctica* y las *Epicíclides*, y todos los demás poemas cómicos que se le atribuyen. Su poesía comenzó a hacerse famosa en la región y también en la ciudad de Quíos. Testórides, cuando escuchó que Homero estaba en la isla, se embarcó y abandonó la isla.

25. Tiempo después Homero le pidió al patrón que lo llevase a Quíos, y llegado a la ciudad puso una escuela y comenzó a enseñar sus poemas a los niños. Homero impresionó a los lugareños, a los que les parecía muy capaz. Después de acumular un cierto caudal, se casó con una mujer con la que engendró dos hijas. Una de ellas murió soltera, pero la otra contrajo matrimonio con un hombre de Quíos.

26. Al componer su poesía se mostró agradecido con los que lo habían ayudado; primero lo hizo con Mentor de Ítaca, en la *Odisea*, porque lo había atendido con tanta solicitud cuando padecía de la vista; puso su nombre en el poema, diciendo que era un camarada de Odiseo. Decía en el poema que cuando Odiseo zarpó hacia Troya, confió a Mentor el cuidado de su casa por ser el más noble y justo de todos los habitantes de Ítaca. En muchos otros pasajes del poema también lo honró haciendo que Atenea se apareciera con el aspecto de Mentor siempre que se disponía a conversar con alguien. A su propio maestro Femio, le pagó por haberlo formado y educado, particularmente con estos versos de la *Odisea* (I, 153 y ss.):

> *Un heraldo puso la bellísima cítara en manos de Femio,*
> *a quien obligaban a cantar ante los pretendientes.*

Y también:

> *Femio tomó la cítara y una hermosa canción entonaba.*

Se acordó también del capitán del barco con quien navegó largo tiempo conociendo tierras y ciudades, aquel llamado Mentes, por medio de estos versos (*Odisea*, 180 y s.):

> *Me jacto de ser Mentes, hijo del belicoso Anquíalo,*
> *y de reinar sobre los tafios, amantes de manejar los remos.*

También agradeció a Tiquio, el armero que lo recibió cuando llegó a Neonteicos, con estos versos de la *Ilíada* (7, 219 y ss.):

> *Áyax se acercó con su escudo como una torre,*
> *broncíneo, de siete pieles de buey, que en otro tiempo le hiciera Tiquio,*

el cual habitaba en Hilo y era el mejor de los curtidores

27. Por su poesía la fama de Homero se extendió por toda Jonia y su renombre llegaba a la Grecia continental. Muchos iban a visitarlo, y sus vecinos le sugerían que fuese a Grecia. El recibió con agrado estos consejos, ya que tenía grandes deseos de realizar ese viaje. Habiendo escrito magníficos elogios sobre Argos, pero ninguno sobre Atenas, insertó en su poema, la *Ilíada*, los versos exaltando a Erecteo en el "Catálogo de las Naves" (*Ilíada* 2, 547 y s.):

> *Pueblo del magnánimo Erecteo, a quien Atenea, hija de Zeus, crió*
> *—habíale dado a luz la fértil tierra—*

Elogió también a su general Menesteo, el mejor de todos para organizar la caballería y la infantería, con estos versos (*Ilíada* 2, 552 y ss.):

> *Tenían por jefe a Menesteo, hijo de Peteo.*
> *Ningún hombre de la tierra sabía como ese poner en orden de batalla,*
> *así a los que combatían en carros, como a los peones armados de escudos.*

Puso a Áyax, el hijo de Telamón y a los hombres de Salamina con los atenienses en el "Catálogo de las Naves", diciendo lo siguiente (*Ilíada* 2, 557 y s.):

> *Áyax había partido de Salamina con doce naves,*
> *que colocó cerca de las falanges atenienses.*

En la Odisea dice que cuando Atenea vino a hablar con Odiseo, ella regresó a la ciudad de Atenas, honrando así a esta ciudad más que a ninguna otra con estos versos (*Odisea* 7, 80 y s.):

> *Llegó a Maratón y Atenas, la de anchas calles,*
> *y entró en la sólida morada de Erecteo.*

29. Después de insertar estos versos en sus poesías y de terminar los preparativos para ir a Grecia, hizo el viaje a Samos. Por entonces la gente deliberaba sobre el festival de Apaturia. Uno de sus habitantes vio venir a Homero, a quien conociera previamente en Quíos, y fue con sus paisanos y les habló de él, ya que lo tenía en la más alta estima. Le pidieron que lo trajera y él fue a donde estaba Homero y le dijo: "Extranjero, la ciudad está celebrando la Apaturia y mis paisanos quieren que la celebres con ellos". Homero estuvo de acuerdo y partió con el hombre que lo había invitado.

30. De camino encontró a unas mujeres que ofrecían sacrificios, en los cruces de los caminos, a la protectora de los niños (*Kourotrophos*). Al verlo, una sacerdotisa le dijo coléricamente: "Hombre, aléjate de nuestra ceremonia". Homero tomó a pecho lo que se le dijo y le preguntó al hombre que lo guiaba quién era la persona que había hablado y a qué dios estaban haciendo los sacrificios. El hombre le dijo que era una mujer que estaba haciendo sacrificios a Kourotrophos. Cuando Homero oyó la contestación pronunció estos versos (Epigrama 12):

> *Oye mi súplica, protector de los jóvenes; concédeme que esta mujer*

rechace el amor y el lecho de los mancebos
y se deleite con los ancianos de sienes canosas,
cuyas fuerzas se han debilitado, pero cuyo ánimo apetece todavía.

31. Cuando llegó a la reunión de los paisanos de su guía y se detuvo en la entrada de la casa donde tenía lugar el banquete, algunos contestaron que el fuego ardía ya en la casa y otros dijeron que lo habían prendido apenas, a causa de que Homero dijo los siguientes versos (Epigrama 13):

Los hijos son la corona del hombre y las torres de la ciudad;
los caballos constituyen el adorno de la llanura y las naves el del mar;
las riquezas acrecientan la casa; y los venerables reyes
sentados en el ágora son regocijo de los ciudadanos que los contemplan.
Pues todavía es más venerable, a nuestro ver, la casa con el hogar
encendido
en un día de invierno, cuando nieva el Crónida.

Homero entró y se sentó, comió con los paisanos y ellos lo honraron y lo trataron con admiración. En ese lugar pasó la noche.

32. Al día siguiente, cuando partió, unos alfareros que estaban encendiendo el horno para cocinar sus vasijas, lo vieron y lo llamaron. Habían oído que era un poeta y le pidieron que les cantara, ofreciéndole a cambio alguna vasija de cerámica y cualquiera de las otras cosas que tenían. Homero les cantó esta canción que se conoce como "El horno" (Epigrama 14):

Si me lo recompensáis, cantaré, oh alfareros.
Ven acá, Atenea, y con tu mano protege este horno,
para que tomen color los vasos y los barreños todos
y se cuezan hermosamente, y alcancen elevado precio
al ser vendidos en gran cantidad así en la plaza
como en las calles,
y les procuren a los alfareros buena ganancia
y también a mi para cantar en su honor.
Pero sí, entregándoos a la impaciencia, forjáis mentiras,
convocaré enseguida contra el horno a sus destructores:
a Destrozos, a Roturas, a Tizne, a Rajaduras y a Malhorneado
que mucho daño causan a vuestro arte.
¡Destruid el pórtico y el taller pegándoles fuego!
¡Tambaléese todo el horno
mientras los alfareros prorrumpen en gemidos!
¡Cruja el horno como las mandíbulas de un caballo
y triture todos los cacharros!
Ven acá hija del Sol, Circe, conocedora de muchos venenos:
¡échales tus crueles tósigos y hazlos perecer a ellos y a sus obras!
Ven acá, Quirón, y trae muchos Centauros,
así los que escaparon de las manos de Heracles
como los que perecieron:
golpeen de la peor manera estas cosas,

derrúmbese el horno y vean aquellos, sollozando,
sus malas acciones;
yo me alegraré al contemplar el arte de esos genios malos.
Y a quien se inclinare sobre el horno,
séale quemado el rostro por el fuego,
para que todos aprendan a obrar rectamente.

33. Pasó el invierno en Samos, yendo a las casas de los ricos durante el festival de la luna nueva y ganando algún dinero por cantar sus versos. Siempre algunos niños de la región lo llevaban y guiaban. Cantó estos versos, la canción llamada "*Eiresione*" (Epigrama 15):

Vamos a la casa de un hombre muy rico,
el cual puede mucho y refunfuña en grande, siempre afortunado.
Abríos espontáneamente, oh puertas, pues entra, abundante, la Riqueza,
y con la Riqueza la floreciente Alegría y la noble Paz.
Que todas tus vasijas estén llenas; y la masa del pan desborde del cuenco.
Ahora la cebada alegre con el sésamo
(...)
La mujer de tu hijo llegará en un carruaje:
Mulos de vigorosos cascos la traerán a esta casa.
Teja de pie la tela, o sentada en asiento de ámbar.
Vendré a ti cada año como la golondrina.
Estoy en la entrada con mis pies desnudos.
Vamos, trae algo pronto.
Por Apolo, mujer, danos algo bueno; de lo contrario,
no nos quedaremos, que vinimos aquí para vivir contigo.

Estos versos por mucho tiempo fueron cantados en Samos cuando los niños mendigaban en el festival de Apolo.

34. Llegada la primavera, Homero siguió su viaje a Atenas. Partió con algunos habitantes de Samos y llegaron a Ios. No fondearon en el puerto de la ciudad, sino en la playa. Sucedió que Homero durante la navegación sufrió un mareo. Después de desembarcar, debilitado, se quedó durmiendo en la playa. Por no tener vientos favorables muchos días permanecieron anclados allí. La gente venía del pueblo, pasaban el tiempo con él y al escucharlo, quedaban impresionados.

35. Estando los marineros y alguna gente del pueblo sentados con Homero, unos pescadores llegaron, saltaron de su bote y se acercaron. Dijeron lo siguiente: "Oigan, extranjeros, escuchen y vean si pueden entender lo que decimos". Alguien de los presentes les dijo que hablaran y ellos dijeron "Lo que aquí cogimos, lo dejamos atrás. Lo que no tomamos es lo que acarreamos". Se dice que lo dijeron en verso:

Cuanto cogimos, lo dejamos;
cuanto no cogimos, eso nos llevamos.

Como los presentes no eran capaces de entender lo que habían dicho, los muchachos explicaron que no pudieron sacar nada en su salida de pesca. Pero que cuando se sentaron ya en tierra y se pusieron a espulgarse, los piojos que cogieron los dejaron allá y los que no pudieron coger los trajeron con ellos. Y Homero al escucharlo, pronunció estos versos (Epigrama 16):

> *Procedéis de la sangre de padres como vosotros;*
> *que ni eran ricos en campos, ni apacentaban numerosos rebaños.*

Homero murió en Ios. No porque no pudiera entender lo que dijeron estos muchachos, según piensan algunos, sino por su dolencia y por la debilidad de su cuerpo. Al morir, fue enterrado en Ios, allí mismo, en la playa, por los marineros que lo acompañaban y los ciudadanos que se habían acercado a conversar con él. Mucho tiempo después, la gente de Ios escribió este epitafio, cuando su poesía era famosa y admirada en todas partes. Los versos no son de Homero:

> *Aquí la tierra cubre una sagrada cabeza,*
> *al cantor de los héroes, al divino Homero.*

37. Que Homero era eolio y no jonio ni dorio, está claro por lo que he dicho más arriba, a ello puedo agregar las siguientes evidencias. Es de creerse que, cuando un hombre que es un poeta de tal calidad habla de las costumbres humanas en su poesía, o bien selecciona las mejores que ha encontrado o las que son propias de su patria. Juzguen por sí mismos cuando escuchen sus versos. Al referir el ritual del sacrificio o bien se inspiró en el mejor que encontró o en los que se realizaban en su propia patria. Dice (*Ilíada* 1.459 y ss.):

> *Primero cogieron las víctimas por la cabeza, que tiraron hacia atrás, y las degollaron y desollaron; en seguida cortaron los muslos, y después de cubrirlos con doble capa de grasa y de carne cruda en pedacitos sobre ellos.*

Nada se dice sobre cómo se usan los lomos en los sacrificios. La raza eolia es la única entre todos los helenos que no asan el lomo. También lo evidencian estos versos, ya que siendo Homero eolio, observa sus costumbres (*Ilíada* 1.462 y s.):

> *El anciano los puso sobre leña encendida y los roció de negro vino. Cerca de él, unos jóvenes tenían en las manos asadores de cinco puntas.*

Pues solamente los eolios asan vísceras en asadores de cinco puntas, los demás griegos usan de tres. Y solo los eolios usan llaman *pempe* al número cinco, en ves de *pente*.

38. He aquí lo que sabemos sobre el origen, la muerte y la vida de Homero. En cuanto a determinar con exactitud la fecha de la muerte de Homero, puede realizarse el siguiente cálculo: a partir de la expedición a Troya que organizaron Agamenón y Menelao, pasaron ciento treinta años hasta la colonización de Lesbos. Con anterioridad Lesbos no tenía ciudades. Veinte años después de que Lesbos se colonizara, fue fundada la ciudad eolia de Cime, conocida como Eolia o Friconia. Dieciocho años después de Cime, los habitantes de Cime fundaron Esmirna y entonces nació Homero. Desde el nacimiento de Homero hay seiscientos veintidós años hasta que Jerjes —en su campaña contra los griegos— cruzara el Helesponto y pasara de Asia a Europa. Desde allí, para quien desease investigar, es fácil calcular el tiempo a partir de los arcontes atenienses. El nacimiento de Homero tuvo lugar ciento sesenta y ocho años después de la guerra de Troya.

Apéndice 2
PRECEDENTES MÍTICOS DE LA GUERRA DE TROYA

El linaje de los reyes troyanos

Teucro, hijo de Escamandro y una ninfa del monte Ida, será el primero que reine en la tierra troyana. De él les viene el nombre de teucros a los habitantes de esas tierras. Teucro tuvo una hija llamada Batia. Y Dárdano, hijo de Zeus, que, había arribado a la Tróade desde Samotracia, se casó con ella y heredó el trono. Así los pobladores de aquella región también fueron conocidos como dárdanos. Dárdano tuvo por hijo a Erictonio, hombre de gran riqueza y poder; el cual, a su vez, engendró a Tros, al cual toda esa región debe el nombre de Tróade y la ciudad que fundara su hijo Ilo, el nombre de Troya. Los hijos de Tros fueron: Ilo, Asáraco y Ganimedes. Zeus se prendó de la belleza de Ganimedes y lo raptó llevándolo al Olimpo para que, inmortalizado, escanciara el néctar a los dioses. En compensación, Zeus le regaló a Tros unos caballos divinos. A Asáraco, el segundo de los hijos de Tros, su hermano mayor, Ilo, le concedió el reino de Dardania. Asáraco engendró a Capis, y éste, a Anquises, del cual se enamoró Afrodita y le dio por hijo a Eneas. En cierta ocasión Ilo acudió a un certamen convocado por el rey de Frigia y, al ganarlo, recibió como premio cincuenta siervos de ambos sexos; por indicación de un oráculo, se le entregó además una vaca moteada y se le dijo que debía seguirla y, donde el animal se echase, allí debía fundar una ciudad[1]. Así lo hizo y fundó en la llanura una ciudad que llegaría a ser la más importante de la

---

[1] Esta leyenda parece configurada de acuerdo con la de la fundación de Tebas. En esa ocasión un oráculo indica a Cadmo que debe seguir a una determinada vaca y, donde ella se eche, debe fundar una ciudad; en las proximidades de ese sitio hay un dragón con el cual Cadmo lucha y lo vence. Por consejo de Atenea siembra los dientes del dragón y, de los dientes sembrados, surgen unos beligerantes guerreros que combaten entre sí hasta que no quedan más que cinco. De estos cinco guerreros provienen los cinco linajes de los tebanos (Cfr. Hard, R. *El gran libro de la mitología griega*, p. 389). Los elementos de la leyenda son aproximadamente los mismos: el mandato del oráculo, el sitio de la fundación señalado por la vaca, el evento de lucha (aquí contra un dragón) que al victorioso Cadmo le provee de los primeros pobladores, esto es, de los cinco linajes, en vez de las cincuenta parejas que recibió Ilo. La vaca moteada de la leyenda troyana probablemente indique, con sus dos colores, la ambivalencia del destino.

476

Tróade, a la cual, en honor de su nombre, se llamó Ilio. Ilo engendró a Laomedonte, que le sucedió en el reino. Laomedonte tuvo varios hijos: Titonio, Lampo, Clitio, Hicetaón y Podarces, quien más adelante recibiría el nombre de Príamo, y tres hijas: Hesíone, Cila y Astíoque[2].

Hesíone y Príamo

Laomedonte quiso proveer a la ciudad de Troya de una adecuada defensa, y acordó con los dioses Poseidón y Apolo, que por entonces habían sido castigados a cumplir trabajos terrestres, a que ellos levantaran las famosas murallas. Según Homero, esta labor la realizó Poseidón mientras Apolo se encargaba de cuidar los ganados del rey. Terminada la tarea Laomedonte se negó a cumplir con el pago. Poseidón, en represalia, hizo surgir un monstruo marino que asolaba las costas troyanas. Un oráculo reveló que esta calamidad cesaría cuando el rey ofreciera a su hija Hesíone en sacrificio. Conforme a las instrucciones del oráculo, Laomedonte encadenó a su hija frente al mar, para que el monstruo la devorase. Heracles acertó a pasar por allí en ese momento y, cuestionando el sacrificio, llegó a un acuerdo con Laomedonte por el cual, si lograba matar al monstruo, el rey le entregaría las yeguas sagradas que Tros había recibido de Zeus en compensación por Ganimedes. Heracles así lo hizo y salvó la vida de Hesíone, pero Laomedonte incumplió nuevamente su palabra. Tiempo después Heracles regresó con tropas y quince embarcaciones en una expedición de saqueo, que podríamos entender como la primera guerra de Troya. Habiendo tomado la ciudad, Heracles mató a Laomedonte y a todos sus hijos varones con excepción de Podarces, y a Hesíone se entregó a Telamón, rey de Égina, hijo de Eaco, por haber sido el primero en entrar a la ciudad. Heracles también le permitió a Hesíone llevarse a uno de los cautivos y ella eligió a Podarces, su hermano, pero Heracles le dijo que primero debería hacerse esclavo y luego podría ser rescatado o comprado. Así se hizo. Entonces Hesíone se quitó un velo que llevaba y lo ofreció en rescate por su hermano[3]. Desde allí en más Podarces recibió el nombre de Príamo[4].

A su vez Príamo, una vez que se hizo con el trono de Troya, siempre tuvo como empresa rescatar a su hermana Hesíone, o al menos vengar su cautiverio. Por ello cuando Alejandro raptó a Helena, Príamo se alegró.

---

[2] Cfr. Apolodoro, 3.12.1 y s.; Diodoro Sículo, 4.75

[3] Cfr. Apolodoro, 2.5.9 y 2.6.4

[4] Sobrenombre derivado de *príamai* (*πρίαμαι*) comprar, rescatar mediante un pago.

El nacimiento de Paris-Alejandro

Hécuba, esposa de Príamo[5], estando preñada de Paris tuvo un sueño fatídico: de ella nacía un gran fuego (o antorcha) que incendiaba Troya. Los oráculos, interpretando estos signos, aconsejaron exponer al niño, librándolo a su suerte[6]. Así es que, recién nacido, fue abandonado en el Ida. Allí, sin embargo, unos pastores lo recogieron y lo criaron. Creció fuerte y muy apuesto. Se dice que lo llamaban Alejandro porque cuidaba a los rebaños y los protegía de los depredadores. Su inteligencia llamó la atención de Zeus y, observando sus sagaces juicios y oportunas decisiones, pensó en él cuando decidió confiar a un mortal el arbitraje sobre un espinoso tema que había surgido entre las diosas del Olimpo[7].

El Juicio de Paris

Cuando se celebraron las bodas de Peleo con la bella Tetis, la hija de Nereo, la Discordia, que no había sido invitada[8], hizo llegar un regalo (algunos dicen que era una manzana de oro[9]) cerca del triclino donde se recostaban Hera, Atenea y Afrodita. Este llevaba una dedicatoria; la leyenda decía: "Para la más bella". Si bien en un principio los invitados creyeron que debía ser ofrecida a la novia, la nereida Tetis, temieron ofender con ello a las tres diosas principales que se hallaban presentes, las cuales inmediatamente codiciaron la manzana y empezaron a disputar sobre cual debía quedarse con ella. Zeus, no queriendo tomar una decisión que lo enfrentase con su hija, su nuera o su esposa, las envió al monte Ida, donde Paris, el hijo del rey Príamo, pastoreaba sus rebaños. Anticipando su llegada envió también a su heraldo, Hermes, para explicarle lo que debía juzgar, y que las tres diosas acatarían su juicio sin discusión. Luego ellas se presentaron ante él y cada una le ofreció diversos dones a modo de

---

[5] De acuerdo con otras versiones de la leyenda, Hécuba es la segunda esposa de Príamo. La primera era Arisbe, hija de Mérope, el adivino rey de Percote (Apolodoro, 3.12.5).

[6] La leyenda que habla del primer matrimonio de Príamo con Arisbe, cuenta que tuvo como hijo a Ésaco, el cual heredó las dotes adivinatorias de su abuelo Mérope y fue, según esta versión, quien interpretó el sueño de Hécuba (Apolodoro, *ibid*). Las versiones que dicen que Casandra o Heleno fueron quien lo interpretaron no tienen mucho sentido, porque para el nacimiento de Paris ninguno de estos hijos de Príamo había nacido, porque para algunas tradiciones Héctor es el mayor de los hijos de Hécuba y, para otras, es el propio Paris.

[7] Cfr. Ruiz de Elvira, 1982, 399 y s.

[8] Como es lógico, a una celebración del amor no podía ser invitada la Discordia.

[9] La manzana que se halla está totalmente ausente en Homero y en las *Cypria,* aparece recién en Apolodoro, *Ep.* 3.2. (Cfr. Ruiz de Elvira 1982, p. 397).

soborno, si la favorecía sobre las otras dos. Hera le daría poder y riquezas; Atenea, sabiduría y victoria en los combates, y Afrodita, a la más bella de las mujeres por esposa. Paris se decidió por Afrodita[10], y convirtió a las otras dos diosas en sus enemigas.

El retorno de Paris a Troya

Creyendo que su hijo Paris había muerto, Príamo celebraba todos los años juegos funerarios en su honor. Una de las atracciones eran las corridas de toros. Paris, en el monte Ida, solía participar tanto como competidor como juzgando la habilidad de otros participantes. Confiado en su destreza física, quiso intervenir compitiendo en los juegos funerales que se celebraban en Troya, donde se destacó ganando diversas pruebas y dejando a sus rivales, también hijos de Príamo, indignados y sedientos de venganza; y acaso Paris hubiera muerto a manos de ellos de no haber intervenido Casandra, que tenía poderes proféticos. Ella inmediatamente lo reconoció y, acto seguido, reveló a todos los concurrentes que aquel humilde pastor, tan arrojado y apuesto, no era otro que su hermano Paris, que estaba vivo y no había muerto[11]. Cuando su padre adoptivo, el pastor, corroboró la historia, la sorpresa de este descubrimiento embargó a todos; incluso al joven Paris, que no sabía de su origen. Entre lágrimas lo recibió y abrazó Príamo, pues había recuperado a su amado hijo, cuya muerte atormentaba su conciencia. Y cuando los adivinos le pidieron nuevamente que de inmediato lo matase si no quería la destrucción de Troya, Príamo les respondió que prefería que la ciudad ardiese antes de perderlo por segunda vez[12].

El primer rapto de Helena

La misma noche que Tindáreo, rey de Esparta, yació con Leda, Zeus, bajo el aspecto de un cisne, también la poseyó. De estas uniones nacieron cuatro hijos: las hermanas Helena y Clitemnestra, y los gemelos Cástor y Pólux. Se decía que Helena, la más bella de las niñas, y Pólux eran hijos de Zeus; en tanto que Castor y Clitemnestra eran hijos de Tindáreo[13].

Desde temprana edad Helena fue reconocida por su belleza.

Cuando todavía era núbil fue raptada por Teseo con ayuda de Pirítoo, mientras danzaba en el templo de Afrodita, en Esparta. Teseo y su

---

[10] Apolodoro, *loc. cit.*
[11] Cfr. Ruiz de Elvira 1982, 404.
[12] Cfr. Graves 2007, §159, *o*.
[13] Cfr. Apolodoro, 3.10.7

compañero la llevaron a Atenas y echaron suertes para ver quien se quedaría con ella. Teseo resultó favorecido, pero en Atenas no le permitieron ingresar con la muchacha, por lo que hubo de trasladarla a Afidna, con su madre Etra, hija de Tetis y el Océano. A continuación Teseo y Pirítoo decidieron bajar al Hades para raptar a Perséfone y convertirla en cónyuge de Pirítoo, y así quedar, cada uno, con una mujer[14].

Mientras llevaban a cabo esta loca aventura, Cástor y Pólux lograron liberar a su hermana y devolverla a Esparta, llevándose consigo a la madre de Teseo y a la hermana de Pirítoo para que le sirviesen de esclavas a Helena[15].

El sacrificio del caballo

Cuando Helena se hizo mujer la mayoría de los reyes y príncipes de Grecia la pretendían en casamiento y llevaban sus dones al palacio de Tindáreo en Esparta. Entre ellos se encontraba Odiseo, que siendo más pobre que los otros, se acercó a Tindáreo en plan amistoso y escuchó cómo el rey se quejaba preocupado por la belleza de Helena y la codicia que despertaba en los hombres. Sus temores se referían principalmente a que esa unión no durase, porque luego alguno quisiera arrebatársela al que ella eligiera. Odiseo le propuso un astuto plan, si Tindáreo a su vez se comprometía a ayudarlo a él. Tindáreo accedió, y Odiseo le planteó lo siguiente: que reuniese a todos los pretendientes y, antes de que se produjese la elección, todos se juramentasen para defender la unión de Helena con quien ella eligiera por esposo; a cambio de ello Odiseo le pedía —viendo la escasa oportunidad de resultar elegido— que le concediese la mano de Penélope, prima de Helena, por la cual también sentía una gran atracción.

Así se hizo y todos los pretendientes —el cretense Idomeneo, Áyax de Salamina y su hermanastro Teucro, Diomedes de Argos, Odiseo de Ítaca, Patroclo, Palamedes y muchos otros— participaron de un rito donde se sacrificó un caballo a Poseidón y a cada uno se dio una parte del mismo que, jurando, depositaron en un túmulo —luego conocido como "la tumba del caballo"— bajo pena de que quien incumpliese con el juramento fuese duramente perseguido por la ira del dios[16].

---

[14] Diodoro Sículo, 4.63.3 y s.

[15] Graves 2007, § 104, *e*.

[16] Curiosamente el caballo, emblema de los troyanos por aquellos caballos celestiales, entregados por Zeus a Laomedonte en compensación por haber arrebatado a Ganimedes, traído aquí como víctima y sello del juramento de los

Seguidamente Helena eligió por consorte a Menelao, el más rico de todos, hermano del rey Agamenón de Micenas que había desposado a Clitemnestra, hermana de Helena, y se celebró el matrimonio.

Tindáreo cedió su trono a Menelao para que, junto a Helena, reinasen en Esparta.

Sin embargo, desde tiempo atrás parece que el destino de las hijas de Tindáreo había estado sellado, pues su padre en ocasión de realizar un sacrificio a todos los dioses había olvidado mencionar a Afrodita, y la diosa, sintiéndose muy agraviada, juró vengarse haciendo que ambas fueran célebres por su adulterio [17].

El viaje de Paris

Afrodita, al sobornar a Paris, le había mencionado a la reina de Esparta, igual a ella en belleza y le había prometido que en cuanto lo viese se enamoraría de él y sería su amante. Seducido de esta manera, cuando sus hermanos mayores lo invitaron a elegir esposa, él, recordando la promesa de Afrodita, les dijo que la diosa se la escogería, de modo que no le preocupaba.

Afrodita lo instaba a realizar un viaje a Esparta para entregarle a Helena.

Sucedió que por ese entonces Príamo planeaba una expedición a Salamina para recuperar a su hermana Hesíone y Paris rápidamente se ofreció a liderarla, alegando que si no conseguía el cometido de recuperar a su tía, al menos raptaría otra princesa griega para vengar la afrenta [18].

Ese mismo día llegaba el rey Menelao a la ciudad de Troya. Solicitaba un permiso para realizar allí un sacrificio, que según los oráculos de Esparta remediaría la peste que asolaba la ciudad. Paris acompañó a su huésped y trabaron cierta amistad, suficiente para que concertasen una próxima visita del príncipe al reino de Menelao.

Paris, inspirado por las palabras de Afrodita, cuando le dijera que lo guiaría por medio de su hijo Eros, mandó que la nave insignia de la flota que había hecho preparar Príamo para el rescate de Hesíone, tuviera por mascarón de proa la estatua de Afrodita portando en sus manos un pequeño Eros.

---

griegos que los comprometió a concurrir a la guerra, también estará presente en el ardid que lleva a la destrucción de Troya.

[17] Cfr. Graves, 2007, §159, *c*.

[18] *Id.*, §159, *p*; Ruiz de Elvira 1982, p. 404 y s.

Constantemente favorecido por Afrodita, Paris llegó con rapidez a Esparta, conoció a Helena, y ambos se enamoraron. A los nueve días, mientras Menelao estaba ausente por un viaje a Creta, embarcaron joyas y tesoros de Esparta —que legítimamente pertenecerían a Helena por herencia de Tindáreo y como reina de Esparta— y se hicieron a la mar. Esa misma noche, en Cránae, se unieron amorosamente y siguieron su camino a Troya[19]. En el camino, Hera les envió una tempestad que los sacó de curso, debiendo refugiarse en Chipre y luego en Sidón, donde, actuando a traición, Paris robó cuantiosos tesoros[20]. Cuando hubo pasado el tiempo suficiente, y creyendo que nadie los perseguía, continuaron su viaje hasta llegar a Troya.

Helena gustó a todos, y los troyanos celebraron el viaje de Paris y su gran botín[21].

---

[19] *Ilíada*, 3.445.

[20] Ruiz de Elvira 1982, p. 408; Graves, 2007, §159, *t*. Según Homero solamente se llevó algunas tejedoras (*Ilíada*, 6.289 y s).

[21] Con razón Graves plantea: "Cuando Paris decidió convertir a Helena en su esposa no esperaba que tendría que pagar el ultraje inferido a la hospitalidad de Menelao. ¿Acaso se les habían ajustado las cuentas a los cretenses cuando, en nombre de Zeus, robaron Europa a los fenicios? ¿Se les había pedido a los argonautas que pagasen por el rapto de Medea en Cólquide? ¿O a los atenienses por el rapto de la cretense Ariadna? ¿O a los tracios por el de la ateniense Orítía?" (2007, §160, *a*). Incluso su tía Hesíone también había sido víctima de estas prácticas.

Apéndice 3
LA CUESTIÓN DE LOS HIJOS DE PRÍAMO

Del número de los hijos de Príamo se trata en dos ocasiones a lo largo de la *Ilíada*. El primer caso se encuentra en la sexta rapsodia: Héctor se aparta del combate, vuelve a la ciudad y entra en el palacio de Príamo, para pedir que realicen un sacrificio a la diosa Atenea. Allí –en 6.244 y ss.– el número de los hijos está en relación con el número de las habitaciones de palacio: "en él había cincuenta cámaras de pulimentada piedra, seguidas, donde dormían los hijos de Príamo con sus legítimas esposas". Esa misma cantidad de hijos es la que repite hacia el fin de la obra, en 24.495 y ss., donde Príamo le dice a Aquiles, cuando acude a su tienda para redimir el cadáver de Héctor: "Cincuenta [hijos] tenía cuando vinieron los aqueos: diecinueve eran de una misma madre; a los restantes, diferentes mujeres los dieron a luz en el palacio." El número cincuenta en estos casos se refiere claramente tan solo a los hijos varones; ese número no incluye a las hijas porque una vez que se ha referido al alojamiento de los hijos, dice en 6.247 y ss.: "para las hijas en el lado opuesto del patio había otras doce habitaciones de piedra pulida, continuas y techadas, donde los yernos de Príamo se acostaban con sus castas mujeres". De esta forma vemos que el interés parece estar centrado en las parejas o, en todo caso, en los hijos varones y los yernos, porque no se menciona el número de las hijas solteras. Lógicamente, en un contexto de guerra, el número de los hombres es de importancia capital, ya sea como fuerza de combate, de comando o de aporte de tropas. Sin embargo, en la *Ilíada* no se mencionan por sus nombres más que veintidós hijos, de los cuales solamente seis figuran como hijos de Hécuba, y únicamente uno de los yernos[1]. Este faltante deja

---

[1] Los que se mencionan como hijos de Hécuba son: Héctor, Paris, Deífobo, Heleno, Antifo y Polites. De otros tres se dice que Príamo los ha tenido con esposas adicionales de clase noble, esto es: dos con Latoe —Licaón y Polidoro—, y uno, Gorgitión (8.302), con Castianira. A cuatro hijos se los menciona como bastardos, lo que probablemente indica que los ha tenido con esclavas u otras mujeres de menor rango: Democoonte (4.499), Doriclo (11.489), Iso (11.101-8) y, por último, Cebriones, auriga de su hermanastro Héctor; de estos cuatro, Cebriones es el único que tiene una participación de relativa importancia en el poema. Adicionalmente, sin indicación ninguna de sus madres, se nombran nueve hijos: Agatón (24.249), Antífono (24.250), Cromio (5.160), Dio (24.251), Equemón (5.160), Hipótoo (11.303), Méstor (24.257), Pamón (24.250) y Troilo

muchas preguntas sin respuesta: ¿Dónde están los veintiocho hijos de Príamo que no figuran en el poema? ¿debemos suponer que han muerto antes del comienzo de la *Ilíada* y esas veintiocho cámaras están vacías, o las ocupan sus viudas y sus huérfanos? ¿Sus yernos también están muertos, y sus tristes viudas habitan las once viviendas restantes? Si esto fuera así, la imagen del palacio de Príamo con tantas cámaras vacías y con tantas ausencias, ya no sería tan radiante y floreciente como se la pinta a la llegada de Héctor. Pero aun dejando eso de lado todavía hay otras inconsistencias relativas a este asunto. Las habitaciones de Paris y Helena no parecen estar comprendidas dentro de este esquema, porque se nos dice que el propio Héctor ha participado de la construcción de su palacio y de su cámara nupcial, cerca del de Príamo y del suyo propio, en la acrópolis (6.313 y ss). En base a esta última indicación, incluso se ha supuesto que la casa de Héctor tampoco formaba parte de aquel conjunto, y se ubicaba más cerca de la de su padre, situada en la parte más alta[2]. Y, debido a las contradicciones, ni siquiera está claro si todas estas construcciones se hallan dentro, o simplemente en las proximidades, del palacio de Príamo.

Estas discordancias y contradicciones nos llevan a pensar que tanto el número de cincuenta hijos, como el de las doce hijas, acaso formen parte de algún juego numérico que esconda algún significado simbólico. Una pista de ello, por fuerza, ya que se nos ofrece al indicar que se trata de parejas que yacen juntas, y así referirnos a la prosperidad y estrategia generativa del linaje de Príamo. Sin embargo, sería un grave error no recordar que, contextualmente, el número de los Priámidas aparece vinculado, en forma simultánea y misteriosa, a la estructura arquitectónica del palacio. En efecto, en realidad no se da el número de los hijos *sino el número de las habitaciones que comparten con sus esposas*. De modo que no solamente el lujo edilicio, sino también su extensa descendencia, manifiestan, *amalgamados*, el poderío que pretende respaldar la supervivencia de la dinastía.

Respecto de ambos números —el cincuenta, de los hijos, y el doce, de las hijas— la crítica se ha limitado mayormente a ver en ellos números habituales o "típicos" de la épica o de los poemas homéricos. Así se han

---

(24.257). En cuanto a los yernos solamente se hace constar uno: Imbros (13.173), el esposo de Medesicasta, hija bastarda de Príamo. Y, aparte de esta última, únicamente se hace mencion de dos hijas: Casandra (13.363-69 y 24.699-706) y Laodice (3.124 y 6.252), las cuales, aparentemente, no están casadas.

[2] Cfr. Willcock, *A Companion to the Iliad*, Chicago, University of Chicago Press, 1976, p. 73, n. 317; Stoevesandt, M. *Homer's Iliad: The Basel Commentary, Book VI*, Ed. by A. Bierl and J. Latacz, Boston-Berlin, De Gruyter, 2016. p. 119, n. 313-317.

recordado los doce hijos de Neleo[3], los doce hijos de Eolo[4], las cincuenta esclavas de Alcínoo[5], etc. Sin embargo, esto no aporta ninguna explicación, y más que aclarar el asunto, lo obscurece, porque todos esos casos no parecen estar realmente relacionados con el cuestión que nos ocupa, donde tanto el número cincuenta, como el número doce, se refieren a un número de parejas; lo cual, ya de por sí, dejaría de lado tanto a los hijos de Neleo, como a las esclavas de Alcínoo o las del palacio de Odiseo[6]. En cuanto al caso de los hijos de Eolo —el mítico dios de los vientos que aparece en la *Odisea*—, ese caso podría tener alguna similitud contextual porque se trata de seis hijos y seis hijas que conforman seis parejas —no cincuenta, ni doce—; lo cual se ha interpretado como dos partes del ciclo anual, con seis meses cálidos y húmedos, y seis meses fríos y secos; una alegoría muy apropiada, tratándose de los hijos de Eolo. Aquí, en cambio, el número de las doce cámaras de las hijas, aparece completando, en una configuración espacial complementaria y opuesta, al de las cincuenta habitaciones de los hijos. Donde, en todo caso, el número doce podría estar añadiendo la idea del círculo que se cierra o completa. Esta idea se halla presente sobre todo en el hecho de que, mediante las alianzas establecidas por los matrimonios de las hijas, se lograría el aporte de un caudal adicional de combatientes, que complete y termine de consolidar el poderío troyano.

Este número doce vuelve a aparecer implícito en el contexto de la segunda oportunidad en que se trata de los cincuenta hijos de Príamo en 24.495. Allí este número no aparece asociado con el diseño constructivo sino con el origen materno de los herederos de Príamo, porque de los cincuenta, diecinueve son hijos de Hécuba y el resto los ha tenido con otras mujeres. De modo que aparece configurado por la suma de 19 + 31 = 50. Se trata de dos números primos bastante raros en poesía tradicional y en el uso popular, lo cual hace pensar que su uso no es casual o caprichoso; tanto más cuando ambos números primos pertenecen a dos iteraciones sucesivas de una misma serie progresiva; 12 + 7 = 19 y 12 + 12 + 7 = 31. Tanto el doce como el siete son números que se relacionan con la idea de ciclo completo y ya hemos visto con antelación que ambos guardan relación entre sí a través de los números tres y cuatro (3+4=7 en tanto que 3x4=12)[7]. El siete y el doce se relacionan con la conclusión de ciclos

---

[3] *Il.*, 11.692.

[4] *Od.* 10.5 y s.; Cfr. Kirk, G. *The Iliad: A Commentary*, II, Cambridge University Press, 1990, p. 193.

[5] *Od.* 7.103

[6] *Od.* 22.420

[7] El tres y el cuatro también han sido observados dentro del poema en contextos donde acompañan la idea de acabamiento o perfeccionamiento de una acción.

lunares y solares, respectivamente[8]. Para explicar el número diecinueve también se ha propuesto que es el resultado de la suma de 10 + 9; dos números muy usados en el poema. Esta propuesta, que en principio parece bastante arbitraria, podría tener sentido a la luz de lo que ya sabemos sobre ambos números en contextos similares, esto es, que al número diez se lo asocia con lo perfecto y completo, en tanto que al nueve con lo falto o imperfecto, e incluso, desechable. Esto ocurre precisamente con los hijos de Hécuba. Así, en tanto que entre ellos está Héctor, el guerrero ideal, también está Paris, uno de los que hasta el propio Príamo pondrá en la lista de los inútiles (24.249 y ss.). Ambos hijos de la misma madre: el que podría salvar al reino y el que le trajo la destrucción.

Pero además existe un precedente legendario para el número de cincuenta parejas. Este precedente, si bien se halla fuera del texto de la *Ilíada*, pertenece al fondo contextual mítico–legendario en que se inscribe la obra. Para ello debemos remontarnos a la leyenda de Ilo y la fundación de Troya a la cual nos hemos referido brevemente en el Apéndice 2. Ilo, al ganar la competencia de lucha en Frigia, recibió cincuenta jóvenes y cincuenta muchachas. Estos siervos constituyeron, junto con sus hijos propios, el recurso humano de la matriz fundacional de la ciudad de Troya.

De este modo podríamos conjeturar que el plan de Príamo o el diseño de su poder real, no se asienta solamente en una estructura edilicia o en sus poderosas murallas, como hizo su padre Laomedonte, y fracasó, sino que se propuso sustentarlo con una gran descendencia, a la que luego, en refuerzo, se agregaron las alianzas con reyes vecinos, esto es, el doce que completa al cincuenta. En la sexta rapsodia, a pesar del gran apuro en que Diomedes y Atenea han puesto a los troyanos —y a pesar de los nueve años de la guerra—, el plan de Príamo todavía, a duras penas, se mantiene, y quiere mostrarse floreciente y viable; pero, en la última rapsodia, ya se advierte la inminencia del desastre en la amargura de las palabras de Príamo, cuando menciona por sus nombres a doce de sus hijos —un número sumamente favorable—. Sin embargo, dos de ellos —Méstor y Troilo— murieron antes del inicio de la *Ilíada*. Para ese momento, contando a Héctor, tiene diez. Todavía hay esperanzas. Pero, muerto Héctor, solamente le han quedado nueve: los inservibles[9].

En suma: el empleo del número cincuenta en ambos casos cumple una función mnemónica que pone en relación ambas situaciones de la obra para

---

[8] Curiosamente el siete y el doce se repiten con bastante frecuencia, explícita o implícitamente, en distintos contextos de esta misma rapsodia, acaso porque en ella se cierra o completa el ciclo artístico de la *Ilíada*.

[9] Tanto el doce como el diez suelen asociarse, en diversos contextos, a lo perfecto y completo o acabado, números que se oponen al nueve, de lo imperfecto, o como en este caso: de lo que no reúne las condiciones necesarias.

exponer su dramático contraste. En la primera de ellas encontramos a Héctor que, entrando en el gran palacio de su padre, en busca de la ayuda divina, y para reclamar a Paris que retorne al combate, cuando todavía hay esperanzas. En la segunda, está Príamo, suplicando ante su principal enemigo, y confesando que, de su gran proyecto con sus cincuenta hijos, no queda ya quien pueda llevarlo a cabo. Así, hacia el fin del poema, Príamo, con la ayuda de los dioses, busca recuperar a Héctor, su hijo más preciado, para honrarlo al menos, y lamentarse al mismo tiempo por la pérdida de aquel futuro con que alguna vez soñó.